1.50

SCOOP

Du même auteur

Lance et compte 3, Montréal, La Presse, 1989.

Allan Tremblay

Scoop

roman

Quinze

Les Quinze, éditeur
(Division du Groupe Ville-Marie Littérature)
1000, rue Amherst, bureau 102
Montréal (Québec)
H2L 3K5
Tél.: (514) 523-1182
Téléc.: (514) 282-7530

Conception graphique de la couverture: Violette Vaillancourt
Avec l'aimable collaboration de la SDA.

Composition et montage: Les Ateliers C.M. inc.

Distributeur exclusif pour le Québec et le Canada:
LES MESSAGERIES ADP
955, rue Amherst
Montréal (Québec)
H2L 3K4
Tél.: (514) 523-1182
      1-800-361-4806
Télécopieur: (514) 521-4434

Chapitre premier

Stéphanie enfila sa veste, agrippa son ordinateur portatif de la main droite, son téléphone cellulaire de la gauche, se précipita dans l'embrasure de la porte en accrochant celle-ci du bout du pied, ce qui lui permit de ne pas avoir à libérer ses mains pour la claquer. Elle dévala l'escalier, s'engouffra dans la voiture en déposant brutalement ses deux précieux outils de travail sur le siège du passager. Elle démarra en trombe avec un gloussement de plaisir.

Tout en conduisant, elle décrocha le téléphone et composa le numéro d'un attaché de presse, Kevin Corson, représentant du ministre de l'Environnement, Wilfrid Thibault, étoile montante du parti au pouvoir. Stéphanie comptait obtenir une entrevue de fond avec celui-ci, mais la nouvelle vedette politique se voulait insaisissable. C'était le jeu habituel du chat et de la souris, mais quand la souris était détentrice d'un pouvoir délégué par des millions d'électeurs, Stéphanie redoublait d'agressivité dans son rôle de chat. Elle obtint la liaison.

«Oui, ici monsieur Corson, du bureau de monsieur Thibault.

– Stéphanie Rousseau, de *L'Express*.

– Ah! oui! j'ai reçu votre message...

– Sans le retourner...

– Nous sommes débordés depuis quelque temps.

— Monsieur Thibault est très en demande, dit Stéphanie, ironique, évitant avec habileté une voiture stationnée en double sur Saint-Denis.

— Que puis-je faire pour vous? demanda finalement Corson, sentant qu'il n'échapperait pas au zèle de Stéphanie.

— Je veux une grosse entrevue avec le ministre.

— Il faudrait d'abord fréquenter nos conférences de presse et lire nos communiqués.

— Ce n'est pas ce que je veux. Ça, c'est du domaine des relations publiques; au mieux, c'est de l'information prédigérée. Je veux une entrevue de fond.

— Je crois que le ministre commenterait avec plaisir ses récentes déclarations sur l'assainissement des mœurs électorales.

— Un ministre de l'Environnement devrait plutôt s'occuper d'assainissement de l'eau et de l'air! Je n'en ai rien à foutre, moi, monsieur Corson, de la transparence dans les mœurs politiques ou de la dernière réunion des jeunes progressistes... Je vais à Ottawa pour rencontrer le ministre de l'Environnement, pas le prêcheur ni le relationniste. Je veux savoir ce que l'honorable Thibault a à dire sur les coupures de son budget et les problèmes écologiques à la baie James.

— Stéphanie, vous savez bien que je ferai l'impossible pour vous faciliter une entrevue, sur n'importe quel sujet! Mais, vous avez lu les sondages: la situation est délicate. Si vous voulez faire un papier sur sa vision de l'avenir du pays, le ministre sera peut-être d'accord, mais...

— Monsieur Corson, je ne fais pas de reportage publicitaire. S'il veut une page de publicité dans *L'Express*, qu'il s'adresse au département concerné, pas aux journalistes!

— Envoyez-nous vos questions.

— Êtes-vous sérieux? demanda Stéphanie en éclatant de rire. Je serai au Château Laurier, à Ottawa, quand il y donnera sa conférence. J'attendrai le temps qu'il faudra et ce ne sera pas pour jaser de ses vacances avec les louveteaux de Sainte-Madeleine!»

Elle raccrocha. Tout au long de son entretien, elle avait eu à peine conscience de ses mains sur le volant. Comme, à cette heure, il y avait peu de circulation dans les rues de Montréal, ces quelques minutes avaient suffi à la mener au journal. Et la vieille Porsche, qu'elle conduisait avec virtuosité, obéissait au moindre de ses gestes.

Une camionnette bloquait l'entrée du stationnement de *L'Express*. Stéphanie n'aimait pas ce genre d'intermède. Elle klaxonna à plusieurs reprises et baissa la vitre de la portière pour apostropher vertement cet imbécile de camionneur.

«Une minute! Je cherche *L'Express*», répondit-il.

Stéphanie pointa la grande affiche qui se trouvait juste au-dessus de l'entrée. Le conducteur prit un air contrit et libéra le passage. Stéphanie lui décocha un regard meurtrier, et entra dans le stationnement.

Une fois sa Porsche garée, elle ne fit plus attention à l'encombrant véhicule. Celui-ci arborait le nom du zoo de Saint-Félicien – un trou, pensa-t-elle –, et on y avait peint une tête de loup aux crocs menaçants.

À l'arrière, une curieuse scène se déroulait sous ses yeux. Un homme, torse nu et barbouillé, se débattait sous des chaînes. Deux jolies filles lui tenaient compagnie et le cajolaient, à son grand dam, puisqu'il protestait.

«Lâchez-moi! Vous allez me faire rater ma job!»

Le conducteur de tout à l'heure arriva, l'air jovial, avec un cintre garni d'une chemise, d'un veston et d'une cravate.

«Tiens, v'là ton uniforme de journaliste!»

«Ils engagent vraiment n'importe qui», jugea Stéphanie, hautaine. Elle passa son chemin et croisa Serge Vandal, armé de tout son équipement. Le photographe ne manquait jamais une occasion de capter de la chair fraîche sur sa pellicule. Il avait de quoi se régaler avec ces deux filles. Et tant qu'à y être, pourquoi ne pas prendre une photo de cet animal mal débarbouillé. Ça pourrait toujours servir pour boucher un trou dans une page du journal!

À la salle de rédaction, au troisième, on attendait Stéphanie de pied ferme. Léonne Vigneault, chroniqueuse de télévision et, surtout, présidente du syndicat, avait eu vent de ses projets de voyage à Ottawa. La costaude entraîna Stéphanie au bureau de Lionel Rivard, le chef de pupitre, pour demander des explications.

«Je viens d'apprendre que "mademoiselle" Rousseau s'en va à Ottawa. Qu'est-ce qu'elle va faire là-bas?

— Je vais rencontrer le ministre Thibault, répondit-elle, agacée.

— As-tu ton rendez-vous? demanda Rivard sur un ton neutre.

— Non, je ne l'ai pas encore. Mais je reviens dès que j'ai réussi à lui parler.

— C'est le travail de Bernard, ça, protesta Léonne Vigneault. Aux dernières nouvelles, il est toujours au bureau de *L'Express* à Ottawa!

— Stéphanie travaille sur un dossier qui n'est pas du ressort de Bernard, expliqua Rivard.

— Me prends-tu pour une épaisse, Lionel? s'insurgea Léonne, outrée. C'est pas parce que Stéphanie est la fille de Rousseau que...

— Je n'ai jamais demandé ni reçu de privilèges! protesta Stéphanie avec véhémence. Bien au contraire! S'il y a quelqu'un de bien placé pour le savoir, c'est toi, la présidente du syndicat!

— Léonne, tout le monde ici travaille dans un même but: faire un bon journal! intervint Rivard, conciliant.

— Envoyer Stéphanie à Ottawa, tu cherches le trouble!

— Es-tu contre ça, toi, faire un bon journal? reprit Lionel.

— Personne n'est contre. Mais chacun reste dans son secteur, c'est la convention que vous avez signée.

— Quand je veux une bonne histoire, à qui dois-je me fier? À Gilles Bernard, qui nous envoie des comptes rendus de routine, ou à Stéphanie Rousseau?»

Il fit une pause pour regarder ses deux interlocutrices. Stéphanie semblait peu apprécier cette conversation, tandis qu'il devinait, chez l'obèse qui avait fait de la critique de télévision son métier, un malin plaisir sous son acharnement de syndicaliste. Mais il savait que Léonne céderait: son seul véritable grief contre la jeune journaliste était sa filiation directe avec le propriétaire de *L'Express*. Cette histoire de voyage lui servait de prétexte. Lionel la regarda, sûr de lui.

«Fais ton grief, si tu veux, déclara-t-il. On s'arrangera avec!»

Léonne se contenta de lancer un regard vindicatif à Stéphanie, qui le lui rendit spontanément. Léonne eut un haussement d'épaule et retourna à ses affaires. Stéphanie en fit autant.

Mais malgré son visage hermétique, Rivard devina que cette agression l'avait peinée. Stéphanie sortit alors que trois autres cadres venaient rejoindre Rivard.

«Bon! Vous voilà! On a un problème plus pressant que vos finasseries. Qu'est-ce qu'on fait pour la une?»

Joignant le geste à la parole, il leur présenta la maquette qu'il avait esquissée. En gros titre:

CLINIQUES D'AVORTEMENT CLANDESTINES EN PLEIN CENTRE-VILLE

Il se raidit en observant la grimace désapprobatrice sur les visages de ses supérieurs.

«Ça ne va pas? demanda Rivard, habitué aux scrupules de ces intellectuels.

— Non, ça ne va pas, et tu le sais, répondit Claude Dubé, le rédacteur en chef. C'est le même refrain à chaque fois.

— Une minute, Claude. Il n'y a pas de honte à parler de cette histoire de cliniques...

— Peut-être, intervint Louise Duguay, l'éditorialiste en chef, mais on pourrait le faire avec plus de retenue et de bon goût.

— De la retenue! s'exclama Rivard. Ce sont les lecteurs qui vont se retenir! Avec votre bon goût, on a perdu trente mille copies depuis l'an passé à la même date. Nous en sommes à faire un journal d'intellectuels!

— Tant que je serai là, opposa fermement Dubé, on ne fera jamais un torchon comme *La Nouvelle*.»

La Nouvelle, c'était le tabloïd compétiteur, les trois «S», la tentation du tirage facile obtenu à coups de scandales et de combines. On ne respectait pas beaucoup *La Nouvelle* dans la salle de rédaction de *L'Express*.

Louise Duguay et Vachon s'effacèrent discrètement pour laisser Dubé et Rivard s'expliquer. Rivard, découragé, regardait le moniteur de son terminal.

«Pas la moindre petite nouvelle, soupira-t-il. Ni à Ottawa, ni à Montréal, ni à Québec. Il doit bien y avoir une petite fille qui s'est fait voler sa Barbie quelque part dans le monde!

— Tu t'en fais trop, Lionel, rassura Claude, plus amical.

— Ne recommence pas à dire que je m'en fais trop! C'est rendu qu'on dépend des agences de presse. Sais-tu pourquoi? Parce que tout le monde dans ce journal est bien assis sur son cul! Qui, à part quelques jeunes, cherche encore la vraie nouvelle? Stéphanie, Dumoulin, Tintin, le p'tit nouveau... Qui d'autre?

— La chronique de télé de Léonne Vigneault?

— Quand est-ce qu'on fait la une avec une chronique télé? Une fois par année, pas plus! Bel effort, Claude!

— C'est aujourd'hui que commence le jeune avocat que j'ai engagé...

— Encore un avocat qui veut se recycler.

— Ça fait déjà deux ans qu'il est journaliste au *Quotidien* de Chicoutimi.

— Un Bleuet par-dessus le marché! On est infesté. Ce qu'il nous faut, Claude, ce sont des jeunes, des affamés, des ambitieux. Pas d'anciens avocats engoncés!»

La voix de la réceptionniste se fit entendre par l'interphone.

«Monsieur Rivard? Est-ce que monsieur Dubé est avec vous?

— Oui, mademoiselle, répondit Claude Dubé.

— Michel Gagné est à la réception. Vous lui avez donné rendez-vous, paraît-il.

– Envoyez-nous-le au bureau de monsieur Rivard.»

Claude et Lionel se regardèrent.

«C'est lui, le Bleuet avocat, expliqua Dubé. On va bien voir de quoi il a l'air.

– Quand on parle du loup...»

Rivard ne pouvait mieux dire, ce Gagné avait l'allure du loup. Et la même envie sauvage de liberté. Il avait tâté du droit, s'était vite ennuyé et se retrouvait deux ans plus tard stagiaire à la grosse *Express*.

Bon vivant, bon buveur et parfois, quand l'occasion était trop belle, bon baiseur, Gagné avait eu droit à une fête d'enfer pour son dernier soir au Saguenay. Tellement qu'on lui avait offert une escorte d'honneur pour le voyage à Montréal: c'est enchaîné dans une cage du zoo de Saint-Félicien qu'il s'était retrouvé dans le Vieux-Montréal. Heureusement pour lui, seuls Stéphanie et Serge Vandal avaient, pour l'instant, été témoins de son arrivée spectaculaire au grand quotidien.

On cogna à la porte du bureau de Claude Dubé, à l'arrière de la salle. C'était Michel Gagné. Il avait pris le temps d'enfiler veston et cravate avant de se présenter à ses nouveaux supérieurs, ce qui laissait entrevoir l'ancien avocat derrière le visage mal rasé et plutôt viril du nouveau journaliste.

Rivard le scruta attentivement. Les yeux un peu vitreux de la recrue donnaient un aperçu de la brosse carabinée qu'il s'était offerte la veille. Rivard, ancien instituteur et journaliste, avait acquis la capacité de se faire une idée des choses et des gens du premier coup d'œil. Ses jugements l'avaient parfois trompé, mais il se risqua à déduire que Michel n'était pas le petit avocat routinier qu'il s'était d'abord imaginé. En plus, il était beau garçon. Le jeune était nerveux, mais semblait confiant. Dubé, en bon rédacteur en chef, rédigea le plan de vie de Gagné.

«Michel Gagné, Lionel Rivard, chef de pupitre. Michel a terminé son droit en 81, à l'UQAC; il a fait l'examen du Barreau en 82 et a été engagé la même année par la firme Tremblay, Tremblay, Gaudreau et Tremblay... C'est ça?

– Il y avait probablement un ou deux autres Tremblay»,
plaisanta Michel. Rivard sourit, le nouveau avait le sens de l'humour. Ça pouvait aider, dans un journal.

«... Jusqu'en 88, vous avez pratiqué le droit. Vous vous
occupiez de...

– Platitudes! coupa Gagné. À ce moment-là, je suis rentré
au *Quotidien* de Chicoutimi, où j'ai déterré toutes les affaires
sales de la ville. Comme je n'avais plus rien à me mettre sous la
dent – il montra ses incisives, particulièrement aiguës – ils m'ont
expédié ici.»

Dubé n'appréciait pas outre mesure l'impudence chez les
débutants, mais devant le large sourire de son chef de pupitre, il
n'osa pas le rappeler à l'ordre. Les deux patrons étaient ainsi:
Dubé lisait un curriculum vitæ pendant que Rivard regardait
l'homme.

«Installe-toi, décréta Rivard, fais-toi offrir une visite gui-
dée par une secrétaire et reviens te présenter demain.

– Demain? Il ne se passe rien à Montréal, aujourd'hui?»

Le sourire de Rivard s'accusa davantage: enfin quelqu'un
prêt à travailler sans qu'on lui demande. Il redevint toutefois plus
sérieux et lui donna congé d'un geste de la main. Dubé et Rivard
se retrouvèrent à nouveau seuls.

«Je vais parler à Rousseau d'ici quelques minutes, annonça
Claude.

– Tu vas lui parler de la vacance au poste d'éditeur?

– Oui. Ça ne peut plus continuer. Il faut que quelqu'un
mène la barque. On ne va nulle part. Il faut trouver quelqu'un
pour remplacer Voyer.

– Tu as pensé à qui? demanda Rivard, qui connaissait la
réponse tout en sachant qu'il ne l'entendrait pas.

– Aucune idée...» bafouilla Dubé, embarrassé.

Rivard le connaissait assez pour savoir que le poste l'intéressait, mais qu'il était bien trop pleutre pour mettre le pied dans
la porte. Rivard avait maintenant hâte que son collègue parte. Il
pensait à la bouteille cachée dans son tiroir, et l'envie maladive

d'enrichir son café au cognac le reprenait. La journée avait été dure. Toutes les journées étaient dures.

«J'y vais», salua Dubé, qui n'avait plus rien à dire.

Le rédacteur en chef quitta l'édifice du journal, situé dans le Vieux-Montréal, et se rendit au centre-ville, où se trouvait l'immense tour à bureaux au sommet de laquelle trônait Émile Rousseau. Dubé n'aimait pas cette architecture inhumaine, qui lui rappelait avec trop d'acuité le siècle où il vivait. «Symbole phallique», jugea-t-il, dédaigneux.

Rien que le gigantisme du hall d'entrée lui donnait le vertige. Il se dirigea vers les ascenseurs, disposés en croix à la base du gratte-ciel. Chaque branche de cette croix était un couloir dont chaque mur était percé de huit portes coulissantes. Il fit le calcul. Soixante-quatre ascenceurs. Pour en augmenter l'efficacité, on avait assigné à chaque rangée une série d'étages précise. Il dut s'y prendre à deux reprises pour en trouver un qui menait au soixantième, le plus haut.

Il entra dans la cabine automatisée et se crispa en pressentant l'accélération. Il était déjà nerveux à l'idée de rencontrer le propriétaire de L'Express, et ce tour de manège lui semblait bien superflu. Il se souvint d'un texte médiéval étudié à l'université qui décrivait le faste et la complexe machinerie avec lesquels l'empereur byzantin accueillait les ambassadeurs. La décélération brutale de l'ascenceur l'interrompit dans ses souvenirs: les soixante étages de la tour à bureaux avaient été gravis plus vite que les quatre qui menaient à la rédaction du journal.

Après un parcours sinueux dans les corridors de l'étage (auxquels on avait, comble de la mise en scène, donné des noms de rue), il arriva enfin au bureau luxueux d'Émile Rousseau. Il se présenta à la secrétaire, qui le fit attendre quinze minutes. Cela faisait partie du cérémonial, et Dubé se comptait chanceux de n'attendre qu'un quart d'heure.

Il entra finalement dans le bureau du magnat. Une vaste baie vitrée panoramique permettait d'admirer la ville. La table de conférence n'occupait qu'une partie de l'espace, bien qu'elle eût pu recevoir une vingtaine d'administrateurs. Un bar se trouvait dans un coin de la salle. Sous un grand organigramme expliquant les multiples ramifications des entreprises Roussac, Émile Rousseau était appuyé nonchalamment contre son bureau de chêne massif, téléphone à la main. Il caressait distraitement du revers de la main la maquette d'une usine, coiffée d'un petit drapeau sud-coréen.

«Mon fils Louis décolle demain matin, racontait Rousseau au téléphone. Vous verrez, nous allons battre les Japonais sur leur propre terrain! Au revoir.»

Émile posa le combiné et regarda Claude. Il lui présenta la maquette, fier, mais sans ostentation. Le décor suffisait à impressionner.

«Mon dernier bébé... Comment va le journal?

— Ça va. Les problèmes quotidiens... Mais il y a du mou dans la rédaction.

— Pour le mou dans la rédaction, c'est de la poigne qu'il faut. De la poigne, Claude, insista Rousseau, convaincu, une poigne de fer.

— Ça prend plus que de la poigne, se défendit Dubé. C'est un climat qu'il faut créer. Et le climat, c'est à la tête que ça commence... C'est pour cela que je suis venu, expliqua Claude, mal à l'aise. Vous savez... le poste d'éditeur... ça me préoccupe.

— J'y pense moi aussi.

— Il y a trois mois que Fernand Voyer nous a quittés pour son poste d'ambassadeur. Il n'a pas été remplacé.

— Le journal se porte-t-il plus mal sans éditeur?

— Il ne va pas plus mal. Le cap est mis, mais le navire file quand même sans capitaine. Ce n'est pas normal.

— Le capitaine, pour l'instant, c'est vous, le rédacteur en chef, répliqua Rousseau, tout en se retournant vers la maquette. Vous avez les pleins pouvoirs d'un éditeur. Je ne vois pas où est le problème.

— Des problèmes, il y en a, reprit Claude avec un peu plus d'assurance. Il ne faut pas se le cacher. Un journal, ce n'est pas comme une usine. Les journalistes ne sont pas des ouvriers. Ils doivent sentir chez ceux qui les dirigent une autorité morale et réelle. Cette autorité émanerait d'un éditeur.

— Vous voulez le poste? demanda brutalement Rousseau en se retournant, presque agressif.

— Je ne plaide pas pour moi en particulier, se défendit Claude, avec ce qu'il croyait être de la noblesse. Je plaide pour que *L'Express* ait un éditeur!

— J'avais hérité de Voyer en achetant le journal, je l'ai gardé. C'était un intellectuel, comme vous, mais, de plus, c'était une grande signature. »

Dubé encaissa le coup. Rousseau continua comme si de rien n'était.

« Ce que je cherche présentement, c'est un meneur d'hommes, un homme d'action. Je ne suis pas convaincu que cette personne existe parmi les cadres actuels du journal. »

Dubé encaissa une deuxième fois.

« Vous avez l'œil sur les tirages, M. Dubé? » demanda sèchement l'homme d'affaires.

L'homme de lettres acquiesça.

« Moi aussi! » ajouta Rousseau. Le ton était sans équivoque: l'entretien était terminé.

Sur la terrasse du Château Laurier, à Ottawa, deux jeunes femmes discutaient gaiement. Stéphanie avait rejoint son amie d'enfance, Caroline, qui travaillait pour une agence de relations publiques. L'amitié devenait parfois source d'informations, et, à travers leurs commentaires sur la bêtise des êtres humains mâles, elles en glissaient d'autres de nature plus professionnelle. En effet, l'agence de Caroline collaborait avec le ministre de l'Environnement. Stéphanie en profitait pour tenter d'obtenir quelques menus renseignements. Leur conversation en était arrivée à Corson, l'attaché de presse du ministre, et les deux copines n'avaient guère une bonne opinion de lui...

«Pauvre Corson! s'exclama Stéphanie. Il tient tellement à ce qu'on le reconnaisse comme un grand journaliste...

— Ex-journaliste, corrigea Caroline. Cela dit, c'est un beau crosseur!

— Comment ça?» interrogea la journaliste, à l'affût.

Caroline hésita. Elle prenait du plaisir à ce bavardage un peu adolescent, mais elle devait tenir compte du code déontologique du métier. Elle opta pour un compromis entre l'amitié et le secret professionnel. Pendant que Caroline prenait sa décision, Stéphanie remarqua une toute jeune fille qui venait de se présenter au bar. Elle ne semblait pas avoir l'âge de consommer de l'alcool, et la journaliste tiqua devant cette anomalie. L'adolescente portait un cardigan marqué du sigle d'un collège, «M. de C.», qui cachait des vêtements étonnamment sexy. Caroline tira son amie de son observation.

«Tu ne vas pas publier ça, hein? s'assura-t-elle, inquiète. Ma job au bureau du premier ministre, j'y tiens!

— Caro! protesta Stéphanie, je ne ferais pas cela à une vieille amie.

— Il fait toutes sortes de boulot, confia-t-elle à voix basse. Il paraît que, quand arrive une délégation officielle, c'est lui qu'on appelle pour fournir des filles...

— Je te connais, toi!» intervint une tierce interlocutrice. C'était la jeune fille de tout à l'heure.

— Ah! oui?

— Wimbledon, affirma l'adolescente. Tu t'es rendue en quart de finale. Ça fait... huit ans, Stéphanie Rousseau. Tu as eu une crampe.

— Tu en as, de la mémoire, répondit Stéphanie, curieuse. Surtout qu'il y a huit ans, tu étais à peine au monde.

— C'est l'année où j'ai reçu ma première raquette. J'avais huit ans. J'en sais plus sur le tennis que Steffi Graf elle-même. J'ai dû arrêter. Je n'avais pas ton talent. Toi, pourquoi as-tu arrêté?

— Manque d'envie. Plus de passion. Le feu sacré s'est éteint.

– C'est dommage!

– Qu'est-ce que tu fais ici un après-midi? demanda Stéphanie. Tu n'as pas d'école?

– Au revoir!» s'esquiva l'adolescente en rougissant.

– Qu'est-ce que c'est que ça? s'exclama Stéphanie à l'endroit de Caroline. C'est de la mauvaise graine.

– S'il fallait que je m'inquiète sur tout ce qui se passe à Ottawa, je deviendrais folle», répondit-elle en haussant les épaules.

Le silence s'installa.

«Bon, il faut que j'y aille, s'excusa la journaliste. Corson m'attend.

– Bonne chance. Mais sois discrète...» Stéphanie la rassura d'un sourire et entra dans l'hôtel.

Le bureau du ministre avait réservé une suite, assez luxueuse, pour recevoir les journalistes, laquelle était attenante à la chambre de l'attaché de presse. Celui-ci la reçut avec un sourire sincère de relationniste et lui offrit l'hospitalité.

«Installez-vous ici si ça vous chante! C'est la suite "hospitalité". Ça sera moins ennuyant pour vous que seule dans votre chambre. Servez-vous, proposa-t-il en désignant le petit bar. S'il vous manque quelque chose, vous n'avez qu'à commander.

– J'ai mon compte de dépenses, rétorqua-t-elle, souriante. Je ferai facturer à ma chambre.

– La plupart de vos confrères ne prennent pas cette peine, dit Corson, agacé.

– Ne perdons pas de temps. Parlez-moi de votre patron.

– Un gagneur! s'exclama-t-il. Un type extraordinaire, qui fonce. Comme vous! Si le parti décrète un congrès à la chefferie, je donne pas cher de la peau de notre premier ministre. Wilfrid Thibault est la seule figure capable de donner un sens à ce pays.

– Si je comprends bien, ironisa-t-elle, vous êtes notre prochain ministre des Communications!

– Je n'ai pas cette ambition. J'ai envie de retourner au journalisme. Il changea de ton. Le ministre a eu une dure semaine. Il aimerait se reposer, ce soir. Demain, à midi et demie, il n'y aurait pas d'obstacle à une entrevue.

– Vous êtes sûr?

– Si je décide que vous allez rencontrer le ministre, vous allez le rencontrer, se targua-t-il.

– Tout l'entourage du ministre passe la nuit à l'hôtel?

– C'est notre quartier général durant le congrès.»

Stéphanie pensa à la note salée que cela devait représenter. Elle se demanda qui, entre le parti et le gouvernement, allait la régler; mais, satisfaite de l'attitude amicale de Corson à son égard, elle n'osa pas jeter cette pomme de discorde. Du moins, pas pour l'instant.

Elle alla se restaurer à la très bonne table de l'hôtel. En sortant du restaurant, elle aperçut Gilles Bernard, le correspondant officiel de *L'Express* dans la capitale, occupé à lire, installé dans le lobby. Elle engagea la conversation. Bernard était poli sans être chaleureux.

«Je suppose que Corson a bien pris soin de vous? s'informa-t-il.

– Oh! oui! Sans doute voulait-il impressionner une novice.

–Probablement vous plus qu'une autre, dit-il, un peu méfiant.

– Monsieur Bernard, s'enquit Stéphanie, qui avait perçu cette méfiance, y a-t-il quelque chose qui vous dérange?

– J'ai un peu l'impression que vous jouez dans mes plates-bandes, Stéphanie, répondit-il honnêtement.

– Je suppose que Léonne vous a téléphoné, se renfrogna Stéphanie au souvenir de cette désagréable prise de bec. Elle s'inquiète. Jouons cartes sur table, monsieur Bernard: je suis sur une piste qui touche à la baie James et aux problèmes d'environnement. C'est normal que j'aboutisse à monsieur Thibault, puisqu'il est le ministre de l'Environnement.

– Vous êtes la fille du patron! lança Gilles Bernard, déloyal.

– Pas dans mon travail!» répliqua Stéphanie, irritée.

Chaque allusion à son père sonnait comme une moquerie à ses oreilles. Elle était fatiguée de ces sous-entendus suggérant

qu'elle devait toute sa carrière au grand, au puissant Émile Rousseau. Elle s'était fait engager par *L'Express*, par la voie régulière,
plus pour narguer son père que pour lui faire plaisir; et maintenant, ce lien de parenté jouait contre elle.

Gilles Bernard constata sur le visage de Stéphanie l'effet de
son sarcasme et, finalement peu fier de ce résultat dû à sa
méfiance, tenta de le minimiser.

«Je suis censé couvrir tout ce qui se passe à Ottawa, mais...

– Mais?

– Si votre dossier concerne la baie James... fit-il, plus conciliant. Elle est loin d'Ottawa, la baie James...

– Merci, Gilles, fit-elle, plus détendue. Je suis contente que
ce soit clair entre nous. Maintenant, dites-moi, Thibault, est-il si
fin que ça? Est-ce vraiment un ministre extraordinaire?

– C'est un bon ministre.

– Mais encore?

– Je couvre la politique fédérale, moi, mademoiselle Rousseau.»

Stéphanie comprit que son interlocuteur aimait bien jouer
les sphinx et qu'elle n'en tirerait rien de plus pour le moment. Le
reste de leur entretien fut d'une banalité remarquable et confirma
ce que Stéphanie avait deviné sur Gilles: le personnage semblait
en savoir beaucoup plus long qu'il ne voulait le montrer. Trop
bien ancré dans son milieu, le correspondant ne laissait filtrer les
informations qu'au compte-gouttes et seulement quand cela l'ar-
rangeait.

Toutes ces conversations qui n'avaient abouti à rien avait
épuisé Stéphanie. Aussi, bien que la soirée fût relativement
jeune, elle décida d'aller prendre un bain et de se coucher.

Elle était bien contente de trouver un peu de quiétude dans
sa chambre et commençait à peine à se dévêtir quand le téléphone sonna. Elle soupira, fatiguée, mais répondit tout de même.
Une voix de femme, qui cherchait visiblement à se déguiser, lui
annonça qu'elle trouverait quelque chose d'intéressant à la
chambre 614, puis raccrocha sans avoir fourni de détails ni s'être
présentée.

Stéphanie était intriguée par la bizarrerie de cet appel. Elle décida qu'elle n'avait rien à perdre et se rhabilla en vitesse. Mais, plutôt que de se rendre directement à la mystérieuse chambre 614, elle prépara le terrain en contactant la réception. Elle fit commander une bouteille de champagne pour la suite en question et se dépêcha de s'y rendre.

Accrochée à la poignée, la traditionnelle petite affiche « Ne pas déranger » signalait que les occupants de la chambre désiraient l'intimité et, se douta-t-elle, se désiraient l'un l'autre ! Elle escamota l'affiche et attendit le garçon d'étage, qui arriva bientôt avec le champagne. Elle l'accueillit avec un large sourire et un billet de dix dollars.

« C'est une surprise, expliqua-t-elle sans mentir. C'est de la part de monsieur Corson. »

Le garçon, habitué à ces petites douceurs entre clients de l'hôtel, ne se méfia pas. Il cogna à la porte.

« Champagne, monsieur !

– Je n'ai rien commandé, répondit une voix d'homme de toute évidence irritée.

– De la part de monsieur Corson. »

La porte s'ouvrit au bout d'un instant. Un homme, serviette ceignant ses reins, répondit, l'air contrarié. Stéphanie, jubilante, le reconnut aussitôt.

« Je vous l'ouvre ? offrit poliment le serveur.

– Du champagne ! » s'exclama une jeune fille vêtue d'un seul slip. Stéphanie la reconnut également : c'était la petite collégienne de cet après-midi. Elle entra sans se faire inviter.

« Excusez-moi de vous déranger, Monsieur le ministre ! Corson m'a dit que vous étiez libre ! Je ne voulais surtout rien interrompre ! Je m'appelle Stéphanie Rousseau, journaliste à *L'Express* ! »

Sastisfaite de son coup de théâtre et de voir tout le monde bouche bée autour d'elle, elle s'esquiva aussi vite qu'elle était entrée. Elle accrocha le garçon d'étage, tout tremblant.

« Je vais me faire mettre à la porte, geignit-il.

« — Il n'y a qu'une chose à faire », le rassura-t-elle en sortant un magnétophone.

Elle recueillit sans en perdre une miette le précieux témoignage.

Elle retourna à sa chambre pour y faire ses bagages. Elle partirait dès cette nuit. L'entrevue prévue pour le lendemain midi perdait tout son sens.

Michel Gagné avait l'air d'un somnambule au milieu de la rédaction du journal. Il tenait sa tasse de café, hagard. Il avait passé la nuit debout à « couvrir » un meurtre. Une belle histoire de poignardage bien juteuse. Il avait fait prendre des photos de la victime, il avait réveillé la compagne du meurtrier chez elle pour lui apprendre la nouvelle, il avait recueilli ses impressions, peu cohérentes, mais tellement vivantes ! Il s'était renseigné auprès de la police sur le casier judiciaire de l'assassin. Une histoire superbe comme il n'en avait jamais vu à Chicoutimi.

Il se frotta les yeux énergiquement et gratta sa barbe de trois jours. Il tentait de se concentrer sur son moniteur pour pondre un texte décent. N'y arrivant pas, il jeta un coup d'œil sur les journaux du matin. En couverture du principal concurrent de *L'Express*, *La Nouvelle*, journal à sensations, il reconnut, à sa grande surprise, un de ses collègues. C'était Richard Fortin, que tout le monde surnommait Tintin, en train de se faire matraquer, pancarte syndicale à la main, par un agent de l'escouade anti-émeute. Le petit reporter avait été envoyé pour observer une ligne de piquetage et s'y était retrouvé comme membre à part entière. Michel se mit à rire en pensant à tout le fatras auquel cette page couverture allait donner lieu.

Il regarda vers les bureaux des patrons. Lionel Rivard se trouvait dans celui de Louise Duguay, éditorialiste en chef, et ils discutaient avec une animosité visible. Se doutant qu'ils parlaient de l'affaire Tintin, il décida d'aller écornifler. Il se dirigea vers le babillard situé à côté du bureau de Louise et fit semblant de lire ce qui s'y trouvait.

«On a l'air fin! se plaignait Rivard. On envoie un reporter couvrir une histoire et il se retrouve en première page d'un concurrent!

– C'est clair qu'il manque d'expérience, répondit Louise. Vous n'auriez pas dû l'envoyer là-dessus! Pour demain, le sujet de l'éditorial sera tiré du discours du ministre Thibault.»

Michel fit mine de s'éloigner: Léonne Vigneault vint mettre son grain de sel à l'histoire.

«Qu'est-ce que tu fais pour le pauvre Tintin, Lionel, plaida-t-elle. La prison, ce n'est pas sa place!

– Qu'il y reste! s'exclama le chef de pupitre, irascible.

– Lionel, reprit-elle, le premier devoir du journal, c'est d'assurer la défense des journalistes. Relis la clause six, premier alinéa de ta convention!

– Tu ne voudrais pas voir où je me la mets, ma convention!

– On se calme, les coqs! intervint Louise. Claude est déjà à la cour avec les avocats du journal. On m'a dit que c'est la première chose qu'il a faite en apprenant la nouvelle...

– Dans *La Nouvelle*!» enchaîna Rivard, qui n'en revenait toujours pas.

L'attention de Michel fut détournée de sa petite entreprise d'espionnage par l'arrivée du héros du jour, lèvres tuméfiées et œil au beurre noir, escorté par le rédacteur en chef qui le mena droit à son bureau. Michel se plaça en position stratégique pour suivre la suite des événements.

Richard se faisait interroger avec plus d'incrédulité que de sévérité, mais semblait tout de même vouloir disparaître dans le coussin de son siège. Rivard vint les rejoindre.

«C'est intéressant, Michel?» dit-il au passage, montrant au jeune que celui qui observe est souvent observé.

Michel marmonna un «oui-oui» en feignant, purement pour la forme, de se concentrer sur un communiqué.

«Pourquoi n'as-tu pas appelé au journal dès que c'est arrivé? fut la première question de Lionel.

– J'étais gêné, répondit Fortin qui l'était encore. Me faire arrêter, ma première grosse affaire...

24

— Mais tu as une carte de presse! C'est justement pour ces situations-là.

— J'ai changé de veston, hier, expliqua-t-il piteusement. Je l'ai oubliée...»

Rivard n'en croyait pas ses oreilles. Il se retint toutefois de l'accabler davantage, Fortin ayant été suffisamment mortifié par l'opprobre. Tintin sortit du bureau. Michel fit semblant d'être surpris de le voir.

«Qu'est-ce qui t'est arrivé? demanda-t-il.

— Bien oui, comment tu t'es retrouvé comme ça, rajouta Stéphanie, qui venait juste d'arriver.

— Eh! Au début, on était rien que six. Et puis, il y a plein de gens qui sont arrivés d'un côté avec des pancartes, puis de l'autre, avec des matraques. Ça a commencé à brasser un peu et y a une fille qui se faisait tapocher...

— Et tu as mis ta musculature à son service!» plaisanta Stéphanie. Elle se mit à rire doucement. Michel la regarda.

L'espace d'une seconde, ils se regardèrent droit dans les yeux. Durant ce court instant, le visage de Stéphanie s'était épanoui en un rire musical qui respirait la joie de vivre. Ses cheveux ébouriffés lui donnaient une allure gamine et ses traits tirés accentuaient les premières rides de la trentaine. Ses yeux déjà vifs s'étaient allumés d'une flammèche d'amusement. Sa bouche s'était ouverte en un sourire généreux dévoilant des dents régulières.

Fortin n'avait rien remarqué de cet échange de regards.

«Je pense que tu n'as pas dormi tellement plus que moi!, constata Stéphanie d'une voix cordiale.

— Et moi donc! geignit Fortin.

Le charme s'était dissous. La grosse Léonne Vigneault passa près d'eux et lança à Stéphanie:

«Tu es de bonne heure, ce matin!

— Oui!

— Tu n'es pas censée être à Ottawa?

— Je suis rentrée cette nuit.

– Tu n'as pas fait un reportage sur l'environnement, toi»,
insinua-t-elle.

Rivard sortit du bureau de Dubé et croisa le petit groupe.
Michel l'interpella.

«Monsieur Rivard!

– Lionel! À l'avenir, c'est Lionel. Tu n'es pas encore parti
te coucher, toi? Tu ne peux pas t'occuper des faits divers de jour
et de nuit!

– Pour le meurtre d'hier, expliqua-t-il, enthousiaste, j'ai été
voir ses parents, j'ai des déclarations de sa blonde, la police a un
casier sur lui...

– Arrête, le Bleuet! coupa Rivard, sèchement. Le meurtre
d'un petit vendeur de drogue, on joue ça sur une colonne, à *L'Express*. Et puis, on fait ça au téléphone, on ne se déplace pas pour
ça. Tu es à Montréal, le Bleuet, pas dans ta campagne. Ôte-toi
Chicoutimi de la tête! Va te coucher, tu rentres à quatre heures.
Toi aussi, Tintin, tu devrais aller te reposer.

– Une colonne, reprit Michel, presque au désespoir, ça veut
dire pas de signature?»

Rivard haussa les épaules et se retourna vers Stéphanie.

«Quand est-ce qu'il va être prêt, ton petit chef-d'œuvre?

– Dix minutes! Ça va être une bombe! promit-elle en montrant son magnétophone. J'ai tout ce qu'il faut là-dedans.»

Rivard s'éloigna. Stéphanie décocha un petit sourire
moqueur à Michel. Le loup oublia tout ce qu'il avait pu penser
l'instant auparavant: mademoiselle Rousseau était redevenue la
petite gosse de riche insupportable telle qu'elle lui était apparue
jusque-là. Il suivit le conseil de Rivard et alla se coucher.

Stéphanie, survoltée, se rendit à son pupitre pour rédiger
son article-choc. Le texte se constitua de lui-même sous ses
yeux. Elle y apposa le point final et enregistra le fichier dans l'ordinateur central. Elle avait fini son travail, la balle était maintenant dans le camp de la direction. Louise Duguay vint la
rejoindre à ce moment.

«Alors, ta bombe?

– Elle est lâchée!»

Stéphanie expliqua à sa patronne le contenu de son article. Louise était estomaquée.

«C'est ce qui s'appelle se faire prendre les culottes baissées, non? demanda Stéphanie, trépignante.

– C'est toute une histoire, ça! acquiesça-t-elle, songeuse. Je ne sais pas si ça va passer...

– Pourquoi ça ne passerait pas? s'enquit Stéphanie, soudainement inquiète.

– Il y a deux traditions journalistiques en Amérique du Nord. Aux États-Unis, on ne se poserait même pas de question, ça serait épouvantable: on publie, on démolit. Au Canada, on a l'esprit plus ouvert. Un gars peut prendre un coup, avoir une maîtresse, être homosexuel, ça passe. Mais, là, tu me parles de prostitution, d'une mineure.

– Tu t'imagines! enchaîna la journaliste. C'est peut-être notre futur premier ministre, quelqu'un en qui les gens sont prêts à mettre toute leur confiance.

– Il y a plus que ça, Stéphanie. Au-delà de l'ignominie du geste, il y a le risque de chantage. Et ça, pour un ministre...

– C'est fatal!

– Ça justifie de faire éclater la vérité. Je vais voir si Dubé et Rivard ont lu le texte.»

Louise se dirigea vers le bureau du rédacteur en chef. Justement, Lionel Rivard était en train de lire à Claude Dubé un extrait du texte fraîchement imprimé.

«Alors qu'il prêche les bonnes mœurs tant dans la vie publique que dans la vie privée des politiciens, le ministre de l'Environnement, Wilfrid Thibault, a été surpris hier dans les bras d'une prostituée qu'on pense être mineure...

– Là, arrêta Dubé, songeur, c'est vraiment un cas spécial.

– Qu'est-ce qu'on fait?

– Tant que je ne t'aurai pas téléphoné, ça ne sort pas d'ici.»

Dubé sortit du bureau sans même remarquer la présence de Louise. Il se précipita au stationnement et se rendit immédiatement à Westmount où se trouvait la résidence d'Émile Rousseau.

Pour une nouvelle de cette taille, il ne pouvait omettre de consulter le propriétaire du journal.

Il trouva l'homme d'affaires chez lui et lui remit nerveusement une copie de l'article de Stéphanie. Rousseau le lut attentivement. Dubé le surprit à hausser plusieurs fois les sourcils, phénomène qu'il n'avait jamais observé auparavant, chez le milliardaire. Ce dernier finit de lire le texte et reprit son allure imperturbable.

«Vous voyez les enjeux aussi bien que moi. La carrière d'un homme, sa vie de famille. Et il y a la réputation d'un journal et d'une jeune journaliste qui n'a pas encore l'expérience voulue.

– Stéphanie a beaucoup de crédibilité, assura Claude.

– Justement. C'est de sa crédibilité dont il s'agit. Que disent les avocats du journal?

– Si les faits sont véridiques, il n'y a pas de problèmes.

– Y a-t-il des témoins?»

Dubé hésita à répondre.

«Des témoins solides, reprit Rousseau, impatient, qui ont fait une déposition et qui sont prêts à témoigner.

– On a quelque chose. Le garçon d'étage...

– Et croyez-vous vraiment qu'il va prêter serment devant un juge? Êtes-vous naïf? Si toute cette histoire n'est pas solide comme du béton, avez-vous pensé à toutes les poursuites que le journal subira durant des années? Et je ne parle même pas de la fin de la carrière de Stéphanie.

– Qu'est-ce qu'on fait?» demanda Dubé, dont la mollesse ne cessait d'étonner Rousseau.

Le rédacteur en chef ne voulait qu'une chose: c'était que quelqu'un prenne la décision à sa place. Rousseau le savait bien, et il trouvait d'une facilité déconcertante la tâche de suggérer son comportement à cet homme sans caractère.

«C'est à vous de prendre la décision», répondit-il en savourant toute l'ironie de cette réponse et surtout le fait que Dubé ne la saisissait pas. «C'est votre métier: décidez.»

Dubé hésita. Il montra le téléphone de la tête. Rousseau lui fit signe qu'il pouvait l'utiliser. Claude appela au bureau de Lionel Rivard.

«Lionel? On ne publie pas aujourd'hui. Pas assez de preuves.

— Quoi? fit Rivard, incrédule.

— On tue la une», confirma Dubé.

C'est un Dubé visiblement épuisé qui prit congé d'Émile Rousseau après ce coup de téléphone. Rousseau, maintenant seul, s'offrit un sourire en coin pour célébrer dignement tout le ridicule de la situation.

Il composa à son tour un numéro.

«Ici Émile Rousseau. Passez-moi Wilfrid Thibault.

— Bonjour Émile, répondit-on au bout d'un instant.

— Wilfrid? Je veux te voir demain.»

Stéphanie était furieuse. Elle s'était levée avec la ferme conviction de retrouver son article à la une du journal. Elle gravit les marches de l'édifice deux à deux (elle était trop pressée pour attendre l'ascenseur et cet exercice physique lui permettait de se défouler), et se dirigea vers le bureau de Dubé: celui-ci allait lui rendre des comptes!

Dubé était déjà en train de faire son apologie aux autres membres de la direction.

«Je ne comprends pas pourquoi tu n'as pas publié! s'exclama Louise Duguay. Pourquoi?

— Tout le monde était pressé, anxieux, s'excusa-t-il gauchement devant les regards qui convergeaient vers lui. Je préfère attendre... La moindre petite erreur peut nous coûter beaucoup de crédibilité... et des centaines de milliers de dollars. Je rencontre à nouveau les avocats en fin de journée. Vous savez, ce genre d'histoire scandaleuse peut facilement se retourner contre un journal...

– Où est mon texte? hurla Stéphanie en entrant dans la pièce.

– Nous en parlions justement, émit faiblement le rédacteur en chef.

– Vous avez eu peur, hein? accusa-t-elle, impitoyable. Pas de couilles! Je travaille pour un journal pas de couilles!

– Calme-toi, Stéphanie, ton histoire n'est pas mise sur la glace...

– Et vous avez le front de publier en première page le discours de ce salaud sur les bonnes mœurs en politique! Eunuques! Je suis scandalisée! vociféra-t-elle. Pire, je suis révoltée!

– Il faut être prudent... On ne peut pas détruire la carrière, la réputation ou même la vie de quelqu'un sans réfléchir, Stéphanie. Tu le sais comme moi, si on publie ça dans le journal, cet homme-là est anéanti. C'est grave, très grave. Notre pouvoir est grand, il faut donc en assumer la responsabilité... Où est la fille? Si ce n'est pas une mineure...

– C'est une mineure! coupa Stéphanie, tonitruante, et c'est pour ça qu'il faut publier! Qu'il ne fasse pas ce qu'il prêche, c'est son affaire. Mais quand, malgré ses responsabilités et son prestige personnel, il profite de sa position pour se payer des adolescentes... ça me donne le goût de vomir!»

Plus personne n'osa intervenir. Stéphanie les défia un à un du regard.

«C'est une décision d'hommes, ça! dit-elle en se retournant vers Louise. Et toi, tu ne dis rien?

– Stéphanie...» commença Louise, penaude.

Stéphanie comprit à son ton qu'elle ne prendrait pas son parti. En colère, elle sortit en claquant la porte. Elle traversa la salle de rédaction jusqu'à son bureau, fulminante. Les autres journalistes n'osaient pas faire de commentaires. Elle s'assit à son pupitre et prit quelques profondes bouffées d'air pour se détendre, puis se mit à réfléchir. Qui donc pourrait l'aider à étayer ses dires? Elle tenta de joindre Corson, en vain, puis, elle se rabattit sur sa vieille copine Caroline, qui, avec ses contacts, pourrait peut-être l'aider...

«Si moi je le sais, expliqua Stéphanie, et si toi tu le sais, maintenant, combien y en a-t-il d'autres qui sont au courant et qui pourraient le faire chanter? Peux-tu essayer de savoir si c'est la première fois que ça lui arrive?

— Pas trop vite, Stéphanie! D'abord, Corson est introuvable.

— Je sais, j'ai essayé.

— Ça devient délicat pour moi, se défendit Caro. Il y a des limites à ce que je peux faire!

— Je sais... recula Stéphanie, réalisant qu'elle insistait trop. Excuse-moi. Je te rappelle!»

Stéphanie raccrocha, découragée. Elle posa sa main sur son front en s'appuyant contre la table. Elle vit apparaître un café et une boîte de beignes devant ses yeux. C'était Michel Gagné, le petit nouveau, qui venait lui faire son numéro de charme. Il était mignon, le loup de Chicoutimi, mais il semblait trop bien le savoir. Stéphanie abhorrait les hommes trop sûrs d'eux.

«J'ai pensé qu'un bon café te ferait du bien, offrit-il gentiment. Tu n'es même pas sortie manger.

— Tu sais quand ça commence, marmonna-t-elle, peu attentive, mais tu ne sais jamais quand ça finit!

— Ne te plains pas! gronda Michel. Tu es chanceuse de travailler sur un dossier comme celui-là, et tu le sais!»

Stéphanie le regarda plus attentivement. Elle vit un gentil petit macho très sexy. Elle essaya d'être gentille à son tour, mais, quand elle plaisait à un homme, et surtout à un macho, elle ne retenait pas une certaine condescendance.

«Je sais ce que c'est, les faits divers. Je suis passée par là, moi aussi. Dans le fond, brava-t-elle, ils auraient dû t'engager pour soutenir le moral des troupes. Surtout que, en spectacle, tu es plutôt doué...

— Dans la police, répondit-il sans relever la provocation, on dit que le moral, ça se remonte avec du café et des beignes.»

Joignant le geste à la parole, il lui tendit la boîte de beignes. Elle accepta d'en choisir un.

«Ils vont la publier, ton histoire? demanda-t-il, plus sérieux.

— Ils n'auront pas le choix!» affirma Stéphanie, autant pour le convaincre que pour se convaincre elle-même.

Leur attention fut détournée par Lionel Rivard qui, tel un négrier fouettant ses esclaves, poussait Fortin à terminer son article.

«Sur quoi travaille-t-il, au juste? s'enquit Stéphanie.

— C'est Rivard qui n'a pas fini de digérer l'histoire des piqueteurs. Il lui a commandé un article de fond racontant son expérience chez les grévistes...

— Il va aller loin, Tintin, commenta-t-elle, c'est un perfectionniste.

— Il a l'air téteux, décréta Michel, mais il est bien fin.

— Vaut mieux avoir l'air téteux que pouilleux!» lança Stéphanie pour remettre à sa place le Bleuet mal rasé.

Rivard continuait à mettre de la pression sur le pauvre Tintin.

«Accouches-tu? Je ne t'ai pas demandé *Les Trois Mousquetaires*! On passe ton histoire demain! Je t'ai donné une journée de plus, mais là, c'est assez.

— Ça ne sera plus long, monsieur Rivard!»

Fortin se retourna vers Michel et Stéphanie.

«Cette fois, je l'ai, l'affaire!

— Ôte-moi «épouvantablement»! ordonna Rivard en lisant par-dessus son épaule. Gagné! appela-t-il, il y a une école envahie par les souris.

— Les écoles doivent être fermées, à cette heure, protesta Michel.

— Gagné, rétorqua Lionel, l'éducation des adultes, ça laisse les écoles ouvertes le soir.»

Michel baissa les bras et, à contre-cœur, laissa sa belle pour la chasse aux souris.

Wilfrid Thibault, obéissant, s'était présenté au rendez-vous fixé par Émile Rousseau. Le politicien savait parfaitement de quoi il serait question lors de leur entretien. Il se concentra le plus longtemps possible sur le déjeuner, savourant, autant que son estomac ulcéré le permettait, les œufs à la bénédictine et le saumon fumé. En bon politicien, il tentait de se sortir de l'impasse par une technique répandue dans son métier : le bluff. Il rappelait sans subtilité les nombreux services qu'il avait rendus à l'homme d'affaires.

«Tu dois te douter de toutes les difficultés que j'ai eues quand les derniers contrats ont été octroyés à tes entreprises, l'an dernier...

– Nous étions les seuls capables de remplir les engagements dans les délais prescrits, répliqua Rousseau, imperturbable.

– C'était une partie de bras de fer, Émile. J'ai dû forcer un peu, plaida Thibault. Il y avait des compagnies de l'Ouest avec la dent longue. Elles étaient persuadées que ces contrats leur revenaient!»

Rousseau resta silencieux et se versa distraitement une tasse de thé. Il lança au ministre un regard froid. Thibault n'en put plus et passa à l'attaque.

«Émile! Qu'est-ce qui se passe avec ta fille? Pourquoi s'est-elle fourré le nez là-dedans? Qu'a-t-elle à gagner à m'attaquer? Sais-tu ce qui va m'arriver si cette cochonnerie est publiée? Ma femme! Ma fille! Ma carrière politique! Tout ça pour une niaiserie!»

Thibault paniquait.

«C'est curieux, en effet, de la part de Stéphanie, acquiesça Rousseau posément. Il m'arrive parfois de lire ce qu'elle écrit. C'est habituellement réfléchi, et même fouillé. Elle ne pratique pas le métier que j'aurais voulu, mais elle ne le fait pas mal.»

Wilfrid avait saisi le sous-entendu. Rousseau ne mettait pas en cause le professionnalisme de sa fille. C'était à lui, l'accusé, de prouver son innocence. Des sueurs froides lui coulaient sur le front, des cernes de moiteur se formaient sur sa chemise, aux aisselles et entre les omoplates. Émile le fixa sans détourner son regard.

« As-tu couché avec cette fille ? » demanda-t-il carrément.

Thibault était en train de se liquéfier sur place.

« Wilfrid ! ordonna Émile.

– Une faiblesse, Émile, bafouilla le ministre, livide. Un accident... une bêtise... un enfantillage...

– Comme tu dis, un enfantillage : une fille de seize ans !

– Une prostituée, Émile, râla Thibault.

– Je ne te comprends pas. C'est quand ces bêtises-là te passent par la tête qu'il faut que tu penses à ta femme, ta fille et ta carrière, pas après !

– Tu peux me jeter la première pierre, Émile, ou tu peux me donner une chance. »

Émile contenait mal son mépris devant ce spectacle navrant : un pédophile, s'imaginant déjà chef d'État, implorant maintenant son pardon comme un gamin surpris à voler des bonbons. Mais Rousseau pouvait faire abstraction de ce genre de jugement, et garder son visage neutre et hermétique.

« Il y a des choses que je peux faire et d'autres pas, décréta-t-il.

– Qu'est-ce que tu veux dire ?

– Je vais voir ce que je peux faire, mais ne t'attends pas à trop. Un journal, c'est comme un train en marche : difficile à arrêter. J'ai le parfait contrôle de toutes mes entreprises, sauf une : la rédaction de *L'Express*. C'est compliqué, très compliqué, trop compliqué. Il se pourrait que, si tu es malchanceux, tu doives payer pour ta petite faiblesse. »

Thibault ne se sentit plus la force de rester à table. Il salua et remercia mollement Émile Rousseau, qui le fit raccompagner par un domestique. Mais le ministre ne gagna pas directement sa voiture. Il fit une escale à la salle de bains des invités.

Il aperçut dans le miroir un visage cireux à la pâleur cadavérique. Un haut-le-cœur le prit. Toute sa nervosité, son angoisse et sa honte se nouèrent douloureusement dans le creux de son estomac. Il aspira une grosse bouffée d'air avec un sifflement rauque. La douleur se fit plus intense et il tenta de hurler. Mais, plutôt qu'un cri, c'est un flot nauséabond et acide qui lui monta à la gorge et brûla ses lèvres. Des spasmes lui secouaient tout le corps alors qu'il vomissait une pâte tiédasse d'œufs à la bénédictine et de saumon fumé à peine digérés dans la cuvette sanitaire. Le liquide miasmatique lui sortait par la bouche et les narines, déposant des miettes d'aliments dans ses fosses nasales. Quand il n'eut plus à dégueuler qu'une bile jaune et infecte, il releva la tête et regarda à nouveau dans le miroir. Le cadavre vivant qu'il y avait vu s'y trouvait toujours, ses vêtements étaient souillés et seules ses tripes, en admettant qu'il en eût, s'étaient allégées.

La journée, au grand soulagement de Stéphanie qui l'avait trouvée interminable, tirait à sa fin. Claude Dubé l'avait reconvoquée à son bureau pour une nouvelle réunion. Le rédacteur en chef avait recommencé l'exercice de consultation juridique avec les avocats du journal et était censé maintenant annoncer la décision finale de la Direction quant à l'article. Stéphanie n'avait fait qu'attendre ce moment toute la journée.

Elle entra dans le bureau de Dubé, nerveuse. Louise Duguay, Lionel Rivard et d'autres cadres attendaient avec elle. Dubé arriva, l'air soucieux.

«Nous avons consulté à nouveau nos avocats, annonça-t-il avec un regret évident. Nous sommes d'accord pour publier l'histoire.»

Stéphanie se mit à sourire, mais sentit, à l'absence de réaction de Lionel et Louise, que Dubé n'avait pas terminé sa déclaration.

«Mais, poursuivit-il, malgré toute ta crédibilité, Stéphanie, nous devons attendre que tu aies obtenu des déclarations assermentées des principaux témoins. Si jamais ils refusaient de confirmer les faits, le journal serait plongé dans une merde sans fin.

– La déclaration du garçon ne suffit pas? demanda la journaliste, au bord des larmes. C'est quand même le principal témoin.

– Tu peux toujours refaire jouer ton enregistrement», concéda Dubé.

Stéphanie démarra le magnétophone. On entendit à nouveau la voix nerveuse du garçon, répondant aux questions de
Stéphanie.

«Quel est ton nom?

– Nicolas Chelios.

– Où travailles-tu?

– Au Château Laurier, à Ottawa.

– Décris-moi ce qui vient de se passer.

– J'ai livré une bouteille de champagne à la chambre 614. Il
y avait un homme et une jeune fille. Je pense qu'ils étaient au lit.

– Comment étaient-ils? Nus?

– Oui! presqu'à poil.

– Tu les connais? Qui est l'homme?

– C'était le ministre Thibault.

– Tu en es sûr?

– Oui! Je l'ai vu cet après-midi à son arrivée à l'hôtel.

– Et la fille?

– Elle était jeune!

– Quel âge tu lui donnes?

– Quinze. Peut-être seize...»

Stéphanie arrêta le magnétophone.

«Tu penses vraiment à tout, approuva Lionel.

– C'est la première chose que j'ai faite! Le gars était certain
de perdre son emploi!

– Ça me paraît suffisant, conclut Louise.

– Ce n'est pas assez, répondit Dubé. Selon nos avocats, il
nous faut absolument le témoignage de la fille. Et, chose certaine, on ne peut mentionner qu'elle est mineure: même le garçon d'étage ne semble pas sûr de son âge.

– Mais je sais son âge! s'écria Stéphanie. Elle avait huit ans
quand j'ai participé à Wimbledon! Je m'en souviens très bien.
C'est déjà criminel de coucher avec une prostituée, mais avec
une mineure, c'est répugnant!

– Ce n'est pas le genre de *L'Express* de verser dans les affaires de mœurs, expliqua enfin Dubé. Le jaunisme, on laisse ça aux concurrents.

– Vous pouvez peut-être vivre avec le fait qu'un ministre se paye du bon temps avec une mineure et l'encourage sur la voie de la prostitution, mais pas moi!»

Claude Dubé était coincé. Il se servit de sa dernière échappatoire.

«La décision finale revient à Émile Rousseau...», dit-il.

Il venait de commettre une bourde, il le savait. La jeune journaliste quitta la pièce en coup de vent, non sans claquer violemment la porte. Elle se rendit au stationnement et démarra en trombe pour se rendre chez son père. C'est sa mère qui l'accueillit. Celle-ci, devinant parfaitement son état d'âme, tenta de calmer sa fille.

«Parle-lui posément. Tu arriveras peut-être à le faire changer d'avis.

– Maman! se plaignit Stéphanie, à bout de nerfs. Ça fait combien de temps qu'on ne se voit plus? On se dit à peine bonjour quand on se rencontre au journal!

– Tu as toujours obtenu tout ce que tu as voulu de lui, tu le sais, consola sa mère.

– Les choses matérielles, oui, protesta la fille. Le reste, ce qui est vraiment important...

– Tu es injuste, condamna la mère. Change d'expression, au moins. Prends la figure que tu avais quand tu lui as fait avaler que tu quittais l'université en plein milieu de ta maîtrise pour faire du journalisme!»

Stéphanie sourit faiblement. Elles avaient échangé ces quelques paroles en se dirigeant vers le salon particulier d'Émile, la pièce insonorisée où il se détendait en écoutant de la grande musique. Aujourd'hui, c'était de l'opéra, et la voix de La Callas emplissait totalement la pièce, ne laissant d'espace sonore à quoi que ce soit d'autre. Stéphanie entra sans que son père ne laisse voir de réaction, étendu sur son canapé, les yeux fermés, complètement absorbé par la voix chaude de la chanteuse. Stéphanie baissa le volume.

Ils restèrent silencieux un instant. Ces deux fortes têtes n'avaient jamais réussi à se parler normalement, et cette peine à communiquer atteignait un paroxysme en cette minute.

«Stéphanie! murmura Émile.

— Je suis étonnée que tu m'aies entendue avec ta musique de sauvages.

— Je ne t'ai pas entendue, je t'ai sentie! Tu portes le même parfum depuis le jour de tes vingt ans.

— J'ai à te parler.

— Je m'y attendais. C'est à propos de ton article?

— Je ne sais pas qui tu veux protéger: Wilfrid Thibault, sa famille ou les contrats que tu obtiens avec son ministère, mais tu bloques la publication d'une grosse nouvelle, et c'est indigne d'un propriétaire d'un grand journal dans une vraie démocratie.

— La première personne que je veux protéger, c'est toi, Stéphanie.

— Laisse tomber, veux-tu! ordonna-t-elle sèchement.

— Tu ne t'es pas demandé, reprit-il au bout d'un silence, pourquoi on t'a appelée toi plutôt qu'une autre?

— Que veux-tu dire? demanda sa fille, intriguée.

— Je n'ai pas toutes les réponses, mais il n'en demeure pas moins que quelqu'un t'a prévenue, toi, en particulier. Il n'y a rien qui ne se fasse sans motifs précis, dans la vie. Je ne crois pas au hasard. De toute façon, publier une nouvelle litigieuse, c'est la décision de l'éditeur, pas du propriétaire.

— *L'Express* n'a pas d'éditeur!

— Claude Dubé est rédacteur en chef.

— Claude Dubé n'a ni le titre, ni la colonne vertébrale pour prendre ce genre de décision. Ça bloque, et ça bloque ici, dans ta maison! accusa Stéphanie, furieuse.

— Ça bloque, expliqua son père, parce qu'une nouvelle mal étayée, c'est comme un barrage qui craque. Tu serais la première emportée par la débâcle... et tout le journal serait atteint par la boue. La nouvelle de Thibault, c'est une bombe. Et avant de faire sauter une bombe, il faut se mettre à l'abri.

– Tu me déçois! jeta Stéphanie, écœurée, en se dirigeant vers la porte.

– Stéphanie!» prononça fermement son père.

Elle se retourna. Il lui pointait le système de son du doigt. Elle alla remonter le volume. Elle le mit d'ailleurs juste assez fort pour qu'il soit obligé de se lever au prochain crescendo.

Chapitre II

Ce matin-là, Michel Gagné débordait d'enthousiasme: il avait mis le doigt sur une histoire qui pourrait s'avérer intéressante. Son projet était original et plairait à tout le monde. Puisqu'on l'avait confiné aux faits divers et aux histoires sordides, il pousserait le genre aux limites du sublime.

Il traversait la salle de rédaction avec un dossier sous le bras. Il cherchait des yeux le journaliste qui l'aiderait à creuser son sujet. Il s'agissait du célèbre François Dumoulin qui, un temps, s'était vu confier le rôle peu glorifiant que jouait Michel actuellement. L'expérience du vieux routier lui permettrait de s'orienter dans la jungle du monde interlope, sans compter que la camaraderie de l'un des piliers de *L'Express* lui serait éventuellement fort utile.

Michel trouva son homme. Dumoulin revenait d'un grand reportage au Liban. Son visage était bronzé et une valise tapissée d'autocollants de diverses provenances se trouvait à côté de son pupitre. Serge Vandal discutait avec le reporter quand Michel vint se présenter.

«As-tu vu la petite nouvelle qu'ils ont engagée comme messagère? racontait le photographe.

– Je viens d'arriver! répondit Dumoulin en souriant devant les préoccupations spirituelles de son confrère.

– Un beau petit corps! Elle doit avoir dix-sept, dix-huit ans... Je te dis que ça sera pas long qu'elle va entendre parler de moi!

– Bien hâte de la voir... marmonna François.

– Salut! intervint Michel. Je viens juste d'être engagé. Je m'appelle Michel Gagné, j'étais au *Quotidien* de Chicoutimi.

– Content de te rencontrer, Michel, dit-il, cordial. Je peux t'aider?

– Oui! Je travaille sur un projet et Rivard m'a dit que tu étais la personne idéale pour me guider... Je t'invite à déjeuner?

– Pourquoi pas!» accepta Dumoulin, gagné par l'enthousiasme du débutant. Le journaliste chevronné n'aimait pas l'idée de vieillir, et le contact des jeunes lui donnait de l'énergie. Les deux hommes se rendirent donc au café habituel des gens de *L'Express* et se mirent à table. Michel lui présenta son dossier et lui expliqua son projet.

«J'ai un cousin qui travaille au pénitencier de la rue Parthenais. Il veut bien me faire passer pour un détenu durant la fin de semaine.

– C'est intéressant, approuva Dumoulin. Tu peux en sortir, des bonnes histoires, avec ça...»

Le reporter examina les photos et coupures de presse que Michel avait colligées. François, qui avait ratissé les quartiers mal famés en quête de nouvelles scabreuses, reconnut quelques-uns des visages qui s'y trouvaient.

«C'est une chance formidable que tu as, opina Dumoulin. Ton cousin te fait toute une faveur! Le journal est d'accord?

– Puisque c'est sur mes jours de congé, il n'y a pas de problème. Si j'ai du bon matériel, Rivard publie.

– Je vais essayer de te dire qui ils sont, proposa Dumoulin, mais ça fait un bon bout de temps que je ne suis plus dans ce secteur...

– Faire des reportages autour du monde, c'est pas mal plus intéressant...» commenta Michel avec une pointe d'envie.

Dumoulin acquiesça d'un sourire.

«Personne ne doit savoir que tu es journaliste, prévint-il, plus sérieux. Ces gars-là ne sont pas idiots. Il faut que tu sois très prudent.

– Pas besoin de me le rappeler...»

Ils s'interrompirent un moment alors qu'un petit groupe entrait dans le restaurant. Il s'agissait de Stéphanie, Léonne et Louise. Les journalistes se saluèrent d'un signe de tête, et les trois dames s'assirent non loin de leurs confrères. François Dumoulin, amusé, observa Michel qui dévorait Stéphanie des yeux. Il était mieux placé que quiconque pour comprendre ce que le jeune homme pouvait ressentir.

«Lui, c'est Albert Lauzon, dit-il pour ramener à lui l'attention de Michel. Ça fait dix fois qu'il retourne en taule. C'est un véritable artiste: il peint de fausses toiles absolument superbes. Si jamais tu te retrouves au bureau d'Émile Rousseau, tu jetteras un coup d'œil à son Juan Miro.

– Le gars en a fait une copie?

– C'est la copie! ricana Dumoulin. Rousseau ne le sait même pas. Le vrai est accroché au-dessus de la cheminée de la mère de Lauzon! J'en ai tellement ri quand il m'a conté ça que je ne l'ai même pas dénoncé!

– Lui, tu le connais? demanda Michel en tendant une autre photo.

– Lui, c'est Jimmy Fontaine, un ancien boxeur.

– C'est le seul que je connaisse, expliqua Gagné. Je vais partager sa cellule au pen. J'ai suivi son procès, il y a à peu près deux ans. J'étais en train de liquider mon bureau d'avocat...

– Procès, répéta Dumoulin, c'est un bien grand mot. À peine deux jours d'audience, si je me souviens bien. Et l'avocat de la défense a annoncé que son client plaidait coupable!

– Qu'est-ce qui s'est passé?

– Difficile à dire... La Couronne n'avait qu'une preuve de circonstances. Pendant et après le procès, il semblerait que le fils de Gilbert...

– Gilbert? répéta Michel.

– Le protecteur de Fontaine. Son fils Vincent se serait promené dans tous les gymnases de la ville en se vantant d'avoir envoyé Fontaine en prison à sa place. Mais va donc prouver ça! Les Gilbert sont plus hermétiques qu'un scaphandre...»

Dumoulin s'interrompit en constatant que Michel n'était pas très attentif. Le jeune loup lorgnait du côté de Stéphanie. François le trouva un peu discourtois d'agir ainsi après avoir si empressément requis ses services, mais, pour avoir vécu près d'un an avec la jeune femme, il devait admettre que Michel avait ses raisons d'être déconcentré. Les trois femmes discutaient vivement.

« As-tu travaillé, mardi ? demanda Léonne à Stéphanie.

– Oui. Pourquoi ?

– On t'a vue tous les jours au journal jusqu'à tard le soir, accusa Léonne. Pourtant, ton temps supplémentaire n'était pas inscrit au tableau.

– Léonne ! s'impatienta Stéphanie.

– Tu ne charges pas tes heures supplémentaires ?

– Il y a des choses plus importantes que ça dans la vie ! se défendit Stéphanie, irritée.

– Quand quelqu'un fait du surtemps sans le facturer, il prive les autres d'heures supplémentaires ! C'est pas parce que tu es la fille d'Émile Rousseau que ça te permet de...

– Fiche-moi la paix avec ça ! D'accord ? ordonna Stéphanie, furieuse. Fais-le, ton rapport ! dit-elle en se levant pour quitter le café.

– Ça a peut-être l'air d'une job de bras ce que je fais là, plaida Léonne. Mais ça nous est arrivé d'aller piqueter sur le trottoir en plein hiver pour gagner les droits que tu as aujourd'hui ! Tu as bien dû voir qu'il y avait du monde derrière toi avec l'histoire de Thibault. »

Stéphanie acquiesça mollement d'un signe de tête, sans se retourner. Léonne faisait son travail de syndicaliste, mais elle l'avait quand même vexée. Michel regarda la journaliste passer la porte, peiné de manquer une autre occasion de se rapprocher d'elle.

François et Michel avaient suivi la discussion des deux femmes, non par indiscrétion, mais à cause du haut volume sonore qu'elles avaient atteint. L'histoire du temps supplémentaire avait intrigué Michel.

«Qu'est-ce que le tableau des heures supplémentaires? demanda-t-il à Dumoulin.

— Tu jetteras un coup d'œil dans la salle de rédaction, expliqua son aîné. Il y a un tableau où l'on affiche le temps supplémentaire de tout le monde. C'est important de le noter, sinon les patrons favoriseraient toujours les mêmes... et ça permet de repérer les téteux!

— Stéphanie Rousseau... articula Michel, rêveur. Ça m'arrive rarement, mais c'est le genre de fille qui m'intimide.

— Elle sort de l'ordinaire, approuva Dumoulin, mi-figue, mi-raisin.

— Un beau corps, avec une belle tête dessus et une belle cervelle dedans... admira le loup. Comme on dit par chez nous: «faut qu'un gars mette ses bretelles s'il veut porter les culottes.»

— Ouais! répondit François, hilare. C'est une bonne façon de résumer les choses. Stéphanie décide quand ça commence et quand ça finit... ajouta-t-il, songeur.

— Tu veux dire... toi et elle? comprit soudainement Michel.

— Une vieille histoire, répondit Dumoulin au bout d'un moment. Pour elle, en tout cas.»

Cette constatation n'encouragea pas Michel dans ses spéculations sentimentales. Stéphanie Rousseau, la jeune première que tout le monde admirait tant, avait mérité l'affection du plus grand journaliste de Montréal, pour ensuite le laisser tomber! Il se sentait de moins en moins sûr de ses moyens, lui qui avait séduit les plus belles filles du Saguenay. Dumoulin l'observait toujours et semblait deviner ses pensées, ce qui le rendit davantage mal à l'aise. «Ouais, le loup, se dit-il, t'es vraiment rendu dans les grosses ligues...»

Le vendredi après-midi tant attendu était enfin arrivé. Michel eut droit à un traitement royal: on le menotta, on lui barbouilla les doigts pour prendre ses empreintes, on le prit en photo, matricule en main, de face et de profil, sous un flash aveuglant. On le conduisit sans ménagement dans les couloirs bordés de grilles d'acier vers la cellule où ne l'attendait pas l'ancien boxeur nommé Jimmy Fontaine.

Avant sa mésaventure, Fontaine avait été l'un des espoirs les plus coriaces dans la catégorie des poids moyens, et cela se voyait à son physique imposant. Le boxeur observa d'un œil meurtrier l'arrivée de Michel.

«Tiens, mon Jimmy, annonça le gardien. De la belle visite!»

Là-dessus, Fontaine se leva d'un bond de son lit, visiblement mécontent.

«Vous comprenez pas le français, mes hosties! rugit-il. Je veux pas personne avec moi!»

Le gardien ouvrit la grille de la cellule, sous le regard vigilant d'un autre gardien, armé d'une solide matraque. Il libéra les poignets de Michel et ressortit sans s'attarder. Fontaine poussa une série de jurons bien sentis en guise d'accueil à son nouveau compagnon de chambre.

«Couche-toi, le pit-bull! tança le gardien, rassuré par les solides barreaux qui le séparaient de Jimmy. Il va falloir que tu apprennes à partager ta belle grande niche! Il est encore un peu sauvage, dit-il à l'endroit de Michel. On n'a pas fini de le dresser.»

Les gardiens s'éloignèrent. Michel, qui, dans une salle de rédaction, pouvait passer pour costaud, avait l'air d'une jeune fille à côté du prisonnier. Il inspecta sommairement la cellule en adressant au boxeur des sourires bienveillants, qui ne semblaient pas avoir l'effet voulu. Fontaine le fixait d'un œil sombre qui n'augurait rien de joyeux.

«Je ne te tomberai pas longtemps sur les nerfs, lança-t-il maladroitement. J'ai demandé mon transfert à Port-Cartier.»

Il y eut un long silence durant lequel Michel eut de la difficulté à maintenir son sourire.

«Je viens de Sept-Îles, expliqua-t-il à un Jimmy Fontaine monolithique. Ma blonde reste là. Je serai plus près de chez nous.»

La réaction du boxeur fut sans équivoque: il s'allongea sur sa couchette et tourna le dos au nouveau venu. Michel, plutôt soulagé de ne plus avoir à soutenir son regard, profita de ce répit pour sortir une cigarette. Il aspira nerveusement la fumée. Cette dose de nicotine le rassura. Mais elle ne produisit pas le même effet chez son compagnon d'infortune, qui se retourna en affichant un rictus meurtrier.

«Ça me dérange!» articula-t-il, agressif.

Il se retourna de nouveau vers le mur, considérant que son avertissement suffisait amplement. Michel eut le réflexe de chercher un endroit pour écraser sa cigarette, puis se ravisa. S'il voulait arracher son histoire à ce dur à cuire, ce n'était sûrement pas la docilité qui lui mériterait sa sympathie. Il décida de raffermir son attitude et de continuer à fumer sa cigarette.

Fontaine, sans avertissement, bondit hors de son lit, se rua sur Michel, l'agrippa par le collet, lui assena une baffe retentissante, qui envoya le journaliste buter de la tête contre le lavabo de la cellule. À travers l'étourdissement et la nausée qui le gagnaient, le journaliste sentit un goût de sang lui emplir la bouche.

«Tabarnack! hurla Jimmy, tu vas m'écouter quand je te parle!»

Le détenu fulminait. Tout ce vacarme avait attiré les deux gardiens de service. L'un d'eux ramassa la cigarette encore fumante pendant que l'autre sortait des menottes. Le premier tendit le mégot à Michel.

«Tu as le droit de fumer, si tu veux. Toi, dit-il en s'adressant à Jimmy, tu retournes au trou. On va te casser, comme les autres. On a tout notre temps.

– Il n'a rien fait! intervint Michel à la surprise générale. Absolument rien!

– Et ça? demanda le gardien en pointant le filet de sang qui s'écoulait de sa bouche.

– Je suis tombé de ma couchette! expliqua-t-il aux gardiens incrédules. Je suis habitué à un grand lit.

– Mange des coups si tu aimes ça, répondit le gardien. Mais ne commence pas à faire le fin avec nous autres, Charron. »

Les gardiens les quittèrent sur cet avertissement. Michel, encore étourdi, s'étendit sans mot dire sur le matelas, en écoutant distraitement le bruit des pas qui diminuait lentement. Le silence se fit.

« C'est Charron, ton nom ? demanda Fontaine après quelques minutes.

– Daniel Charron.

– T'es un gars correct, jugea le condamné.

– Si tu t'étais servi de cette droite-là plus vite contre Horton, il n'aurait jamais duré deux rounds ! »

Après ce solide crochet, Michel sentit que le match venait de changer d'allure. Un sourire se dessina à la commissure des lèvres de Fontaine.

« À part tes deux combats aux États, je n'en ai pas manqué un seul, ajouta Michel en guise de jabs. Si quelqu'un m'avait dit, quand je t'encourageais des gradins, que je partagerais la cellule du grand Jimmy Fontaine... »

Cette dernière remarque eut l'effet d'un uppercut. Fontaine était sonné, une rougeur de plaisir envahit ses joues. Michel l'acheva.

« Si c'était juste de tes poings, tu serais un boxeur ; mais, avec ton jeu de jambes, tu es un vrai artiste. »

Il venait de l'envoyer au tapis. Michel compta silencieusement jusqu'à dix : il était vainqueur par knock-out ! Jimmy le regarda dans les yeux, affichant maintenant un large sourire.

« Sais-tu, plaisanta le boxeur, que t'es plutôt sympathique pour un punching-bag ?

– J'ai suivi ton procès, aussi, continua le journaliste. Je ne connais pas ton avocat mais, à mon avis, c'est un maudit incompétent ! Tu n'avais pas de dossier, rien... Les juges sont sensibles à ça, d'habitude. Ils y pensent avant d'envoyer un gars comme toi en taule. Et toi, tu plaides coupable ! s'exclama-t-il. Je ne peux pas croire que tu n'avais pas de défense à présenter. Il y en a toujours une. Je sais de quoi je parle : j'ai fait mon droit.

– Qu'est-ce que tu fais ici, d'abord? interrogea Fontaine, suspicieux.

– J'ai fait du droit. J'ai fait du «croche», aussi.

– Tu saignes en hostie! coupa Fontaine en constatant qu'une mare de sang s'était formée sur l'oreiller de son compagnon de cellule. Il faut que tu ailles à l'infirmerie!»

Fontaine, au grand désagrément des gardiens, gueula pour qu'on vienne s'occuper de son camarade. Ceux-ci, voyant l'état dans lequel se trouvait le crâne du nouveau venu, s'empressèrent de l'envoyer aux soins médicaux du pénitencier.

Michel put découvrir ainsi une autre facette de la vie carcérale. En effet, l'infirmier de service le pansa avec beaucoup de délicatesse, plus qu'il n'était nécessaire.

«Comme ça, on s'est cogné sa belle petite tête?, murmurat-il.

– Ouais... grogna Michel, peu réceptif.

– Si ça te tente, proposa l'infirmier en se lovant contre lui, je peux m'arranger pour que tu restes quelques jours. La nuit, c'est tranquille.

– Je comprends, répondit sèchement le journaliste. Pose pas tes pattes de folle sur moi, t'as saisi? Je ne passerai pas la nuit ici. Je vais foutre le camp! Ça fait ton bonheur?

– Ah... Un petit dur! minauda l'homosexuel, nullement impressionné. Je vais attendre qu'ils te ramollissent. Tu vas être content de revenir.»

Michel, soulagé, regarda s'éloigner l'infirmier. Il commençait à trouver moins drôle son pique-nique en prison et se demandait combien de claques sur la gueule et de mains aux fesses il pourrait supporter pendant la fin de semaine.

C'est avec joie qu'il regagna sa cellule: il préférait de loin les baffes du boxeur aux avances de l'infirmier, surtout qu'il s'était gagné la sympathie de Fontaine. Il raconta à ce dernier l'incident qui venait de se produire.

«Un blond? Les cheveux lisses? répéta Jimmy. André! Un christ de maniaque. Il dope les gars et il en profite.»

Fontaine tendit le bras pour ramasser le paquet de cigarettes de Michel. Il lui en offrit une. Michel hésita.

«Ce n'est pas très bon pour la santé...

– Vas-y, câlisse!» insista Fontaine en riant.

Les deux hommes échangèrent un regard complice. Gagné accepta la cigarette, l'alluma, se détendit. Il se décida à poser quelques questions.

«Pourquoi as-tu décidé de venir pourrir cinq ans en prison? Tu vas être trop vieux pour boxer en sortant d'ici.»

C'était une question risquée et Fontaine resta coi un long moment avant d'y répondre.

«Je n'ai pas envie qu'on touche à ma blonde ou à ma mère. Je ferai ce qu'il faut pour que ça n'arrive pas. Toi, demanda-t-il après un autre silence, qu'est-ce que tu fais ici?

– Je fréquentais beaucoup de riches grâce à mon bureau d'avocats, mentit-il. Je repérais ceux qui n'étaient pas à leurs affaires et je m'en occupais à leur place.

– C'est-à-dire?

– Tu sais, le gars qui fait cinq cent mille par année, qui engage un comptable pour son rapport d'impôt et un avocat pour négocier ses contrats, s'il fait ça, c'est parce qu'il n'a pas le temps de vérifier...

– Comment tu t'y prenais? demanda Fontaine, intéressé.

– Ce n'est pas bien compliqué. Tu lui arrives un matin, l'air paniqué, avec un faux avis du gouvernement, ou de la banque, ou même de son ex-femme! Puis, tu lui dis qu'il est dans la marde s'il te donne pas trente mille piastres tout de suite. Le gars vient pour signer le chèque, il te demande à l'ordre de qui il doit le faire, tu lui donnes le nom d'une compagnie-bidon, genre "gouvernement du Québec" avec une faute d'orthographe. Le gars signe, il se sent plus léger, il te remercie et te donne un bonus pour lui avoir éviter du trouble!

– Hostie de crosseur! complimenta Fontaine. Dire que je me suis déjà fait péter deux dents pour un combat de cinquante piastres! Comment est-ce qu'ils t'ont pogné?

— Des fois, il y en a qui engagent un deuxième avocat pour surveiller le premier... Ça coûte cher mais, avec moi, ça valait la peine...

— Ça fait que tu ne peux plus pratiquer?

— Non. Mais je m'en fous, j'ai un compte en Suisse qui m'attend en sortant de prison.»

Fontaine poussa quelques jurons plutôt flatteurs pour Daniel Charron, le fraudeur. Michel Gagné, le journaliste, fier de son mensonge, se demandait pourquoi il n'avait pas appliqué cette technique dans la réalité. Après cette fausse confession, il se risqua à interroger Fontaine davantage.

«Le gars, dans la ruelle, c'est vraiment toi qui l'as envoyé dans le coma?

— Pourquoi tu tiens tellement à savoir ça? répondit Fontaine, méfiant.

— J'ai bien vu que t'es pas un enfant de chœur, mais t'es pas le genre non plus à faire des niaiseries de même...

— T'as raison. C'est un gros enfant de chienne à son père qui a fait le coup...

— À son père? C'est une histoire de famille, ça?

— Ouais. Un gros épais qui se pense au-dessus des autres parce que son papa contrôle toute la boxe, pis ce qui se passe en dessous du ring...

— Ton promoteur? fit Michel d'une voix qui se voulait détachée.

— T'es ben curieux, toi, tabarnack! prévint Jimmy, craintif. Ce que je te conte là, ça reste entre nous, ok?»

— Si tu ne dis rien sur mon compte en Suisse, je ferme ma gueule aussi, bluffa Michel.

— C'est le fils à Gilbert, mon gérant. J'aurais jamais dû faire affaire avec eux... À cette heure, c'est trop tard pour changer d'idée... T'as besoin de rien dire à personne, toi, mon avocat!»

Jimmy, qui s'était levé brusquement de sa couchette, le menaçait du doigt. Il regrettait visiblement d'avoir parlé. Le gardien de nuit, attiré par le son de leur conversation, vint leur ordonner de la boucler et de se coucher. Les deux prisonniers, qui avaient assez discuté obtempérèrent.

Le lendemain, Fontaine s'était drapé dans le mutisme. Gagné n'osait pas le travailler davantage. Quand arriva finalement l'après-midi de son départ, Jimmy vint dire au revoir à son compagnon temporaire. Michel sut à son regard que sa curiosité avait éveillé les soupçons du boxeur. Ce dernier, alors que Michel avait déjà son sac à la main, vint se planter devant lui et le fixa droit dans les yeux. Des gardiens lui ordonnèrent de libérer le passage.

«M'emmerdez pas, répliqua-t-il. Je veux juste dire au revoir à mon bon ami Charron. Comme ça, dit-il à Gagné, tu me quittes déjà?

— J'ai eu mon transfert à Port-Cartier.

— T'es chanceux. Tu sais, ce que je t'ai dit l'autre soir, si j'étais toi, je n'en parlerais à personne. Personne, appuya-t-il.

— Écoute, Jimmy, assura Michel, conciliant mais nerveux, je trouve que t'es un gars correct qui paie pour un autre. Mais je ne t'amènerai pas d'emmerde, t'as ma parole.

— La parole d'un avocat qui fourrait ses clients?

— Faites-ça vite! somma le gardien.

— Une minute, calvaire! jura le boxeur. C'est pas le temps qui manque.»

Il se retourna vers Michel.

«Daniel Charron, hein? Vois-tu, il y a un gars de Chicoutimi, ici. Il m'a dit qu'il connaissait un journaliste... un petit sale qui a bavé sur son compte dans le journal de son bout... Gagné, Michel Gagné, tu ne connaîtrais pas ça, toi?»

Michel nia. Mais des sueurs froides se voyaient quand même sur son front.

La soirée tirait à sa fin. Lionel Rivard était au téléphone avec sa sœur, en train de planifier ses prochaines vacances. Un petit chalet tranquille au bord d'un lac, c'était parfait pour le vieux garçon qu'il était. Il signa distraitement la maquette du prochain journal. Le commis qui la lui avait apportée s'apprêtait à quitter le bureau alors qu'il raccrochait.

«Une minute! appela-t-il, plus attentif. Je n'ai pas vu la une.

– Vous venez de la signer! répondit le commis.

– Montre-moi ça, j'ai pas fait attention.»

Le commis soupira et dénicha la une parmi les larges feuilles de carton quadrillées qu'il venait tout juste de ranger. Rivard sursauta en lisant le gros titre:

UN MINISTRE DE L'ENVIRONNEMENT SURPRIS AVEC UNE MINEURE

Et plus bas, sous la photo de Wilfrid Thibault, on pouvait lire:

THIBAULT PRÊCHE POUR LA FAMILLE MAIS ENCOURAGE LA PROSTITUTION

Le sang ne fit qu'un tour dans les veines de Rivard. Il appela immédiatement son rédacteur en chef. Celui-ci arriva à la course une vingtaine de minutes plus tard, en tenue d'intérieur, visiblement tiré de la quiétude de son foyer, probablement de son lit.

«Tu as très bien fait de bloquer la maquette, dit-il en arrivant au bureau de Rivard. Je n'ai jamais autorisé la publication de l'article de Stéphanie.

– Je l'aurais su, acquiesça Rivard. À moins que ça ne vienne de plus haut? Stéphanie, c'est quand même sa fille... Mais ça n'a pas de bon sens!

– M. Rousseau n'aurait jamais pris une décision pareille sans me prévenir. De toute façon, il m'a donné carte blanche pour autant que j'aie assez de preuves en main. Le témoignage du garçon d'hôtel était trop ténu.»

Les deux hommes soufflèrent un peu. Le moment de panique était passé et ils devaient réfléchir calmement: qui avait intérêt à ce que cette nouvelle sorte et qui avait les moyens de trafiquer les maquettes du journal? Rivard observa le visage endormi de son collègue.

«Je t'ai réveillé, constata-t-il. Excuse-moi...

— Lionel, on peut me sortir du lit à n'importe quelle heure de la nuit, assura-t-il. Cela vaut mieux que de laisser publier une bêtise.

— Quelqu'un s'en serait aperçu avant même que ça se ramasse dans la rue.

— Oui, mais quand même, reprit Dubé, soucieux, le temps qu'on amène le journal pour te le montrer, il y en aurait déjà eu mille copies d'imprimées... Qui donc a intérêt à mettre le journal dans le pétrin?

— Les maudits syndicats! s'exclama Lionel. C'est le genre de farces plates à Léonne... Des moyens de pression, comme ils disent...»

Durant leur entretien, Dubé s'était installé devant le terminal de son collègue. Il retrouva ce qui était initialement prévu comme première page du journal:

RALLIEMENT DES MONTRÉALAIS POUR REGAGNER L'ACCÈS AU FLEUVE DANS LE VIEUX PORT

Rivard geignit, sans enthousiasme.

«Il n'y aura pas de panique avec ça...»

Effectivement, le lendemain matin fut très calme dans la salle de rédaction. Stéphanie, en arrivant, remarqua, à sa grande surprise, une figure qu'elle connaissait: Alexandra, la fille de son ancien petit ami, François Dumoulin, l'un des grands journalistes de *L'Express*. Celle-ci la salua d'un grand sourire.

«Je me suis trouvé un emploi!» annonça fièrement la jeune fille, nouvelle messagère au service de la rédaction.

Stéphanie n'eut pas le temps de lui répondre qu'elle aperçut le père de l'adolescente, François, entrant dans la salle, valise à la main. Il eut une moue de mauvais augure en apercevant sa fille portant l'uniforme de messager.

«C'est toi, la nouvelle messagère!» s'exclama-t-il en constatant l'identité de la «maudite belle fille» dont lui avait parlé Serge Vandal.

Stéphanie sourit en se rappelant la réaction de son propre père quand elle avait laissé les études pour se faire engager, sans le prévenir, dans son propre journal. Alexandra, peut-être inspirée par l'expérience de Stéphanie, venait de faire le même coup à François. Elle ne se sentit pas le besoin d'assister à la discussion mouvementée qui allait suivre et se dirigea vers son pupitre.

Louise Duguay vint lui dire deux mots. L'éditorialiste du journal se sentait un peu coupable du traitement qui avait été réservé à l'article de Stéphanie et tenait à se dissocier de l'attitude de la Direction. Mais Stéphanie n'avait que faire de ces bonnes intentions et la toisa d'un regard sévère.

«Moi, dit Louise, directe, j'aurais publié.»

Stéphanie baissa les yeux, plus conciliante. On ne pouvait faire grand-chose contre la mollesse de Claude Dubé. Louise, seule, n'avait rien pu faire, et Stéphanie devait bien l'admettre.

«Je sais... répondit Stéphanie.

— Dubé ne le dit pas, continua Louise Duguay, mais c'est évident que ton père lui a imposé des conditions très dures. Et puis, on ne vérifiera jamais assez avant de publier une histoire comme celle-là...»

Le regard de Stéphanie redevint sévère.

«Quoi qu'il en soit, reprit Louise, il ne veut absolument pas publier sur la déclaration d'un seul témoin qu'on ne peut retracer.

— Ils ont tous disparu! s'écria Stéphanie. Ils sont probablement en vacances quelque part aux Antilles au frais du ministre de l'Environnement! Je suis passée à travers des tonnes de dossiers de la police d'Ottawa et de Hull pour essayer de retrouver la fille... Qu'est-ce que je dois faire, maintenant?

— Tu ne croyais quand même pas que ce serait facile de s'attaquer à une grosse légume comme Wilfrid Thibault!

— J'ai fait mon travail, se défendit la journaliste. Ce sont eux qui se croisent les bras.

– Si tu abandonnes maintenant, expliqua doucement Louise, qui manque de courage? Toi ou Claude Dubé?»

Stéphanie s'interrompit, touchée par l'argument. Toutes ces difficultés commençaient à lui saper le moral, et ça se voyait à ses traits tirés.

«Et si j'arrive avec les pièces manquantes du casse-tête?

– C'est dans le journal le jour même! lui garantit l'éditorialiste. Dubé n'aura pas le choix de se tenir debout.»

Léonne Vigneault passa près d'elles. Léonne et Stéphanie s'échangèrent un coup d'œil agressif: ni l'une ni l'autre n'avaient encore digéré leur dernier entretien. Louise en profita pour aviser Léonne que les deux grands patrons cherchaient à la voir.

«Annonce-moi ça avec ménagement! plaisanta l'obèse, ironique. Tu vas me faire faire une attaque!»

Là-dessus, Léonne se dirigea pesamment vers le bureau du rédacteur en chef. Lui et Rivard l'attendaient de pied ferme, armés de la planche qui avait failli faire la une de ce matin, et sur laquelle l'inscription «ANNULÉE» était marquée au feutre rouge. Léonne la regarda avec amusement.

«Avez-vous appelé la police montée? ricana-t-elle. Ils attrapent toujours leur homme!

– Pas besoin, Léonne, répondit Rivard. On a une bonne idée des coupables.

– Ne me regardez pas! riposta Léonne. J'ai passé la soirée d'hier devant la télévision. Et je peux vous jurer qu'il n'y avait rien d'aussi palpitant que ce qui s'est passé ici. La police a juste à lire ma chronique. J'y pense... continua Léonne, narquoise, ça pourrait très bien être un coup des syndicats, c'est leur genre, le sabotage. En tant que présidente des journalistes, je peux convoquer une assemblée spéciale d'urgence avec les dix-huit autres locaux du journal. Nous pourrions tenter de faire la lumière sur cette sombre affaire. Mais, je vous préviens, ça pourrait retarder le journal de demain. Les membres ne sont pas bavards, c'est leur gros défaut...»

Léonne leur présenta un large sourire, fière de sa tirade. Rivard avait très bien saisi le sarcasme de la chroniqueuse et ne releva pas son offre, menace à peine voilée.

«Je sais que les négociations sont lentes, admit Lionel. Mais le coup de la fausse une... christ! jura-t-il. Léonne, avant d'accepter la présidence, tu avais une tête sur les épaules.

– C'est même pour cela que j'ai été élue: la tête! Le croirais-tu?

– Le geste qui a été posé hier, intervint Dubé, est complètement irresponsable, et ça l'est encore davantage de le prendre à la légère.

– Claude, répondit-elle, plus sérieuse, le texte de Stéphanie va bien devoir sortir un jour ou l'autre. Je peux y aller?»

Elle sortit.

«C'est évident que c'est elle! face d'hypocrite! s'exclama Lionel.

– J'ai l'oreille fine! s'écria Léonne en revenant brusquement dans le bureau. Je pourrais faire un beau grief, Lionel Rivard, menaça-t-elle, mais je préfère t'éviter d'autres ennuis avec le syndicat.»

Elle le nargua du regard.

«Parce que je t'aime bien» ajouta-t-elle en quittant pour de bon.

Lionel, les nerfs à bout, laissa son rédacteur en chef en apercevant, à travers la vitre de la porte, le correspondant de *L'Express* à Ottawa, Gilles Bernard, qu'il avait convoqué à Montréal. Il le mena à son propre bureau et le fit asseoir.

«Tu n'étais pas au courant? questionna sèchement Rivard, faisant clairement allusion à l'affaire Thibault.

– Je n'avais pas toutes les preuves, répondit Bernard en guise de défense.

– Même avec ton réseau de contacts? persifla Lionel.

– C'est délicat, les contacts, Lionel... expliqua Gilles. Il ne faut pas les brûler...

– Dis-moi: qu'est-ce que ça donne d'avoir des contacts quand tu ne peux pas publier les informations qu'ils te donnent?

Au fond, continua Lionel au bout d'une pause, ce ne sont plus des contacts, ce sont des camarades, des amis...

– Pourquoi m'as-tu fais venir à Montréal ? demanda le correspondant, mal à l'aise.

– Je veux que tu rencontres Stéphanie et que tu collabores. Je veux que tu l'aides... pour de vrai !

– Que je l'aide ? répéta Bernard, refusant de comprendre.

– Dans ton cercle de députés et de ministres, il y a peut-être quelqu'un qui déteste assez Thibault pour te faire des confidences. Stéphanie est à son pupitre. Je te conseille d'aller prendre un café avec elle.»

Bernard grimaça. Ce n'était plus les règles du jeu qu'il avait apprises au fil des années. De plus, il avait de la difficulté à blairer cette petite gosse de riche parvenue. Il s'exécuta bien malgré lui et se présenta à la journaliste. Stéphanie était au téléphone.

«Elle s'appelle Carla, elle a seize ans, expliquait-elle pour la énième fois. Quoi ? Emmanuelle, quinze ans ? Non ! Ce n'est pas pour une partie de lesbiennes !»

Elle raccrocha, furieuse. Elle en était venue à téléphoner à toutes les maisons closes d'Ottawa pour retracer la jeune fille du Château Laurier. Gilles Bernard la salua d'un sourire moqueur.

«J'ai reçu l'ordre de vous aider dans vos recherches, annonça-t-il froidement.

– Parfait ! répliqua-t-elle. J'ai faim. On va discuter au Cherrier.»

Ils n'échangèrent guère de paroles en se rendant au café, près du journal. Les deux journalistes différaient trop par leurs caractères pour pouvoir s'entendre et même se respecter. Alors que Stéphanie était jeune, impétueuse et ambitieuse, Gilles Bernard était ankylosé, nonchalant et suffisant. Seules les circonstances les poussaient à se parler, et ils ne se sentaient pas l'obligation de faire preuve de plus de courtoisie qu'il n'en fallait. Il s'installèrent devant un sandwich et un café. Le correspondant politique s'efforça de répondre aux questions de la journaliste.

«Corson joue le rôle d'entremetteur, expliqua Bernard. C'est lui qui organise les petites soirées.

– Ils font ça souvent, selon vous?

– Pour plusieurs d'entre nous, parmi les journalistes politiques, la propension de Thibault pour les adolescentes est un secret de polichinelle.

– Et vous n'avez rien fait? interrogea Stéphanie, accusatrice.

– S'il fallait que tous les courriéristes parlementaires investissent leurs efforts à dénicher les petits scandales de la capitale, il n'y aurait plus que ça dans les journaux... et on ne pourrait plus couvrir les choses de l'État. Moi, ajouta-t-il, hautain, je ne m'intéresse pas à la vie privée des politiciens.

– Je dois avoir la conscience moins élastique que vous, rétorqua Stéphanie, piquée au vif, ou encore, je dois avoir une idée différente de ce qui constitue la vie privée des gens.

– Avez-vous pensé à ce que serait notre vie à Ottawa, s'insurgea-t-il, à nous les journalistes parlementaires, après la parution de votre histoire? Nous allons être perçus comme la lèpre!

– Votre confort et vos contacts! lança Stéphanie, ironique. C'est tout ce qui compte, n'est-ce pas? Pour le moment, il n'y a pas à vous inquiéter, ce n'est pas encore sorti!

– Stéphanie, reprit-il, plus calme, seriez-vous assez pure et naïve pour en devenir simple d'esprit? J'ai des contacts, évidemment, et ils me servent bien. Les nouvelles ne tombent pas du ciel, vous le savez aussi bien que moi.

– C'est vrai, concéda Stéphanie sans lâcher prise. Sauf que vos petits amis ne vous laissent publier que ce qui fait leur affaire. Ils vous en racontent sous le couvert du *off the record,* ensuite, ils vous disent ce qu'ils veulent voir dans le journal. Ils vous contrôlent. Vous êtes rempli de secrets que vous n'avez jamais publiés et que vous ne publierez jamais.

– Les gens ne sont pas obligés de tout savoir, rétorqua-t-il. Il y a vie privée et vie publique. J'ai certains renseignements pour vous en rapport avec les problèmes d'environnement à la baie James. Si ça vous intéresse toujours de fouiller ce dossier, je peux vous laisser ces documents.»

Stéphanie était frustrée par le mutisme de son interlocuteur. Bernard s'en rendit compte et s'en amusa.

«Vous auriez sans doute préféré le nom et l'adresse de la petite fille. Désolé, je n'ai pas de contacts à ce niveau-là. Je regrette, Stéphanie, mais je ne pourrai plus vous aider dans cette histoire. C'est vraiment triste, vous savez, dit-il en se levant. Thibault est probablement le meilleur ministre de l'Environnement que le pays ait eu.

— Il y en aura d'autres et des plus sains, protesta-t-elle. Remettez-vous!

— Sur le plan strictement public, ajouta-t-il en guise de conclusion, on risque de perdre un homme d'une grande compétence.»

Stéphanie le regarda sortir sans regretter le départ de ce personnage sinistre. Elle en avait marre: c'était un bon bain chaud et un téléphone débranché qu'il lui fallait. Elle alla prendre sa voiture au journal et emprunta la rue Saint-Laurent pour se rendre chez elle. En cours de route, elle aperçut, contrariée, la nouvelle messagère de *L'Express*, Alexandra, qu'elle connaissait bien pour avoir vécu près d'un an avec elle et son père. Pris d'un réflexe quelque peu maternel, elle s'arrêta, la fit monter et la gronda.

«Veux-tu bien me dire qu'est-ce qui te passe par la tête: faire du pouce sur la *Main*?

— Je pensais me faire un ou deux clients avant le souper», brava Alexandra.

Elle éclata de rire devant la réaction outrée de Stéphanie.

«Bien voyons! J'allais prendre le métro quand j'ai reconnu ta Porsche. As-tu le temps de me reconduire à la maison?

— Bien sûr, je n'ai que ça à faire!

— Stéphanie, peux-tu me faire une faveur, implora Alex. J'aimerais bien conduire une Porsche, rien qu'une fois dans ma vie...»

Stéphanie, accommodante, se rangea près du trottoir.

«À ton âge, tu n'auras plus jamais l'occasion d'essayer!»

Les caprices de l'adolescente lui donnaient la chance de se changer les idées. Elle lui laissa le siège du conducteur et jeta son sac sur la banquette arrière. Celui-ci était marqué des initiales «M. de C.».

Stéphanie se souvint tout à coup qu'elle avait déjà vu ces initiales. Elle hurla de joie: le cardigan de la jeune fille du Château Laurier!

«D'où ça vient, ça? dit-elle en pointant le sac.

— C'est le collège Maria de Césaris, expliqua Alex sans comprendre l'euphorie soudaine de son aînée. C'est là que j'ai fait mon secondaire. Ma mère ne voulait pas que j'aille à la polyvalente. Tu la connais!

— Non, je ne la connais pas! répondit Stéphanie qui n'avait jamais eu de bons rapports avec les anciennes femmes de ses amants. Mais je connais quelqu'un qui est allé au même collège que toi. On y va!

— Tu veux que je conduise jusque-là?

— Le démarreur est là. Magne-toi!»

La voiture eut quelques soubresauts dus à l'inexpérience d'Alex. Mais la jeune fille reprit le contrôle, et le trajet jusqu'au collège se fit dans des délais très brefs, et même, sur le plan strictement légal, trop brefs.

Stéphanie se présenta à l'administration du collège en compagnie d'Alex. Elle improvisa une histoire de reportage sur l'enseignement privé pour avoir accès aux registres de l'école. La secrétaire, par chance, lisait régulièrement les articles de Stéphanie et connaissait bien l'ancienne élève. Elle ne fit aucune objection et les conduisit aux fichiers.

Bien qu'elle fût près de toucher au but, ces recherches ne furent pas plus fructueuses que les précédentes. Les dossiers des cinq dernières années ne révélèrent pas la présence d'une Carla dans les rangs de l'institution.

«Je te l'avais dit, reprit Alexandra. Carla, ce n'est pas un nom courant et je m'en serais souvenue, surtout si elle a seize ans.

– Elle a seize ans», réaffirma Stéphanie.

Une évidence lui vint tout à coup à l'esprit. Elle s'était accrochée pour rien au prénom sous lequel la jeune fille s'était présentée.

«Alex, conclut-elle tout haut, le jour où je deviendrais prostituée, je changerais de nom!»

C'était l'arbre qui cachait la forêt. Alex approuva le raisonnement de la journaliste.

«Tu as raison. Ce n'est pas brillant de fouiller ici...»

Elles se regardèrent un instant, embêtées par cette nouvelle difficulté. Ce fut Alex qui réagit la première.

«Les grandes mosaïques!

– Les mosaïques? répéta Stéphanie.

– Les tableaux-souvenirs des finissantes! Chaque élève a sa photo et son nom dans la grande salle du collège!

– Évidemment! s'écria Stéphanie. Viens-t'en, Sherlock Holmes!»

En quelques minutes seulement, elles découvrirent le nom et l'adresse de la dite «Carla»: elle se nommait Sophie Bélair et habitait Outremont, ce qui surprit Stéphanie. Comment une collégienne d'un quartier riche s'était-elle retrouvée à faire la pute chez un ministre?

Elles ne tardèrent pas à l'apprendre. Une fois à l'adresse donnée par les registres de l'école, Alex se présenta à la porte comme une représentante de *L'Express*, ce qui n'était pas complètement faux, mais elle affirma être de la section des abonnements.

«Ils ne sont pas là, répondit sèchement Sophie en parlant de ses parents.

– Quand pourrais-je leur parler?

– Pas avant un mois.»

Sophie referma la porte sans délicatesse. Elle n'avait envie que d'une chose, ou plutôt deux: avoir la foutue paix et une bonne ligne de coke. Elle retourna s'asseoir devant la télévision. Elle observait avec indifférence une émission culinaire pour public du troisième âge. Cela ne lui donnait pas faim, mais lui rappela qu'il lui restait un peu de poudre blanche. Elle tenta de penser à autre chose: si elle la prenait maintenant, elle n'en aurait plus. C'était une illustration très simple du principe de la causalité, bien que Sophie ne le formulât pas ainsi dans ses pensées. Elle avait du mal à rester en place. On sonna. Sophie poussa un juron. Elle s'approcha de la porte, prête à sauter au visage du nouvel intrus. Elle ouvrit et reconnut Stéphanie.

«C'est toi, la journaliste! s'exclama Sophie, en colère. Elle tenta de lui claquer la porte au nez, Stéphanie y mit le pied.

«Je veux te parler! lança Stéphanie dans l'embrasure de la porte.

– Va chier!» cria l'adolescente en poussant de toutes ses forces.

Elle avait beau faire, Stéphanie était tout de même une ancienne athlète professionnelle et parvint à rouvrir la porte.

«Si tu ne veux pas m'aider, menaça Stéphanie, je vais écrire mon article et je divulgue tout: ton nom, ton adresse, ce que tu fais; si tu collabores, je te donne ma parole d'honneur que jamais personne ne saura ton nom, tu ne seras jamais identifiée nulle part, ni dans un journal, ni en cour si ça devait aller jusque-là.»

L'adolescente, essoufflée et irritée, la regarda d'un œil rageur.

«Ne me prends pas pour une conne! répliqua-t-elle. Tu n'as pas le droit d'écrire mon nom.

– Tu me mets au défi?»

Sophie baissa les bras, désespérée. Qu'est-ce qu'elle avait bien pu faire à cette emmerdeuse de journaliste? Elle la laissa entrer.

«On s'installe où?» demanda Stéphanie.

Sophie lui désigna d'un mouvement de tête le boudoir où elle regardait la télévision. Tout à coup, devant tous les nouveaux problèmes que représentait l'arrivée de la journaliste, l'irrésistible pulsion la reprit: en s'envoyant un quart de gramme de cocaïne dans le nez tout s'arrangerait. Cela lui donnerait des forces. Quand elle était *high*, elle se sentait capable de faire n'importe quoi; et pour être *high*, elle était prête à faire n'importe quoi.

Elle se dirigea donc vers la salle de bains, laissant Stéphanie s'installer dans le boudoir. Celle-ci la retint par le bras, méfiante.

«Je ne me sauverai pas!» se défendit Sophie.

De toute façon, si Stéphanie avait réussi à la dénicher chez elle, sa dernière cachette, elle la poursuivrait n'importe où, même aux toilettes. Sophie chercha donc nerveusement le petit sachet de papier qu'elle avait dissimulé à travers les innombrables calmants de sa mère, espérant naïvement qu'elle ne le trouverait pas avant le prochain dépôt. Ses parents, partis en croisière pour plusieurs semaines, la nourrissaient par le biais de dépôts hebdomadaires, à tous les lundis, dans son compte personnel. Chaque lundi soir était une véritable fiesta. Le mardi était supportable, et le reste de la semaine, infernal. C'est pour ça qu'elle tentait de rationner ses provisions. Mais, au moindre coup dur, ses réserves se sublimaient en un instant de gaieté.

Voir Stéphanie Rousseau se pointer chez elle un mardi après-midi était probablement le coup le plus dur qu'il pouvait lui arriver en ce moment. Elle prisa goulûment la poudre immaculée, et tout redevint clair en son esprit: elle allait casser la gueule de cette salope de journaliste!

Stéphanie ouvrit la porte à ce moment.

«Qu'est-ce que tu fais là, maudite chienne! gueula Sophie. Tu viens écœurer le monde jusque dans les bécosses!

– Tu as fini? demanda doucement Stéphanie.

– Pas le choix! J'en ai plus, à cause de toi!

– Viens, on va discuter dans le salon.

– Oui, mon caporal!»

Sophie suivit Stéphanie sans mot dire, les bras croisés. Elle trouvait que c'était une bien mauvaise façon de passer un trip de coke. La journaliste la fit asseoir et brancha son magnétophone.

«Je ne dirai rien. Tu ne m'auras pas!

– Sophie...

— Pourquoi tu me fais ça! cria Sophie, à bout de nerfs. Je ne t'ai rien fait, moi!

— Sophie, commença Stéphanie, tu as seize ans et...

— Arrête de te prendre pour ma mère et de me faire la morale!

— Je ne te fais pas la morale, prêcha Stéphanie. Je veux seulement te faire comprendre qu'il y a des choses plus agréables dans la vie que d'aller sucer des vieux...

— C'est pas de tes christ d'affaires! hurla Sophie, hors d'elle. Sacre le camp d'icitte!»

Là-dessus, Sophie se jeta sur la journaliste et lui envoya son poing sur le nez. Elle s'agrippa à ses cheveux et tenta de lui griffer le visage. Stéphanie se ressaisit et réussit à lui tenir les bras, qu'elle lui ramena derrière le dos. Dans cette position douloureuse, l'adolescente semblait moins vindicative. Cette petite joute de lutte avait permis à Stéphanie de constater la maigreur maladive de Sophie, maigreur due à la perte d'appétit qu'entraînait son assuétude à la cocaïne, et peut-être aussi au fait qu'elle consacrait bien peu d'argent à son alimentation. Quand Sophie lui parut calmée, Stéphanie la laissa. Les deux femmes se regardèrent, face à face. Sophie lui cracha à la figure. Stéphanie répondit par une violente gifle qui vint à bout de la résistance de la jeune fille: elle éclata en sanglots, anéantie. Maintenant, elle parlerait.

«Ton nom? questionna Stéphanie, impitoyable.

— Sophie Bélair... répondit-elle d'une voix rauque.

— Ton âge?

— Euh... seize... c'est-à-dire que je vais avoir dix-sept ans dans même pas quatre mois...

— Raconte-moi ton histoire.

— Un peu avant Noël... hésita Sophie, il y a quelqu'un qui est venu me proposer de rencontrer certains de ses clients pour...

— Pour?

— Pour faire l'amour...

— Contre de l'argent?

– Non! je suis pas une pute! Il m'a dit que je pourrais avoir ma coke gratuitement tant que je voudrais. Et puis, un soir, dans un club de Hull, il m'a présenté monsieur Corson.

– Qu'est-ce qui s'est passé avec le ministre Thibault?

– La même chose qu'avec les autres.

– Explique. As-tu couché avec lui?

– Oui...»

Sophie se mit à pleurer. Stéphanie interrompit l'enregistrement et vint s'asseoir auprès d'elle. Elle la prit dans ses bras.

«Excuse-moi, Sophie, dit-elle au bout d'un instant en rebranchant le magnétophone. J'ai un travail à faire. Pour coucher avec le ministre, as-tu accepté une forme ou une autre de rémunération?

– Non! à part la coke... Trois grammes! Ça aurait valu la peine... si tu n'étais pas venue mettre ton nez là-dedans!

– Il le savait, qu'il te payait avec de la coke?

– Oui, il m'a même offert un gramme ou deux en bonus si je lui faisais...

– Ça va, Sophie, assura Stéphanie. J'ai assez de détails comme ça!»

Stéphanie se leva, satisfaite du témoignage qu'elle avait recueilli. Elle pouvait enfin publier sa nouvelle. Elle se dirigea vers la porte. Elle hésita et se retourna vers l'adolescente. Elle était entrée comme un char d'assaut dans sa vie et, maintenant, la jeune fille sanglotait tragiquement sur le canapé. Stéphanie se sentit responsable de son malheur. Elle sortit sa carte d'affaires et la déposa sur la table du boudoir.

«Si jamais tu as besoin de moi, tu as mes deux numéros: chez moi et au journal. Tu peux m'appeler à n'importe quelle heure du jour et de la nuit. Et je te donne ma parole que je ne révélerai jamais ton identité.

– Va te faire foutre, veux-tu?» répondit faiblement Sophie.

Stéphanie n'eut plus qu'à rejoindre Alexandra dans la voiture. Celle-ci l'attendait impatiemment.

«Te voilà! Ton téléphone n'arrête pas de sonner! Il y a Caroline qui a appelé deux fois d'Ottawa et aussi Gilles Bernard qui...»

Elle n'eut pas le temps de terminer sa phrase: le téléphone sonna. C'était Gilles Bernard.

«Stéphanie? J'ai déniché quelque chose pour vous.

— À propos de Corson?

— À propos de Corson, confirma Bernard, et de Thibault, et d'une foule d'autres choses bien juteuses qui cadrent parfaitement dans votre vision du journalisme...

— Cessez vos sarcasmes, monsieur Bernard! ordonna Stéphanie. Quand allez-vous m'apporter ça?

— Je descends d'Ottawa demain matin. Demain midi, au Cherrier?

— Sans problème!»

Elle raccrocha, triomphante.

«Et puis? interrogea Alexandra.

— Et puis? Thibault est mort! s'exclama Stéphanie, jubilante. Bon, je te ramène chez toi, j'ai des choses à faire.»

Elle déposa chez elle une Alexandra réticente et s'en alla prestement porter son trophée à la rédaction de *L'Express*. Elle entra sans se faire annoncer au bureau de Lionel Rivard, magnétophone à la main.

«Tes oreilles sont bien ouvertes? demanda Stéphanie, enthousiaste. Écoute-ça!»

Elle fit défiler le ruban sur la tête de lecture, révélant ainsi le résultat de son enquête à un chef de pupitre fou de joie.

«Nous avons tout ce qu'il faut pour publier, décréta-t-il. Je vais voir Claude.

— Pas tout de suite, le retint-elle. Je ne suis pas prête. Vous vouliez un texte coulé dans le béton, vous l'aurez!

— Comment ça, pas prête! protesta Rivard. Il nous manquait le témoignage de la fille, nous l'avons! Il ne reste plus qu'à publier!

— C'est vous-mêmes qui m'avez retardée! nargua-t-elle, vous êtes capables d'attendre encore une journée ou deux! Je dois rencontrer Gilles Bernard demain. Il a de nouveaux éléments.

– Nous ne faisons pas un mensuel! éclata Rivard, furieux. Écris ce que tu as, pour le reste, nous ferons un suivi...»

Devant le visage hermétique de Stéphanie, Rivard fit le sien plus doux.

«Tu t'es tellement battue... Non?»

Rivard alla jusqu'à la supplier des yeux. Rien n'y fit. Stéphanie le quitta là-dessus. Finalement, cette visite au journal n'avait eu que des fins purement récréatives... Son entretien du lendemain avec Gilles Bernard fut beaucoup plus professionnel. Le correspondant d'Ottawa avait adopté une attitude plus conciliante envers elle. Elle ne tarderait pas à connaître la raison de ce revirement. Gilles lui confia un dossier. Elle le feuilleta, intéressée. Cela lui sembla explosif dès le premier coup d'œil. Bernard s'expliqua.

«Des personnes fictives auraient été placées sur la liste de paie du ministère de l'Environnement et quelqu'un encaisserait les chèques.

– Qui? demanda voracement Stéphanie.

– Des amis de Corson.

– Y a-t-il des preuves?

– La Gendarmerie royale s'apprêterait à porter des accusations, mais je n'ai pas encore pu avoir de preuves là-dessus.

– Comment ce dossier est-il parvenu entre vos mains?

– Le ministre Thibault est très populaire en ce moment, expliqua Bernard avec un large sourire. Il dépasse même le premier ministre dans les intentions de vote, selon les sondages. Le cabinet le surveille...

– Et pourquoi ne sortez-vous pas vous-même la nouvelle?

– Vous êtes bien partie, c'est votre histoire, répondit benoîtement le correspondant. Je vous la laisse. Je reste en contact avec vous...»

Il se leva. Stéphanie le regarda s'éloigner, sans sympathie. Elle appréciait le service qu'il lui rendait, mais elle n'aimait guère plus la personne.

«Ça t'arrange bien de laisser les autres se salir les mains! murmura-t-elle. Comme ça, les tiennes sont propres quand tu serres celles de tes amis!»

Puisque Bernard ne lui avait rien offert de concret, elle se décida à entreprendre la rédaction de son article. Elle s'installa chez elle. Quand Stéphanie voulait travailler au mieux de ses capacités, elle se refermait sur elle-même, complètement isolée, coupée du reste du monde. Même le temps ne s'écoulait plus de la même façon. Elle ne vit pas l'après-midi passer, ni la soirée... Elle avait simplement ressenti le besoin d'allumer une lampe et de se préparer un casse-croûte, sans avoir conscience du soleil qui s'approchait doucement de l'horizon pour s'y engloutir.

La nuit était déjà avancée et son article, presque achevé, quand la sonnerie du téléphone la sortit de son état second. C'était la petite Sophie, moins arrogante que la veille, qui désirait sa compagnie.

«Je n'ai pas le temps! répondit-elle, agacée. Je travaille sur l'article.

– Je t'en prie... supplia Sophie. Je capote ben raide!

– Prends un taxi. Tu sonneras et j'irai le payer.»

Stéphanie soupira. Elle avait tellement insisté pour se donner des airs de grandes sœurs que, maintenant, elle ne pouvait plus refuser l'hospitalité à la jeune fille. Ce contre-temps la contrariait tout de même: elle aurait pu choisir un autre moment. Elle reporta sa concentration sur l'écran de son ordinateur. Le meilleur reportage de sa vie allait être terminé d'ici une heure. Le lendemain, ce serait la gloire.

Elle ne put cependant y travailler bien longtemps: la sonnette se fit entendre. Elle grommela et alla payer le taxi. Elle invita l'adolescente à entrer.

«Veux-tu un magazine ou un livre? offrit-elle patiemment. Il faut que je finisse. Nous sortirons après.»

Sophie haussa les épaules. Stéphanie ne s'en occupa plus et s'attela à nouveau à son ouvrage. Elle ne fit pas attention aux signes de nervosité de la jeune fille qui feuilleta une revue pendant une trentaine de secondes et un journal durant la deuxième moitié de la minute. Sophie regarda l'horloge accrochée au mur.

«Onze heures moins vingt! As-tu vu l'heure? s'exclama-t-elle.

– Justement! répliqua sèchement Stéphanie, irritée. Il me reste vingt minutes avant l'heure de tombée!»

Sa réponse ne satisfit pas Sophie. Celle-ci s'alluma une cigarette, en prit quelques bouffées. Ce n'était pas de nicotine dont elle avait besoin. Elle n'y tint plus.

«Peux-tu me prêter cent dollars jusqu'à la semaine prochaine?

– Je n'ai pas d'argent liquide, répondit Stéphanie sans cesser de taper.

– Tu dois bien avoir une carte de guichet automatique!

– Pas sur moi.»

Sophie devenait de plus en plus tendue. Elle fouilla dans son sac à main et en sortit un carnet d'adresses tout écorné.

«Je peux appeler?» demanda-t-elle.

Stéphanie acquiesça impatiemment.

«Matt! salua-t-elle. C'est moi, Carla! Aurais-tu un petit quelque chose pour moi, si je passais? Fais-moi pas chier... Avec tout l'argent que je t'ai donné, tu peux bien attendre un peu...»

Sophie écouta, mécontente, la réponse de son interlocuteur.

«*Fuck you!*» dit-elle, étalant ainsi sa connaissance de la langue de Shakespeare avant de raccrocher violemment.

L'avantage de sa déroute fut qu'elle avait résolument attiré l'attention de Stéphanie, qui laissa un moment son clavier pour se retourner vers elle.

«Ça fait longtemps que tu n'en as pas pris? interrogea-t-elle avec sollicitude.

– Ça fait presque vingt-quatre heures! répondit-elle comme s'il s'agissait d'années.

– Laisse-moi une demi-heure, négocia Stéphanie. Ensuite, je t'emmènerai quelque part.

– Où ça?

— Tu verras. En attendant, passe un coup de fil à tes parents. C'est possible que nous y passions toute la fin de semaine.

— Mes parents? dit Sophie d'une voix désabusée. Ils sont à leur condo à Puerto Rico. Ils ne reviennent pas avant un mois. Ils ne s'inquiètent pas beaucoup de moi, de toute façon...

— Ils devraient!» dit Stéphanie en riant.

Elle regarda l'horloge. Le temps pressait. Elle composa le numéro de Gilles Bernard.

«Gilles? Avez-vous eu une confirmation?

— Non, pas encore. J'attendrais...

— Ce n'est plus possible d'attendre! J'envoie l'article sur Thibault et la petite dès ce soir. Le reste attendra à demain.»

Elle raccrocha pour composer aussitôt un autre numéro, celui de la rédaction de *L'Express*. Elle demanda Lionel Rivard.

«Oui? répondit celui-ci qui en avait plein les bras avec l'heure de tombée.

— C'est Stéphanie. Je t'envoie mon article dans quinze minutes.

— Je t'adore! s'écria Rivard. As-tu eu la réponse de Bernard?

— Ça ira à demain.

— Je te l'avais bien dit. Mais c'est pas grave: si je t'avais devant moi, je t'embrasserais sur les deux joues!»

Elle le laissa sans cérémonie: elle n'avait plus de temps à perdre. Elle mit la touche finale à son article dans un véritable sprint et pu l'expédier au journal, par modem, en dépassant à peine l'heure de tombée. Elle poussa un immense soupir de soulagement et de satisfaction en écoutant le crépitement des bits d'information binaire qui résonnaient dans le micro du téléphone.

«Tu as l'air fière de toi, constata Sophie.

— Tu peux le dire!

— Tu es sûre qu'il n'y a rien dans ton article qui pourrait me faire reconnaître?

– Sûre! Maintenant, occupons-nous de toi. Tu veux te poudrer le nez? Je connais quelqu'un qui a de la très bonne marchandise...

– Ah! oui? On y va!

– Ce n'est pas à Montréal, par contre... et il faut que je l'appelle d'abord.»

C'est ce que fit Stéphanie. Elle s'excusa d'appeler si tard et demanda un certain Jean-Pierre. Elle attendit un moment et expliqua au mystérieux interlocuteur qu'elle lui avait trouvé une «cliente» et qu'elle la lui présenterait le soir même, sans discourir davantage.

L'adolescente était intriguée, mais demeura coite. Elle avait fait bien pire pour s'offrir une ligne de coke. Elle suivit la journaliste à sa voiture, et la Porsche fila en trombe vers le nord, traversant le désert industriel de Laval en quelques minutes, pour arriver, au bout de trois quarts d'heure, à une grande résidence des Laurentides, non loin de Saint-Sauveur. Comme il y avait peu de lumière, Sophie ne put lire l'inscription sur le panneau à l'entrée. «Ça doit être un gros vendeur!» pensa Sophie, impressionnée.

Seules deux fenêtres de l'édifice étaient éclairées, à l'étage. Elles descendirent de la voiture. Un homme dans la trentaine, en tenue décontractée, vint les rejoindre et les conduisit à son bureau. Il les invita poliment à s'asseoir. Il regarda Sophie avec un large sourire.

«Que puis-je faire pour toi? demanda-t-il gentiment.

– C'est avec toi que je vais coucher? railla l'adolescente.

– Non. Les résidents ne reçoivent leur conjoint ou compagnon que la fin de semaine...

– Les résidents? répéta Sophie.

– De quoi as-tu envie, maintenant? poursuivit Jean-Pierre.

– Stéphanie te l'a dit: je suis en manque de coke.»

En réponse, il sortit un petit étui en métal plaqué or. L'objet, fort joli, contenait un miroir, une paille de métal, une lame de rasoir et une fiole de verre contenant de la poudre blanche. Les yeux exorbités, Sophie admira cette panoplie digne des meilleurs polars. Jean-Pierre la lui tendit. Elle s'en empara avidement et se prépara soigneusement deux lignes de cocaïne.

«Vous n'en voulez pas? offrit-elle avant de se servir.

– Non!» répondit Stéphanie, catégorique.

Sophie haussa les épaules et inhala la substance chimique. Satisfaite, elle se cala confortablement dans son fauteuil, renversant langoureusement la tête vers l'arrière.

«Je pensais qu'il n'y avait rien que les vieux ministres cochons qui avaient de la coke comme ça! C'est la meilleure que j'ai jamais sniffée!

– Tant mieux, approuva Jean-Pierre. C'était ta dernière ligne! Je vous laisse», dit-il, après une pause, en se levant devant le visage héberlué de la jeune droguée, qui se retrouva seule avec Stéphanie.

«Comment ça, ma dernière ligne? interrogea la jeune fille.

– Sophie, commença doucement Stéphanie, tu n'aimerais pas ça, arrêter de prendre de la drogue?

– Je peux pas, décréta-t-elle.

– Réponds à ma question.

– Bien sûr que j'aimerais ça, arrêter! Mais je peux pas. Tu as vu comment j'étais, ce soir: je ne tenais pas en place. Maintenant, je suis bien.

– Tu sais où nous sommes?

– Dans le Nord, répondit Sophie, qui ne voulait pas regarder la vérité en face.

– Ici! précisa Stéphanie en désignant le bureau d'un geste de la main.

– J'm'en fous! marmonna Sophie en haussant les épaules.

– C'est un centre de désintoxication.

– Merde! jura l'adolescente. Pas le Portage!

– Non, la Source. C'est semblable.

– Je ne reste pas ici. Ramène-moi à Montréal.

– L'histoire du ministre Thibault sort demain dans le journal. Tu seras bien mieux ici, à l'abri.

– Tu m'as dit que mon nom ne serait pas mentionné.

— Les journalistes vont quand même chercher à savoir qui tu es.

— Comment je vais faire pour avoir ma coke? demanda Sophie qui avait de plus en plus de difficulté à maintenir son calme.

— Jean-Pierre vient de te le dire: c'était ta dernière ligne.

— Si tu ne me ramènes pas, je vais partir à pied, n'importe comment, s'insurgea-t-elle. De toute façon, je n'ai même pas un sou, ils ne me garderont pas longtemps!

— Ne t'inquiète pas pour l'argent. Tu as un mois devant toi, Sophie, un mois plus difficile que les autres. Ensuite, tu seras libre.»

Sophie en avait marre de tout ce prêchi-prêcha, mais, quelque part en elle-même, les paroles de Stéphanie l'avaient touchée. Elle n'avait pas vu ses parents depuis deux mois et ne se sentait plus capable de s'occuper d'elle-même. Si Stéphanie avait envie de jouer à la mère, Sophie en avait assez de jouer les grandes filles. Il n'y avait plus rien qu'une grosse envie qui l'habitait maintenant: celle de pleurer et de ne plus penser à rien, ni à la coke, ni aux vieux porcs qui la lui fournissaient, ni à ceux qui lui disaient de ne plus en prendre. Rien que l'envie de se laisser aller et de laisser les autres s'occuper d'elle. Elle renifla bruyamment, les larmes aux yeux, et se jeta dans les bras de Stéphanie.

La porte du bureau s'ouvrit doucement.

«Ta chambre est prête», murmura Jean-Pierre.

Pendant que Stéphanie signait son arrêt de mort, Wilfrid Thibault, en dernier recours, tentait, lui aussi, mais trop tard, de retrouver la jeune Sophie. Il n'avait que très peu dormi au cours des derniers jours, et quand il avait fermé l'œil, c'était sous l'effet de barbituriques. Ses nerfs allaient bientôt craquer, et son ulcère d'estomac le tenaillait impitoyablement.

Il se trouvait chez lui, dans son bureau, et communiquait par téléphone avec Corson, son attaché de presse et entremetteur. Son ton passait de l'injonction à la supplication.

«C'est très grave, ce qui arrive, Corson, répétait-il se sentant impuissant. L'as-tu retrouvée? Les sondages de ce matin me donnent encore une plus grande avance sur le premier ministre. Si ça sort, Corson, je suis cuit, et toi aussi!

— Essayons de garder les choses dans leur juste perspective, répondit-il dans sa prose de mauvais journaliste.

— C'est toi qui m'a envoyé cette fille, accusa le ministre. Une fille de seize ans, en plus!

— C'est ce qui a toujours été entendu, Monsieur le Ministre: de toutes jeunes filles.

— Comment Stéphanie Rousseau a-t-elle pu se fourrer le nez dans mes affaires? questionna-t-il.

— Il a bien fallu que quelqu'un lui refile un tuyau... déduisit Corson sans grand effort. Au moins, le garçon d'étage a accepté le poste qu'on lui a trouvé à Vancouver. Si mademoiselle Rousseau ne retrouve pas la jeune fille, vous pouvez encore vous en tirer. Mais qui donc a intérêt à ce que ça se sache? questionna l'attaché de presse.

— Beaucoup de gens à l'intérieur du Parti! s'exclama le ministre, terrorisé. Et beaucoup de gens à l'extérieur, aussi! J'ai dû refuser des contrats à une bonne centaine de compagnies depuis trois ans pour les forcer à respecter les normes gouvernementales... Il fallait être plus prudent, reprocha-t-il.

— Ce n'est pas moi qui ai couché avec une douzaine de petites filles depuis trois ans... rétorqua sèchement Corson.

— Partout dans le monde, s'insurgea Thibault, il y a des filles de douze ans qui ont des bébés ou qui font le trottoir. On l'a quand même pas forcée, la petite garce! Puis, qui es-tu pour me juger? Tout ce que je te demandais, c'était d'établir les contacts. Mais non, toi et ta maudite drogue. Il fallait que tu mêles le cul avec la coke!»

Le ministre raccrocha violemment. Il se demanda, anxieux, en regardant la porte capitonnée de son bureau, s'il n'avait pas parlé trop fort, si sa femme ou sa fille ne l'avaient pas entendu... Il sortit du bureau, heureusement assez isolé par rapport au reste de la maison. Il alla rejoindre sa famille qui regardait tranquillement les nouvelles à la télévision.

«Ils ont parlé de toi!» annonça Laura, sa fille de quinze ans.

Thibault sentit une main invisible lui empoigner cruellement les intestins.

«Ah! oui? dit-il faiblement.

– Ils ont parlé de ton projet de loi sur les solvants domestiques.»

Thibault se dirigea vers la salle de bains où il trouva sa nourriture principale depuis l'affaire Carla: de bonnes grosses Valiums. Il engouffra quatre comprimés arrosés d'un verre d'eau. Un quart d'heure suffirait à le pousser dans les bras de Morphée. Pour l'instant, il était aussi tendu qu'une corde de violon. Le chat vint se frotter contre ses jambes. Ce simple contact l'horripila et il se surprit à hurler.

«Carla! veux-tu dire à ton animal d'aller foutre son poil ailleurs que sur mes pantalons!

– C'est Laura, mon nom, papa, l'informa-t-elle, les larmes aux yeux devant la brutalité de son père.

– Qui c'est, Carla? demanda Jeanine, sa femme, glaciale.

– Euh... c'est la secrétaire de Corson. Je suis épuisé. Excusez-moi... je passe trop de temps au bureau. Je vais me coucher tout de suite. Bonne nuit, mes amours...»

Thibault, ébranlé par son propre comportement, se dirigea pesamment vers la chambre conjugale. Il s'effondra sur le lit, sans se dévêtir. Ses quatres comprimés l'assommaient comme une massue, et un sommeil de plomb l'envahit rapidement.

Il fut réveillé sans avoir eu le temps de récupérer vraiment. Son organisme n'avait pas eu le temps d'éliminer le somnifère que sa femme le secouait brutalement. Jeanine était hystérique.

«Vas-tu te réveiller, espèce de salaud!» criait-elle. Thibault souleva douloureusement ses paupières, incapable d'aligner ses pensées. Jeanine disparut. C'est un verre d'eau glacée en pleine figure qui vint à bout de son sommeil. Surpris, il jeta un coup

d'œil au réveille-matin. Il était six heures du matin. Jeanine
tenait un exemplaire de *L'Express*.

Chapitre III

La salle de rédaction était en effervescence. La bombe de Stéphanie, en explosant, avait eu l'effet bénéfique d'en réveiller tous les occupants en un immense fracas. Les journalistes quelque peu engourdis depuis des années se rendaient compte que *L'Express* pouvait s'écarter de la vocation intellectuelle que son ancien éditeur lui avait donnée pour créer la nouvelle plutôt que la commenter. On s'apercevait que le journal n'était pas obligé d'être à la remorque des autres médias, et qu'il pouvait très bien assumer le premier rôle dans le traitement de l'information.

Le plus euphorique dans ce brusque changement d'orientation était sans nul doute le chef de pupitre, Lionel Rivard. Il s'entretenait au téléphone avec des journalistes de la télévision. Il n'était que trop fier de pouvoir couper l'herbe sous le pied de ces techniciens qui, par l'instantanéité de leurs moyens de diffusion, donnaient si souvent à la presse écrite l'air de traîner de la patte. Il venait tout juste de raccrocher qu'il prenait sa collègue Louise Duguay par le bras.

«As-tu vu Stéphanie? demanda-t-il, survolté. L'équipe du téléjournal va être ici bientôt.

— Il va falloir les prévenir qu'elle ne sera pas là avant la fin de l'après-midi. Elle est à Ottawa.

— Encore?

— Elle rencontre Gilles Bernard cet après-midi. C'est lui qui a les confirmations pour son texte de demain: la liste de payes fictives... Attends de lire ça!

— J'ai bien hâte! répondit-il, enthousiaste. Ça n'a jamais bougé comme ça ici depuis que je suis au pupitre. Je vais voir si Dubé se remet de ses émotions.

— Pauvre lui! ironisa Louise. Une affaire de mœurs en première page de son journal de gauche!

— Tu ne le croiras pas, raconta Lionel, mais même après avoir entendu le témoignage de la petite prostituée et regardé les documents de Bernard, il a insisté pour consulter Émile Rousseau...

— Ce n'est pas comme ça qu'il va devenir éditeur... dit-elle en baissant le ton.

— Il faudrait qu'il commence par oser se proposer pour le poste!

— Sérieusement, demanda-t-elle, tu appuierais sa candidature, toi?

— Claude est un de mes grands amis...

— Mais...

— C'est aussi un rédacteur en chef très consciencieux...

— Autrement dit, tu penses qu'il devrait le rester, compléta Louise.

— Disons que je pense comme toi.»

Il la laissa sur ce sous-entendu des plus clairs et se dirigea vers le bureau de son grand ami et rédacteur en chef. Il arborait fièrement, en exhibant la une truculente, le dernier exemplaire de *L'Express*. Dubé grimaça, comme un malade forcé d'avaler un remède amer.

«Ça, s'exclama Rivard, c'est du journalisme à mon goût!

— Un peu sensationnel... critiqua Dubé.

— Claude! gémit Lionel, qu'est-ce que tu veux de plus?

— Dans le fond, c'est avant tout une histoire de mœurs, le scandale d'un individu malade. C'est d'un psychiatre dont il aurait besoin, pas de la police.

— Je suis passé par la distribution, rétorqua Rivard. Avec notre petit scandale, comme tu dis, ils ont manqué de copies. Demain, ça va être pareil, je te le garantis!

— Bien sûr! grogna Dubé. Notre objectif: rejoindre *La Nouvelle* à tous les niveaux.

— Tabarnack! Claude, jura Lionel. Penses-tu qu'on va garder nos emplois longtemps si nos ventes continuent à descendre de dix pour cent par année?

— On peut vendre des journaux sans vendre notre conscience, Lionel...»

Rivard en eut assez des remords et des atermoiements de son supérieur. Il le quitta pour aller superviser le travail de ses journalistes. Michel Gagné, qui venait de passer une fin de semaine en prison, tâchait de construire un article solidement fondé sur son compagnon de cellule en effectuant des recherches dans les archives du journal. Michel était en compagnie du photographe Serge Vandal. Il venait de lui raconter ses aventures carcérales, en particulier l'épisode où Jimmy Fontaine l'avait menacé.

«Et il t'a laissé partir? Tu as dû avoir la chienne, commenta le photographe, vaguement admiratif.

— Avec les gardiens autour, il n'avait pas vraiment le choix.

— Qu'est-ce que tu vas faire?

— Je vais l'aider.

— Un vrai cow-boy!» plaisanta Vandal.

Rivard arriva sur ces entrefaites. Il jeta un coup d'œil sur l'écran du lecteur de microfilms. «Fontaine par K.O.» lut-il. «Fontaine en neuf rounds.» «Fontaine s'entraîne pour le championnat canadien des poids moyens.» «Jimmy Fontaine condamné à cinq ans de prison.»

«C'est bien beau, le jeune, approuva-t-il avec réserve. Mais ne mets pas trop d'efforts là-dessus, tu pourrais être déçu.

— Pourquoi? demanda Michel, contrarié.

— L'affaire Thibault prend beaucoup de place, expliqua le chef de pupitre. Et puis, d'après ce que tu m'as conté de ton histoire, tu ne pourras pas mentionner son nom. Tu n'accrocheras pas les lecteurs avec ça!

— Si je peux prouver que Vincent Gilbert a fait le coup...

– Ton boxeur va subir des représailles! répliqua Rivard. Et toi aussi, peut-être. À ta place, je m'occuperais d'autre chose...

– Lionel?» appela une voix. C'était Louise Duguay. «Je viens de parler à Stéphanie au téléphone. Il y a un contretemps... Tu feras patienter l'équipe de la télé.

– D'accord, répondit-il, mécontent. As-tu réussi à joindre le premier ministre à Moscou?

– Non. Tu penses bien qu'il va prendre son temps avant de faire une déclaration. On a envoyé Lacasse le rejoindre. En attendant, il va falloir se passer de ses commentaires...

– Merde! Parle-moi de ça: un chef d'État qui ne laisse pas ses coordonnées quand il part en voyage! Je vais appeler au cabinet...»

Michel prit bien note de ce qu'il venait d'entendre. De nouveau seul avec Vandal, il reporta son attention sur le microfilm.

«Il y a juste des comptes rendus de combat, là-dessus? se plaignit-il. Les chroniqueurs sportifs n'ont jamais écrit de textes sur lui, sa vie privée, ses protecteurs? Ils n'ont pas essayé de savoir ce qui s'est passé au procès?

– Le sport, expliqua Vandal, c'est des performances d'athlètes, le Bleuet. Les magouilles, ils laissent ça aux faits divers.»

Michel dénicha un article plus intéressant, de la plume de Dumoulin. «Fontaine plaide coupable», titrait-on. L'auteur laissait entendre entre les lignes que la culpabilité du boxeur faisait l'affaire de bien des gens. À son avis, un bon promoteur n'aurait pas laissé si facilement enfermer un talent aussi prometteur que celui de Jimmy Fontaine. Michel ne pouvait qu'admirer la technique de Dumoulin, mais cela ne l'avançait guère.

«Je le sais, moi, qui a fait le coup! ragea-t-il. Je veux juste pouvoir l'écrire sans me faire descendre!

– Perds pas de temps avec la prose de François, admire ma photo! se targua le photographe. Ça dit tout!

– Vandal! soupira Michel devant la modestie de son compagnon.

SCOOP

— Tous les éléments du drame de Fontaine sont là, expliqua-t-il avec une pertinence étonnante. Lui au premier plan. En arrière, à droite, son gérant le tient par l'épaule, on dirait qu'il l'écrase, qu'il veut l'étouffer. À gauche, son fils, le gros Vincent Gilbert, qui sourit niaiseusement : on voit qu'il n'a rien à faire là, mais il prend toute la place. Fontaine est presque nu, en culotte, le visage enflé. Entre les deux mafiosi, il ne peut pas se sauver, ni d'un côté, ni de l'autre...»

Jusque-là, Serge Vandal avait surtout amusé Michel par ses pitreries. Mais, tout d'un coup, à le voir analyser son art avec une telle inspiration, presque poétique, il fut pris d'une certaine admiration pour le vieux coureur.

«Je me souviens de ce soir-là, continua Vandal. Le gros Vincent voulait me casser la gueule parce que j'avais posé Fontaine glissant au tapis. Son père n'a jamais rien pu faire avec son gros bébé. C'est pour ça qu'il adopte des boxeurs...

— C'est intéressant, acquiesça-t-il sincèrement.

— Fais attention, le prévint Vandal. Le jeu est pas mal plus dur à Montréal qu'à Chicoutimi.

— J'ai remarqué.

— T'as encore rien vu...»

Michel fit imprimer les articles qui l'intéressaient, et les deux hommes quittèrent les archives pour se rendre à la rédaction. L'action battait son plein. Des caméramen se trouvaient déjà sur place. Un seul nom courait sur toutes les lèvres : Stéphanie Rousseau. Michel maugréa contre la popularité de sa collègue. Il avait le béguin pour elle, même s'il la considérait comme la reine des emmerdeuses.

La remarque de Louise Duguay à propos de l'impossibilité de joindre le premier ministre Connelly avait inspiré à Michel un moyen de marquer des points dans l'estime de ses patrons au détriment de la jeune première. Il consulta le vieux carnet qu'il utilisait à Chicoutimi et retrouva le numéro d'un de ses anciens contacts. Après quelques salutations, il lui demanda :

«Quand tu as fait partie de la délégation du premier ministre à Moscou, à quel hôtel étiez-vous installés ?

– Il me semble que c'était le Kosmos. On se serait cru au XVᵉ siècle. L'enfer!

– Le Kosmos? Parfait! remercia Michel. Dis-moi, pendant qu'on y est, pourrais-tu demander à Jos de descendre ma moto? Je lui offre le billet de retour.»

Son interlocuteur acquiesça, et Michel se frotta les mains de satisfaction. Il composa le zéro et demanda à la téléphoniste de lui expliquer le fonctionnement des appels internationaux.

Pendant qu'il effectuait ces démarches, l'activité continuait d'augmenter autour de lui. Des journalistes de la télé étaient arrivés et exigeaient de parler à Stéphanie Rousseau, qui brillait par son absence. Vandal repassa près de Michel.

«Je viens de parler à Louise, raconta-t-il, équipement sous le bras. Il y a eu du dégât chez la petite Rousseau!

– C'est pour ça qu'elle est en retard...

– Bah! Ça ne fera rien qu'un autre scoop pour *L'Express*! Et une autre première page pour son photographe vedette...»

Vandal laissa Michel savourer son humour cynique et sa modestie. Il s'empressa de rejoindre la journaliste à son domicile. Un des concurrents de la télé l'observa quitter prestement la rédaction. Il remarqua l'anomalie: le photographe en chef quittait les lieux de l'événement à couvrir; c'était donc que celui-ci avait lieu ailleurs. L'homme de la télévision se dirigea vers Louise Duguay, occupée au téléphone. Elle tentait de parler à voix basse pour ne pas être entendue, mais il sembla clair au compétiteur qu'elle s'adressait à Stéphanie. Il s'éloigna en douce de l'éditorialiste et s'adressa à la réceptionniste.

«Pardonnez-moi, s'excusa-t-il poliment. Nous venons d'apprendre que mademoiselle Rousseau nous recevra chez elle plutôt qu'ici. Auriez-vous l'obligeance de me donner son adresse?»

L'employée hésita, mal à l'aise. La consigne habituelle était de taire ces informations. Elle chercha un de ses patrons des yeux pour le consulter. Elle n'eut cependant pas à prendre de décision: la petite Alexandra, qui avait entendu la question du journaliste, crut bien faire en lui donnant la réponse.

«C'est au Frontenac sur Saint-Laurent!» Elle passa son chemin, contente d'avoir pu rendre service...

En un rien de temps, l'équipe du téléjournal avait plié bagage.

Vandal arriva cependant avec une bonne avance sur elle. Des inspecteurs de police étaient déjà sur les lieux et tentaient de relever des empreintes ou de découvrir des indices. Serge fut estomaqué devant le désordre spectaculaire qui régnait chez la journaliste. Les bibliothèques avaient été renversées, l'écran de sa télévision et celui de son ordinateur avaient été fracassés, de la nourriture provenant du frigo avait été éparpillée au milieu du salon et un graffiti peu flatteur avait été dessiné à la peinture rouge sur un mur.

«Tu les aimes féroces, beauté! s'exclama Vandal avec son sérieux habituel. À vaincre sans péril, on triomphe sans gloire.

— Ce n'est pas le temps...

— Des voleurs? demanda-t-il.

— Des amis, répondit Stéphanie, ironique dans son malheur.

— Tu penses que c'est relié à ton article sur Thibault?

— Je ne comprends pas, dit-elle, atterrée. Ils ont dû croire que j'avais d'autres informations...»

Stéphanie fut interrompue dans ses interrogations par une visite-surprise: l'équipe du téléjournal venait d'envahir son appartement comme une armée de croisés en Terre sainte. Le reporter, qui avait obtenu l'adresse par Alex, jubilait en constatant que son flair l'avait mené sur une bonne piste. Les journalistes étaient ainsi: tantôt chassant une proie, tantôt se tiraillant pour une charogne. Stéphanie ayant abattu un gros gibier, les autres rapaces venaient se disputer les restes. Le reporter de la télé se rua vers elle sous l'œil de la caméra.

«Croyez-vous que cela soit directement lié à l'affaire Thibault?

— Aucune idée, mentit-elle. Mais, si c'était le cas, vous pourriez en déduire à quel point mon article frappe juste.

— Et vous, monsieur l'agent, demanda-t-il en se retournant, avez-vous découvert quelque chose qui pourrait vous conduire aux auteurs de cette effraction?

— Ils n'ont quand même pas laissé leur numéro de téléphone, répondit le constable, trop content de pouvoir faire de l'humour au petit écran.

— Le moins qu'on puisse dire, mademoiselle Rousseau, c'est que ça commence à jouer dur, n'est-ce pas?»

Stéphanie resta muette. Oui, ça commençait à jouer dur, et l'invasion brutale de la caméra n'adoucissait pas le jeu.

«Avez-vous d'autres informations que vous n'avez pas encore divulguées? reprit le reporter.

— Si ça ne vous dérange pas, répondit-elle, je vais garder ça pour *L'Express*.

— Donc, chers auditeurs, le téléjournal de demain soir vous résumera en détail le contenu du prochain numéro de *L'Express*. Merci Stéphanie de nous avoir reçus chez toi avec tant de courtoisie...»

Le reporter fit signe au caméraman de cesser de filmer. Stéphanie lui lança un regard courroucé. Le reporter supporta son regard avec un large sourire provocateur. Les loups ne se mangent pas entre eux, mais ils ne se font pas de cadeaux non plus. L'équipe quitta les lieux, fière de son coup.

Stéphanie et Serge étaient découragés. Vandal prit tout de même quelques clichés, mais le cœur n'y était plus. Les lecteurs, le lendemain matin, ne feraient que retrouver, avec une moindre qualité d'image, la scène qu'ils avaient vue la veille aux nouvelles du soir. Stéphanie appela au journal pour signaler la fuite. Rivard était furieux.

«Cercueil de bâtard! jura-t-il dans son patois. Veux-tu bien me dire qui a envoyé la télévision te relancer jusque chez toi?

— Je n'en sais rien! se défendit Stéphanie, harassée. Je n'ai parlé qu'à Louise, cet après-midi!»

À ces mots, Lionel mit sa main sur le récepteur du téléphone, mais Stéphanie l'entendit très bien s'en prendre vertement à sa collègue qui se défendait du mieux qu'elle pouvait.

«Elle n'a parlé qu'à Vandal, dit-il au bout d'un moment. Ils ont peut-être simplement deviné qu'il se passait quelque chose chez toi, mais il a bien fallu que quelqu'un leur donne ton adresse!

– C'est brillant! ragea Stéphanie, très brillant! Tu arrives chez toi et c'est... indescriptible tellement c'est bordélique, tu lis sur ton mur que tu es une maudite chienne. Pour me consoler, je me dis que j'ai un bon scoop pour *L'Express*, et puis toute l'équipe du téléjournal débarque chez moi sans sonner! Merde! Il n'y a que vous qui saviez où j'étais!

– On va trouver le téteux qui s'est ouvert la trappe, je te le garantis!» jura Rivard, aussi en colère qu'elle.

Stéphanie raccrocha en poussant un pénible soupir. Vandal et les policiers sentirent leur présence déplacée et la laissèrent seule.

Stéphanie contempla son logis. Ses nerfs étaient près de craquer. Elle décida de ne pas entreprendre le ménage tout de suite. Comme elle le faisait si souvent dans les situations tendues, elle opta pour un bain brûlant. Elle voulut mettre un peu de musique, mais constata que même sa chaîne haut de gamme n'était pas conçue pour résister à une chute violente sur un plancher de bois franc, additionnée de quelques coups de barre de fer. Elle devait se passer du *Requiem*, qui aurait été pourtant bien de circonstance.

Elle entra dans la salle de bains. Elle ne put voir son visage catastrophé: il n'y avait plus de miroir. «Sept ans de malheur!» murmura-t-elle à l'endroit du coupable. Elle s'assura que des débris de verre ne l'attendaient pas dans le fond de la baignoire et fit couler l'eau chaude en ajoutant des sels marins qui avaient sans doute été épargnés à cause de leur valeur insignifiante. Elle se glissa, nue et fragile, dans l'eau qui avait le goût des larmes.

Elle fit durer sa baignade pendant un long moment en réchauffant l'eau périodiquement. Elle en sortit détendue, revigorée et les idées plus claires. Mais le spectacle désolant imposait sa réalité. Elle faillit se décourager à nouveau quand la sonnette se fit entendre. Cette visite-là, contrairement à la précédente, fut comme un baume sur le cœur et acheva de la requinquer. C'était Yolande, sa maman, qui, malgré son chic tailleur, s'était procuré un arsenal de produits domestiques en vue de la grande opération. Après une chaleureuse embrassade, elles se mirent à l'œuvre sans perdre de temps.

Une fois les meubles redressés, les planchers lavés et ce qui était détruit jeté, c'est-à-dire après plusieurs heures de labeur, les deux femmes, en sueurs, eurent le temps de discuter un peu.

«Ça doit faire trente ans que je n'ai pas fait autant de ménage! répétait Yolande, qui avait tout ce temps confié cette tâche à d'autres.

— Je n'aurais pas su par où commencer! répondait Stéphanie. Ça me fait tellement plaisir que tu sois venue!

— Ça ne se perd pas, ça, ma belle! Je sais que tu as horreur qu'on se mêle de tes affaires... commença-t-elle, soudainement soucieuse, mais, sans paniquer, j'aimerais que tu m'expliques ce qui se passe. Je commence à mal dormir.

— Maman, tu connais le métier. Ce n'est pas la première fois qu'un journaliste est victime d'intimidation.

— Stéphanie, fais-moi plaisir, lâcha Yolande: viens au moins dormir à la maison. Ça me rassurerait. Et ton père aussi.

— J'aime mieux coucher ici, répondit Stéphanie, dont le visage s'était rembruni à la mention de son père. Et puis, je ne pense pas qu'il s'inquiète pour moi. Tu es gentille de me dire ça, mais il ne l'a jamais fait avant, je ne vois pas pourquoi il le ferait maintenant.

— Ton père s'est toujours inquiété de toi, plaida sa mère. Il est seulement... maladroit.

— Bien sûr, railla sèchement Stéphanie, seulement maladroit.

— Et toi? argua Yolande, tu es plus habile?

— Laisse tomber, ordonna-t-elle. Ce sont mes bibittes...»

Le silence vint s'interposer entre la mère et sa fille. Il en avait toujours été ainsi quand elles tentaient de parler de l'homme qui liait leurs vies.

Wilfrid Thibault venait de vivre la pire journée de sa vie. Il avait dû affronter une meute de journalistes affamés durant l'avant-midi, des agents de la Gendarmerie royale en début d'après-midi et, de Moscou, un appel du premier ministre. Celui-ci, en bon politicien, avait bien dissimulé le plaisir de se débarrasser d'un adversaire inavoué derrière un ton de père déçu et amer. À travers les atermoiements du chef d'État, Thibault avait très bien saisi le verdict: sa carrière avait pris fin dans les bras de la petite Sophie. Il devrait démissionner, et toute son équipe le suivrait.

La soirée était maintenant avancée, et il gisait, étourdi par ses calmants, sur le canapé du salon. Des images confuses lui venaient à l'esprit. La pensée la plus obsédante et la plus douloureuse était la mine qu'avait montrée sa fille Laura en voyant la couverture de *L'Express*. Une déception infinie s'était lue sur ses traits à cet instant, et il avait vu son visage d'enfant se durcir en un rictus impitoyable...

Il avait pris plusieurs minutes avant de rassembler le courage nécessaire pour aller la retrouver dans sa chambre et lui expliquer ce qu'il voulait être la vérité. Il avait commencé par lui offrir une semaine de congé, congé inévitable de toute façon vu la dureté des adolescents entre eux. Puis, il lui avait raconté les boniments habituels à propos du ministre bon et honnête aux prises avec un système corrompu.

«Ces gens-là m'en veulent à mort, avait-il expliqué à sa fille, qui ne demandait qu'à le croire. Ils n'ont aucun scrupule, ils ne pensent qu'à eux, répétait-il sans cesse.

— Est-ce que c'est vrai? avait-elle demandé, complètement bouleversée. Est-ce que c'est vrai, ce qu'il y a dans le journal?

— Non! avait-il nié en s'accrochant au mensonge comme à une bouée de sauvetage. Il n'y a rien de vrai là-dedans! Je te le jure, Laura! Tu me crois? Je ne te mentirais pas! Ce sont des inventions de journalistes pour me discréditer.

— Qu'est-ce qui va arriver?

— Je vais les poursuivre, avait-il promis. Mais le mal est déjà fait...

– Tu vas perdre ton ministère ?

– Nous n'en sommes pas là, ma belle. Je suis plus fort que ça. Je vais me battre.

– Pourquoi elle a écrit ça sans te demander si c'était vrai ? C'est dégueulasse, ce qu'elle a fait !

– C'est une journaliste... elle est prête à tout pour sa petite gloire... Elle n'a pas pensé au mal qu'elle nous ferait, à moi, à toi, à ta mère...

– Je la déteste ! C'est une vache, rien qu'une maudite chienne ! »

Thibault avait eu peur en voyant une telle haine déformer le visage d'une si jeune fille. Il avait eu honte. Honte d'avoir couché avec des filles dont il aurait pu être le père. Honte de mentir pour se défendre. Honte de pousser une innocente à détester une inconnue. Honte d'être lui-même, honte jusqu'à la moelle. Les questions des journalistes, les accusations de la police et les réactions de son parti lui avaient semblé bien douces à côté de ce qu'il avait vu dans le visage de sa fille, ce matin-là. Il regrettait de n'avoir pu passer une dernière journée avec elle avant qu'elle ne se rendît à l'inévitable conclusion.

Sa femme le tira à ce moment de son misérable délire. Elle était glaciale et sarcastique, plus rien ne pouvait désormais l'atteindre. Elle alluma la télé et monta le volume assez fort pour qu'il se réveillât complètement.

« C'est l'heure des nouvelles, annonça-t-elle froidement. Ils vont parler de toi. Tu aimais ça, avant, te voir à la télévision. »

La première image en fut une de lui-même, filmée le matin, sortant de la maison. Il vit l'animal furtif et blessé qui tentait de se faufiler à travers les reporters.

« Monsieur Thibault, avez-vous lu l'article de *L'Express* ? entendait-on.

– Quand avez-vous rencontré cette jeune fille pour la première fois ? disait une autre voix.

– Avez-vous l'intention de démissionner ?

– Démissionner ? s'entendit-il répondre. C'est une campagne de salissage, c'est le massacre des saints Innocents. Vous connaissez l'Évangile? Moi oui: ils ont été canonisés! Enfin, modéra son double à l'écran, je n'en demande pas tant... Seulement qu'on arrête ces calomnies.

— Vous soutenez que la nouvelle est fausse?

— Incontestablement, avait-il affirmé.

— Hypocrite! lança sa femme au téléviseur, comme si son mari n'était pas là.

— Je suis marié et père de famille, continua le double sans frémir. Je mène une vie honnête et heureuse. Je discute actuellement avec mes avocats. Nous allons prendre les dispositions nécessaires pour laver ma réputation.

— Une piscine d'eau de Javel! ricana sa femme.

— Qu'allez-vous faire? demanda le journaliste.

— Il y a des recours légaux contre la diffamation.»

Là-dessus, le Thibault du téléjournal rebroussa chemin et revint dans la maison, laissant à son attaché de presse, l'inévitable Corson, le soin de faire face aux journalistes. Bizarrement, c'est à cet instant que Jeanine, sa femme, se retourna vers lui.

«C'est lui qui te fournit tes petites filles?» demanda-t-elle. Devant la lividité de son visage, elle ajouta: «j'ai toujours trouvé qu'il avait une face de mac.»

La deuxième nouvelle portait sur le saccage de l'appartement de Stéphanie. En voyant ces images, Jeanine se leva et gagna la cuisine. Wilfrid la suivit péniblement.

«Jeanine, ça fait vingt ans que nous sommes mariés, recommença-t-il. Ça fait dix ans que je suis en politique. Tu sais à quel point c'est un milieu pourri...

— Rien qu'à te regarder...

— N'importe quoi pour un beau petit scandale... Je te jure sur la tête de Laura que tout cela n'est que mensonges.

— Je n'ai pas envie de te croire, le prévint-elle, les lèvres tremblantes. Je t'ai trop cru. La douce Jeanine en a plein le dos.

— Jeanine... susurra-t-il comme il le faisait depuis vingt ans.

— Plus de "Jeanine"! dit-elle en imitant son ton. Penses-tu vraiment que je n'ai rien vu pendant toutes ces années? Que je suis aveugle et bête à ce point? Une conne! Tes rendez-vous bidons, tes voyages tellement diplomatiques que je ne pouvais pas te suivre!

– Tu t'écoutes? reprocha-t-il.

– Bien sûr que je m'écoute! Tu peux me dire que c'est une invention de journalistes, c'est trop facile! Si c'était faux, pourquoi aurais-tu fait démolir son appartement?

– Je n'ai rien à voir là-dedans!

– Bien sûr que non! C'est Stéphanie Rousseau qui l'a démoli elle-même pour avoir un scoop de plus!

– Tu exagères, Jeanine. Ah! ma Jeanine, répéta-t-il, doucereux, il faut arranger ça. Sans ton appui, qu'est-ce que sera notre vie quand tout ça sera fini? Hein?

– C'est bien toi, ça! renifla-t-elle en se retenant avec peine d'éclater, retourner la pression sur moi. Il faut continuer, sinon c'est moi qui vais être responsable de ce qui va se passer...»

Elle ne put se contenir plus longtemps. Elle se mit à pleurer de rage et de dépit. Elle voulut sortir de la cuisine, ne plus être avec ce mari qui ne cessait de lui mentir, mais celui-ci la saisit fermement et la prit dans ses bras. Il continuait de plaider l'innocence pendant qu'elle sanglotait sur son épaule, mais il n'y avait plus de tendresse dans ce geste. Elle aurait préféré un véritable mouchoir.

Michel Gagné et Richard Fortin, les deux recrues de *L'Express*, commençaient à prendre leur rythme de travail et à s'intégrer au groupe que constituait la rédaction du journal. L'un des aspects de cette vie commune leur paraissait encore quelque peu ésotérique: il s'agissait de la tortueuse et imposante convention collective concoctée par la non moins imposante Léonne Vigneault. Ils avaient profité de l'heure de dîner pour se faire expliquer les règles du jeu par celle qui les avait rédigées. Le petit groupe était attablé au café habituel des journalistes.

«Mais, demanda Michel, confus, est-ce que je suis membre du syndicat?

— Tu es en partie protégé par le syndicat, dit-elle, mais ce n'est pas lui qui décide d'accorder les permanences. Tu as six mois. Après, tu deviens permanent ou tu prends la porte.»

Michel saisit instantanément ce que cela représentait: il avait une demi-année pour prouver qu'il pouvait faire vendre des copies de *L'Express*. Il jeta un coup d'œil à son collègue Fortin. Le petit intellectuel allait probablement tenter de faire du style durant ces six mois, ce qui plairait à un Claude Dubé, mais sûrement pas au service des ventes. Michel se surprit à se demander, dans l'éventualité où leurs patrons décideraient de ne garder que l'un d'eux, comment il pourrait nuire à celui qu'il trouvait jusque-là sympathique. «Mais s'il n'en reste qu'un, je serai celui-là!» pensa-t-il.

Alors qu'il formulait ces pensées peu charitables, une jeune dame vint s'asseoir à la table adjacente et salua Léonne. Celle-ci présenta la nouvelle venue à ses collègues.

«Julie Pellerin, dit-elle sans chaleur. Elle travaille à *La Nouvelle*. Elle prend le pouls de la métropole.

— Hier, je reçois *L'Express*, commença à raconter la concurrente, se préparant visiblement à une vive discussion. Je croyais m'être trompée de journal! Ce matin: la même chose! Mais non: c'est bien la grosse *Express* qui se met à verser dans les gros titres... Nouvelle philosophie de la Direction!»

Elle faisait allusion au numéro de ce matin qui, à la suite de l'affaire de drogue et prostitution, faisait état de la fameuse liste de paie fictive dont Gilles Bernard avait parlé à Stéphanie. Elle en avait finalement obtenu les preuves et *L'Express*, comme l'avait prédit son chef de pupitre, avait manqué de copies un deuxième matin d'affilée.

«Tu devrais être à Ottawa, répliqua Léonne. C'est là que la nouvelle se passe, aujourd'hui.

— Tu as raison, approuva Julie, belliqueuse. Ça devrait m'inspirer quand j'irai me promener du côté de l'Hôtel de ville. Voir si nos élus municipaux s'amusent autant que nos députés fédéraux...

— Un instant ! intervint Fortin, offusqué. Que voulais-tu dire par "nouvelle philosophie" ? Il me semble que tu as dit ça avec un ton méprisant. Un vieux cochon qui couche avec des petites filles, ça, c'est méprisable ! Pas le journal qui sort la nouvelle ! Une journaliste de *La Nouvelle* devrait comprendre ça d'instinct.

— Eh ! fit Julie en le reconnaissant. Ce n'est pas toi qui as fait la une de mon journal avec la gréviste. Oui ! c'est toi le chevalier journaliste... Moi, je disais ça comme ça... Je me suis dit que c'était Stéphanie Rousseau, après tout. La fille du patron ! Elle aurait pu obtenir une nouvelle orientation journalistique.

— Tu n'as pas le droit de parler comme ça de Stéphanie ! Tu dois être jalouse.

— Il y a des choses que tu ne peux pas comprendre, intervint Léonne, pourtant prompte à ce genre de remarque envers Stéphanie. C'est probablement que tu viens de la compétition. Encore que ton journal est plus regardé que lu. Enfin, Stéphanie est notre meilleure journaliste, et là s'arrête son pouvoir. Et tu peux me croire : si elle obtenait le moindre privilège par son père, je serais la première à déposer un grief.

— Tu es toujours la première à déposer un grief... plaisanta Michel.

— La tolérance est la charité de l'intelligence, poursuivit Julie sans en démordre. Lui avez-vous laissé sa chance, à Thibault ?

— Écoutez qui parle ! protesta Richard, piqué au vif. Me l'avez-vous demandée, ma version, avant de me flanquer en première page ? Ça vient nous faire des leçons...

— Chez moi, au Salvador, intervint soudainement le serveur qui leur amenait leur repas, s'il fallait faire la manchette avec tous les politiciens qui couchent avec des petites filles, il faudrait une édition spéciale à tous les jours. Elle est bien contente, la fille de seize ans qui fait la pute pour un ministre plutôt que dans la rue. Et ses parents aussi ! Ça leur fait un contact...

— Ça n'excuse pas le geste parce qu'il y a plus de coupables, Doc, répondit Michel.

— Doc ? répéta Richard, intrigué.

— Enrique était médecin dans son pays, expliqua Michel.

— J'ai soigné des fillettes de onze ans qui avaient des maladies vénériennes. Elles n'étaient même pas des femmes et elles étaient déjà stériles!»

Les quatre journalistes se turent en entendant cela. Le Latino-Américain les regarda avec un visage contrit.

«Vous êtes bien ici, déclara-t-il finalement. Une fille fait de la prostitution et un ministre doit démissionner. Ce n'est pas comme ça partout dans le monde.»

Il les laissa à leur steak-frites et à leur café colombien. Leur appétit avait cependant été sérieusement ébranlé. Léonne, par contre, trouva le courage d'entamer son assiette. Michel ne prit que quelques bouchées avant de payer et de se diriger vers le téléphone. Il appela la standardiste du journal.

«Ça fait au moins vingt fois que j'essaie de rejoindre l'hôtel Kosmos à Moscou, expliqua-t-il. Les circuits sont toujours occupés. Tu t'y connais mieux que moi. Si je te donne les coordonnées, peux-tu essayer?

— Je vais essayer...

— Tu demanderas monsieur Connelly du Canada, je vais être au journal d'ici quinze minutes!»

Il lui donna le numéro et se rendit à la rédaction. Il croisa la jolie Stéphanie, visiblement pressée, et ne put résister à la tentation de la retenir pour lui faire un brin de causette.

«Vas-tu venir à bout du dégât dans ton appartement? demanda-t-il arbitrairement (il s'en foutait un peu).

— Je peux venir à bout de n'importe quoi et de n'importe qui! se targua-t-elle.

— En es-tu sûre? questionna-t-il en pensant à lui-même.

— Je m'excuse, dit-elle. Je dois te laisser à tes chiens écrasés. Je ne veux pas manquer la conférence de Thibault à Ottawa...»

Ils se défièrent du regard. Michel grogna et retroussa le coin droit de la lèvre supérieure pour montrer son incisive. Stéphanie pouffa de rire. À défaut d'impressionner, le geste l'avait amusée. Michel préférait cependant impressionner les femmes et s'amuser avec elles. Avec Stéphanie, c'était plutôt l'inverse. Leur attention fut détournée par la réceptionniste.

«Michel. Le premier ministre sur la ligne!»

Avant qu'il n'ait eu le temps de réagir, Stéphanie avait déjà décroché. Il la regarda, bouche bée.

«Monsieur Connelly, Stéphanie Rousseau, de *L'Express*. Je m'excuse de vous réveiller. Quels sont vos commentaires sur l'affaire Thibault?»

Michel se planta devant elle, furieux.

«Pas de commentaires? disait-elle au chef d'État pendant que son collègue fulminait. Vous êtes sûr? Aucun commentaire?»

Elle raccrocha.

«Dommage, soupira-t-elle avec mièvrerie. Ça aurait bien paru dans mon article.

— Pour qui tu te prends? interrogea Michel en la poussant du doigt.

— C'est un voyou de Saint-Henri ou le premier ministre que tu devais rejoindre, Gagné? dit-elle pour le provoquer. Essaies-tu de te faire un nom avec mon histoire?

— Chez nous, au Saguenay, c'est une claque sur la gueule que tu mériterais!

— Vous êtes encore à l'âge de pierre, au Saguenay! ricana-t-elle méchamment. Juste à te voir arriver ici, on a senti que c'était assez bas dans l'échelle de l'évolution... C'est peut-être toi, le chaînon manquant!»

Elle contourna un Michel Gagné blanc de rage et quitta le journal. Michel s'installa à son pupitre. Il saisit un crayon et le cassa en deux. L'exercice ayant été agréable, il en cassa un autre. Au bout du troisième, il s'en lassa. Il mit la main sur *L'Express* du jour. En pleine page couverture, Stéphanie Rousseau, dépitée, se tenait au centre de son appartement saccagé. Il s'empara d'un crayon feutre et lui dessina une moustache. Il trouva que cela lui allait bien. Il lui rajouta une barbiche, des lunettes, des cornes et un zizi. Comme elle était devenue un peu trop masculine à son goût, il lui implanta de gigantesques nénés. L'être hermaphrodite ainsi créé satifaisait pleinement ses fantasmes. Il gloussa d'un rire scatologique. Cette séance de défoulement lui avait fait le plus grand bien. Son téléphone sonna.

«Quoi? grommela-t-il.

— Toi, débita une voix qu'il avait déjà entendue, mon hostie de chien sale de tabarnack, si jamais je te pogne, tu vas manger une christ de volée! C'est-tu clair, câlisse?

— Jimmy! salua Michel, tout à coup pris de sueurs froides. Calme-toi un peu... Il n'y aura pas de problèmes. Le texte est trop flou pour ça. Et puis, je ne donne pas de nom...

— Tu peux bien parler de noms, Daniel Charron! Hostie de crosseur de journaliste d'enfant de chienne. Si jamais quelqu'un a de la marde à cause de toi, tu vas me le payer!»

Le boxeur, qui appelait du pénitencier, raccrocha brutalement. Inspiré par le langage châtié de son interlocuteur, Michel lâcha pour lui-même une série de jurons bien sentis à propos de la ville de Montréal et de son travail de journaliste. Malheureusement pour lui, Claude Dubé passait par là, et il avait émis ses commentaires alors que son rédacteur en chef observait le portrait remanié de Stéphanie Rousseau.

«Intéressant, ironisa Dubé. On dirait du Marcel Duchamp avec une influence dada.»

Puis, plus sérieusement:

«Vous êtes heureux, à Montréal?

— Heureux? Je viens de me faire engueuler et menacer pour un texte publié dans le cahier C en page neuf! J'ai dû être autant lu que si je n'avais rien écrit.

— Suivez-moi à mon bureau. Nous pourrons en discuter davantage.»

Michel s'exécuta de mauvais gré. Il suivait Claude Dubé en adoptant une démarche volontairement ridicule. Il n'avait guère d'admiration pour l'intellectuel engoncé qui lui servait de patron et ne se gênait pas pour le laisser paraître. Cela irritait Dubé, et lui non plus ne se gênerait pas. Il invita Gagné à s'asseoir. Celui-ci s'avachit sans manière devant le bureau de son patron en y posant nonchalamment le pied.

«Je comprends pourquoi vous vous êtes lancé dans le journalisme, dit Dubé. Vous deviez être un avocat exécrable.

– J'en avais plein mon casque de porter une cravate.

– Rassurez-vous. L'habit ne fait pas le moine. Cela dit, je ne crois pas que vous soyez obligé d'avoir l'air aussi négligé pour travailler ici. Comment faites-vous pour toujours avoir une barbe de deux jours? railla Claude Dubé.

– C'est arrangé avec le gars des vues, répliqua Michel sur le même ton.

– Vous vous croyez bien malin à cause de votre charme et de votre relative intelligence, mais le métier de journaliste demande de la réflexion et de la maturité. Je crois que vous n'avez pas encore développé ces deux qualités.»

Cette fois, Michel était piqué au vif. Il se vida le cœur, exacerbé.

«Je m'arrange pour passer une fin de semaine en prison sur mes jours de congé. Je passe près de me faire embrocher par une tapette. Je reçois un téléphone de menaces... tout ça pour un article qu'on a foutu dans les dernières pages du journal!

– Il faut faire ses classes, Monsieur Gagné, expliqua Claude Dubé dont la patience s'effritait. On ne peut pas arriver au journal et, du jour au lendemain, faire régulièrement la une de *L'Express*. Comptez-vous chanceux d'être dans nos rangs. Il y a des centaines de journalistes talentueux qui moisissent dans des hebdos de deuxième ordre. L'un d'eux pourrait très bien vous remplacer éventuellement...

– Qu'est-ce que ça veut dire?

– Je ne vous menace pas. Je tiens simplement à vous recommander la patience. L'affaire Thibault prend beaucoup d'espace... Il n'y a pas de mauvaise page dans un journal, Michel. Votre tour viendra un jour ou l'autre, si vous suivez mes conseils.

– De la patience? répéta Michel, horripilé. J'ai fait le chemin de Chicoutimi à Montréal dans un sens, je suis capable de le faire dans l'autre.

– Si vous n'êtes pas content, vous n'avez rien qu'à le dire!»

Stéphanie arriva en trombe au Château Laurier à Ottawa. Wilfrid Thibault y avait réservé une salle de conférences pour y faire une déclaration officielle. Étant donné le scandale qui ébranlait la capitale depuis deux jours, tous les journalistes politiques d'une quelconque importance au pays y avaient accouru sans se faire prier.

Elle entra dans la salle qui bourdonnait d'activité. Reporters de la presse écrite ou audiovisuelle s'y trouvaient, chacun préparant ses outils de travail: papier, crayons, magnétophone, appareil photo, caméra. Parmi ces dizaines de journalistes, l'un d'eux remarqua l'arrivée de Stéphanie, vêtue sobrement pour passer inaperçue. Gilles Bernard vint à sa rencontre.

«Je vous trouve bien courageuse d'assister à cette conférence de presse après tout ce qui s'est passé.

— C'est moi qui ai levé l'histoire, répondit Stéphanie. J'ai envie d'être là pour le dénouement.

— Après les révélations d'aujourd'hui dans *L'Express*, supputa Bernard, je ne vois pas Thibault s'accrochant à son poste de ministre: des personnes fictives sur la liste de paie du ministère et l'argent ainsi détourné servant à payer la cocaïne des adolescentes du ministre... c'était difficile d'imaginer plus sordide...

— On dirait l'œuvre d'un mauvais écrivain, approuva Stéphanie. Gilles...

— Oui?

— Je voulais vous remercier. Sans vous, on n'aurait pu impliquer Corson. Lui aussi est un salaud, pire que son patron: il n'a pas l'excuse d'être malade dans la tête.

— Vous savez, expliqua Bernard avec sa réserve habituelle, on n'a rien sans rien. Le milieu était au courant de ses déviations sexuelles. Si Thibault tombe à cet instant précis, c'est que quelqu'un, quelque part, en a décidé ainsi. Et ce quelqu'un est bien plus puissant qu'un ministre. Il est inattaquable. Un scandale ne l'effleurerait pas.

— Que racontez-vous? s'étonna Stéphanie.

— Ce que je raconte? Je ne raconte rien. Je veux juste vous ouvrir les yeux: vous croyez créer l'information, mais c'est elle qui vous crée. Ce scandale n'avait pas besoin de vous pour éclater: il était comme un fruit mûr, prêt à tomber. C'est vous qui aviez besoin de lui.

– Vous divaguez, Gilles! protesta Stéphanie, effrayée. Je n'ai réussi à sortir cette nouvelle que grâce à mon acharnement, et vous le savez!

– Vous n'avez rien réussi. Vous n'avez surpris le ministre avec la petite que grâce à un appel anonyme. Le véritable exploit eût été de découvrir la source de cet appel. Mais, comme un chien lâché dans un bois, vous avez préféré traquer le pauvre Thibault comme un animal blessé.

– Le pauvre Thibault? répéta Stéphanie, incrédule. Il couchait avec des mineures qu'il payait avec de la coke! C'est dégoûtant!

– Et alors? Rien qu'à Montréal, il y a probablement des centaines de petites putes de seize ans ou moins aux prises avec des problèmes de drogues et qui se tapent de vieux porcs qui donneraient à Thibault l'air d'un enfant de chœur!

– Dans ce cas, pourquoi m'aurait-on appelée, moi, en particulier? questionna Stéphanie, ébranlée dans son scepticisme.

– Parce que vous êtes naïve! Vous n'êtes qu'une enfant, Stéphanie, et une enfant gâtée. Vous avez été scandalisée par Thibault et sa pute, non pas parce que vous trouviez cela dégoûtant, mais parce qu'il était ministre! Vous avez calculé la gravité de son geste en fonction du bruit que la nouvelle allait faire, et rien d'autre. La personne qui vous a appelée comptait sur votre ambition démesurée pour faire éclater ce scandale.

– Vous dites n'importe quoi! J'ai fait ce que j'avais à faire! J'ai suivi mon instinct et ma morale, rien d'autre. Thibault aurait continué à détruire la vie de ces jeunes filles indéfiniment...

– Tout le monde était au courant. Réfléchissez: quel est l'intérêt de chacun dans cette histoire? Corson? Connelly? Ceux qu'on ne connaît pas?

— Corson s'en mettait plein les poches avec son petit trafic. Connelly n'a rien à voir là-dedans. Les autres ne sont que des fantômes issus de votre imagination.

— Vous ne voulez rien comprendre! se moqua Gilles Bernard. Le jeu de Corson est pourtant clair: il n'avait qu'à laisser tomber son patron toujours plus bas dans le vice et la farniente. Étant le mieux placé pour recueillir des preuves contre Thibault, il n'aurait eu qu'à le poignarder dans le dos, le moment voulu, quand il aurait eu assez de crédibilité personnelle pour se lancer en politique. Vous n'avez fait que précipiter les choses de ce côté-là. Je vous parie que, dès demain, il commencera à témoigner contre Thibault, sans aucune retenue.

— Et Connelly? Son gouvernement va déjà assez mal, pourquoi s'attirerait-il un nouveau scandale?

— Eh! ricana Gilles. Justement! Le congrès à la chefferie aura lieu d'ici un an. Ai-je besoin de continuer?

— Non, signifia Stéphanie, profondément troublée. Et... les autres?

— Les autres? Si j'arrivais à voir dans leur jeu et à comprendre qui ils sont comme ils voient dans notre jeu et comprennent qui nous sommes, je ne serais pas correspondant parlementaire. Je m'assoirais avec eux, à leur table, au sommet des plus hauts gratte-ciel.

— Des riches? De grands financiers?

— Quelque chose comme ça. Probablement de grandes multinationales, des sociétés à actions, des compagnies anonymes. Elles ont un point en commun: elles brassent des millions et des milliards avec de nombreux gouvernements dans le monde.

— Arrêtez! J'ai le vertige.»

Stéphanie était heureuse de constater que la conférence débutait. Gilles Bernard l'avait littéralement étourdie avec son histoire abracadabrante, et elle jugea que le correspondant avait passé trop de temps à écouter d'ennuyeux débats portant sur des lois sans importance. Il devrait écrire de la science-fiction, pensa-t-elle.

Wilfrid Thibault, large sourire aux lèvres, venait de faire son entrée dans la salle de conférence, accompagné de sa femme Jeanine et de sa fille Laura. Tous trois avaient mis leurs plus beaux atours, comme s'il se fût agi d'une fête ou d'une cérémonie. Le petit groupe avait peine à traverser la salle, ralenti par les photographes et caméramen, qui cherchaient tous à avoir le meilleur plan possible. Ils parvinrent finalement à l'estrade, où le ministre fit galamment monter sa femme et sa fille avant de s'installer au micro. Un silence curieux envahit l'assemblée.

«Mesdames, Messieurs, entama-t-il gravement, j'aimerais faire une mise au point à laquelle, je l'espère, vous aurez l'honnêteté d'accorder autant d'espace que vous l'avez fait pour la campagne de salissage entreprise contre moi et mon gouvernement.

«Je suis en politique depuis plus de dix ans et j'ai pendant les six dernières années occupé des postes ministériels de plus en plus importants. Voilà, je pense, qui témoigne bien de la confiance que m'a portée le premier ministre Connelly, un collègue, mais aussi un ami. La présence de mon épouse et de ma fille démontre aussi combien je jouis du soutien de ma famille dans cette dure épreuve. Elle, qui n'a pas choisi la politique, est éclaboussée autant que moi par les accusations pernicieuses d'une journaliste en mal de sensationnalisme.»

Stéphanie demeura imperturbable face aux regards qui convergèrent sur elle à ces mots.

«Jeanine, poursuivit Thibault en se tournant vers sa femme, merci d'être là.

— Monsieur Thibault, questionna une journaliste, connaissez-vous les gens qui ont perpétré le saccage dans l'appartement de ma collègue?

— Je ne connais personne d'assez idiot, réagit-il violemment, pour commettre un geste aussi méchant!

— Le premier ministre a-t-il réclamé votre démission? demanda un autre journaliste.

— Je ne suis pas venu ici pour répondre à vos questions, rectifia Thibault, contrarié. Je suis venu vous faire une déclaration.

Le premier ministre n'a pas réclamé ma démission, c'est moi qui la lui ai remise, il y a un peu moins d'une heure...»

Un murmure monta dans la salle. On s'y attendait, mais cette annonce faisait quand même son effet. L'ex-ministre continua.

«Je l'ai fait pour ne pas embarrasser mon gouvernement pendant que j'établirai sans équivoque mon innocence.

— Vous continuez à clamer votre innocence? demanda-t-on.

— Absolument! Je veux aussi ajouter que j'ai également remis ma démission comme député de la Chambre des communes et que j'ai demandé à monsieur Corson, mon attaché de presse et fidèle chef de cabinet, de me remettre la sienne.»

Là-dessus, Thibault, le simple citoyen, laissa le micro et s'empressa d'aller étreindre Jeanine et Laura. Ils avaient perdu le sourire qu'ils affichaient naguère et tentaient péniblement de traverser l'assemblée en sens inverse.

«Pourquoi avez-vous jugé bon de démissionner aussi de la Chambre?

— Quittez-vous la politique définitivement? demanda un autre.

— Pourquoi écarter Corson aussi vite?»

Mais Thibault n'était plus un homme public, et c'était le privilège des gens ordinaires que d'ignorer les journalistes. La famille déchirée s'engouffra une dernière fois dans la limousine ministérielle et rentra chez elle pour de bon.

Le trajet dura une éternité. L'abandon de ses charges gouvernementales avait soulagé Wilfrid d'un grand poids, mais il devait supporter celui, encore plus lourd, du regard sévère que posaient sur lui les deux femmes de sa vie. Il tenta de réconforter son épouse.

«N'est-ce pas ce que tu voulais? dit-il en feignant un sourire, que je quitte la politique?

— Oui, c'est exactement ce que je voulais. C'est la plus belle journée de ma vie.

— Ne sois pas ironique. Prends les choses du bon côté. Nous allons nous offrir de longues vacances...

– En effet! Je sens que nous allons les trouver longues.

– Arrête! supplia douloureusement Thibault. Tiens, je te laisse choisir la destination.

– Je choisis le Tibet. Tu prends l'Antarctique. »

Ils se turent: Laura s'était mise à pleurer. Wilfrid voulut la consoler, mais elle repoussa ses bras dans un geste de dégoût. Le silence leur tint compagnie pour le reste du voyage. Ils ne s'adressèrent pas plus la parole une fois chez eux. Chacun s'isola dans une pièce de la maison, Laura dans sa chambre, Jeanine dans son atelier, Wilfrid dans son bureau: il avait des dossiers à fermer. Sa femme n'entendit pas la longue conversation qu'il eut au téléphone.

La nuit était finalement venue mettre fin à cette horrible journée. Wilfrid, véritablement hagard, observait distraitement la rue paisible à travers la baie vitrée du salon. Jeanine vint le rejoindre.

« Wilfrid? dit-elle, brisant le silence. Viens-tu te coucher?

– Je t'aime, Jeanine, dit-il, la voix tremblante.

– Bien sûr, soupira-t-elle.

– Toi et Laura, vous êtes toute ma vie...

– Cesse de te torturer.

– Je viens d'avoir une longue conversation avec Reinhardt.

– Reinhardt? répéta Jeanine qui l'avait déjà rencontré.

– Le ministre de la Justice... Ils vont porter des accusations contre moi. »

Jeanine encaissa le coup. Elle n'attendait plus rien de lui.

« Ce qui me désespère, continua Wilfrid, inconsolable, c'est que ça va continuer, ces histoires scandaleuses, ces calomnies. Corson a fait toutes sortes de déclarations à la Gendarmerie royale, aujourd'hui.

– Quel genre de déclarations? questionna Jeanine, vaguement indifférente.

– D'autres bêtises! Des mensonges, pour sauver sa peau.

– On y verra plus clair demain, décida Jeanine. Viens te coucher.

– Je te rejoins dans un moment. Je dois rappeler Reinhardt.

– Comme tu veux.»

Thibault retourna à son bureau et ferma à clé. Il s'était préparé un petit cérémonial pour la circonstance. Il ouvrit un tiroir et en sortit un verre, une bouteille de whisky pur malt, un paquet de cigarettes neuf (il ne fumait pas) et un revolver.

Il se versa une large rasade de la fine liqueur et la but d'une traite. Il se sentit ragaillardi. Il alluma la cigarette, mais n'en prit que quelques bouffées qui le firent tousser. Il vérifia si le revolver était chargé. Une balle suffirait. Il se demanda s'il devait laisser une note à Jeanine, mais décida qu'il lui avait dit ce qu'il avait à lui dire.

Il posa l'embouchure du canon sur sa tempe, puis, se souvenant de ce qu'il avait entendu dire à ce sujet, l'éloigna de quelques centimètres, pour que la balle pût expulser l'air du canon. Il s'assura de tenir l'arme horizontalement, pour que le projectile lui traversât le crâne de part en part. Il appuya sur la détente.

Il n'entendit pas la détonation pas plus qu'il ne la sentit, et s'il subsistait la moindre trace d'activité dans les neurones éparpillés aux quatre coins de la pièce, elle ne pouvait être qu'un immense soulagement.

Michel s'occupait des faits divers cette nuit-là. C'était le lot ingrat des journalistes débutants. Il bâillait aux corneilles en attendant que quelqu'un fasse part au journal d'un feu, d'un vol, d'un meurtre, ou de quelque chose de moins ennuyant. Il fut tiré de son assoupissement par la préposée à l'écoute des ondes courtes.

«Monsieur Rivard! cria-t-elle à l'endroit du chef de pupitre. La police vient de recevoir un appel de madame Wilfrid Thibault! Il est arrivé quelque chose de grave. Voilà l'adresse.

– J'y vais! annonça Michel, trop content d'avoir quelque chose à se mettre sous la dent.

– Tu y vas! acquiesça Rivard. Vandal! appela-t-il, viens ici. Il y a eu un accident chez le ministre Thibault. Je veux savoir ce qui s'est passé. C'est à Outremont, dit-il en leur tendant l'adresse. Dépêchez-vous, vous pouvez encore arriver en même temps que la police.»

Gagné et Vandal n'eurent pas à se faire prier. Ils foncèrent prendre leur voiture. Rivard demanda à la préposée de joindre Stéphanie, puis s'empara du téléphone pour communiquer avec la salle de composition.

«Les presses ne roulent pas encore? demanda-t-il.

– Pour l'édition nationale seulement, lui répondit-on.

– Parfait. Attends mon signal pour l'édition montréalaise. Si c'est ce que je pense, nous allons modifier la une.

Serge et Michel furent sur les lieux en quelques minutes. Des policiers et une ambulance s'y trouvaient déjà. Jeanine et Laura Thibault, complètement catastrophées, regardaient, impuissantes, les ambulanciers qui transportaient le corps de Wilfrid sur une civière. Serge sauta hors de la voiture en disant à Michel de se préparer à suivre le véhicule d'urgence.

Vandal, enfreignant la loi qui interdisait de photographier ou de filmer ces situations, mitraillait la scène avec son flash. Des policiers tentaient de l'en dissuader, mais Serge en avait vu d'autres. Il remonta en voiture dès que le corps fut placé dans l'ambulance. Michel démarra en trombe. Dans le sillage de l'ambulance qui se précipitait vers l'hôpital le plus proche, sirènes et gyrophares ameutant le quartier, ils brûlèrent tous les feux rouges.

À l'hôpital, Thibault fut expédié d'urgence au bloc opératoire alors que Gagné et Vandal durent se cantonner à la salle d'attente. D'autres journalistes arrivèrent, ainsi que quelques hommes qui, malgré leurs habits civils, avaient tout l'air d'être des agents de la GRC.

Michel, malgré le tragique de la situation, se réjouit de l'arrivée de Stéphanie. Celle-ci, atterrée, se dirigea vers lui.

«Quelles sont les nouvelles? s'enquit-elle.

– Les médecins tentent une opération. Pour l'instant, on parle d'un accident. Il nettoyait un revolver.

– La vraie histoire, c'est quoi?

– Vandal a refilé cinquante piastres à l'ambulancier. Thibault se serait tiré une balle dans la tête.»

Le visage de Stéphanie blêmit. Mais elle se ressaisit aussitôt et se dirigea vers l'homme qui gardait la porte de la salle d'attente privée.

«Je suis Stéphanie Rousseau, de *L'Express*. Quelles sont les dernières nouvelles.

– Adressez-vous au responsable des relations publiques, répondit l'homme, imperturbable.

– Où est-il?

– Il sera ici dans quelques minutes.

– Vous pourriez quand même me dire si le ministre est vivant.

– Le responsable des relations publiques sera là d'une minute à l'autre...»

Sitôt cela dit, la porte s'ouvrit, plaçant Stéphanie face à la veuve et à l'orpheline de Thibault. Les trois femmes se fixèrent sans dire un mot. La journaliste fondait sous le regard meurtrier et haineux de Laura et Jeanine. Cette dernière, au bord de l'hystérie, rompit le silence.

«Vous devez être contente! lança-t-elle d'une voix ébréchée. Vous avez eu ce que vous cherchiez. Mais qu'est-ce que je vous ai fait?»

Puis, elle se fit plus menaçante.

«Mais qu'est-ce que je vous ai fait, espèce de charogne!»

Des infirmiers, ignorant jusqu'où irait sa colère, la prirent par le bras et l'éloignèrent de Stéphanie. Laura accompagna sa mère, mais se retourna vers la journaliste.

«Si j'avais su, dit-elle haineusement, c'est pas rien que ton appartement qu'on aurait démoli, c'est toi!»

Stéphanie ferma les yeux, incapable d'en supporter davantage. Michel l'avait deviné et s'était approché pour la soutenir. Un médecin arriva pour confirmer le décès de Thibault des suites d'une blessure par balle à la tête. Michel prit ces informations en note.

« Viens, murmura-t-il à Stéphanie, on a un travail à faire. »

Ils revinrent au journal dans la voiture de Stéphanie, laissant Vandal faire le trajet de son côté. Stéphanie, prise de nausée, ne put se rendre directement à la rédaction. Ce fut Michel qui annonça la nouvelle à Rivard.

« Thibault est mort. »

Les deux hommes, émus, ne purent souffler mot durant un instant. Les réflexes de vieux pro de Lionel Rivard reprirent rapidement le dessus. Il saisit le téléphone.

« On réduit les huit colonnes sur les aveux de Corson à seulement quatre et on les descend au milieu de la page avec un renvoi, ordonna-t-il. Je vous expédie le nouvel article sur huit colonnes avec un gros titre. Gardez de la place pour deux ou trois photos. »

Il raccrocha et leva les yeux sur Michel qui n'avait pas bougé.

« Allez ! poussa-t-il. Écris, je m'occupe des titres !

– Stéphanie est aux toilettes, expliqua Michel. Mais elle tient à écrire l'article principal.

– Elle s'en sent capable ? Comment est-elle ?

– Elle avait besoin d'un peu d'eau, répondit-il euphémiquement, je pense. »

C'est une Stéphanie groggy qui s'installa devant son terminal dans une salle de rédaction pratiquement vide. Elle rédigeait un commentaire personnel sur la mort de l'ex-ministre en expliquant qu'il avait prononcé et exécuté sa propre sentence. Elle lui accordait le crédit d'avoir été le plus sévère des juges tout en lui reprochant une certaine lâcheté. Elle concluait, sur un ton proche de l'excuse, en s'apitoyant sur le sort de sa veuve et de sa fille.

Pendant ce temps, Michel faisait un compte rendu détaillé du sinistre événement en décrivant l'ambiance macabre qui régnait dans la salle d'attente et en lançant des hypothèses sur l'attitude officielle du gouvernement face à ce développement dramatique.

Vandal, lui, développait ses photos avec des cris d'extase devant son propre génie.

Tous trois, une fois leur travail accompli, se retrouvèrent dans la salle de rédaction avec leur chef de pupitre, qui avait sorti une fois de plus sa bouteille de cognac. Il était maintenant une heure trente du matin. Ils discutaient de l'événement, sûrement pas pour le plaisir, mais parce qu'aucun d'entre eux ne pensait pouvoir dormir tranquille. Les deux jeunes commençaient à comprendre comment et pourquoi Lionel Rivard avait toujours une bouteille d'alcool à portée de la main. Ce dernier faisait l'autopsie politique de la soirée.

«L'accident va être la version officielle, supposa-t-il. Ça va permettre des funérailles nationales. Le premier ministre rentre d'urgence. Bernard va s'en occuper.

— Cessez de vous casser la tête à écrire; conseilla Vandal, moins perturbé que les autres, en admirant sa photo. Une photo comme ça vaut dix mille mots. Je vous le dis: je suis génial!

— Vas-tu nous câlisser patience! s'irrita Michel.

— Gagné a raison, approuva Rivard. Stéphanie, dit-il en se retournant vers la journaliste qu'il trouvait trop silencieuse. Je ne sais pas comment te dire ça, mais je ne veux pas que tu te sentes coupable en aucune façon. T'as compris: en aucune façon!

— De quoi tu parles? répliqua Stéphanie en fronçant les sourcils. J'ai fait mon travail, point à la ligne. Ce gars-là s'envoyait en l'air avec des enfants et en plus, on les payait avec de la drogue. S'il n'était pas capable de faire face aux accusations, c'est son problème, pas le mien.

— Te fâche pas, modéra Rivard. Je disais ça au cas où.

— Comment ça, au cas où? Tu veux que je te dise, Lionel, renchérit-elle, son suicide est un aveu de culpabilité, je n'ai rien à voir avec ça. On n'a pas à blâmer le messager quand les nouvelles sont mauvaises.»

Elle disait évidemment cela pour se donner une contenance, mais à voir ses lèvres qui tremblaient en parlant, les autres avaient deviné qu'elle n'avait pas digéré les événements de la soirée et qu'elle n'était pas à la veille de le faire. Elle se leva précipitamment, ramassa ses affaires et les laissa là. Michel la suivit.

«Je ne veux pas t'emmerder», lui dit-il dans l'ascenseur.

Elle leva les yeux vers lui, reconnaissante, et posa sa main sur son bras. Il l'emmena manger un morceau dans une cambuse de la rue Saint-Laurent. Les vêtements haut de gamme de la journaliste tranchaient sur les robes échancrées des péripatéticiennes de l'endroit, mais Michel et Stéphanie s'en foutaient éperdument: ils étaient tout à eux-mêmes et, quant à lui, à leurs sandwiches à la viande fumée.

«C'est ici que tu finis tes soirées? demanda-t-elle.

– Non, mentit-il. Mange un peu, t'as rien avalé. Ça va te faire du bien.

– Je ne peux pas. Ça ne passera pas.

– Je peux finir ton assiette?

– Vas-y. Quelle heure est-il? demanda-t-elle en constatant que le ciel s'éclairait.

– Ne pense plus à ça, Stéphanie.

– As-tu vu les yeux de sa fille? répéta Stéphanie, bouleversée. C'est elle et ses amis qui ont défoncé l'appartement... Tu t'imagines?

– C'est normal qu'elle t'en veuille, consola-t-il. Crois-tu que Thibault lui a raconté la vérité? Ça reste son père.»

La fatigue et la pression vinrent tout à coup à bout des forces de Stéphanie. De grosses larmes coulèrent le long de ses joues. Michel la rejoignit de son côté de la table et l'enlaça par les épaules. Elle n'aimait pas pleurer, et encore moins qu'on la voit. Elle tenta de se lever, Michel la retint doucement.

«Il faut que j'y aille, s'excusa-t-elle.

– Je ne suis pas le genre à faire beaucoup de compliments, mais je te lève mon chapeau. Tu as du cran, tu es une grande journaliste!»

Comme ces mots gentils ne parvinrent pas à la réconforter, il lui offrit de la raccompagner. Elle accepta, se sentant incapable de conduire.

Chez elle, il la conduisit à son lit, la déchaussa et prit son manteau avant de la border. Il referma la porte et s'écrasa sur le canapé du salon. C'était bien la première fois de sa vie qu'il raccompagnait une fille aux petites heures du matin pour coucher sur le canapé.

«Tu dois vieillir, loup...» se dit-il en s'abritant de sa veste de cuir.

Chapitre IV

Il avait la chienne. Depuis la fin de semaine où Michel avait partagé sa cellule, et surtout depuis la parution de l'article en question, Jimmy Fontaine dormait mal. Il savait que cette fuite, si petite fût-elle, ne passerait pas inaperçue dans le clan Gilbert. Il savait aussi que celui-ci avait ses représentants entre les murs du pénitencier... Il s'en voulait de s'être laissé gagner par les flatteries du journaliste sur sa carrière de boxeur. Il espérait que son coup de téléphone avait suffisamment impressionné Gagné pour que celui-ci lâchât prise.

Jimmy avait fini de manger et se trouvait au kiosque à journaux de la cantine. Il feuilleta quelques-unes des très nombreuses revues cochonnes qui s'y trouvaient, mais opta pour *La Nouvelle*, le journal à sensations de la métropole. Il n'était pas le genre de type à se casser la tête autrement qu'à coups de poing ! Mais surtout, ce journal jaune lui donnait fréquemment des nouvelles de ses amis.

Il venait tout juste de payer quand on l'accrocha brutalement par derrière. Deux matamores le toisaient d'un œil patibulaire. L'un d'eux tenait un exemplaire du journal concurrent.

« À ta place, je lirais *L'Express*, dit-il. Page D-11. »

Jimmy, inquiet, ouvrit le journal à ladite page et constata que ses craintes étaient fondées : Michel Gagné avait de nouveau fait des siennes et avait poursuivi son histoire de champion de boxe injustement condamné. Jimmy jura. Ses deux codétenus lui expédièrent chacun un solide coup de poing, l'un en pleine figure, l'autre dans le ventre.

«Tu fermeras ta gueule, à l'avenir!»

Ils n'eurent pas besoin de préciser de qui venait cet avertissement...

Émile Rousseau discutait avec Paul Vézina, un vieux camarade. Homme simple mais dynamique, Vézina avait connu une carrière fulgurante à partir de rien: issu de la classe ouvrière, il avait été camionneur avant de se lancer dans le syndicalisme. Peu instruit mais très intelligent, il avait le don de rejoindre les gens de la masse et de les motiver. Ses dons d'organisateur l'avaient mené graduellement des lignes de piquetage à l'administration de sa centrale syndicale. Les années de prospérité avaient quelque peu alourdi son physique, tout de même encore impressionnant à cause de sa forte carrure et de la solidité qui s'en dégageait. Il avait gravi les échelons un à un, à force de travail. C'était le genre d'hommes qu'Émile Rousseau respectait le plus, malgré sa vie d'aristocrate milliardaire.

Rousseau lui brossait un tableau de la situation de *L'Express*, de la morosité qui engourdissait le journal.

«Mon problème n'est pas compliqué, mon Paul, expliquait-il. *L'Express* est un bon journal, mais je ne fais plus d'argent. Et si ça continue comme ça, cette année, nous allons être dans le rouge.

– Tu connais la solution, répondit Vézina, qui la trouvait évidente. Coupe dans les dépenses et vends plus de copies.

– Il y a le climat aussi, ajouta Rousseau. Mais ce n'est pas la fin du monde. Il y a cent cinquante journalistes à casser. Ce sont eux qui pourrissent le climat dans l'entreprise.

– Quand j'étais président des Teamsters, que je faisais des grèves dans tes lignes d'autobus, rappela-t-il avec un sourire complice, là, c'était des gars durs à faire plier... Ton journal, tout ce que ça lui prend, c'est de la poigne, beaucoup de poigne!»

Émile Rousseau acquiesça en rendant son sourire à son interlocuteur. Il se remémora avec amusement les séances de négociation interminables qu'il avait eues avec Vézina. Il était probablement l'adversaire le plus coriace qu'il avait eu. Et comme cela se produit parfois, l'ennemi loyal était devenu un grand ami. Et, de la même façon, l'adversaire puissant peut devenir un allié précieux. Rousseau quitta ses réflexions pour reprendre la discussion.

« Quand Dubé me parle de SES journalistes avec ses grands mots d'intellectuel, tu ne peux pas savoir à quel point il me rend malade.

— Pauvre homme! s'exclama Vézina, hilare. Il est pris avec ta fille. Je me souviens d'elle, toute petite, avec ses tresses. Tu dois être fier d'elle. »

Émile Rousseau perdit subitement son sourire. Non, il n'était pas fier de sa fille. Il avait de la difficulté à comprendre sa manie de toujours vouloir le mettre dans l'embarras. Vézina sentit la réaction de Rousseau.

« Ce n'est pas facile, hein, les enfants? devina-t-il. T'en fais pas, Émile. Moi, mes deux garçons ne me parlent même plus. Ils me trouvent corrompu! C'est mon plus jeune qui m'a sorti ça, l'autre fois. Il ne va jamais à ses cours, il a les cheveux longs, jamais rasé, toujours gelé, ou bien saoul... et c'est moi qui suis corrompu!

— Ça va lui passer, Paul, répondit Émile. Tu es l'homme le plus intègre que je connaisse.

— C'est parce que tu ne sais pas tout! plaisanta Paul. Pour ta fille, un conseil: laisse-la faire. Elle essaie de t'en montrer. C'est sa manière à elle de te rappeler qu'elle existe. Et je peux te dire que c'est une manière bien plus saine que celle de mes fils!

— Peut-être... accorda Émile, qui commençait à être mal à l'aise. À propos du journal, tu dois te douter de ce à quoi je veux en venir.

— J'écoute.

– Paul, tu ne t'emmerdes pas dans ton Fonds des travailleurs plus capitaliste que mes cartels ? Qu'attends-tu pour venir t'amuser à *L'Express* ?

– Tu le sais : j'attends de voir le gros chiffre ! »

Cette réponse ne déçut pas Rousseau, bien au contraire.

« Je n'en reviens pas ! répéta Caroline en invitant Stéphanie à entrer chez elle. Je t'ai battue au bris d'égalité ! Je rêve !

– J'ai tellement mal joué... s'excusa Stéphanie, mauvaise perdante.

– Merci pour moi ! reprocha Caroline, sans s'offusquer.

– Ce n'est pas ce que je voulais dire, rectifia Stéphanie. Mais...

– Tu n'as pas vraiment la tête au tennis... compléta sa vieille amie. Ça te trotte toujours dans la tête ?

– C'est dur à oublier... J'en fais des cauchemars... Ça ne me lâche pas. Je me sens tellement coupable.

– Stef, j'ai appris à connaître les meilleurs journalistes de la tribune parlementaire, expliqua Caroline. Je ne pense pas qu'ils se torturent quand ils provoquent des scandales ou brisent des carrières, tu sais.

– Et des suicides ? demanda sombrement Stéphanie. Ça leur arrive souvent, des suicides ?

– Je sais que c'est horrible. Mais tu n'avais pas le choix, consola-t-elle. Ce n'est pas parce qu'on est un ministre important qu'on peut se permettre ce qu'il a fait... Je ne sais plus quoi te dire, moi ! Je te croyais plus coriace.

– Moi aussi, je me croyais plus coriace. Ce n'est pas parce que je n'essaie pas de me blinder. Parfois, j'aimerais ça être aussi cynique que François Dumoulin. Je suppose que ça vient avec les cicatrices... eh bien là, j'en ai une grosse !

– Le bureau du premier ministre a quelque chose à faire avec le bureau de papa Rousseau... résuma Caroline. Viens au salon, Benoît est là avec les enfants.

– Ils vont bien?

– Ils sont superbes! Ils nous rendent tellement heureux. C'est la plus belle chose que j'aie faite dans ma vie: des enfants...»

Les noires pensées de Stéphanie furent dissipées par un spectacle d'une drôlerie rafraîchissante.

Benoît, le mari de Caroline, était en train de se rouler sur le tapis du salon avec les deux bambins. Olivier, qui ne marchait pas encore, se déplaçait à quatre pattes avec un facilité déconcertante. Il donnait également de vigoureux coups de dents, ce qui lui permettait d'affronter son père en combat singulier. Le père et le fils, face à face sur le sol, jouaient au «bélier». Ils se poussaient, crâne contre crâne, en grognant, jusqu'à ce que l'un d'eux s'écroule sur le sol, à la suite de quoi le perdant était dévoré vivant par le vainqueur. Gabrielle, trois ans plus âgée que son frère, l'encourageait contre le gentil géant. Rien n'y fit: Benoît, impitoyable, renversa Olivier d'un coup d'épaule et commença à planter ses dents dans le ventre rond du nourrisson, qui ne pouvait retenir un fou rire inextinguible. Gaby voulut prendre part au festin et se jeta à son tour sur son petit frère. Mal lui en prit, car Benoît décida de l'inclure à son menu. Caroline et Stéphanie arrivèrent au milieu de ce tonitruant concert de rires d'enfants et de grognements gourmands.

«Benoît, arrête! ordonna son épouse en retenant difficilement sa propre hilarité. Ils vont finir par s'étouffer.»

Benoît se redressa penaudement sur son derrière et se rendit compte de la présence de Stéphanie, qui avait observé la scène d'un œil attendri. Les deux enfants se dirigèrent vers leur mère. Caroline prit Gabrielle pendant que Benoît saisissait Olivier par le fond de son pantalon. Il le souleva à la hauteur du visage de Stéphanie. Le bébé la salua d'un gazouillis intranscriptible en tendant les bras vers elle. Stéphanie ne put résister et le prit à son tour.

Olivier lui sourit de toutes ses quatre dents. Stéphanie se mit à fondre devant sa bouille rose et joufflue et ses yeux de ce gris acier si particulier aux tout jeunes enfants.

«Mais c'est un petit séducteur! s'exclama-t-elle en prenant place sur le canapé. Je pense que je vais attendre que tu aies l'âge de sortir avec moi...

— Désolée, Stéphanie, intervint Caroline, mais il y a déjà une douzaine de personnes qui ont signé des promesses de mariage...

— Moi, je vais sortir avec toi! proposa Gabrielle le plus sérieusement du monde.

— Bon, assez jouer, décréta Benoît. C'est l'heure du dodo.»

Gabrielle protesta un peu, mais se ravisa immédiatement devant le regard menaçant de son père. Quant à Olivier, la perspective de la sieste ne l'effrayait nullement: elle était toujours accompagnée d'un biberon de huit onces! Benoît s'occupa de l'opération pendant que Caroline préparait du thé pour son invitée.

«Et toi? s'enquit-elle. Quand vas-tu offrir un héritier à l'empire Rousseau?

— Es-tu folle? s'écria Stéphanie, incrédule. Moi? Un bébé! Impossible.

— Pourquoi? Tu es à l'âge idéal pour avoir un enfant, tu as une situation stable et payante, tous les hommes sont à tes pieds... Tu n'as qu'à choisir celui qui te plaît.

— Je ne l'ai pas encore rencontré, justement» protesta-t-elle.

Mais comme elle disait cela, il lui vint à l'esprit l'image d'un certain journaliste nouvellement arrivé à *L'Express*. Son ton faussa et une légère rougeur lui monta aux joues.

«Qui c'est? interrogea Caroline, jubilante.

— De quoi tu parles? regimba-t-elle.

— Tu es amoureuse!

— Non!

— Si! Ça fait quinze ans que je te connais, et j'ai toujours su quand tu étais amoureuse.

— Bien sûr! répliqua Stéphanie. C'est comme la fois que tu m'as présenté Benoît en pensant que ça marcherait entre moi et lui. Beaucoup de flair!

— J'étais encore avec mon ex! Ça ne compte pas.

— Maintenant non plus, ça ne compte pas.

— Je le connais?

— Connaître qui?

— Il est riche? insista Caroline.

— Comment quelqu'un qui n'existe pas pourrait-il être riche?

— Il est beau?

— Comme un dieu!» finit-elle par avouer.

Stéphanie tenta de dissimuler son visage empourpré à sa vieille camarade. Heureusement pour la journaliste, Benoît arriva à ce moment.

«Puis? demanda Stéphanie, contente de faire dévier le cours de la conversation. Ils se sont couchés sans faire d'histoires?

— Bien sûr, répondit Benoît. Pourquoi feraient-ils des histoires? Les enfants, tout ce qu'ils veulent, c'est d'être aimés. Quand ils ont ça, ils font tout pour toi.

— C'est un bon père, hein? demanda fièrement Caroline.

— Une perle!

— Je ne sais pas comment certains parents font pour maltraiter leurs enfants... émit tristement Benoît.

— Qui donc ferait ça? demanda Stéphanie,

— Beaucoup de gens...

— Tu exagères.

— J'en ai un à l'école ces temps-ci. Tu devrais le voir, c'est pitoyable.

— Il est battu? questionna Stéphanie, intriguée.

— Couvert de bleus. Je voulais t'en parler. Depuis Noël, il y a un de mes élèves de troisième année qui n'est plus pareil.

— Plus pareil?

— C'était un petit gars plein d'énergie, bon en éducation physique. J'ai remarqué des marques sur ses bras, ses jambes.

— Tu ne l'as pas référé à la Protection de la jeunesse? interrogea Stéphanie qui, mécontente, commençait à comprendre où il voulait en venir.

– Ça fait déjà un mois. Le petit est absent de l'école depuis trois jours. Il est à l'hôpital, supposément parce qu'il s'est blessé en tombant de sa bicyclette. J'ai parlé à sa titulaire, mais c'est comme si je parlais à une endormie. Elle n'a rien vu, rien noté de différent, sauf que c'est à peine s'il passe ses cours maintenant.

– Qu'est-ce que tu veux de moi ? demanda directement Stéphanie, dont la bonne humeur menaçait de s'effriter.

– Tu étais la seule qui pouvait nous faire connaître la vérité sur Thibault. Qu'en penses-tu ?»

Au nom de Thibault, le visage de Stéphanie se referma complètement.

«Je pense que j'ai envie de couvrir quelques conférences de presse tranquillement.

– Mais... reprit-il pour s'arrêter aussitôt. J'ai compris.

– Je sais que tu vas me trouver sans cœur, dit-elle, mais on ne peut pas dire que ce soit bien nouveau comme histoire. Et puis, je n'ai pas envie de me lancer dans une autre affaire dont je ne peux pas voir le bout...»

Le comité de rédaction tenait sa réunion habituelle. La routine avait été sérieusement ébranlée par le retentissement de l'affaire Thibault, ce qui n'était pas pour déplaire à l'équipe. Roméo Rochon, le comptable de la rédaction, en était probablement le plus heureux.

«Il y a de quoi être fier, dit-il. Avec la mort de Thibault, on a eu le meilleur tirage de l'année. Ça va faire du bien au moral de l'administration. Les temps sont durs.

– Moi, j'ai autre chose, intervint Louise Duguay. Ça fait longtemps que je cherche un bon chroniqueur pour la page 5, un journaliste solide, avec une excellente plume, capable d'être personnel et d'émouvoir.

– C'est le rêve de tout journal, approuva Dubé.

– Après ce qu'elle vient d'écrire, avec sa formation et son talent...

— Et c'est la fille du patron, ajouta méchamment Rochon.

— Arrête ça, Roméo, rétorqua Louise. Tes vieux complexes remontent à la surface.

— Pas Stéphanie! intervint Lionel Rivard, impératif. Les bons reporters sont aussi rares que de la crotte de pape. Vous n'allez pas me prendre ma meilleure pour la faire éditorialiser!

— Pas éditorialiste, Lionel, se défendit Louise. Chroniqueuse, c'est différent, c'est plus intimiste. Elle n'aura pas à suivre la ligne de pensée du journal. Cette fille a des tripes et du cœur, elle a le don de toucher ses lecteurs.

— L'histoire de Thibault, c'était le scoop de l'année. Elle ne pourra pas en dénicher d'autres comme chroniqueuse, protesta Lionel.

— Nous avons été à la limite du sensationnalisme, condamna Claude Dubé. Nos manchettes étaient criardes... Il aurait fallu plus de retenue.

— C'est le vieux raisonnement du temps où tu étais au *Miroir*, ça: "Personne ne nous lit, mais nous faisons un bon journal."

— Vous savez très bien ce que je veux dire, insista le rédacteur en chef. La Troisième Guerre mondiale aurait été déclarée que les titres auraient été moins gros. Quoi qu'il en soit, Stéphanie est très bien là où elle est. Pour le moment, en tout cas.»

Louise avait l'air déçue. Lionel, par contre, affichait un large sourire. À ce moment, Roméo Rochon, que les aspects strictement journalistiques n'intéressaient guère, quitta la réunion. En fait, il avait deviné que ses trois compagnons avaient des choses à se dire.

«Avez-vous réfléchi à l'urgence d'avoir un éditeur? demanda Dubé après une longue hésitation.

— Dans les faits, répondit Lionel, sceptique, qu'est-ce que ça changerait d'avoir un éditeur?

— C'est une question de crédibilité, expliqua Dubé, mal à l'aise. Un éditeur est garant de la pensée du journal. Un journal sans éditeur est un journal qui ne pense pas...

– Là-dessus, nous sommes d'accord, concéda Louise. Mais, pour le fonctionnement quotidien du journal, on ne se débrouille pas trop mal, nous trois, non?

– Justement, puisque tu parles d'équipe... commença Claude, trop timoré pour continuer.

– Tu voudrais qu'on fasse pression sur le grand patron, enchaîna Rivard.

– En fait, j'ai entendu dire qu'il allait se décider d'ici quelques jours.

– Ah! oui? dans ce cas, je te souhaite la meilleure des chances. Mais... S'il nommait quelqu'un d'autre?

– Qui d'autre pourrait-il nommer?

– Tu n'as pourtant pas l'air si sûr de ton coup... dit Louise. En tout cas, nous sommes derrière toi.

– Je vous remercie», répondit Claude, peu encouragé par les réserves de ses deux collègues.

Léonne Vigneault se présenta à la porte du bureau de Dubé. Celui-ci se doutait fort bien du sujet de sa visite: les négociations concernant la convention collective piétinaient. C'était en quelque sorte le temps des fêtes pour Léonne. Pour la Direction, c'était plutôt un chemin de croix. Lionel et Louise sourirent en lisant le dépit sur le visage du rédacteur en chef, et le laissèrent seul avec la syndicaliste.

«Tu sais de quoi je viens te parler, annonça-t-elle sans détour.

– Je sais, soupira Claude. Si ce n'était que de moi, je te signerais une feuille blanche et je te laisserais rédiger ta convention dessus...

– Ça serait trop facile, répondit Léonne. Je n'aurais plus aucun plaisir. Mais sérieusement, Claude, si on s'assoit vite de part et d'autre, on pourra régler ça en moins de deux mois. Il n'y a que douze conventions collectives à renégocier pour tous les locaux du journal. On a déjà vu pire.

– En négociant de bonne foi, on pourrait tellement faire de belles choses avec L'Express, approuva Dubé, rêveur. Aller plus loin dans la réflexion, entreprendre de grandes enquêtes, couvrir encore mieux la scène internationale...

– Ça prend de l'argent, tout ça, dit-elle, plus réaliste. Je ne pense pas qu'oncle Émile soit si généreux!

– Monsieur Rousseau accepterait sûrement d'investir davantage dans l'information. Un bon éditeur pourrait le convaincre qu'en faisant un meilleur journal, on irait chercher plus de revenus...

– Mon Claude, devina Léonne. Se pourrait-il que...

– Je n'ai pas eu de confirmation officielle, mais j'ai appris qu'on prépare un communiqué pour annoncer la nomination du nouvel éditeur de *L'Express*. C'est pour cette semaine.

– Ouais... fit-elle, impressionnée. C'est une grosse nouvelle, ça!

– C'est confidentiel... on ne m'a rien confirmé...»

La nourriture était aussi insipide que d'habitude, et le café, aussi tiède. Cela ne nuisait pas à l'enthousiasme de Michel, mais ne remontait pas non plus le moral de Stéphanie, qui écoutait distraitement son collègue lui expliquer les derniers progrès de son enquête.

«Tiens, c'est un article de Dumoulin publié trois jours après le procès, racontait-il. Écoute: «La défense a préféré une entente avec la Couronne plutôt qu'une véritable lutte devant la cour. C'est Jimmy Fontaine qui, finalement, paie le véritable prix de cette entente.»

– Et que vas-tu faire? demanda-t-elle mollement.

– Je ne le lâcherai pas, affirma-t-il, convaincu. J'ai un deuxième texte ce matin dans le journal...»

Il lui tendit un exemplaire de *L'Express*, soigneusement plié pour mettre son article en valeur.

«Tu as dû le lire, présuma-t-il, même s'ils l'ont encore foutu dans la section des bouche-trous.

– Je m'excuse. Je n'ai pas tellement lu le journal dernièrement.

– Ça ne va pas ? s'inquiéta-t-il. Y a-t-il quelque chose que...

– Tu es gentil, Michel, le remercia-t-elle, mais tu ne peux
pas faire grand-chose. J'ai voulu jouer les durs dans l'affaire
Thibault. Mais il est mort, et sa femme et sa fille paient le gros
prix... à cause de moi...»

Elle avait lâché le mot. Toutes ses dénégations n'avaient
pas réussi à masquer le sentiment de culpabilité qui l'habitait.
Depuis que le ministre s'était suicidé, quelques jours auparavant, c'était la première fois qu'elle avouait sa faiblesse, qu'elle
montrait volontairement une faille dans sa carapace. Michel
remarqua cette nouvelle confiance et tenta de dissiper ses
angoisses.

«Stéphanie, rentre-toi ça dans la tête : ce n'est quand même
pas de ta faute.

– On est toujours responsable de ce que l'on fait, décréta-
t-elle. Et puis, j'ai le profond sentiment d'avoir été manipulée. Il
y a ce maudit coup de téléphone qui a tout déclenché. Il y a toujours bien quelqu'un qui l'a donné ou qui a ordonné qu'on le
donne !

– Tu vas avoir d'autres histoires ! Un clou chasse l'autre,
comme on dit au Saguenay.

– Ça ne me tente même pas, se plaignit-elle. Une minute, je
me sens déprimée, la minute d'après, j'ai les nerfs en boule, j'en-
verrais chier tout le monde.»

Elle le regarda tendrement.

«Je te jure, continua-t-elle, le matin, je me chicanerais avec
mon miroir tellement je ne suis plus capable de voir personne.

– Avant que tu ne me tombes dessus, je vais y aller, plaisanta-t-il.

– Ton histoire ?

– Oui, Jimmy Fontaine. C'est ma première grosse histoire,
je veux aller jusqu'au bout.

– Le bout, c'est quoi ?» interrogea Stéphanie avec un trem-
blement dans la voix et une peine terrible dans les yeux. Michel

ne répondit pas; il n'osa pas réfléchir à la question... Il se contenta de poser sa main sur son épaule et de la quitter avec un geste amical.

Quand il revint dans la salle de rédaction, la réceptionniste avait un message pour lui: Jimmy Fontaine voulait le voir en personne. Michel déglutit péniblement en apprenant cela. Il se rassura cependant en songeant à l'épaisse baie vitrée qui séparait les détenus de leurs visiteurs.

Il se rendit donc rue Parthenais à l'heure des visites. Jimmy l'y attendait. Le visage du boxeur présentait des ecchymoses et un pansement recouvrait un œil enflé. Visiblement en colère, il fixait Michel de son autre œil, à travers la paroi de verre. Il décrocha le téléphone; Michel en fit autant.

«Tu es content d'être de l'autre bord, hein? dit Jimmy. Je dois avoir l'air d'un beau poisson dans mon aquarium.

– Qu'est-ce qui t'est arrivé?

– Tu me poses la question? Toi, tu écris dans ton hostie de journal; moi, je mange de la marde.

– Je pensais qu'il ne t'arriverait rien ici, s'excusa Michel.

– Les Gilbert ont autant de gars en dedans que dehors!

– Je n'ai rien dit dans mon article, plaida l'ancien avocat. J'ai juste dit à nouveau que tu étais en prison, dans l'aile où j'ai fait mon reportage, et qu'après avoir suivi ton procès et t'avoir vu en prison, je ne croyais pas vraiment à ta culpabilité...

– Oublie-moi, tabarnack! ordonna le prisonnier. Il me reste cinq ans, deux au maximum si je me tiens tranquille.

– Depuis que nous nous sommes rencontrés, contre-attaqua Michel, j'ai passé pas mal de temps sur ton histoire. Tu as plaidé coupable parce que tu sauvais au moins dix ans de pénitencier à Vincent Gilbert, le fils d'Albert Gilbert, ton cousin «adoptif», à ce qu'il paraît. Ça faisait déjà plusieurs personnes qu'il expédiait à l'hôpital avant d'envoyer le portier dans le coma, en arrière de la brasserie Lemay. Tu étais là et le père t'a forcé à prendre le rap. C'est ça ton histoire, Fontaine. Tu purges la peine d'un autre.»

Fontaine haussa les sourcils, surpris que Michel connaisse si exactement les détails de l'événement. Il revint toutefois à la charge.

«Gilbert m'a sorti de la marde. Sans lui, je serais quand même en taule.

— Laisse-moi publier la vérité, c'est la seule façon, argua Michel. Ils vont ordonner un autre procès.

— Tu es un hostie de malade, toi! s'emporta Jimmy. Penses-tu que Vincent Gilbert va venir dire que c'est lui qui a battu le portier? Je vais encore avoir besoin du père Gilbert quand je vais sortir... c'est le gérant le plus puissant en ville.

— Si tu pourris encore cinq ans ici, il n'y aura pas de gérant assez puissant pour te remettre sur la route d'un championnat.

— Si tu continues à faire aller ta gueule, qu'est-ce qui va arriver à ma blonde puis à ma mère? Gagné, s'il arrive quelque chose, tu ne pourras pas te cacher assez loin pour que je ne te retrouve pas! As-tu compris?»

À travers la baie vitrée, Michel acquiesça de la tête, sans empressement. Il offrit ses salutations au boxeur, qui ne les lui rendit pas, et quitta le pénitencier.

Michel n'avait évidemment pas l'intention de lâcher le morceau. L'occasion était trop belle de se faire connaître par les lecteurs de *L'Express* et, surtout, de sa Direction. Un gentil garçon de la classe ouvrière martyrisé par la méchante pègre, voilà de quoi émouvoir le grand public! Il éprouvait de la sympathie pour le boxeur, mais celle-ci était surtout un prétexte pour clamer l'innocence de Fontaine. Il lui fallait jouer serré, maintenant. S'il continuait à publier les articles sur cette affaire, il lui faudrait des preuves irréfutables. Le clan Gilbert ne pourrait alors intervenir sans s'avouer coupable, ce qui protégerait la mère de Fontaine et sa fiancée. Mais, plus important encore, cela le protégerait lui-même.

Il méditait ces pensées tout en retournant au journal. Il alla rejoindre Lionel Rivard pour s'enquérir d'une façon de procéder. Le chef de pupitre n'avait rien contre les histoires accrocheuses, mais encore fallait-il qu'elles aboutissent à quelque chose...

« Mon garçon, lui répondit-il, il y a du pour et du contre. Ce que tu me racontes et les réponses de Fontaine justifient peut-être un article. Mais c'est du vieux stock. Il faut que tu ailles chercher un angle neuf.

— Un angle neuf, répéta-t-il. Je ne vois pas quoi, moi ! s'exclama-t-il, penaud.

— Écoute, le Bleuet, prévint Rivard avec une feinte indifférence, c'est ton histoire, pas la mienne. Si tu veux abandonner, parfait ; j'ai justement le conflit des cols bleus qui s'enlise...

— Je sens que tout est là, reprit Michel, terrorisé à l'idée de couvrir un sujet aussi brûlant que la grève des éboueurs. Seulement, je ne sais pas par quel bout commencer.

— Comment se fait-il que tu sois accroché à cette histoire-là comme un chien à son os ? questionna Lionel.

— Ça pourrait être un gros scoop, répondit Michel. Ce gars-là est victime d'un milieu pourri. C'est notre job, non, de révéler la vérité ?

— Tu ne viendras pas jouer au Don Quichotte ici ! Tu as une bonne histoire, tu veux un scoop, parfait. Pour la « vérité », tu repasseras ! Tu n'es plus avocat, tu es reporter. Les acquittements, ce n'est plus de tes affaires.

— Bien... commença Michel.

— Ce qu'il te faut, l'interrompit Lionel, ce sont des témoins qui auraient quelque chose à dire. Ça va te faire au moins quelque chose de nouveau. Après, tu travailleras sur les réactions. On peut faire bien du chemin à partir d'un bout de phrase, je te le garantis.

— Dans les notes d'enquête, on dit que sa blonde l'accompagnait ce soir-là.

— C'est déjà quelque chose. Déniaise-toi, harangua Lionel, ça fait assez de temps que tu perds là-dessus. »

Michel fut piqué au vif. Il laissa le chef de pupitre pour gagner sa propre table de travail.

Il ne connaissait pas le nom de la compagne de Jimmy Fontaine, ni le prénom de sa mère. Et si celle-ci vivait sous son nom de jeune fille, il aurait de sérieuses difficultés à la retracer ! Il consulta l'annuaire téléphonique et fut découragé lorsqu'il vit les six colonnes de Fontaine... Il décida d'emprunter un raccourci en téléphonant au pénitencier. Il prit une voix bourrue et impatiente.

«Je suis un ancien chum de Jimmy Fontaine, commença-t-il brusquement. J'ai son tabarnack de frigidaire à marde depuis deux ans chez nous, puis j'suis bien écœuré! C'est que je fais? Je le câlisse-tu aux vidanges? Y a-tu de la place dans sa cellule?

– Je ne pense pas, répondit le préposé. À votre place, je m'en débarrasserais.»

Michel jura intérieurement: l'astuce allait échouer. Il revint à la charge.

«C'est parce que je le connais, le tabarnack. C'est un violent. Il va me péter la gueule si je m'occupe pas de ses affaires à son goût. Je peux-tu l'envoyer chez sa mère ou sa blonde, ou quelqu'un?

– Je ne suis pas censé donner ces renseignements...

– Bon, ben je m'en vas vous le porter direct au pénitencier! Ça fait-tu ton affaire?

– D'accord, le cave! céda le préposé. Essaie chez sa mère, Thérèse Fontaine...»

Là-dessus, il confia à Michel les précieuses coordonnées.

Michel jubilait. Il consulta l'horloge de la rédaction. L'après-midi tirait à sa fin. Il décida d'aller manger et de rentrer tranquillement chez lui ensuite.

Le repas fut agréable, mais le retour à la maison le fut beaucoup moins: deux fiers-à-bras l'attendaient à la porte de son appartement.

«C'est toi, le petit journaliste? demanda lugubrement l'un d'eux.

– Je ne suis pas petit, brava Michel, qui, pourtant en cette seconde, pensait le contraire.

– Vois-tu, expliqua le colosse, tu as écrit des mensonges. C'est vilain de mentir. Le jeune Fontaine a battu le gars. C'est clair?

– Faites une plainte à la Direction du journal.

— Tu fais de la peine à monsieur Gilbert, poursuivit l'un des fiers-à-bras, et tu fais de la peine à son Vincent. C'est bien plus grave. Je suis sûr que Jimmy ne serait pas content, lui non plus. Tu as tout inventé.

— Bien sûr, je voulais écrire un roman!

— On ne veut plus voir le nom de Fontaine dans le journal, ordonna l'homme, menaçant. Il est tranquille en prison, laisse-le là. Il est tombé dans sa cellule, il ne faudrait pas que d'autres aient des accidents.

— Des menaces? en conclut Michel.

— Un conseil: le patron trouve que tu écris bien. Il voudrait que tu écrives longtemps.»

Le mafioso lui laissa la voie libre avec une courtoisie simulée.

«Dis à monsieur Gilbert que ce n'est pas lui qui va décider de ce que les lecteurs de *L'Express* vont lire dans leur journal, lança Michel, tout en déverrouillant sa porte. Et puis, toi, le gorille, tu ferais mieux d'apprendre à lire. Ça risque de t'intéresser, je te le garantis.»

Le gorille fit un geste dans sa direction, mais son camarade le retint. Michel entra chez lui sans se retourner et claqua la porte, qu'il verrouilla précautionneusement.

Cette fois, son moral avait été atteint. Il commençait à comprendre comment Jimmy Fontaine pouvait se sentir dans cette clique oppressante. Si les menaces du boxeur, impuissant derrière ses barreaux, ne l'avaient guère impressionné, celles, toutes fraîches, des deux «gentlemen» de monsieur Gilbert lui pesaient sur l'estomac. Il tenta de se détendre du mieux qu'il put, mais rien n'y fit.

La seule chose qui le calma un peu durant la soirée fut un coup de téléphone de Chicoutimi (à frais virés) d'une de ses anciennes maîtresses. La demoiselle lui promit de venir sous peu lui rendre son bien le plus précieux: sa motocyclette. Michel en profiterait sûrement pour lui faire la bise.

Il dormit tout de même très mal cette nuit-là, et ce fut un Michel Gagné aux traits tirés qui se présenta à la rédaction de

L'Express. Il se consola de son état en constatant que celui de Stéphanie inspirait davantage la pitié que le sien. Son teint paraissait verdâtre, ses cheveux étaient défaits et ses vêtements, défraîchis.

« Tu n'as pas l'air très en forme, constata-t-il.

— Tu parles! Tu ne peux pas savoir la nuit de fou que je viens de passer!

— Raconte toujours.

— Je rentre chez moi hier soir, je me fais couler un bain, je me prépare à me coucher: le téléphone sonne. C'est Alex, la fille de mon ex...

— Ton ex? répéta Michel, feignant de faire une découverte. François Dumoulin?

— Passons... dit Stéphanie en se mordant la lèvre. Alex était avec la petite droguée que j'avais surprise avec Thibault...

— Comment se fait-il qu'elles se connaissent?

— Trop long à expliquer. Donc, Alex m'appelle de... Tiens, je te laisse deviner!

— D'un poste de police?

— Un peu plus et elles s'y retrouvaient. La petite était complètement saoule, en pleine crise de nerfs... aux Foufounes électriques! Moi, Stéphanie Rousseau, je me suis retrouvée à deux heures du matin dans un bar punk en train de jouer les intervenantes sociales auprès d'une adolescente en plein *bad trip!*

— Qu'est-ce que tu as fait? demanda Michel.

— Je n'avais pas le choix: je l'ai convaincue de retourner à son centre de désintoxication.

— Elle t'a écoutée?

— Non. J'ai été la reconduire moi-même. Ça se trouve dans les Laurentides. Il a fallu que je réveille les responsables, que je les convainque de la reprendre. Avec tout ça, le jour était levé quand je suis revenue au journal. Et là, il y en a un qui a failli en manger une... »

— Comment ça?

— Un petit macho tout habillé de cuir avait décidé de stationner sa moto dans ma place.

– Tu ne la lui as pas laissée, évidemment, devina Michel.

– Je l'ai menacé de lui rentrer dedans. J'aurais sacrifier ma Porsche pour l'écrabouiller contre le mur de béton !

– Qu'est-ce qui t'a retenue? demanda Michel, amusé.

– Il s'est poussé. Dommage. Enfin, j'ai pu me stationner, c'est déjà ça. Toi, Michel, tu as l'air d'avoir passé la nuit sur la corde à linge, aussi.

– Disons que j'ai eu de la misère à fermer l'œil.

– Elle était belle? s'enquit Stéphanie, méfiante.

– Ce n'est pas ce que tu penses ! rassura Michel, content de l'attention qu'elle lui portait. J'ai fini par avoir des échos de mes articles sur Fontaine. Deux beaux monsieurs bien élevés m'attendaient hier soir à l'appartement.

– Ils t'ont menacé? demanda Stéphanie qui avait très bien saisi l'ironie.

– Ils ont joué avec mes nerfs.

– On fait un maudit beau métier.

– J'ai trouvé la mère de Fontaine. Je vais la voir.»

Stéphanie se mit à sourire. Elle se prit soudain à admirer ce provincial aux allures négligées. Elle sentait qu'il partageait un même caractère, ambitieux, expansif, assoiffé. Michel comprit, au regard de Stéphanie, qu'il était temps de passer à l'action.

«On soupe ensemble? proposa-t-il.

– Pas trop tard, répondit-elle.

– Vers sept heures, à mon pupitre.

– Non monsieur! refusa-t-elle. À mon pupitre. Question d'ancienneté», précisa-t-elle, tout sourire.

Michel, dont l'attention semblait détournée vers la réception, parut subitement fort mal à l'aise. Il la salua promptement et gagna son pupitre. Stéphanie fit de même, tout en observant ce qui se passait à l'entrée de la salle de rédaction. Le conducteur de la moto qu'elle avait menacé d'écrabouillement un quart d'heure plus tôt s'y trouvait. Le motocycliste, débarrassé de son pantalon de cuir et ayant la veste entrouverte, arborait une robe courte et moulante, qui ne laissait aucun doute quant à sa véritable nature de femme. Stéphanie haussa les sourcils devant un étalage de sensualité aussi vulgaire. Son haussement devint froncement lorsqu'elle vit la motocycliste se diriger sans modestie aucune vers le pupitre de Michel. Tous les yeux – enfin ceux des hommes, étaient braqués sur elle. Michel, quant à lui, se contentait d'afficher un sourire crispé.

« Salut, Mimi ! s'écria-t-elle. Ton bicycle est en bas. »

Stéphanie foudroya Michel du regard. La nouvelle arrivée s'en rendit compte et reconnue la conductrice de la Porsche qui avait voulu la transformer en pâté de campagne. Elle se plaça dans son champ de vision de sorte que Stéphanie put admirer les formes de son derrière, façon très subtile de lui annoncer qu'elle avait de la compétition.

« Je l'ai laissé à deux rues, cher. Il y en a que ça énerve pas mal, le bicycle. »

Michel se décida à la présenter à la rédaction, puisque, de toute façon, on semblait intéressé à la connaître.

« Marie-Joseph Larouche, une fille d'Alma...

– Tout le monde m'appelle Jos, précisa celle-ci.

– On comprend pourquoi, marmonna Stéphanie.

– Je lui ai amené sa moto, expliqua Jos. Michel, je suis morte. Passe-moi la clé de ton appartement. »

Stéphanie, furieuse, se leva de son pupitre. Elle tenta de ne rien laisser voir, mais ne put se retenir.

« Il y a un salon, là-bas, pour les entrevues en profondeur ! dit-elle.

– Excuse-moi, chère, je n'ai pas voulu te bouleverser ! rétorqua Jos. Je ne veux pas empêcher les gens de travailler, annonça-t-elle à la ronde. M'offres-tu un café, ou il faut que j'attende ta pause ?

– Donne-moi quelques heures, va te reposer en attendant. »

Michel fut soulagé de la voir s'éloigner sous les regards envieux des mâles de la rédaction. Il préférait se montrer en sa compagnie dans un bar de Chicoutimi plutôt que dans la salle de rédaction de *L'Express*, et, surtout, devant la très distinguée Stéphanie Rousseau.

Il s'efforça de ne plus y penser et se mit au travail. Il avait projeté de rendre visite à Thérèse Fontaine dans l'avant-midi. La dame vivait dans le quartier centre-sud, le plus pauvre de Montréal. Les rues délabrées et les entrepôts désaffectés illustraient bien les origines de Jimmy. Il comprenait pourquoi le jeune homme avait décidé de gagner sa vie à coups de poings : c'était une question de survie. Il fallait savoir se battre avec les armes qu'on avait. Michel, qui avait eu la chance d'acquérir de l'instruction, avait choisi les mots et l'intelligence comme armes. Jimmy, qui n'avait pas eu de père et avait grandi dans un quartier miséreux et rongé par le crime, avait comme seule arme ses poings. Michel décida de commencer son prochain article par ces réflexions présentées à travers une description du quartier.

Il arriva à l'adresse de madame Fontaine. C'était un immeuble à logements en piteux état, probablement subventionné. Il voulut sonner, mais l'intercom à l'entrée de l'édifice avait été arraché. Probablement pour cette raison, la porte principale n'était pas verrouillée. Il se présenta donc directement à l'appartement de madame Fontaine. Elle lui ouvrit sans avoir l'air surprise de sa visite.

« C'est pour le frigidaire, je suppose ? ironisa la vieille dame, nullement impressionnée.

— Michel Gagné, de *L'Express*, se présenta-t-il en se doutant que c'était inutile. Je ne veux pas vous déranger longtemps...

— Ce qui me dérange, c'est qu'on mente pour obtenir ce qu'on veut, déclara la vieille dame, intransigeante. Jimmy a assez de problèmes comme ça. Qu'est-ce que vous voulez, exactement ?

— Sans revenir sur le procès de Jimmy, j'aimerais parler de ses origines, de son milieu, de l'endroit où il a grandi.

— Je ne vois pas tellement ce qui pourrait intéresser vos lecteurs, répondit-elle. Mais j'allais prendre un café. En voulez-vous ? Entrez. »

Michel la remercia et s'assit au salon. Une machine à coudre se trouvait au milieu de la pièce. Un monceau de chemises en pièces détachées gisait tout près. Il observa les murs de la pièce au papier peint délavé. Le plafond avait coulé et les meubles étaient usés. Mais ce qui surprenait, c'était que, à part l'instrument de travail, tout était soigneusement rangé, propre, disposé avec goût. Thérèse revint de la cuisine avec un plateau portant un élégant service à café. Les quelques fêlures et quelques brèches n'arrivaient pas à défigurer la délicate porcelaine. Le café était bon. C'était le café de quelqu'un qui devait travailler des heures d'affilée sans se fatiguer. Michel en prit une gorgée, le savoura. Il remercia son hôtesse, puis sortit un calepin de notes.

Thérèse Fontaine l'observait attentivement, la tête haute. Michel sentit de l'orgueil et presque de la noblesse chez cette femme, qui avait pourtant eu une vie difficile. Elle entama l'entretien.

« Vous avez passé une fin de semaine avec lui ?

– Oui.

– Il allait bien ?

– Non, mais il était en forme, répondit Michel en se remémorant leur percutante rencontre. Votre fils a tout un caractère !

– Je sais, soupira Thérèse. Une vraie tête de mule ! Il ne m'a jamais écoutée. J'ai entendu dire qu'on l'avait malmené ?

– Oui, mais il n'est pas plus mal qu'après un combat de dix rounds.

– J'ai jamais voulu le voir se battre. La boxe, ce n'est pas un sport, dit-elle en guise de désapprobation. Regardez où ça l'a mené !

– Je ne pense pas que la boxe soit responsable. Ce serait plutôt Albert Gilbert.

– Monsieur Gilbert nous a beaucoup aidés. C'est lui qui m'a trouvé ce travail.

– Ça n'a pas l'air d'être bien payant, comme travail...

– Pour une femme de cinquante-cinq ans qui n'a pas d'expérience, c'est déjà beau. Et puis, je ne veux plus jamais vivre de l'aide sociale. C'est trop humiliant.

– Madame Fontaine, Jimmy est innocent, le savez-vous ? » Michel se rendit compte qu'il avait failli à sa promesse de ne pas parler de cela. Madame Fontaine semblait tout de même touchée. Il devinait son mécontentement sous ses airs de résignation. La dame se leva de son fauteuil et se remit à l'ouvrage, visiblement pour se donner une contenance.

«Je le sais, finit-elle par avouer. Jimmy ne ferait pas de mal à une mouche... Je l'ai bien élevé, même si j'étais toute seule. Sa blonde Linda était avec lui, dans la ruelle, le soir où c'est arrivé. Il n'a jamais touché au gars.

— Et ça ne vous brise pas le cœur de savoir que votre fils pourrit en prison pour payer le crime d'un autre?

— Je ne peux rien faire, répondit-elle, peinée.

— Et si j'écrivais la vérité? proposa Michel.

— Qu'est-ce qui arriverait à Jimmy?

— À Jimmy? répéta-t-il après une longue hésitation. Sans doute rien... mais ça pourrait peut-être provoquer la tenue d'un nouveau procès. Le problème, c'est que c'est vous qu'ils menacent.

— Moi? Pourquoi s'en prendraient-ils à une pauvresse comme moi? questionna-t-elle, intriguée.

— Si ce n'était pas de vous et Linda, Jimmy aurait probablement foutu le camp loin du Québec, ou peut-être même se serait-il défendu convenablement pendant son procès. Il n'a pas peur de se faire cogner dessus, il a peur pour vous...

— Vous voyez bien que c'est un gentil garçon, dit-elle, émue.

— Si c'est vrai, il faut lui donner sa chance.

— Comment?

— Quel est le nom de famille de Linda?

— Demers? Pourquoi?»

Michel ne répondit pas. Thérèse regretta aussitôt d'avoir répondu. Il se leva, ramassa son calepin, la salua faiblement et la quitta à la sauvette. Il n'était pas tellement fier de lui-même. L'affaire prenait des proportions inquiétantes, et il craignait d'en perdre le contrôle. Il lui fallait le concours de gens plus aptes à faire face à ce genre de situation. Il se rendit donc au quartier général de la police, situé tout près du journal. Il tenta d'expliquer son cas à l'agent de service qui l'envoya à son supérieur. Le capitaine Bélanger le reçut à son bureau. Michel se présenta et exposa au policier l'objet de sa visite et les craintes qu'il avait pour la sécurité de Thérèse Fontaine et de Linda Demers.

«C'est une histoire de fous que vous me contez là, monsieur Gagné! s'exclama Bélanger. Je veux bien croire que madame Fontaine va être en danger si vous publiez votre article, mais s'il fallait que je mette des hommes pour chaque personne qui pourrait être en danger à Montréal, j'aurais besoin de trente mille policiers!

— Je sais bien, capitaine, que vous manquez d'effectifs, concéda Michel. Mais il faut faire quelque chose. Jimmy Fontaine est innocent. Quand mon article va paraître, il y en a qui vont peut-être paniquer. Fontaine a été molesté en prison, et j'ai reçu la visite de deux hommes de Gilbert. Ce ne sont pas des enfants de chœur.

— Tu es nouveau à *L'Express*? s'impatienta le capitaine. As-tu une idée de comment la police fonctionne à Montréal?»

Michel ne put répondre.

«Dis-moi, Gagné, continua le policier, si ton roman se tient, quand vont-ils l'attaquer, la veuve Fontaine? Le soir de la parution de l'article? Le lendemain? Trois jours après?

— Il n'y a vraiment rien à faire? demanda Michel au capitaine qui se levait pour le reconduire.

— Je vais te faire une faveur, offrit Bélanger en sortant une carte professionnelle. Appelle-moi après les heures de travail.»

Michel le remercia. C'était déjà ça, mais il devait quand même travailler sans filet. Il allait publier son article sans que madame Fontaine fût protégée par un agent. Cette pensée ne fit qu'augmenter son malaise. Il se détendit à l'idée que la charmante Marie-Joseph l'attendait pour manger un morceau. Il téléphona chez lui, où elle se reposait de sa longue randonnée à motocyclette. Ils se donnèrent rendez-vous au café habituel des journalistes de *L'Express*.

Une fois attablé au Cherrier, il regretta de ne pas avoir choisi un endroit plus discret. Serge Vandal s'y trouvait et ne manqua pas l'occasion de s'asseoir aux côtés de la superbe

Saguenéenne, qu'il avait déjà remarquée lors de sa spectaculaire visite au journal, plus tôt dans l'avant-midi.

Le repas fut désagréable. Vandal ne les lâcha pas et parvint à convaincre Jos de poser pour lui dans la soirée. Celle-ci commença par résister, mais ce n'était que fausse modestie. Michel tenta de ridiculiser le photographe par quelques sarcasmes, mais rien n'y fit: son ancienne maîtresse raffolait des compliments de toutes sortes, et qu'on lui offrît de poser lui semblait le plus flatteur de tous. Pour finir, le menant de Charybde à Scylla, Jos se mit à le questionner sur ses rapports avec la «mongole» à la Porsche. (C'est ainsi qu'elle avait baptisé Stéphanie.) Michel ne put que bafouiller quelques excuses peu convaincantes.

Stéphanie observait le babillard où étaient affichés les communiqués de presse, à la recherche d'une histoire qui ne serait pas trop fatigante. Elle se sentait paresseuse et avait décidé de s'en tenir au minimum pendant quelque temps. Néanmoins, comme c'était généralement le cas, la plupart des dépêches s'apparentaient plus à de la réclame publicitaire qu'à de l'information. Beaucoup de groupes divers tentaient de faire parler d'eux gratuitement, quelques compagnies annonçaient des investissements ou des nominations et les différents paliers de gouvernements se faisaient concurrence à coups de subventions mal coordonnées. Choisir un événement à couvrir, dans ces conditions, ressemblait à un tirage au sort.

Ce fut l'événement qui, finalement, se présenta à elle. Benoît Bourgeon, le mari de sa copine Caroline, arriva à ce moment dans la salle de rédaction.

«Que fais-tu ici? demanda-t-elle, surprise.

— Il faut que je te parle.

— Ça ne m'intéresse pas, Benoît, je te l'ai dit, répondit-elle, devinant qu'il lui parlerait de son élève maltraité.

— Tu n'as pas le droit, plaida-t-il. C'est ton devoir.

– Minute! protesta-t-elle. N'exagère pas. Je suis journaliste, pas travailleuse sociale!

– Je veux au moins que tu viennes le voir à l'hôpital. Quand je l'ai vu, mon cœur s'est arrêté de battre.»

Stéphanie commit une erreur. Elle se laissa convaincre par son visage profondément affligé. Elle se décida à le suivre, autant par désœuvrement que par amitié pour lui.

«Des cas comme lui, expliqua-t-il alors qu'ils se rendaient à l'hôpital, j'en ai connu cinq ou six depuis que j'enseigne. J'ai le goût de pleurer. Je me suis attaché à ces enfants. J'ai porté plainte à la Protection de la jeunesse, j'ai dénoncé... Tu sais ce que ça m'a donné?»

Stéphanie, devinant la réponse, préféra garder le silence.

«Personne n'a eu le temps de s'occuper de ces tristes cas parce que tout le monde est débordé, continua-t-il, fermement convaincu. Et un mois plus tard, je retrouvais ces enfants dans la merde. Que veux-tu que je fasse? Ça ne donne rien.»

Il la guida dans les couloirs de l'hôpital jusqu'à la chambre de l'enfant. La vue de celui-ci bouleversa Stéphanie. Le petit garçon était dans un état lamentable. Le visage enflé et couvert d'ecchymoses, un bras dans le plâtre. Mais ce qui toucha le plus Stéphanie, c'est le vide complet, l'absence d'expression de ses yeux.

«Salut Sébastien», dit Benoît d'une voix aimable.

Sébastien réagit faiblement en lui offrant un sourire timide.

«Je ne te lâche pas, hein? continua Benoît en essayant de mettre de la joie dans sa voix. Je ne t'ai pas laissé longtemps tout seul. J'ai amené mon amie Stéphanie.

– Bonjour Sébastien, salua-t-elle en lui caressant le front, troublée. Ça va mieux, mon petit bonhomme?»

L'enfant ne réagit pas, l'air hagard. Benoît essaya de lui faire raconter sa soi-disant chute à bicyclette. Sébastien ne répondit pas, mais sembla effrayé qu'on lui posât la question. Une infirmière vint leur demander de laisser le garçonnet se reposer.

«C'est épouvantable, s'exclama Stéphanie en sortant de la chambre. Il faut absolument faire quelque chose!

— C'est ce que je me tue à te répéter! répondit Benoît, triomphant. Tiens, je te donne le numéro et l'adresse du bureau de la Protection de la jeunesse.»

Stéphanie s'empara de la carte sans se rendre compte qu'elle venait de s'embarquer dans une galère qu'elle s'était juré d'éviter. Elle était ainsi faite: la réalité ne prenait forme pour elle qu'une fois sous ses yeux. Et, en ce moment, elle devenait obsédante et insoutenable, obnubilant tout le reste.

La soirée tirait à sa fin. Michel était allongé et feuilletait un magazine, à la lumière de sa lampe de chevet. Il était mécontent: il s'était fait poser un lapin par deux filles à la fois, une première dans sa carrière de dragueur. Il avait attendu Stéphanie toute la soirée à la rédaction de *L'Express* et, maintenant, Marie-Joseph avait disparu dans la métropole.

En fait, toute la journée avait été horrible. Tintin lui avait fait des remontrances d'intellectuel à propos de sa manière d'importuner les proches de Jimmy Fontaine. Le ton avait pratiquement monté jusqu'à l'engueulade avec son collègue: Fortin lui reprochait son manque de savoir-vivre et Gagné s'en prenait à son manque d'ambition. Pour conclure, Lionel Rivard était venu critiquer sa témérité face au clan Gilbert et avait refusé de le laisser publier un autre article avant qu'il n'ait recueilli d'autres éléments.

Michel fut tiré de ses tracasseries par le bruit d'une clé dans la serrure de la porte d'entrée. Il bondit hors du lit, éteignit la lampe de chevet et saisit un pied-de-biche qu'il avait volontairement laissé à portée de la main. La visite des deux fiers-à-bras du clan Gilbert l'avait mis sur le qui-vive et la proximité d'un objet contondant le rassurait dans une certaine mesure. Il se plaqua contre le mur, juste derrière la porte de sa chambre.

Il fut soulagé de voir Marie-Joseph, qui ne s'était pas aperçue de sa présence. D'un œil voyeur, il la regarda se déshabiller et se glisser entre les draps. Elle ralluma la lampe et sursauta en l'apercevant: il n'était vêtu que d'un sous-vêtement et armé de son pied-de-biche. Elle éclata de rire.

«Veux-tu bien me dire à quoi tu joues! s'esclaffa-t-elle. C'est un nouveau truc érotique? Je savais que Montréal était une ville ouverte, mais pas à ce point-là!

— Cesse de rire, ce n'est pas drôle, maugréa Michel. Je deviens nerveux quand j'entends jouer dans ma serrure.

— Tu as donné la clé à combien de filles, Gagné? questionna Jos. Je me lève de bonne heure, je ne voudrais pas me faire déranger.

— Je me suis fait de nouveaux amis, expliqua Michel en déposant son arme improvisée. Je me demandais si ce n'était pas eux. Ils connaissent mon adresse, mais ce ne sont pas exactement des filles. Tu n'as quand même pas posé pour Vandal jour et nuit?» s'enquit-il, curieux.

Jos fut très heureuse que Michel s'intéressât à ces détails. Elle lui raconta sa séance de photos en reproduisant les poses qu'elle avait prises pour Vandal. Elle était nue et savait se faire provocante pour séduire celui qu'elle désirait. Michel, enjôlé, contempla son numéro digne des plus grandes boîtes de strip-tease. L'image de Stéphanie ne l'empêcha pas d'être conquis par le corps parfait et le charme envoûtant de son ancienne maîtresse. Elle finit par venir s'asseoir sur lui pour lui caresser le torse et l'embrasser chaudement. Les deux amants se retrouvaient avec ferveur après plusieurs semaines de séparation. Ils firent l'amour jusqu'à l'épuisement et s'endormirent entre les draps imbibés de leurs étreintes.

Malgré une courte nuit de sommeil, Jos était déjà partie quand Michel se réveilla. Le seul souvenir qu'elle lui avait laissé, était une agréable langueur! Après plus d'un mois d'abstinence, cette nuit, pourtant fatigante, l'avait revigoré.

Il se sentait d'attaque pour aborder la journée. Il s'était donné comme objectif de rencontrer la compagne de Jimmy

Fontaine. Il lui fut facile de la retracer grâce à son nom et à une remarque de Jimmy lors de son séjour en cellule. Ce dernier lui avait révélé qu'elle tenait une boutique de mode, rue Ontario. Se doutant qu'il n'aurait pas un accueil chaleureux et qu'elle refuserait probablement d'être citée dans son article, il avait pris la précaution d'emmener avec lui un magnétophone portatif.

« Qu'est-ce que tu veux, Gagné ? demanda-t-elle, agressive, en le voyant entrer.

– Juste te poser quelques questions, répondit Michel en tentant de se faire conciliant.

– Pour que tu écrives un autre article et que je me retrouve dans la merde ? Non merci.

– On pourrait juste discuter un peu...

– Je n'ai rien à te dire, rétorqua-t-elle. Je n'ai rien vu de ce qui s'est passé ce soir-là.

– La mère de Jimmy m'a dit le contraire, fit valoir Michel. Elle m'a dit que tu étais dans la ruelle avec lui.

– Si tu le sais, pourquoi me poses-tu la question ?

– Je veux savoir à quoi m'en tenir. Moi aussi, je risque d'avoir des problèmes avec les Gilbert. J'ai pas envie de risquer ma peau pour un petit christ de boxeur qui frappe tout ce qui bouge, lança-t-il, misant sur l'orgueil manifeste de la jeune fille.

– Jimmy n'est pas un violent ! protesta Linda.

– C'est ce que tu laisses entendre en refusant de me répondre.

– Il n'a pas touché au portier ! avoua-t-elle, furieuse.

– Donc, tu l'as vu ? reprit-il, triomphant.

– Oui, j'étais avec lui.

– Mais tu as dit aux policiers que tu te trouvais dans le bar quand ça s'est produit ?

– Je ne voulais pas avoir de trouble avec les bœufs.

– Et Jimmy n'a jamais touché au gars ?

– Non. Je le tenais par le bras. Je ne voulais pas qu'il se batte. »

Michel se pencha vers Linda et la fixa droit dans les yeux.

«Dans ce cas, ce n'est pas compliqué, affirma-t-il, autoritaire. Tu vas tout raconter à la police. Il va y avoir une nouvelle enquête, et Jimmy sera dehors d'ici deux semaines.

– Non, refusa Linda, butée.

– Je vais écrire ce que tu m'as raconté.

– Je vais dire que ce ne sont que des menteries de journalistes. Tu ne la connais pas, toi, la bande des Gilbert. Le mieux qui peut lui arriver, c'est qu'il fasse son temps tranquillement et qu'en sortant, on aille s'installer ailleurs.

– Mais lui? poursuivait Michel sans en démordre. Il va traîner un casier judiciaire toute sa vie! Il va être trop vieux pour remonter sur le ring. C'est ça que tu veux, au fond: qu'il ne puisse plus boxer, qu'il soit tout mignon dans ta boutique!

– Ouais? Et si c'était ça? rétorqua Linda. Ce serait mieux que de le voir à la morgue.

– Je ne comprends plus, soupira Michel, découragé.

– C'est parce que tu ne veux pas comprendre! Sacre-nous donc patience! Depuis que tu as vu Jimmy, tout le monde a des problèmes. Attends-tu que je mange une volée, moi aussi?

– Bien voyons... ce sont des trous du cul. Ils ne te toucheront pas.

– Contente de savoir ça!»

Michel constata qu'il ne tirerait plus rien d'elle. De toute façon, il avait entendu tout ce qu'il voulait savoir et l'avait recueilli sur ruban magnétique. Il la salua gauchement, puis elle le reconduisit à la porte en le prévenant une fois de plus de ne rien écrire de ce qu'elle lui avait raconté.

Michel, fébrile, se dépêcha d'aller annoncer à Lionel Rivard qu'il avait eu la confirmation de l'innocence de Fontaine par un témoin oculaire. Satisfait, le chef de pupitre lui donna le feu vert pour rédiger son article. Michel s'y attela immédiatement.

Stéphanie arriva pendant qu'il écrivait son texte. Michel fit semblant de ne pas la voir en se concentrant sur son écran cathodique. Il remarqua tout de même le regard dédaigneux qu'elle lui lança en passant devant lui. Elle se dirigea vers le pupitre principal, celui de Rivard, et annonça à ce dernier le sujet de ses prochains articles: les enfants battus.

«Non! geignit-il. Ça a été fait au moins mille fois!

– Je sais, reconnut-elle, mais tu devrais le voir. J'ai vu son bras en écharpe, ses yeux déjà morts. Cet enfant-là est martyrisé, Lionel...

– J'ai des dossiers politiques importants pour toi, Stéphanie, soupira-t-il.

– Lionel...» supplia-t-elle, les yeux humides. Le chef de pupitre baissa les bras. Après tout, si ce sujet était usé jusqu'à la corde, c'était parce qu'il se vendait bien. Il imposa cependant ses conditions.

«Tant qu'à le faire, on va bien le faire. Ça va nous prendre des profs, la Protection de la jeunesse, ses parents, le ministère des Affaires sociales. Je veux le portrait total et global.

– Pour la Protection de la jeunesse, déclara-t-elle, je rencontre le directeur cet après-midi.

– Tu savais bien que je te laisserais faire, n'est-ce pas?» devina Rivard, acrimonieux.

Stéphanie ricana et se mit en route pour son rendez-vous. Rivard la regarda s'éloigner. Si la jeune femme avait eu moins de talent, se disait-il, il y aurait longtemps qu'il se serait lassé de ses caprices.

Stéphanie se rendit aux bureaux de la Commission de protection des droits de la jeunesse, boulevard René-Lévesque. Jules Kimpton, le responsable de la section de Montréal, l'accueillit. Elle lui résuma la situation du petit Sébastien et le pressa d'agir au plus vite. Le fonctionnaire parut embarrassé.

«Nous allons faire enquête, promit-il.

– Quand? le pressa-t-elle.

– C'est parfois court, parfois long, répondit-il en bon Normand.

– Le cas a déjà été signalé par un professeur de son école et il m'a affirmé que ça faisait déjà quelque temps.

— Mademoiselle Rousseau, dit-il en lui présentant un dossier. Observez ces photos. Elle a dix-huit mois et le vagin infecté : maladie vénérienne. Son père.

— Mon Dieu ! s'exclama-t-elle, stupéfaite.

— Mais nous allons tout de même nous occuper de votre cas, ajouta-t-il. Je vais consulter le dossier et tenter de savoir ce qui s'est passé. Son père est avocat, dites-vous ?

— Oui : maître Gustave Maloin, acquiesça-t-elle, mais ce n'est pas son vrai père. Sa mère s'est remariée, il y a deux ans.

— S'il a des marques visibles, c'est un début de preuve. Mais il faut rencontrer ses professeurs, ses parents, ses voisins...

— Vous recevez combien de dénonciations comme celle-là par semaine ? demanda Stéphanie en se levant.

— Des centaines, mademoiselle Rousseau », répondit le bureaucrate, navré.

Stéphanie quitta son bureau, complètement ébranlée.

Émile Rousseau avait finalement convaincu son vieux camarade Paul Vézina d'accepter son offre. Ils avaient le contrat devant eux, et un photographe posait Vézina s'apprêtant à le signer. L'atmosphère était à la réjouissance dans le bureau du grand patron.

« Faites monter les gens », ordonna Rousseau à sa secrétaire.

Une fois celle-ci sortie, Vézina montra à Émile le bas de la dernière page du contrat.

« Tu as vu que je n'ai pas encore signé, dit-il, mi-blagueur. Je faisais semblant, pour le photographe.

— J'ai vu !

— Il faut que j'étudie les petits caractères, c'est toujours là que se trouvent les pièges.

— J'ai ta parole », rappela Émile, pour qui c'était le seul vrai engagement.

Ils se décidèrent tout de même à signer le document. La secrétaire revint l'instant d'après.

«Ils arrivent, annonça-t-elle.

– Très bien, approuva Rousseau. Veuillez classer ça, dit-il en lui tendant le contrat.

– Pas assez vendeur, ça, critiqua Vézina en lui montrant la première page de l'édition du jour. Avec une personnalité du sport en couverture, tu accroches tout de suite un large public. C'est ce que fait Chabot avec son journal.

– Il y a toute une tradition, ici, prévint Rousseau.

– Émile, je vais te dépoussiérer ça, moi, la tradition! décréta Vézina. Te souviens-tu quand je suis allé syndiquer tes petites maudites lignes d'autobus, dans le bas du fleuve et dans le nord de l'Ontario? Si je t'avais dit que je travaillerais pour toi un jour, tu aurais dit: "Vézina est fou, faites-le enfermer!"

– Je n'ai pas changé d'avis! plaisanta son nouveau patron. C'est ce que j'aurais dit à cette époque, mais tu en as fait du chemin, depuis ce temps-là. Passons à la salle de conférences. Je vais te présenter au conseil d'administration et au comité de rédaction.»

Ils s'exécutèrent. Tout le monde était présent, et ceux qui connaissaient Vézina étaient quelque peu surpris de le voir. Lionel Rivard, qui avait couvert les affaires sociales comme journaliste, l'avait maintes fois rencontré lors de grèves ou de conflits syndicaux et avait eu l'occasion de se lier d'amitié avec lui. Il le salua joyeusement.

«Vézina! Que t'arrive-t-il de bon? Toujours avec le Fonds des travailleurs? Espèce de capitaliste de gauche!

– Plus ou moins, répondit Paul, désireux de laisser l'effet de surprise à son nouveau patron. Ça fait une paye qu'on s'est vus!»

Les invités gagnèrent leur place, ensuite Émile Rousseau prit la parole.

«Si j'avais le panache de notre concurrent Chabot, s'excusa-t-il, je vous aurais invités à une grande réception au champagne pour célébrer l'événement. Mais ce n'est pas mon style, ni celui de Paul Vézina...

– Parle pour toi, plaisanta ce dernier en bon vivant. Moi, le champagne, je digère bien ça!»

À ces mots, Émile esquissa un sourire. Claude Dubé, quant à lui, se renfrognait en devinant le propos de la conférence.

«Quand *L'Express* aura atteint les trois cent cinquante mille copies, promit Rousseau.

– On peut acheter la cuvée de cette année, s'exclama Rivard, incrédule. Elle aura le temps de vieillir!

– Monsieur Rivard, répondit Rousseau, avec Paul Vézina, que j'ai l'honneur de présenter à ceux qui n'auraient pas le plaisir de le connaître, j'ai confiance que ce jour arrivera plus tôt que vous ne le croyez. Si je vous ai convoqués ici, c'est pour vous annoncer que mon choix pour le nouvel éditeur de *L'Express* s'est arrêté sur Paul, un homme dont le talent, le dynamisme et la facilité de rejoindre les gens sont reconnus par tous. Nous pouvons nous considérer comme privilégiés qu'il ait accepté ce nouveau défi. Paul Vézina, bienvenue à bord!»

Les dirigeants du journal se mirent d'accord pour féliciter, avec peut-être une certaine réserve, leur nouveau supérieur. Claude Dubé, quant à lui, regardait, abasourdi et livide, l'ancien camionneur qui venait d'accéder au poste qu'il convoitait depuis si longtemps.

«Je lui ai donné carte blanche, continua Émile, et je lui ai assuré qu'il pouvait compter sur votre entière collaboration. Il commencera dès demain matin.»

On s'étonna que Claude Dubé sorte en vitesse de la salle de conférence, sous un prétexte quelconque, sans même serrer la main du nouvel éditeur. Louise Duguay et Lionel Rivard, quant à eux, devinaient très bien l'immense déception qui avait dû frapper leur collègue.

Claude Dubé retourna directement chez lui. Il se servit quelques verres de vin, question d'encaisser le coup. L'alcool ne fit que l'assombrir davantage et c'est un homme catastrophé, blême, les traits tirés, que sa femme Monique découvrit avachi devant la télévision.

«Tu es de bonne heure, ce soir! constata-t-elle, surprise. Tu as l'air d'un condamné à mort. Que s'est-il passé?

— Monique, est-ce que tu m'aimes?

— Parfois, je trouve que tu fais terriblement vieux jeu avec tes cardigans échancrés et ta pipe, taquina-t-elle gentiment... Mais je t'aime, ça, c'est sûr.

— Tu m'aimerais même si j'étais un raté?

— La question ne se pose pas, protesta-t-elle, intriguée. Tu n'es pas un raté.

— Monique, annonça-t-il tristement, je ne serai pas l'éditeur de *L'Express*.»

Cette fois, Monique perdit son sourire. Elle aurait dû s'en douter: pour que son intellectuel de mari se mette à parler de sentiments, il fallait que quelque chose n'aille pas.

«Comment ça? questionna-t-elle, déçue.

— Émile Rousseau a choisi un de ses hommes pour le poste, expliqua-t-il. Paul Vézina, un ancien Teamster converti en administrateur. Un dur à cuire.

— C'est complètement absurde, Claude, s'offusqua-t-elle, partiale. C'est insensé!

— Je ne peux pas rester dans ce journal... Je vais remettre ma démission.

— Tu n'as pas le droit de démissionner, dit-elle avec beaucoup de tendresse. L'information, c'est trop important pour laisser ça entre les mains d'un ancien chauffeur de camion. Tu vas rester pour continuer à défendre les droits des journalistes et de tes lecteurs. Tu dois ce courage à ta profession, Claude.

— C'est impossible, je ne pourrai plus faire face aux journalistes. J'ai cinquante ans, on n'apprend pas à un vieux singe à faire la grimace.

— Je ne veux pas être cruelle, rétorqua-t-elle, plus réaliste, mais des emplois prestigieux à cent cinquante mille par année, ce n'est pas garanti qu'on va te courir après pour te les offrir.

— Tu es dure! s'indigna-t-il, s'apitoyant sur lui-même.

– Excuse-moi, se radoucit-elle. Mais tu devrais laisser la poussière retomber avant de prendre ta décision. C'est arrivé aujourd'hui. Prends quelques jours de congé... Après, tu démissionneras si tu crois que c'est la meilleure chose à faire. Au pis aller, plaisanta-t-elle, pince-sans-rire, je pourrai toujours te faire engager comme recherchiste sur mon émission. On pourrait enfin travailler ensemble...»

Dubé s'efforça de sourire, mais le cœur n'y était pas.

Michel fut réveillé en sursaut par la sonnerie du téléphone. Il tenta de l'ignorer en enfouissant sa tête sous deux ou trois oreillers, mais on avait décidé de laisser sonner indéfiniment. Il finit par décrocher, contrarié de ne pouvoir poursuivre sa grasse matinée.

«Oui? marmonna-t-il, la bouche pâteuse.

– Michel, tout le monde te cherche! annonça la réceptionniste du journal. Tu as la une! Les stations de radio te veulent à leurs émissions!

– La une? La radio? répéta-t-il, sidéré. Est-ce que j'ai d'autres messages?

– Oui. Linda Demers veut que tu ailles voir madame Fontaine.»

Michel, jubilant, fit sa toilette en quatrième vitesse et, négligeant les stations de radio, s'empressa d'aller rencontrer madame Fontaine. Il en profita pour acheter quelques exemplaires de L'Express au coin de la rue. Satisfait comme il l'avait rarement été dans sa vie, il enfourcha sa moto, journaux sous sa veste de cuir, et se dirigea vers le quartier centre-sud.

Il gara sa moto devant le sordide HLM. Il comptait bien remercier l'aimable vieille dame qui lui avait si bien rendu service. Mais il dut constater que sa joie n'était pas partagée par madame Fontaine.

En effet, la porte de son appartement avait été défoncée. La machine à coudre avait été démolie et des chemises déchirées gisaient par terre.

«Que s'est-il passé? demanda-t-il, ébahi.

— Jimmy vous avait dit de ne pas vous mêler de ses affaires! lui lança-t-elle comme seule explication.

— Mais, rétorqua-t-il, Jimmy est innocent!

— Te prends-tu pour le Bon Dieu! s'écria Thérèse, hors d'elle. Qu'est-ce que ça peut bien faire au monde que Jimmy passe encore deux ans en prison? Attends-tu que je me retrouve infirme ou au cimetière pour arrêter?»

Elle lui montra ses mains enveloppées de gaze. Michel pâlit en devinant ce qui se trouvait dessous. Déterminée, Thérèse Fontaine déroula le pansement de sa main gauche en s'aidant de ses dents. Elle lui montra ses doigts couverts de cloques d'où suintait encore du plasma. De sa main calcinée, elle lui désigna la cuisinière électrique.

«Je ne peux plus coudre. Comment vais-je gagner ma vie? demanda-t-elle, furieuse, indignée.

— Je ne pouvais pas me douter... se défendit lâchement Michel.

— Ce n'est pas vrai! Ils te l'avaient dit! Petit hypocrite!»

Chapitre V

« Monsieur Dubé, je ne vous comprends pas, s'étonna Émile Rousseau en fixant son interlocuteur droit dans les yeux. Il n'y a pas un mois, vous étiez ici pour plaider en faveur de l'embauche d'un éditeur. J'en nomme un et, le lendemain matin, vous me remettez votre démission.»

En fait, Rousseau était moins étonné qu'il n'en avait l'air. Il avait très bien compris, lors de ladite visite de son rédacteur en chef, que celui-ci mourait d'envie d'accéder au poste prestigieux. Mais, sous de grands principes qui ne cachaient que de la pusillanimité, il avait refusé d'en faire ouvertement la demande. Or, le courage et la fermeté étaient les qualités que Rousseau cherchait avant tout chez ses collaborateurs. Dubé avait prouvé à maintes reprises, avec ses tergiversations dans l'affaire Thibault, qu'il ne les possédait pas. Sa réaction, à l'instar de son comportement en général, se voulait motivée par de beaux principes, mais était en réalité celle d'un amour-propre blessé. Aux yeux de Rousseau ces événements ne faisaient que prouver que Dubé avait atteint son niveau d'incompétence. Il constituait donc un rédacteur en chef idéal et allait le rester.

«Je suis à *L'Express* depuis vingt-deux ans, soit bien avant que vous n'en deveniez le propriétaire, expliqua Dubé avec morgue. Je suis rédacteur en chef depuis presque dix ans. N'auriez-vous pas trouvé normal que je sois promu éditeur?»

Rousseau n'osa répondre, de crainte de le vexer définitivement.

«Moi, oui affirma Dubé, ferme comme il l'avait rarement été.

– Votre vœu était d'obtenir ce poste? demanda Rousseau.

– Absolument!

– Quand vous êtes venu plaider pour que j'embauche un éditeur, pourquoi ne pas l'avoir dit?

– Par discrétion! Si l'on ne peut se rendre compte que j'ai les qualités pour ces fonctions sans que je le proclame moi-même... à quoi bon?

– Claude, vous avez peut-être des qualités d'éditeur, concéda Émile, mais vous n'avez pas celles que je cherche, moi, chez un éditeur, expliqua-t-il en toute franchise. J'ai besoin ici d'un meneur d'hommes qui ira chercher les lecteurs, pas quelqu'un qui va attendre que la qualité du journal s'impose lentement d'elle-même. Depuis deux ans, les dépenses ont augmenté du quart pendant que le tirage stagnait.

– La publicité est en progression, se défendit Dubé.

– Pas assez!

– Et c'est à un ancien organisateur des Teamsters que vous faites confiance pour redresser la situation? lança Claude, hautain.

– C'est injuste pour Paul, vous savez pertinemment qu'il a œuvré dans bien d'autres choses... rétorqua l'homme d'affaires. Personne n'est plus individualiste qu'un chauffeur de camion. Pourtant, j'ai vu Vézina les unir si bien qu'ils ont gagné contre les grosses corporations. J'ai plié, moi aussi, raconta-t-il, admiratif. Faites-lui confiance. Si Paul décide que *L'Express* remontera la pente, il la remontera. Vous avez le choix d'embarquer avec nous ou de rester sur le trottoir et de nous regarder monter» conclut-t-il en lui rendant sa lettre de démission.

Il considéra Dubé. Comme il l'avait prévu, celui-ci était désorienté. Il l'aida un tout petit peu à prendre sa décision.

«Je réfléchirais, à votre place. Prenez quelques jours de congé pour vous aider.»

Morose, Michel relisait ses articles sur Fontaine. Il avait joué avec le feu, et quelqu'un d'autre s'était brûlé les doigts. Il était content de son travail, mais se sentait coupable des résultats.

«C'est quand même quelque chose d'avoir la une! le félicita Fortin, le tirant ainsi de ses pensées.

— J'ai assez travaillé sur cette maudite histoire, je l'ai méritée! répondit Michel. Mais tu avais raison, Tintin. On a assez parlé de Jimmmy Fontaine. Ça ne fait quand même pas partie des affaires publiques, ni de la haute finance ou de la politique. Dans le fond, c'est une histoire personnelle...

— Je pensais ça, moi aussi, acquiesça Fortin, surpris de son changement d'attitude. Mais c'était quand même une maudite bonne histoire...

— Bon ou pas bon, j'en ai plein le cul de cette histoire» trancha Michel d'un ton sec.

La vérité était que, vu l'étendue des dégâts qu'il avait causés, il s'était entendu avec la police pour lui révéler tout ce qu'il savait sur Fontaine et cesser la publication de ses articles. En échange de cela, on lui avait promis l'exclusivité s'il advenait de nouveaux développements dans l'affaire. Pour l'instant, Michel se retrouvait sans sujet de travail, avec une vieille dame mutilée à cause de lui et la pègre de Montréal prête à lui sauter dessus. Pour couronner ses ennuis, Stéphanie Rousseau vint lui faire cette remarque condescendante:

«Ce n'est pas trop mal comme article, mais ce n'est vraiment pas mon genre d'histoires...

— Si t'es venue ici pour m'écœurer... lança-t-il, irascible.

— Ils nous ont demandé d'être ici à midi, non? demanda-t-elle à Fortin sans plus accorder d'attention à Michel.

— C'est ce matin le grand moment. Le nouvel éditeur de *L'Express* vient faire connaissance avec la rédaction.»

Stéphanie sortit de sa belle indifférence et jeta un coup d'œil vers Michel. Elle avait quelques réprimandes à lui faire. Quelques compliments aussi, mais elle les gardait pour plus tard, au cas où il les mériterait...

«C'est ta moto, dans le stationnement? demanda-t-elle, pour lancer la conversation. Je n'ai pas trop remarqué, l'autre fois, à cause de la biker.

— La biker? répéta Michel, sans saisir. Ah! la motard! Chez nous, au Royaume, on appelle ça des motards, c'est plus français.

— Ça a probablement plus de classe en français... railla-t-elle.

— En tout cas, à ce que j'ai constaté, une moto, c'est plus fiable qu'une Porsche pour se rendre à ses rendez-vous, répliqua-t-il.

— Encore faut-il vouloir se rendre au rendez-vous, cherrr... dit-elle en imitant l'accent de Marie-Joseph.

— Ce n'est quand même pas à cause de Jos que tu me fais la gueule! s'exclama-t-il, faussement éploré. Elle est comme ma sœur. Et puis, elle est déjà repartie.»

Ils furent détournés à ce moment de leur conversation édifiante par une rumeur venant du fond de la salle: le nouveau patron faisait son apparition. Il serrait des mains à gauche et à droite. Louise Duguay, accompagnée de Rivard, lui présentait les journalistes de *L'Express*. Il arriva près d'eux et de Léonne Vigneault, qui se trouvait à côté.

«Léonne Vigneault, notre chroniqueuse de radio et de télévision, dit Louise Duguay.

— C'est toi aussi qui t'occupes des shows du syndicat, non? demanda Vézina, direct.

— Entre leaders syndicaux, ironisa-t-elle, on devrait bien s'entendre.»

Ils s'approchèrent des trois jeunes reporters.

«Stéphanie Rousseau, présenta Louise.

— Tu ne te souviens peut-être pas de moi, rappela-t-il avec bonhomie, mais je t'ai vue haute comme ça quand j'allais négocier avec ton père...

— J'ai essayé d'oublier, taquina-t-elle. Vous n'étiez pas particulièrement aimé à la maison, à cette époque!

— Émile, les unions, ça ne l'a jamais fait rire!

– Richard Fortin, une recrue», continua Louise.

Vézina lui serra la main distraitement.

«Michel Gagné, une autre recrue, poursuivit-elle.

– Gros frappeur! approuva-t-il, intéressé. L'histoire du boxeur, c'est un circuit avec les buts remplis. C'est quoi la suite?

– Gros frappeur! répéta Stéphanie, baveuse, en songeant à tout autre chose que ses articles.

– Ça va dépendre des événements... répondit Michel, gêné par le sarcasme de Stéphanie.

– C'est bon, reprit Vézina. Ça fait vendre des copies, ces histoires-là!»

Il lui donna une tape sur l'épaule pour appuyer ses éloges. Alex passa près d'eux en poussant son chariot de courrier à distribuer.

«Alexandra, la fille de François Dumoulin.

– Où il est, lui? s'enquit l'éditeur.

– En reportage, en Afrique du Sud.

– C'est nécessaire? tiqua Vézina.

– C'est intéressant de suivre les bouleversements de la société sud-africaine, expliqua Lionel Rivard.

– Si vous trouvez!» fit Vézina, sceptique.

Il s'adressa à ce moment au reste de la salle. Les journalistes, indisciplinés et réservés face à leur nouvel éditeur, s'approchèrent sans se presser.

«J'aurais aimé vous saluer tous personnellement, s'excusa-t-il, mais je n'ai pas l'intention de vous empêcher longtemps de travailler. Il y a longtemps, quand j'ai commencé avec les Teamsters, au Québec, il y avait trois ou quatre unions rivales. Quand j'ai quitté le syndicat, il n'en restait plus qu'une: la nôtre! Il va se passer la même chose avec *L'Express*, les gars!

– Les gars? répéta Léonne, à mi-voix. Les filles ne travaillent plus ici, ou quoi?

– Dans deux ou trois ans, continua l'éditeur sans relever la moquerie, on ne parlera même plus de compétition: il n'y en aura plus! Chaque fois que vous voudrez parler du progrès du journal et de l'augmentation du tirage, ne vous gênez pas, la porte est grande ouverte. Si c'est pour vous lamenter, je ne suis pas là! Si c'est clair pour vous, on va bien s'entendre!»

Paul Vézina conclut son discours de présentation sur cet avertissement. Des murmures commencèrent aussitôt à parcourir la salle de rédaction. Au grand désespoir de Lionel Rivard, un petit groupe s'assembla autour de Léonne Vigneault, et ce n'était sûrement pas pour entériner l'entrée en scène du nouvel éditeur. Mais ce qui inquiéta le plus le chef de pupitre, c'était de voir inoccupé le bureau de son rédacteur en chef.

Stéphanie, quant à elle, se souciait peu de ces jeux de pouvoir administratifs, et se rendit, sans s'occuper de la grogne qui s'installait, chez la mère du petit Sébastien. Contrairement à ce qu'on aurait pu imaginer, celle-ci résidait dans un quartier relativement aisé de Montréal.

Lorsqu'on lui ouvrit la porte, sans l'inviter à entrer, Stéphanie se trouva devant une femme d'une trentaine d'années, jolie, mais qui transpirait la nervosité.

«Madame Vallée? demanda Stéphanie.

– Madame Maloin», corrigea la jeune dame.

Stéphanie, qui savait qu'elle s'était remariée depuis seulement quelques années, trouva étrange qu'elle portât le nom de son mari, la loi demandant depuis longtemps à l'épouse de garder son nom de célibataire.

«Je travaille pour une agence, mentit Stéphanie. À la demande du gouvernement, nous préparons une campagne préventive contre les accidents de bicyclette. Vous savez que des centaines d'enfants sont, chaque été, victimes d'accidents de bicyclette. En m'informant dans les hôpitaux, j'ai su que votre enfant...

– Vous ne travaillez pas pour une agence de publicité, l'interrompit Rachel Maloin, anxieuse. Vous êtes Stéphanie Rousseau de *L'Express*.

– J'ai vu votre enfant à l'hôpital, reprit Stéphanie, décontenancée un moment devant la perspicacité de son interlocutrice. Puis-je entrer? Nous serions plus à l'aise pour parler...

– Je n'ai rien à dire! répondit sèchement Rachel.

— Madame Maloin, dit Stéphanie d'un ton décidé, dites-moi la vérité, je peux vous aider.

— M'aider ? s'offusqua-t-elle. De quoi vous mêlez-vous ? Je n'ai pas besoin d'aide !

— Votre enfant n'a pas eu d'accident. Vous savez très bien que c'est faux...

— Vous êtes complètement folle ! Il est tombé dans l'escalier, en voulant descendre au sous-sol.

— À bicyclette ? s'étonna Stéphanie.

— Non ! Je voulais parler de l'escalier du jardin, reprit madame Maloin, trop tard. Ses freins ont lâché et il a dégringolé l'escalier du jardin. Foutez-moi la paix, maintenant ! »

Rachel Maloin claqua la porte au nez de Stéphanie. Celle-ci, interloquée par l'incongruité de son récit, alla faire un tour du côté du jardin. Il n'y avait pas d'escalier...

Quand elle revint au journal, pas même une demi-heure plus tard, un message de maître Maloin l'attendait.

« Il n'a pas perdu de temps ! » siffla-t-elle, impressionnée de la réaction qu'avait causée sa visite. L'avocat désirait la voir dans les plus brefs délais. Stéphanie décida d'en avoir le cœur net et se rendit au rendez-vous.

Gustave Maloin s'avéra un homme charmant et affable... durant les trente premières secondes de leur entretien. Il ne fallut pas longtemps à Stéphanie pour déceler le cerveau malade d'un psychopathe derrière le regard glacial de l'avocat, regard qui contredisait ses manières affectées.

« Vous ne pouvez pas savoir le choc qu'a causé votre visite à ma femme, l'informa-t-il, accusateur.

— Je suis désolée... répondit Stéphanie, mal à l'aise.

— Non, vous ne pouvez pas savoir. Laissez-moi vous expliquer, insista-t-il, agressif. Rachel, mon épouse, est très fragile, ici... dit-il en indiquant sa tête du doigt. De la porcelaine ! Le moindre choc émotif peut la faire éclater en miettes. Nous avons eu de la chance ! Elle m'a appelé tout de suite après votre départ et cela a désamorcé la crise. Quand elle ne se confie pas immédiatement, les choses fermentent dans sa tête. Voyez-vous, elle vient d'un milieu modeste. Bien sûr, elle est comptable et a son propre bureau à la maison, mais l'obligation de vivre dans un monde beaucoup plus raffiné lui impose beaucoup de pression...»

Il avait débité tout cela en tournant lentement autour de Stéphanie, en la transperçant de ses yeux de prédateur. Sa respiration s'était faite plus saccadée à mesure qu'il parlait, comme s'il entrait en une espèce de crise.

«En fait, reprit-il, plus calme, notre fils a été victime d'un banal accident de bicyclette.

— Je croyais qu'il était tombé dans l'escalier, rétorqua Stéphanie.

— Non... C'est à bicyclette, trancha Maloin d'un ton sans équivoque.

— Votre femme m'a dit un escalier, insista Stéphanie, peu rassurée.

— C'est évident, elle essaie d'occulter l'accident de sa mémoire, se défendit-il maladroitement. C'est déjà confus...»

Stéphanie n'en croyait rien. Par contre, elle nota cette obsession de l'avocat de faire passer sa femme pour une névrosée.

«N'aggravez pas la situation en laissant planer toutes sortes de soupçons ou en accablant ma pauvre femme, continua-t-il. Au fond, elle est gentille. Appelez-moi quand vous voulez. Mais de grâce, madame Rousseau, respectez son état. Nous nous entendons?» dit-il en lui serrant la main.

Stéphanie fit mine d'acquiescer, mais n'était nullement convaincue par les affabulations de l'avocat. Elle sortit de son bureau transie jusqu'à la moelle.

Le comité de rédaction se réunissait pour la première fois depuis l'embauche du nouvel éditeur. On s'était installé dans le bureau de Claude Dubé malgré l'absence de celui-ci. Deux journaux se trouvaient sur la table, un exemplaire de *L'Express*, un autre de *La Nouvelle*. Le premier se distinguait par un montage sobre et élégant, poli par des décennies de tradition, et par sa première page où l'on retrouvait plus de texte que de photos. *La Nouvelle* brillait par ses gros titres criards et ses photos grand format et en couleurs.

Assis au bout de la table, Paul Vézina contemplait avec un contentement mal dissimulé la place vide, celle du rédacteur en chef, située en face de lui.

«Claude Dubé est en congé de maladie comme vous le savez tous. J'espère qu'il va se remettre bien vite de sa crise de foie...» mentit-il par politesse.

Lionel Rivard et Louise Duguay savaient très bien qu'il s'agissait d'une crise de foi, sans le «e» final, qui camouflait son vague à l'âme en mal de cœur.

«Mais, en attendant, poursuivit l'éditeur, il faut que le travail se fasse, et il y en a beaucoup.»

Il saisit l'exemplaire de *La Nouvelle*, l'air mécontent.

«Ils ont l'échange de Jeremy Wilson chez les Métros. Nos gars du sport l'ont manqué, morigéna-t-il. Ils ont l'incendie du Morado sur trois pages, on n'a même pas une photo. Christ! Au salaire qu'on paye les photographes, ils pourraient se grouiller le cul! Ils ont l'histoire de la petite chanteuse, la petite Frank qui va passer à la télé américaine, on ne l'a pas. Ils ont les nouvelles, nous autres, on a des commentaires... Nous autres, on fait de la phi-lo-so-phie...»

Il prononça le mot en détachant soigneusement chaque syllabe, faisant ainsi très bien sentir le dédain qu'il avait pour ce vocable et ce qu'il véhiculait. Il poursuivit son réquisitoire.

«Dumoulin en Afrique du Sud, ça ne valait pas ce que ça a coûté. Les histoires de nègres, le monde SONT tannés d'en lire... C'est clair? Je n'en veux plus. À moins que soit des hold-up ou des meurtres!

– J'espère que c'est une blague! s'exclama Louise Duguay, scandalisée autant par son racisme que par son accord sylleptique.

– C'est une blague, rassura Vézina, conscient qu'il ne pouvait se permettre un tel langage. J'ai repassé tous les journaux du dernier mois, continua-t-il. À part l'histoire de Wilfrid Thibault et celle du boxeur en prison, on n'a rien eu de bon, on écrit pour les intellectuels.»

Il déposa le numéro de *La Nouvelle* et prit celui de *L'Express*. Il montra l'article de Stéphanie. Celle-ci avait rédigé un premier article de fond sur le problème des enfants maltraités au Québec.

«L'histoire de la petite Rousseau, ce matin, c'est de la dynamite, approuva-t-il. Les enfants battus, ça fait brailler le monde. Mais qui c'est l'épais qui a choisi le titre? On dirait un dépliant du ministère de la Santé! Il faut être plus accrocheur... "Un enfant sur trois est un enfant battu". "Regardez bien vos petits voisins, peut-être sont-ils les victimes innocentes de parents sadiques?" Ça, ça serait un titre, mais pas cette épaisserie-là! Ce sont les jeunes qui sauvent la mise. Ce n'est pas normal!»

La réunion se continua sur ce ton, sans grande intervention de Louise ou de Lionel. C'est la première fois de leur vie qu'ils subissaient un tel savon. Rivard sortit du bureau presque traumatisé, lui qui, pourtant, poussait dans le dos de Claude Dubé pour que le journal pratique un journalisme plus «agressif». Il alla rejoindre Stéphanie pour l'informer qu'on l'encourageait à faire de son article le premier d'une série.

«C'est difficile, répondit-elle. Impossible d'avoir un point de départ pour la suite. Personne qui veuille s'impliquer, on dirait qu'ils ont peur ou qu'ils s'en fichent.

– Michel! appela-t-il en constatant le découragement de Stéphanie. Tu vas donner un coup de main à Stéphanie.

– Je n'ai pas besoin d'aide! protesta-t-elle.

– Qu'elle se débrouille! fit Michel, simultanément.

– Je te dis que Gagné va t'aider, insista Rivard. On a déjà des réactions de la Protection de la jeunesse, des Affaires sociales, il faut rejoindre le ministre, savoir ce qu'il compte faire... Un juge, trouve-moi un juge, Gagné. Tu dois bien en connaître un...»

Il laissa Stéphanie et Michel pour s'occuper de ses nombreuses autres tâches. Les deux journalistes se toisèrent, renfrognés, puis, conscients de la puérilité de leur attitude, se mirent à sourire, amusés. Stéphanie se décida à expliquer à Michel où en était son enquête.

«Maloin n'est pas un avocat très apprécié dans le milieu, exposa-t-elle. S'il a la chance de ruiner un adversaire, il s'acharne sans pitié. Il a déjà été suspendu du Barreau parce qu'il avait été impliqué dans une bagarre avec coups et blessures contre un confrère. C'est un violent.

– Il t'a fait peur quand tu as été le voir? demanda Michel, sarcastique.

– Glacée, j'étais carrément glacée, avoua-t-elle, honnête. Il me tournait autour... Je suis sûre que c'est lui qui a fait ses marques au petit Sébastien. Michel, l'instinct, ça ne trompe pas.»

Il y eut un instant de silence. Stéphanie en profita pour achever leur réconciliation.

«Il me semble que ça fait longtemps que nous sommes censés manger ensemble, dit-elle, un peu plus gentille qu'à son habitude.

– Peut-être demain, pour le dîner, répondit Michel, feignant l'indifférence.

– Ce soir, exigea Stéphanie. Au Ritz, rien de moins...

– Au Cherrier, proposa-t-il, fier de l'avoir forcée à faire les premiers pas. C'est plus près et c'est moins cher. Et puis, je ne porte pas de cravate, moi.

– Et ta jument? s'enquit finalement Stéphanie à propos de sa rivale.

– Ce n'est pas gentil, protesta-t-il. Jos est une bonne fille... Elle est repartie à Alma, je te l'ai dit.

– Qu'elle y reste! ordonna-t-elle, intransigeante. Bon, j'y vais. À ce soir, six heures, sans faute.»

Elle quitta la rédaction, heureuse d'avoir fait passer son message à ce trop séduisant Bleuet. Elle sentait que cette conquête allait lui demander de marcher sur son orgueil, mais c'était justement la réticence apparente de Michel qui l'excitait. Elle trouvait les hommes trop simples à séduire, et celui-là ne semblait pas vouloir être une proie facile. Son cœur battait la chamade à l'idée de lui infliger une leçon d'humilité.

Stéphanie avait le sang chaud, mais savait aussi être pragmatique. Elle fit donc abstraction de son rendez-vous galant et se concentra sur son travail. Elle alla rejoindre Benoît Bourgeon à l'école où il travaillait, dans l'espoir de saisir sur place le petit Sébastien, à défaut d'obtenir des confidences de sa mère ou, ce qui était encore moins probable, de son beau-père.

L'enseignant, qui prenait très à cœur le cas de son élève, fut très heureux de la guider dans la cour de récréation. Il fut facile de retrouver Sébastien, car, comme à son habitude, il se tenait à l'écart de ses camarades. Benoît lui fit un signe de la main. Le garçon sembla apeuré par ce geste pourtant amical. Les deux adultes s'approchèrent de lui.

Un ballon roula jusqu'à Sébastien. Deux autres élèves se lancèrent avec vigueur à sa poursuite et luttèrent pour sa possession sans prendre garde à leur camarade. Celui-ci, littéralement dans leurs jambes, se retrouva sur le derrière, le visage catastrophé. Les deux autres garçons remarquèrent soudain son malaise.

«Tu es donc mémère! s'écria l'un d'eux.

– Tu brailles tout le temps, ajouta le second. Maudit niaiseux!»

Ils repartirent à la course pour continuer leur match.

Benoît et Stéphanie avaient observé la scène d'un œil peiné. Ils vinrent l'aider à se relever.

«Merci, dit-il.

– Ne pleure plus, le consola Stéphanie. Viens, on va se trouver un coin pour lire...» dit-elle en lui montrant quelques bandes dessinées qu'elle avait apportées pour l'amadouer.

Elle tenta de lui prendre la main avec douceur, mais sa nervosité l'effraya.

«Ça va bien, Sébastien? demanda-t-elle. Tu n'as pas de problèmes?»

Sébastien la fixa un moment, l'air paniqué, puis s'enfuit à toutes jambes. Stéphanie le regarda s'éloigner, ébranlée par le malaise profond qui se sentait chez l'enfant.

«Plutôt malhabile, comme façon de procéder... soupira-t-elle à son propre endroit.

– Ça arrive, la rassura Benoît. Tu n'es pas psychologue.

– Ça me touche tellement... On dirait que je perds mes moyens devant lui. Mais il n'a pas la réaction normale d'un enfant. Appelle-moi s'il lui arrive quelque chose.»

Elle quitta l'école primaire profondément attristée. Elle n'avait jamais eu de réels contacts avec des enfants, et s'était toujours fait d'eux l'image idéalisée de petits lutins tantôt charmeurs, tantôt espiègles, mais toujours pleins de joie et d'entrain. Voir ainsi Sébastien, à peine âgé de huit ans, déjà vidé d'énergie et de courage, tremblant devant un ballon roulant vers lui et d'innocentes bandes dessinées, lui avait donné un choc.

Elle se rendait compte qu'un enfant était un être humain comme les autres, différent seulement par sa fragilité. S'il était heureux, ce n'était pas d'un bonheur inné, mais parce que sa vie lui apportait des raisons de l'être. Elle commença à se demander ce qui arriverait de sa personnalité si elle avait à recevoir des coups, pour des raisons insignifiantes, d'une personne physiquement deux ou trois fois plus grande et plus forte qu'elle. Elle s'imagina couverte de bleus, le corps endolori, craignant à tout instant de recevoir un gigantesque coup de poing. Son ventre se crispa à cette pensée.

Ces réflexions firent boule de neige dans son esprit pendant qu'elle conduisait. Elle se mit à repenser à sa propre enfance. Elle se rappelait son père, ou plutôt l'image qu'elle s'en faisait, enfant. Elle le voyait alors comme une espèce d'être divin, infaillible, que rien ne semblait ébranler, et surtout pas sa fille. Elle se revoyait fillette, en train de dessiner, de prendre des cours de ballet, de piano, de lui écrire des poèmes à la Saint-Valentin, et de lui montrer le résultat de tous ses efforts en se heurtant à la plus brutale indifférence.

Stéphanie se sentit soudainement mal au volant de sa Porsche. Elle choisit de rentrer directement chez elle et de se faire couler un bain. Cela la détendit, mais ne l'empêcha pas de la faire sombrer davantage dans ses réminiscences.

Elle repensa à son frère adoptif, Louis. Il avait été un petit garçon tranquille, effacé, et l'était resté. Elle l'adorait, mais lui avait toujours fait une sorte de compétition. Une vieille jalousie maladive qu'elle avait enterrée pendant des années remonta à la surface. Malgré l'effet relaxant de l'eau chaude sur son corps, sa respiration devint pénible. Sans s'en rendre compte, elle tentait de retenir ses larmes. Elle revoyait Louis en train de recevoir les plus grands honneurs pour des performances médiocres dans des ligues de hockey pour enfants, alors qu'elle battait des championnes provinciales de tennis dix années plus âgées qu'elle, sans le moindre commentaire d'Émile Rousseau. Une myriade de souvenirs illustrant cette injustice fondamentale lui revenait en mémoire sans qu'elle le voulût vraiment. Elle se souvint d'un grand souper de fête organisé pour Louis. Son frère avait obtenu un malheureux quatre-vingt-dix dans son bulletin scolaire, alors que Stéphanie s'était imposé cette note comme minimum acceptable durant toutes ses études, de la première année à l'université, sans que cela eût passé pour remarquable aux yeux de leur père.

Ces images continuaient de s'imposer douloureusement à son esprit. Chaque tape sur l'épaule, chaque bon mot, chaque caresse dans les cheveux que Louis avait reçus, et dont elle avait été privée, venaient lui rappeler, à travers le magma confus des années et le miroir déformant des souvenirs d'enfance, qu'elle n'était qu'une fille, indigne de succéder au grand Émile Rousseau. Et le plus pénible dans cette étrange crise qui la prenait soudain, c'était qu'elle se sentait coupable d'en vouloir à ces deux hommes qu'elle aimait si profondément.

«Non!» cria-t-elle en se levant brusquement du bain. Elle en retira le bouchon, tira le rideau de douche et fit couler un vivifiant jet d'eau fraîche sur sa peau.

«Veux-tu bien me dire ce qu'il t'arrive?» pensa-t-elle à la fois amusée et apeurée par cette sorte de demi-délire qui l'avait saisie. Elle se demanda ce qui avait bien pu la plonger dans cette mare larmoyante de souvenirs.

«Sébastien! se rappela-t-elle avec soulagement. Tu as vu cet enfant martyrisé et tu t'es mise à t'apitoyer sur ta propre enfance! Franchement, ma vieille, s'il y en a une qui a eu tout cuit dans le bec, c'est bien toi!»

Elle sortit de la douche revigorée. Elle se mit à se pomponner comme elle l'avait rarement fait dans sa vie. Elle choisit sa plus belle robe puis se ravisa: Michel ne lui paraissait pas assez raffiné pour l'apprécier. De toute façon, il avait choisi le Cherrier pour, selon ses propres dires, ne pas se ruiner ni porter de cravate. Un joli costume, sobre mais chic, suffirait amplement. Elle n'avait pas envie de se faire traiter de gosse de riche durant le souper.

Une fois habillée, maquillée, parfumée, manucurée et peignée, bref, prête à partir, elle se trouva confrontée à un problème de taille: si elle y allait tout de suite, elle arriverait en avance. Elle avait quarante-cinq bonnes minutes à tuer, au moins une heure si elle voulait se présenter avec un retard décent.

Elle opta pour l'audition d'un de ces opéras interminables que son père affectionnait tant. Elle choisit le premier disque compact d'un boîtier de trois: il durait soixante-sept minutes. Elle se jura de le subir jusqu'à la fin. Aucun homme ne se vanterait jamais de s'être présenté après elle à un rendez-vous.

Elle arriva finalement au Cherrier à six heures vingt. Michel, à sept heures moins le quart.

«J'espère que ça ne fait pas trop longtemps que tu m'attends, s'excusa Michel hypocritement.

– Je viens d'arriver, répondit-elle sur le même ton. En fait, tu es chanceux: avec tout le travail que j'avais, je croyais bien ne pas me présenter du tout!

– Avoir su, lança-t-il, provocateur, je serais resté à la taverne avec Vandal, juste en face.»

Ils se défièrent du regard, mais sans perdre leur sourire. Le repas fut agréable. Michel, sans dire un mot, en appuyant nonchalamment ses coudes sur la table et en tenant sa fourchette de la main droite, ingurgita bruyamment deux fois plus de nourriture qu'elle en deux fois moins de temps. Elle trouva cela très séduisant, et lui fit des reproches sur ses mauvaises manières. Il trouva cela charmant, et l'envoya promener.

Après ces quelques formalités protocolaires, ils se décidèrent à discuter plus sérieusement. Le repas fini et quelques verres de vin dans l'estomac, la conversation fut beaucoup plus intime. Elle se mit à lui raconter l'effet qu'avait produit sur elle, mais sans entrer dans les détails, la vue du petit Sébastien craintif et plaignard.

«Au moins, conclut-elle, j'ai pu voir qu'il n'était pas trop amoché. J'avais tellement peur qu'il lui arrive quelque chose...

— Tu ne peux pas le faire sortir de sa maison? demanda Michel. L'envoyer dans une famille d'accueil?

— Il n'y a rien d'évident, répondit-elle tristement. D'abord, il y a la maudite machine bureaucratique gouvernementale... Je les comprends, au fond, les fonctionnaires. Qu'est-ce que tu veux qu'ils fassent? Les dossiers s'accumulent sur leurs bureaux. Toutes les semaines, il y a je ne sais combien de dénonciations. Et avec le déficit, on coupe dans les programmes sociaux... pas assez d'inspecteurs, pas assez de ressources. La société est malade et on n'a plus d'argent pour payer le docteur.

— Il doit bien exister un moyen d'aider ces enfants-là? fit Michel, atterré.

— J'essaie de trouver. Mais notre seul moyen, c'est d'informer les gens. À force de dire, de répéter, d'expliquer, on va peut-être faire avancer les choses. Il faut poser sa brique.

— Tu es devenue pessimiste!

— Pas pessimiste, seulement plus réaliste. Et puis...

— Puis quoi?

— L'affaire Thibault, ça a tourné au vinaigre pour moi, un vinaigre bien amer. L'histoire de Sébastien, j'en ai besoin... C'est à moi que je fais du bien, finalement.

– Je te crois, affirma Michel, touché par cette honnêteté qu'il ne lui connaissait pas.

– Parle-moi donc un peu de toi! demanda Stéphanie, secouant sa morosité. Ça finit raide, l'histoire de Jimmy Fontaine?

– Je n'ai pas le goût d'en parler, déclara-t-il. Je ne peux pas dire que c'est mon meilleur coup. Et si tu me racontais ta vie, à la place?

– Il n'y a pas grand-chose à dire. En fait, c'est plutôt banal.

– Banal? répéta Michel, incrédule. La vie des gens riches et célèbres?

– J'ai étudié toute ma vie avant de foutre là la très select London School of Economics et de rentrer au journal comme stagiaire avec la complicité de Claude Dubé.

– Ton père devait être de bonne humeur!

– Ça n'a pas changé grand-chose... J'ai passé vingt ans de ma vie à essayer d'avoir un compliment de lui. À un certain moment, j'en ai eu assez.

– Et ton frère? questionna-t-il.

– Je l'adore, résuma-t-elle, désireuse de ne pas retomber dans sa mélancolie de l'après-midi. Et toi, Michel Gagné, attaqua-t-elle les yeux brillants, un beau gars de trente-trois ans! Tu vas me faire croire que tu es sans histoire?

– Moi? Je suis devenu avocat, mais c'était une erreur, raconta-t-il. J'ai tout lâché pour devenir journaliste. J'aime ça, j'en mange! Je trouve que c'est le plus beau métier du monde, même si, des fois...

– Michel, le coupa-t-elle d'une voix chaude, électrique. Tu sais ce que je veux dire. As-tu une blonde? Une femme?

– Quelle importance? bafouilla Michel, mal à l'aise.

– Je veux savoir, exigea-t-elle. C'est mon métier de m'informer.

– J'ai été marié, avoua-t-il. J'avais vingt-deux ans.

– Et...

– Je suis divorcé depuis deux ans...

– Ça ne marchait plus?

– Je n'étais plus capable de rendre des comptes, j'étouffais, j'avais besoin d'air.

– Pas d'enfants?

– Je serais devenu fou! s'exclama Michel, littéralement effrayé. Jamais d'enfants... les couches, les biberons...

– Ce n'est pas rien que ça, un enfant... dit-elle, surprise de ses propres propos. Tu n'aimerais pas ça, toi, avoir quelqu'un qui t'aimerait inconditionnellement pour le restant de tes jours?

– Non, répondit sèchement Michel. Ne me parle plus jamais de ça. Enrique! appela-t-il. Deux bières!

– Je préfère le vin, protesta Stéphanie.

– Elles sont pour moi, toutes les deux, expliqua-t-il, souriant.

– Tu es vraiment un animal sauvage, toi, complimenta Stéphanie, fascinée. Ce n'est pas pour rien qu'ils t'ont amené dans une cage de zoo...

– Et toi? répondit-il, lui aussi attiré par elle. Qu'es-tu?

– Une dompteuse... une dompteuse de loups!» lança-t-elle avec un regard qui ne laissait aucun doute quant à ses intentions.

Ils seraient amants ou ennemis, rien d'autre. Michel se hérissa à l'idée d'être dompté, mais résolut de jouer le jeu le temps qu'il durerait.

«Tu te penses forte, n'est-ce-pas?

– Je suis forte.

– Tu n'as peur de rien, hein?

– Je n'ai pas peur du loup.

– Viens, je vais te montrer quelque chose à dompter.»

Ils payèrent en vitesse et elle le suivit. Il lui montra sa moto.

«Je ne monterai pas là-dessus! réagit-elle vivement.

– Combien tu paries?

– Un tout petit tour, compris? concéda-t-elle.

– D'accord.»

Michel enfourcha sa moto. Stéphanie monta derrière.

«Tiens-moi bien fort», conseilla Michel.

Il mit l'engin en marche. Stéphanie sentit une agréable vibration lui parcourir la colonne vertébrale. Michel déploya fièrement les cinq cents chevaux-vapeur qu'il avait entre les jambes. Ils filèrent sur Saint-Denis, presque déserte à cette heure-ci, le vent dans les cheveux et plaqués l'un sur l'autre. Elle était grisée par la vitesse et l'odeur des cheveux de Michel. Elle comprenait, tout en se laissant gagner par lui, l'incroyable effet de séduction de cette machine à deux roues combinée à une veste de cuir. Après tous les intellectuels bourgeois qu'elle avait fréquentés dans sa vie, Stéphanie trouvait enivrante la virilité sauvage de son collègue.

Leur promenade fut gâchée par une limousine qui se mit à les suivre de trop près pour que cela fût sécuritaire. Elle se plaça à leur hauteur pour les serrer contre le trottoir. Michel et Stéphanie sentirent leur cœur battre, mais ce n'était plus pour la même raison. Michel réussit à s'immobiliser.

«Mon hostie de cave!» rugit-il.

Une élégante jeune dame descendit de l'arrière de la limousine. Elle les aborda avec le sourire, comme s'il s'agissait d'une rencontre amicale. Elle tendit la main à Stéphanie, livide.

«Madame Stéphanie Rousseau? Très heureuse de vous rencontrer. Veuillez excuser notre chauffeur, il se croit parfois au cinéma. Je suis maître Isabelle Petit, l'avocate de messieurs Albert et Vincent Gilbert pour leurs affaires corporatives. Nous avons un petit litige à régler avec monsieur Gagné, ça ne sera pas bien long...

– Stéphanie, va chez toi, ordonna Michel, inquiet. Je t'appelle dans une heure, sinon, tu sais quoi faire.

– Ne vous inquiétez surtout pas, rassura l'avocate, affable.

– Et la moto? Qu'est-ce qu'on en fait? demanda Michel, revêche.

– Nous allons vous ramener, monsieur Gagné, soyez sans crainte.»

Michel monta à bord de la limousine, tendu, mais essayant de ne pas le laisser paraître. Un gros jeune homme dans la trentaine l'observait, l'air visiblement mécontent. Sa figure, bien qu'empâtée, dégageait une grande brutalité. Il avait les yeux sombres, profondément enchâssés. Michel reconnut Vincent

Gilbert, qu'il avait vu sur des photos. Il avait de la difficulté à deviner où la voiture se dirigeait, à cause de ses vitres teintées.

«Monsieur Gilbert aurait quelques questions à vous poser, expliqua l'avocate, et voudrait être certain que votre entretien demeurera confidentiel...

— Comme au confessionnal... marmonna Michel.

— Pourquoi tu me lâches pas? demanda Vincent Gilbert en contenant mal son indignation et sa colère.

— Je ne comprends pas, fit Michel, de mauvaise foi.

— Qu'est-ce que je t'ai fait? Tu es pire que la police, si je ne me retenais pas, tu irais voir de quoi ça a l'air, le fond du fleuve...

— Il s'agit évidemment d'une figure de style, précisa l'avocate.

— J'avais deviné, répondit Michel, sarcastique. Vous ne m'avez rien fait, monsieur Gilbert, expliqua-t-il. Pas à moi, en tout cas. Mais j'ai vu madame Fontaine...

— La mère de Fontaine, c'était une erreur, reconnut le mafioso: un zélé. Il ne recommencera plus. As-tu d'autres articles pour me salir?

— Si la police ne veut pas bouger, si Fontaine ne veut rien faire pour sa peau, si ses avocats marchent dans vos combines, moi, j'ai fait ma part: j'écrase.

— Si tu écrases, on écrase, accepta Gilbert. Mais moi, reprit-il au bout d'un silence, si je ne t'ai rien fait, pourquoi tu ne me décolles pas de sur le dos?

— Moi, je n'ai rien contre vous, se défendit Michel. Je suis journaliste, pas policier. J'avais une bonne histoire à écrire: celle d'un boxeur qui purgeait la peine d'un autre. Je l'ai écrite, c'est correct comme ça.

— Vous voulez dire, intervint l'avocate, que vous n'allez plus vous intéresser aux affaires de monsieur Gilbert?

— S'il n'arrive rien à personne, nuança Michel, il n'y a plus d'histoire. Le reste, c'est des affaires de la police, et moi, je ne suis pas de la police, je l'ai déjà dit.

– Je pense avoir bien saisi vos explications sur ce qui inté-resse un journaliste, acquiesça l'avocate. Monsieur Gilbert va y réfléchir. »

La limousine s'immobilisa.

« Si vous préférez, proposa-t-elle, nous pouvons vous reconduire. »

Michel préféra descendre de la voiture au plus vite. Mais il se retourna et lança :

« Non, ça va aller. *L'Express* paye le taxi à ses journalistes. »

Il observa la réaction de Vincent Gilbert. « Tu veux jouer à "mon père est plus fort que le tien", pensa Michel, puis à "ma gang est plus grosse que la tienne", hein ? » Sentant que le gros mafioso se méfiait du pouvoir du journal, il ajouta :

« *L'Express* prend bien soin de ses journalistes, vous savez ! » Puis, n'abusant pas de son effet, il se dépêcha de monter dans le premier taxi.

Le temps qu'il eût récupéré sa moto et rejoint Stéphanie au téléphone, celle-ci ne se sentait pas assez en forme pour poursui-vre leur soirée. Il en voulut doublement à Vincent Gilbert.

Cette réunion ne fut guère plus détendue que la précédente. Le seul point positif pour l'équipe habituelle était que Claude Dubé avait finalement accepté de reprendre sa place au bout de la table. Mais on se doutait bien qu'après sa tentative de déser-tion, son autorité serait sérieusement ébranlée. Néanmoins, pro-bablement sur ordre d'Émile Rousseau, Paul Vézina s'était fait moins imposant ce jour-là. Sous l'œil attentif de son nouveau supérieur, Claude tentait d'éclaircir sa situation.

« Vous savez tous ce qui s'est passé, expliqua-t-il. J'ai mûrement réfléchi et j'en ai conclu que je pouvais encore être utile à ce journal que j'aime plus que tout au monde. Selon ce que m'a expliqué monsieur l'éditeur...

– Christ ! l'interrompit ce dernier, impatient. Fais comme les autres, appelle-moi Vézina.

— Monsieur Vézina m'a donc expliqué que j'aurais pleins pouvoirs sur le contenu du journal, en fait, que nous continuons comme avant.

— Sauf qu'on s'est aussi entendu sur une forme plus agressive de journalisme, poursuivit Vézina. Je ne suis pas un grand expert comme vous autres, mais si Chabot et son torchon vendent du sexe, on va avoir du meilleur sexe; s'ils vendent du sport, on va avoir plus de sport; s'ils vendent du spectacle, on va beurrer le journal de spectacle!

— Le tout, se sentit obligé d'ajouter Dubé, dans les limites du bon goût et de l'éthique professionnelle.

— Évidemment, approuva Lionel Rivard.

— Et sans renier nos grands principes pour une information juste et complète.

— Bien sûr, acquiesça Louise Duguay.

— Il va falloir être très agressif et manœuvrer habilement, reprit Vézina après ces belles résolutions. Premier objectif: faire monter le tirage. Deuxième objectif: couper dans les dépenses.

— Cercueil! jura Rivard, on marche déjà au minimum.

— Je me suis peut-être mal fait comprendre, déclara Vézina pour se justifier. Couper dans les dépenses, ça veut dire avant tout couper dans le personnel non essentiel. Je ne pense pas, à part les grands voyages à l'étranger, que ça touche la rédaction.

— Ça me rassure, dit Dubé.

— Mais il n'est plus question d'embauche, décréta l'éditeur.

— Avec les deux nouveaux, dit Louise, ça devrait aller.

— Il n'y aura plus de nouveaux. On ne les garde pas, expliqua fermement Vézina. Surtout que ce Fortin m'a l'air d'être de la graine de gauchiste. Je les flaire à distance, ceux-là...

— Câlisse! explosa Rivard. On a absolument besoin de sang neuf dans cette maudite salle. J'ai absolument besoin de Gagné et Fortin. Les vacances s'en viennent!

— Monsieur Rivard, dit l'éditeur en haussant le ton, je vous ferai remarquer que le patron, à l'avenir, c'est moi. Si tu veux, on peut les garder le temps qu'ils sont surnuméraires.»

Cette fois, Lionel était vexé. Il se leva et fixa droit dans les yeux de son interlocuteur.

«Ça fait six semaines que je m'occupe du pupitre le soir en plus mon poste régulier. À partir de ce soir, je suis désolé, mais je ne peux plus.»

La température dans la pièce sembla chuter de quelques degrés.

«Gaston Blain termine son congé sabbatique dans deux semaines, intervint timidement Claude Dubé. Mais si on insistait, avec une petite prime...

— Congé sabbatique? répéta Vézina, scandalisé. Quel moron a négocié cette maudite convention?»

Dubé baissa les yeux.

«Je m'en doutais! maugréa l'éditeur. Bon. C'est pas fini. Quelqu'un va se porter volontaire pour aller expliquer à François Dumoulin qu'il est "promu" au poste de chroniqueur municipal.»

Louise et Lionel s'entre-regardèrent, médusés.

«Pour faire quoi? demanda Rivard, incrédule.

— Je viens de dire qu'on n'a plus de budget pour ses expéditions touristiques, insista Vézina. Il n'y a personne aux affaires municipales. C'est pas compliqué, sacrament!

— *L'Express* doit à François la moitié de ses prix de journalisme depuis dix ans. On ne peut pas lui faire ça!

— C'est vous ou c'est moi qui lui annoncez.»

Rivard baissa les bras devant ce tyran implacable. Découragé, il quitta la réunion. Il passa par son bureau et se servit une généreuse rasade de cognac. Un peu égayé par son remontant, il n'osa pas cependant aller rejoindre Dumoulin immédiatement. Il passa à côté de Michel, qui semblait filer un mauvais coton.

«Ça va pas, le Bleuet? demanda-t-il en pensant un peu à lui-même.

— Je pensais que mes articles sur Fontaine finiraient mieux.

— Tu as fait une bonne job, Gagné, assura-t-il, sincère. Tu aurais dix ans d'expérience que tu n'aurais pas fait mieux. Le lecteur de *L'Express* sait à quoi s'en tenir. Mais tu ne pourras pas empêcher les avocats, les juges, les bandits et la police de s'entendre entre eux. À part les uniformes, ils sont tous du même bord.

– Et ça ne changera jamais? demanda Michel, maussade.

– On a tous essayé quand on avait vingt ans, répondit Rivard, résigné. On finit par comprendre qu'il n'y a pas grand-chose à faire, sauf sortir un bon journal le plus souvent possible.»

Il lui donna une petite tape sur l'épaule pour l'encourager.

«J'ai quelque chose pour toi, continua-t-il. Il y a un bon-homme, un Maurice Tremblay. Il paraît qu'on va démolir leur rue dans le carré Saint-Louis. Veux-tu aller faire un tour? Voilà l'adresse.»

Michel, plutôt désœuvré cette journée-là, partit sur-le-champ, bien content d'avoir à s'occuper. N'ayant plus d'excuse pour éviter son travail de bourreau, Lionel se résolut à aller retrouver François Dumoulin, rentré le matin même d'Afrique du Sud. Le reporter était tout bronzé et souriant, ce qui attristait davantage le chef de pupitre. Il lui tendit la main pour le féliciter de sa série d'articles.

«J'ai beaucoup aimé. On a eu plein de réactions.

– Merci, fit Dumoulin, flatté. Je me repose une semaine ou deux avant de repartir pour le Moyen-Orient. La Syrie est en train de revirer son chapeau de bord encore une fois.»

François était véritablement dévoré par son métier. Il s'agissait d'une drogue pour lui. Il sentit cependant le malaise de son chef de pupitre. Il prêta l'oreille à ce qu'il avait à dire.

«François, il y a eu de grands changements depuis deux semaines... Paul Vézina a des projets te concernant.

– Qu'est-ce qu'il veut, le camionneur? demanda Dumoulin, sur le qui-vive.

– Je veux que tu saches que c'est à mon corps défendant... assura Lionel, peiné.

– Lionel, ça fait vingt ans, toi et moi...

– Il va abolir le poste de grand reporter... lâcha finalement Rivard. Il va te demander d'accepter le poste de chroniqueur municipal. Remarque, c'est plutôt palpitant...

– Chroniqueur municipal? répéta Dumoulin, presque amusé. Tu veux rire de moi? c'est une job de débutant. Il n'en est absolument pas question! dit-il, plus sérieux.

– Je ne pense pas que tu aies le choix, expliqua Rivard en serrant les dents. Il y a une clause dans la convention...

– Sa job de gratte-papier, il peut se la fourrer dans le cul! vociféra-t-il, cette fois réellement vexé. Et sa convention aussi! Une minute, là, tabarnack! Je n'ai pas risqué ma vie dix fois pour me retrouver à l'hôtel de ville!

– Ce n'est quand même pas si négligeable... modéra Rivard en désespoir de cause.

– Tu me niaises? rugit Dumoulin, hors de lui. Chroniqueur municipal, ce n'est même pas du journalisme, ça! CHRONI-QUEUR MUNICIPAL! explosa-t-il, ulcéré. C'est là où on commence, ce n'est pas là où on finit!»

François, en pleine crise de nerfs, agrippa son sac de voyage à la volée et sortit précipitamment de la salle en expédiant des coups de pieds ici et là, faisant voler quelques piles de journaux et renversant quelques corbeilles. Tous les journalistes présents l'observèrent, intrigués. Plusieurs se doutaient que les nouvelles politiques de la Direction y étaient pour quelque chose...

Gustave Maloin en était à son troisième apéritif. Sa journée avait été horrible, jugeait-il. Il avait appris par des collègues du gouvernement qu'un travailleur social s'était présenté à l'école de Sébastien. Il ruminait cette nouvelle avec une colère terrible dans les yeux. Rachel l'observait, priant pour qu'il se retînt ce soir-là. Depuis l'article de Stéphanie, et surtout sa visite – car son texte n'avait pas parlé de Sébastien en particulier – son humeur s'était dégradée de manière catastrophique. L'œil au beurre noir qui défigurait Rachel elle-même en faisait foi.

«J'ai l'impression que les gens me reconnaissent dans la rue, lâcha-t-il, mécontent. Depuis son maudit article...

— C'est terminé, fini, murmura-t-elle. Elle n'a pas fait d'autres articles depuis celui-là... Plus personne ne pense à cette histoire, tu t'en fais trop avec ça. Et je te jure qu'il n'y aura plus de problèmes avec Sébastien. Et toi, pour le psychologue...

— Après les vacances! rappela-t-il, autoritaire. As-tu demandé à Sébastien s'il avait eu des contacts ou une visite, je ne sais pas moi... Ces maudits journalistes, ça ne lâche pas leur morceau aussi vite.

— Je ne lui ai pas demandé, répondit-elle faiblement. Sébastien me l'aurait dit de toute façon. Elle ne va sûrement pas aller le relancer jusqu'à l'école.

— On va aller s'informer!» s'exclama Gustave Maloin, impitoyable, avec une joie sadique. Il gravit quatre marches à la fois l'escalier qui menait à la chambre de Sébastien.

Le garçonnet écoutait tranquillement la télévision.

«Encore en train de regarder tes maudites tortues débiles? constata son beau-père. Tes notes peuvent bien baisser!»

Sébastien, apeuré, se dépêcha d'éteindre la télé. Il se leva du lit et se dirigea vers son pupitre.

«Minute! rugit Gustave sans prendre garde à Rachel, qui lui demandait de se calmer. Penses-tu t'en sortir aussi facilement?»

Sébastien se sentait pris au piège. Il regarda sa mère, la lèvre tremblante. Rachel baissa les yeux. Elle tenta d'intervenir.

«Sébastien, tu vas me promettre de ne pas écouter la télévision avant d'avoir fait tous tes devoirs, d'accord?»

Le petit homme acquiesça rapidement, bien content de ce compromis.

«Rachel! cria son mari. Comment veux-tu qu'il m'écoute si tu me contredis tout le temps?

— Je ne t'ai pas contredit... murmura Rachel.

« — Oui, tu me contredis ! Cet enfant passe ses grandes soirées à se faire laver le cerveau par des émissions stupides !

— Il va passer plus de temps à étudier, je te le promets... suggéra Rachel, inquiète.

— Sa maudite télé, elle va se retrouver au sous-sol, c'est clair ? »

Sébastien avait de la difficulté à retenir ses sanglots. Il implorait sa mère du regard. Ce n'était pas tellement qu'il était intoxiqué par la télévision, mais elle constituait pour lui son principal refuge, son seul plaisir. De plus, l'objet en question avait une valeur sentimentale...

« Ne lui ôte pas sa télé, demanda Rachel. C'est son père qui la lui a donnée avant de partir pour l'Algérie. »

Gustave lui répondit par une gifle retentissante.

« Ne me parle plus de cet homme ! ordonna-t-il. Un père dénaturé qui abandonne son fils ne mérite pas qu'on se souvienne de lui ! »

Sébastien éclata en larmes et tenta de s'enfuir. Gustave l'arrêta brutalement et le projeta contre le lit. La tête du petit garçon buta contre le mur. Gustave était fou furieux.

« Quand est-ce que vous allez me respecter, hostie ? hurla-t-il. Je travaille comme un nègre pour gagner votre vie, et vous passez votre temps à me dénigrer et à me faire savoir que je suis un trou de cul à côté de l'autre ! Une chance que je suis un bon gars ! Une chance que je me contrôle ! Sans ça... »

Il se mit à trembler, écarlate, en regardant ses poings serrés. Il chercha des yeux quelque chose à démolir, puis aperçut un bâton de base-ball dans un coin de la chambre. Il s'en empara. Rachel se jeta sur le lit, à côté de Sébastien, et l'entoura de ses bras. Gustave les regarda, les yeux exorbités.

« Je vais le tuer ! » vociféra-t-il en une espèce de hoquet. Il leva le bâton, hésita un instant devant Sébastien et Rachel, puis l'expédia avec un élan puissant contre l'écran de la télévision. Le tube cathodique se brisa bruyamment. Des morceaux de verre tombèrent sur le sol et le lit, et de la poussière de phosphore flotta dans la pièce, provoquant une quinte de toux chez ses occupants.

Gustave, soudainement calmé, invita la mère et le fils à sortir de la pièce.

«On nettoiera ça plus tard, dit-il, étrangement grisé. De toute façon, j'en avais marre de te voir regarder cette maudite télé tous les soirs. Ça va te faire du bien de ne plus l'avoir. Rachel, j'ai faim. Qu'est-ce qu'on mange?

— Ce que tu veux, mon amour, répondit-elle, prudente.

— Enfin, quoi! Trouve quelque chose, c'est toi qui cuisines.

— Il y a des steaks...

— Saignant, le mien!»

Rachel prépara le repas du mieux qu'elle put, mais sans y mettre beaucoup de cœur. Elle observa, inquiète, Gustave qui débouchait une bouteille de vin.

«Tu ne devrais peut-être pas, risqua-t-elle.

— Pourquoi? C'est un excellent bordeaux.»

Le vin était tellement bon qu'il se buvait tout seul. Rachel et Sébastien surveillaient, anxieux, le niveau du liquide baisser dans la bouteille. Gustave dévora son steak et ses pommes de terre en quelques minutes, en les arrosant copieusement.

Quand il eut fini son assiette, il jeta un coup d'œil dans celle de Sébastien. L'enfant n'y avait pas touché.

«Tu ne manges pas? gronda Gustave. Ce n'est pas assez bon pour ta gueule, du filet mignon à dix piastres la livre?

— Mange un peu, mon chéri...» conseilla Rachel.

Sébastien s'efforça d'avaler quelques bouchées en déglutissant péniblement. Le regard de son beau-père lui pesait sur l'estomac. À la troisième bouchée, il se sentit le cœur au bord des lèvres.

«Je n'ai plus faim... murmura-t-il.

— Tu fais le difficile? Tu préférerais aller manger du chiche-kebab en Algérie? railla Gustave en lui soufflant à la figure son haleine chargée d'alcool. Tu vas retourner directement dans ta chambre, sans prendre de dessert. Et puis tu vas ramasser le dégât dont tu es responsable. Si dans une demi-heure ce n'est pas propre comme un sou neuf, tu vas avoir affaire à moi!»

Sébastien s'exécuta sans dire un mot.

«Sébastien! rugit Gustave. Reviens ici, j'ai quelque chose à te demander...»

Le garçon revint s'asseoir.

«Personne n'est venu te rendre visite, à l'école? s'enquit son beau-père en vidant dans son verre ce qui restait de la bouteille.

— Non... mentit faiblement Sébastien.

— Tu es sûr?» insista-t-il.

Sébastien n'eut pas le courage de répéter sa réponse. Son beau-père flaira le mensonge immédiatement. Il cala son verre et revint à la charge.

«La journaliste est revenue te voir?»

Le petit garçon, incapable d'assumer ce qui allait venir, éclata à nouveau en sanglots. Rachel, surprise de cette réaction, s'approcha de lui pour le rassurer.

«Qu'est-ce qu'il y a? demanda-t-elle d'une voix douce. Elle est allée à l'école?»

Sébastien hocha la tête.

«Qu'est-ce qu'elle voulait?

— Je ne lui ai pas parlé... articula-t-il craintivement. Je ne lui ai rien dit...

— Qu'est-ce qu'elle t'a dit? questionna Gustave, courroucé.

— Rien... pleurnicha l'enfant.

— Me prends-tu pour un imbécile? C'est très laid de mentir à sa mère!

— Laisse-le, il va me parler, intervint Rachel. Elle a bien dû te dire quelque chose?

— Elle voulait me montrer des bandes dessinées, avoua Sébastien.

— Oh! le petit menteur! s'écria Gustave.

— Laisse-le, s'il te plaît, implora Rachel. Elle voulait probablement l'amadouer pour le faire parler. C'est ça, Sébastien?»

L'enfant opina.

«Et qu'est-ce que tu as fait? interrogea-t-elle.

— Je me suis sauvé...

— Pourquoi?

– Parce qu'elle est méchante. C'est une menteuse.»

Les enfants apprennent très vite à imiter leurs parents. Sébastien n'échappait pas à cette règle en répétant les propres mots de Gustave à l'endroit de la journaliste.

«Tu vois, reprit Rachel, soulagée. Il a compris qu'elle nous veut seulement du mal.

– Si elle s'avise de recommencer, elle va avoir affaire à moi. Toi, dit-il à l'endroit de Sébastien, tu montes à ta chambre et tu fais ce que je t'ai dit.»

Sébastien était finalement bien content de pouvoir regagner son refuge. La vue du verre brisé et de la télévision fracassée le découragea, cependant. Il balaya tristement le plancher de sa chambre et secoua ses draps recouverts de poussière.

Une fois la pièce rangée, il ouvrit ses livres et ses cahiers. Il n'arrivait pas à se concentrer. Des images de Gustave démolissant sa télé se superposaient sur ses devoirs. Sa tête tournait un peu, car, même s'il n'avait plus d'appétit, son ventre vide lui faisait mal.

Comme il le faisait parfois, mais discrètement, il sortit d'un tiroir une photo de son père et la posa devant lui. Le sourire paternel, figé sur la pellicule, le réconfortait dans ces moments pénibles. Il s'enfouit la tête dans les bras, accoudé sur son bureau.

Au bout de trois quarts d'heure, la poignée de la porte tourna. Il se dépêcha de ranger la photo «subversive». Il fut soulagé de voir que ce n'était que sa mère, portant un verre de lait et une assiette de biscuits.

«Tu as bien nettoyé, le félicita-t-elle. Tu dois avoir faim, hein?»

Il accepta gaiement la collation qu'on lui amenait.

«Ça avance, tes devoirs?»

Il hocha la tête négativement.

«Fais de ton mieux, encouragea-t-elle. Au pire, je t'aiderai à finir. Pardonne à Gustave, il a une cause importante à plaider, cette semaine. Ça lui donne bien du souci. Il t'aime, au fond.»

Elle le laissa à ses devoirs et ramena, sans faire de commentaire, le téléviseur hors d'usage. Il entama joyeusement ses biscuits au chocolat. Alors qu'il était tout à sa dégustation, la porte se rouvrit brusquement.

«Espèce de petit voyou! hurla Gustave. Je t'avais dit: pas de dessert! À quoi tu t'attends? Tu veux vraiment que je te corrige! C'est le seul langage que tu comprends!»

Gustave lui asséna un violent coup de poing sur la nuque. Sébastien tomba de sa chaise, étourdi. Gustave le releva en l'empoignant par le collet. Il lui expédia une gifle retentissante du revers de la main. Du sang s'écoula du nez du petit garçon.

«Tu fais tout pour me faire choquer! Tu désobéis tout le temps! Tu n'es qu'un bon à rien, comme ton père!»

Il le frappa de nouveau. Ses jointures heurtèrent avec force son arcade sourcilière. Sébastien se retrouva sur le plancher.

«Arrête Gustave, implora Rachel qui était remontée à la course en entendant la nouvelle dispute. Tu vas le tuer!

— Comment veux-tu qu'il mange au souper s'il grignote entre les repas?» expliqua-t-il, furibond, à son épouse qui s'était déjà penchée sur son fils.

«Viens, Sébastien. On s'en va d'ici. C'est fini, les coups. Il ne te fera plus mal.»

Rachel aida le petit à se relever. Elle laissa là un Gustave Maloin ahuri et se précipita hors de la maison, en emmenant seulement Sébastien et son sac à main.

L'air frais du soir et le ciel étoilé furent leur premier asile. Rachel, désemparée, sauta dans le premier autobus qu'elle trouva. Les passagers observaient, curieux mais sans compassion, ce couple pitoyable. Le véhicule les mena au centre-ville. Ils entrèrent dans un minable restaurant-minute. Rachel sauta sur un téléphone payant, mais se rendit compte qu'elle n'avait personne à appeler, personne qui put l'accueillir. Elle pensa tout à coup à quelqu'un.

«On va voir si elle s'intéresse vraiment à Sébastien» songea-t-elle en cherchant dans l'annuaire téléphonique le numéro de *L'Express*.

«Rédaction, salua la réceptionniste.

– Stéphanie Rousseau, je vous prie, demanda-t-elle d'une voix nerveuse.

– Elle n'est plus ici à cette heure, madame.

– C'est très important! Donnez-moi son numéro.

– Je ne peux pas faire ça, refusa la réceptionniste. Si c'est vraiment très important, je peux l'appeler et vous la transférer. C'est de la part de qui?

– Rachel Maloin! répondit-elle, impatiente.

Au bout d'une minute ou deux, Stéphanie était en liaison. Celle-ci n'eut pas à se faire prier et lui promit d'arriver le plus vite possible.

L'attente fut insupportable. Le hasard de sa fuite l'avait conduite dans un des coins les plus miteux de Montréal. Quelques gaillards au crâne rasé la fixaient d'un œil moqueur et méchant. Un mendiant vint lui demander si elle n'avait pas de la monnaie pour prendre un café.

Sébastien dont les vêtements portaient des taches de sang, était blotti contre elle. Son œil avait commencé à enfler de façon inquiétante.

Un employé vint exiger d'elle qu'elle consomme ou qu'elle parte. Elle fut donc obligée d'acheter un café imbuvable et un chausson aux pommes qui sentait le poisson.

Stéphanie arriva en libératrice. Elle les fit monter dans sa Porsche et les conduisit chez elle. Elle installa Sébastien dans sa chambre et prépara du café pour elle et Rachel.

«Maintenant, madame Maloin, vous allez tout me raconter, proposa Stéphanie.

– Je ne veux pas voir mon nom dans le journal, refusa Rachel.

– Je ne mentionnerai ni votre nom, ni celui de votre fils ou de votre mari. Je veux seulement vous aider.

– Pas besoin d'un article pour ça, rétorqua-t-elle.

– Non, accorda Stéphanie. Mais pensez à tout ceux qui vivent le même cauchemar que vous. Pensez à l'encouragement que ce serait pour eux de savoir qu'il y a moyen de s'en sortir.

Pour ça, il n'y a qu'une façon: il faut en parler, communiquer votre vécu.

– Vous avez sans doute raison...

– En plus, je peux vous aider de plein d'autres manières. Avec ma petite enquête sur les cas de violence sur les enfants, j'ai rencontré tous les responsables de la Protection de la jeunesse et plein d'autres gens qui s'occupent d'enfants battus. Je vous conseille aussi de faire prendre des photos de Sébastien, au cas où il y aurait enquête ou procès. J'ai déjà appelé un de mes amis qui travaille au journal...

– Je ne veux aucune photo dans le journal! ordonna Rachel, intransigeante sur ce point.

– Je vous promets que je serai des plus discrètes sur votre identité...»

Rachel se mit à relater la vie qu'elle avait menée depuis deux ans. Divorcée, elle avait rencontré un brillant avocat, Gustave Maloin. Très amoureux, ils s'étaient rapidement mariés. Mais, au bout de peu de temps, elle avait constaté qu'il buvait et se bagarrait souvent. Il se montrait également d'une grande sévérité envers Sébastien. Rachel ne s'en était d'abord pas formalisée. Mais depuis six mois, Gustave semblait obsédé par son ancien mari, parti à l'étranger pour son travail. Il n'acceptait pas qu'elle ait eu une autre vie avant lui, et encore moins que l'enfant qu'il devait élever ressemblât à un autre homme. C'est ainsi qu'il se mit à infliger des fessées à Sébastien, puis carrément des volées de coups sans aucune retenue.

Serge Vandal arriva durant ce récit et prit des clichés de l'enfant endormi et de ses ecchymoses. Stéphanie lui fit jurer de ne montrer ces photos à personne et de lui ramener immédiatement les négatifs. Vandal accepta et s'en alla directement au journal pour les développer.

Stéphanie passa la journée du lendemain à s'occuper de Rachel et Sébastien. Elle les présenta à Jules Kimpton, le directeur de la Protection de la jeunesse qu'elle avait rencontré pendant son enquête. Elle consacra son après-midi à rédiger un article racontant leurs déboires et un autre sur les moyens d'intervention possibles quand on se trouve face à une situation de ce genre. Le tout était de bon ton et ne mentionnait pas de nom.

Elle se sentait fière d'elle et certaine d'avoir bien agi. Pour fêter ça, elle se laissa inviter de nouveau à souper par Michel, qui tenait absolument à reprendre sa soirée gâchée par l'intervention de la limousine des Gilbert.

«Qu'est-ce qu'ils t'ont fait, finalement, les gangsters de cinéma? demanda-t-elle, curieuse, en savourant une coupe de sorbet.

— Ils voulaient jouer aux gros bras, raconta Michel sur un ton blasé. Le gros Vincent Gilbert m'a fait savoir que si j'arrêtais pas de l'achaler, son pôpa ne serait pas content.

— Belle maturité! ricana Stéphanie. Et aujourd'hui? As-tu été à la rédaction? Vézina continue sa job de bras?

— Tiens, pendant que j'y pense... fit Michel, quelque peu embarrassé. La dernière victime du camionneur, ça été ton ex, François. Je veux pas me mêler de tes affaires, mais il a disparu depuis deux jours...

— Pour quelqu'un qui disait avoir horreur de rendre des comptes, je te trouve bien curieux, critiqua Stéphanie.

— Ce n'est pas que ça me dérange, se défendit Michel, c'est qu'il a vraiment reçu un coup dur. À ce qu'on m'a dit, Vézina l'a relégué aux affaires municipales...

— Quoi? s'écria Stéphanie, incrédule. Autant le mettre en prison! Je vais voir ce que je peux faire...»

Un silence agréable prit place entre eux. Le souper avait été merveilleux, et Stéphanie ne voulait plus parler de leur travail ni des autres. Elle le regardait, envoûtée et envoûtante, et Michel lui rendait son regard chargé de désir et de tendresse. Stéphanie vida dans leurs coupes ce qui restait du vin blanc sec qui les avait si bien charmés.

«On finit ça et tu m'emmènes sur ta moto» proposa-t-elle, les yeux brillants.

Ils burent leur dernier verre d'un trait, comme s'il s'était agi de sceller un pacte. Ils marchèrent jusqu'à la motocyclette. Avant que Michel démarrât, Stéphanie murmura:

«Cette fois, pas de Jos ni de Gilbert, la soirée est toute à nous, rien qu'à nous, mon loup...»

Michel démarra joyeusement sa bécane d'un vigoureux coup de pied. Réveillant les honnêtes gens, ils se promenèrent à travers la ville, l'un contre l'autre, les bras de Stéphanie autour du corps de Michel, son visage plaqué sur le haut de son dos. Enivrée par le vin et le vent, Stéphanie se demandait ce que son père eût dit en la voyant ainsi. Cette pensée ne fit que l'exciter davantage. Elle entrouvrit le blouson de cuir de Michel et commença à lui caresser doucement la poitrine. Elle palpa ses pectoraux bien découplés. Cela sembla agir sur Michel, car la moto se mit à zigzaguer dangereusement. Il préféra s'arrêter.

«J'ai envie de toi, Stéphanie, déclara-t-il, tremblant. Je vais devenir malade à force de penser à toi. Je ne veux pas t'avoir dans la tête, je veux t'avoir dans mes bras!

— C'est plutôt direct, approuva Stéphanie, contente de son effet. Je n'ai pas droit aux yeux doux et aux compliments sur mes articles?

— Justement, expliqua Michel, c'est parce que tu es brillante que je ne veux pas te conter de romance. Tes articles, ils sont géniaux, tout le monde le dit. Moi, ce que je dis, c'est que je veux te prendre dans mes bras.

— Ramène-moi chez moi, demanda doucement Stéphanie.

— Ne joue plus avec ma veste, supplia Michel, ou on va terminer la soirée dans l'autre monde.

— Ça ne serait pas une belle façon de mourir? demanda Stéphanie, rêveuse et passionnée.

— En moto? questionna Michel, sans comprendre.

— Non... ensemble.»

Il la reconduisit. Elle gravit les marches du chic immeuble à logements où elle vivait. Après avoir ouvert la porte, elle se retourna vers lui en souriant.

«Viens!»

Il la suivit sans se faire prier. Le voyage en ascenseur leur parut interminable et le déverrouillage de la porte, pénible. Ils constatèrent qu'il était quelque peu difficile de retirer leurs vêtements tout en s'embrassant, mais ne se plaignirent pas de ce désagrément.

Une fois déshabillés et allongés sur les draps, complètement drogués par le contact de leur peau, posant leurs lèvres et leur langue là où leurs mains n'étaient pas déjà occupées, Stéphanie eut une soudaine hésitation.

«Qu'est-ce qu'il y a? demanda-t-il, surpris par l'arrêt brutal de leurs effusions.

– Toi, tu vas mettre un condom!»

Pendant ce temps, à la salle de rédaction, revenant de la chambre noire, Serge Vandal était en extase devant ses dernières photos. Un tel pathétique se dégageait des clichés du petit Sébastien, endormi et couvert de bleus, un tel abandon au sommeil se lisait sur ses traits déformés, que le photographe avait presque le goût de pleurer devant son propre génie.

«Regardez-moi ça!» dit-il aux quelques personnes de l'équipe de soir, rassemblées et discutant pour casser la monotonie de leur veille. Il déposa fièrement ses derniers chefs-d'œuvre sur le pupitre principal, sous le regard estomaqué de Gaston Blain, l'auxiliaire de Lionel Rivard, qui avait refusé de continuer sur ce quart supplémentaire.

«Incroyable! C'est inhumain de faire ça à un enfant! s'emporta Gaston. C'est le garçon dont Stéphanie parle dans son article?

– Oui, mais ce sont des photos confidentielles, répondit-il en les remettant rapidement dans leur chemise de carton.

– Une minute! ordonna une voix qui venait de derrière lui. Montre-moi ça, ces photos-là.»

«Merde!» jura Vandal, intérieurement. C'était Paul Vézina, visiblement intéressé. Serge les lui tendit à contre-cœur.

«C'est le gamin de Stéphanie? s'enquit l'éditeur.

– Des belles photos, hein? répondit Vandal, malgré tout flatté de l'attention que le nouveau patron lui portait. C'est pour servir de preuve pour un procès éventuel, précisa-t-il.

– Extraordinaire! complimenta Vézina. C'est ce que j'appelle de l'information, du vrai journalisme! On va jouer ça en une! dit-il à Gaston. Le quart de la page, en couleurs.

– On ne peut pas, protesta Gaston, catastrophé. La loi nous l'interdit.

– Qu'est-ce que la loi interdit? demanda Vézina, sceptique.

– De publier une photo qui permette d'identifier l'enfant. Et puis, ça ne se fait pas! Pensez à ce pauvre petit garçon, jamais *L'Express*...

– Oubliez les "jamais *L'Express*"! gronda l'éditeur, autoritaire. C'est du passé, tout ça. C'est une photo fabuleuse! Le monde VONT se garocher sur le journal. Le tirage va monter de dix mille copies au moins.

– C'est illégal! fit valoir le chef de pupitre.

– C'est légal! rétorqua Vézina en haussant le ton. Fais mettre une petite bande noire sur les yeux de l'enfant. Pas trop grosse: faut voir les yeux au beurre noir.

– Monsieur Vézina, intervint Vandal, livide, Stéphanie Rousseau a donné sa parole...

– Stéphanie Rousseau est comme les autres! Sa parole, c'est à *L'Express* qu'elle devait la réserver. Tu fais comme je te l'ai dit!» ordonna-t-il à Gaston.

Celui-ci s'exécuta...

Chapitre VI

L'atmosphère était à couper au couteau dans le bureau de Dubé, où se tenait la réunion du matin. Les habituels étaient réunis autour de café, croissants et quelques copies de *L'Express,* avec en première la photo du petit Sébastien.

«J'ai fait réveiller Gaston, annonça Claude Dubé nerveusement. Il était au pupitre, hier soir. Il va être ici dans quelques minutes.

– Il mérite d'être suspendu, tança Louise Duguay en montrant la photo. Un journal responsable ne publie pas pareille photo. C'est du jaunisme de bas étage! Pauvre enfant...

– On va être poursuivi, craignait Rivard. On n'a pas le droit de publier la photo d'un enfant qui permette de l'identifier dans ces conditions.

– Il a un bandeau sur les yeux», constata Rochon.

Gaston, le chef de pupitre, entra. Les traits tirés, il avait visiblement passé une nuit aussi courte que désagréable. Sans attendre, Dubé lui tomba dessus.

«Gaston, lança Dubé, que t'est-il passé par la tête?

– J'avais Vézina sur le dos, expliqua Gaston, c'est lui qui a exigé que je joue la photo...»

Un silence pesant tomba sur l'assemblée. Louise Duguay n'osait pas croire cette version des faits. Mais devant les réitérations désespérées de Gaston, ses doutes s'évanouirent.

Le visage de Claude Dubé s'affaissa. Il n'arrivait pas à concevoir qu'un éditeur puisse se permettre de telles erreurs. Il fallait plus de jugement et de diplomatie! Le populisme de bas étage de Vézina lui faisait envisager sombrement l'avenir de *L'Express*. Si la décision lui était revenue, c'est à peine s'il aurait consenti à laisser cet article en première page.

Ses pensées furent brusquement interrompues par l'entrée de Stéphanie, complètement hors d'elle.

«Qu'avez-vous donc à la place du cœur? J'ai passé des heures avec cet enfant-là, lança-t-elle à l'assemblée. J'ai rencontré la Protection de la jeunesse, j'ai vu comment il était traumatisé, j'avais gagné sa confiance, et surtout, la confiance de sa mère... et pour une maudite photo qui va faire vendre mille copies d'un... d'un... d'un torchon... c'est ça, d'un torchon...»

À plusieurs reprises, Gaston essaya de lui expliquer que la décision revenait à Vézina et que lui-même n'y était pour rien. La pagaille s'installa dans la réunion.

Alors que Stéphanie reprenait son souffle, on profita de cette pause pour essayer de clarifier la situation. Gaston tenta alors de justifier ses actes. Il expliqua une fois de plus que Vézina était le seul coupable de cette première page aussi ignoble. Stéphanie éclata de plus belle.

«Vous êtes en train de me dire que cet ancien chauffeur de camion qui ne connaît rien au journal a décidé de la une de *L'Express*?»

Elle fixa Dubé.

«Mais, monsieur Dubé... qu'est-ce que vous avez dans le ventre pour rester là assis?»

Dubé resta assis, confirmant ainsi la validité des reproches de Stéphanie. Mais il bouillait de rage. Pris entre deux feux, il ne pouvait s'en prendre ni à Vézina, protégé par Rousseau en personne, ni à Stéphanie dont il partageait le courroux et le dégoût. Ce syndicaliste, ce chauffeur de camion décidait de la vie d'un jeune garçon. Il ne pouvait que maudire le sort qui avait fait préférer à Rousseau un homme de choc à un homme de lettres. Mais Dubé ne doutait pas que, s'il y avait une justice en ce monde, le magnat de l'information serait bien obligé de reconnaître son erreur. Pour l'instant, le rédacteur en chef avait bien l'intention de ne faciliter en rien la tâche de Vézina. Mais en attendant, c'est sur lui que pleuvaient les invectives de cette enfant gâtée. Il observa avec soulagement la sortie quelque peu théâtrale de Stéphanie, qui tentait ainsi de marquer davantage son mécontentement.

Elle gagna son pupitre et tenta de se calmer. Elle constata qu'elle ne s'en était peut-être pas prise aux vrais responsables. Ni Claude, ni Louise, ni même Lionel n'étaient enclins à ce genre de journalisme. Si elle tenait à ce que cela ne se reproduise plus, elle devrait se rendre à l'échelon supérieur: Paul Vézina.

Celui-ci était en train d'exhiber fièrement le dernier exemplaire de *L'Express* à son propriétaire et, plus important encore, les chiffres du dernier tirage.

«Ça claque, hein? s'écria Vézina fier de lui. J'ai fait jouer l'histoire et la photo à tous les postes de télé et de radio ce matin... continua Vézina.

— Je sais. J'ai entendu, répondit Rousseau, surpris de la rapidité avec laquelle Vézina avait posé sa griffe sur le style du journal.

— Ça ne prendra pas beaucoup de temps avant que le tirage redépasse trois cent mille copies, s'exclama Vézina, un grand sourire aux lèvres. Tu vas être content!

— Je ne sais plus si c'est ce que je veux que *L'Express* soit...» pensa tout haut Rousseau.

Cette réflexion laissa Paul Vézina un peu perplexe.

La conversation tourna rapidement à des propos plus économiques. Après tout, c'était le principal point commun de ces deux hommes, si différents par leur origine. Ils se penchèrent sur les coupures de postes. Vézina sortit de sa poche une longue liste de noms. Les yeux d'Émile Rousseau suivirent attentivement le déroulement du papier. Il avait l'impression d'avoir été trop clair dans ses directives, ou encore que celles-ci avaient été prises trop à la lettre par son homme de main. La réussite de la restructuration de *L'Express* passait certes par des mesures radicales, mais demandait également un certain tact qui semblait manquer à Paul. Comparé à Claude Dubé, se dit-il, c'était quand même un moindre mal. Émile Rousseau était perdu dans ses pensées pendant que Vézina tentait de lui expliquer avec quel brio il prenait le journal en main.

Leur entretien se conclut par l'entrée brutale de Stéphanie dans le bureau, retenue par la secrétaire. Stéphanie savait ce qu'elle voulait dire au nouvel éditeur et ne passa pas par quatre chemins.

«Ce que vous avez fait, commença Stéphanie en direction de Vézina, c'est une écœuranterie sans nom. Ce n'est pas juste moi ou le journal que vous avez salis, c'est un enfant que vous avez lancé dans la fange...»

Stéphanie détourna les yeux de Vézina, pris de court par cette intervention brutale, et planta son regard dans celui de son père. Rousseau n'était pas encore intervenu. Elle se doutait bien qu'il allait donner son aval à son homme de confiance, mais il allait au moins entendre sa façon de penser. Elle revint à la charge sur l'éditeur.

«Monsieur Vézina, vous êtes un irresponsable, continua-t-elle, tonitruante. Vous avez sali la réputation d'une journaliste et d'un journal en plus d'hypothéquer la vie d'un enfant. Vous ne comprenez rien à ce que sont l'information et son influence. Vous ne savez pas que nous, les journalistes, nous faisons pencher les gens du côté que nous voulons. Nous avons du pouvoir, monsieur Vézina, et vous l'utilisez très mal.»

Stéphanie s'arrêta enfin pour dévisager son interlocuteur muet. Paul Vézina la regarda sans broncher. Il inspira et prit juste assez de temps avant de réagir pour souligner l'importance de sa réponse.

«Des discours d'intellectuels, j'en ai entendu toute ma vie. Eux autres parlaient pendant que moi je travaillais. Ce câlisse de journal-là n'a pas fait de profit l'année passée. Ce n'est pas une œuvre de charité...»

Émile Rousseau, silencieux depuis le début de cet affrontement, intervint. C'est en chef d'entreprise qu'il répondit à sa fille.

«Paul Vézina est l'éditeur de ce journal, Stéphanie, et c'est une chose qui regarde l'éditeur. Si vous avez des choses à régler, Vézina est mon homme de confiance, ce qu'il décide, je le décide.»

Le père et la fille se regardèrent en chiens de faïence. Cette dispute, ils l'avaient vécue des milliers de fois. Certaines pour des broutilles, d'autres, comme celle-là, pour des sujets plus graves. Encore une fois, Stéphanie se retrouva sans soutien de sa part.

Néanmoins, elle crut déceler une certaine hésitation dans les yeux d'Émile. Elle le savait assez intelligent pour ne pas approuver ce genre de pratique journalistique, mais elle le savait également assez homme d'affaires pour prendre des décisions qui fissent abstraction de ses valeurs morales. Elle lui lança un regard dédaigneux, espérant au moins le faire se sentir mal à l'aise face au choix qu'il devait assumer.

Cette fois, c'est Émile Rousseau qui baissa les yeux le premier. Stéphanie eut un sourire. Elle eut le sentiment de sortir gagnante de ce conflit. Son père lui avait donné une forme d'attestation: il n'avait pas toute la confiance qu'il voulait montrer en son nouvel éditeur. Stéphanie saurait en profiter. Vidée et surprise à la fois, elle quitta le bureau de son père.

Elle se sentait mûre pour un autre café. Justement, Alex se profilait au bout du couloir avec le courrier et quelques tasses pleines. Stéphanie alla la rejoindre. Les deux jeunes femmes discutèrent quelques instants.

Elles allaient se quitter quand elles entendirent la voix de François Dumoulin, qui semblait plutôt déconfit. Lorsqu'il parut dans le couloir, il s'effondra sur le sol. Son teint verdâtre trahissait sa beuverie de la nuit précédente.

Stéphanie et Alex se précipitèrent vers lui. François dégageait une forte odeur de vieil alcool. D'un commun accord, les filles décidèrent qu'il serait mieux pour François – et pour l'accessibilité du couloir – de ramener le journaliste chez lui.

Une fois dans son appartement, François essaya de se débrouiller seul pour marcher. Peine perdue, il tomba à la renverse sur son canapé.

«Vous me pensiez saoul!... éructa François.

– Et on le pense encore! répondit énergiquement Stéphanie.

– Moi, je prendrais bien un petit scotch...» s'exclama le journaliste tout en se dirigeant vers le cabinet à liqueurs.

Stéphanie le regarda, découragée.

«Un tout petit, tout petit scotch, risqua François. Même que je t'en offre un!

– Je crois que tu en as assez pris pour un mois, seulement la nuit dernière!» gronda Stéphanie en empêchant François de se servir un verre.

Subtilement, c'est-à-dire en le traînant par les pieds, les deux filles dirigèrent le saoulon vers la salle de bains. Avec l'aide d'Alex, Stéphanie installa François sous la douche. L'eau se mit à couler sur l'homme étendu au fond de la baignoire. Aucune réaction. L'eau coulait toujours, mais François ne semblait pas en être incommodé.

Ayant la situation bien en main, Stéphanie décida qu'une personne suffirait à remettre François dans un état présentable.

«Retourne au journal, je m'occupe de lui, dit Stéphanie à Alex.

– Je peux rester... proposa la jeune fille.

– Il ne se rappellera même pas que tu étais là, expliqua Stéphanie, mais quand il va être conscient, c'est le genre à se sentir coupable d'avoir été saoul devant sa fille...

– Merci Stéphanie...» lança Alex sur le pas de la porte.

Sous l'eau qui coulait, François ouvrit les yeux. Il commença à reprendre conscience. Malgré les gouttes sur son visage, il se mit à parler.

«C'te gros calvaire de pourri de Vézina veut m'enfermer à l'Hôtel de ville... La vie, c'est les pauvres d'Afrique, les travailleurs du Chili, les femmes du Moyen-Orient, raconta le journaliste trempé et encore sous la douche. Ça prendrait cent p'tits christ de petits conseillers municipaux de mon cul pour valoir le plus humble de ces gens-là, continua François. J'ai pas le goût de voir des politiciens. Je veux voir du monde... moi, du vrai monde... du vrai monde... embrasse-moi...»

Légèrement étonnée par le soudain intérêt que François lui portait, Stéphanie passa sa tête sous la douche, qui coulait toujours et posa ses lèvres sur le visage mouillé de son ancien amant.

Une fois que François fut en mesure de rester seul, Stéphanie regagna le bureau. Elle s'assit quelques minutes à son pupitre et fit semblant de travailler pour ne pas être dérangée. Elle ne joua pas longtemps, car elle entendit la voix de Serge Vandal du côté de la réception. Stéphanie se précipita aussitôt vers le photographe.

«Je suppose que tu dois être fier de toi? demanda-t-elle.

– C'est pas moi, se défendit Vandal, c'est Vézina.

– Si t'avais fermé ta grande gueule..., commença Stéphanie. Mais non, fallait que tu te pavanes... On sait bien, monsieur Vandal, le roi de la gachette! Espèce d'inconscient!

– Ce n'est pas parce que tu es la fille du boss puis que tu joues les grandes âmes que tu vas venir m'écœurer, répliqua-t-il, piqué au vif. Fais pas chier le peuple, O.K.! Moi, mon père, c'est pas Émile Rousseau. Je travaille pour gagner ma vie, pas pour me donner un genre!»

Stéphanie n'apprécia guère cette réplique d'un homme qu'elle considérait maintenant comme un minable. Elle lui porta un regard méprisant. Un de ces regards qui choquent par la froideur et le dégoût qu'ils communiquent. Vandal ne put alors faire autrement que de se sentir coupable.

«D'accord, Stef, je prends le blâme, s'excusa Vandal, dépité. Des fois, je suis un peu trop content de moi. J'ai pas juste des qualités.»

Sans tenir compte de cette amende honorable ni de la passion du photographe pour son métier, Stéphanie, intransigeante, lança:

«Un enfant de huit ans, Serge, c'est une affaire de cœur...»

Puis, affichant alors une indicible déception:

«Mais je constate que c'était trop t'en demander...»

Vandal resta hébété, ne sachant comment il devait réagir. Il s'en fut se cloîtrer dans sa chambre noire. Moins achalandé et plus intime, ce lieu lui permettait d'être à l'aise pour réfléchir tout en travaillant.

Le photographe était dans son local depuis peu quand l'avertisseur le prévint d'une visite.

«C'est pas barré», lança Vandal.

Alex entra et s'approcha timidement de lui.

– Allô! risqua-t-elle. Ça va?

– On peut pas dire que c'est la meilleure semaine de ma vie, lui répondit Vandal un peu brusquement.

– C'est pas de ta faute, dit Alex sur un ton tendre. Stéphanie, elle commence à se prendre pas mal pour le Bon Dieu. Nous sommes plusieurs à le penser.»

Pendant ce temps, fière de s'être vidé le cœur et d'avoir remis Vandal à sa place, Stéphanie se dirigea vers son pupitre. Elle y était presque quand Rachel Maloin se présenta.

«C'est parfait, vraiment parfait! cria Rachel encore bouleversée par la une du matin.»

Stéphanie, mortifiée, essaya de se défendre, de lui expliquer la situation, de lui faire comprendre qu'elle n'y était absolument pour rien. Mais Rachel était hors d'elle. Son ton de voix trahissait sa nervosité et son manque d'assurance.

«Des photos juste pour servir de preuves, au cas où, m'aviez-vous dit. Et je vous ai crue, je vous ai fait confiance! J'ai déjà rencontré du monde pas correct dans ma vie, mais toi, tu es le gros lot! Qu'est-ce qu'on t'a fait Sébastien et moi? Comment il va vivre avec sa photo et son histoire dans le journal de ce matin? Hein, si tu étais sa mère, que ferais-tu ce matin?»

Stéphanie tenta de calmer Rachel. Mais elle se sentait en très mauvaise posture pour tenir ce rôle.

«Ne vous avisez plus jamais de vous mêler de mes affaires ou de celles de Sébastien, compris? Plus jamais...»

Et Rachel s'en alla comme elle était venue: furieuse. Après une scène aussi prenante, la salle de rédaction était plongée dans le silence le plus complet. On échangea quelques regards et les discussions reprirent, mais avec moins d'entrain.

Ébranlée par les propos de Rachel, Stéphanie se rendit à son rendez-vous au poste de télévision. Dans sa voiture, elle revoyait la scène de Rachel au journal. Paul Vézina paierait pour cette humiliation que lui avait fait subir Rachel. Et tout cela à cause d'un syndicaliste ambitieux ! Stéphanie ne se laisserait pas parler encore comme Rachel venait de le faire. Elle ne le méritait pas. Ce n'était pas de sa faute. Vézina était contre elle, elle en était certaine. Il ne voulait pas se laisser faire par la fille du patron.

Au studio, Monique Dubé vint à sa rencontre. Les deux femmes se connaissaient depuis déjà plusieurs années. Le local était chaud, trop éclairé par les projecteurs. Cette lourdeur de l'atmosphère prit Stéphanie à la gorge. Elle sentit son estomac se soulever. Pour oublier ses palpitations, Stéphanie se changea les idées et discuta avec Monique.

«C'est sens dessus dessous au journal, commença Stéphanie.

— C'est honteux, Stéphanie, répondit Monique Dubé qui avait déjà pris connaissance de la une.

— Je pense comme vous, reprit Stéphanie, mais dans la salle il y en a quelques-uns qui trouvent que j'ai l'indignation un peu rapide. Il semble que l'indignation, c'est téteux maintenant. Ce n'est plus à la mode.

— As-tu eu des nouvelles de la mère de l'enfant? lui demanda discrètement Monique.

— Des nouvelles? répéta Stéphanie, encore toute retournée. Elle est venue m'engueuler en pleine salle de rédaction. Je vais la laisser tranquille, question de laisser passer la tempête.»

Une fois en ondes, Monique interrogea Stéphanie sur la situation des enfants battus dans la province. Stéphanie répondit franchement, sans détour, et sans nécessairement faire plaisir à son nouvel éditeur. Elle expliqua très clairement qu'un journaliste n'a jamais le dernier mot quant à la mise en pages et au titre de son article.

De retour à la maison, Stéphanie se jeta sur son lit. Les yeux rivés au plafond, elle repensa à sa journée. En huit heures tout au plus, elle avait brassé Dubé, Vézina, Vandal ; elle avait reçu des remontrances de son père et de Rachel Maloin ; elle avait ramassé un saoulon et été interviewée à la télévision.

«Une journée de cul, murmura-t-elle, j'aurais vraiment dû rester couchée ce matin.»

Elle avait un besoin urgent de se changer les idées. Aussi, comme c'était son habitude, se fit-elle couler un bain chaud. Une eau minérale citronnée à la main et le baladeur sur les oreilles, elle se libéra l'esprit de sa mauvaise journée.

Le lendemain, reposée et alerte, Stéphanie se mit à la recherche de Rachel Maloin. Après s'être rendue à son hôtel et qu'elle eut constaté ainsi son départ, Stéphanie pensa que Rachel était peut-être retournée au domicile de son mari.

Indécise, Stéphanie surveillait la maison de sa voiture. Elle jugea ridicule de s'être rendue jusque-là pour rien et se décida à aller sonner. Aucune réponse. Comme Stéphanie allait partir, Rachel ouvrit la porte.

Stéphanie ne cacha pas sa surprise. Rachel regardait ses pieds, incapable de soutenir le regard de la journaliste.

«Je suis revenue, expliqua Rachel. C'était mieux.»

Stéphanie ne comprenait rien. Et son regard le laissait très bien paraître.

«Je suis partie trop vite, reprit Rachel à voix basse, mon mari m'a retrouvée... Il m'a demandé pardon, il a reconnu ses erreurs. Il m'aime.»

Le visage de Stéphanie parut s'affaisser. Pourquoi, après avoir réussi à quitter un homme pareil, Rachel faisait-elle marche arrière?

«Mais bon sang! s'exclama-t-elle, décontenancée, vous n'avez aucun amour-propre?

– Et l'amour, vous connaissez ça? demanda Rachel. Le vrai... celui qui fait pardonner? Mon mari a commis une erreur, c'est vrai, et il le regrette. Vous comprenez... ça n'arrivera jamais plus!»

Maloin se présenta lugubrement derrière sa femme. Il porta sur Stéphanie le même regard qui l'avait glacée lors de leur première rencontre.

«Mademoiselle Rousseau, je pense que nous avons tous assez perdu de temps avec cette très pénible histoire. Ma femme et moi nous sommes expliqués. N'est-ce pas chérie?

– Que se passe-t-il avec Sébastien? interrogea Stéphanie.

– Sébastien a été très malchanceux, répondit Maloin, et en plus, on l'a rudoyé à son école. J'ai rencontré les fonctionnaires de la Protection de la jeunesse. Je leur ai expliqué la situation. Vous comprenez mademoiselle Rousseau? Ma femme, qui a été gravement perturbée par une jeune journaliste sans scrupule, a confirmé ce que j'ai dit... Vous n'avez plus rien à faire dans notre vie, mademoiselle Rousseau. Si vous insistez, je porterai plainte pour harcèlement d'honnêtes citoyens.»

Après ce monologue, Maloin referma la porte au visage de Stéphanie, qui n'en croyait ni ses yeux, ni ses oreilles. En plus de retrouver Rachel chez ce fou, lui-même avait le culot de venir lui expliquer que Sébastien avait eu un accident.

«Menteur comme ça, ce doit être un bon avocat», pensa Stéphanie. Elle se promit que cette histoire n'en resterait pas là.

Paul Vézina profitait d'un instant de répit pour donner un coup de fil à son épouse. Sous des dehors durs et intransigeants, se cachait un homme tendre et compréhensif. En abaissant les défenses des gens qui l'entouraient, il pouvait mieux les comprendre.

Les protestations véhémentes de Stéphanie et son attaque par le biais de la télévision l'avait profondément écœuré. Il n'arrivait pas à saisir comment quelqu'un pouvait se sentir victime quand il obtenait exactement ce qu'il voulait: Stéphanie tenait à tout prix à obtenir la une, et il la lui avait offerte. Ensuite, on le lui avait reproché. Il était un peu découragé, du moins désorienté, des airs grandiloquents que se donnaient les journalistes. C'est ce qu'il racontait à son épouse.

« Quand je suis arrivé à *L'Express*, raconta-t-il, je me disais que les journalistes aimaient forcément les grosses nouvelles sensationnelles avec des grandes photos. Ça fait du bruit, on parle d'eux ! Le tirage augmente grâce à eux...

– Ce n'est pas aussi évident ? demanda sa femme.

– Je voyais bien qu'ils aimaient ça jouer aux justiciers, aux dénonciateurs publics, parce que ça les déculpabilisait d'avoir un gros char, une grosse maison et une piscine creusée. Mais, christ ! jura-t-il, ne leur demande pas de donner deux heures de leur paye pour ceux qu'ils défendent !

– Ils sont vraiment comme ça ? demanda-t-elle.

– Certains... soupira-t-il. Il faut que je te laisse, j'ai quelqu'un à ma porte. »

Il invita le visiteur, qu'il avait lui-même convié, à venir s'asseoir devant lui. Gilles Bernard, le correspondant parlementaire de *L'Express* à Ottawa, se cala douillettement dans le fauteuil de cuir, d'ailleurs plus confortable que celui de Vézina, habitué à une chaise droite et dure.

« J'espère que vous n'allez pas m'annoncer que mon poste fait partie des coupures que vous avez planifiées, lança Bernard, montrant avec ostentation qu'il était au courant de tout ce qui se passait au journal.

– Rien encore d'officiel, dit Vézina, à la fois étonné et impressionné. Comment as-tu su ça ?

– Quand un nouvel éditeur est nommé, ou pour n'importe quel poste important, tout le monde suppute, examine, conjecture. Je suis content de voir que j'ai deviné juste.

– Tu parles toujours en parabole ? s'enquit Vézina.

– Je suis en poste à Ottawa depuis dix ans, poursuivit Bernard sans répondre à la question. Vous n'êtes pas sans savoir que les plus importants alliés de l'empire Roussac s'y trouvent... à la Chambre des communes, j'entends.

– Tu es déjà au courant des coupures à *L'Express*, reprit Vézina. Qui te l'a dit ?

— Le milieu des journalistes est nouveau pour vous, expliqua Bernard en s'examinant les ongles. Mais je vous dirai que la règle numéro un, si vous voulez tenir bon et durer, est de ne jamais brûler une source.

— Es-tu aussi loyal envers le journal qu'envers tes sources, questionna l'éditeur, perspicace.

— Loyal? répéta Bernard, feignant d'être vexé de l'insinuation. Vous savez, dans l'affaire de feu le ministre Thibault, c'est moi qui ai guidé Stéphanie. Avec toute l'impétuosité et l'ardeur dont elle est capable, il lui manquait tout de même l'expérience et les contacts pour mener à bien un tel dossier.

— Une maudite bonne histoire! résuma Vézina.

— La meilleure qu'ait eue *L'Express* depuis fort longtemps, mentit le courriériste. Vous savez, les gros contrats de l'empire Roussac viennent pour la plupart de la capitale.

— Tu veux dire que c'est important de garder tous les journalistes qu'on a au bureau d'Ottawa, conclut Vézina sans se faire d'illusions sur l'impartialité de son interlocuteur.

— Je n'ai pas la prétention de vous montrer comment gérer votre affaire, se défendit Bernard. Mais si vous me permettez de donner mon humble avis, je vous dirais qu'ils sont bien plus importants que ceux installés à Québec. Je vous dis cela bien personnellement, sans aucune velléité d'influencer vos décisions éventuelles... Mais, entre nous, le séparatisme monte et descend selon les sondages, mais le vrai pouvoir reste à Ottawa.»

Vézina n'était pas dupe. Mais il considérait qu'un homme prêt à tant d'hypocrisie pour conserver son poste pourrait s'avérer utile le moment venu. Il posa ses conditions à ce marché tacite.

«Des petites histoires comme celle de Thibault, suggéra-t-il, je suis sûr que tu en trouverais d'autres si tu fouillais dans ton calepin.

— Mon calepin est plutôt léger par les temps qui courent. Mais...»

Vézina ne le laissa pas finir. Ce «mais...» laissait entendre tout ce qu'il désirait. Il le conduisit à la porte, en lui donnant une cordiale tape sur l'épaule.

«Tu rassureras tes amis à Ottawa, plaisanta-t-il. Je vais les laisser tranquilles pour cette fois-ci... J'aime ça, discuter avec toi. Appelle-moi donc plus souvent pour me tenir au courant de ce qui se passe.»

Vézina avait presque toujours occupé des postes qui touchaient de près ou de loin les affaires publiques. Il savait mieux que quiconque reconnaître les occasions d'avancement dans la hiérarchie sociale. Après tout, quoi de plus «politisable» qu'un ancien chef syndical?

Il se rendit ensuite au bureau de Claude Dubé pour la réunion quotidienne de la Direction. Les nouvelles n'étaient pas très excitantes, et la tension entre l'équipe de rédaction et le nouvel éditeur n'allégeait pas l'atmosphère de travail. On parla de la brosse carabinée que s'était offert Dumoulin pour fêter sa promotion.

«Ça va prendre encore quelques semaines avant que François ne reprenne son rythme, expliqua Rivard. Il boude encore, mais il commence à se dessaouler.

— De quoi il se plaint? demanda Vézina, agacé. On ne l'a pas mis à la porte, à ce que je sache.

— Il y a autre chose qu'une paye, dans la vie! répliqua Rivard.

— S'il poinçonnait à l'usine tous les matins, continua Vézina, il se rendrait compte qu'il est bien traité, ici. J'ai décidé de couper un poste à Québec, déclara-t-il, considérant le sujet clos. La dernière arrivée était une certaine Gabriela, je pense. Elle revient à Montréal.

— Stéphanie va être contente! s'amusa Rivard, ironique. Sa grande amie de retour de Québec!»

Un silence s'installa durant lequel ceux qui connaissaient les rapports houleux des deux jeunes femmes sourirent d'avance à la pensée de leurs retrouvailles. Louise Duguay en profita pour faire valoir une requête qu'elle préparait depuis quelque temps.

«Je voudrais vous parler de Stéphanie Rousseau, entama-t-elle. Vous avez lu sa série d'articles sur les enfants battus?

– On n'a lu que ça, si tu veux savoir, répondit Vézina. On l'a vue aussi à la télévision, continua-t-il, agressif. Madâme Dubé l'a invitée à son émission... Claude, es-tu solidaire du journal ou bien de ta femme? Peut-être qu'elle voulait te donner un petit coup de main?

– Vous faites sans doute référence à l'apparence de conflit d'intérêts de Monique, présuma Dubé, qui commençait à s'habituer au style direct de Vézina.

– Apparence? répéta celui-ci, sceptique. Entre toi et moi, comment peut-elle donner son avis sur la une de *L'Express* que j'ai commandée alors que son mari est impliqué dans l'affaire?

– Ce n'est pas parce que Monique est ma femme qu'elle perd subitement tout jugement, rétorqua-t-il sans perdre pied. Ça fait vingt ans qu'elle pratique ce métier-là. Elle le connaît bien. Mais si vous voulez discuter de ce point avec elle, je peux vous arranger un rendez-vous.

– Ce n'est pas un rendez-vous que je veux, recula Vézina, surpris de la solide réplique de Dubé. Mais on peut demander à Léonne Vigneault ce qu'elle en pense. Les conflits d'intérêts avec la télévision, c'est dans ses attributions.»

Louise attira son attention de nouveau.

«*L'Express* a besoin d'un bon chroniqueur pour la cinq, expliqua-t-elle. Un reporter est limité dans ce qu'il peut écrire parce qu'il doit s'en tenir strictement aux faits. Mais imaginez tout ce qu'elle aurait pu écrire de personnel si elle avait eu sa chronique à elle...

– Vous savez ce que j'en pense, protesta Rivard. Quand on a un bon reporter, on le garde!

– On ne perd rien, plaida l'éditorialiste en chef. Stéphanie va pouvoir continuer à dénicher ses propres histoires, à trouver des scoops. Le traitement est différent, par contre. Elle pourra s'impliquer davantage, écrire encore mieux, si c'est possible.

– Je ne suis pas encore un grand expert, avoua Vézina, mais je vais y réfléchir.»

Louise se satisfit de cette réponse, au grand dam de Lionel, dont la mine en disait long sur sa frustration.

Alors qu'il se préparait à se rendre au journal, Gagné fut surpris par la sonnette de sa porte d'entrée. Il alla ouvrir. Devant lui: Fortin, deux valises et un terrarium.

«Je suis très mal pris, Michel, entama-t-il d'une voix pathétique. Ma sœur m'a mis à la porte ce matin, sa "coloc" revient de voyage aujourd'hui. Puis là, je peux même pas signer de bail nulle part, j'ai pas un rond. Je suis dans le rouge.»

Michel essaya tant bien que mal de dire non à Tintin mais celui-ci insista.

«Je prendrai pas de place... Laisse-moi juste le temps de me revirer de bord. Je te revaudrai ça.»

Michel n'était vraiment pas emballé par l'idée. Il était habitué à sa vie de célibataire, et avoir quelqu'un dans les pattes ne le réjouissait pas. Pris d'une grandeur d'âme qu'il regretta aussitôt, il désigna la chambre du fond à Fortin. Celui-ci, reconnaissant, sourit à Michel en dévoilant chacune de ses dents, pendant que celui-ci fixait le terrarium.

«Qu'est-ce que c'est que ça? demanda Michel les yeux écarquillés devant l'étrangeté de l'être que Tintin tenait à mains nues.

– C'est Ingrid, ma tortue, répondit tendrement Fortin en déposant l'animal sur le tapis du salon.

– J'aime pas ça les bibites, s'écria Michel, pas d'animaux dans ma maison, compris?

– Bien voyons, répliqua Fortin, une si petite tortue... ça ne peut pas faire de mal. Ingrid est très discrète, tu ne t'apercevras même pas qu'elle est là! Tiens, ma Ingrid, fais comme chez toi, rétorqua Fortin en déplaçant quelques revues pour libérer le chemin à sa tortue.

– Je n'en veux pas chez moi!» lança Michel, sans pouvoir retenir une note de résignation.

Se sentant envahi, Michel quitta son logis à la course pour rejoindre sa chère moto. Une fois sur la route, loin de son appartement occupé, Michel se sentit mieux, plus détendu. Il se rappela alors une visite qu'il devait faire, mais qu'il avait retardée pour aller prendre un pot avec Vandal. Ce n'était qu'à deux pas.

Comme Lionel Rivard lui avait raconté, on était en train d'éventrer une rue non loin du square Saint-Louis. Il sonna à l'adresse qu'il avait notée dans son calepin. Un homme d'une cinquantaine d'années et à l'allure défraîchie afficha un air exacerbé en lui ouvrant la porte. Visiblement, il prenait Michel pour un témoin de Jéhovah ou un boubou-macoute.

Michel l'aborda avec un sourire qui se voulait sympathique.

«Monsieur Maurice Tremblay? Michel Gagné de *L'Express*.»

Monsieur Tremblay eut un soupir de satisfaction. Enfin, on s'occuperait de son cas. Michel lui demanda de lui brosser un tableau rapide de la situation.

«Il se passe qu'ils veulent bâtir une tour d'habitation avec des stationnements souterrains, commença Tremblay, et nous autres, on ne veut pas qu'ils défigurent notre quartier.

— La sauvegarde du patrimoine? demanda Michel.

— Oui, puis pour nous obliger, nous forcer à vendre, continua le quinquagénaire, ils n'arrêtent pas de faire des travaux pour écœurer les résidents de la rue. Ça fait six mois que ça dure ces travaux-là, et que la rue est éventrée. Nous ne sommes plus beaucoup qui restent. Les autres ont déjà vendu; ils offrent le gros prix, c'est tentant... Puis se faire réveiller par des marteaux-pilons à six heures du matin, c'est pas plaisant. Mais regarde là, il n'y a personne. Ils font du bruit, puis à neuf heures, ils s'en vont...

— Qui est le contracteur? interrogea Michel.

— C'est marqué sur la porte des camions, répondit Tremblay. Ce qui est important, c'est qu'il travaille pour les propriétaires actuels, une compagnie qui s'appelle Permago quelque chose...

– Et celui qui veut acheter ? relança Michel.

– Des Français... Barbancourt...

– Je vois la passe, constata Michel. Si tout le monde vend. Je vais parler aux autres locataires. À côté, c'est qui le voisin ?

– La voisine ! ricana Tremblay. Mais elle a déjà vendu. Si tu restes plus de cinq minutes là, je vais savoir ce que tu fais !

– Pourquoi ? interrogea le journaliste.

– Ça ressemble pas mal à un bordel», chuchota Tremblay.

Après avoir recueilli toutes les données qui lui semblaient importantes, Michel Gagné quitta la rue en réparation et se dirigea vers les bureaux moins encombrés de *L'Express*.

Le soir venu, il se retrouva au café Cherrier avec Dumoulin. Ce dernier était dans la lune et repensait à sa discussion avec Alex. Il avait remarqué que le photographe du journal, Vandal, fameux coureur de jupons, avait décidé d'ajouter sa fille à son tableau de chasse. Il avait tenté de faire la morale à Alex, mais celle-ci s'était défendue en lui faisant valoir qu'elle n'avait pas plus de compte à lui rendre qu'il ne lui en rendait. François n'avait rien trouvé à répondre. Effectivement, il avait toujours eu l'impression de sacrifier sa vie de famille à la passion qu'il avait pour son métier, passion qui lui avait déjà valu un divorce. Il n'avait pas envie que sa fille s'éloignât de lui. Il se mit à considérer que son nouveau poste présentait au moins l'avantage de le rapprocher d'elle.

Pour se changer les idées, François Dumoulin se commanda une bière. Attablé devant une assiette vide, il regardait à la télé du café l'interview de Stéphanie. Une fois l'émission terminée, Michel expliqua à Dumoulin qu'il devait absolument trouver des informations sur le propriétaire des maisons du quartier qu'il avait visitées cet avant-midi. Ça ne débloquait pas. Il commençait à se sentir découragé. Dumoulin essaya de l'aider.

«C'est quoi le nom de ta compagnie propriétaire, le Bleuet ?

– Permago.

– Permago ! C'est le père Rousseau... C'est une division de Roussac inc. Notre cher patron.

— Émile Rousseau! Tu es certain? Permago, c'est Émile Rousseau! Écoute ça, il ne doit pas le savoir, mais il est propriétaire d'un bordel...»

Dumoulin donna une grande tape dans le dos de Michel et commanda deux bières.

«Si tu as des couilles mon Bleuet, tu vas torcher une maudite belle petite histoire. Juste pour faire chier...»

Les deux hommes s'amusèrent et trinquèrent à la santé de leur patron et de ses «entreprises».

Plus tard, Michel arriva chez lui. Pour un instant, il se crut au centre d'un champ de bataille. Son appartement ne ressemblait à rien de connu. Un désordre épouvantable régnait: des vêtements partout, des journaux éparpillés, une valise, de la vaisselle sale, bref, un fouillis parfait.

Michel était sur le pas de la porte, éberlué. Avant qu'il ne dise un mot, Fortin lui fit signe que quelqu'un occupait la chambre.

«Ta chum du Lac... Jos... elle est arrivée en début de soirée avec sa valise.»

Michel resta muet et partit en flèche vers la chambre. Dans le lit, Jos était étendue, nue. Michel la regarda, hésitant, puis s'assit sur le bord du lit.

«Qu'est-ce que tu fais ici?

— Tu m'avais dit que si je voulais m'en venir faire un tour que ça te ferait plaisir de m'héberger. C'est plus vrai?»

Michel hésita.

— Tu peux prendre l'autre chambre, Tintin va coucher dans le salon. Il est ici pour une couple de jours.

— Dans l'autre chambre? Pourquoi? La tienne est occupée?»

Michel baissa les yeux pour ne pas croiser ceux de Jos.

«Essaie de me comprendre.»

Jos le regarda. Elle venait de lire sur le visage de Michel ce qu'il avait décidé de ne pas dire. Il ne voulait rien cacher à Jos, seulement, il avait horreur des scènes de rupture.

«Il y a une autre fille, puis je me doute c'est qui, dit doucement Jos. Tu ne gagneras pas avec elle, cher, c'est toi qui vas avoir de la peine.»

Jos s'enroula dignement dans un drap et changea de chambre. Michel resta seul au milieu des couvertures en fouillis, la mine défaite.

Le lendemain, Michel se tenait face à Rivard, le défiant. L'article de Michel concernant les investissements douteux d'Émile Rousseau était sur le bureau de Rivard. Rivard semblait incrédule, mais Michel avait soigneusement rassemblé toutes les preuves et aucun doute n'était permis. Ensemble, ils se rendirent au bureau de Dubé pour demander son arbitrage.

En lisant l'article, Dubé sourit.

«Il est propriétaire d'un bordel! s'esclaffa-t-il. Il ne doit même pas être au courant.»

Michel compléta en expliquant.

«Et sa filiale Permago harasse les gens de la rue depuis six mois pour qu'ils vendent leurs maisons et lui, il revend aux Français! Mais l'affaire du bordel, je trouve ça au boutte!

– Ouais... ça fait journal de cégep, critiqua Rivard.

– Mais l'affaire du bordel, c'est vrai? interrogea Dubé. Ou c'est juste une mauvaise langue?

– J'ai appelé le poste de police, dit Michel. Ils m'ont expliqué que la maison était sous surveillance... Puis j'ai été faire un tour, question de vérifier mes sources.

– Arrive-nous pas avec une autre facture! avertit Rivard.

– As-tu appelé Émile Rousseau? demanda Dubé.

– Non, répondit Michel, sur la défensive.

– S'il y a un cas où il faut être professionnel jusqu'au bout, intervint Rivard, peu enthousiaste, c'est celui-là. On n'est pas pour le matraquer sans lui donner une chance de nous donner sa version des faits.

– Est-ce qu'on va publier? demanda Michel.

– Vous savez ce que vous risquez, lui répondit Dubé. Vous n'êtes pas permanent, il vous reste encore quelques mois de probation.

– Est-ce que vous me dites de ne pas faire mon travail? s'écria Michel.

– Prends pas ce ton-là avec nous autres, lui dit Rivard en voulant le calmer. Ce qu'on te dit, c'est que si tu écœures Émile Rousseau, le syndicat ne peut pas te protéger au besoin. Tu n'es pas permanent.

– C'est clair», acquiesça sèchement Michel en quittant le bureau.

Rivard regarda Dubé.

«Vézina laissera pas publier ça! commenta Rivard.

– Il n'a pas besoin d'être au courant, expliqua Dubé. Il veut des nouvelles sensationnelles, celle-là en est une.

– Émile va l'appeler, prédit Rivard.

– Un pont à la fois, commença Dubé. Si on est tous au courant, monsieur Rousseau va avoir du mal à intervenir dans la conduite du journal. Notre ami Vézina va être content de voir qu'on suit ses directives, continua-t-il, un grand sourire aux lèvres. Le sexe, Lionel, c'est vendeur!»

Pendant que Rivard et Dubé plaisantaient sur les convictions discutables du nouvel éditeur, ce dernier attendait dans son bureau.

Il n'eut pas le temps de s'impatienter, car Stéphanie arriva à cet instant. Vézina lui offrit un fauteuil et, comme son tempérament direct le lui ordonnait, passa immédiatement au sujet du rendez-vous.

«Je veux te parler de deux choses. La première, ça ne sera pas bien compliqué. Ta petite scène dans le bureau de ton père, je veux bien comprendre les circonstances, mais tu vas comprendre que c'est la dernière fois que j'endure. C'est clair?»

Stéphanie acquiesça avec réticence, purement pour la forme. Vézina s'en contenta et prit un air plus amical.

«Tu sais encore mieux que moi qu'être chroniqueur dans un grand journal comme le nôtre est le rêve de tout journaliste.

J'ai mûrement réfléchi, et ce serait bon pour *L'Express* d'avoir son chroniqueur attitré, de bâtir une clientèle accrochée à une signature. Mais ça prend beaucoup de talent, beaucoup de caractère. J'ai pensé à quelqu'un.»

Stéphanie joua l'innocente, comme si elle n'avait pas compris où Vézina voulait en venir. En fait, elle n'osait pas se réjouir trop rapidement, un tel retournement de situation lui paraissait suspect.

«François Dumoulin? Si vous voulez savoir ce que j'en pense...»

Vézina, aveugle ou beau joueur, se laissa avoir par l'air candide de son interlocutrice et continua.

«Dumoulin est déjà trop vieux. Ses trips gauchistes, c'est dépassé. Non, on veut quelqu'un d'intelligent, de jeune, de dynamique, qui va flairer les tendances... Stéphanie, je t'offre le poste!»

Stéphanie se montra surprise, exagérant peut-être un peu. Vézina renchérit. Il se fit tout miel, lui montrant les avantages innombrables dont elle bénéficierait.

«Je veux ta réponse dans quinze minutes. Tu n'as pas le droit de dire non. Pas à trente ans.»

Vézina finit par accorder un jour de réflexion à son employée. Stéphanie quitta le bureau jubilante.

Ce soir-là, Michel et Stéphanie se rencontrèrent pour dîner dans un chic restaurant. Ils parlèrent longuement de l'histoire de Rachel Maloin et du petit Sébastien. Michel avait été touché par l'attention que Stéphanie portait au jeune garçon. Préoccupée par son offre du matin, Stéphanie s'échappa.

«Si j'étais chroniqueuse, je pourrais aller encore plus loin, qu'est-ce que tu en penses?

– Si tu étais chroniqueuse, je serais tellement jaloux que je ne t'adresserais plus la parole.»

Stéphanie avala une bouchée de travers et tenta un sourire à Michel. Ce dernier ne s'aperçut de rien et lui rendit son sourire.

Le lendemain matin, en route pour le journal, le cellulaire de Stéphanie se fit entendre. Elle fut plutôt surprise que sa mère, Yolande, lui donne des nouvelles si tôt.

«J'ai essayé de te téléphoner hier soir, commença Yolande, mais à minuit tu n'étais pas encore rentrée...

– Je me couche tard. Je mange très mal. Je ne m'occupe pas de ma santé. Je travaille trop... déclama Stéphanie en imitant le ton de sa mère.

– Je veux t'inviter à dîner, annonça enfin Yolande. J'ai une surprise pour toi. Tu peux te mettre une robe?»

Stéphanie eut un sourire moqueur.

Une fois arrivée à *L'Express*, Stéphanie se rendit au bureau de Vézina.

«J'ai une autre question avant de donner ma réponse...»

Vézina inspira longuement, peu habitué à ce qu'on lui fît tant de manières devant une promotion, et fit signe à Stéphanie de continuer.

«Qui sera mon supérieur immédiat?»

Vézina sortit une copie de la convention collective et lut à Stéphanie le paragraphe qui la concernait. Son supérieur immédiat serait le rédacteur en chef.

Stéphanie se leva et montra qu'elle acceptait. Vézina afficha fièrement son contentement d'un signe de tête. Une poignée de main vint sceller le contrat.

Le soir venu, Stéphanie se rendit chez ses parents. Il y avait quelque temps déjà qu'elle était venue dans la demeure familiale, et cette visite n'avait guère été agréable. Cela ne faisait que rendre celle-ci plus heureuse. Sûrement fêterait-on sa nomination.

Comme sa mère le lui avait demandé, Stéphanie portait une robe de grande allure. C'était d'ailleurs une chance que la robe ait grande allure, car elle n'en couvrait pas beaucoup! C'était un grand jour et Stéphanie y avait mis le paquet: une courte robe de velours rouge, décolletée dans le dos et soulignant agréablement la taille. Sa mère fut quelque peu surprise, mais ravie de voir sa fille vêtue comme une femme.

Au salon, les parents Rousseau étaient extrêmement sérieux.

«Tu as clairement établi que ton homme était Vézina, commenta Stéphanie en parlant de l'histoire du petit Sébastien. À partir de ça, je ne peux plus être de ton bord. Tu comprends pourquoi j'espère?

— L'as-tu déjà été? interrogea Émile Rousseau, le regard provocateur. C'est ça la véritable question.»

Mal à l'aise et voulant faire dévier le sujet, Stéphanie demanda:

«Vous avez d'autres invités?

— C'est une surprise... une belle surprise! lui répondit Yolande.»

Derrière Stéphanie, une couple entra. En voyant les deux jeunes gens, Stéphanie bondit de joie et sauta au cou de son frère Louis. Elle embrassa ensuite sa belle-sœur Claire.

Le frère et la sœur avaient toujours été très intimes, malgré cette rivalité latente qu'ils n'avaient jamais osé avouer. Seulement, depuis son mariage, Louis se faisait moins présent, et Stéphanie ne l'avait plus revu pendant des mois. Son émotion n'en était que plus grande.

«Louis, quand es-tu rentré? demanda Stéphanie.

— Hier, ma petite sœur! lui répondit-il.

— Et vous ne m'avez pas téléphoné? demanda-t-elle à sa belle-sœur en l'embrassant.

— Fallait qu'il s'occupe de moi.

— C'est vrai, Claire, bafouilla Stéphanie, confuse. Excuse-moi, je suis trop contente de le revoir.»

À table, Yolande posa sa main sur le bras d'Émile. L'émotion était là, emplissant la pièce d'une chaleur qui manquait souvent à ses occupants. Il y avait des lunes que la famille ne s'était réunie.

Une fois tous les convives attablés, Émile Rousseau prit la parole.

«Ce soir, votre mère et moi avons plusieurs raisons d'être heureux, commença le patriarche. D'abord, Stéphanie a été nommée chroniqueuse à *L'Express*. Je pense, Louis, lui dit-il avec un clin d'œil, que ça va être bon pour nos affaires! Et je voudrais également vous annoncer que Louis devient vice-président de Roussac inc. et responsable de toutes les filiales européennes et asiatiques.»

Émile leva son verre et chacun des invités l'imita.

«À nos succès», déclara-t-il, rayonnant de sa fierté paternelle.

Tranquillement, la conversation s'embourba dans l'ennui. Pour Stéphanie, du moins. Elle avait épuisé tous les sujets qu'elle pouvait aborder en public avec son frère, parlait à sa mère au moins trois fois par semaine au téléphone, et n'avait jamais su quoi dire à sa belle-sœur.

La nouvelle chroniqueuse trouvait le temps long et jouait avec les restes dans son assiette. Elle souhaitait être ailleurs, avec d'autres personnes. Ou plutôt, une autre personne. Stéphanie voulait trouver Michel, lui demander de venir à son appartement, et faire l'amour avec lui toute la nuit. Voilà ce qu'elle voulait vraiment faire.

Et pendant que Stéphanie rêvassait, Émile et Louis s'entretenaient d'économie, du budget et autres trucs d'hommes d'affaires.

À l'autre extrémité de la table, Yolande et Claire discutaient chiffons, bijoux, hôtel et toutes ces choses qui peuvent intéresser certaines femmes pendant que leurs maris sont au bureau!

Lassée, Stéphanie finit par suivre son idée et quitta.

Au milieu de la ville, dans un petit resto branché, Michel dînait avec Jos, Fortin et Mireille, la sœur de Fortin.

Ils avaient un peu bu. Michel était d'ailleurs amoché. Fortin essaya de se défendre concernant sa mauvaise habitude de tout laisser traîner. Mireille expliqua qu'elle ne pouvait pas vivre avec son frère en plus de sa colocataire. Michel voulut la convaincre de reprendre Fortin. Et Jos ne suivit absolument pas la discussion, mais y ajouta toutefois une certaine profondeur... grâce à son décolleté plongeant.

Heureusement, à cet instant, le serveur intervint. On réclamait Michel Gagné au téléphone.

«Oui... Michel Gagné... Stéphanie!...

– Je suis chez moi, je t'attends... invita Stéphanie.

– Dans quinze minutes, à ton appartement», répondit Michel, sans se faire prier.

Surpris et heureux de quitter ce repas qui s'éternisait, Michel partit en coup de vent. Il roula rapidement vers l'appartement de Stéphanie.

La nouvelle chroniqueuse ouvrit la porte et embrassa longuement Michel.

«Comment aimes-tu ma robe? lui demanda-t-elle. Essoufflé et pris de court, Michel la regarda.

– Ce n'est pas une robe, c'est une arme!

– Meurtrière, j'espère...»

Michel se pencha pour chuchoter à l'oreille de Stéphanie: «Tue-moi, alors...»

Ses lèvres glissèrent lentement le long de la joue de la jeune femme tandis qu'elle commençait à lui caresser les cheveux et le cou. Puis un long baiser brûlant les unit. Michel sentit que Stéphanie, avec sa langue humide et goûtant encore le champagne du souper, cherchait avidement la sienne... Sa respiration devenait haletante, sa poitrine frémissait et Michel avait l'impression que son sang circulait soudain plus vite. Stéphanie devenait plus insistante. Ils se dirigèrent vers la chambre.

Michel dégrafa la robe de la jeune journaliste tandis qu'elle déboutonnait nerveusement sa chemise pour la lui retirer. Elle l'embrassa encore en desserrant la ceinture de son pantalon, qui se retrouva au plancher en moins de deux. Pendant ce temps, Michel avait eu raison du mince soutien-gorge de Stéphanie et l'avait lancé à l'autre bout de la pièce. Sans prendre la peine de relever le drap qui recouvrait le lit, les deux jeunes gens s'allongèrent côte à côte. Les slips subirent le même sort que le soutien-gorge et atterrirent l'un sur la commode et l'autre dans le salon. Ils se retrouvèrent nus. Michel la désirait : il caressait avec de plus en plus de fougue ses seins lourds et fermes et elle lui répondait par des soupirs profonds. Elle l'attira à lui en l'embrassant encore plus passionnément. Michel se coucha sur Stéphanie pour la recouvrir. Sa peau satinée glissait sur son corps ; elle l'emprisonnait et le caressait avec ses jambes. Avec son bas-ventre, il entreprit un mouvement de va-et-vient. Elle sentait lentement, voluptueusement, qu'il cherchait à la pénétrer mais ne faisait que l'exciter davantage à chaque tentative. La pulsion était de plus en plus intense, et Stéphanie n'en pouvait plus : elle l'agrippa par les fesses et le serra de toutes ses forces pour le faire entrer en elle. Ils continuèrent ainsi avec de plus en plus de frénésie, et alors que l'extase approchait, il se cambra tout à coup, dans un dernier spasme, tandis que la jeune femme ne pouvait retenir un grand cri de jouissance.

Épuisé, Michel roula sur le côté. Stéphanie posa la tête sur son épaule.

«Je suis bien... murmura-t-elle dans un souffle chaud.

Leurs ébats avaient laissé une odeur de passion dans la pièce.

Ils échangèrent un long baiser.

Michel repensa à sa soirée.

«Stef, dis-moi, qui t'a dit à quel restaurant j'étais ? interrogea-t-il.

– Chut... je vais toujours te trouver, où que tu ailles. C'est comme ça.

– Bravo Sherlock...»

Michel ne put continuer, Stéphanie l'embrassant tendrement. Mais il voulut savoir et insista.

«Qui t'a dit que j'étais là ?»

Hésitante, Stéphanie décida de révéler la vérité à son amant. Elle se fit charmeuse et coupa ses phrases de baisers, pour amortir l'impact de ses paroles.

«Je m'emmerdais à mon souper de famille. Ils ne faisaient que parler *business*. Puis, j'avais le goût de fêter ma nomination, surtout quand tu vas lire ma première colonne...

– Pourquoi?

– Attends demain. Tu me manquais, je n'avais pas de tes nouvelles. J'ai pensé que, peut-être, dans tes messages au journal.»

Michel n'apprécia guère cette nouvelle. Il repensa à sa femme qui lui demandait sans cesse où il allait, qui il voyait, ce qu'il faisait. Il avait divorcé pour ne plus rendre de comptes, et voilà que cette fille à qui il s'attachait plus qu'il ne le souhaitait se mettait à l'espionner. Il ne voulait ni s'accrocher, ni rendre compte de ses faits et gestes à une femme. Il avait été pris une fois, et cela lui suffisait.

«Tu veux dire que tu as demandé mes messages personnels? questionna Michel.

– J'ai demandé à Martine, répondit Stéphanie légèrement honteuse.

– Et? continua Michel.

– Et Fortin avait téléphoné pour confirmer votre rendez-vous au restaurant, expliqua Stéphanie. Tu me manquais. Je voulais absolument te trouver.

– Des messages, c'est personnel, Stéphanie!» insista Michel, mécontent.

Elle le regarda et lui montra ses yeux langoureux. Elle l'embrassa avec passion et l'étreignit. Michel lui aurait tout pardonné, elle le savait. Cependant, il se promit bien de mettre les choses au clair rapidement, avant que Stéphanie ne l'attache.

Le lendemain, au bureau de *L'Express*, Stéphanie fut entourée de toutes parts. Son premier article était au sujet du jour. Son titre en disait long sur le contenu:

DES CITOYENS EXASPÉRÉS VEULENT DÉFENDRE LA VIE DE LEUR QUARTIER

Même si l'intérêt de la foule qui l'entourait la valorisait, Stéphanie se sentait tendue et à bout de nerfs. À ses côtés, Louise Duguay commentait.

«Le ton est juste, les arguments sont bien sentis... et puis, l'allusion de Michel à Émile Rousseau était délicate. Ça ne donnait rien de sortir la matraque, il ne le mérite pas. Cette implication dans cette histoire juteuse de bordel est purement accidentelle. D'ailleurs le texte de Gagné était cégépien... Ça n'aurait pas pu se trouver tel quel dans le journal. Et puis tu affiches tes couleurs. Émile Rousseau et Stéphanie Rousseau, ça fait deux.»

Michel Gagné entra avec Fortin dans la pièce. Michel regarda Stéphanie avec une lueur de colère.

«Tu m'as envoyé quelques messages là-dedans? Tu n'as pas été capable de te retenir de jouer à la maîtresse d'école», lança Michel, touché dans son amour-propre.

Stéphanie s'expliqua. De la condescendance se trahissait dans sa voix. Après leur baise volcanique de la veille, cet échange mettait un froid glacial entre eux.

«Tu étais trop content d'envoyer une jambette au grand boss, reprocha-t-elle. La vraie histoire, c'est celle des citoyens qui veulent préserver leur environnement puis qui se font écœurer sauvagement. Le bordel était accessoire.» Michel n'allait pas s'en tenir à cette réprimande. Il reprit.

«Si tu voulais me donner une leçon de journalisme, s'écria Michel en colère, ça m'aurait fait plaisir... Mais tu n'étais pas obligée de faire ça dans le journal, dit-il en montrant l'article de Stéphanie. Mais non! Il faut que Stéphanie Rousseau montre qu'elle est plus fine que les autres.»

Sur ces dernières paroles, Michel frappa la table du poing et partit vers son pupitre en marchant des talons.

Stéphanie réalisa qu'elle aurait pu être plus subtile. Elle n'avait pas souhaité mal faire. Seulement, elle aurait préféré que Michel le prenne plutôt comme un conseil que comme une humiliation. Elle songea, non sans retenir un léger sourire, que c'était là le problème d'avoir un amant moins intelligent que soi.

Rivard entra dans la salle et se dirigea vers Léonne Vigneault. Il ouvrit la bouche, mais ses paroles s'évanouirent. Une jeune femme aux charmes attrayants venait de capter toute son attention.

«Gabriela Salvatore? émit finalement Rivard, Oh! Oh! ça va réveiller des morts dans la salle!

– Vézina nous a appris hier qu'on coupait un poste au bureau de Québec, chuchota Léonne, qui connaissait également la situation de conflit possible. Le grand amour de Stéphanie est rapatrié dans la salle!»

Pendant que Léonne et Rivard discutaient, un bon nombre de gens, surtout de sexe masculin, se rendirent saluer Gabriela. Alors que celle-ci jetait un regard à la salle voisine, elle aperçut Stéphanie et se dirigea vers elle, laissant là ses admirateurs.

«Te voilà chroniqueuse! Plutôt rapide comme ascension!» lança Gabriela en pointant le menton.

Stéphanie fit mine de ne pas être dérangée par la présence de Gabriela.

«Ils cherchaient quelqu'un qui avait du contenu et de la profondeur...» répondit-elle, se voulant humble.

Gabriela mesura Stéphanie du regard. La compétition entre les deux femmes se sentait bien.

«Québec, ce n'était pas assez loin, reprit Gabriela. La prochaine fois, je suppose que c'est à Chibougamau que tu vas m'envoyer?»

Face l'une à l'autre, au milieu de la salle de rédaction, elles se toisaient. Autour d'elles, le silence. Plusieurs connaissaient déjà la rivalité entre les deux femmes et ceux qui n'en avaient jamais été témoins la devinèrent facilement. Elle était palpable, omniprésente.

Stéphanie et Gabriela se connaissaient très bien. Elles savaient chacune de quoi l'autre pouvait être capable. Elles avaient même été, geste d'hostilité suprême, jusqu'à courir après le même gars.

Et ça, pour une vraie femme, c'était impardonnable. Cela signifiait une guerre à mort, sans quartier et sans prisonnier, jusqu'à la septième génération.

Chapitre VII

Claude Dubé attendait que ses collègues le rejoignent pour la réunion éditoriale quotidienne. Son attente fut écourtée par l'arrivée impromptue de Gabriella Salvatore, d'humeur massacrante. Résigné, il attendait qu'elle prenne la parole.

«Je veux savoir pourquoi on m'a rappelée de Québec, commença-t-elle directement. Vous n'étiez pas satisfait de mon travail?

— Au contraire! la rassura-t-il. Je sais que vous n'avez pas travaillé dans des conditions faciles.

— Alors? dit-elle. Quel est le problème?

— Ça peut paraître injuste, mais la convention joue contre vous.

— Ce n'est quand même pas le syndicat qui me ramène dans la salle!

— Non, mais quand on abolit des postes, c'est l'ancienneté qui prévaut. Vous étiez la dernière arrivée au bureau de Québec, Gabriella.

— Ça m'a pris plus d'un an pour me faire un réseau de contacts! plaida-t-elle, passionnée. Qu'est-ce que je vais faire à Montréal?

— Vous êtes jeune et talentueuse, lança Dubé, espérant s'en tirer avec des compliments.

— Justement, répondit-elle en se levant, je ne veux pas me faire enfermer dans une routine. Je veux un domaine qui m'intéresse... À moins que vous n'ayez déjà tout donné à votre vedette, Stéphanie Rousseau.

– Je ne pense pas que vous fassiez avancer votre cause en étalant vos différends dans la salle, conseilla Dubé, lassé de ces petits conflits insignifiants. Ça empoisonne l'atmosphère et ça ne sert à rien.

– Je ne vais quand même pas... commença Gabriella.

– Pas quoi? la coupa Dubé, impatient. À vous regarder aller, toutes les deux, on a l'impression de voir deux adolescentes en train de se faire des gros yeux parce qu'elles ont la même robe! Vous êtes dans une salle de rédaction, pas dans une polyvalente. Si vous n'êtes pas capables de vous parler, ne vous parlez pas, mais ne venez pas m'emmerder!»

Gabriella, complètement sidérée de s'être fait ainsi remettre à sa place, déguerpit sans demander son reste. Dubé soupira de soulagement. Il n'avait pas l'habitude de hausser le ton, mais devant l'efficacité de cette approche, il se promit de l'employer plus souvent.

Ses collègues finirent par arriver. On s'installa devant une cafetière pleine et les journaux du matin. Comme à son habitude, Vézina laissait Dubé diriger officiellement la réunion du bout de la table, mais faisait sentir sa présence chaque fois qu'il le fallait.

Le sujet du jour était d'ordre constitutionnel. Louise Duguay, offusquée, relisait les dernières déclarations du premier ministre d'une province éloignée, lesquelles n'étaient guère sympathiques aux aspirations du Québec.

«Claude, demanda-t-elle, as-tu pris connaissance des déclarations de Fargo?

– C'est plutôt cinglant comme prise de position... acquiesça-t-il.

– Cinglant? répéta-t-elle, scandalisée. Je trouve ça absolument insultant! Aussi bien dire que les francophones de ce pays sont des citoyens de seconde zone qu'on tolère à peine dans leur beau Canada!

— C'est des chinoiseries, tout ça, marmonna Vézina, peu enthousiaste. Ce qui compte, c'est le beurre que tu mets sur ton pain...

— La dignité d'un peuple, rétorqua Louise, c'est plus que du pain et du beurre, monsieur Vézina.

— Avec vos histoires de séparatisme, on a perdu soixante mille Anglais qui gagnaient trois cent mille par année, qu'on a remplacés par soixante mille importés sur le Bien-être!

— Vous dites vraiment n'importe quoi! s'emporta Louise.

— Ce sera l'éditorial de demain? demanda Dubé, mal à l'aise.

— Oui, et je vais écrire ce que je pense, répondit-elle, fermement décidée. Négocier, ça ne veut pas dire ramper.

— N'oublions pas, rappela Vézina, que l'éditorial représente la ligne de pensée de l'éditeur et du propriétaire.»

Choquée par cet avertissement peu subtil, Louise quitta la réunion. Vézina, qui avait obtenu ce qu'il voulait, reprit la parole.

«Passons aux choses sérieuses: j'ai quelque chose de bon pour le journal. La jeune Christine Cartier va se produire au festival rock d'Oshawa.

— Christine Cartier? répéta Dubé, confus.

— La chanteuse qu'on entend tout le temps à la radio, Claude! expliqua Vézina, amusé de l'ignorance du rédacteur en chef. On va la suivre. On va envoyer Léonne. Ça va aérer la salle et ça va être bon pour les ventes. La fin de l'été est trop tranquille...

— Envoyer Léonne dans un festival rock avec une petite chanteuse? siffla Rivard. Ce n'est pas évident.

— Vaut mieux que ce soit évident, rétorqua Vézina avec son sourire détestable, parce que c'est toi qui vas le lui dire!

— On ne serait pas mieux avec... tenta-t-il de suggérer sans pouvoir finir sa phrase.

— Je veux la grosse Léonne!» trancha l'éditeur.

Ses subalternes montrèrent des visages de carême devant le peu de respect de Vézina pour son entourage. Tous avaient eu l'occasion de subir les menaces de grief et les sermons syndicalistes de Léonne, mais personne ne se moquait de son obésité, du moins pas méchamment. Rivard se demandait où l'éditeur voulait en venir en transformant ses reporters en chroniqueurs et ses chroniqueurs en reporters.

On accueillit avec soulagement la fin de la réunion. Alors que tous avaient quitté la salle, sauf le rédacteur en chef, Vézina le retint.

«Claude, je voudrais te parler.

— Monsieur l'éditeur? répondit Dubé en sachant que ce titre l'horripilait.

— Tu connais la situation financière de *L'Express,* expliqua Vézina. Nos onze cent vingt-trois employés pèsent lourd sur la santé de l'entreprise. Avec Roméo Rochon, j'ai mis au point un plan d'amaigrissement...

— C'est pour ça que vous voulez faire bouger Léonne? plaisanta Dubé.

— C'est exactement ça, acquiesça Vézina en relevant le double sens. Si on pouvait la tenir occupée loin de ses maudites magouilles syndicales...

— D'après vous, les syndicalistes sont des magouilleurs?» lança Dubé, sarcastique.

Vézina lui répondit par un regard sombre.

«On va couper quatre-vingt-six postes, annonça l'éditeur, surtout chez les typographes et les pressiers. Avec les nouveaux systèmes informatiques, on pourrait fonctionner avec moitié moins d'employés. Surtout que les plus vieux arrivent à peine à se servir des ordinateurs. Ça va brasser mais ils vont casser. Ils sont vieux, ils sont moins combatifs que les jeunes.

— Avec des préretraites et des rachats d'ancienneté? devina Dubé.

— Tu as tout compris.

— C'est déjà négocié avec les syndicats?

— Pas vraiment...

— On ne peut se permettre d'agir unilatéralement, protesta Claude. Le climat est trop malsain.

– Ça, rétorqua Vézina, visiblement décidé, c'est ma spécialité.

– J'apprécie que vous m'ayez mis au courant.

– Nous allons aussi couper dans la salle de rédaction, ajouta Vézina.

– Pardon ? répondit Dubé, offusqué.

– La décision est prise. Je ne sais pas encore comment ça va se passer, mais on peut déjà se débarrasser des deux surnuméraires, sans problème... C'est dommage pour Gagné, mais pour Fortin, je m'en fous. Les cinq plus vieux s'en vont à la préretraite.

– Ça inclut Albert Touchette, mon vieux camarade. Êtes-vous certain que ce soit essentiel ?

– Ça l'est. Les journalistes ne sont pas particulièrement aimés dans l'entreprise, expliqua Vézina. Ils voyagent, ont leur nom dans le journal... et ils se prennent pour d'autres. Je ne peux pas couper dans d'autres départements sans toucher à la rédaction.

– Ces sept journalistes sont sacrifiés pour des raisons de stratégie ? résuma Dubé.

– Appelle ça comme tu voudras, ils sont coupés, c'est tout. »

Vézina quitta le bureau de Dubé. Ce dernier songeait à ce qu'il venait d'apprendre. Il estimait que Vézina commettait une erreur en agissant si brusquement.

Ce qui n'était pas pour lui déplaire.

Léonne Vigneault traversait fièrement la rédaction avec Denis, son mari, à ses côtés. Il était plutôt bel homme, et ce contraste avec son épouse avait toujours amusé les journalistes de *L'Express*. Il portait un colis manifestement trop lourd pour Léonne. Marcelle, la vieille fille de la rédaction, regardait le couple avec envie.

Denis, qu'on ne voyait que très rarement, semblait particulièrement nerveux.

«Qu'est-ce que tu as? demanda Léonne. As-tu des problèmes? Tu as l'air préoccupé. Ta campagne de souscription?

— Ouais... d'une certaine façon. Il faut que j'y aille, ma chérie.»

Il quitta la salle sous l'œil intrigué de sa femme.

«Je te dis que tu as un beau petit mari, toi! complimenta Marcelle.

— Oui, rougit Léonne. Dommage qu'on ne se voie pas plus souvent. Pauvre lui, toujours en train de voyager. Il travaille trop.

— Léonne! salua Rivard, trop enthousiaste. Regarde ça.»

Il lui tendit un communiqué de presse. Celui-ci annonçait que la populaire chanteuse Christine Cartier participerait au festival rock d'Oshawa.

«La petite vlimeuse! s'exclama Léonne affectueusement. Notre jeune vedette de la chanson va faire un tour chez les têtes carrées de l'Ontario. C'est bien! Ils vont avoir une idée de la culture qu'ils manquent, les Anglais.

— Qui c'est la chanteuse la plus en demande ces derniers temps? demanda Rivard pour vendre son idée.

— C'est elle, Christine Cartier. Elle a du coffre.

— Qui c'est l'idole des jeunes et des enfants?

— Christine Cartier!» répéta Léonne.

Elle eut une seconde d'hésitation durant laquelle elle comprit ce que Lionel attendait d'elle.

«Non! réagit-elle vivement. C'est hors de question!

— Ce serait bon, argua Lionel. On va la couvrir au festival. Pense à ça: par la musique rock, la jeunesse québécoise fait vivre le français à travers le pays. Léonne, tu es ma meilleure...

— Pas question, riposta-t-elle. J'ai des avant-premières à visionner à Radio-Canada. Et puis, ce n'est plus de mon âge, ces folies-là. Envoie Dumoulin, il aime ça voyager.»

Constatant qu'il avait perdu la partie, Rivard se résigna à aller rejoindre Dumoulin. Celui-ci avait entendu leur conversation.

«C'est non! décréta-t-il sans laisser Lionel parler.

– Quoi, non? fit Rivard, innocemment.

– Je t'ai entendu. Fais ce que tu veux, c'est non. Vous m'avez collé les deux fesses à Montréal, je reste à Montréal.

– C'est une bonne histoire... plaida Lionel, l'air dépité.

– Ne me fais pas chier! ordonna Dumoulin. De toute façon, je connais ton homme.

– Qui ça? s'enquit Lionel.

– Gagné. Ces jeunes recrues-là, c'est toujours content de partir. Et lui, c'est un spécial. Je suis sûr qu'il va te sortir une histoire fumante à partir de rien.

– Tu inventerais n'importe quoi pour te tirer d'affaire! Mais tu as raison, Gagné, c'est le bon gars. Un Bleuet en Ontario, ça devrait plaire.»

Richard Fortin était en état de choc. Un événement auquel il n'avait jamais été préparé venait de se produire. Le fondement même de sa personnalité en avait été ébranlé: on l'avait muté à la section des sports.

Fortin n'aimait pas le sport professionnel. Il trouvait que celui-ci, avec la télévision, constituait le nouvel opium du peuple. Il considérait comme insensé qu'on accorde autant d'importance aux performances de grands adolescents obsédés par la victoire. La couverture médiatique dont le sport bénéficiait le scandalisait: elle empêchait le public de prêter l'oreille aux vrais problèmes de la société.

Il remuait ces pensées en entrant dans l'auditorium de Verdun, où les Castors tenaient leur camp d'entraînement, plus précisément celui des recrues nouvellement repêchées. Fortin n'avait jamais eu l'occasion d'entendre la sonorité d'une arène sans spectateurs. On pouvait très bien distinguer chaque coup de patin. Le choc des bâtons sur la rondelle ou de celle-ci sur la bande semblait amplifié, et Richard sursauta lorsqu'une rondelle vint s'écraser puissamment sur la baie vitrée à proximité.

Il alla rejoindre le petit groupe qui se tenait près du banc des joueurs, perdu au milieu de l'amphithéâtre vide. Il reconnut l'entraîneur des Castors, Jean Blackburn, et quelques journalistes.

«Jean-Paul Hamel de *La Nouvelle*?

– Vous avez cet honneur! salua le journaliste, bon enfant.

– Moi, c'est Richard Fortin. Je suis nouveau aux sports à *L'Express*.

– Bienvenue dans le club.»

Il s'assit avec les autres. Il observa un instant les jeunes joueurs en se demandant ce qu'il pourrait bien raconter sur des garçons de dix-huit ans qui n'avaient même pas, pour la plupart, fini leur cégep.

«Ça t'impressionne? demanda Hamel, pour lier la conversation.

– Pas du tout! s'exclama Fortin, blasé. Qu'est-ce qu'il y a à dire sur l'ouverture du camp des recrues? Ils rêvent de gagner des millions, le reste, ils s'en foutent.»

Il avait parlé assez fort pour que l'entraîneur l'entende. Ce dernier, mine de rien, s'approcha du nouveau.

«J'arrive toujours pas à comprendre! continua Fortin. Gagner des millions à pousser des rondelles!

– Tu n'as pas idée, mon vieux, répliqua Hamel. As-tu déjà vu rentrer une garnotte de Brett Hull?

– Non...

– Les gardiens non plus ne les voient pas rentrer.

– Ça change quoi dans l'histoire de l'humanité que les Castors gagnent ou perdent? Est-ce que ça va faire manger les enfants d'Éthiopie? Ça va faire avancer la démocratie en Chine? Ça va libérer les mères célibataires du Québec des bouboumacoutes?

– Si tu prends tout comme ça, reprocha Hamel, tu vas t'ennuyer avec nous autres.

– Ça ne prend pas un gars payé un million par année pour arrêter une rondelle de hockey! s'écria Fortin en voyant le gardien de but bloquer un tir ridiculement faible. Tu te mets devant puis tu ne bouges pas! Même moi, je pourrais!

SCOOP

— Il connaît ça le hockey, ton ami! intervint Jean Blackburn avec un sourire narquois.

— Je disais ça comme ça, se défendit Fortin, conscient d'en avoir un peu trop dit. C'est vrai, le gardien, il ne grouille pas fort.

— Il ne grouille pas fort? répéta l'entraîneur, ravi. Tu dois être doué! On a justement un jeune qui est malade, cet après-midi. Viens donc. Ça va te donner une bonne idée de comment ça se passe.

— Moi? fit Fortin, inquiet, gardien de but?

— Un reportage exclusif! renchérit Hamel. Les gars et moi, nous allons être beaux joueurs et t'encourager. Je te gage vingt piastres par rondelle... Ça va être facile, c'est juste des petits jeunes. Tu n'es même pas obligé de bouger: c'est toi qui l'as dit...»

L'entraîneur et les vieux journalistes se lancèrent des regards complices. Fortin déglutit péniblement. Blackburn reprit la parole.

«Je vais faire mieux que ça: c'est moi qui vais lancer. Un petit vieux qui n'a jamais été un bon compteur... y a rien là!»

Fortin regarda ses compagnons. Il n'avait pas envie de passer pour une poule mouillée. Il n'avait pas envie non plus de se faire assommer par une rondelle (il avait lu quelque part qu'on fabriquait les matraques avec le même matériau que les rondelles, ce qui lui rappela que Blackburn était un ancien policier...). Ayant étudié en sociologie, il savait qu'une initiation humiliante était une excellente façon de s'intégrer à un nouveau milieu. Cependant, il hésitait encore. Il respira profondément.

«Vingt piastres? demanda-t-il.

— Vingt, confirma l'autre. Johnny? Dix lancers?

— Tope là! accepta Richard.

— Tope là!»

On attendit la fin de l'exercice et on emmena Richard au vestiaire. Il fut effaré de la quantité et de la lourdeur de l'équipement que devait revêtir un gardien de but. Une fois sur la glace, il se rendit compte qu'il était bien moins bon patineur qu'il le croyait, enfant. Les jambières massives rendaient le déplacement difficile.

Il s'installa devant le but. Blackburn plaça dix rondelles le long de la ligne bleue.

«On a cinq minutes pour régler la gageure, mon Richard, annonça gaiement l'entraîneur. Es-tu prêt?

– Pas trop raide...» implora timidement Fortin.

Blackburn s'empara de la première rondelle, patina quelques mètres et décocha un puissant lancer frappé. Fortin n'eut pas le temps de bouger que la rondelle était dant le filet.

L'entraîneur exécuta la même manœuvre, qui eut le même résultat. Fortin entendit quelques ricanements provenant des gradins. Hamel, qui avait proposé le pari, eut la délicatesse de l'encourager entre deux éclats de rire.

Sept autres rondelles suivirent les deux premières. Fortin n'avait pas réussi à en arrêter une seule. La stratégie qu'il avait prônée dans les gradins, c'est-à-dire de se placer devant la rondelle et de ne pas bouger, présentait, dans la pratique, une difficulté majeure: avant de cesser de bouger, il fallait se déplacer pour couper la trajectoire de la rondelle. Or, les réflexes de citadin de Richard le poussaient à se déplacer en sens inverse, c'est-à-dire à éviter la rondelle, laquelle volait à une vitesse terrifiante. Comme c'était également l'objectif du tireur que le palet évitât le gardien, ses chances de marquer devenaient immenses.

Debout derrière la dixième et dernière rondelle, Blackburn prenait bien son temps pour que Fortin puisse lire sur son visage un rictus meurtrier. Il s'avança, leva son bâton bien haut, comme s'il allait frapper la rondelle de toutes ses forces. Effrayé, Richard se retourna vers l'intérieur du but, offrant comme cible son maigre cul. Blackburn pris de pitié ou de fou rire se contenta d'y lancer faiblement – d'y déposer presque – la rondelle, sous les applaudissements frénétiques des joueurs et des journalistes.

Encore abasourdi, Richard alla rejoindre les autres journalistes.

«C'est pas croyable! C'est pas croyable! répétait-il consterné.

– Ça ferait quasiment un bon article: "j'ai arrêté une rondelle avec mes fesses", plaisanta Hamel.

– Ça va faire un bon article, confirma Fortin. Mon premier sur le hockey.

– Tu me dois deux cents piastres, rappela Hamel, triomphant.

– Cent soixante, protesta Fortin. J'ai arrêté la dernière.

– Dans ce cas-là, ça fait cent quatre-vingts, corrigea Hamel.

– Cent quatre-vingts pour celles qui sont rentrées, moins vingt pour celle que j'ai arrêtée, expliqua patiemment Fortin. Coudonc ! les chroniqueurs sportifs, ça sait pas compter ?

– Je ne dois pas faire assez d'argent... supposa Hamel. Viens, je t'offre la bière à la galerie de la presse.

– Je suis sûr qu'elle est gratuite.

– Tu as tout compris. »

Stéphanie était sur un coup fumant. Un étudiant universitaire, probablement en rogne contre son directeur de département, lui avait envoyé un dossier contenant des photocopies des livres comptables de son institution, lesquelles contenaient quelques anomalies. Par chance, le recteur était un ami de Claude Dubé, qui avait facilité la rencontre. Le recteur était bien embarrassé que l'affaire ait déjà été racontée à une journaliste. Stéphanie tenta de le mettre en confiance en discutant, mine de rien, des professeurs qu'elle avait connus au cours de ses études. Le docteur Trudeau était tout de même sur ses gardes.

« Claude Dubé est un camarade, mais je suis surpris qu'il vous ait permis d'utiliser cette amitié pour me rencontrer... dit-il, montrant ainsi qu'il n'appréciait pas le procédé.

– Tout ce que j'ai besoin de savoir, déclara Stéphanie pour se défendre, c'est si votre administration ou la police enquête sur cette affaire. »

Trudeau ne répondit pas et continua de marcher lentement dans le corridor de l'université. Cette attitude confirma les soupçons de Stéphanie. Elle tenta une approche plus diplomatique.

«Vous ne le savez peut-être pas, mais il y a moyen de sortir cette nouvelle tout en protégeant la réputation de votre institution...

– Comment donc ? s'enquit le recteur, plus intéressé.

– En insistant, dans le texte, sur le rôle joué par le recteur et ses collègues pour retracer l'origine de cette fraude.

– J'aimerais bien vous faire confiance, concéda Trudeau. Mais j'ai cru constater, avec l'affaire du ministre Thibault et celle du petit garçon battu, que vous aimiez bien verser dans le sensationnel...»

Stéphanie encaissa le coup et revint à la charge.

«De toute façon, reprit-elle, il va y avoir plainte au criminel et l'affaire sera rendue publique. Vous feriez mieux de m'aider. Vous avez encore la chance de limiter les dégâts. Aussi sensationnaliste que vous me trouviez, il vaut mieux pour vous que ça sorte dans *L'Express* que dans *La Nouvelle*.»

Trudeau réfléchit quelques secondes, pesant le pour et le contre de la propostition. La balance pencha du côté du pour.

«Personne ne sait encore le nom de l'individu, c'est pour ça que nous préférons garder le silence, expliqua-t-il. S'il apprend que nous sommes au courant, nous ne reverrons plus ces fonds...

– Ils sont importants ?

– Presque un demi-million... Depuis trois ans, on a détourné quatre cent soixante-cinq mille dollars. L'enquête est sous la direction de l'inspecteur Morency. Allez le voir.

– Pourrais-je avoir accès aux noms des directeurs de département et des responsables du financement et des collectes de fonds ? s'enquit Stéphanie.

– Ces renseignements sont publics, répondit-il, quelque peu lassé de l'insistance de la journaliste. Vous les obtiendrez à l'administration.

– Merci, docteur.

– Soyez discrète.»

Il la salua, sans rien avoir perdu de son inquiétude. Stéphanie se dirigea vers l'administration. On lui présenta avec une certaine réticence les fichiers qu'elle voulait consulter. Une fois armée des renseignements voulus, elle se rendit au Cherrier pour casser la croûte.

En conduisant, elle se mit à penser que son appétit n'était peut-être pas alimentaire. Elle avait envie d'une chair fraîche au parfum musqué dont elle ne s'était pas encore rassasiée. Elle tenta de joindre Michel par cellulaire, et le maudit de ne pas être chez lui. Elle hésita à essayer au journal, de peur d'attirer l'attention sur leur idylle. Elle se résigna à se contenter d'un croque-monsieur.

Enrique, le serveur qui s'occupait des habitués du Cherrier, la complimenta sur sa chronique, tout en faisant une critique qui impressionna Stéphanie par sa justesse.

«Tu aurais dû commencer par le troisième paragraphe, suggéra-t-il. C'est à partir de là qu'on accroche.

— Tu as raison, Enrique! reconnut Stéphanie. On voit que tu as de l'instruction. Tu étais médecin, non?

— J'étais... J'ai fait du journalisme, aussi.

— Ah? oui? Pour des revues médicales?

— Non. Pour des journaux de gauche. Un jour, j'en ai eu assez de soigner des enfants maltraités, des prostituées vérolées et des victimes d'overdose sans jamais pouvoir changer les choses. C'est frustrant, tu donnes toute ta vie à soigner les gens et ils ne cessent jamais de tomber malades. Tu finis par te demander pourquoi ils tombent malades. Et quand tu comprends que c'est le système lui-même qui est malade, tu as le choix: ou tu le laisses aller, ou tu essaies de le soigner.

— Et tu as essayé de le soigner? questionna Stéphanie, fasciné par ce serveur qui avait tant vécu.

— J'écrivais des articles pour expliquer ce qu'il fallait changer pour que les choses aillent mieux. J'évitais de parler de politique, mais...

— Mais la justice sociale, ça ne tombe pas du ciel... devina Stéphanie.

— Non. Tant que mon pays va laisser les hommes d'affaires américains s'occuper de tout, le peuple va crever de faim ou de maladie. Tu sais, un système, c'est comme un corps humain. Il ne peut pas être en santé s'il se nourrit mal, s'il est apathique ou s'il manque d'hygiène... Les microbes s'infiltrent tout de suite et les médicaments ne peuvent pas faire grand-chose...»

Il s'arrêta, surpris de sa propre volubilité.

«Excuse-moi, déformation professionnelle!

– C'était passionnant! félicita Stéphanie. Tu écrivais ça dans tes articles?

– Je n'aurais pas dû! Je serais encore chez moi... répondit-il avec une pointe d'amertume.

– Tu devrais reprendre la plume! conseilla-t-elle.

– Je suis bien dans ce que je fais. Je connais plein de gens intéressants. Et puis, mon français écrit est encore très approximatif.»

Enrique commençait à être mal à l'aise. Il avait un prétexte tout trouvé pour changer de sujet de conversation: Stéphanie avait un message, de l'écriture de Michel, accompagné d'une coupure de sa chronique où elle critiquait l'article de Michel sur le bordel d'Émile Rousseau. Le message disait:

«Félicitations pour ta brillante leçon de journalisme. Merci beaucoup. Je veux te voir quand même. Chez toi à trois heures.»

Stéphanie ne put retenir une rougeur de plaisir qu'Enrique nota avec amusement. Elle plaça son index devant ses lèvres pour lui enjoindre de garder le silence. Il lui répondit par un clin d'œil complice. Elle paya et se dirigea vers la sortie.

Un homme l'arrêta. C'était Gustave Maloin. Il n'avait pas perdu ce regard pénétrant qui avait le don de la glacer jusqu'à la moelle. Il retroussa les lèvres, montrant ainsi ses dents blanches et régulières en ce qui se voulait un sourire.

«Mademoiselle Rousseau, salua-t-il de sa voix suave. Quelle belle surprise! Je vois que nous fréquentons les mêmes endroits...»

Stéphanie n'osa pas lui répondre et se contenta de le contourner.

«Nous nous reverrons!» lança-t-il d'une voix joyeuse alors qu'elle quittait le restaurant.

Elle sauta dans sa Porsche, trop contente de s'éloigner de ce psychopathe agrégé du Barreau. Elle fonça en trombe vers son appartement.

Elle prit un bain parfumé en attendant son amant. À deux heures trente, elle avait déjà revêtu un déshabillé diaphane et se faisait les ongles impatiemment. Elle tenta de consacrer trois minutes en moyenne pour chaque ongle, mais dut se rendre compte qu'elle ne pouvait pas travailler si lentement sans devenir folle. Elle résolut de prendre soin également de ses ongles d'orteils. Mais même avec vingt ongles à curer, elle avait fini au bout de dix minutes.

Elle se mit à se demander de quoi elle pouvait avoir l'air.

«Je suis en train de l'attendre comme si je n'avais que lui dans la vie», se dit-elle.

Elle décida de ranger son déshabillé, d'enfiler des jeans et un chandail. Elle chercha quelque chose à faire pour avoir l'air occupée à l'arrivée de Michel. Elle se plongea le nez dans les documents qu'elle avait colligés à l'université.

Michel se présenta avec seulement quinze minutes de retard. Elle le laissa sonner un bon moment avant de répondre. Elle lui ouvrit la porte, en prenant un air absent, et l'invita distraitement à s'asseoir au salon. Elle se replongea dans ses documents.

Michel s'approcha d'elle par derrière et lui saisit fermement les seins. Elle sursauta, agréablement surprise.

« Avant que tu m'offres de jouer aux échecs... » murmura-t-il. Puis il l'embrassa ardemment. Il continua à lui masser les seins, qu'elle avait lourds et fermes, tout en tirant sur son chandail. Il constata avec plaisir qu'elle ne portait rien dessous. Plutôt que de le lui retirer complètement, il le lui laissa sur la tête, l'empêchant ainsi de baisser les bras ou de voir quoi que ce fût. Il put ainsi caresser sa poitrine à sa guise pendant qu'elle faisait mine de se débattre sous son coton ouaté.

Une fois libérée, elle se leva de sa chaise, vêtue de son seul jeans moulant, et décida de reprendre l'initiative. Elle le frappa du bout de l'index, provoquante, et le poussa ainsi jusqu'à la chambre. Elle lui ordonna de se déshabiller et de s'asseoir sur le bord du lit. Elle s'assura qu'il avait une solide érection, retira son jeans, et vint s'asseoir à son tour sur lui, les jambes autour de sa taille. Elle se laissa pénétrer ainsi, avec délices. Elle s'empara de sa tête et guida sa bouche vers ses mamelons durcis qu'il suça avidement.

Après une semaine de bouderie et de désir exacerbé, l'orgasme ne fut pas long à venir mais, contrairement à ce que prétendent certains sexologues, sa brièveté n'eut d'égale que sa puissance. Stéphanie gémit pendant que Michel lui mordillait un sein dans un ultime spasme de jouissance.

Il roulèrent sur le lit en s'entourant de couvertures. Ils reprirent péniblement leur souffle, encore grisés, et rirent légèrement en se caressant plus tendrement.

«Tu m'as vraiment fait chier avec ta maudite chronique! déclara Michel, très romantique, au bout d'un moment. Une chance que tu écris aussi bien que tu baises...

— Comment, «aussi bien que je baise»? s'offusqua Stéphanie. Baise avec tes pitounes, si tu veux, mais avec moi, tu vas faire l'amour!

— Qui a parlé d'amour? Les histoires d'amour, c'est ce que l'on contrôle le moins... expliqua posément Michel. Je n'aime pas que mon bien-être dépende de quelqu'un d'autre.

— Laisse-toi faire, murmura Stéphanie, plus caline. Ça fait pas mal et c'est bon. Je veux bien m'excuser pour ma chronique, mais avoue que c'était puéril ton idée de faire une jambette au grand patron.

— Et alors? On a bien ri!

— Pas lui... Tu t'es fait un ennemi au plus haut barreau de l'échelle. Ce n'est vraiment pas brillant, reprocha-t-elle en lui mordillant l'épaule.

— Beau-papa n'est pas content! ricana Michel.

— Écoute-toi donc! Il ne faut pas s'attacher, mais tu l'appelles déjà beau-papa. S'il fallait qu'il me voie avec un voyou de ton espèce.!

— Un voyou?

— Un voyou! répéta-t-elle en l'embrassant de nouveau.

— C'est plutôt flatteur, chuchota-t-il entre deux baisers. Continue... Je me sens tellement bien.»

Le téléphone, cet emmerdeur, sonna à ce moment. Stéphanie décrocha. C'était Lionel Rivard.

«Stéphanie? Michel Gagné ne serait pas chez vous?

— Un instant, répondit-elle avant de tendre le récepteur à Michel.

— Michel Gagné! s'annonça-t-il.

— Le Bleuet, as-tu le goût de voyager un peu?

— Mets-en! acquiesça Michel, enthousiaste.

— Aimes-tu ça le rock?

— Bien sûr!

— Tu vas suivre la petite Christine Cartier au festival rock d'Oshawa, proposa Rivard. Ça te va?

— Pas de problème!» accepta Michel sans se faire prier.

Il remercia chaleureusement son chef de pupitre avant de raccrocher.

«Je m'en vais dans un festival de musique rock! annonça-t-il à Stéphanie.

— Ça va te changer des incendies.»

Ils cessèrent soudainement de parler et se regardèrent, interloqués.

«Il t'a appelé ici...» constata Stéphanie.

Paradoxalement, les journalistes, dont la profession exige la curiosité la plus indiscrète et le mépris de la vie privée, détestent plus que tout qu'on se mêle de leurs affaires. Michel et Stéphanie ne faisaient pas exeption, et le seul fait de savoir que d'autres connaissaient leur idylle venait de gâcher leur journée.

Ils se rhabillèrent lentement, puis se préparèrent du café, qu'ils ne burent pas. Stéphanie se replongea dans ses dossiers et Michel finit par quitter l'appartement.

Ce qu'ils craignaient le plus, au fond, c'était d'avoir l'air d'un couple et non d'en devenir un.

Une douzaine de journalistes, parmi les plus âgés de *L'Express*, pour la plupart, étaient attablés dans une salle de conférence. Léonne Vigneault dirigeait la réunion.

«On va-t-y finir par savoir qu'est-ce qui se passe? demanda l'un d'eux.

— On ne le sait pas vraiment, répondit Léonne. La rumeur la plus solide veut que Vézina ait préparé un plan d'amaigrissement de l'entreprise. Ce n'est pas pour rien que Rousseau l'a placé là.

— Ça pourrait toucher la rédaction? s'enquit un journaliste.

— C'est possible. Pour apaiser les autres locaux syndicaux, ils pourraient dire qu'ils coupent dans le gras partout.

— On marche déjà au minimum!

— Je sais, s'attrista Léonne. Mais Vézina va dire qu'on traîne du bois mort depuis plusieurs années.

— La loi interdit de forcer les travailleurs à la retraite! intervint Jean-Marie, un journaliste plus agressif que les autres.

— Claude Dubé, demanda un autre, qu'est-ce qu'il fait là-dedans? Il a promis il n'y a même pas six mois que le plancher d'emploi serait respecté. J'ai pas le goût de me retrouver chez nous à attendre la mort.

— Je pense que Claude Dubé ne mène plus grand-chose à *L'Express*, constata Léonne.

— Je le connais, moi, Paul Vézina, reprit Jean-Marie. Ça a toujours été un enfant de chienne. Il était avec les Teamsters. Dans le temps, les distributeurs gagnaient plus que les journalistes.

— Jean-Marie, dit Léonne, on ne réglera rien aujourd'hui. Nous allons attendre la maudite liste. Je voulais seulement vous informer de ce que je savais.

— Je le sens, moi, ce qui s'en vient, ajouta-t-il: une grève, et une maudite à part de ça!»

Après avoir potassé les documents de l'université, Stéphanie se sentait assez sûre d'elle pour rendre visite à l'inspecteur Morency. La fraude était évidente et le nombre de coupables possible, assez limité. Il lui semblait clair que cette affaire allait éclater au grand jour et elle était bien résolue à en faire un nouveau scoop.

L'inspecteur la reçut cordialement, plus que le recteur Trudeau. Il la complimenta sur ses articles, ce qui était bon signe. Après un court échange de banalités formelles, elle commença son interview.

«Quand allez-vous procéder, inspecteur?

— Je ne peux pas répondre à cette question, répondit Morency. Le dossier en question peut être transmis au procureur général d'ici quelques jours, avant la fin de semaine, au plus tard.

— Inspecteur... sussura Stéphanie avec une moue charmante.

— Le dossier a déjà été transmis à la Couronne, admit-il. Des accusations formelles de fraude vont être portées d'ici vendredi contre l'individu. Mais je ne t'ai rien dit...

— Je suis une tombe... promit Stéphanie. J'avais quatre noms. J'en ai éliminé deux. Il m'en reste deux: Gosselin ou Verville.»

L'inspecteur la regarda plus sérieusement.

«Je t'aide, proposa-t-il, et tu attends que je l'arrête avant de publier quelque chose.

— Ça me va.

— Je vais te prévenir une heure à l'avance.

— C'est exclusif?

— Bien sûr. Excuse-moi, dit-il en poussant un volumineux dossier vers Stéphanie, je dois m'absenter un instant.»

En fait, le policier n'avait strictement rien à faire hors de son bureau. Ce n'était qu'une manière d'éviter de se reprocher d'avoir donné des renseignements confidentiels à une personne non concernée. Si elle consultait le dossier pendant qu'il ne s'y trouvait pas, il ne pouvait en être tenu formellement responsable. Tout au plus, pourrait-on l'accuser d'une certaine négligence.

Stéphanie, ravie, prit un bon quart d'heure pour noter toutes les informations pertinentes. En consultant ce volumineux dossier, elle constata qu'il était le fruit d'une longue enquête, ce qui signifiait qu'on était sur cette affaire depuis déjà longtemps. Autrement dit, elle aurait pu manquer cette histoire de quelques jours seulement. Seule la foi lui manquait pour remercier le ciel de cette chance.

Satisfaite, elle quitta le quartier général de la police. Tout allait pour le mieux. Un seul problème : elle n'avait rien pour sa chronique du lendemain. En revenant au journal, elle dénicha un de ces dossiers bouche-trous toujours d'actualité à cause de leur insignifiance, et qui représentent souvent la plus grande partie du contenu d'un journal.

Elle passa le reste de sa soirée à piocher un texte à la hauteur de son sujet : le problème des achats frontaliers aux États-Unis. Elle n'avait jamais eu une conscience aussi aiguë de l'importance de cette question avant ce soir-là. Elle prit deux bonnes heures pour rédiger autant de pages peu convaincantes.

Outre la passion qu'elle éprouvait pour la ville de Plattsburg et ses magasins, il y avait autre chose qui la ralentissait dans son travail : elle avait essayé vingt fois de joindre Michel. Celui-ci assistait probablement à la répétition de Christine Cartier, qui se préparait pour son spectacle à Oshawa, perspective qui ne rassurait guère Stéphanie, vu la grande joliesse de la chanteuse et le sang chaud de son amant.

« Je ne peux plus t'attendre, la pressa Gaston, le second chef de pupitre. Il faut que je ferme la cinq.

– Ferme-la, la cinq ! répondit Stéphanie, découragée. Ça ne sort plus, ce n'est pas de la mauvaise volonté. »

Gaston, conciliant, lut par-dessus son épaule et tenta de l'aider.

« Que faut-il répondre à ceux qui s'inquiètent des nouvelles mesures gouvernementales pour contrer le marché noir et la contrebande ? » C'est correct, ça, appouva-t-il. Qu'est-ce qui te bloque ?

– La réponse à la question !

– Leur répondre qu'ils ont raison de s'inquiéter, que la prochaine étape, c'est l'installation de barbelés aux frontières...

Réponds-leur n'importe quoi! dit-il, impatient. J'ai besoin de ton texte.»

Stéphanie suivit son conseil et tapa en trombe la fin de sa chronique. Satisfaite (de s'en être débarrassée), elle l'expédia à l'ordinateur central. Une autre page de l'historiographie des achats frontaliers avait été tournée. Elle se risqua à téléphoner au Cherrier pour savoir si Michel s'y trouvait. Enrique l'informa qu'il venait d'arriver et alla le prévenir.

«Salut, mon loup, dit-elle affectueusement. Ça s'est bien passé?

— Une répétition de spectacle, au pire, c'est ennuyant, résuma Michel.

— La petite Cartier, elle est aussi belle en personne que dans ses vidéo clips? interrogea-t-elle avec une pointe de jalousie.

— Jamais autant que toi! répondit-il, se sentant vaguement obligé de la complimenter.

— Qu'est-ce que tu fais?

— Je bois une bière ou douze et je viens te rejoindre.

— Pas trop tard, exigea-t-elle. Je veux me coucher de bonne heure.

— Ça te prend tes huit heures de sommeil? ricana Michel. Petite nature!

— J'ai dit "me coucher" pas "dormir"!

— Je pense que je vais me contenter d'une bière!

— Je t'attends!»

Le hasard fit en sorte qu'elle passa devant le Cherrier alors qu'il enfourchait sa moto. Elle s'immobilisa à côté de lui et ils décidèrent de faire une course pour savoir ce qui roulait le plus vite entre une Porsche et une Yamaha 500. Stéphanie brûla tous les feux rouges, mais Michel gagna du temps en passant par les ruelles. Ils survécurent jusqu'à l'appartement, non sans terroriser les passants et sans passer tout près de provoquer plusieurs accidents. Ils arrivèrent à peu près en même temps, preuve que l'habileté est plus importante que la machine.

Ils firent l'amour, avec cependant un peu plus de douceur que la fois précédente, et ils s'endormirent douillettement l'un contre l'autre.

Ils furent réveillés au petit matin par la sonnerie du téléphone.

«Tu devrais le débrancher, marmonna Michel.

– À une heure pareille, ça doit être important, supposa Stéphanie, plus éveillée. Allô!...

– Stéphanie? C'est Lionel. Il s'est passé quelque chose de grave, annonça-t-il d'une voix catastrophée.

– Quoi? s'enquit Stéphanie, maintenant bien lucide.

– Gustave Maloin... On l'a retrouvé mort, un couteau dans le ventre.

– C'est quoi, cette histoire de fous? demanda-t-elle, ébahie.

– Comme tu dis, une histoire de fous!»

Il lui donna les renseignements essentiels et la laissa. Stéphanie, éberluée par la nouvelle, se retourna vers Michel. Il avait senti le sérieux de la situation rien qu'en observant son faciès pendant qu'elle parlait avec Rivard.

«Qu'est-ce qui s'est passé? demanda-t-il.

– Rachel Maloin vient de tuer son mari, répondit-elle d'une voix blanche.

– Incroyable... murmura-t-il, tout aussi étonné.

– Je vais y aller tout de suite, lui dit-elle. On remettra le petit déjeuner romantique à ton retour d'Oshawa.

– Tu vas me manquer... avoua Michel.

– Toi aussi mon loup... répondit-elle en lui caressant tendrement le visage. Tu vas être sage?

– Promis!»

Elle ne fit ni une ni deux, s'habilla en vitesse et fila au palais de Justice, où, comme le lui avait mentionné Rivard avant de raccrocher, Rachel Maloin devait se présenter pour une première comparution.

Dans la salle d'audience, elle rencontra quelques confrères.

«Comment ça s'annonce? demanda-t-elle à l'un d'eux.

– Mal. On a retrouvé son mari avec un couteau dans le ventre, cette nuit.

– C'est elle?

– C'est ce qu'elle aurait dit dans sa déposition.

– Rachel Maloin!» appela le greffier.

Celle-ci pénétra dans la salle, encadrée de deux gardiens. Bien qu'elle regardât vers le sol, on pouvait voir son visage tuméfié. Mais le vide de son regard en était la marque la plus profonde. L'avocat de la défense prit immédiatement la parole.

«Vu les circonstances et l'état de ma cliente, je crois que la cour acceptera sûrement de reporter l'audience pour une huitaine» requit-il.

Le juge trouva la requête raisonnable et y accéda. Néanmoins, il ordonna que Rachel fût détenue dans un pénitencier pour femmes jusqu'à une requête de remise en liberté.

Tous, y compris le procureur – ce qui était plutôt bon signe pour Rachel – se satisfirent de cet arrangement. Stéphanie s'approcha de l'avocat de Rachel. Bien qu'il sembla la reconnaître, elle se présenta tout de même.

«Stéphanie Rousseau de *L'Express*. Mᶜ Dupras, j'aimerais rencontrer votre cliente.

– Jusqu'à la demande de remise en liberté, répondit Dupras, elle sera détenue à la prison Tanguay.

– Comment est-elle? demanda Stéphanie.

– En état de choc... l'informa-t-il, navré. Le coup a été terrible.

– Et Sébastien, son fils?

– Il a été confié à la Protection de la jeunesse. On n'a pas encore réussi à retracer son père naturel à l'étranger...»

Stéphanie quitta la salle d'audience, en proie à une vaine colère. Elle jura contre cet organisme bureaucratique qui n'avait agi que lorsqu'il avait été trop tard. Elle donna du pied contre une poubelle, retenant à peine une crise de nerfs.

«Tout ce foutu gâchis de merde qui aurait pu être évité! Bande d'incapables de fonctionnaires pourris! maugréa-t-elle, les larmes aux yeux. Ça valait la peine de me fendre en quatre!»

Une vive douleur au bout de son pied finit par la calmer. Elle dut se rendre à l'évidence: cette malheureuse poubelle n'avait rien à voir dans cette histoire. Elle la laissa donc tranquille.

Elle était bien contente d'avoir une affaire importante pour se changer les idées. Elle avait fini d'éplucher l'énorme dossier qu'elle avait constitué sur les détournements de fonds universitaires et, bien qu'elle n'eût pas encore eu le feu vert de l'inspecteur Morency, elle s'attela dès lors à la tâche. Le texte serait déjà prêt au moment même de l'arrestation du fraudeur, ce qui ne déplairait sûrement pas au comité de rédaction.

Lionel vint la retrouver au milieu de la journée.

«Tu ne prends pas ça mal, au moins? s'assura-t-il.

– Maloin?

– Oui.

– Non, ce n'est pas comme avec Thibault, expliqua Stéphanie. Cette fois, je n'ai fait que ce j'avais à faire. Si on m'avais écoutée, les choses ne seraient jamais allées si loin. Ça me fait quand même quelque chose...

– Et ton autre affaire? s'enquit Rivard.

– Je suis plutôt fière de moi! répondit-elle, nettement plus enthousiaste. Détournement de fonds universitaires pour un demi-million de dollars. Le gars est fait à l'os!

– Tu sais qui c'est?

– Oui, mais je dois attendre l'arrestation avant de publier. Il a quarante-six ans, s'appelle Denis Verville et demeure à Outremont.

– Verville, as-tu dit? questionna Lionel, subitement livide.

– J'ai dit quelque chose de mal? s'étonna Stéphanie.

– Non... Un responsable de levée de fonds dans le secteur de la recherche qui habite Outremont et qui se nomme Denis Verville? Es-tu certaine de tes informations?

– Certaine! confirma-t-elle fièrement. J'ai tous les détails dans ma serviette. Ça vient directement de la police et de l'administration de l'université.»

Rivard feuilleta les documents, presque paniqué. Il les ressembla et les mit sous son bras.

– «On va te reparler de ça!» dit-il en la quittant.

Michel s'amusait bien à Oshawa. Monsieur Ange-Albert, l'impresario de la chanteuse, l'avait pris en affection depuis la répétition de Montréal. Il s'était fait offrir un bon dîner bien arrosé en compagnie de la jolie Christine et de quelques musiciens sympathiques. Il se doutait bien qu'on essayait de s'attirer ses faveurs, mais les attentions d'Ange-Albert n'avaient pas encore dépassé la mesure (à quatre temps). Bref, comparé aux chiens écrasés qu'on lui réservait à l'habitude, ce reportage avait des allures de grandes vacances.

En plus, ce qui était loin de lui déplaire, la petite Cartier avait décidé de l'enjôler. Elle profitait de chaque occasion pour se tenir tout près de lui et lui faisait de l'œil pendant les répétitions. Elle avait même chanté sa plus belle chanson d'amour en le fixant droit dans les yeux. Michel, sans se leurrer sur l'aspect «relations publiques» de ces œillades, les trouvait tout de même très flatteuses.

Christine était morte de nervosité à l'idée d'entrer en scène. La foule était dense, comme dans tous les festivals populaires, et la bière coulait à flots, ce qui avait contribué à échauffer l'atmosphère.

Elle avança sur la scène, parée de son plus beau sourire et de sa robe la plus ajustée. La foule manifesta son approbation devant cette superbe jeune femme. Encouragée par les sifflements admiratifs des hommes, elle les salua gaiement.

«*Hello Oshawa*! *Do you feel for it?*

– *Yeah*! hurla la foule, enthousiaste.

– Et pour le réseau francophone de Radio-Canada: bonsoir, je suis très heureuse d'être ici ce soir!»

Certains spectateurs, peu nombreux mais ivres et bruyants, se mirent à huer la chanteuse à ces quelques mots de français. Le premier guitariste, qui faisait office de meneur du groupe, fit signe aux musiciens de commencer à jouer tout de suite pour ne pas perdre l'ambiance qui menaçait de se gâter.

La première chanson de Christine était en français. Ceux et celles qui n'avaient pas toléré son mot de salutation dans la langue de Molière la supportèrent encore moins pour une chanson complète. Christine et l'orchestre tentèrent d'ignorer ces huées, mais les intolérants avaient incité quelques spectateurs à les imiter. D'autres, voulant encourager la jeune chanteuse, protestaient contre les premiers.

Complètement ébranlée, sa voix commença à connaître des ratés sous le coup de l'émotion, ce qui donna une occasion de plus aux fanatiques de la dénigrer.

«Qu'elle passe en anglais! ordonna Ange-Albert à partir des coulisses.

– Pourquoi? protesta Gagné qui se tenait à ses côtés. Ce n'est pas notre beau et grand pays, ça, le Canada? Ils ont probablement une autre définition de l'hospitalité! Bande d'enculés!»

Sur la scène, le spectacle virait au fiasco. Christine, complètement mortifiée, éclata en sanglots et alla se réfugier dans les coulisses. Elle fit un faux pas et, en s'aidant peut-être un peu, tomba directement dans les bras de Gagné. Un photographe croqua l'incident.

«Attention! conseilla Michel, amusé. Tu vas te casser une jambe.

– Je n'ai jamais été aussi humiliée de toute ma vie, j'ai tellement de peine...

– Je pense que tu peux te tenir sur tes jambes, dit-il en la repoussant délicatement alors qu'elle semblait vouloir s'attarder. Ne t'inquiète pas. Je vais expliquer aux lecteurs de *L'Express* les leçons de civisme que l'on reçoit de nos chers voisins.

– Pourquoi tu n'as pas continué en anglais? demanda Ange-Albert, catastrophé.

– J'étais bien trop surprise... Je n'aurais jamais pensé...

– On est comme Caïn et Abel, grommela Michel, furieux. Ils nous haïssent. On n'est rien que bon à acheter leurs chars et leurs brosses à dents. Pour les échanges culturels, il faut en rester à nos chanteurs bilingues qui s'exécutent dans leur langue. Qu'ils mangent de la merde!»

Ange-Albert, jusque-là anéanti à l'idée de perdre le marché anglophone, commença à réaliser que cette mésaventure pourrait se transformer en formidable instrument de publicité par le biais du nationalisme québécois, et en particulier celui de Michel Gagné.

Le jeune journaliste passa une partie de la soirée à recueillir les commentaires des musiciens et de quelques spectateurs qui daignèrent lui répondre malgré son horrible accent du Saguenay.

Michel composa un article vivant et incisif sur l'incompréhension mutuelle des deux solitudes canadiennes qu'il expédia au journal par modem. Fier de lui, il s'allongea sur le lit de la chambre de motel en décapsulant une bière. Lorsque l'interface téléphonique de l'ordinateur portatif eut fini de crépiter, il s'empara du combiné et, plutôt que de rappeler à la rédaction pour savoir si le texte y était bien parvenu, téléphona directement chez Stéphanie.

«Je m'ennuie tout seul dans mon lit, déclara-t-il sans se présenter.

— Où es-tu? demanda-t-elle d'une voix endormie.

— Dans un motel d'Oshawa.

— Comment va la belle Christine? interrogea Stéphanie.

— Mal, résuma Michel. Tu liras mon texte demain matin. S'ils ne le coupent pas... Les Anglais ont été sauvages. Le message est clair: ils ne veulent rien savoir de notre belle culture française, expliqua-t-il en appuyant sur le dernier mot.

— Ce n'est pas tous les Anglais qui sont comme ça, Bleuet séparatiste de mon cœur! répliqua-t-elle, amusée. Mets-toi à leur place deux minutes: est-ce que ça t'intéresserait, toi, une belle culture que tu ne comprendrais pas?

— Tu es colonisée, décréta Michel, sans appel. Et Rachel Maloin?

— C'est le cas de légitime défense le plus authentique qu'on n'a jamais vu!

– Pauvre gars! plaignit Michel.

– Pauvre femme! corrigea Stéphanie. Tu t'imagines ce que ça prend, comme cruauté, comme peur, comme panique, pour qu'une femme aussi peu agressive en vienne à poser un geste comme celui-là?

– Tu lui as donné un bon coup de main, critiqua Michel.

– On fait notre métier, se défendit-elle. Attends, on m'appelle sur l'autre ligne...»

Le temps qu'elle eut prié son second interlocuteur de patienter, Michel avait déjà raccroché.

Richard Fortin s'adaptait tant bien que mal à son nouveau poste de journaliste sportif. Il avait très vite compris les deux principaux inconvénients de ce travail: quoi dire d'original sur un événement qui avait lieu une centaine de fois par année (une partie de hockey) et comment le dire avant l'heure de tombée...

Il avait déjà fait une croix sur le premier point et s'acharnait sur son ordinateur pour respecter le second. Ben Tremblay, le chef de la section des sports, le harassait au téléphone pour qu'il termine son texte au plus vite.

«Je sais que je suis en retard! s'exclama Tintin, couvert de sueurs froides. Je fais ce que je peux, moi!

– On a reçu ton premier texte, paniqua Tremblay. On peut pas passer ça, c'est bien trop con! Tu aurais pu reformuler un peu...

– Quoi? s'offusqua Fortin. Je n'invente pas les déclarations, moi, monsieur. S'ils sont niaiseux, ils vont rester niaiseux!»

Il raccrocha, mécontent. En plus d'avoir à parler de choses qu'il trouvait totalement stupides, il devait les faire passer pour intelligentes. Il se concentra de nouveau sur son écran à cristaux liquides, sans remarquer l'arrivée d'une nouvelle venue sur la tribune de la presse.

Par contre, les autres journalistes qui avaient terminé leurs articles ne la manquèrent pas. On se donnait du coude pour attirer l'attention sur la jolie Gabriella Salvatore. La jeune reporter, dont la présence était encore plus incongrue que celle de Fortin, alla s'asseoir directement à côté de lui.

«Salut, Richard! On s'est croisés au journal.

— Salut, marmonna Richard sans lever les yeux de son ordinateur. Qu'est-ce que tu fais ici? demanda-t-il enfin.

— On m'offrait de nettoyer les chiottes, de couvrir le palais de Justice ou les Castors. Ça ne me tentait pas de me retrouver avec des juges ivrognes et des avocats roteux... alors me voici. Je suis contente d'avoir l'occasion de mieux te connaître.

— Dix heures et quart! s'écria-t-il, peu attentif. Comment je vais faire avec ce maudit *dead-line*-là!

— La Direction pense que le sport, ça serait plus vendeur avec une femme dans la section.

— Par quoi je commence? C'est insignifiant, un match hors-concours! Mais... ça n'a pas de bon sens, faire passer une fille de la politique aux sports!

— Je n'avais pas vraiment le choix, avec les coupures, soupira-t-elle. Mais je pense qu'on peut avoir du plaisir. Pourquoi tu ne commences pas en rappelant que le père du petit garçon a perdu un œil en jouant au hockey... c'était avant l'invention du masque.

— Son père? Tu veux dire que les gardiens de but ont déjà joué pas de masque? Tu sais ça, toi?» dit-il, impressionné.

Elle lui répondit par son clin d'œil le plus charmeur, ce qui rendit jaloux les journalistes qui la reluquaient.

Le climat était des plus tendus dans la salle de réunion syndicale. Une trentaine de travailleurs, les plus vieux de l'entreprise, attendaient impatiemment que Léonne Vigneault leur explique ce qui advenait des coupures de postes dont la rumeur faisait état. À contre-cœur, elle leur annonça les résultats de sa consultation juridique.

« J'ai de mauvaises nouvelles, commença-t-elle tristement. Nos avocats sont formels : la convention collective permet à Vézina d'agir comme il le fait.

– Ça veut dire que le syndicat nous laisse tomber ? comprit Albert Touchette, le doyen des journalistes de *L'Express*.

– Non monsieur Touchette, rassura Léonne. Nous allons tout tenter pour faire reculer la date de préretraite... ou pour négocier de meilleures conditions. Mais si Vézina veut jouer dur...

– Nous aussi on peut jouer dur ! répondit Touchette, agressif.

– Oui, approuva un autre. Une bonne grève, ça n'a jamais tué un homme !

– Il faudrait que les autres locaux soient prêts également, soupira Léonne, pessimiste.

– Comment, prêts ? répéta Touchette, incrédule. Est-ce que les journalistes ont déjà hésité à défendre les autres employés ? Les téléphonistes des annonces classées qui gagnent plus qu'un notaire, qui est allé sur le trottoir pour elles ?

– Monsieur Touchette, je vous dis qu'on va se battre, promit Léonne. Mais avant de déclencher une grève, il faut que les troupes soient convaincues... Je vais commencer par aller discuter avec Vézina pour voir s'il y a moyen de le modérer un peu...»

Touchette était déçu du peu d'enthousiasme de ses collègues pour défendre leur emploi.

« J'ai cinquante-sept ans, expliqua-t-il, ému. J'ai une fille à l'université. Je ne suis pas prêt à mourir dans mon parterre à regarder pousser le gazon...

– Marie-Louise et moi...» commença un autre.

On pouffa de rire à la mention de ce nom. Léonne ne saisit pas.

« Marie-Louise ? répéta-t-elle.

– Ma grosse presse, expliqua le pressier. Je me suis attaché à elle. Quand on roule le vendredi soir pour l'édition du samedi, je la flatte pour l'encourager. C'est toute une job, la grosse *Express* du samedi pour une presse qui a trente-cinq ans. On a commencé en même temps, elle et moi...

– On va se battre, monsieur Turgeon, on va se battre. Je ne sais pas encore comment on va s'y prendre, mais on ne vous laissera pas tomber, ni vous, ni Marie-Louise...»

Une fois la réunion terminée, elle se dirigea directement au bureau de Paul Vézina. Celui-ci, penché sur des dossiers quelconques, leva à peine les yeux à son arrivée et la salua d'un grognement.

«Je pense que le moment est venu de se parler, annonça Léonne, déterminée.

– Madame Vigneault, rétorqua sèchement Vézina, c'est moi qui décide si c'est le temps ou pas.

– Bon, fit Léonne, contenant mal son impatience. Moi, je disais ça pour aider l'entreprise. Si on ne se parle pas, on va trouver d'autres moyens pour passer nos messages.

– Avant d'essayer de me faire peur, répondit-il, nullement impressionné, tu vas prendre ta christ de convention collective et tu vas l'apprendre par cœur! Tu vas voir que les coupures o-bli-ga-toi-res qu'on va imposer sont faites selon les termes de votre convention! Faut pas me faire chier, compris?»

Stéphanie avait reçu le coup de téléphone de l'inspecteur Morency et se trouvait, maintenant, en compagnie de Vandal, dans un couloir de l'université, prête à saisir son homme sur le vif. Denis Verville, entouré de deux policiers, dont Morency, sortit de son bureau. Vandal tenta de prendre quelques clichés de l'homme qui se cachait la figure. Il s'arrêta soudainement, le reconnaissant.

«C'est pas vrai... murmura-t-il.

– Quoi? demanda Stéphanie.

– C'est le mari de Léonne!»

Stéphanie, qui avait tout prévu sauf ça, décida de rentrer au journal pour consulter Rivard. Elle était complètement abasourdie par cette constatation. Lionel qui savait déjà que Denis Verville était l'époux de Léonne, demanda à Louise et à Claude de venir les rejoindre dans un bureau.

«Je ne peux pas sortir l'histoire! s'écria Stéphanie, énervée. Je ne peux pas faire ça à Léonne...

— Ça va être très délicat pour toi, admit Louise Duguay. Mais tu dois faire ton travail.

— Tu vas rapporter les faits, conseilla Rivard, rien que les faits.

— Nous, on va s'entendre sur la façon de jouer ça dans le journal, n'est-ce pas? demanda-t-elle à ses collègues. Et sur le choix des photos, aussi.

— Qui est-ce qui va aller lui annoncer ça?» demanda Stéphanie, complètement ébranlée.

Lionel, Claude et Louise se consultèrent des yeux. Finalement, Louise décida de se lever.

Chapitre VIII

Léonne suivit Louise jusqu'à la petite salle de réunion où se trouvaient Claude, Lionel et Stéphanie. Ceux-ci, attablés autour de divers documents, partageaient l'air sombre de l'éditorialiste. Claude trouva le courage de parler.

«On a une bien mauvaise nouvelle...» bredouilla-t-il.

Léonne comprit tout de suite que la «mauvaise nouvelle» se trouvait dans les documents posés sur la table. Elle les examina, anxieuse.

«Qu'est-ce que Denis a à voir là-dedans? demanda-t-elle, n'osant pas comprendre. Ça parle de détournement de fonds! constata-t-elle, atterrée.

— Je suis désolée, Léonne, balbutia Stéphanie. Je ne savais pas...

— C'est impossible! s'exclama-t-elle, incrédule. C'est une farce? Dites-moi que c'est une farce plate!

— C'est la vérité, Léonne, répondit gravement Stéphanie. La police l'a arrêté à six heures...

— Mon mari? Arrêté pour détournement de fonds de?

— Quatre cent soixante-cinq mille dollars, compléta Rivard.

— Vous êtes malades! lança Léonne, ébranlée. Je veux des preuves.

— Stéphanie a toutes les preuves, répondit doucement Louise.

– De quoi elle se mêle, celle-là ! s'exclama Léonne, perdant son calme.

– C'était son histoire, expliqua Rivard. Elle n'était pas au courant. Nous allons publier les faits seuls, objectivement.

– C'est impossible... se contenta de murmurer Léonne, d'une voix blanche.

– Lionel serait d'accord pour t'offrir un congé de maladie, si tu veux, ajouta Louise.

– Ça va trop vite, là, se plaignit Léonne, littéralement étourdie.

– Ça va, Léonne ?

– Tu ne peux pas me demander de rester à rien faire... Je vais devenir folle. »

Un silence pesant s'installa. Embarrassés, tous regardaient le visage inexpressif de Léonne.

« Allez-vous tenir ça mort ? » demanda-t-elle finalement.

On ne lui répondit mot.

« Ça va se savoir, de toute façon », ajouta-t-elle, presque indifférente.

Le hasard fit qu'une importante réunion syndicale se tint le soir même. L'inquiétude avait gagné les troupes désorientées par l'absence de leur chef. François Dumoulin présida l'assemblée, ce qui n'améliora pas le climat. En plus de ne pas avoir le cœur à ces débats interminables, il était plus populaire parmi ses lecteurs qu'au sein des effectifs du journal, comme la plupart des journalistes, d'ailleurs. Bien qu'ayant été un syndiqué militant dans sa jeunesse, sa vie de grand reporter et son salaire élevé l'avaient éloigné de ces réunions, qu'il jugeait ennuyantes. Néanmoins, par son expérience, il était celui qui connaissait le mieux les rouages compliqués de ce genre de rencontre, avec son décorum, ses plénières, amendements, sous-amendements, contre-propositions et ses prises de position sur la possibilité d'un vote indicatif.

On passa quelques heures à dresser péniblement un portrait de la situation de *L'Express*. Le principal problème – et principal avantage de Vézina – était qu'il n'y avait que les plus âgés de touchés par les mesures économiques. Les plus jeunes n'avaient donc pas de raisons de recourir à des moyens de pression contre le nouveau patron. Seul l'altruisme aurait pu les y pousser...

Pour ajouter à la confusion, on se rendit compte que la plupart des dossiers étaient restés entre les mains de Léonne, ce qui compliqua la tâche de François Dumoulin. Albert Touchette, le plus militant des journalistes parmi ceux envoyés à la retraite, finit par s'impatienter.

«Je voudrais savoir pourquoi la camarade Vigneault n'est pas là pour présider l'assemblée. On n'a rien contre le camarade Dumoulin, mais il n'a jamais été bien fort sur le syndicat. C'est Léonne qui a travaillé sur notre dossier. Sacrament! Quatre-vingt-six hommes qui perdent leur job, c'est pas assez important pour le syndicat des journalistes?

– Laisse faire les "camarades", Albert, répondit négligemment François. Léonne n'est pas là parce qu'elle ne peut pas. Ça devrait te suffire.

– On ne perdra plus de temps, décida Touchette, à bout. Ça fait trois heures qu'on tourne en rond. J'ai fait trois grèves pour les journalistes plus vieux que moi. C'est à votre tour, les jeunes. On a besoin de vous. Je demande que quelqu'un propose un vote de grève illimitée tant que le patron n'aura pas redonné leurs jobs aux gars.»

Sa demande ne tomba pas dans l'oreille d'un sourd. Richard Fortin, qui conservait de ses nombreuses grèves étudiantes un souvenir exalté, se leva spontanément aux mots «vote de grève illimitée», un peu comme le chien de Pavlov salivait en entendant sa clochette.

«Moi, je le propose, déclara-t-il noblement.

– Es-tu sûr de ton coup? demanda Dumoulin, sceptique. Tu n'as même pas ta permanence.»

Fortin donna son assentiment sans hésitation. Inquiet, Dumoulin reporta son regard vers l'assemblée.

«Un secondeur?» demanda-t-il.

Avant que quiconque ne seconde la proposition, Stéphanie s'avança au micro. C'était risqué de sa part, puisque, par ses ascendances, on l'identifiait plus à la Direction du journal qu'au syndicat.

«Va voir ton père! cria-t-on avec malveillance.

— Je sais que ça irrite plusieurs que mon père soit propriétaire du journal, mais vous savez tous que j'ai donné mille fois la preuve de mon indépendance. Je suis une journaliste syndiquée et je pense avoir été fidèle aux principes de notre profession. Je suis contre une grève à ce moment-ci parce qu'elle est trop dangereuse.

— Dangereuse pour le père Rousseau! s'exclama Touchette, de mauvaise foi.

— Monsieur Touchette, répliqua Stéphanie, tous nos camarades touchés par les préretraites ont encore quatre-vingt-dix jours pour en appeler. Et chaque cas peut-être porté en arbitrage. Et puis, *L'Express* a un nouvel éditeur, et vous savez que c'est un dur.

— Penses-tu que Vézina me fait peur? brava Touchette.

— Ce n'est pas une question de peur, c'en est une de stratégie et d'intelligence. Tout est croche dans l'entreprise, il y a des problèmes dans tous les secteurs. Si on va en grève...

— Vendue! hurla-t-on. Tu vas continuer de te promener en Porsche!

— Si on va en grève, continua-t-elle, il va falloir régler tous les problèmes avant de retourner au travail. Ça va prendre six mois... Quels sont ceux qui sont prêts à risquer six mois de salaire et la vie de *L'Express*?»

Cette fois, l'argument avait porté. On n'entendit plus rien dans la salle. Satisfaite, Stéphanie regagna sa place, laissant le micro à Marcelle, une grande amie de Léonne et une camarade exemplaire. Ce qu'elle dit n'en fut que plus écouté.

«Stéphanie a raison, approuva-t-elle tristement. Un journal, c'est un géant aux pieds d'argile. C'est fort et puissant, mais aussi très fragile. Où sont passés *Le Montréal Matin*, le *Montreal*

Star, le *Daily News* et avant, *La Patrie* et *Le Canada*? On ne peut se permettre de laisser tout le marché à *La Nouvelle*... Veut-on que le Québec se retrouve à la merci d'un tabloïd sanglant?»

On acquiesça par un silence pesant.

«Il faut se battre, poursuivit-elle, mais il faut se battre intelligemment. S'il faut aller en grève dans trois mois, on le fera. Mais on se sera préparé. Patience et longueur de temps valent mieux que force et puissance.»

Elle se rassit. Dumoulin reprit la parole.

«Y a-t-il un secondeur?» redemanda-t-il.

Personne ne fit un geste. Fortin se releva, gêné.

«Je retire ma proposition...» dit-il timidement.

Un vague soupir de soulagement parcourut la salle. Seul Albert Touchette semblait déçu de ce résultat. On opta pour quatre-vingt-six griefs en bonne et due forme comme premier moyen de pression.

Pendant ce temps, la grande absente de ce débat, Léonne Vigneault, s'était rendue au palais de Justice pour y chercher son mari. On avait libéré Verville sous caution et sous promesse de comparaître. Il tenta de sortir discrètement de l'édifice, en se cachant le visage avec le col de son manteau. Après vingt ans de mariage, Léonne put toutefois le reconnaître au premier coup d'œil. Pâle comme une morte, elle l'observa marcher lentement vers elle en détournant les yeux. Elle se planta devant lui, à bout de nerfs.

«C'est un cauchemar! Tout le monde se trompe, dis-le.»

Il lui répondit par un regard attristé. Cela ne la satisfit pas. Furieuse, elle l'empoigna par le collet.

«Tu ne parles pas? Tu ne dis rien?»

Devant son mutisme obstiné, elle se radoucit et l'invita à monter dans sa voiture. Ils rentrèrent à leur appartement sans échanger une parole. Léonne prépara le café et pria son mari de s'asseoir face à elle. Le tout lui rappelait avec trop d'acuité les pénibles interrogatoires que la police lui avait fait subir. Comme avec la police, Denis avoua sa culpabilité.

«Je ne pouvais pas faire autrement, avoua-t-il. J'avais besoin d'argent.

— Besoin d'argent? répéta-t-elle, incrédule. Je ne comprends pas, on n'a pas un train de vie de millionnaire...

— J'ai détourné l'argent... commença-t-il.

— Tu es complètement fou, ou quoi? le coupa-t-elle. De l'argent, pour quoi faire?»

Il demeura silencieux un moment. Il se leva et s'éloigna de quelques pas, comme s'il voulait se protéger, se libérer ou chercher son élan. Puis, prenant son courage à deux mains, il se décida à avouer ce qu'il lui cachait depuis plusieurs années.

«Une autre femme, Léonne! expliqua-t-il brusquement. Une autre femme...

— Une autre femme? répéta Léonne, comme si elle ignorait ce que ces mots voulaient dire.

— J'aime une autre femme... Toi aussi, je t'aime beaucoup, expliqua-t-il d'une voix hésitante, mais tu devais bien te douter... ça fait quatre ans qu'on fait chambre à part.

— Saint-Christ! jura-t-elle, comprenant soudainement ce qu'il racontait. Ça ne coûte pas un demi-million, une plotte pour se vider!»

Denis n'apprécia pas cette remarque. Il s'approcha, furieux à son tour.

«Je te respecte, Léonne, lança-t-il. J'ai des problèmes que tu ne peux même pas t'imaginer, mais ne me parle pas comme ça! Elle mérite autant de respect que toi!»

Ses derniers mots s'étouffèrent dans sa gorge. Il tenta de ralentir sa respiration, puis agrippa sa veste et se dirigea vers la porte. Prise de panique, Léonne se leva pour l'arrêter.

«Je te jure que je ne te poserai pas d'autres questions, mais reste. Je t'aime... que tu aies fait n'importe quoi!

— Ça fait quatre ans que je mens, tu comprends? répondit-il, au bord de la crise de nerfs. Je ne suis plus capable. Je serais mort si ça avait continué...

— La vérité, demanda-t-elle doucement. Je veux la vérité.»

Denis regarda le visage de Léonne. Toute résistance y avait été brisée. Il n'y restait plus que de la tristesse et cette douceur qui l'avait empêché de la quitter plus tôt, cette douceur qu'il avait aimée. Il revint s'asseoir, soulagé de pouvoir se confesser après tant d'années.

Sa confession avait quelque chose de tendre et de sadique. Il lui raconta tout en détail. Quand Léonne semblait particulièrement bouleversée, il faisait preuve d'encore plus d'âcreté dans son récit. Il se vida le cœur, heureux de se débarrasser de toute la culpabilité qui s'y trouvait, sans tenir compte de la peine supplémentaire qu'il faisait à sa femme. Après tout, elle avait voulu la vérité, il la lui donnait. La douleur de Léonne atteignit le point de saturation lorsqu'elle apprit que «l'autre» avait obtenu de Denis ce qu'elle-même n'avait jamais reçu: un enfant.

Elle se referma complètement, cessa de l'écouter et alla se coucher. Elle dormit d'un sommeil lourd et profond, sans remarquer que son époux l'avait quittée pour la nuit.

Elle se rendit tout de même au travail le lendemain matin. Comme elle l'avait dit à ses collègues quand ceux-ci lui apprirent la sinistre nouvelle, elle préférait se tenir occupée plutôt que de remâcher les événements chez elle, à ne rien faire. Elle se présenta à la salle de rédaction comme tous les matins, mais personne n'osa la saluer ou engager la conversation avec elle, comme si on avait peur de toucher une corde sensible par inadvertance. Les gens sont ainsi face à la douleur des autres: ils ne veulent pas la partager. Elle se rendit au bureau de Louise Duguay, qui avait semblé plus sensible à son malheur. Celle-ci l'accueillit, sincèrement compatissante.

«Comment ça se passe? demanda-t-elle, attristée par les cernes et la pâleur de sa collègue de longue date.

— Tout drôle, répondit Léonne. Il a été libéré sous caution en attendant le procès. C'est tellement sordide comme histoire. J'aurais le goût de mourir...

– Quatre cent soixante-cinq mille dollars! se rappela Louise, impressionnée par ce chiffre. Qu'est-ce qu'il a fait avec une somme pareille?

– Je pense qu'il est devenu fou, expliqua Léonne en se mettant à pleurer. Il y a une maudite petite vache qui lui a tourné la tête!»

Louise ne sut que dire pour la réconforter. Elle se contenta de la regarder avec compassion et compréhension.

«Le pire, c'est que je l'aime! continua Léonne. Je l'aime comme une folle. Je ne comprends plus rien à la vie. Je veux l'aider... On va trouver un bon avocat et un psychiatre...

– Tu sais, expliqua doucement Louise, il n'est pas fou parce qu'il est parti avec une autre femme... Simplement, il n'a pas su comment s'éloigner de toi, et ça l'a mené là. Tu devrais plutôt penser à toi. Tu vas avoir besoin de temps et d'énergie.

– Justement...

– Nous avons convaincu Vézina, annonça Louise. Tu vas être en congé avec solde pour au moins une semaine. On s'arrangera après.

– Le syndicat... protesta Léonne. C'est impossible de tout laisser tomber à ce moment-ci.

– Tu ne seras pas plus avancée si tu te tapes une grosse dépression.

– La dépression, c'est sûr que je vais la faire si je reste à la maison! Il faut que je travaille.

– Mais tu vas y aller mollo, insista Louise, maternelle. Le journal et le syndicat vont marcher sans toi.»

Léonne accepta tacitement. Ses yeux se perdirent dans le vague. Louise devina sans peine ce qui occupait son esprit.

«Je le savais, raconta Léonne. Dans le fond, je le savais. Mais je me fermais les yeux parce que je ne voulais pas voir. Je pensais que ça allait passer.»

Elle resta silencieuse pendant un court instant.

«Quand allez-vous publier? demanda-t-elle enfin.

– Demain. On n'arrête pas l'information. S'il y a des imbéciles qui ne comprennent pas, ne t'en fais pas.

– C'est incroyable, soupira Léonne en se levant après une grande inspiration. Il y a vingt-quatre heures, j'étais une femme heureuse...»

Peinée, Louise la regarda s'éloigner lentement de son bureau. Léonne s'installa à son pupitre, puis, comme si elle venait soudainement de prendre une décision, se leva et sortit de la salle de rédaction. Louise décida d'aller voir où Stéphanie en était avec son article.

La chroniqueuse avait d'abord préparé un premier texte sur l'affaire, mais elle avait décidé de le réécrire en apprenant les liens du fraudeur avec sa collègue. Elle tapochait sur son terminal, hésitant entre la volonté de rédiger un bon article et le désir d'épargner une camarade.

Puisque ce texte posait un problème de déontologie bien particulier, Dubé et Vézina, tout comme Louise, était venus lire par-dessus l'épaule de Stéphanie. Lionel Rivard vint bientôt les rejoindre, et le petit groupe examina ensemble l'épineux article. Le chef de pupitre se risqua à un premier commentaire.

«Tu n'inclus pas dans ton texte que Denis Verville est marié à la journaliste Léonne Vigneault? demanda-t-il.

– J'y ai pensé, mais ce n'est pas nécessaire, rétorqua Stéphanie, calme mais déterminée. Léonne Vigneault n'est pas une vedette. Elle n'est pas chanteuse, ni actrice, ni politicienne. C'est une simple journaliste.

– Par souci de transparence et d'honnêteté, intervint Caude Dubé, il faudrait le mentionner. C'est une donnée importante dans l'histoire.

– La grosse, intervint Vézina avec son élégance habituelle, la personne qu'elle fait le plus chier dans l'entreprise, c'est moi. Je l'ai dans les jambes tous les jours avec le syndicat. Mais, calvaisse, on n'est pas obligé de varger à coups de pied dans quelqu'un qui est déjà à terre.

– Pourquoi mentionnerait-on le nom d'une personne qui n'a rien à voir avec l'histoire qu'on raconte? fit valoir Stéphanie.

– Si un piéton est frappé par une voiture conduite par un illustre inconnu, expliqua Rivard, on s'en fout. Mais si l'illustre inconnu est le fils du ministre untel, là, ça commence à être une bonne histoire. Et si on apprend qu'il était saoul, là, ça fait la une. Avez-vous pensé à la compétition? continua-t-il. Quand ils vont savoir ça, à *La Nouvelle*, ils vont tomber là-dedans comme des petits veaux dans du lait chaud.»

Louise, Claude et Paul se consultèrent du regard, mal à l'aise.

«Et pour le reste? demanda Stéphanie.

– Quel reste? fit Vézina.

– Verville a détourné ces fonds parce qu'il menait une double vie depuis plus de quatre ans et qu'il voulait foutre le camp du pays. La moitié de l'argent est déjà rendue au Costa Rica.

– C'est de l'information qu'on fait, décréta Rivard, impitoyable. On informe! *The show must go on!*»

Claude Dubé prit cependant la décision finale.

«Le nom de Léonne Vigneault sera suffisant. Le reste ne nous intéresse pas.»

Vézina approuva de la tête. Stéphanie, un peu déçue mais soulagée qu'on ne lui en demande pas plus, se remit à taper pour se conformer aux directives de ses supérieurs.

À l'hôtel de ville, on célébrait au champagne l'inauguration d'une sculpture. Le hall était bondé de journalistes, de photographes, de relationnistes. Tous semblaient se réjouir des prodigalités du maire Raynald Guimond, sauf François Dumoulin, qui s'était contenté de bière. Il en avait pris plus d'une d'ailleurs, ce qui n'améliorait pas son humeur massacrante envers l'engeance municipale de Montréal. Il contemplait, sidéré, la sculpture que le maire venait de s'offrir. Dumoulin n'avait rien contre le postmodernisme... seulement, il n'était pas sûr de la signification de ce mot. La sculpture ne le lui apprit pas.

«Combien ça a coûté, cette chose? demanda-t-il, éméché, à un collègue.

– C'est bon pour la notoriété de Montréal, se contenta-t-il de répondre, en savourant sa coupe de champagne.

– Tu arrives d'où, toi? s'enquit Dumoulin, irritable. La notoriété de Montréal? As-tu vu l'état de la ville? Le monde dans les rues? Et le con à Guimond achète des sculptures!»

Il termina sa bière sur ces mots, et en entama une autre.

«La ville fait parler d'elle à travers la planète grâce à lui, répliqua son collègue.

– Sûrement pas en bien! commenta Dumoulin. Une ville qui vit au-dessus de ses moyens, des rues qu'on ne peut plus réparer, des immeubles qui se vident. Ce qui fait une ville, ce sont les gens qui y vivent.

– Pourtant, c'est un socialiste...

– Un socialiste qui va peut-être laisser vendre tous les terrains de l'Est de la ville.

– Qui peut être intéressé à aller se fourrer dans ce trou-là! s'exclama l'autre. C'est zoné résidentiel ou commercial.

– La rumeur parle encore de Mémile...

– Les BPC?» demanda le journaliste, intrigué.

Après avoir refusé de s'ouvrir les yeux durant quatre ans, Léonne s'était enfin décidée à affronter la situation en face. Elle se disait qu'un traitement de choc aurait plus de chances de succès que l'apitoiement sur soi. Anxieuse, elle sonna à l'adresse qu'elle avait découverte dans les papiers de Denis.

Une femme, un peu plus jeune qu'elle et beaucoup plus jolie, lui ouvrit la porte. Elles demeurèrent figées un moment. Après tout, c'était une rencontre qu'elles avaient cherché à éviter depuis plusieurs années. Léonne se décida à prendre la parole.

«Je crois qu'il est temps qu'on se parle», dit-elle simplement.

La jeune femme l'invita à entrer. Léonne et sa rivale s'installèrent au salon devant du café et du cognac et se racontèrent leurs vies depuis quatre ans. Paradoxalement, Manon, la maîtresse de Denis, se sentait plus à l'aise que Léonne, sa légitime épouse. Elles discutèrent longuement, comme si elles étaient de vieilles camarades. Toutes les deux avaient été catastrophées par l'arrestation de Denis, et toutes les deux subissaient de lourdes conséquences de ce revirement de situation. Manon expliquait à Léonne ce qu'ils avaient prévu de faire avec les fonds de l'université.

«On s'aime, affirma-t-elle sans honte. Vraiment. C'est pour ça qu'on voulait partir. Recommencer loin de Montréal, juste tous les trois. Mais maintenant... soupira-t-elle tristement. Je vais me battre pour qu'on puisse enfin vivre ensemble.»

Elle se leva, peut-être pour signaler qu'elle voulait bientôt être seule, peut-être simplement pour se dégourdir les jambes.

«Léonne! entonna Manon, ah! Léonne qui lui a permis de faire son doctorat, Léonne qui écrit tous les jours dans la grosse *Express*, qui l'amène voir des spectacles... Léonne, que sa grosseur émeut.»

Cette dernière sursauta. L'affirmation avait été directe et sans mépris, et peut-être en cela encore plus blessante.

«Bien oui, poursuivit Manon en observant sa réaction. Même ça! Il ne voulait pas te quitter: tu faisais trop pitié... Sauf depuis que la petite est née.»

À ce moment, comme si elle avait compris que l'on parlait d'elle, on entendit un cri de bébé. Les deux femmes se regardèrent droit dans les yeux, comme elles l'avaient fait souvent durant leur entretien.

«Est-ce que je peux la voir?» demanda Léonne, poussée par une curiosité un peu morbide.

Manon acquiesça et se dirigea vers la chambre, suivie de Léonne. Elle ouvrit la porte doucement. Debout dans son lit, la petite fille babillait joyeusement.

«Papa!» dit-elle.

La fillette fut étonnée de voir entrer quelqu'un qu'elle n'avait jamais vu auparavant. Manon la prit tendrement dans ses bras et lui fit quelques câlins.

«Je peux la prendre?» demanda Léonne.

Manon accepta de bon cœur et lui tendit le bébé. La petite, apeurée par cette inconnue, se débattit dans les bras de Léonne.

C'est ainsi que prit fin leur première et dernière rencontre.

Il faisait noir. Michel, les mains occupées par ses bagages et croyant connaître assez bien la disposition de son logement, ne prit pas la peine d'allumer le plafonnier de l'entrée. Mal lui en prit, car il se retrouva étendu de tout son long. Il jura, se releva, donna du pied contre l'objet qui l'avait fait trébucher et, plus prudemment, cette fois, se dirigea vers l'interrupteur.

Croyant retrouver son appartement dans l'état où il l'avait laissé, le spectacle le désola. Rien ne se trouvait à sa place. On avait tout laissé traîner. Livres, assiettes sales, vêtements, disques, avaient été joyeusement éparpillés dans le salon, au milieu duquel trônait la tortue de Fortin, Ingrid, qui fixait Michel d'un œil narquois.

«C'est toi qui as fait ça?» demanda-t-il.

Elle ne répondit mot... Il en déduisit que le coupable avait déjà filé. Considérant que sa patience avait atteint ses limites, il empoigna le téléphone et composa le numéro du journal. Il demanda à parler à Richard Fortin de toute urgence. On transféra son appel au centre récréatif des Castors, où Richard, paniqué par l'heure de tombée, peinait sur son compte rendu de match.

«Richard? demanda Michel.

— Je le sais que je suis en retard! dit Fortin, croyant parler au chef de pupitre. Ce n'est pas de ma faute si...

— Richard, c'est Michel.

— Ah! C'est toi, reconnut Fortin. Où es-tu?

— À l'appartement, répondit Michel d'une voix glaciale. As-tu appelé la police?

— La police? Pour quoi faire?

— Parce que j'ai été victime de vandalisme, hostie!

— Ouais... admit Fortin, gêné. C'est un peu à la traîne...

– À la traîne? répéta Michel, outré. Moi, j'ai été élevé par une mère qui se ramassait! Là, je prends tes guenilles puis je les garroche dans le corridor. Trouve-toi un autre poisson.

– Michel! implora Richard d'une voix désespérée, donne-moi trois jours. Je te promets de faire le ménage ce soir en entrant.

– Je veux que tout soit impeccable demain matin et que tu aies foutu le camp!» rugit Michel.

Trépignant de colère, il ne vit pas où il mettait le pied. Il sentit et entendit quelque chose s'écraser son son poids. Au son, il devina que l'objet était dur à l'extérieur mais mou et spongieux à l'intérieur. Il jeta un bref coup d'œil vers le sol. Subitement calmé, d'une voix douce, il offrit un sursis à Richard, qui avait continué à plaider sa cause pendant ce temps.

«Ça va, dit Michel, conciliant. Tu peux rester encore quelques jours. Richard? demanda-t-il d'une voix gênée.

– Quoi?

– Je voudrais m'excuser... il vient d'arriver un accident.

– Quoi!

– Je viens de marcher sur Ingrid. Elle est morte.»

Richard, catastrophé, ne trouva rien à dire pour exprimer sa douleur. Il raccrocha au bout d'un long silence qui mit Michel horriblement mal à l'aise.

Le Saguenéen contempla son talon meurtrier, souillé par le sang de l'innocente tortue. La culpabilité et le remord l'empêchèrent de rester sur le lieu de son crime. Il alla rejoindre Stéphanie chez elle.

Elle dormait déjà à son arrivée, mais ne lui en voulut pas de la réveiller. Il y avait déjà plusieurs jours qu'ils ne s'étaient vus. Elle l'embrassa doucement, en frissonnant parce qu'elle sortait du lit et qu'elle n'avait qu'une chemise sur le dos.

«Excuse-moi d'arriver à cette heure. Tout est à l'envers, chez nous. Je me suis ennuyé...

– Tu connais le chemin...» marmonna-t-elle en se dépêchant de retourner sous les couvertures. Michel, tout aussi fatigué, se déshabilla et se pressa de la rejoindre. Ils s'installèrent l'un contre l'autre et s'endormirent.

Stéphanie se leva bien avant Michel et partit sans le réveiller. Elle se rendit au café habituel pour prendre son petit déjeuner. Installée au comptoir devant un café au lait et des croissants, elle s'apprêtait à relire son article sur Denis Verville, publié à la une de *L'Express*. La première page de *La Nouvelle* retint cependant son attention. On y voyait la photo de Christine Cartier, la jeune chanteuse, le titre était pour le moins révélateur:

LE NOUVEL HOMME DANS LA VIE DE CHRISTINE!

«C'est pas vrai! s'exclama Stéphanie, furieuse. Et il est venu me rejoindre directement après ça! Il me prend pour une conne!»

Elle chiffonna rageusement la une de *La Nouvelle*.

«Fini!» dit-elle à voix haute, bien résolue. Elle n'était pas le genre à se retrouver cocue, et si ça lui arrivait, elle faisait payer bien cher cette insulte. Elle décida de faire totalement abstraction de tout ce qui s'appelait Michel Gagné et de finir son café.

Une fois calmée et repue, elle se mit en route pour la prison Tanguay, où Rachel Maloin était incarcérée depuis la mort de son mari. Elle s'était promis de ne pas l'abandonner à son sort. Elle avait rendu visite au petit Sébastien, toujours emmuré dans son mutisme. Elle trouvait cruel qu'on séparât une mère et son fils en des circonstances aussi difficiles. Ils avaient besoin de soutien, et Stéphanie sentait qu'elle le leur devait bien.

La salle de visite, avec ses néons trop puissants et sa sinistre baie vitrée séparant les prisonnières de leurs visiteurs, ne contribua pas à améliorer l'humeur de Stéphanie. On ouvrit la porte à Rachel, dont les marques de coups avaient viré au bleu, accentuant ainsi davantage le pathétisme de la situation. La détenue s'approcha sans bruit, tira sa chaise et s'assit. Elle regarda Stéphanie, attendant passivement que celle-ci prenne la parole.

«J'ai parlé à Me Dupras, fit la journaliste après un moment d'hésitation. Il va présenter la requête de remise en liberté. Vous devriez être libre d'ici quelques jours.»

Elle avait dit cela pour engager la conversation. Rachel devait sûrement être au courant de ce qu'avait préparé son avocat. De toute façon, celle-ci semblait perdue dans ses pensées.

«Vous aviez raison, finit-elle par déclarer. J'aurais dû suivre votre conseil.

— Les regrets ne servent pas à grand-chose, maintenant, expliqua Stéphanie. L'important, c'est que vous sortiez d'ici, que vous arriviez à oublier ce cauchemar que vous avez subi, vous et Sébastien.

— Ce n'est pas aussi simple, répondit Rachel, visiblement encore sous le choc. Il n'y a pas un soir où je ne revois ce maudit coup de couteau.

— Vous avez besoin d'aide, constata Stéphanie. Un psychiatre...

— Il était là, devant moi, racontait Rachel, tourmentée par les images de cette funeste soirée. Il m'avait promis, il m'avait tellement juré!

— Peut-être que ça vous ferait du bien de tout me raconter, suggéra Stéphanie, à l'affût.

— Le pire, c'est qu'on revenait d'une soirée tellement agréable. Les gens avaient été gentils, intéressants. Je croyais qu'il serait de bonne humeur, que ça ne recommencerait plus. J'avais mis ma plus belle robe...»

À ces mots, elle porta la main à ses yeux, comme pour retenir les larmes qui y montaient.

«Ça ne lui a pas plu? demanda Stéphanie.

— Il disait que je le provoquais. Moi, j'essayais de m'excuser, de dire que je ne recommencerais plus, mais il s'énervait de plus en plus. Je ne savais plus quoi dire... Il est tellement gentil quand il ne boit pas. S'il pouvait simplement se décider à suivre une cure...»

Rachel s'interrompit. Elle venait de se rendre compte qu'elle parlait de son mari comme s'il était toujours vivant.

«Je l'ai tué!» gémit-elle en sanglotant.

– C'était de la légitime défense, assura Stéphanie, bouleversée par ses pleurs. Il vous a frappée, vous êtes encore couverte de bleus...

– J'aurais pris tous les coups! Je l'aimais! J'aurais tout enduré... Mais je ne veux plus qu'on touche à Sébastien! Si quelqu'un touche à mon enfant, je le tue! Compris, je le tue!»

Cette fois, Rachel s'étouffa dans ses sanglots. Elle ne disait plus un mot et se contentait de pleurer. Stéphanie n'en pouvait plus. Elle tenta de placer un mot.

«C'est incroyable! constata-t-elle, elle-même ébranlée. On dirait qu'il n'y a que la violence pour venir à bout de la violence...

– Allez-vous-en! demanda finalement Rachel. Laissez-moi seule.»

Stéphanie mit fin à l'entretien, bien contente de fuir cette souffrance insoutenable. Elle monta dans sa Porsche, mais ne démarra pas immédiatement sa voiture. Elle se cala dans le siège, laissant retomber sa tête vers l'arrière, puis se permit quelques larmes, histoire de faire sortir un peu de pression.

Elle sentit son estomac se nouer. Surprise par cette nausée soudaine, elle se dépêcha d'ouvrir la portière pour vomir. Ayant déjeuné plutôt légèrement, elle s'interrogea sur la cause de ce malaise. Elle n'aimait pas être malade, et refusait souvent de se soigner plutôt que d'admettre sa faiblesse. Déjà épuisée par cette journée à peine entamée, elle saisit son cellulaire, donna un coup de fil à la rédaction et demanda Lionel Rivard.

«Lionel? Ça ne va pas, ce matin. Je veux que tu me déniches la conférence de presse la plus plate en ville.

– Justement! Ton père en donne une cet après-midi même. Au Ritz Carlton, s'il vous plaît!

– Mon père? répéta-t-elle, étonnée. Il ne donne jamais de conférence de presse!

– Ça doit être une grosse nouvelle. En tout cas, plaisanta Rivard, après avoir raté un scoop comme ça, plus personne ne va jamais laisser entendre que tu profites de la situation.

– La barbe, hein!» répliqua Stéphanie, irascible.

Elle raccrocha, démarra sa voiture et fila vers l'hôtel où se tenait l'intrigante conférence. Quelques journalistes s'y trouvaient déjà, dont Richard et Gabriella. Elle fit mine de ne pas voir celle-ci alors qu'elle s'adressait à Fortin.

«Qu'est-ce que tu fais ici? demanda-t-elle. Je croyais qu'on t'avait muté aux sports?

– Semble-t-il que la nouvelle concerne les Castors, expliqua-t-il. Ton père ne s'est jamais intéressé au hockey avant, pourtant...

– Non, admit Stéphanie, tout aussi consternée. Pas directement. Il contrôle plusieurs journaux et réseaux de télévision. Il m'a toujours expliqué que le sport professionnel ne prenait son importance que par sa diffusion médiatique.

– En tout cas, toutes les grosses légumes des Castors sont ici, regarde: Marvin Moss, le propriétaire, Simoneau, le directeur général, Blackburn, l'entraîneur. Ça doit être une nouvelle importante...

– Regarde à l'entrée, aussi, prévint Stéphanie. Vézina en personne!»

Stéphanie décida de s'éloigner un peu sous le regard agressif de Gabriella. Elle n'avait jamais pu sentir cette fille d'immigrant italien et savait bien que c'était réciproque. Ironie du sort, elles avaient toujours été en lice pour les mêmes postes ou pour les mêmes prétendants. Évidemment, Stéphanie les avait toujours obtenus. Elle n'aimait pas les perdants, et encore moins les deuxièmes.

Gabriella la toisa alors qu'elle allait fureter ailleurs.

«Petite snob! persifla-t-elle.

– Stéphanie? demanda Fortin, surpris de cette animosité. C'est sûr que c'est une fille du monde, mais elle est quand même gentille...

– Gentille? répéta Gabriella, intransigeante. Elle n'en manque jamais une! Tu as vu comment elle m'a regardée?

– Elle ne t'a pas regardée...

– Justement! C'est pire! Je n'ai jamais vu autant de condescendance et de mesquinerie chez une seule personne! Et toi, ajouta-t-elle, boudeuse, tu la trouves gentille!»

Interloqué, Richard fixa sa collègue. Il avait remarqué chez celle-ci d'étranges comportements. Depuis qu'elle l'avait rejoint à la section des sports, elle lui prodiguait toutes sortes de soins. Elle lui amenait des croustilles, des boissons gazeuses, elle l'aidait à terminer ses articles quand l'heure de tombée menaçait de lui trancher la gorge, elle le défendait sous les moqueries des autres journalistes sportifs. Mais dès qu'elle entendait le nom de Stéphanie Rousseau, elle passait de la douceur à l'âpreté. En ce moment, elle lui rendait son regard, et toutes deux s'observaient en chiens de faïence.

«Je m'excuse, finit-il par dire, sans trop savoir pourquoi.

– Ce n'est pas grave, soupira-t-elle. C'est mon destin.»

Il ne saisit pas le sens de cette remarque. Adoucie, elle reprit la parole.

«Je t'ai entendu, hier, au téléphone. Michel veut que tu fasses le grand ménage?

– Ne m'en parle pas! Je sais pas comment je vais en venir à bout... Je n'ai pas le temps de faire quoi que ce soit...

– Je veux bien te donner un coup de main, offrit-elle.

– Ça ne serait pas de refus» accepta-t-il, étonné et ravi de ce coup de main inattendu. Cette fille était bizarre, mais elle était bien serviable, pensa-t-il.

Leur attention fut captée par la conférence qui débutait. Le tout avait des allures de grand lancement: une cinquantaine de journalistes de divers secteurs, des caméras de télévision, de l'équipement radiophonique, bref, tout le bataclan. Marvin Moss, le propriétaire des Castors, entama un discours qui parvint à être ennuyant malgré sa brièveté. Son allocution portait sur la longue tradition d'excellence de l'équipe de hockey montréalaise. Puis, par toutes sortes de périphrases boursouflées et savantes, il expliqua qu'il était fauché et qu'il devait vendre l'équipe.

«Donc, termina-t-il, c'est à un grand Canadien, respecté de tous que j'ai décidé de vendre les Castors de Montréal : mon ami, Émile Rousseau.»

Il présenta le multimillionnaire d'un geste de la main. Rousseau s'installa derrière le micro.

«Roussac a concrétisé hier soir l'achat des Castors de Montréal. Le montant de la transaction demeurera du domaine privé. Tout le personnel reste en poste. Je vous donne l'assurance que Roussac investira ce qu'il faut pour que Montréal connaisse de nouveau les joies d'une conquête de la coupe Stanley.»

Émile Rousseau n'étant pas l'homme des grands discours, il jugea ces quelques mots suffisants et se rassit aussitôt. Un relationniste prit sa place au micro.

«Des questions? demanda-t-il.

– Est-ce que la transaction a été approuvée officiellement par le conseil d'administration? demanda un journaliste.

– Pas encore, répondit Marvin Moss. Mais nous ne prévoyons aucune difficulté, compte tenu de la crédibilité et du prestige de monsieur Rousseau.»

Richard Fortin se leva à son tour, inquiet mais vigilant.

«Monsieur Rousseau, je suis chroniqueur aux sports de votre journal. Je voudrais savoir comment je vais me sentir quand je vais écrire à propos de VOTRE équipe de hockey dans VOTRE journal?

– C'est une inquiétude normale, admit Émile Rousseau, imperturbable. Vous pensez bien que l'éditeur du journal, monsieur Paul Vézina, a déjà reçu toutes les garanties à ce sujet. L'Express sera aussi impartiale avec les Castors qu'elle peut l'être avec les Expos au baseball.»

Fortin n'en eut pas conscience, mais son éditeur, qui se trouvait dans la salle, le fusilla du regard en jurant à voix basse. La question du petit journaliste avait cependant porté, et l'on sentait une certaine tension dans l'assistance. Stéphanie, animée d'une autre inquiétude, posa une question d'un autre ordre.

«C'est un peu délicat, annonça-t-elle, et je ne voudrais pas qu'on interprète mal mon intervention, mais le président de

Roussac ne donne pas souvent des conférences. C'est la première en dix ans, non? Il y a des rumeurs...

— Les machines à rumeurs sont difficiles à arrêter, n'est-ce pas, Stéphanie? déclara son père pour la taquiner.

— Est-il possible, continua-t-elle, plus sérieuse, d'avoir des éclaircissements sur celle voulant que Roussac aimerait acheter des terrains immenses dans la partie est de la ville?

— Ce n'est pas vraiment l'objet de cette petite rencontre de presse, rappela Émile.

— La rumeur parle d'une usine de traitement des BPC.

— Elle n'est aucunement fondée, répondit-il fermement. Cela répond-il à vos inquiétudes?»

Il posa son regard sur l'ensemble des journalistes, conscient que ceux-ci, pour la plupart spécialisés dans la couverture des sports, se moquaient éperdument des BPC. On toussota poliment. Stéphanie revint cependant à la charge.

«Je voudrais revenir sur la notion de conflit d'intérêts que mon collègue a soulevée...

— Mademoiselle, répondit son père avec un sourire amusé, toutes vos questions apportent la preuve que je n'interviens pas dans les affaires de *L'Express.*»

Elle lui rendit son sourire alors qu'il continuait.

«*La Tribune* de Chicago est propriétaire des Cubs au baseball, et, à ce que je sache, le rédacteur en chef n'est pas le gérant de l'équipe. Ce sera la même chose à Montréal.

— Pourquoi investir vos millions dans une équipe de hockey? demanda Richard Fortin.

— Parce que c'est rentable, répondit simplement Rousseau. Pour faire d'autres millions. Ça répond à votre question?»

Émile Rousseau fit un signe discret au relationniste. Celui-ci revint au micro.

«Monsieur Rousseau est disponible pour des entrevues individuelles, annonça-t-il. Nous avons trente minutes.»

Les journalistes s'entassèrent autour de la table où était installé Rousseau. Stéphanie se faufila entre eux pour s'adresser à son père.

«Si tu venais plus souvent à la maison, tu aurais le scoop! lui lança-t-il en l'apercevant près de lui.

– C'est vrai, l'usine?

– Pas les BPC, répondit-il plus sérieusement. C'est autre chose.»

Stéphanie nota l'information.

«Et combien les as-tu payé, tes Castors? demanda-t-elle, plus enjouée.

– Pas de passe-droits, rappela son père, ni de conflits d'intérêts...»

Richard et Gabriella étaient restés en arrière. Ce n'était guère intéressant pour eux de faire la file un quart d'heure pour quelques bribes d'information que Stéphanie aurait de toute façon avec plus de détails.

«Bon, c'est pas tout, fit Richard, ennuyé. Michel va me tuer si le ménage n'est pas fait.

– Je passe prendre de quoi me changer et je te rejoins. D'accord?»

Richard accepta de bon cœur et lui indiqua l'adresse de Michel. Il se dépêcha de s'y rendre lui-même, car il devait se garder du temps pour écrire son article sur la vente des Castors.

La vision postapocalyptique de l'appartement ne l'enchantait guère plus que Michel. Mais lui avait à porter l'odieux d'en être la cause. Il se demanda par où commencer: les petites traîneries ou les grosses. Les grosses traîneries avait l'avantage de disparaître plus rapidement, ce qui donnait l'encourageante illusion que la tâche avançait. Par contre, elles se trouvaient souvent sous les petites traîneries, qu'il fallait de toute façon ramasser. Il pouvait aussi faire la vaisselle, ce qui était long et fastidieux, mais inévitable quand on avait utilisé la dernière assiette. Il pouvait également classer les disques, exercice agréable mais d'importance secondaire.

Il décida de ramasser ce qui lui tomberait sous la main. C'était une manière comme une autre de procéder, mais elle demandait de nombreuses allées et venues dans l'appartement, et il dut admettre, au bout d'un quart d'heure, qu'elle était inefficace.

Il opta pour la vaisselle, mais constata que, avant même de pouvoir la laver, trois opérations étaient requises: 1. nettoyer l'évier; 2. libérer un coin de table; 3. sur le coin de table libérée, classer la vaisselle par piles, de la moins sale à la plus sale.

Il entreprit donc de nettoyer l'évier, qu'il vida de son contenu de vaisselle souillée. Il ne sut où l'entreposer, n'étant pas parvenu au point deux. Il décida de classer les disques.

Il se trouvait à la lettre H quand Gabriella sonna à la porte. Vive et enjouée, elle l'embrassa gaiement sur les deux joues en lui passant la main dans les cheveux.

«Salut Richard! Pas trop découragé?

– Ça fait une heure que je frotte et j'ai l'impression que ça n'avance pas.

– C'est parce que tu ne sais pas comment t'y prendre, expliqua-t-elle en retirant sa veste. Regarde-moi bien aller.»

Elle se dirigea en chantonnant vers la salle de bain avec son sac. Fortin, lui, se lamentait de ses malheurs.

«Mon texte sur la vente des Castors n'est pas encore écrit. Le Bleuet aurait pu attendre un peu.

– On va s'en sortir! On s'en sort toujours!»

Elle le rejoignit dans le salon. Elle s'était mise à l'aise en vue du grand ménage, peut-être même un peu trop pour Richard, troublé devant cette jolie petite brune vêtue d'une camisole et d'un short qui portait bien son nom.

Elle s'empara de tous les journaux éparpillés et en fit une pile bien droite. Elle ramassa ensuite toute la vaisselle sale et la porta à la cuisine. De là, elle revint avec un grand sac vert, et se mit à jeter tout ce qui lui semblait inutile, en consultant, bien sûr, Richard des yeux. Celui-ci, impressionné, l'observait dans chacun de ses mouvements. On eut dit que les objets se plaçaient d'eux-mêmes au simple contact de ses doigts.

Après dix minutes à peine, le tapis du salon était visible.

«Passe l'aspirateur, ordonna-t-elle. Je m'occupe de la cuisine.»

Fortin obéit, content qu'on lui explique ce qu'il fallait faire. Il n'était pas fâché non plus de ne plus avoir sous les yeux le short de Gabriella, lequel attirait son attention plus que ses bonnes manières ne le lui permettaient. Il brancha l'appareil et se laissa bercer par le son du moteur tout en le promenant sur le tapis. L'aspirateur s'arrêta soudainement. Il jeta un œil vers la prise de courant et constata que Gabriella tenait la fiche dans une main, les poings posés sur ses hanches et souriant de toutes ses superbes dents.

«As-tu une blonde? demanda-t-elle sans détour.

— Je pogne pas, répondit Fortin en continuant de passer l'aspirateur silencieux.

— Tu es peut-être plus séduisant que tu ne le penses. Tu as de beaux yeux.

— Bof... Les filles aiment les gars comme Michel Gagné.

— Tu es sensible et vrai, complimenta-t-elle en se rapprochant. Les femmes sentent ça chez un homme.»

On dit que le corps humain est constitué à quatre-vingt-dix p. cent d'eau. En cette seconde, Richard était en train de se liquéfier totalement. Pour se sortir de ce malaise, il ramassa les quelques livres qui restaient sur le tapis. Gabriella, ne voulant pas l'effaroucher, reporta également son attention sur le ménage. Elle mit la main sur une boîte, mais n'eut pas le temps de l'ouvrir.

«Non!» s'exclama Richard avec une note tragique dans la voix.

Il prit la boîte et l'ouvrit tristement. Le corps d'une petite tortue y gisait, immobile.

«C'est Ingrid, expliqua-t-il, une larme à l'œil. Je ne sais pas encore ce que je vais en faire.

— On peut l'enterrer», proposa Gabriella.

Richard grimaça.

«On pourrait l'incinérer et conserver ses cendres dans ta chambre, suggéra-t-elle, à la blague.

— Faut vraiment que je parte d'ici, soupira Richard, réaliste. Michel est tanné. Remarque, je le comprends. Qu'est-ce que je vais faire?»

Gabriella se rapprocha de lui, le frôlant avec gentillesse.

«J'aurais peut-être une solution à te proposer.»

Plus tôt dans la journée, Michel avait reçu un drôle d'accueil à l'entrée du journal. Deux voitures aux couleurs criardes étaient garées non loin; l'une portait les couleurs du magazine *La Semaine* et l'autre, celles du journal *Potins et Vedettes*. Michel vit un photographe et un journaliste sortir de chacune d'elles et se diriger vers lui. Il trouvait la scène amusante, sans n'y rien comprendre.

«Comment ça a commencé? demanda le premier journaliste.

— Commencé quoi? fit Michel, ébahi.

— Votre histoire d'amour!

— Quelle histoire d'amour? demanda Michel, se doutant qu'il ne s'agissait pas de Stéphanie.

— Bien, expliqua l'autre comme si c'était une évidence, l'histoire de *La Nouvelle* de ce matin.

— Je me lève, répondit Michel. Et je me fais un point d'honneur de ne jamais acheter ce journal-là. J'allais y jeter un coup d'œil à la rédaction.

— Tu n'as vraiment pas lu la une de *La Nouvelle*?» demanda le premier en lui tendant une copie du journal.

Michel fut estomaqué par la première page. On avait utilisé des photos de lui et Christine Cartier prises à son insu pour laisser croire à une idylle entre eux. Il s'en voulait d'avoir laisser la chanteuse être si «amicale» avec lui. C'était peut-être flatteur de se faire draguer par une jolie fille, vedette de surcroît, mais se retrouver en sa compagnie sur la première page du journal à sensations de la ville, ça l'était beaucoup moins.

«C'est écœurant! s'exclama-t-il, furieux.

— Tu veux dire que vous vouliez garder votre amour secret ? supposa le journaliste en se léchant les babines.

— Je ne dis rien, protesta Michel. J'ai fait mon métier de journaliste, un point c'est tout. Il n'y a absolument rien entre cette fille et moi.

— C'est encore mieux ! jubila l'autre. Ils veulent camoufler leur histoire !

— Qui c'est, Maisonneuve ? demanda Michel en lisant le nom de l'auteur de l'embarrassant article.

— Un petit chauve moustachu. Il se tient au Cherrier avec Ange-Albert, des fois...»

Il n'en fallut pas plus à Michel pour les planter là et se hâter de trouver les deux coupables au lieu indiqué. Par chance, il y avait justement un petit chauve moustachu en compagnie d'Ange-Albert, en train de s'esclaffer en relisant l'article de *La Nouvelle*. Michel alla directement se placer devant eux.

«C'est toi, Maisonneuve ? demanda-t-il, pour s'assurer de ne pas frapper un innocent.

— Ouais, admit le moustachu en se recroquevillant sur sa chaise. Fâche-toi pas... Fallait bien...

— Fallait quoi ?

— Tu nous faisais mal, avec tes articles. Fallait trouver un moyen de récupérer l'histoire.

— Tu mériterais que je te casse la gueule ! menaça Michel, bien près de passer aux actes.

— Voyons, voyons, intervint Ange-Albert sans se départir de sa jovialité. Faut avoir plus d'humour.

— Toi, mon petit christ de ver de terre, jura Michel, hors de lui, je vais te la casser !

— Ça me ferait une autre bonne histoire, approuva Maisonneuve.

— C'est pas du journalisme, tu devrais...

— Avoir honte ? compléta l'autre. Si une petite chanteuse et son rusé de gérant veulent se servir de nous autres en faisant monter nos tirages, on serait bête de ne pas en profiter.

— Le monde aime ça ! renchérit Ange-Albert.

– Et moi ? demanda Michel, ulcéré.

– T'en fais pas avec ça, c'est bon pour toi.

– La petite, ajouta Ange-Albert, elle t'haït vraiment pas... Si tu veux, je peux t'arranger un rendez-vous. »

Suffoquant de rage, Michel préféra quitter le restaurant que de se laisser aller à sa colère. Il n'avait pas envie que ça tourne mal.

La vente des Castors au groupe Roussac avait été l'événement de la journée, et allait être probablement considéré comme celui de la semaine. Le soir venu, les journalistes qui avaient assisté à la conférence de presse s'étaient réunis pour en discuter. La conversation allait bon train et on spéculait sur la possibilité de conflits d'intérêts entre l'équipe de hockey et le journal dont Rousseau était propriétaire.

« Vous allez tous être bâillonnés ! prophétisa Hamel, un des journalistes sportifs de *La Nouvelle*. Penses-tu que ton père ne surveillera pas ses investissements ? Si vous vous mettez à descendre les Castors, vous allez vous faire demander de rectifier le tir.

– Le syndicat ne marcherait pas là-dedans, protesta Stéphanie.

– C'est quand même dangereux, soutint Alain Caron, journaliste à Radio-Canada. Les Castors représentent une véritable religion pour les Québécois... »

Emportée par la discussion, Stéphanie posa sa main sur celle de son collègue pour l'interrompre. Puis, apercevant Michel qui entrait dans le café au même moment, elle décida de laisser sa main sur celle de Caron.

« Excuse-moi, Alain, dit-elle, mais Radio-Canada ne viendra pas me faire de leçon avec sa *Soirée du hockey* vendue à la bière ! »

Stéphanie suivit Michel des yeux. Celui-ci s'installa au bar pour commander une bière. Elle en avait trop sur le cœur pour ne pas régler ses comptes immédiatement. Elle s'excusa auprès de ses collègues, se leva de table et vint se planter derrière Michel. Elle s'efforça malgré tout de garder une apparence calme et un sourire pour qu'on ne se doute pas de ses propos.

«Tu as fait un beau voyage, à ce que j'ai pu lire. Tu n'as pas eu le temps de me raconter ça en détail, hier soir.

– Je peux t'expliquer...

– Il n'y a pas d'explication, le loup, dit-elle avec dérision, sur un ton sans appel. Vois-tu, j'en arrive aux mêmes conclusions de toute façon: ou bien ce que le tarla à Maisonneuve a écrit à propos de toi et de la petite dinde est vrai et tu es un bel écœurant...

– Il n'y a rien de vrai, assura-t-il.

– Ou bien c'est faux et tu es pas mal moins brillant que je le pensais.

– On va sortir, proposa Michel, se retournant.

– Non Michel, refusa fermement Stéphanie. J'ai un gros problème. C'est sans doute la première fois que je crois ce qui est écrit dans ce torchon. Je pense que c'est ton genre, le loup, de sauter une petite conne en vadrouille.»

Il y eut un instant de silence qu'elle savoura particulièrement. Elle reprit la parole, impitoyable.

«Considère ça comme officiel: mets une croix sur Stéphanie Rousseau. Je ne suis pas une débile à sauter.»

Elle avait débité tout cela sans hausser le ton ni perdre son sourire. Elle retourna s'asseoir auprès de Caron.

Michel, ébranlé par ce verdict sans appel, n'eut plus envie de sa bière et quitta le café. Il grimpa sur sa moto et erra une heure ou deux dans les rues de Montréal, en ressassant ce que Stéphanie venait de lui cracher au visage. Sans s'avouer que cela l'avait complètement démoli, il considéra qu'il était dommage de rompre sur un malentendu. La nuit déjà avancée, il se rendit chez Stéphanie pour tenter de s'expliquer. On ne répondit pas lorsqu'il sonna à l'entrée de l'immeuble. Déçu, il remonta en moto.

Il coupa son moteur et son phare avant de quitter : une voiture arrivait. Stéphanie en sortit, accompagnée d'Alain Caron. Il n'entendit pas ce qu'ils disaient. Il les vit seulement entrer ensemble dans l'immeuble. Le cœur déchiré, il démarra rageusement et fila se saouler dans un de ces bars clandestins qui servent à boire toute la nuit.

À l'heure où les gens normaux s'en vont au travail, il parvint miraculeusement à conduire sa moto jusque chez lui. Il alla directement s'écraser sur son lit, sans même remarquer que le ménage avait été fait.

Après quelques maigres heures de sommeil comateux, le téléphone fit retentir sa sonnerie infernale. Michel sursauta, frappé d'une douleur atroce qui écrasait son crâne tel un étau.

« Oui... marmonna-t-il faiblement.

– Gagné ? fit Lionel. Qu'est-ce que tu fous, cercueil ? J'ai besoin de tout mon monde, ce matin ! Arrive !

– Peux pas...

– Comment "peux pas" ?

– Malade...

– Je peux me débrouiller pour ce matin, céda Lionel qui sentit son haleine de tonne même à travers la ligne téléphonique. Mais tu rappliques après le dîner.

– Non...

– Écoute, le Bleuet, insista Rivard, si tu es capable de prendre un coup, tu es capable de rentrer travailler le lendemain.

– M'a rester chez nous. Je peux pas bouger.

– Ah ! oui ! ajouta Lionel. Pendant que tu étais avec ta chanteuse, *La Nouvelle* a eu un beau scoop.

– Quel scoop ?

– Jimmy Fontaine est sorti de prison. Ton chum dans la police t'avait pas promis le scoop s'il se passait quelque chose ?

– Fontaine... Ça m'a juste donné un paquet de problèmes. Je vais peut-être rentrer demain. »

Il raccrocha et se replongea dans les bras de Morphée. Vers une heure ou deux, il se sentit en état de se rendre jusqu'à la salle de bain d'où, après s'être allégé le cœur, il se dirigea au salon. Il mit un disque de Bach, pas trop fort, des pièces pour orgues, en évitant la toccata en ré mineur qui n'avait rien d'une aspirine. Il se recoucha sur le canapé pour y gésir à son aise.

Une odeur suave et écœurante (dans son état) vint lui chatouiller les narines. Richard préparait le repas. Il vint lui effleurer doucement l'épaule, pour ne pas le brusquer. Michel grimaça tout de même de douleur.

« Tu souffres ? s'inquiéta Fortin. Viens, c'est prêt.

— J'ai pas faim, articula Michel, péniblement. Même le livre de recettes me donne mal au cœur.

— L'appétit vient en mangeant. »

Richard l'aida à se relever. Michel jeta un coup d'œil dans le salon et, à son grand étonnement, put apercevoir le tapis.

« Tu as fait le ménage ? constata-t-il, incrédule.

— Oui, s'enorgueillit Richard. Enfin, j'étais pas tout seul...

— Pas tout seul ? s'enquit Michel, intéressé malgré sa gueule de bois. Ta mère ?

— Non... Ma mère est morte.

— Excuse-moi. Qui alors ?

— Une fille du journal...

— Pas la petite Gabriella ? devina Michel, amusé.

— Bien oui, admit Richard, gêné. Elle est gentille !

— C'est pas ce que Stéphanie m'a dit... se souvint Michel, assombri par l'évocation de son coup de cœur.

— Elles n'ont pas l'air de s'apprécier. Les filles sont drôles...

— Drôles à en brailler, mon Richard, soupira Michel.

— Viens. C'est prêt. »

Michel le suivit péniblement. Il n'avait pas l'intention d'avaler une seule bouchée, mais tentait de s'activer un peu. Il s'assit à table. Richard avait préparé de gigantesques crêpes abondamment garnies de sirop et de beurre. Il y plongea allègrement devant un Michel saisi par des haut-le-cœur.

« Où as-tu appris à faire ça ? questionna Gagné.

— C'était pour amadouer ma sœur quand elle se levait, répondit-il avec un clin d'œil, sans relever le ton accusateur.

— Et que tout traînait... ajouta Michel, narquois.

– J'ai fait le ménage! se défendit Richard.

– Gabriella a fait le ménage», corrigea Michel.

Richard rougit un peu. Plus sérieux, il demanda:

«Je ne veux pas avoir l'air du gars qui ne s'occupe pas de ses affaires... Tu sais, moi, je suis très réservé et, quand on me dit quelque chose, je suis une vraie tombe mais...

– Qu'est-ce que tu veux savoir, mon Tintin?

– Tu n'as pas l'air de filer. Une brosse de même, un mercredi soir, je trouve ça louche, expliqua Fortin. Même à part ça, ça pas l'air d'aller fort...

– Qu'est-ce que tu ferais si tu étais un chasseur puis que, tout à coup, tu t'apercevais que ton fusil est chargé à blanc devant la tigresse?»

Cette réponse consterna Richard. Il n'osa croire ce qu'il avait compris.

«As-tu des problèmes d'érection? demanda-t-il sur un ton compatissant.

– Non!» s'exclama Michel en éclatant de rire devant le malentendu.

Il cessa rapidement de rire car cela accentuait son mal de tête.

«C'était une métaphore, expliqua-t-il patiemment. J'essayais d'exprimer mon désarroi devant une personne qui me domine.

– Ah! s'exclama Richard, rassuré. Fais attention, avec des métaphores comme ça, tu vas te retrouver aux sports avec moi.

– Voyons, les gars des sports écrivent pas si mal que ça...

– Tu serais surpris. Donc, si j'ai bien compris, d'habitude, c'est toi qui décides. Mais là, tu es en train de tomber en amour sans être sûr qu'elle te suit. C'est ça?

– À peu près.

– C'est pour ça que tu as pris la brosse du siècle, hier soir?

– À peu près.

– Elle vient de te sacrer là?

– Si on veut...

– C'est Stéphanie Rousseau, hein?»

Michel se renfrogna devant le sourire un peu moqueur de Richard.

«Si tu veux mon avis, conseilla Richard, à ta place, je laisserais aller les choses un peu. Cette fille-là, elle a une tête de cochon encore plus tête de cochon que la tienne. Vos caractères sont trop expansifs pour pouvoir cœxister dans une relation de couple normale. Il va vous falloir développer des cadres relationnels adaptés à vos vécus respectifs. Et surtout, cesser de concevoir tous vos rapports sous un point de vue dominant/dominé. À partir de là, je pense que vous serez capables d'exprimer ce besoin maladif de tendresse que vous refoulez par crainte d'une dévalorisation sociale.

– Tu as étudié en sciences sociales, n'est-ce pas? demanda Michel, impressionné par cette tirade.

– Oui! répondit fièrement Richard.

– Et tu es vierge?»

Richard, pris de court par cette question pour le moins vicieuse, resta bouche bée un instant durant lequel Michel fut pris d'un fou rire incontrôlable qui se communiqua bientôt à son compagnon.

«Au moins, je n'ai pas de problème avec mon fusil!» plaisanta Fortin.

Michel cessa subitement de rire. Il venait de se souvenir qu'il avait mal à la tête.

Léonne Vigneault vint s'asseoir à son pupitre, hésitante. Elle n'avait pas le cœur à l'ouvrage, mais l'avait encore moins à rester chez elle. Elle savait qu'on n'attendait pas d'elle qu'elle produise sa chronique quotidienne comme à l'habitude. Elle resta un long moment assise à ne rien faire. Puis, dans un effort colossal, elle prit une enveloppe dans la pile de courrier qui l'attendait, l'ouvrit et lut la lettre.

«Tu as assez fait de mal aux artistes. Tu vois maintenant ce que c'est que de se faire salir dans les journaux, grosse vache.»

C'était signé: «Un admirateur...»

Sur le coup de cette méchanceté gratuite, des larmes lui montèrent aux yeux. Mais cette lettre la fouetta du même coup, et elle décida qu'elle avait assez pleuré comme ça. Elle prit la deuxième enveloppe avec résolution.

«Je voulais te dire...» fit une voix derrière elle. Léonne se retourna. C'était Stéphanie Rousseau, qui, visiblement, se sentait encore coupable d'avoir fait éclater la vérité sur son mari. Mais Léonne n'était pas rancunière.

«Tu as été correcte, rassura-t-elle. Tu as fait ce qu'il fallait faire. Ce n'est pas comme les charognards de *La Nouvelle*... Tu as vu?

— Ta photo à côté de celle de ton mari.

— Mon ex! précisa Léonne, orgueilleuse. Les hommes, il faut souvent décider à leur place. Moi, j'ai réglé ça vite. Il l'aimait assez pour lui faire un enfant et se sauver avec elle, qu'il aille la retrouver!»

Évidemment, la vérité était moins flatteuse pour Léonne. Mais comment lui en vouloir de tenter de se requinquer un peu?

«Ça se passe comment? demanda Stéphanie.

— Ça ne se passe pas bien, avoua Léonne. Pas bien du tout. Je suis complètement brisée à l'intérieur. Je ne pourrai plus jamais aimer personne. Ça fait trop mal.

— Pars, conseilla Stéphanie. Prends des vacances, repose-toi.

— Des vacances? Où? Me vois-tu, sur une plage, toute seule, à penser à lui, à ce qu'il m'a fait? Je préfère mille fois travailler!»

Albert Touchette, le vétéran militant, arriva à ce moment avec une pile de feuilles. Il commença par présenter une enveloppe à Léonne.

«Les gars ont pensé à toi. C'est un billet d'avion pour l'Europe... Ouvert pour un an.

— Bien voyons... fit Léonne, émue jusqu'aux larmes. Vous n'auriez pas dû!

— Et ça, ajouta-t-il en présentant la pile de feuilles, ce sont les quatre-vingt-six griefs pour les coupures de postes. Ils sont remplis. Il ne manque que ta signature!»

Cette fois, on avait trouvé la cure à la tristesse de Léonne. Elle empoigna joyeusement son stylo et se mit à signer tous ces griefs avec entrain. On n'avait pas fini d'entendre parler d'elle!

Chapitre IX

Ce matin-là, Michel Gagné avait rendez-vous avec le capitaine Bélanger à son bureau du poste de police. Visiblement nerveux, le journaliste s'agitait sur sa chaise et jouait avec ses mains.

«Vous m'aviez promis l'exclusivité... reprocha Michel.

— Et tu aurais voulu que Fontaine reste en dedans à t'attendre? se moqua le capitaine Bélanger. J'ai appelé trois fois à ton journal, tu étais avec une chanteuse qu'on m'a dit. Avec la job que je fais, je ne laisse pas mon nom traîner n'importe où. Surtout pas dans un journal.

— Comment est-il sorti aussi vite de prison? s'enquit Michel, revenu à un état plus calme.

— Le jeune Gilbert s'est fait pincer dans une affaire de coke, expliqua le policier à voix basse. On a fait un échange. On a laissé tomber les accusations de trafic et il a reconnu avoir battu le gars. Après, ça n'a point badiné avec le gouret... comme on dit.

— Et moi, j'ai l'air d'un débutant, se plaignit Michel.

— Et tu es quoi? demanda Bélanger pour le provoquer.

— Pas obligé de le dire sur ce ton... Où il est, Fontaine? J'ai juste l'adresse de sa mère.

— Si tu vas au gymnase de l'Est sur l'heure du midi, expliqua le policier, tu vas le trouver. Il y va tous les jours, lui répondit Bélanger.

— Vous êtes amateur de boxe? interrogea Michel.

– Non... mais j'aime avoir des nouvelles de mon monde»,
expliqua Bélanger.

Michel se leva. Il était beaucoup plus détendu qu'au début
de son entretien avec le capitaine Bélanger. Le journaliste tendit
la main à son hôte.

«Merci... s'excusa Michel. Il n'y avait pas moyen de faire
autrement, je suppose.»

À la salle de rédaction, Michel Gagné voulut parler à
Rivard de son idée d'article sur Fontaine. Cependant, alors qu'il
arrivait au bureau du chef de pupitre, le téléphone sonna.

«Lionel Rivard, oui, j'écoute. Oui, je t'ai laissé un message, répondait Rivard. Gilles Bernard, tu as beau avoir de l'expérience, ton papier, ça vaut pas de la marde. Le nouveau
ministre de l'Environnement est un imbécile, ça fait que faut pas
essayer de le faire passer pour un génie.»

Lionel Rivard raccrocha et tourna la tête vers Michel.

«Plus têteux que ça, tu meurs étouffé! Qu'est-ce qu'il y a,
le Bleuet?» lui demanda Rivard.

Comme Gagné allait parler, Fortin entra en courant.

«J'ai besoin d'un photographe, il y a un gars suspendu en
dessous du pont Champlain, cria Fortin. Si on se grouille, on va
planter *La Nouvelle*.

– Tu n'es pas aux sports? le taquina Michel.

– On peut être aux sports, puis être capable de voir un bon
fait divers quand il y en a un... répondit Fortin en courant à travers la salle de rédaction. Excuse-moi, il faut que j'y aille...»

Fortin disparut comme il était entré. On ne l'avait vu que
quelques secondes, mais elles avaient été bien remplies. En
voyant Fortin sortir en courant, Rivard sourit et regarda Gagné.

«Ils se font rares... commença Rivard.

– Quoi? interrogea Gagné.

– Les gars comme lui. Et toi?»

Enfin, Michel pouvait présenter son idée à Rivard.

«J'aurais peut-être la chance de me reprendre avec Jimmy
Fontaine, exposa Gagné. Un dernier papier, je voudrais avoir le
dernier mot...

– Faudrait que ce soit bon, dit Rivard, sceptique. Il a déjà dit qu'il lâchait la boxe, qu'est-ce que tu veux de plus ?

– Je sais où le trouver, plaida Michel. Je veux juste avoir une couple d'heures... S'il n'y a rien, il n'y aura rien. »

Sur son écran, Rivard fit défiler le budget de la journée. Après quelques secondes de recherche, il fit signe à Gagné de partir.

Au moment où Gagné partait du journal, Fortin arrivait près du pont. Un jeune homme était assis sur la structure. Il regardait en bas sans s'apercevoir qu'une masse de gens s'était regroupée pour le surveiller. La circulation était arrêtée sur le pont. Fortin observait, attentif. Vandal, appelé pour croquer la scène, faisait son numéro de séduction à un policier... ou plutôt une policière... jeune et jolie.

« Une femme-policier, c'est exotique ! commença le don juan. Fais-moi un beau sourire... »

Vandal prenait des photos et Fortin commençait à trépigner. Il devenait de plus en plus nerveux, comme s'il s'apprêtait lui-même à sauter.

« Elle prend bien du temps à arriver, l'unité spéciale, lan-çait-il à qui voulait l'entendre. Il a le temps de sauter mille fois...

– Ils sont en route, affirma la policière.

– Vous êtes policière, c'est votre travail, s'impatienta For-tin. Faites quelque chose !

– Arrête de t'énerver, marmonna Vandal, volant au secours de sa belle. Ils s'en viennent qu'elle t'a dit. Va là-bas... Va interroger les autres policiers... »

Le photographe se tourna vers la policière.

« Une seconde, caporale, je voudrais prendre d'autres photos... Vous êtes tellement... tellement photogénique ! »

Devant le gymnase où se trouvait Jimmy Fontaine, Michel réfléchissait, hésitant à entrer. À peine eut-il poussé la porte qu'il fut impressionné. Une bonne douzaine de gros gars s'entraînaient dans cette vieille bâtisse où l'on pratiquait la boxe depuis plusieurs générations. Des sacs de sable, des poids, un ring, c'était le gymnase que tout petit garçon rêvait de visiter.

Dans un coin isolé, Jimmy Fontaine sautait à la corde. Il s'arrêta en voyant dans la porte l'ombre immobile du journaliste. Fontaine attendit. L'apercevant, Gagné alla le rejoindre.

«Salut Jimmy, lança Gagné, sur ses gardes.

— Je pensais que je pourrais avoir la paix, cracha l'ancien boxeur.

— Je voulais juste te dire que je suis content pour toi, expliqua Gagné.

— Parfait... feignit Fontaine, recommençant à danser à la corde.

— J'ai fait pour le mieux, continua Michel en contournant Fontaine pour lui faire face.

— Je sais, répondit Jimmy sans s'arrêter.

— J'ai lu que tu lâchais la boxe, interrogea Gagné.

— Ça se peut...

— Mais tu continues à t'entraîner.

— J'aime ça...

— Tu aimes ça, l'entraînement...» risqua le journaliste.

Jimmy Fontaine arrêta de sauter et se tint face à Michel. Ce dernier se raidit et cessa de respirer quelques instants. Curieusement, Fontaine sourit au journaliste.

«C'est le fun la boxe, expliqua Fontaine. Tu devrais essayer. Ça te ferait un hostie de bon papier: "J'ai boxé avec Jimmy Fontaine". T'aimerais pas ça?

— Je sais pas boxer, murmura Michel en tentant de sourire. Ça serait pas plaisant pour toi.

—Bien non... s'écria le boxeur. On va essayer, je vais te montrer.»

Fontaine se retourna vers le propriétaire.

«Libère-moi le ring, lança Jimmy. Mon chum et moi, on va faire un peu de *sparring*. Hein Michel?»

Georges, le propriétaire du gymnase regarda Gagné d'un air perplexe.

«Tu es sûr de ton affaire, le nouveau?» lui demanda Georges.

Michel n'eut pas le temps de répondre. Déjà Fontaine l'entraînait vers le ring. Le tenancier vint les rejoindre entre les câbles et aida Gagné à enfiler sa paire de gants. Fort inquiet, Michel tentait de ne rien laisser paraître. Il regarda Fontaine, qui enfilait lui aussi ses gants, et essaya de détendre l'atmosphère.

«Cogne pas trop fort, faut que je sois capable d'écrire, tenta Michel.

– Ça peut pas être pire que la christ de volée que j'ai mangée en dedans», marmonna Fontaine.

Un jeune homme sonna le gong. Gagné se dirigea maladroitement vers le milieu du ring. Il tenta, en vain, d'imiter la position de son adversaire. Ses gants, placés trop bas, ne le protègeaient pas assez. Fontaine lui administra une pêche en plein front, et l'apprenti rejeta la tête vers l'arrière. Légèrement assommé par le coup au front, Michel vacilla. Fontaine en profita et se mit à jabber.

«Plus haut, les gants, conseilla Fontaine. C'est ça.»

Le visage de Michel devenait de plus en plus rouge. Le journaliste tenta de décocher quelques coups, mais Fontaine s'esquivait chaque fois avec élégance. Le boxeur frappa encore Michel au visage blessant le journaliste.

Autour de l'arène, les gens se massaient et encourageaient Gagné.

«Vois-tu Gagné, expliqua Fontaine en ponctuant ses paroles de coups, je t'avais juré que je te casserais la gueule puis que je te crisserais une volée.... paf... je suis un gars de parole... paf... Ma mère... paf... Ma blonde... paf... Tu es chanceux en hostie que ça se passe icitte... paf...»

Michel avait baissé les bras. Il s'efforçait uniquement de se tenir debout. Son visage était inondé de sang. Face à lui, Fontaine s'enligna pour le coup final, un punch de la droite avec élan. Et Michel s'étendit de tout son long...

Satisfait d'avoir accompli son devoir, Fontaine se pencha sur Michel et lui secoua les cheveux avec son gant.

«À cette heure, on est quitte... annonça Fontaine, tu as du guts en hostie. Je t'aime, toi!»

Sonné, mais heureux que le combat soit terminé, Michel essaya de sourire.

«C'est vrai que tu lâches la boxe? réussit-il à articuler.

— C'était mon dernier combat, sourit Fontaine.»

Afin de se faire pardonner, Jimmy Fontaine invita Michel à souper dans un petit restaurant familial. Rien de bien compliqué, de l'ordinaire mais du bon! Linda et Madame Fontaine accompagnaient les deux hommes.

Comme l'état de sa figure ne permettait à Michel que de la nourriture tendre, il dégusta, très lentement, un spaghetti. Plusieurs blagues fusèrent sur sa façon originale de consommer. À mesure que le repas avançait, la conversation se fit plus intime.

«Je suis un maniaque de bicycle, réussit à articuler Michel. Les chars, ça passe après.

— Faut pas que tu parles, conseilla Jimmy, tu devrais sucer de la glace.

— Mon rêve, compléta Linda, c'est une Corvette rouge décapotable.

— Tu nous vois sur la A1A à Fort Lauderdale au mois de février quand il fait 85°, la capote baissée, rêvassa le boxeur.

— Écœurant... imagina Linda.

— Puis moi, je vous suis avec ma machine... enchaîna difficilement Gagné.

— Je peux te casser la gueule tant que tu voudras, pas besoin de monter sur ton bicycle, taquina Fontaine... C'est trop dangereux ce monstre-là.»

Et la soirée se continua sur une note de rêverie et d'amitié. Après avoir réglé tous leurs comptes, Michel et Jimmy pouvaient maintenant se permettre de s'entendre.

Dans son appartement, Stéphanie dressait la table. Elle y installa trois couverts. Lentement, elle sortit les assiettes de ses armoires tout en rêvassant. Le sourire sur ses lèvres laissait croire que ses pensées étaient des plus douces. Voilà plusieurs jours, peut-être même une ou deux semaines, qu'elle et Michel ne s'étaient adressé la parole. Elle souhaitait qu'il refasse surface dans sa vie. Après tout, elle l'aimait bien. Enfin, peut-être plus que bien...

Comme Stéphanie sombrait dans la nostalgie, Alex et Sophie se présentèrent à sa porte, la sortant des limbes. Elles apportaient un gros sac de victuailles.

«Tu as l'air de bien aller, lança Stéphanie en direction de Sophie.

— Elle s'en vient vivre chez nous, interrompit Alex.

— Tes parents? interrogea la journaliste.

— Ça ne va pas les déranger, répondit Sophie.

— François, il dit quoi, lui?

— Je ne sais même pas où il est, murmura Alex... Il va vouloir, c'est sûr.

Alex était sans nouvelles de son père depuis la veille. Depuis sa mutation à l'hôtel de ville, il n'avait guère été présent. Par contre, elle ne se doutait pas une seconde de ce que pouvait vivre son père depuis vingt-quatre heures.

Ce matin-là, très tôt, François Dumoulin était étendu parmi les déchets dans la cour arrière d'un bar. Il était mi-ivre mi-endormi.

Sans faire de bruit, un clochard s'approcha de lui. Il l'observa quelques secondes et conclut qu'il n'était pas dangereux. Le plus délicatement du monde, le clochard fouilla les poches de Dumoulin afin d'y trouver un portefeuille. Se sentant envahi, le journaliste se réveilla.

«Heille! Heille!» parvint-il à émettre.

Comme s'il n'avait rien à se reprocher, le clochard s'éloigna vers la poubelle la plus proche. Il se mit à la fouiller et y découvrit un reste de sandwich. Il en prit une bouchée et tendit l'autre partie à Dumoulin, qui l'accepta sans réfléchir.

« As-tu quelque chose à boire ? » demanda le clochard.

François fit signe que non, pendant que le clochard terminait l'inspection des ordures.

« Y a plus rien », fit le clochard.

Comme l'homme allait quitter la ruelle, Dumoulin eut une idée de reportage intéressante. Une série d'articles sur les itinérants dans Montréal, c'était bien mieux que les conseillers de l'hôtel de ville.

« Minute, lança Dumoulin, je peux pas me relever tout seul. »

Hésitant, le clochard se décida enfin à aider François à se relever. Tous deux se dirigèrent vers une cabine téléphonique non loin de là, François s'appuyant sur sa nouvelle connaissance. Le journaliste réussit difficilement à entrer dans la cabine, tandis que le clochard attendait patiemment à l'extérieur.

« Vous avez mon numéro de carte d'appel, vociféra Dumoulin. Je me crisse pas mal que ça coûte cinquante cents, passez-moi la ligne... Rivard s'il te plaît... Lionel, ici Dumoulin. Je l'ai trouvé, mon tiers monde...

Après son téléphone, Dumoulin sortit de la cabine. À la lumière de la rue, il avait vraiment l'air d'un itinérant. Il était sale, sa barbe était longue et il portait des vêtements souillés. Il cadrait très bien dans l'idée de ses articles. Le journaliste se laissa guider par son nouveau compagnon. Lucien, comme il disait s'appeler, l'amena en arrière d'un café. Tous deux commencèrent à fouiller dans les poubelles.

« Faut venir dans les restaurants, le matin de bonne heure », expliqua Lucien.

En inspectant une poubelle, Dumoulin fut fort surpris de tomber sur un filon de beignes.

« Qu'est-ce que c'est que ça ? demanda-t-il à son compère.

– Les beignes d'hier, répondit Lucien.

– Y a-t-il une différence ? interrogea François dans un esprit journalistique.

– Y sont fous, murmura le clochard. Ils sont aussi bons.

– Non, ils ne sont pas fous, entreprit Dumoulin. Ils ne veulent pas faire baisser leurs prix.

Les deux hommes mangèrent de bon appétit.

«Manque juste un bon café», pensa tout haut Dumoulin.

À ces mots, Lucien lui tendit une bouteille d'un alcool plutôt douteux. Soupçonnant un goût infect, Dumoulin fit semblant d'y prendre une gorgée.

«C'est de la cire à chaussure fondue! ricana Dumoulin.

– En plein ça!» s'exclama Lucien.

François resta perplexe et se demanda ce que pouvait contenir ce breuvage.

Ce soir-là, en compagnie de Lucien, le journaliste se rendit à la Maison du Père. Les gens entassés dormaient tout habillés, leurs effets personnels servant d'oreillers.

Fatigué, Dumoulin s'endormit malgré la grande différence avec son lit habituel. Tout était calme dans l'établissement.

Le voisin de Dumoulin se leva discrètement en s'approchant du lit du journaliste. Le plus subtilement du monde, l'homme essaya de détacher les souliers de Dumoulin fixés au matelas. Le journaliste se réveilla en sursaut.

«Mon tabarnack de voleur», cria-t-il en réveillant une bonne partie des pensionnaires.

Dumoulin se jeta sur le clochard et le rudoya. Les autres restèrent sur leurs lits en spectateurs silencieux. Un responsable s'approcha et sépara les deux hommes.

«Il essayait de voler mes godasses... se justifia Dumoulin. Il essayait de voler...»

Ouvrant véritablement les yeux, François prit conscience de l'endroit où il se trouvait.

«Hostie de misère! cria-t-il au responsable en secouant la tête. On devient comme des animaux... j'ai plus de nerfs moi...

– Les deux, dehors! barrés pour deux jours!» lança le responsable aux deux hommes, ne tenant aucun compte des propos de Dumoulin.

À l'extérieur, l'atmosphère était humide et très sombre. La fatigue aidant, Dumoulin n'y voyait presque rien. Il s'enligna d'un côté de la rue sans chercher où cela le mènerait. Le clochard avec lequel il s'était battu le suivit.

«Heille! Heille! Toi là», cria l'itinérant.

Dumoulin s'arrêta et se retourna.

«Fait pas longtemps que tu es dans gang! continua l'autre. Si tu marches par là, tu vas te faire embarquer par les chiens. Suis-moi...»

Heureux qu'on lui prêtât attention, le journaliste suivit le clochard.

«Les souliers, conseilla le clochard, on les met dans les pattes de lit... As-tu quelque chose à boire?»

De la Maison du Père, les deux compagnons se rendirent au port. Ils s'arrêtèrent devant une manufacture désaffectée. Ils entrèrent après que le clochard eut poussé le panneau qui protégeait une fenêtre.

L'intérieur de la bâtisse était poussiéreux. Dumoulin se croyait dans un labyrinthe tellement les corridors et les escaliers étaient nombreux. En suivant toujours son compagnon, Dumoulin entra dans une pièce déjà occupée, d'où montaient des ronflements très sonores. Ils passèrent ensuite dans une deuxième pièce où dormaient un couple et un bébé de quelques mois. Ils s'installèrent enfin dans la troisième pièce, à même le sol.

«On va-t-y être tranquille ici? chuchota Dumoulin.

«À part les rats, tu verras personne...» lui répondit le clochard, déjà à demi endormi.

Le lendemain vint très rapidement. Les cris du bébé de la pièce voisine réveillèrent François. Il se leva et se tint dans l'embrasure de la porte. Il se mit à observer la jeune mère qui essayait de consoler le poupon tandis que le père ramassait les sacs de couchage et les quelques effets personnels.

«Qu'est-ce que tu veux, toi? s'écria le jeune homme. Câlice-moi ton camp!

– C'est juste que j'étais à côté, puis que j'entendais pleurer le bébé, balbutia Dumoulin.

L'homme s'affairait encore à tout rassembler. Malgré les efforts de Johanne, la jeune mère, le bébé criait toujours.

« Je ne suis plus capable de la contrôler, expliqua Johanne à son compagnon. Elle a trop faim. Il faut que tu ailles chercher du lait tout de suite. Je vais t'attendre.

— Essaie encore... suggéra le jeune homme en désignant les seins de sa copine.

— Ça sert à rien, murmura-t-elle.

— Attends-moi ici », dit le jeune en sortant.

Discret Dumoulin observait toujours la mère et la fille, assises sur le sol.

« Sacre ton camp, toi, cria Johanne, qui venait d'apercevoir Dumoulin.

— Il est parti chercher du lait où ? demanda-t-il, intrigué.

— Où tu penses ? lança Johanne. Au dépanneur !

— Il va le piquer ? s'enquit le journaliste outré. Ça n'a pas de bon sens...

— Je t'ai pas parlé, va-t'en ! dit Johanne quelque peu énervée.

— Tu peux quand même pas choisir cette vie-là avec un bébé, conseilla Dumoulin.

— Tu poses bien des questions niaiseuses ! » sourit la mère.

Elle continua à ramasser les effets personnels de son monde sans lâcher sa petite. Ses bras déjà embarassés, elle avait de la difficulté à tout faire, échappant la moitié de ce qu'elle soulevait.

« Veux-tu que je la prenne ? offrit Dumoulin en désignant le bébé.

— Pour que tu crisses ton camp avec ! cria Johanne.

— J'ai pas besoin d'un bébé ! déclara Dumoulin.

— Pour la vendre ! s'exclama-t-elle comme s'il s'agissait d'une évidence. Voyons, il arrive pas avec le lait », dit-elle, inquiète.

François aida ensuite Johanne à transporter ses paquets à l'extérieur. Il attendit avec elle et la petite sur le trottoir, non loin du dépanneur. Bientôt, une voiture de police se présenta. Deux policiers en sortirent et embarquèrent le compagnon de Johanne. Elle était furieuse et Dumoulin eut de la difficulté à la contrôler.

«Gang de chiens, cria-t-elle, vous pouvez pas l'arrêter, pas juste pour du lait!

— Reste ici, conseilla François, ils vont t'enfermer avec lui, puis ils vont placer ton bébé. C'est ça que tu veux?»

Ils marchèrent sans destination. Johanne était triste, François, songeur.

«Il faut que je trouve un téléphone...» pensa-t-il à haute voix. Johanne ne tenta pas de savoir qui il appela.

Plus tard, ils s'assirent dans un parc.

«La vie est une beurrée de marde... lança Johanne. Plus tu vieillis, moins il y a de pain.

— Tu n'as pas vingt ans! Il y a toujours un moyen de s'en sortir, affirma Dumoulin, sur un ton moralisateur. Pourquoi tu l'as eu?... le bébé, je veux dire.

— J'aurais jamais pu faire autrement, expliqua Johanne. Regarde-la.»

Les yeux de François Dumoulin se posèrent sur la belle petite fille emmaillotée dans la couverture. Elle commençait à s'endormir, épuisée par ses pleurs. Certes, elle était fort jolie, malgré ses yeux bouffis par les larmes et ses joues qui tendaient à creuser.

«C'est compliqué, cette vie-là, avec un bébé? interrogea Dumoulin, touché.

— Qu'est ce que tu penses qu'on peut faire? demanda Johanne, au bord des larmes.

— Travailler, se trouver une job, suggéra le journaliste.

— Y en a-t-il des jobs? Puis qui prend un secondaire trois? J'ai pas d'expérience dans rien. Avec le bébé, on n'a pas le temps: faut trouver du lait et des places pour dormir.

— Ta famille? s'enquit-il.

— Mes dix foyers nourriciers? corrigea Johanne sur un ton sarcastique.

– Il y a des refuges, des places, conseilla François. Je sais pas moi, il y en a pour les femmes battues, il doit bien exister quelque chose.

– Ils vont nous séparer, expliqua la jeune mère.

– Personne ne sépare une mère et son enfant.

– Pas le bébé, son père. Ils voudront pas qu'on reste ensemble.»

Alex et Sophie marchaient rapidement s'approchant d'eux par un des sentiers du parc. Elles marchaient rapidement. Dans ses bras, Alex tenait un sac d'épicerie.

«Il est fou! lança-t-elle.

– Il ne t'a vraiment rien dit, demanda Sophie qui avait peine à suivre le pas de sa copine.

– Va acheter trois pintes de lait, du pain, du beurre de pinottes, des beignes puis des couches, énuméra Alex. C'est tout.

– Tu as peut-être une sœur ou un petit frère» plaisanta Sophie.

Arrivée devant François, Johanne et le bébé, Alex fouilla dans sa poche pour trouver un peu d'argent à leur donner. Aucune des deux jeunes filles ne s'était aperçue que l'un des mendiants était l'homme qu'elles cherchaient. Alex s'impatientait, car elle n'arrivait pas à sortir quelque chose de sa poche.

«C'est qui lui? murmura Sophie.

– Laisse faire! Je suis pas capable de sortir mon argent, dit Alex enragée.

– Demande à ton père, suggéra Dumoulin, la main tendue vers sa fille.»

Les deux jeunes filles se regardèrent, étonnées.

«Papa? fit Alex en reconnaissant son père. Qu'est-ce que tu fais là?

– J'ai quelqu'un à te présenter, annonça François. As-tu ce que je t'ai demandé?»

Alex lui tendit le sac de provisions. Se retournant vers Johanne, Dumoulin lui offrit les victuailles. Émue, les yeux pleins d'eau la jeune femme le regarda sans trop comprendre.

«Tu es qui toi? lui demanda-t-elle sur le point d'éclater en sanglots.

– Pour une fois dans ma vie, expliqua le journaliste, je vais cesser de planer au-dessus des vraies affaires...

– Tu parles de quoi là? interrogea Alex, extrêmement intriguée.

– Tu amènes Johanne et le bébé à la maison et tu l'installes, ordonna François. Moi, j'ai pas fini ma job.

Complètement déroutées, Alex et Sophie regardèrent François s'éloigner. Vraiment, son costume était parfait. S'il n'avait pas parlé, jamais sa fille n'aurait pu le reconnaître.

Dumoulin se dirigea vers l'hôtel de ville. Il s'installa en face de l'édifice et y quêta pendant un long moment. Enfin, monsieur Guimond, le maire, en sortit. Il regarda Dumoulin, toujours méconnaissable, et le contourna. Le faux mendiant s'approcha du maire et le regarda dans les yeux.

«Un peu d'argent mon bon monsieur, pour manger», priait Dumoulin.

Sans faire attention au clochard, le maire poursuivit son chemin.

Dumoulin venait de concrétiser l'une des étapes de son plan. Maintenant, il irait en face de *L'Express.*

À cet instant précis, Dubé et Rivard tenaient compagnie à l'éditeur dans son bureau. Nerveux et impatient, ce dernier s'agitait sans cesse sur sa chaise.

«J'ai analysé la convention collective que tu as signée, Claude, dit Vézina, et j'ai trouvé un trou, ajouta-t-il avec une note de fierté dans la voix. Il y a moyen de forcer certains types à la préretraite, même s'ils ont déposé un grief.

– Je ne pense pas, enchaîna Dubé. J'ai personnellement négocié cette clause.

– Bien, ils ont mal négocié, lança Vézina. Ils vont recevoir leur avis de retraite aujourd'hui! annonça-t-il. Ils nous poursuivront s'ils le veulent.»

Outré, Claude Dubé se leva et se tint face à Vézina. C'était la première fois. Même Vézina l'avait remarqué. Il avait toujours pensé qu'il pourrait faire avaler n'importe quoi à Dubé. Et voilà qu'il lui faisait face. L'éditeur en était complètement dérouté.

Lionel Rivard aussi fut fort surpris. Ses yeux s'ouvrirent grand et fixèrent Claude Dubé.

«C'est un manque de respect pour l'homme et la profession, exposa Dubé. *L'Express* a consenti des droits à ses vétérans journalistes. Au moins, qu'on respecte notre parole.

– Excuse-moi de te le dire crûment, articula l'éditeur. Mais ta parole, arrange-toi avec. Nos avocats ont dit qu'on pouvait tenter le coup, on le fait.»

Cette fois, Dubé ne broncha ni ne plia. Il tourna les talons et se dirigea vers la porte. Avant de passer le seuil, il regarda Vézina.

«Je n'ai plus rien à dire ici», déclara-t-il avec une fermeté qu'il n'avait pas exploitée jusque-là.

Pendant ce temps, François Dumoulin avait eu tout le loisir de se rendre en face de *L'Express* pour quêter, comme il l'avait fait précédemment devant l'hôtel de ville. Il demandait toujours la charité, la main tendue, quand Paul Vézina sortit de l'édifice. L'éditeur regarda l'homme et offrit un billet de cinq dollars à François Dumoulin sans le reconnaître.

Gilles Bernard courait à la suite de Vézina. En voyant le mendiant, il passa tout droit. Dumoulin insista. Bernard finit par sortir un vingt-cinq sous de ses poches pour se débarrasser de l'itinérant.

Fort content de sa quête, François fit un beau sourire à son compère et repartit.

Ce soir-là, au café habituel, Caro et Stéphanie buvaient un verre de vin. Elles y étaient installées depuis un bon bout de temps et la fringale commençait à les gagner. Elles observaient le menu, distraitement, ne sachant pas trop quoi choisir.

Enrique, le serveur, vint vers les jeunes femmes afin de prendre leurs commandes.

«*Mias Amigas*, on va manger? demanda-t-il.

– Il est pas mal tard, dit Stéphanie, hésitante.

– Tu vas juste rêver un peu plus... murmura Caro. Deux croque-madame.»

Enrique inscrivit la commande sur son calepin.

«Tu es vraiment *bellésima*! dit-il à la journaliste.

– Mettez le chauffage, c'est pas chaud ce soir, suggéra Stéphanie en se frottant les épaules.

– C'est déjà presque l'automne, compléta Caro.

– Après, la neige. C'est toujours aussi exotique pour moi», soupira Enrique.

Le serveur se raidit soudain en voyant deux hommes entrer dans le restaurant.

«Je vais chercher vos croque», dit-il furtivement.

Stéphanie et Caro se regardèrent, intriguées.

«Il est parti vite, c'est du service! constata Caro. Je vais sans doute quitter le bureau du premier ministre...

– Pour quoi faire? s'enquit Stéphanie.

– Les affaires, expliqua Caro. Les affaires, c'est l'avenir.

– Quelle sorte d'affaires? demanda Stéphanie sur un ton plus journalistique qu'amical.

– Je ne peux pas t'en parler tout de suite, ce serait prématuré.

– Tu en as trop dit, taquina Stéphanie, faut continuer.

– J'ouvre ma propre boîte de communications, de relations publiques, confia Caro.

– C'est pas évident de partir en affaires ces temps-ci. Tu dois être sûre de ton coup. C'est qui ton client?

– Stéphanie...»

Caro fut interrompue par l'arrivée d'un nouveau serveur. Les jeunes femmes se regardent, médusées.

« Où est Enrique? interrogea Stéphanie.

– Il est malade... expliqua le garçon. Il est parti.

– C'est une maladie qui s'est déclarée mauditement vite!» constata Stéphanie.

Le lendemain matin, tout semblait aller pour le mieux. La salle de rédaction de *L'Express* bourdonnait comme à son habitude. Stéphanie, installée à son pupitre, tapait en regardant son écran. Son téléphone sonna.

«Allô! répondit-elle avec un large sourire.

– *Amiga*, fit Enrique à l'autre bout, ne dis pas mon nom...

– C'est une blague ou quoi? questionna la journaliste.

– J'ai des gros problèmes, expliqua le serveur. J'ai besoin d'aide.

– Où est-ce que je peux te trouver?» demande-t-elle à son ami, inquiète.

Stéphanie prit l'adresse en note, agrippa son sac et partit.

Elle arriva rapidement à l'endroit qu'Enrique lui avait désigné. Elle longea un long corridor pour se rendre à l'appartement en question. L'immeuble était propre, mais dégageait une odeur d'humidité qui prit Stéphanie à la gorge. Elle pressa le pas.

La porte de l'appartement était déjà ouverte.

«Qui est là? demanda une voix lointaine et avec un fort accent espagnol.

– Je suis Stéphanie Rousseau, une amie d'Enrique.»

La jeune journaliste s'enfonça plus loin dans l'appartement et y trouva deux hommes dans la trentaine. Un des deux la dévisagea longuement.

«C'est elle, je la connais», confirma-t-il.

À ces mots, le jeune homme se leva et alla frapper à la porte de la chambre. Enrique en sortit, le visage défait et l'air anxieux. Il se jeta dans les bras de Stéphanie.

– Je vais faire ce que je peux....» dit-elle surprise d'une telle démonstration d'affection.

«*Amiga*, j'ai besoin de toi», murmura-t-il.

Le couple se dirigea vers le canapé. Enrique prit les mains de Stéphanie et les serra dans les siennes. Il baissa ensuite le regard.

«Je croyais qu'ils ne s'occupaient plus de moi, commença le jeune homme.

– Qui ça "ils"? interrogea doucement Stéphanie, ne voulant nullement brusquer son ami.

– L'Immigration. Il y a une ordonnance d'expulsion contre moi, expliqua Enrique. Ils exigent que je retourne dans mon pays. C'est la loi, qu'ils disent. Je ne pensais pas qu'ils mettraient ça à exécution, confia-t-il, une larme à l'œil... J'ai attendu.

– Ton histoire ne marche pas, conclut Stéphanie. Tu es un réfugié politique. Il y a autre chose? Dis-moi tout si tu veux que je puisse t'aider.

– Quand je suis arrivé ici, aux frontières, j'ai demandé l'asile politique, enchaîna Enrique, hésitant. On m'a dit que cela prendrait deux ans avant que j'aie mon statut de réfugié politique.»

Enrique hésita. Il semblait horriblement gêné de ce qu'il allait dire. Il finit par se décider.

«À mon premier hiver, j'ai volé une paire de bottes et un manteau.

– Et tu t'es fait prendre? interrogea la journaliste.

– J'étais avec un ami, continua Enrique sans tenir compte de la question de Stéphanie. On a défoncé une voiture, on a parti le moteur. On voulait pas mourir de froid. C'était terrible...

– Vol d'auto?» demanda Stéphanie.

Enrique ne répondit pas, mais baissa la tête en signe d'approbation.

«Tu as plaidé coupable? supposa Stéphanie. Sentence suspendue?»

Enrique acquiesça à toutes ces questions. Stéphanie posa la main sur l'épaule du jeune homme.

«Puis tu te ramasses avec un casier! termina Stéphanie. Je ne sais pas quoi encore, mais on va faire quelque chose...»

Songeuse, la jeune journaliste quitta l'appartement d'Enrique. Elle tenait une bonne histoire, un dossier intéressant sur le traitement des réfugiés au pays. Elle pourrait faire avancer les choses et montrer les difficultés d'intégration auxquelles font face les nouveaux arrivants.

Alors qu'elle était en route pour *L'Express*, Stéphanie dut s'arrêter sec sur le côté de la rue. Elle sortit de sa voiture en courant pour aller vomir dans une poubelle. Elle avait déjà été malade quelques fois depuis le début de la semaine.

Aux bureaux de la rédaction, Stéphanie exposa son idée de reportages sur Enrique. Lionel Rivard en fut emballé, mais avant de mettre le processus en branle, il décida de consulter son éditeur.

«Je pense que Stéphanie a une bonne histoire... commença Rivard. J'ai pensé t'en parler avant de nous embarquer plus loin...»

Stéphanie, qui voulait défendre sa nouvelle idée, emboîta le pas.

«C'est un type du Salvador, expliqua-t-elle. Grand journaliste et ancien médecin dans son pays, il vit au Québec depuis deux ans. Il est condamné à mort s'il retourne chez lui.

– Puis? Il a juste à rester ici, répliqua platement Vézina.

– Il ne peut plus. C'est un réfugié avec un avis d'expulsion, renchérit fougueusement la journaliste. Il a volé une paire de bottes à son premier hiver ici. Il s'est aussi installé dans une auto pour ne pas geler. Il était en train de crever de froid. Il y a eu un mandat contre lui, l'Immigration l'a retrouvé.

– Le gars se cache et est désespéré, compléta Lionel. Stéphanie l'a rencontré.

– Il y a un moyen de l'aider. Je peux raconter toute son histoire dans *L'Express*, faire une suite avec des commentaires d'autres réfugiés, obtenir que le ministre se mouille, montrer que le Québec a besoin de l'immigration pour tenir sa place en Amérique du Nord, suggéra Stéphanie, passionnée par son métier.

– Vous ne voulez quand même pas faire un héros avec un voleur! conclut l'éditeur.

– Un voleur? Enrique, un voleur? Une paire de bottes? s'écria Stéphanie, outrée par l'attitude de Vézina. S'asseoir dans une voiture pour ne pas mourir de froid? Vous ne voyez pas l'ampleur du débat?»

Stéphanie se calma un peu et regarda la salle de rédaction où tous la fixaient.

«Le Canada, reprit-elle, n'est pas un pays assassin. Peut-on refouler chez eux des gens qui risquent la mort?

– Et ça nous permettrait de lancer un bon dossier, défendit Rivard. C'est pauvre dans l'actualité, ces temps-ci.»

Vézina fit un petit signe de tête, indiquant qu'il cédait. L'argument du nombre de copies vendues faisait toujours son effet. Rivard le savait, mais essayait de le garder pour les grandes causes.

Comme Stéphanie et Rivard s'entretenaient sur les procédures à suivre et le contenu de l'article, Michel Gagné fit son entrée dans la salle. On pouvait lire sur son visage les traces de sa rencontre percutante avec Jimmy Fontaine. En le voyant ainsi défiguré, Vézina ne put s'empêcher de lui lancer une blague.

«Eh, Gagné! Elle était féroce hier soir!»

Un rire parcourut la salle. Gagné sourit du mieux qu'il put. Stéphanie ne sut retenir une moue amusée. Sans parler, Michel lut dans le regard de sa collègue une proposition de paix.

«C'était de la dynamite, expliqua Michel.

– Ça t'embellit, taquina Stéphanie.

– Ça dépend si tu préfères le steak haché au filet mignon, se défendit Gagné.

– Vraiment attendrissant, murmura Stéphanie sans laisser Michel des yeux.

– Merci, lui dit-il, je sais que ça vient du cœur.»

Rivard, spectateur, décida d'intervenir et de provoquer un rapprochement entre les deux journalistes.

«Stéphanie a une bonne histoire et elle aurait besoin d'un coup de main, fit-il en lançant un regard complice à Michel.

– Comment un coup de main? s'indigna Stéphanie. J'ai l'habitude de traiter mes affaires toute seule...

– Si on veut traiter l'affaire au complet, c'est trop gros pour une seule personne, expliqua Rivard. Venez dans mon bureau.

– Mais...» protesta Stéphanie.

Michel, aux nues, se retourna vers Rivard et lui fit un sourire aussi grand que ses meurtrissures le lui permettaient.

«Je suis tellement content de travailler avec Stéphanie, chuchota-t-il. C'est toujours un honneur.

– Ça va encore bien, le Bleuet, gronda Rivard. Veux-tu bien fermer ta grande gueule!»

Le soir même, Stéphanie, Michel et Vandal étaient à l'appartement d'Enrique, qui était assis sur un canapé jauni par le temps. Stéphanie contrôlait la situation: elle posait les questions, prenait des notes, enfin elle faisait tout. Vandal bombardait le jeune Salvadorien de ses flashes. Michel, à l'autre bout de la pièce, était visiblement jaloux et n'ouvrait la bouche que pour faire des commentaires cinglants sur les propos de Stéphanie.

«Qu'est-ce que ça va donner? demanda Enrique, inquiet.

– Tu joues ta vie... lança Michel, puis tu peux devenir un symbole.

– Par quoi on commence? interrogea Enrique visiblement tendu.

– Tu réponds à nos questions, somma Stéphanie.

– Comment es-tu arrivé ici? se risqua Michel sous le regard furieux de sa coéquipière.

– J'avais envoyé un article au *New York Times* qui accusait certains dirigeants salvadoriens d'extrême droite de commanditer l'escadron de la mort, expliqua Enrique.

– Ils l'ont publié ? enquêta Stéphanie.

– Oui, continua le jeune serveur. Une nuit, je suis arrivé à la maison et... »

Une larme perla sur la joue d'Enrique.

« En signe de représailles, parce que pour eux, je collaborais avec la guérilla salvadorienne, ils avaient assassiné ma mère, mon père, ma sœur et mes deux frères. Ils les avaient tous fait venir dans la cuisine. Ils les ont abattus l'un après l'autre, une balle dans la tête. Je suis parti avec la guérilla. Je voulais les venger. Mais ce n'est jamais comme on pense. Je prenais trop de risques pour eux. Nous avons convenu que je devais partir. Une nuit, je suis embarqué sur un bateau dans le golfe de Fonseca et j'ai passé au Nicaragua. »

Durant le monologue d'Enrique, Michel avait cessé de bouder et s'était approché de lui. Vandal avait interrompu son avalanche de clichés, et Stéphanie semblait complètement emportée par les propos du jeune réfugié. Ils regardaient tous en silence cet homme qu'ils apprenaient à connaître. Ils le respectaient énormément et feraient tout pour l'aider.

L'équipe termina l'entrevue tard dans la soirée, mais, malgré la fatigue, les journalistes se rendirent à la salle de rédaction très tôt le lendemain.

Michel et Stéphanie s'affairaient chacun devant son écran. Lionel Rivard s'approcha, s'arrêtant à une certaine distance pour les regarder. Il constata que les deux jeunes gens avaient recommencé à se parler... et espérait que la bonne entente allait durer.

« Comment ça s'est passé ? demanda Rivard à Michel.

– Je pense que ça va être extraordinaire, s'enthousiasma Michel, les yeux brillants. C'est une histoire fabuleuse. Entendre ce qu'il a souffert au Salvador a de quoi faire dresser les cheveux sur la tête.

– Mais il faut être prudent, conseilla Rivard, tu n'es plus un avocat. Ça nous prend la version des fonctionnaires dans l'affaire, celle du ministre de l'Immigration et de toutes les parties impliquées.

–J'ai placé les appels, confirma Michel, quand Stéphanie va avoir fini son texte, après-midi...

— Fais gaffe, ça arrive que j'écrive bien vite, prévint Stéphanie.

— Je devrais avoir mes notes toutes prêtes, continua Michel sans relever le sarcasme.

— Tu laisses les commentaires à Stéphanie, avertit Rivard, je veux juste des faits. Compris? Juste des faits!

— Il va bien falloir que quelqu'un dise que c'est une écœuranterie qui se prépare! affirma Gagné.

— Le secret, c'est de trouver quelqu'un qui va le dire pour toi. Les droits de l'homme par exemple, suggéra Rivard. Tu les cites dans ton texte et tu as passé ton message. Et puis, laisse aller Stéphanie, inquiète-toi pas.

— Inquiète-toi pas, renchérit Stéphanie. Écœuranterie, c'est pas un mot que j'emploie mais il y a de beaux synonymes. Fais-moi confiance.»

Le tension était forte entre Michel et Stéphanie. Elle voulait trop lui en montrer; il était trop orgueilleux pour accepter ses conseils.

François Dumoulin entra dans la salle. On ne l'avait pas vu depuis plusieurs jours. Maintenant, il avait une tout autre allure. Fraîchement rasé, lavé et élégamment vêtu, il y avait longtemps...

«Beau petit bonhomme tout propre! plaisanta Rivard. Tu reviens vite sur terre avec du monde de même, hein, les vieux robineux?

— Pas les vieux robineux, corrigea Dumoulin en se rendant à son pupitre suivi de Rivard. Le noyau des itinérants, c'est les vingt, vingt-cinq ans.

— C'est jeune pour se retrouver dans la rue, commenta Rivard.

— Puis le désespoir total, c'est la jeune famille itinérante, continua Dumoulin.

– C'est quoi, ton angle? interrogea le chef de pupitre.

– Ailleurs, dans certaines grandes villes, on a déjà commencé à leur fournir des roulottes pour ne pas qu'ils soient séparés, expliqua François.

– Avec tout ce qu'on paie déjà... pensa tout haut Lionel.

– Quand tu rencontres la misère humaine Lionel, faut au moins que tu essaies de faire quelque chose, commenta Dumoulin outré. Je t'enverrai mes textes de la maison, il faut que je les aide.

– Tu transgresses les lois du journalisme. Jamais s'attacher... conseilla Rivard. C'est comme ça qu'on peut quelques fois rester objectif.

– Gaspille pas ta salive, tu ne comprendrais pas, lança François. Puis je veux voir ma fille. Alex me manque. Elle a une copine à la maison qui ne décolle plus. Faut que je m'en occupe. Je vais partir en vacances avec elle. Elle a l'air croche.

– Tu auras attendu vingt ans, murmura Rivard, visiblement découragé.

Lionel Rivard détourna le regard pour s'écarter de celui de Dumoulin. Il en avait assez dit, il n'en pensait pas plus. Sans observer vraiment, le chef de pupitre aperçut Claude Dubé qui gagnait son bureau, une boîte de carton à la main.

Intrigué, Lionel alla le rejoindre.

«Qu'est-ce que tu fais? demanda-t-il, intrigué.

– Je m'en vais, répondit Dubé.

– En vacances? espéra Lionel. Tu t'en vas où?

– Nulle part. Je quitte *L'Express*, expliqua Claude, la gorge nouée et les yeux mouillés.

– Il est trop de bonne heure pour faire des farces! ricana le chef de pupitre.

– Ce n'est pas des blagues, commença Dubé. J'ai essayé de me faire une raison, je me suis menti en me disant que je resterais pour sauver le droit du public à une information sérieuse et honnête, continua-t-il en plaçant ses effets personnels dans la boîte, mais ce que demande Vézina, la façon dont il traite les travailleurs de ce journal, lui, ancien chef syndical, je ne suis plus capable de le prendre. Tout mon être se révolte, conclut-il.

— Lâche-nous pas, on a trop livré de batailles ensemble pour abandonner maintenant, supplia Lionel en lui pressant l'épaule de sa main. Le journal est loin d'être mauvais, mais si tu pars, il n'y aura plus d'équilibre.

— Mais tu vas rester, toi, répliqua Dubé.

— Je suis un sergent, je ne serai jamais un général, résuma Rivard. Je sais comment on sort un bon journal au jour le jour. Mais toi... c'est autre chose.

— J'aurai été profondément heureux, c'était ma maison», expliqua Claude Dubé, la mine chagrinée.

Lionel arrêta d'essayer de convaincre celui qui fut pour lui plus qu'un complice. Claude Dubé avait pris sa décision, et elle était finale.

Comme un ami, en sachant bien que c'était le seul geste à accomplir pour aider son comparse, Lionel se mit à aider Claude à remplir sa boîte.

Alors que les deux hommes s'affairaient à empaqueter les effets de bureau, Paul Vézina fit son entrée, brandissant une feuille dactylographiée qu'il agitait au-dessus de sa tête.

«C'est quoi cette connerie-là? cria-t-il rouge de colère.

— Vous ne savez pas lire? se moqua Dubé.

— Ça va prendre le bord du panier! menaça Vézina en chiffonnant la lettre, qu'il jeta sur le plancher. On est une équipe, christ, continua de crier l'éditeur. Et une équipe, on ne la laisse pas tomber en plein milieu de la partie. C'est sacré, une équipe!

— Je ne dirai pas que tu es un menteur ou un imbécile, commença Dubé en se tenant droit devant Vézina. Mais tu es un pauvre type dont on se sert pour faire les jobs de bras, continua-t-il en se rapprochant de l'éditeur. Tu as les mains sales, Paul Vézina, tellement sales que je n'oserais jamais les serrer.»

L'adjectif «sale» prenait un air dégoûtant dans la bouche de Dubé. Il avait mis beaucoup d'accent sur le mot en regardant son ancien éditeur. Claude donnait à ce terme un effet bien souhaité, car chaque fois qu'il l'avait dit, il sentait que Paul Vézina rapetissait. Il était minuscule quand l'ancien employé de *L'Express* quitta son bureau suivi de Lionel Rivard. Ils laissèrent seul l'homme aux mains sales. Seul au milieu d'une pièce dénudée.

Pendant que Dubé rassemblait ses effets personnels, Louise Duguay, Stéphanie et Michel se penchaient sur un article paru le matin même sur l'histoire d'Enrique. Le titre était assez flamboyant:

ENRIQUE: LE CANADA LE CONDAMNE-T-IL À MORT?

Avant même qu'il n'en soit question, Stéphanie commença à se défendre.

«*L'Express* n'exagère en rien dans sa manchette. Si Enrique est forcé de retourner au Salvador, c'est une condamnation à mort, affirma Stéphanie. Techniquement, il a un casier judiciaire, mais les circonstances sont tellement atténuantes qu'on doit faire une exception dans son cas.»

Sentant un malaise chez les deux jeunes gens, Louise Duguay s'assit entre eux avant de commenter.

«Toutes les radios ont repris votre histoire, dit-elle... On s'entend: toi Stef, tu donnes la version du ministre demain et Michel fait un suivi avec les leaders des communautés ethniques. Sans oublier un rappel sur l'affaire des Turcs en 1989. Tu te souviens?

— Pas vraiment... avoua Michel.

— Nous avions publié une série sur des Turcs qui étaient refoulés dans leur pays, renchérit Stéphanie alors que Rivard faisait son entrée.

— Stéphanie, tu me brosses le portrait le plus complet possible d'Enrique, ordonna Rivard. Je veux tout savoir: comment il vivait, qu'est-ce qu'il mangeait, son job au café. C'est en le montrant tel qu'il est, en chair et en os, qu'on va toucher l'opinion publique.

— Il a déjà pas mal répondu à toutes ces questions-là, s'interposa Michel, mais je vais fouiller un peu. Je vais tout mettre.»

Léonne passa la tête par la porte. Elle cachait mal sa mauvaise humeur.

«Excusez-moi, les tourtereaux! Faudrait que je te cause une minute, dit-elle en regardant Lionel.

– Moi? s'inquiéta Rivard.»

Léonne acquiesça. Rivard et Louise Duguay se levèrent et allèrent rejoindre Léonne, laissant ainsi Michel et Stéphanie entre quatre yeux.

Dans le bureau, les jeunes gens regardèrent leurs mains quelques instants.

«Il y a un malaise, risqua Stéphanie... Pourquoi on ne se parle pas?

– On se parle, répondit froidement Michel sans laisser ses mains du regard.

– Pas vraiment, insista Stéphanie.

– Ça va bien de même, dit-il. Tu fais tes affaires de ton bord, moi du mien. Tu as tes chums, on se pose pas de questions, c'est pas compliqué.»

Stéphanie allait répondre quand Louise refit surface, demandant avec enthousiasme: «Où on en était?»

Comme Louise le lui avait demandé, Stéphanie alla rencontrer le ministre de l'Immigration, puis un des dirigeants d'Amnistie internationale, monsieur Lacharité.

Ils étaient attablés au café habituel autour de cafés et de notes journalistiques. Michel Gagné aussi était présent, mais plus discret que sa coéquipière.

«Quelles actions allez-vous entreprendre à Amnistie internationale, Monsieur Lacharité? interrogea Stéphanie.

– Dès ce soir, nous allons émettre un communiqué, répondit-il. Il faut montrer que nous sommes civilisés.»

Il s'approcha de Stéphanie.

«Je ne veux pas être indiscret, mais êtes-vous en contact avec Enrique?»

Stéphanie lui fit signe que oui de la tête. Elle venait d'apercevoir un des deux hommes qui avaient effrayé Enrique quelques jours auparavant.

«Je ne veux pas être alarmiste, mais soyez prudente, conseilla Lacharité. La GRC et l'Immigration ont horreur de ces affaires qui leur donnent le mauvais rôle.

– On n'est quand même pas au temps de la Crise d'octobre», plaisanta Michel.

L'interview avec monsieur Lacharité continua sur un ton léger.

Ayant terminé sa journée de travail, Fortin se rendit au nouvel appartement de Gabriella comme elle le lui avait suggéré.

Il sonna malgré sa timidité. Quand la porte s'ouvrit, Richard resta sans voix. Son hôtesse portait une minuscule et fort moulant short d'exercice et une camisole mouillée de sueur sans soutien-gorge. La gorge de Richard se noua.

«Je pense que je suis en avance, réussit-il à prononcer.

– Je faisais de la bicyclette, s'expliqua Gabriella en le laissant entrer... Ça donne chaud. Ne remarque pas l'appartement, je n'ai pas fini la décoration. Je suis au bout de mes économies...

– Hum! toussota Richard en essayant de détacher son regard de la poitrine de sa compagne de travail. Ça fait drôle de te voir ailleurs qu'au journal.

– Tu me trouves moins... moins?

– Ah non!» enchaîna aussitôt Richard.

Il porta ensuite son attention sur une boisson que lui servait la journaliste.

«Qu'est-ce que tu me sers là? Du jus d'orange?

– Jus d'orange et champagne! s'exclama la jeune femme. Il faut baptiser ce nouvel appartement!»

Ils se levèrent et choquèrent leurs flûtes. Avant de boire, ils se regardèrent. Face l'un à l'autre, ils ne disaient mot, mais sentaient le courant passer entre eux.

Richard commença à se sentir mal à l'aise. Embarrassée, Gabriella recula.

«Le café va être prêt, ça ne sera pas long. Installe-toi. Je prends une douche et je reviens, lança-t-elle, déjà partie.

– Une douche... bon, ah! ah! si tu as besoin de moi, je suis là», s'offrit Richard, sans trop se rendre compte de la possibilité de malentendu.

Seul dans la cuisine de Gabriella, il commençait à s'ennuyer. Il se versa un café en soupirant. Le bruit de la douche cessa dans l'autre pièce et Richard recommença à être nerveux.

«Richard! s'écria Gabriella. Peux-tu venir s'il te plaît? La porte est ouverte.»

Silencieux et très embarrassé, Richard s'avança vers la salle de bain sans y entrer.

«Regarde dans la chambre, apporte-moi mon peignoir, demanda l'hôtesse. Il doit être sur des boîtes.»

Hésitant, Richard se dirigea vers la chambre et trouva facilement le peignoir. Comme il revenait, il se trouva face à Gabriella, encore humide, enveloppée dans une serviette, au milieu du salon. Timidement, Richard tendit le peignoir à la jeune femme qui l'enfila aussitôt. Embarrassé, Tintin se retourna.

«C'est grand, tu as six pièces au moins, bafouilla-t-il. Ça doit coûter une beurrée?

– C'est trop grand et trop cher, compléta Gabriella en nouant son peignoir. Mais quand je l'ai vu, j'en suis tombée amoureuse. Regarde, lui dit-elle en le faisant visiter. Il y a deux chambres vides.

–Tu devrais trouver un coloc, lança Fortin, attrapant la perche tendue.

–Mama mia! s'exclama Gabriella comme si Richard venait de faire une grande découverte, ce serait formidable! Mais je ne connais personne disponible à Montréal.

– Ça prend une fille, dit Tintin, en réfléchissant tout haut.

– Ou un gars correct, suggéra Gabriella en souriant de toute ses dents au jeune homme. Comme toi, un ami avec qui je serais bien.

– À moi, tu pourrais te fier, s'enthousiasma Fortin. Pas touche, hein, je ne suis pas un gars de même.

– Tu n'accepterais pas de me dépanner, en ami? demanda Gabriella.

– En ami? Ouais, ça me coûterait combien? interrogea Fortin. Disons que je prends une chambre.

– Et on pourrait se faire un bureau dans l'autre chambre, suggéra la demoiselle.

– Trente p. cent des dépenses, ça t'irait? proposa Richard.

– Mettons quarante? renchérit-elle.

– Bah! dans le fond, moitié-moitié», laissa aller Richard.

Gabriella, toute heureuse, sauta au cou de Fortin et l'embrassa. Sur la joue, en amie. Évidemment.

Pendant ce temps, la rencontre de Stéphanie et Michel avec monsieur Lacharité s'était terminée. Serge Vandal les avait rejoints et tous trois devaient se rendre chez Enrique pour une autre interview.

Dans le stationnement, Michel invita Stéphanie et le photographe à s'asseoir dans une grosse voiture qui avait l'air d'avoir fait la guerre. La première...

«Tu as rangé ta moto? s'enquit Stéphanie.

– Je me gelais les couilles, répondit sèchement Michel.

– Tu devrais verrouiller tes portières, conseilla-t-elle.

– Ça barre plus. Et qui serait assez cave pour voler ça?»

Stéphanie ricana en constatant que Michel avait bien raison. Nerveuse depuis leur dernier rendez-vous d'amoureux, Stéphanie s'approcha de lui.

«Ça va durer longtemps? questionna-t-elle.

– Deux heures... répondit naïvement Michel.

– Niaise-moi pas, brusqua-t-elle. C'est toi qui sautes la chanteuse et c'est toi qui me fais chier.

– Voyons, Stéphanie, intervint Vandal.

– Il n'y a rien eu! se défendit Michel, rien, rien! Puis toi, Caron?

– Quoi Caron? Qui Caron? s'écria Stéphanie.

– Ben oui, le gars de Radio-Canada, renchérit Vandal.

– Mêle-toi pas de ça, avertit Michel, puis se retournant vers Stéphanie... Niaise-moi pas!

– Je ne te niaise pas! se défendit-elle. Je ne sais pas de quoi tu parles.

– On a une job à faire les amoureux, s'impatienta Vandal. Enrique nous attend. Venez-vous?

– Enrique partira pas, il est caché, cria Michel. Il a juste ça à faire, nous attendre! Dix minutes de plus, ça ne le fera pas mourir, alors qu'ici...

– Tu penses que j'ai couché avec Caron, accusa la journaliste. C'est ça que tu dis?

– Ouais, c'est ça que je dis, tonna Michel. Petit souper, petite soirée, petite sauterie.»

Stéphanie fut fort satisfaite d'elle-même. Non seulement elle avait deviné les pensées de Michel, mais en plus, elle en avait fait un homme jaloux. Elle le regarda en souriant.

«Caron? Alain Caron? L'autre soir? Change d'agence de détectives, mon vieux! conseilla-t-elle. Mon ami Caron est descendu aussi vite qu'il est monté. Vandal, dis-moi pas que le loup du Royaume serait jaloux?

– Pantoute! répondit rapidement le journaliste, tu embarques?

– Fais-toi plaisir, pour une fois, lui lança-t-elle en tendant les clés de sa Porsche. Conduis.»

Heureux d'une telle offre, Michel prit les clés et monta à bord de la voiture de Stéphanie. Ils se rendirent chez Enrique et reprirent leur discussion une fois entrés dans l'immeuble.

«Ton Caron aurait prit l'ascenseur, recommença Michel.

– Pas du tout, il a de superbes jambes. J'ai fait une couple de matchs avec lui, dit Stéphanie.

– Radio-Canada, tu sais ce que ça veut dire? demanda Vandal.

– Non! lança Michel sur le point de perdre patience.»

Vandal le regarda et fit un geste de poignet cassé. Michel comprit.

Ils arrivèrent rapidement à l'appartement d'Enrique. La porte était grande ouverte. Ils entrèrent.

L'intérieur était sombre, aucune lumière sauf dans la salle de bain. Michel poussa la porte de la pièce, découvrant ainsi un spectacle désolant.

Enrique était dans son bain, inconscient, les veines entaillées.

Rapidement, Michel retira se cravate pour en faire des garrots.

Dans le cadre de porte, Stéphanie resta muette. Elle vit sur le rebord du lavabo une note écrite de la main d'Enrique: «Le ministre a dit qu'il n'y avait aucune chance. Vous vouliez un symbole, vous l'avez.»

Pendant que Michel s'occupait du blessé, Vandal prenait des photos.

«Il est vivant, annonça Michel, on ne peut pas l'emmener à l'hôpital. Je ne connais pas de docteurs à Montréal.

– J'ai un chum vétérinaire», risqua Vandal.

Ils n'eurent pas besoin de parlementer plus longuement, car quatre agents de l'Immigration firent leur entrée.

«Nous avons un mandat contre Enrique Lopez», annonça l'un d'eux.

Chapitre X

À défaut d'avoir réussi son suicide, Enrique était parvenu à attirer l'attention sur son cas. Les gros titres de *L'Express* et son état critique avaient fait bouger le sous-ministre de l'Immigration, qui s'était finalement décidé à faire une déclaration. Stéphanie le rencontrait à son bureau en compagnie de quelques autres journalistes.

«Le ministre se trouve présentement à Londres, expliqua le haut fonctionnaire. Il rentre demain. Néanmoins, je viens de lui parler et sa position demeure inchangée. Dès qu'il le pourra, Enrique Lopez retournera au Salvador. On nous a assuré que sa vie ne serait pas menacée. Il pourra refaire une demande à l'Immigration si tel est toujours son vœu lorsqu'il sera là-bas.»

Les journalistes montrèrent quelques signes d'impatience.

«Sa famille qui a été tuée là-bas, ce n'est pas une preuve que sa vie est en danger? demanda l'un d'eux.

— C'est déjà arrivé qu'on implore votre clémence, dit un autre. Pourquoi la refuser dans ce cas-ci?

— Pour le moment, rétorqua le sous-ministre, buté, c'est tout ce que j'ai à dire. Je vous remercie de votre attention.»

Il pria les journalistes demeurés sur leur faim de quitter son bureau. Stéphanie, qui avait déjà été frustrée par l'insensibilité qui régnait au sein de l'appareil bureaucratique, n'insista pas et se rendit directement à l'hôpital où était soigné Enrique. La vue de quelques manifestants en faveur du Salvadorien, pancartes en main malgré une fine pluie, lui mit un baume sur le cœur. Elle traversa le petit groupe en adressant un mot d'encouragement et pénétra dans l'établissement.

Un agent de la GRC à la mine sinistre gardait la porte de la chambre du réfugié. À l'intérieur, aux côtés d'Enrique, Michel, dont les traits étaient tirés à cause d'une nuit trop courte, retenait avec peine quelques bâillements. Louise Duguay, plus fraîche, tentait de remonter le moral de leur ami.

«Stéphanie et Michel m'ont prévenue, expliquait-elle. Je pense que nous pouvons faire quelque chose pour vous aider.

– Je suis fatigué... se plaignit-il simplement.

– Ils ne t'expulseront pas dans ces conditions, assura Stéphanie en entrant. Ça nous donne encore quelques jours.

– Enrique, reprit Louise, l'éditorial de *L'Express*, ça pèse lourd dans les milieux politiques. Dès demain, tous les ministres, tous les hommes politiques, à Québec comme à Ottawa, vont connaître la position officielle du journal.

– Chez vous, répondit Enrique d'une voix lasse, ce sont les fonctionnaires qui mènent. Les ministres et les députés sont des pantins entre deux élections. Et les fonctionnaires haïssent les immigrants.

– Le Canada est un pays civilisé... protesta Louise, sans conviction.

– Vous êtes pris dans vos chicanes entre Anglais et Français. Les autres, comme moi, nous dérangeons parce que nous ne sommes ni d'un côté, ni de l'autre. Si vous saviez comme vous avez un beau pays.»

Louise ne sut si cette remarque était sincère ou ironique. Dans tous les cas, le beau pays dont il parlait devait lui sembler préférable au sien, puisqu'il avait tenté de se tuer pour ne pas retourner au Salvador. Prise d'un dernier doute, Louise se pencha sur lui en le fixant droit dans les yeux.

«Je ne peux pas vérifier, expliqua-t-elle. Je devrai me fier à votre parole. Avant de risquer la crédibilité de mon journal et de plonger dans la bagarre contre les fonctionnaires et les ministres, je veux être convaincue.

– Qu'est-ce que je peux faire ?

– Jurez-moi que ce que vous dites est vrai !

– Je le jure», assura-t-il d'un voix calme et posée qui rayonnait de la confiance la plus absolue.

Sa réponse satisfit Louise. Un peu plus tard dans la journée, elle se retrouva en compagnie des deux journalistes au bureau de Paul Vézina en train de plaider la cause du ressortissant salvadorien. L'éditeur, peu intéressé par ces débats à saveur politique – étrangère, en plus – écoutait ses arguments sans se compromettre.

«C'est un cas flagrant ! expliquait-elle. La punition n'a rien à voir avec l'offense. C'est notre rôle comme journal sérieux de prendre position.

– Les importés, répondit l'éditeur, peu enthousiaste, c'est pas mon fort : des voleurs de jobs !

– Franchement... soupira Stéphanie en entendant ce jugement.

– Ta colonne, c'est ta colonne, dit-il à Stéphanie. L'éditorial, c'est autre chose. Je ne suis pas convaincu que les histoires d'immigrants, ça intéresse le monde.

– Ça va les intéresser si on travaille bien, assura Stéphanie.

– Les ethnies ne nous lisent pas, réfuta Vézina. Ils se foutent de *L'Express* comme de l'an quarante !

– Ils s'en foutraient moins si on s'intéressait à leur vie, contre-attaqua Louise. Si on ne fait plus d'enfants, il va falloir se fier à l'immigration, non ? Ne commettons pas l'erreur de la télé francophone. Ce sont les réseaux anglais qui se sont occupés des Italiens : ils ont ramassé toute la clientèle.

– Ouais... murmura l'éditeur.

– C'est une histoire dont tout le monde parlera, renchérit Stéphanie. Aussi bien prendre l'avance.»

Vézina, touché par l'argument, se carra dans son fauteuil. Ses yeux s'allumèrent, saisi par l'ampleur de la manchette.

«Enrique : "J'ai versé mon sang pour le Québec !" s'exclama-t-il. Oui ! Joué sur une pleine page avec les photos prises dans la salle de bain par Vandal...

– En couleurs... ironisa Louise.

– En jouant sur le rouge, approuva Vézina, ça pourrait être très bon.»

Louise et Stéphanie se regardèrent, à la fois satisfaites et inquiètes. On avait vu ce que l'intervention de Vézina avait produit dans l'affaire du petit Sébastien. Elles espéraient que les choses tournent mieux dans ce cas-ci.

La une du lendemain matin fut effectivement très voyante. Une photo couleur, avec beaucoup de rouge, montrant Enrique, les poignets ouverts, en train d'être secouru par Michel dans la miteuse salle de bain de son appartement à prix modique. Le tout était surmonté d'un gros titre en caractères gras imprimé à l'encre rouge.

Si cette édition de *L'Express* ne respectait pas toutes les règles de bienséance de la profession, elle avait été diablement efficace: au lieu de la poignée de manifestants qui avait accueilli Stéphanie la veille à l'hôpital, c'était un groupe imposant qui brandissait pancartes et banderoles et qui scandait des chants d'encouragement à l'endroit d'Enrique. Des groupes de pression officiels et des journalistes de divers médias assistaient à l'événement.

Michel, réjoui de voir autant d'agitation, lança à Stéphanie, qui arrivait avec lui à l'hôpital:

«Ça commence à bouger!

– Pas encore assez, répondit Stéphanie, sceptique. Un gouvernement qui nage dans les scandales est parfois plus lent à réagir. Ils ont tellement peur de s'enliser davantage qu'ils préfèrent ne rien faire.»

Louise Duguay sortit de l'hôpital à ce moment précis.

«Alors? lui demanda Stéphanie.

– Il va mieux... c'est presque malheureux, songea Louise. Un ami avocat va tenter d'obtenir une injonction... mais il n'y a pas vraiment d'espoir. Vous avez vu? demanda-t-elle en voyant une copie de *L'Express* que tenait Michel.

– Ça n'a pas de bon sens! s'exclama Stéphanie.

– Cette fois, on ne se plaindra pas! rétorqua Michel, plus réaliste.

– Mes petits amis les ministres doivent commencer à s'inquiéter. Enrique travaille, il est instruit, il s'est intégré au Québec, il n'a jamais profité de l'aide sociale, c'est un actif pour notre société. On n'a pas le droit de se buter ainsi pour des "tatillonneries" de fonctionnaires zêlés.

– Il nous reste combien de temps? s'enquit Stéphanie, anxieuse.

– Deux ou trois jours, maximum, répondit tristement Louise après une hésitation. On a encore une chance. Les éditoriaux, c'est pesant.»

Elle les salua et les quitta. Michel fit un mouvement pour continuer vers l'entrée de l'hôpital, mais s'arrêta en constatant que Stéphanie, pâle et appuyée contre le mur, ne le suivait pas.

«Qu'est-ce que tu as? demanda-t-il, surpris.

– Je me suis sentie étourdie. Nous n'avons pas beaucoup dormi, ces derniers jours...»

Elle prit une grande respiration et se redressa. Michel, interloqué, l'observa quelques secondes. Il connaissait l'orgueil demesuré de Stéphanie et se dit qu'il avait vraiment fallu qu'elle se sente mal pour le laisser ainsi paraître. Mais comme elle reprenait de l'entrain, il n'y pensa plus.

Enrique allait effectivement mieux, ce qui, dans son cas, était plutôt inquiétant. Il fut bien content de les recevoir, car la compagnie de l'agent de la GRC n'aidait en rien à lui remonter le moral. Stéphanie prenait des notes pour une nouvelle entrevue quand Michel, qui se sentait plutôt inutile, demanda:

«Comment va-t-on avoir de tes nouvelles si tu retournes là-bas?

– Je l'ignore, *amigo*...» répondit tristement Enrique.

Celui-ci se laissait de toute évidence gagner par l'abattement. Michel se leva soudain.

«Tu n'as pas vraiment besoin de moi? demanda-t-il à Stéphanie.

– Non... dit-elle, suspicieuse. Pourquoi?

– J'ai des choses à faire à la rédaction» expliqua-t-il succinctement. Stéphanie le regarda aller, intriguée.

Comme Enrique, peu énergique, ne semblait pas en forme
pour une entrevue en profondeur, elle le quitta assez tôt pour se
rendre à son tour aux bureaux de *L'Express*. Elle s'installa à son
pupitre en observant Michel du coin de l'œil. Assis sur le bureau
de Rivard, il lui expliquait quelque chose en faisant de grands
gestes. Lionel approuvait de la tête. Stéphanie tentait de se concentrer sur son début de chronique, mais ne put s'empêcher de
questionner Michel lorsque celui-ci revint vers elle.

«Sur quoi tu t'enlignes? s'enquit-elle en tentant de camoufler sa curiosité.

– Demande-le! taquina Michel qui n'était pas dupe.

– Quoi donc? dit-elle avec un feint détachement.

– De quoi je parlais avec Lionel.

– De quoi parlais-tu avec Lionel? questionna-t-elle finalement.

– Du Salvador.

– Le Salvador? Tu n'as pas fait ça?

– Si Enrique doit retourner au Salvador, je pense qu'il faut
être là pour voir comment ça se passe.

– Tu as demandé à Lionel?

– Ouais! répondit-il, désinvolte. Il est entièrement d'accord. Il va en parler à Vézina.

– Salaud! lança-t-elle, de mauvaise foi. C'était mon idée.

– Pardon! C'était mon idée!

– Bon. Disons que nous y avons pensé ensemble. Mais...
commença-t-elle, plus sérieuse, ça peut être très dangereux.

– Avec un visa, ils ne me fusilleront pas, assura-t-il, badin.

– Je n'ai pas envie qu'il t'arrive un malheur...»

Michel, étonné de cette sollicitude qu'il ne lui connaissait
pas, fit des yeux le tour de la salle, puis, jugeant qu'il pouvait se
montrer plus tendre sans se compromettre, posa doucement sa
main sur l'épaule de Stéphanie.

«J'avais peur que ce soit toi qui partes... sussura-t-il.

– Menteur!»

Ils se firent moins intimes à l'arrivée de Louise Duguay. Celle-ci, visiblement indignée, dit à Stéphanie:

«Viens que je te présente à mes deux visiteurs. Tu n'en croiras pas tes oreilles!»

Stéphanie, curieuse, suivit sa supérieure jusqu'à une petite salle de rencontre où se trouvaient déjà Paul Vézina et un couple qu'elle ne connaissait pas. Louise les présenta:

«Voici monsieur Armand Grand'Arc et madame Andrée McConnell. Ils nous demandent de publier ce communiqué, entre autres choses...»

Stéphanie saisit le texte qu'on lui tendait et le lut. Sa réaction passa de la curiosité à la stupéfaction, puis, finalement, à l'indignation.

«Vous êtes un fasciste, monsieur Grand'Arc! s'exclama-t-elle.

— Du fascisme? répéta celui-ci, habitué à ce genre de commentaires. Vouloir conserver certaines valeurs dans une société?

— Quelles valeurs? questionna Louise, tenace. Celles de votre association bidon?

— Je vous croyais mieux informée, rétorqua-t-il, hautain, compte tenu de votre réputation d'éditorialiste! L'Ordre de Saint-Michel existe depuis plus de soixante ans. Il s'inspire de l'œuvre de l'archange Saint-Michel chargé d'expédier en enfer les anges déchus du paradis.

— Et vos démons à vous, devina Stéphanie, ce sont les immigrants qui demandent asile et qui veulent venir travailler avec nous.

— Vous êtes-vous promenée dans Montréal? interrogea-t-il scandalisé. Nous sommes envahis!

— Qui "nous"? s'impatienta Louise.

— Nous, les Canadiens qui avons fondé et défriché ce pays! répondit-il d'une voix tremblante de conviction. Nous avons quand même acquis certains droits.

— Là, intervint Vézina, neutre jusque-là, il y a un point...

– Personne ne le conteste, admit Louise sans en démordre, mais je ne comprends pas votre acharnement dans l'histoire d'Enrique Lopez.

– Où commencent donc les droits de tous ces importés et où se terminent les nôtres? plaida Grand'Arc. Si, dans notre quartier, nous ne voulons pas de Nègres ou de Chinois, pourquoi nous forcerait-on à les accepter?

– Êtes-vous vraiment sérieux quand vous dites ça? s'inquiéta Stéphanie, effarée.

– Très sérieux, acquiesça le visiteur. Nous sommes des moutons, nous, les Canadiens français. Pensez-vous que nos femmes se promènent en bermudas en Arabie ou en Iran?»

Louise et Stéphanie n'avaient jamais même songé à se poser la question. Grand'Arc interpréta leur mutisme comme une approbation.

«Alors, reprit-il, triomphant, pourquoi les arabes et toutes les musulmanes se promènent-elles chez nous avec leurs tchadors et leurs soutanes?

– Ça s'appelle une djellaba, corrigea Stéphanie, dont la patience s'effritait. Elles la portent parce que ça leur chante, que c'est leur choix et que nous sommes dans un pays libre, ne vous en déplaise!

– Ce n'est pas si simple, tergiversa-t-il. Si nous voulons les intégrer un jour, il faut que les immigrants acceptent de se plier à nos coutumes, qu'ils acceptent que nous nous soyons battus pendant plus de deux cents ans pour parler français. Sans cela, qu'ils restent chez eux!

– Mais Enrique Lopez, reprit Louise, pourquoi vous opposez-vous ainsi à sa cause?

– C'est une question d'équité. C'est un voleur et un repris de justice, associé à la cause des communistes. Pourquoi aurait-il un meilleur traitement que nos pauvres Canadiens d'origine?

– Aux États-Unis, répliqua calmement Louise, ils ont le Ku Klux Klan; en France, ils ont le Parti national de Le Pen, et le Québec a son Ordre de Saint-Michel. Je suis loin d'en être fière...

– Vous ne pouvez savoir, reprit Grand'Arc en se levant, à quel point les gens sont fatigués de tous ces Noirs et ces Latinos qui viennent corrompre notre société canadienne-française. Si vous vous entêtez, c'est une boîte de Pandore que vous allez ouvrir.

– Même si c'était une boîte de Pandore, rétorqua Louise, elle nous amènerait quand même l'espoir.»

Grand'Arc fronça les sourcils sans comprendre l'allusion. Louise se permit un sourire en coin devant cette lacune. Comme la plupart des démagogues, la culture de cet homme n'était que superficielle et il avait employé l'expression sans en connaître l'origine. Elle le mit à la porte sur un ton sec et sans appel, que Stéphanie approuva du regard.

«Quel imbécile! s'exclama Stéphanie, soulagée de ne plus avoir à supporter ses propos.

– C'est un imbécile, admit Louise, mais il y a des milliers de personnes qui ne demandent qu'à entendre ce genre de discours.

– Écoutez-vous donc! intervint Vézina qui était resté pratiquement silencieux. Vous criez au meurtre dès qu'on coupe une demi-ligne dans vos petits chefs-d'œuvre, mais quand vous entendez quelqu'un qui n'est pas de votre avis, la liberté d'expression prend le bord!

– La liberté d'expression n'est pas un droit absolu, se défendit Louise. Ce communiqué entrait dans ce qu'on appelle de la littérature haineuse, de l'incitation au racisme!

– D'autres pourraient appeler ça une réflexion sur la société...» insinua Vézina, sceptique.

Il n'insista pas cependant; *L'Express* avait déjà pris position et il n'avait pas envie que le journal se tire dans le pied. Il salua les deux femmes et s'en alla vaquer à ses affaires.

«Viens-tu au café? demanda Louise à Stéphanie. On a préparé un petit quelque chose pour rendre hommage à Claude Dubé.

– J'aimerais bien, mais je vais écrire ma chronique pour demain.»

Louise s'en alla donc seule rejoindre la douzaine de journalistes qui entourait chaleureusement leur ancien rédacteur en chef. L'atmosphère était détendue, et seul Gilles Bernard, qui était venu d'Ottawa pour l'occasion, semblait s'ennuyer. Il ne s'entendait guère avec ses collègues, drapé dans sa qualité de «courriériste parlementaire». La salle de rédaction, en général, s'accommodait très bien qu'il passât le plus clair de l'année dans la capitale fédérale.

Léonne, accueillant l'éditorialiste en chef, se décida à remettre à Dubé le présent qu'on lui avait préparé. Elle se leva et invita Claude à faire de même.

«Mon Claude, l'appela-t-elle affectueusement, je ne te ferai pas de longs discours. Je vais seulement te remettre ceci...»

Elle sortit de sa poche un petit paquet long et plat. Dubé le déballa et ouvrit la boîte. Elle renfermait une superbe plume en or massif, sur laquelle étaient gravés son nom, celui de *L'Express*, et les dates entre lesquelles il avait œuvré au journal.

«C'est la plus belle plume qu'on a trouvée, déclara-t-elle simplement, pour la plus belle plume qu'on ait lue, de la part de tes journalistes.

– Merci beaucoup. Je ne ferai pas de discours, moi non plus, ça n'a jamais été mon genre. Je veux juste vous dire de continuer à croire en votre métier... et en votre journal. Merci pour tout... merci pour les souvenirs...»

Ému, la gorge serrée, il termina là ses remerciements et se rassit. À l'autre bout de la table, Gilles Bernard commençait déjà à remuer sur sa chaise.

«C'est gentil, la fête, émit-il pour la forme, mais si on parlait de choses sérieuses. Je ne suis pas descendu d'Ottawa pour prendre une bière!

– Quand c'est pour prendre un café avec les patrons, lança Marcelle qui le connaissait bien, tu es moins pressé!»

Gilles se contenta de répondre par un regard sombre.

«La démission de Claude est définitive, reprit Léonne sans s'occuper du journaliste parlementaire. On lui a parlé, il ne reviendra pas sur sa décision. J'ai parlé à Vézina aussi. Il m'a dit qu'il ne tarderait pas à nommer un successeur.

— Qu'est-ce qu'on a à voir là-dedans?» questionna Fortin qui se sentait dépassé par ces jeux administratifs.

Gabriella, qui se tenait tout contre lui, lui fit signe, à son grand dam, de ne pas intervenir.

«Si tu avais lu ta convention, morigéna gentiment Léonne, tu saurais que le syndicat a le droit d'être consulté.

— Ça ne veut strictement rien dire! intervint Bernard.

— On peut au moins leur dire qui on aimerait avoir comme rédacteur en chef. Après, ils feront ce qu'ils voudront. J'ai l'intention de rencontrer les journalistes par petits groupes pour savoir ce qu'ils en pensent.

— C'est Louise Duguay qui va être nommée, prédit Gabriella. C'est certain.

— Pas sûr, ma belle, douta Léonne. Vézina ne la contrôle pas autant qu'il le voudrait. Louise est une excellente éditorialiste, mais elle n'a peut-être pas le goût de faire fonctionner une salle de cent cinquante journalistes.

— J'aurais une idée folle, balbutia Fortin.

— Ça ne m'étonne pas! dit Léonne en riant.

— C'est quoi? demanda Gabriella pour le taquiner. Jim Blackburn?

— On a besoin de quelqu'un de jeune, de dynamique, qui a des idées, qui est au courant des nouvelles tendances du journalisme, qui s'y connaît en économie et qui ferait le poids devant Paul Vézina et Émile Rousseau...

— Ton homme, il n'est pas encore né, s'exclama Léonne en pouffant de rire. Attends, reprit-elle en comprenant, je sais à qui tu penses...

— Ne riez pas! protesta Richard. Pourquoi ça ne serait pas Stéphanie Rousseau? Elle a des tripes, c'est incroyable!»

À ces mots, Gabriella fut prise d'un spasme de colère. Elle se retourna vers lui et le transperça du regard.

«Tu es complètement malade! clama-t-elle. Ça ne va pas, là-dedans? C'est une gosse de riche! Pire: c'est la fille de papa Émile!

– Ça serait plutôt un avantage... admit Léonne. C'est déjà la fille du patron. Elle pourrait au moins parler au grand Émile, à table, le dimanche soir.

– Trente ans, c'est beaucoup trop jeune, de toute façon, intervint Bernard.

– Peut-être, mais elle a une maîtrise en économie et une autre en lettres, rétorqua Marcelle. Et puis, quel âge avaient Jean Sisto ou Claude Beauchamp quand ils sont devenus patrons de quotidiens?

– La trentaine, accorda Léonne, mais plus près de la quarantaine.

– Léonne, demanda Marcelle, ça ne te tenterait pas?

– Es-tu folle? s'écria-t-elle. Aller m'enfermer dans un bureau à corriger les niaiseries de tout le monde? Je mourrais.

– Vous allez m'excuser, fit Gilles Bernard en se levant. J'ai du travail sérieux qui m'attend à Ottawa.»

Il avait prononcé le mot «sérieux» avec suffisamment d'ostentation pour que tous saisissent le sous-entendu. Sa subtilité fit réagir Léonne.

«Quel insupportable prétentieux!» dit-elle dès qu'il fut parti.

Claude Dubé, qui s'était tenu à l'autre extrémité de la table, vint occuper la place libérée.

«Surveillez bien la nomination du prochain rédacteur en chef, prévint-il. La crédibilité d'un journal, c'est plus fragile qu'on pense...

– T'inquiète pas, assura Léonne, on a Ti-Paul à l'œil!»

La réunion, libérée de la présence pesante de Gilles Bernard, se poursuivit dans la bonne humeur. Malheureusement, ce fut au tour de Gabriella de faire la moue, ce qui rendit Fortin mal à l'aise. Les deux jeunes gens rentrèrent sans dire un mot à l'appartement où Richard venait tout juste d'emménager.

La vue de divers effets personnels de Fortin, déjà dispersés çà et là dans le salon, vint à bout de la patience de Gabriella. Furieuse, elle s'empara des objets un à un et les jeta à bout de bras dans la chambre de celui-ci. N'y tenant plus, elle ramassa une de ses vestes et la lui lança en pleine figure.

«Tu es vraiment con!

— Parfait: je suis con, admit-il sans difficulté. Qu'est-ce que tu as depuis deux jours?

— Stéphanie Rousseau! hurla-t-elle. Rien de moins que Stéphanie Rousseau! Monsieur veut avoir Stéphanie Rousseau comme patron! Veux-tu coucher avec elle, en plus?»

Devant le désarroi et la fureur de Gabriella, Richard s'aperçut qu'il y avait anguille sous roche. Il s'approcha, conciliant.

«Qu'est-ce qu'elle t'a fait?

— Rien... répondit-elle, ironique. Absolument rien! Je suis rentrée à *L'Express* comme messagère en étudiant le soir et l'été... quatre ans! J'étais pour avoir ma chance à la rédaction quand la fille à Émile s'est pointée. Qui est-ce que tu penses qui a obtenu le poste aux faits divers?

— Stéphanie? devina-t-il.

— La fille à Émile! ragea-t-elle.

— Ouais... murmura Fortin. Ce n'est pas vraiment de sa faute. Mais tu as eu ta chance, ensuite?

— Bien sûr! Après, j'ai passé onze mois et demi aux archives... raconta-t-elle. Sais-tu ce que c'est, onze mois et demi aux archives?

— Tu devrais oublier, conseilla Richard. Ce n'est pas une très belle qualité, la rancune.

— Ce n'est pas tout! continua-t-elle, ulcérée. Un moment donné, j'ai eu le béguin pour François Dumoulin.

— Il est bien trop vieux pour toi! s'exclama Fortin.

— Laisse faire! ordonna-t-elle.

— Puis?

— Avec qui penses-tu qu'il est tombé en amour?

— Stéphanie Rouseau!»

Un tel chagrin émanait des traits de Gabriella que Richard ne put que s'approcher pour tenter de la réconforter.

«Peut-être que je pourrais te rendre service, offrit-il gentiment. Si je parlais à Dumoulin, subtilement, peut-être que...»

Cette fois, Gabriella éclata d'une fureur qui fit reculer Richard de plusieurs pas. Furibonde, elle lui tourna le dos pour se réfugier dans sa chambre, sans éviter de lancer une dernière insulte.

«Tu es vraiment le roi des cons!»

Ainsi couronné, Richard trônait pensivement dans le salon, réfléchissant, désorienté, à ce qui venait de se produire. Il prit une résolution: il enfila sa veste et courut chez Michel sous le prétexte fallacieux de récupérer ses dernières affaires. Il lui raconta en détail la scène qui venait de se produire. Michel l'écouta attentivement, amusé de la pusillanimité de son confrère.

«Sais-tu ce que c'est, ton histoire? déclara-t-il.

— Comment veux-tu que je le sache? répondit Fortin, pour qui cela paraissait indéchiffrable.

— Une scène de jalousie.

— Tu me niaises.

— Pour qu'une fille vienne faire ton ménage jusque chez nous et qu'elle te prenne comme colocataire trois jours après, il faut qu'elle soit en amour avec toi, Tintin. Personne d'autre ne se donnerait cette peine.

— Ça ne se peut pas.

— Fie-toi à mon expérience.

— Parlons-en de ton expérience, ricana à son tour Richard. Tu filais doux quand Stéphanie t'a sacré là!»

Michel le foudroya du regard.

«Avez-vous repris, au moins? s'enquit Richard, curieux.

— Pas de tes oignons! trancha sèchement Michel.

— Je me disais, aussi, que tu n'étais pas son genre...

— Comment ça?

— Bien, elle a tellement de classe...

— Et moi, je suis de la merde? répliqua Michel, offensé.

– Je n'ai pas voulu t'insulter, se défendit Richard. Qu'est-ce que le monde a depuis quelques jours ? Pas moyen de placer un mot sans se faire engueuler.

– Je t'engueule pas, le réconforta Michel. Tu le sais, que je t'aime. Tu es mon meilleur ami, dans la vie !

– C'est vrai ? demanda Richard, ému.

– Presque mon meilleur... à part deux ou trois amis d'enfance que je ne vois jamais, tu es le seul ! »

Il accompagna ces gentillesses d'une bonne tape dans le dos de Fortin.

« J'espère seulement qu'on va pouvoir rester longtemps ensemble, fit tristement Richard.

– Pourquoi dis-tu ça ? s'inquiéta Michel.

– Monsieur Vachon m'a fait comprendre que si j'avais des offres ailleurs, je ferais mieux de les écouter.

– Ils ont besoin de nous, assura Michel. Mon Tintin, toute la salle est assise sur son gros cul à attendre les assignations.

– J'espère. *L'Express*, c'est le rêve de ma vie, expliqua Richard, les yeux brillants. Journaliste dans un grand quotidien, c'est vraiment ce qu'il y a de mieux au monde !

– Et Gabriella ? rappela Michel, amusé. Ce n'est pas encore mieux qu'un scoop ?

– Penses-tu qu'une belle fille comme Gabriella s'intéresserait à un gars comme moi ? Elle vient juste de dire que je suis le roi des cons...

– C'est plutôt bon signe, quant à moi...

– Je peux-tu téléphoner ? Elle va peut-être être de meilleure humeur... »

Michel soupira en lui montrant l'appareil. Fortin n'eut pas le temps de décrocher que celui-ci se mit à sonner. Michel, sur le qui-vive, bondit pour répondre.

« Allô !

– Michel ? C'est Lionel. J'ai parlé à l'ambassade. Tu devrais avoir ton visa.

– Parfait ! Je suis prêt ! »

Léonne, convoquée à l'ancien bureau de Claude Dubé, s'attendait à ce que Vézina la tance au sujet du conflit syndical qui fomentait au sein de l'entreprise. Seulement, elle ne comprenait pas pourquoi il lui avait donné rendez-vous au bureau vacant du rédacteur en chef. Le ménage avait été fait et on avait décoré à neuf, en ornant les murs de photos des principaux hommes politiques du Canada depuis une vingtaine d'années. Roméo Vachon, le comptable de la rédaction, s'y trouvait déjà à son arrivée.

«Veux-tu bien me dire ce que je fais ce matin dans l'ancien bureau de Dubé?

— Je ne le sais pas plus que toi, répondit le comptable, penaud. On m'a demandé d'être ici, j'y suis!

— Il ne reste plus grand traces du cadavre...» constata-t-elle en observant la nouvelle allure de la pièce.

Louise entra à ce moment, suivie de Vézina et de Gilles Bernard. Léonne fut étonnée, sans s'en réjouir, de voir le courriériste parlementaire à Montréal. Vézina désigna à celui-ci le fauteuil au bout de la table.

«Vous avez déjà compris, je suppose, commença l'éditeur, le but de la réunion de ce matin?

— Je ne peux pas dire que ce soit bien clair... avoua Léonne.

— Je vais t'éclairer, ma Léonne, expliqua-t-il avec bonhomie. Selon la convention, je suis censé consulter le syndicat ou son principal représentant avant de nommer un rédacteur en chef.

— Je ne vois pas le rapport.

— C'est simple. Tu connais Gilles Bernard. Es-tu contre, au nom du syndicat, qu'il soit rédacteur en chef de *L'Express*?»

Léonne le regarda, bouche bée. Il ne lui était jamais venu à l'idée qu'on puisse même songer à faire de ce dandy maniéré quelque chose de plus que le lèche-bottes des politiciens qu'il était.

«Bien, finit-elle par articuler, ce n'est pas si simple.

— Oui, christ, c'est simple: tu es pour ou contre. Es-tu contre?

– Je ne peux pas dire que j'aie vraiment des raisons majeu-res d'être contre... balbutia-t-elle, prise de court.

– Donc, tu es pour! en conclut joyeusement Vézina. Parfait! Je vous annonce officiellement que Gilles Bernard est le nouveau rédacteur en chef de *L'Express*. Gilles est un gars d'équipe qui n'a pas besoin de présentation. Il va vous dire quel-ques mots, annonça-t-il avec un peu moins d'enthousiasme.

– Un navire sans capitaine, commença-t-il sur son ton suave habituel, ce n'est pas bon. Nous avons un excellent capi-taine en Paul Vézina, mais, il hésita, embourbé dans sa méta-phore, il y a trop de travail et même le meilleur capitaine a besoin d'un lieutenant. Je serai ce lieutenant, près du capitaine, mais aussi près des matelots...

– Arrête! supplia Léonne, prise d'un fou rire. J'ai le mal de mer.

– Voici donc les priorités que je défendrai à la tête de cette merveilleuse équipe dont j'hérite...» poursuivit-il, en tentant de ne pas se montrer désarçonné.

Au bout d'un instant, ce fut Vézina en personne qui lui fit signe d'accélérer le débit. Après un laïus terne et emphatique, tous prirent congé. L'éditeur se retrouva seul avec le nouveau rédacteur en chef.

«À cette heure, mon Gilles, annonça Vézina, je m'en vais te présenter au grand patron en personne.»

Ils se dirigèrent donc vers l'ascenceur pour se rendre à l'étage supérieur où se trouvait le bureau d'Émile Rousseau à *L'Express*. Bernard ne s'en rendait pas compte, mais il était significatif que le magnat de l'information l'eût convoqué là plu-tôt que chez lui ou à son impressionnant bureau des entreprises Roussac. Gilles Bernard se sentit tout de même écrasé par l'hon-neur que lui faisait Rousseau. Il lui tendit sa main, moite de ner-vosité, que son patron serra sans trop s'attarder. Tous trois s'assirent dans les confortables fauteuils de cuir.

«C'est un grand honneur, monsieur Rousseau, remercia Bernard, tendu.

– Ceux qui me connaissent savent que j'aime aller au vif du sujet, répondit Rousseau en lui montrant le document que son interlocuteur lui avait fait parvenir. J'ai lu votre mémoire, mon cher Gilles, et j'ai été impressionné. Mais il y a quelques points sur lesquels j'aimerais revenir.

– Faites, monsieur Rousseau, je vous en prie.

– D'abord, les Castors. Le hockey, ce n'est pas la priorité, expliqua Rousseau. Je ne veux pas perdre de l'argent, c'est évident, mais ce qui compte, c'est la télévision.

– La télévision? répéta Bernard.

– Oui, la télévision, répéta Rouseau, agacé. Les droits de télévision.

– Par le hockey, expliqua Vézina, on peut contrôler jusqu'à neuf heures de télévison sur les réseaux nationaux à chaque semaine.

– Ça veut dire qu'en cas d'urgence, on peut toujours profiter d'une entrevue entre deux périodes pour passer un message ou pour accueillir quelqu'un. Ça peut être un ministre, un Russe, un Suédois, ça n'a pas d'importance. Çe qui compte, c'est de contrôler le réseau durant toutes ces heures.

– Je comprends, assura Bernard.

– Je n'ai pas besoin de gros profits, je veux une belle image. Je veux de l'amour.

– Il s'agit de choisir les bons journalistes, s'avanca Bernard. Des journalistes qui ne posent pas trop de questions... Nous en avons quelques-uns.

– Il y a aussi la politique, enchaîna Rousseau. *L'Express* est un journal fédéraliste. Je crois en un système fédéral. Mes meilleures affaires se brassent à Ottawa.

– J'ai déjà noté, certifia le rédacteur en chef, plus confiant.

– Il faut tout de même être vigilant.

– Christ! tu as le bon homme, assura Vézina. Gilles Bernard est l'homme en dessous de l'affaire Thibault.

– Effectivement, j'ai ce mérite...»

Rousseau n'était pas dupe. Il était mieux placé que quiconque pour connaître les tenants et les aboutissants de cette affaire. Il se contenta de fixer Bernard d'un œil inexpressif.

— Il va falloir continuer, mais tout en restant près de Québec. On ne sait jamais ce qui va arriver. Et puis, quand il y a deux patrons, il y a deux fois plus de clients...

— Comptez sur moi. Ottawa, Québec et Montréal sont les pivots de l'information.

— Montréal est un cas particulier, précisa Rousseau. Je n'aime pas beaucoup Guimond. J'ai horreur de ces faux socialistes. Je respecte les hommes qui se battent pour les ouvriers, mais de petits notaires qui font de beaux discours sans perdre une journée de vacances...»

Il laissa sa phrase en suspens.

«Nous allons être très agressifs, promit Bernard. Mais il y a des principes à respecter.

— Mon cher Gilles, fit Rousseau, ennuyé, nous vous avons choisi parce que vous êtes intelligent...

— Nous allons être agressifs!»

Ayant dit ce qu'il avait à dire, Rousseau se leva et conduisit ses visiteurs à la porte. Il fit cependant signe à Vézina de rester un instant de plus. Bernard s'en alla donc seul vaquer à ses nouvelles occupations.

«C'est l'homme qu'il nous faut, non? demanda Vézina.

— Je dirais plutôt que c'est le pantin qu'il nous faut, mon Paul, plaisanta Émile. J'aimerais que tu le surveilles attentivement, surtout les premiers temps. J'ai l'impression qu'il t'a bien vendu sa salade. Je me trompe?

— Qu'est-ce que tu veux dire? s'enquit Vézina, mal à l'aise.

— Je crois qu'il exagère beaucoup l'importance de ses contacts politiques...

— C'est normal, il veut mettre le pied dans la porte.

— Ce que je veux te dire, annonça Émile avec une lueur d'amusement dans les yeux, c'est qu'aucun Gilles Bernard ne pourra t'aider à te lancer en politique.

— Je n'ai jamais... se défendit Vézina.

– Ne te sens pas coupable ! rassura Émile. Seulement, dis-toi que ton meilleur allié, si jamais tu tentes le saut, c'est encore moi, et personne d'autre. »

À ces mots, il lui donna une tape sur l'épaule et lui fit signe de quitter. Vézina s'exécuta. Il revint à la rédaction en remâchant ce qu'il venait d'entendre. Il n'avait que songé à se lancer éventuellement dans la vie publique, sans vraiment faire de projet. Ce qu'il n'avait que vaguement entrevu, Rousseau l'avait clairement aperçu et le lui avait expliqué. La perspicacité de cet homme l'effrayait parfois, lui qui se targuait de n'avoir peur de rien.

Il se plongea dans le travail quotidien, content de pouvoir penser à autre chose. Il se rendit au bureau de Louise Duguay, où se trouvait cette dernière en compagnie de Stéphanie et de Lionel. Il jeta un coup d'œil, satisfait, sur la dernière manchette de *L'Express* :

« LÓPEZ : À 24 HEURES DE LA MORT ? »

« Tout est prêt, l'informa Rivard. On a un photographe qui fait le guet devant l'hôpital. Les gars vont se relayer.

– Je vais avoir des réponses aujourd'hui des deux ministres de l'Immigration, déclara Louise pour sa part.

– S'ils peuvent le mettre dehors... marmonna Vézina.

– Quoi donc ? demanda Stéphanie, n'osant comprendre.

– López ! répondit Vézina. Avec Gagné prêt à partir... Il va l'accompagner dans l'avion, il va être là quand les militaires vont l'attendre au Salvador ! Hostie que ça va être bon !

– A-t-on prévenu l'ambassade du Canada à San Salvador ? s'inquiéta Stéphanie.

– Pourquoi ? fit Vézina.

– Comment : "pourquoi" ? se fâcha Stéphanie qui trouvait la question évidente.

– C'est fait, intervint Louise. Un représentant de l'ambassade va être présent à l'aéroport.

– J'espère que tout va bien aller... se morfondit Stéphanie.

– Tu es bien inquiéteuse, tout d'un coup, se moqua Vézina. Si López se fait descendre, ça va être extraordinaire pour nous autres. Et si jamais il arrivait quelque chose à Gagné, ce serait encore meilleur: "Un reporter donne sa vie à ses lecteurs!"

– C'est une blague? demanda Stéphanie, incrédule.

– Je faisais des farces, bredouilla Vézina, se rendant compte de l'énormité de ses propos. Personne ne peut souhaiter du mal à personne. Mais on a une job à faire. Et puis, assura-t-il en lui faisais un clin d'œil taquin, Gagné, ce n'est pas un enfant de chœur...»

Claude Dubé, maintenant libre comme l'air, s'était offert une visite au bureau de son épouse. La journaliste de Radio-Canada n'avait rien à envier à son mari, comme en témoignaient la vue superbe, les piles de documents passionnants qui jonchaient son bureau, la secrétaire occupée à filtrer les trop nombreux appels et les photos de Monique en compagnie de diverses personnalités éminentes de tous les milieux.

C'était une femme d'action, et l'apathie de Claude commençait à venir à bout de sa patience, ce qu'elle tentait de masquer pour ne pas le malmener.

«C'est drôle, dit-il en découvrant les lieux. C'est la première fois en quatre ans que je visite ton bureau.

– Tu n'avais que *L'Express* en tête, reprocha-t-elle doucement. Moi aussi, je menais une carrière intéressante pendant ce temps-là.

– Ce qu'ils ont fait, c'est dégueulasse, condamna-t-elle à nouveau, mais sans se faire insistante. Tu dois te battre. J'ai parlé au réalisateur du *Point*. Il est prêt à te recevoir n'importe quand cette semaine.

– Je ne veux pas de guerre personnelle, soutint Claude en faisant un geste du revers de la main.

– Ce n'est plus une guerre personnelle quand tout le contenu d'un grand quotidien se retrouve dans les mains d'un Paul Vézina ou d'un Gilles Bernard, plaida-t-elle.

– Je veux attendre, prendre le temps de vivre. Je vais recevoir des offres.

– Des offres? répéta Monique, sceptique. D'où? Du *Soleil* de Québec? Tous les autres journaux du Québec, à part *La Nouvelle,* appartiennent à Émile Rousseau. Les premiers jours, même le premier ministre t'a appelé. Mais là, combien d'appels importants as-tu eu? Ils ont eu ta peau; au moins, fais-la-leur payer cher.»

Claude se leva, déçu de l'agressivité de sa femme.

«Chacun a sa façon de se défendre dans la vie, expliqua-t-il. Toi, tu fonces; moi, je m'y prends autrement. Je n'ai pas si mal réussi, avec ma méthode.

– Et regarde où tu en es! lança-t-elle, amère.

– Je suis bien avec ma conscience. Ça aussi, c'est important.»

Le match de hockey, ce soir-là, était d'un ennui indicible. Les journalistes, du haut de la passerelle, suivaient distraitement la rondelle, qui semblait errer sans but d'un coin à l'autre de la patinoire. La saison commencait à peine, ce qui expliquait peut-être l'engourdissement apparent des joueurs. Richard suivait le jeu tant bien que mal.

«Maudit que c'est plate! parvint-il à prononcer entre deux bâillements.

– Le hockey, ricana Hamel, ce n'est pas assez songé pour *L'Express.* Ça prend un cours universitaire pour vous comprendre.

– Une septième année, ce serait assez, Hamel! répliqua Fortin, du tac au tac.

– Fais pas le fanfaron, Tintin, taquina Hamel. On le sait que tu es obligé d'écrire ce que papa Rousseau veut.»

Gabriella, dont l'ennui avait été dissipé par la colère, vint se placer entre Richard et Hamel.

«Son nom, c'est Richard Fortin, diplômé en sciences sociales de l'Université Laval! lança-t-elle au journaliste de *La Nouvelle*. En plus, il est membre de la même centrale syndicale que toi, ça fait que ferme ta gueule!»

Fortin et Hamel, confus, se penchèrent pour se consulter du regard. Hamel n'avait pas voulu être méchant; Fortin ne s'en était d'ailleurs pas offusqué. Ils s'étaient harangués ainsi surtout pour tuer le temps, qui ne s'écoulait pas assez vite à leur goût sur le tableau indicateur. Hamel, ne quittant pas son humour pesant, répondit à la journaliste.

«Excuse-moi, Gabriella, dit-il. Je ne voulais pas insulter ta famille au complet! Moi, la mafia, ça me fait peur.

– La mafia? répéta-t-elle, hors d'elle, en montrant sa main ouverte. Tu la veux où, ma mafia?»

L'amphithéâtre se mit à applaudir à ces mots. Toutefois, il s'agissait plutôt de simultanéité que de causalité. Les Castors venant de marquer un but. Fortin profita de cette occasion pour s'interposer.

«Ils viennent de compter, regardons la reprise.»

Tous trois se rassirent pour observer le jeu sur les moniteurs. Fortin se pencha vers Gabriella:

«Tu ne devrais pas te fâcher comme ça, lui souffla-t-il. Ça ne vaut pas la peine.

– J'ai horreur des machos, cracha-t-elle, encore furieuse. Il n'y a rien que ça, ici. J'ai déjà postulé un autre poste aux arts et lettres, mais avec les coupures...

– Les coupures... soupira Fortin, anxieux. J'essaie juste de ne pas y penser...»

Gabriella, qui était tout de même assurée d'un poste, compatissait avec Fortin, qui n'avait pas cette chance. Voulant se faire amicale, mais trop intense pour cela, elle posa sa main sur la sienne pour le réconforter. Cela ne fit que le troubler davantage. Il la fixa, intimidé par ses beaux yeux très noirs qui ne le quittaient pas. Il fut soulagé, et elle déçue, que les Castors marquent à cet instant.

Les Castors remportèrent une victoire facile et sans lustre sur leurs adversaires. Les journalistes s'en réjouirent, cependant, ce genre de rencontre se terminant généralement plus tôt qu'à l'habitude. Ils descendirent aux vestiaires pour y recueillir leurs petites histoires quotidiennes dans la suffocante odeur de sueur à laquelle seuls les plus expérimentés s'habituaient.

Richard, dans sa phobie de l'heure de tombée, se dépêcha d'effectuer son entrevue pour se débarrasser au plus vite de cette tâche ingrate. Gabriella, par contre, resta un long moment dans l'entrée du vestiaire à observer les allées et venues de tout ce monde. Un joueur poussa Hamel du coude en la pointant du doigt.

«Elle est-y belle! apprécia-t-il. Maudit que je la fourrerais!

— Et elle a une de ces façons de marcher, approuva le journaliste.

— Regarde-la faire, elle ne parle à personne. Je te dis qu'elle se rince l'œil!»

Fortin avait terminé son entrevue en un temps record. Il s'approcha de Gabriella.

«Qu'est-ce que tu fais? demanda-t-il, intrigué.

— J'observe. Et je réfléchis, dit-elle pensivement. En politique, je passais beaucoup de temps à regarder les gens agir. C'est très révélateur.

— J'ai l'impression que ça dérange du monde de te voir, s'inquiéta Fortin.

— Ils ne viendront pas me dire comment faire mon travail! protesta-t-elle.

— Le premier conseil que j'ai reçu aux sports, conseilla-t-il à son tour, c'est de fermer le vestiaire. C'est souvent le dernier qui part qui ramasse les bonnes histoires.

— Tu fais l'entraîneur et Faucher? Je vais prendre Jim Nolan.

— Méfie-toi. C'est un voyou.

— On n'est plus au Cro-Magon, fit-elle, sûre d'elle.

– Tu ris, raconta Fortin, mais on a retrouvé des bâtons de hockey sur certains sites archéologiques...»

Elle éclata de rire à cette plaisanterie et lui ébouriffa les cheveux en signe d'appréciation. Elle se dirigea ensuite vers Nolan qui sortait de la douche, vêtu d'une simple serviette. Il sentait le savon, mais puait l'arrogance. Elle s'assit sur le banc en face de lui sans dire un mot, en attendant qu'il cesse de la toiser. Mal à l'aise, il se sentit obligé de parler le premier.

«*Excuse me!* éructa-t-il. Le strip-tease, c'est après minuit.

– J'aurais quelques questions», répondit-elle dignement.

Il lui jeta une moue dédaigneuse, puis, renonçant enfin à l'intimider, décida de se faire câlin. Gabriella ne réagit pas plus à cette nouvelle approche et commença son entrevue sous l'œil approbateur de Richard.

Nolan fut d'une impertinence rare et brilla par la stupidité adolescente de ses remarques, qui furent presque toutes à connotations sexuelles. Gabriella les nota soigneusement, en se promettant de les rapporter fidèlement une par une, sans rien tenter pour les rendre plus intelligentes.

Les deux journalistes revinrent à la passerelle pour rédiger leurs entrevues. Fortin, que le spectre de l'heure de tombée épouvantait toujours autant, parvint cette fois à terminer son texte avec une bonne vingtaine de minutes d'avance. Tout guilleret de cet exploit, ce fut lui, cette fois, qui amena une collation à Gabriella, qui terminait son article en prenant calmement le temps qu'il fallait. Il posa sa main sur le dossier de la chaise pour lire par-dessus son épaule. Elle en profita s'appuyer à son dossier et ainsi retenir sa main.

«Achèves-tu?

– Presque...

– "Des hommes comme Jim Nolan, lut-il, ont tout intérêt à garder leur uniforme sur le dos. Ainsi bardés, leur vulgarité et le vide de leurs propos ne sont pas perçus par ceux qui les idolâtrent..." C'est bon! approuva-t-il en réussissant à dégager sa main. C'est excellent.»

Flattée par ce compliment, elle bondit sur ses pieds et sauta au cou de Richard. Elle l'embrassa sur les deux joues en faisant un petit arrêt sur les lèvres.

«C'est vrai? Tu aimes?

– Certainement. Mais, risqua-t-il, sincèrement inquiet, il y a des gars qui vont être en hostie! Le gros Nolan, surveille-le, c'est un bum... C'est toujours lui qui amène les scandales de bar dans l'équipe...

– Tu vas me défendre?»

Fortin, qui n'avait pas prévu cette éventualité, acquiesca pour ne pas la contrarier. Il préférait tout de même qu'elle soit prudente...

Gilles Bernard tentait de s'adapter à sa nouvelle situation. Du bout de la table de son nouveau bureau, il présidait sa première réunion du comité de rédaction. Il examinait l'exemplaire du jour en tentant de faire preuve d'autorité et de sens critique. Mais il y avait loin de la coupe aux lèvres.

«Le journal de ce matin n'est pas mauvais, jugea-t-il avec suffisance. Je trouve que l'apparition de Céline Dion à *Arsenio Hall* est mal couverte.

– Elle est passée à minuit dix! protesta Rivard.

– Céline Dion, c'est important!

– Vous nous avez rapproché la tombée à minuit! répliqua Lionel offusqué.

– *La Nouvelle* a une histoire sur le compte de dépenses du maire Guimond, continua Bernard, sentant le besoin de changer de sujet.

– C'est une reprise d'une de nos vieilles histoires d'il y a deux semaines, l'informa Louise Duguay, amusée par ses commentaires mal préparés.

– C'est la preuve qu'il faut toujours faire le suivi de nos nouvelles, affirma Vézina venu à la rescousse de son rédacteur en chef. D'ailleurs, Montréal sera la priorité de *L'Express* pour les dix-huit prochains mois, jusqu'aux élections.

– Ça adonne bien, intervint Lionel, profitant de l'occasion. Dumoulin nous amène une série extraordinaire, du grand journalisme. Mais il y a quelques points dans le cinquième texte qu'il faudrait vérifier... J'ai fait imprimer d'autres copies.»

Vézina saisit l'une d'elles et la lut en diagonale. Il jura brutalement en arrivant au passage délicat en question.

«C'est un malade, ce gars-là? Il nous prend pour des caves?

– L'histoire de la quête? devina Rivard.

– Oui. On va garder le bout sur Guimond. On fait sauter le reste.

– Ça prend la permission de Dumoulin, s'opposa Rivard. La convention...

– Au diable, la convention! s'emporta Vézina. Si Dumoulin n'est pas content, il nous poursuivra. Gilles, dit-il, plus calme, en se retournant vers lui, je veux que toute la série soit bien spéciale. Il faut que ça cogne solide! Guimond ne s'en remettra pas.

– Je vais vous montrer les maquettes avant de les envoyer au montage, promit Bernard.

– Excusez-moi, fit Stéphanie en entrant dans la pièce en coup de vent, l'air angoissé. Ça y est!

– Il est sorti de l'hôpital?

– Oui, Michel et Serge le suivent jusqu'à l'aéroport.»

Louise s'excusa auprès de ses collègues et suivit la chroniqueuse jusqu'au stationnement du journal.

Elles furent stupéfaites en voyant ce qui les y attendaient: la rutilante Porsche gris métallique de Stéphanie brûlait à grandes flammes en dégageant d'épais nuages de fumée noire.

«Mon char! s'exclama-t-elle.

– En plein jour... s'étonna Louise.

– J'ai appelé les pompiers, avertit le gardien de sécurité en venant les rejoindre à la course.

– Tu n'as rien vu? demanda Louise.

.

– On ne vient jamais dans le stationnement, expliqua le gardien. On a assez d'ouvrage comme ça à vérifier qui entre au journal...»

Louise poussa Stéphanie du coude pour lui montrer un graffiti que le vent, poussant la fumée dense, venait de découvrir au-dessus de la Porsche:

WHITE POWER NIGGER BITCH

«Nous allons prendre ma voiture», conseilla Louise, toujours d'un calme exemplaire. Elle pilota son véhicule avec une adresse et à une vitesse qui surprirent Stéphanie, étant donné l'air plutôt rangé de sa collègue. Les deux femmes parvinrent à l'aéroport en un temps record. Près de la porte où embarquaient les passagers à destination de Miami (il n'y avait pas de liaison directe avec le Salvador), des manifestants, étonnamment nombreux, entonnaient des chants d'encouragement à l'endroit d'Enrique. Des reporters s'attroupaient autour du latino-américain et le mitraillaient de flashes et de questions.

Stéphanie aperçut Michel, non loin d'Enrique. Il trépignait d'impatience et de nervosité. Blême comme un drap et tendu comme une corde de violon, il maugréait dans son coin quand elle vint le rejoindre. Elle lui sauta au cou et l'enlaça passionnément, devant tout le monde, ce qui en disait long sur son anxiété. Michel enrageait contre l'ambassade du Salvador.

«Où est-ce qu'ils l'ont fourré, leur hostie de visa?

– Ils vont te l'apporter, assura Stéphanie, en espérant le contraire. Ce n'est pas encore le temps de paniquer.»

Ils s'approchèrent d'Enrique qui recevait des encouragements de Louise.

«La bataille n'aura pas été inutile, expliquait-elle. Le ministre m'a juré ce matin qu'on ferait l'impossible pour vous aider. On m'a dit d'espérer. Au pire, consolez-vous, dit-elle en lui montrant l'imposant groupe de supporters qui manifestait en sa faveur: nous aurons sensibilisé l'opinion publique au problème des régimes totalitaires dans le monde. Ça mènera peut-être à un adoucissment des lois sur l'immigration. Mais j'ai confiance de vous revoir très bientôt parmi nous.

– Michel va être là pour nous informer, dit Stéphanie. L'ambassade va peut-être pouvoir t'aider. Tu vas me préparer un *café con leche* plus vite que tu ne le penses.

– J'espère aussi, approuva Enrique, touché par ces encouragements qui fusaient de toutes parts. J'aime ce pays. Vous êtes bien. C'est formidable de vivre ici. Quand on va ailleurs ou qu'on vient d'ailleurs, on peut apprécier toute la qualité de vie dont vous jouissez. Gardez cela précieusement, ce n'est pas comme ça partout dans le monde.

– J'ai le nom d'un très bon avocat à San Salvador, intervint Michel.

– J'ai peur que ça ne donne rien, fit tristement Enrique en pensant au système judiciaire salvadorien. Un jour, les Québécois vont comprendre que nous pouvons les aider à bâtir quelque chose de grand et de beau.

– Ce n'est pas le Québec qui fait des problèmes, assura Michel en lui montrant deux agents de la Gendarmerie royale du Canada qui venaient les rejoindre. Regarde.

– Tous les passagers sont à bord, déclara l'un d'eux, autoritaire. Venez ! »

Enrique les suivit docilement, mais au bout de quelques pas, il leur demanda d'attendre. Il revint vers Louise et l'embrassa tendrement sur les joues.

« Je vais me souvenir de vous, promit-il, même si je ne reviens pas. »

Enrique rejoignit les deux agents. Michel, à son tour, fit ses adieux à sa belle d'un geste de la main. Stéphanie le lui rendit, en articulant silencieusement une courte phrase de trois mots qu'elle avait prononcée rarement dans sa vie. Les deux hommes montèrent dans l'avion.

Vézina et Bernard suivaient les événements à la télévision dans le bureau de ce dernier. L'affaire avait pris des proportions médiatiques assez importantes pour qu'on lui consacre une émission spéciale.

«Dans le fond, c'est une folie de retourner ce gars-là chez-lui, avoua Vézina, en le voyant embarquer dans l'avion.

– Ça prend des lois pour qu'une société se défende, rétorqua Bernard, nullement attendri.

– Des grandes phrases, tout ça, répondit Vézina. Quand j'étais président de syndicat, les lois, on se les passait où tu penses.

– L'idée d'envoyer Gagné est géniale! se réjouit Bernard.

– As-tu pensé combien ça va nous coûter en temps supplémentaire, ses petites vacances au soleil, ricana Vézina qui, visiblement, considérait que cela valait le prix.

– Même pas, l'informa Gilles Bernard. Il tenait tellement à partir que je lui ai fait signer une lettre d'entente : pas de temps supplémentaire sur la route !

– Tu apprends vite !» approuva Vézina.

Le téléphone sonna quelques instants plus tard. Vézina répondit. Il protesta avec véhémence à ce que lui disait son interlocuteur. Frustré, il raccrocha violemment. Bernard l'interrogea des yeux.

«L'ambassade du Salvador. Gagné n'aura pas son visa.»

Les deux hommes demeurèrent silencieux un moment, mécontents de ce revers de situation.

«C'était à prévoir, finalement, soupira Vézina. Ils n'avaient aucun avantage à le laisser rentrer là-bas.»

Chapitre XI

La réunion de production de ce jour-là fut mouvementée. La une de *L'Express* frappait avec une manchette qui risquait de toucher François Dumoulin droit au coeur:

«MONTRÉAL... UN TROU»

Voilà le titre que l'on avait donné à un des articles de Dumoulin sur les itinérants.

Le ton de la réunion commença à monter alors que Léonne Vigneault, debout à côté de Rivard, lui montrait le résultat du travail de Dumoulin.

«C'est un tripotage indigne du journal, tempêta Léonne. Qu'est-ce qui a pris à Gaston?

– Il n'a pas touché au texte de Dumoulin, déclara Rivard.

– La manchette, le choix des photos et les bas de vignettes accusent directement le maire Guimond, continua Léonne. Sacrament, si on se fie à la mise en pages, c'est lui qui envoie le monde dans la rue! Il est directement responsable de la montée de l'itinérance.

– Madame Vigneault, intervint Gilles Bernard, les titres et la mise en pages sont du ressort de la Direction, vous devriez le savoir.

– Écoute bien, Gilles Bernard, répliqua Léonne, c'est moi qui t'ai fait signer ta formule syndicale, tu peux me dire "tu"!

– Quel est le problème? s'enquit Bernard.

– Le problème, s'emporta Léonne, c'est que la Direction fait un journal de trou de cul depuis plusieurs mois et que ça empire toutes les semaines.

– Le tirage était à la baisse... dit Gilles pour se justifier.

– Fais-moi pas suer avec tes chiffres, tonna Léonne. Je te parle de journalisme. *L'Express* est-il un grand quotidien et un bon journal, oui ou non?

– La présidence du syndicat ne te donne pas le droit d'être grossière et polissonne, répliqua Bernard, offusqué. *L'Express* doit être rentable. Et la façon de traiter la série de Dumoulin apporte du dynamisme et de la vie. Il faut rajeunir le journal!

– Sais-tu quel anniversaire on va fêter dans exactement trente-sept jours? tança Léonne. Dans trente-sept jours, ça va faire exactement un an que notre convention collective est échue! Et les négociations ne progressent pas. Si tu veux un conseil, Ti-Gilles, joue pas trop avec les nerfs des membres.»

Gilles Bernard en fut médusé. Son emploi était moins reposant qu'il se l'était imaginé.

Léonne Vigneault se leva et tourna le dos à l'assemblée. Elle regarda Louise Duguay et lui montra le journal du doigt.

«J'éplucherais pas mes patates là-dessus, signala-t-elle. J'aurais peur de m'empoisonner!»

Puis, elle quitta la réunion en claquant la porte.

Gilles Bernard ne se sentait pas tellement grand dans ses souliers. Il lança un regard de reproche à Louise Duguay.

«J'aurais apprécié davantage de support d'un membre de la Direction.

– Elle n'a pas tort, répondit-elle après une légère hésitation. C'est ça le problème.»

Louise se leva et sortit à son tour. Gilles Bernard se sentit très seul. Il pensait à cet instant où Vézina l'avait nommé, lui, parce qu'il pouvait le mener à sa guise. Il n'était qu'un homme de paille et commençait à en prendre conscience.

Pendant ce temps, François Dumoulin était chez lui, occupé à lire son article. Furieux, il lança sa copie du journal à travers la maison. Il se leva subitement de sa chaise et alla ramasser *L'Express*. Afin d'être certain, il relut son article. À peine eut-il de nouveau terminé qu'il chiffonna le cahier.

«Qu'est-ce qui leur a pris?» s'écria-t-il à travers la pièce jonchée des feuilles du journal.

François n'était pas le genre à se laisser manger la laine sur le dos. Il devait se rendre au bureau le plus rapidement possible et s'expliquer avec cet imbécile téléguidé qu'est Gilles Bernard.

François se dirigea vers la chambre d'Alex et en ouvrit la porte.

«Je vais au journal. Tu embarques? demanda-t-il sèchement.

— Tu n'es pas de bonne humeur? conclut Alex.

— Ils ont joué mon article tout croche au journal, tempêta le journaliste.

— J'arrive», accepta Alex.

François conduisait nerveusement. Entre ses dents serrées, il marmonnait toutes sortes d'insultes.

«Ce christ de journal-là... Pas capable de jugement, sacrement! Ils ont magouillé dans mon texte. Ils en ont coupé des bouts!

— Reviens-en, intervint Alex.

— Gang d'enculés!» ajouta François.

Préoccupé par ses insultes, le journaliste en oublia un arrêt. Une autre voiture s'engageait déjà sur la route dans l'autre sens.

«Papa, atten...» cria Alex, trop tard.

On entendit un grand cri, un fracas et un bris de verre et de métal.

Le spectacle était désolant. La voiture de François avait été enfoncée du côté droit. L'autre automobile était légèrement endommagée au pare-choc et au radiateur. Son conducteur n'avait aucune blessure.

François fut fort secoué, mais s'en tira avec quelques égratignures. Alex, pour sa part, avait reçu une partie des éclats de vitre. Sa figure était coupaillée par endroits. Sous l'impact, elle avait perdu connaissance.

L'ambulance et la police ne se firent pas trop attendre, et la route fut rapidement dégagée. On transporta Alex à l'hôpital.

Sur place, Dumoulin se rua vers un téléphone, dès que possible. Il communiqua avec la salle de rédaction.

«Vous m'avez fait une hostie de job sale! Guimond, c'est un trou de cul, mais il y a une mesure à respecter, vociféra-t-il. Qui a coupé le vingt-cinq cents à Bernard?

– François, arrête de crier, tonna lui-même Rivard tout en faisant signe de s'asseoir à Gabriella qui s'appprochait. La mise en pages est trop percutante, mais c'est pas un crime! Le char est fini?

Rivard fit signe à Gabriella d'attendre, qu'il n'en avait plus pour longtemps.

«Le plus important, c'est que tu n'aies pas été blessé puis que tu n'aies pas été saoul au volant.»

François expliqua ensuite à Lionel l'état de sa fille.

«Pauvre petite chatte! C'est grave? interrogea Rivard. Dis-lui qu'on lui garde sa job. Je m'ennuie déjà d'elle.»

Rivard raccrocha. Il se retourna vers Gabriella et dit pensivement:

«Dumoulin a eu un accident... Il va bien, mais sa fille a goûté au pare-brise.

– Elle n'est pas chanceuse», répondit Gabriella.

Puis la journaliste en vint au sujet qui la touchait.

«J'ai postulé comme chroniqueuse aux arts et lettres, et je n'ai pas eu de nouvelles.

– Il n'y aura pas de nouvelles, s'excusa Rivard en se servant une gorgée. On a décidé de ne pas combler le poste.

– Ça veut dire que je vais rester aux sports?

– Pour les prochains mois, j'en ai bien peur, expliqua Rivard. Ce n'est quand même pas si mal.

– Je n'aime pas le milieu des sports, se plaignit la jeune femme.

— Tintin et toi, vous faites du beau travail, dit Lionel, pour l'encourager.

— Richard est un très bon journaliste, commenta Gabriella. Il est tellement intelligent et sensible!

— Oui, c'est dommage, laissa échapper Rivard.

— Dommage? Pourquoi dommage? s'inquiéta la journaliste.

— Tu sais, ma belle, aujourd'hui, il n'y a plus moyen d'être sûr de rien, expliqua Rivard. Je disais ça comme ça.

— Lionel? fit-elle timidement.

— Oui?

— Je vais vraiment faire de mon mieux, le rassura-t-elle, mais j'haïs ça!»

Elle se leva et regagna son pupitre. Comme elle partait, Serge Vandal se présenta au bureau de Rivard. En la voyant, il eut un sourire et se pencha vers Lionel.

«À moins d'être la dernière des tapettes, un gars peut pas voir pareil morceau sans avoir le goût de mettre ses mains dans ses petites culottes, murmura le photographe.

— Laisse faire les petites culottes, conseilla Rivard, et va plutôt me photographier l'auto de Dumoulin. Tiens, l'adresse.

— Le char de Dumoulin, c'est quoi le gag? demanda Vandal surpris.

— Il a eu un accident, expliqua de nouveau Lionel. Le char est fini, lui va bien, mais la petite est pas mal amochée...

— C'est grave? s'inquiéta Vandal.

— Sais pas», conclut Rivard.

Vandal était ému. Mais un homme dur et macho, comme il voulait le paraître, ne pouvait se permettre une émotion trop apparente. Il changea rapidement de sujet.

«Sérieusement, on n'envoie pas son meilleur photographe pour prendre un char smashé!»

Vandal quitta la salle sans même que Rivard ne le regarde. Lionel avait l'habitude des petites crises de vedettes de Serge; il avait appris à ne plus en faire de plat.

Ce soir-là, Michel Gagné et Louise Duguay discutaient avec le ministre de l'Immigration. Michel ne parlait pas, il écoutait Louise défendre Enrique et en était fort impressionné.

«Je n'ai jamais dérogé à l'éthique professionnelle jusqu'ici, monsieur le ministre, annonça Louise.

— Vous êtes un exemple pour les journalistes, lui dit-il pour la flatter.

— Je sais beaucoup de choses. Beaucoup, beaucoup. Je ne m'en suis jamais servi à ce jour. Il reste moins d'une heure avant que l'avion n'atterrisse à Miami. Il vous reste donc soixante minutes pour intervenir, sinon... Sinon vous ne vous relèverez pas de ce que je vais écrire, menaça-t-elle.

— C'est du chantage, rétorqua le ministre, outré. C'est indigne d'une éditorialiste en chef!

— On n'a plus rien à faire ici», annonça Louise à Michel. Puis se retournant vers le ministre, elle ajouta: «Vous savez où me rejoindre.»

Ils rentrèrent rapidement à la salle de rédaction. L'article devait être terminé à temps.

Entre l'horloge et le téléphone, Louise faisait les cent pas. Elle attendait impatiemment un appel du ministre.

Michel, les yeux rivés à son écran, écrivait son article.

«C'est rentré, annonça-t-il à Gaston. Ça s'appelle "Bleu".

— Tu prends tes jours de congé?» demanda Gaston.

Michel fit un signe affirmatif. Il était complètement épuisé par les événements des derniers jours et par la déception de ne pas être parti.

Stéphanie entra dans la salle à ce moment, pâle et nerveuse. Un test de grossesse, qu'elle avait passé quelques heures plus tôt, avait donné des résultats positifs.

«Puis? demanda Stéphanie à Louise.

— Il est mieux de bouger, sans ça... dit-elle entre ses dents.

— Je suis mort! lança Michel. Toi, quand tu vas à la guerre...

— Je n'aime pas les flatteries, le coupa Louise.

– Mon ancien éditorialiste en chef était un petit bourgeois préoccupé par ses balades en première classe, raconta Michel. Ça fait changement de te rencontrer.»

Il regarda ensuite Stéphanie.

«Demain, je pars pour la chasse, ça te tenterait? Tu vas voir comme la nature est belle à ce temps-ci de l'année.»

Stéphanie n'eut pas le temps de répondre, le téléphone sonna. Et comme tous voulaient connaître la décision du ministre, elle se tut.

On demanda à parler à Louise.

«Oui? Oui monsieur le ministre... Je vous remercie...»

Louise n'en dit pas plus. On devina la décision du ministre à son sourire triomphant.

La une du lendemain portait un gros titre:

«ENRIQUE: LA LIBERTÉ»

Vingt-quatre heures plus tard, Enrique revenait au pays. Afin de montrer sa reconnaissance à Louise Duguay, il lui rendit visite. Il tenait dans ses bras une boîte de chocolats et une grosse gerbe de fleurs.

Dans son bureau, Louise s'occupait à taper son éditorial. Quand Enrique entra, elle ne leva pas les yeux. Mais comme elle n'entendait rien, elle détacha le regard de son texte.

«Je m'excuse de vous déranger, balbutia Enrique.

– Il n'y a pas de faute, sourit Louise. Asseyez-vous.

– Je voulais vous remercier, répondit-il timidement en restant debout. C'est pour vous.»

Il lui remit les paquets.

«Je n'ai fait que mon travail, précisa Louise, très émue. C'était trop injuste, c'est tout.

– Je ne serais pas ici si vous ne m'aviez pas aidé. J'ai une dette d'honneur envers vous, expliqua l'homme.

– Vous êtes un peu émotif. Qu'allez-vous faire ? Reprendre votre travail au café ? s'inquiéta Louise. Je me demandais si une collaboration spéciale dans notre journal vous intéresserait ?»

Le visage d'Enrique s'illumina devant cette femme merveilleuse. Non seulement elle lui permettait de rester ici, mais en plus, elle lui offrait de pratiquer son vrai métier pour quelque temps.

«Il y a longtemps que je n'ai pas écrit et le français n'est pas ma langue maternelle, protesta Enrique.

– Le français, on s'en occupe. Pour le reste, je sais que ça pourrait être intéressant, assura Louise.

– Qu'est-ce que ce serait ? s'enquit Enrique.

– Je dois négocier ça avec mon éditeur, expliqua-t-elle. J'ai un budget pour ma page, mais les cordons de la bourse sont plutôt serrés. Je vais user de mon influence.

– Encore une fois merci ! J'aimerais vous inviter à dîner mais ne sachant pas si vous êtes libre... hésita Enrique.

– Ça peut s'arranger», affirma-t-elle.

Le matin même, Stéphanie était postée sur le trottoir devant son appartement avec trois valises pleines à craquer. Elle avait décidé d'accompagner Michel dans son périple en forêt. Elle avait maintenant renoncé définitivement à se présenter après lui à leurs rendez-vous. Peu importe le retard qu'elle prenait, une sorte de sixième sens le prévenait d'arriver quinze minutes plus tard. Il avait encore réussi à lui faire le coup ce matin-là.

Enfin, la grosse voiture de Michel apparut au coin de la rue. Stéphanie eut un pincement au coeur, comment allait-elle annoncer à Michel qu'il serait père ? Elle y repenserait après l'expédition. Elle partait en «vacances» pour se libérer de ses préoccupations. Elle trouverait bien un moyen de lui annoncer ça plus tard.

L'immense automobile de Michel s'immobilisa le long du trottoir, devant Stéphanie.

«Es-tu prête? lui cria-t-il en sortant de son "char d'assaut". Sinon, je vais tomber endormi.

– Tout est là, répondit Stéphanie en désignant ses trois valises. Le soir, c'est froid, se justifia-t-elle. Puis le jour, s'il fait chaud...»

Michel prit une des trois valises et la plaça dans le coffre de son mastodonte. Il se tourna ensuite vers Stéphanie.

«Il n'y a plus de place, informa-t-il, hilare.

– Qu'est-ce que je vais faire avec ça? s'écria-t-elle en montrant les autres bagages.

– Tu les remontes!» dit-il, fier de son coup.

Amusé, il regarda Stéphanie reprendre ses valises et les rapporter à son appartement.

À bord de la voiture de Michel, ils se rendirent au parc de La Vérendrye. Les paysages d'automne défilaient sous leurs yeux. Stéphanie cherchait toujours un moyen de faire part à Michel de la grande nouvelle. Elle était certaine qu'il le prendrait mal. Aussi, après avoir longtemps et mûrement réfléchi, elle prit la décision de garder cela pour elle.

Ils arrivèrent enfin à destination. Un minuscule camp de bûcherons, tout en bois rond. Stéphanie se sentit à l'étroit avant même d'y entrer.

Après s'être bien installés, les deux compagnons partirent pour la chasse. Tous deux avaient revêtu une combinaison de camouflage et des bottes. Par mesure de sécurité, ils portaient également un plastron aux couleurs fluo. Stéphanie douta de la compatibilité de ces deux pièces de vêtement, mais se fia au savoir-faire de Michel.

En voyant la carabine de sa compagne, le Saguenéen se mit à rire.

«Ça date de la colonisation, ton engin!

– Sors un peu, cher, répliqua Stéphanie. C'est une carabine-caméra. C'est la seule chasse que je me permets. Puis après, je fais encadrer mes prises.

– Pas sérieuse? s'étonna Michel. C'est une farce!

– J'ai trop de respect pour la vie, continua Stéphanie en songeant pour la première fois qu'elle portait un enfant dans son ventre.

– L'homme a toujours chassé pour assurer sa survie, renchérit Michel. Ça fait que tes grands principes...

– C'est pas vrai! Pense aux éléphants qu'on massacrait juste pour enlever leurs défenses. Pense aux visons. Pense aux phoques!

– L'homme est parfois bon, l'homme est parfois méchant, ainsi va la vie, philosopha Michel.

– Je peux te la prêter, offrit Stéphanie, C'est le même frisson que de tuer l'animal. Je n'aime vraiment pas ça. Je ne veux pas voir ça.

– Pourquoi tu es venue, d'abord? se fâcha Michel. Prends des photos si tu veux mais, moi, je veux manger un bon steak d'orignal, ce soir!»

Stéphanie partit en courant pour aller vomir derrière un arbre. Michel leva les yeux au ciel en soupirant devant la sensiblerie de son amante. Il ne lui vint pas à l'idée qu'il pouvait s'agir d'un symptôme de début de grossesse.

Plus tard, le soir, Michel prépara le repas à l'intérieur du camp. L'installation était réduite au plus simple. Deux lits superposés, un poêle à bois au milieu de la pièce et les bécosses à l'extérieur. Stéphanie s'y sentait mal. Elle n'était pas habituée à ce genre de logis.

«Tu n'as vraiment pas l'air à filer, s'inquiéta Michel. Veux-tu un café? Un thé?

– J'ai le foie lent, expliqua Stéphanie. J'ai abusé dernièrement, je paie pour...

– Couche-toi, il y a juste ça à faire quand on est malade, conseilla Michel.

– Je ne suis pas malade! répliqua vivement Stéphanie.

– Qu'est-ce que tu as, dans ce cas? interrogea Michel.

– Ça fait un bout de temps qu'on ne s'est pas engueulés, constata Stéphanie, inquiète.

– C'est parce que tu tiens enfin ta place!» dit Michel pour la taquiner, espérant démarrer une bonne dispute. Il en était venu à penser que c'était nécessaire au bon fonctionnement de sa libido.

Stéphanie ne saisit pas l'occasion. Elle se contenta seulement de se rendre près de la fenêtre pour observer le soleil couchant.

Plus tard ce soir-là, Gabriella et Fortin assistaient à un match pré-saison des Castors contre leur club école. Une fois la partie terminée, comme à l'habitude, ils se rendirent au vestiaire des joueurs.

Pressé par l'heure de tombée, Fortin remonta rapidement sur la passerelle pour y terminer son article. Gabriella resta donc seule dans le vestiaire avec quelques joueurs, la plupart ayant déjà quitté.

Comme elle partait, elle entendit les voix de Jim Nolan et d'Étienne Faucher qui revenaient des douches. Voulant interroger Étienne Faucher, Gabriella décida de rester quelques instants de plus.

«Étienne! J'ai deux petites questions», commença-t-elle en ouvrant son calepin.

Nolan écarta son compagnon et vint se placer en face de Gabriella, assise sur la banquette de Faucher.

«*I'm sure you like real men, don't you?*» fit Nolan en scrutant la journaliste.

Faucher et deux autres joueurs s'approchèrent et entourèrent Gabriella, médusée.

«C'est une belle petite bouche de... comment tu dis ça en français? demanda Nolan.

– De suceuse! répondit Faucher en riant. Une bonne suceuse qui avale!»

Gabriella commença à paniquer et désira se lever. Nolan l'en empêcha et fit glisser sa serviette.

«C'est une belle, hein, murmura Nolan. Tu la veux?

– Mais pour l'avoir, faut la mériter, continua Faucher.

– Bande de malades, cria Gabriellla. Lâchez-moi!

– *Shut up, bitch!*» ordonna Nolan.

Jim prit ensuite la tête de la journaliste entre ses mains et la rapprocha de lui avec violence.

«Viens y goûter!» insista-t-il.

Gabriella cria. Elle était maintenant paniquée et blanche comme un drap. Ses cris alertèrent Jean-Paul Hamel, le journaliste de *La Nouvelle*. Il entra en courant dans le vestiaire.

«Qu'est-ce qui se passe? cria-t-il en mettant le pied dans la pièce.

– *That's nothing*, répondit rapidement Nolan en ramassant sa serviette, *we're joking...*

– Niaise pas, Jay Pee, conseilla fortement Faucher en s'éloignant de la journaliste, c'était des farces...»

En voyant Hamel, Gabriella avait couru vers lui. Elle s'était accrochée à son bras et l'entraînait vers la sortie.

À peine à l'extérieur du vestiaire, la jeune femme se mit à pleurer. Ne sachant quoi faire, Jean-Paul amena Gabriella jusqu'à Fortin. En la voyant dans tous ses états, Richard la serra dans ses bras et la ramena à la maison.

Gabriella ne parlait pas, elle ne faisait que pleurer. Fortin la réconforta de son mieux, lui fit couler un bain, lui caressa les cheveux, la borda et resta même à ses côtés jusqu'à ce qu'elle s'endorme.

Tôt le lendemain matin, Gabriella s'était enfermée dans la salle de bain. Richard, plein d'attention, se tenait devant la porte et la réconfortait.

«Je me sens sale! s'écria le jeune femme.

– Ça fait trois bains que tu prends, constata Fortin.

– Je voudrais me peler la peau, expliqua Gabriella. C'est tellement dégueulasse. C'est la première fois de ma vie, cria-t-elle en lançant un savon en direction de Fortin.

– Arrête, je sais plus quoi faire, moi, fit-il en évitant de justesse l'objet.

– Les tabarnacks! rugit-elle en sortant.

– Ils vont en manger une maudite, ces gros porcs, promit Fortin en suivant sa compagne, je te le jure!»

Gabriella se retourna vivement vers Richard et pointa l'index vers son nez.

«Jamais! Jure-moi de ne jamais parler de cette histoire à personne, s'affola Gabriella.

– Tu n'as rien à cacher. Ce sont eux autres les gros écœurants, s'écria Fortin.

– J'ai peur, confia Gabriella en recommençant à pleurer. Tu sais pas ce que c'est toi quatre gros gars autour de toi. C'est effrayant. Puis je me sens coupable.

– Coupable de quoi? demanda doucement Richard en la prenant dans ses bras.

– Pourquoi je me sens comme ça? J'ai rien fait! Je ne devrais pas. J'ai honte. C'est écœurant!

– Tu m'as dit que Jean-Paul Hamel était là? risqua Fortin.

– Il ne parlera pas, s'assombrit Gabriella. Qu'est-ce que je vais faire? Tu vas m'aider, je ne veux plus y aller.

– On ne peut pas se fier à Hamel, réfléchit tout haut le jeune homme. Tu vas dormir un peu pendant que je prépare le café. Puis on va se battre. On va être forts, toi et moi, ensemble.»

Richard aida Gabriella à s'étendre. Elle lui sourit, contente de voir que les hommes n'étaient pas tous pareils.

Contrairement à leurs attentes, Jean-Paul Hamel discutait avec le gérant des Castors, Romuald Simoneau. Ce dernier s'inquiétait. L'agression de Gabriella le bouversait et le mettait complètement hors de lui.

«C'est simple, mon Jay-Pee, tu dis rien, t'écris rien et, en échange, je te garantis un maudit gros scoop, proposa le gérant. Quand je vais congédier mon coach, tu vas être le seul à le savoir vingt-quatre heures à l'avance.

– Ton coach ne sera pas dehors avant une couple d'années, rétorqua Hamel.

– On ne sait jamais, les coachs, ça part vite, prophétisa Simoneau.

– On parle pour rien dire, clama Jean-Paul impatient. Je peux pas, de toute façon. Il y a déjà trop de monde au courant.

– Qui ? s'inquiéta le gérant. Tu es le seul...

– Il y a moi, il y a elle, la fille, il y a les quatre gars et il y a Richard Fortin, énuméra le journaliste.

– Il est pas obligé de le savoir, Fortin ? s'étonna Simoneau.

–Ils vivent ensemble, expliqua Hamel. À part de ça, Romuald, tes gros tatas, ils se sont vraiment croisés devant elle.

– Tu ne vas pas à la guerre avec des tire-pois, glissa Simoneau. Des gars comme Jim Nolan, tu en as besoin quand ça commence à brasser à Boston ou à Chicago.

– Ça fait longtemps qu'on fait affaire, toi et moi, se raidit Hamel. Mais ce coup-là, je peux pas. Tu n'as rien d'assez gros à me donner en échange. Tu vas me donner ta version, c'est ça que je vais écrire dans *La Nouvelle*.

– On avait bien besoin de ces hosties de plottes-là dans les vestiaires, s'emporta Simoneau, juste bonnes à reluquer les queues des gars !

– C'est ça, ta déclaration ? questionna Hamel.

–Es-tu fou ! Bon : le club de hockey les Castors de Montréal fait enquête sur des rumeurs concernant un incident qui aurait peut-être impliqué quatre de ses joueurs et une journaliste féminine. »

Hamel prit chaque mot en note.

Alors que Jean-Paul Hamel et Romuald Simoneau terminaient leur entretien, dans le grand bureau d'Émile Rousseau, Paul Vézina, Gilles Bernard et Caroline Bélanger discutaient de l'histoire de Gabriella.

Rousseau présenta Caroline à l'assemblée et commença immédiatement la réunion.

«Madame Caroline Bélanger va assister à la réunion. Elle est directrice d'une importante firme de communications et nous aurons sans doute besoin de ses conseils, déclara-t-il, soucieux.

– L'affaire de Gabriella? s'enquit aussitôt Vézina.

– Gabriella Salvatore? demanda Bernard, visiblement pas au courant.

– Qui te l'a dit? demanda Rousseau fort tendu.

– Un journaliste ne dévoile jamais ses sources, ironisa Vézina.

– Qui? s'impatienta Émile.

– J'ai parlé à Jean-Paul Hamel, ce matin, expliqua Vézina. Il cherchait à te rejoindre.

– Il m'a rejoint, lança sèchement Rousseau. Madame Bélanger, si vous voulez...»

Caroline s'avança sur son fauteuil pour être vue par tous. Elle parla calmement, dissimulant très bien sa nervosité.

«La situation est très compliquée, résuma-t-elle. Hier soir, quatre joueurs des Castors, propriété d'une compagnie de monsieur Rousseau, auraient, selon les apparences et un témoignage d'un journaliste compétiteur, harcelé sexuellement Gabriella Salvatore...

– Ça faisait longtemps qu'elle le faisait exprès, coupa Vézina. À force de jouer l'agace-pissette...

– Monsieur Vézina, ces paroles ne doivent jamais sortir de ce bureau, conseilla fortement Caroline, et ne les répétez jamais!

– Je dirai bien ce que j'ai à dire, réfuta l'éditeur.

– Dans ce cas-ci, tu diras ce que madame Bélanger va te dire, trancha Rousseau.

– Nous ne connaissons pas encore l'étendue des dégâts, continua Caroline. Monsieur Simoneau, le directeur général de l'équipe, enquête de son côté.»

Vézina boudait du fond de son fauteuil. Gilles Bernard examina l'ampleur de la situation.

«Nous n'avons pas le choix, expliqua Bernard. C'est impossible de camoufler le cas. *L'Express* va devoir défendre sa journaliste.

— Ça va de soi, encouragea Caroline, sauf que le propriétaire de l'équipe est également le propriétaire du journal.

— J'ai des obligations envers les autres joueurs, envers l'organisation, envers la Direction de la ligue et envers nos commanditaires, s'inquiéta Rousseau.

— Il y a les syndicats, tous les groupes féministes et toutes les politiciennes du pays qui vont s'en mêler... prophétisa Bernard.

— Il faut tout faire, absolument tout, pour que les projecteurs se braquent sur vous, monsieur Bernard, et sur vous, monsieur Vézina. Monsieur Rousseau est impliqué dans d'autres projets qui ne peuvent subir de contretemps», conclut Caroline.

À l'hôpital, on s'apprêtait à retirer les bandages du visage d'Alex. François tentait de son mieux de la rassurer.

«Ne sois pas surprise. Tu vas avoir l'air d'un boxeur après douze rounds, plaisanta-t-il.

— Pourquoi maman n'est pas venue, s'enquit Alex.

— Elle sera là ce soir. Elle travaillait cet après-midi, la rassura son père.

— Quand est-ce qu'on enlève les pansements? s'impatienta Alex. Je suis tannée, moi!»

Le médecin entra alors dans la chambre d'Alex.

«Bonjour Alex, salua-t-il sur un ton qui se voulait rassurant. Tu sais qu'il y aura des bleus et des contusions? Il a fallu te faire quelques points de suture. Il va y avoir une petite cicatrice. Ne panique pas, le temps va bien arranger les choses.»

Le médecin se pencha sur la jeune fille, prit ses instrument et découpa avec une extrême délicatesse le pansement. François, qui regardait l'opération, se tendit. Les yeux du médecin demeuraient impassibles. En voyant son père la regarder avec insistance, Alex paniqua.

«Qu'est-ce qu'il y a? s'écria-t-elle.

— Il n'y a rien, rassura le chirurgien, ça va bien...»

Alex se leva aussitôt, inquiète, et se dirigea vers le miroir de sa chambre.

«Non! Non! cria-t-elle.»

Des ecchymoses couvraient la moitié gauche de son visage. La teinte variait du jaune au rouge, du bleu au violet, selon l'endroit. Mais ce qui avait attiré le plus l'attention de la jeune fille, c'était une légère cicatrice, sur sa joue. Rien de bien effrayant, seulement, en jeune fille soucieuse de son apparence, Alex se sentit défigurée.

«Je veux mourir», murmura-t-elle devant le miroir.

Bien vite, François dut laisser Alex et retourner aux bureaux de *L'Express*. Aussitôt qu'il y mit les pieds, Léonne Vigneault l'interpella.

«Et puis? demanda-t-elle.

— Elle a fait toute une crise! raconta Dumoulin. C'est ma faute.

— C'est un accident, ce n'est pas ta faute, le rassura Léonne. Est-ce qu'elle va rester marquée?

— Non, se consola le journaliste, mais pour tout de suite, ça paraît...

— Elle a dix-huit ans, c'est le choc de l'accident qui la fait délirer sur sa cicatrice, affirma Léonne. Le temps arrange les choses.

— Juste comme on commençait à s'acclimater, murmura François. C'est de ma faute. Je suis parti comme un vrai fou de la maison. Ils m'ont fait une saloperie...

— As-tu ton grief? s'enquit Léonne.

— Mon grief!

— Ils vont se faire taper sur les doigts pour la cochonnerie qu'ils ont fait avec ta série sur les itinérants, expliqua Léonne. Ils vont finir par comprendre que le syndicat n'acceptera jamais d'être complice de leur jaunisme. Il n'y a plus personne qui va couper dans les textes.

– Je m'en fous du grief, Léonne, confia François. C'est ma fille qui m'inquiète...»

Après avoir quitté la réunion chez Émile Rousseau, Caroline Bélanger se rendit directement à l'appartement de Richard et Gabriella.

En entendant sonner à plusieurs reprises, Richard se réveilla et courut à la porte. Ils s'étaient tous deux rendormis, à cause de leur mauvaise nuit.

«Richard Fortin? demanda Caroline.

– Lui-même, acquiesça-t-il, encore endormi...

– Gabriella est ici? interrogea la jeune femme.

– Elle dort..

– Je suis réveillée, lança Gabriella en s'acheminant vers la porte. Je ne pense pas qu'on se connaisse.

– Je suis Caroline Bélanger de Communications Cristal, fit-elle en tendant la main. J'ai tenté de vous joindre par téléphone, mais il n'y avait pas de réponse. J'ai pris le risque de venir...

– J'ai débranché les téléphones, on n'a pas dormi de la nuit, expliqua Fortin, de mauvais poil.

–Est-ce que je pourrais savoir ce qui s'est passé? Exactement? questionna Caroline en entrant de son initiative dans l'appartement.

– Je ne comprends pas, se buta Gabriella.

– C'est vrai, de quoi vous vous mêlez au juste? riposta Tintin pour défendre sa compagne.

– Je suis là pour empêcher les faux pas, expliqua Caroline. La Direction de *L'Express* veut vous aider à vous en tirer sans trop de meurtrissures.

– Des meurtrissures? Vous voulez rire? s'écria Gabriella, au bord de la colère.

– J'espère qu'ils vont être envoyés en Sibérie! s'exclama Fortin.

– C'est plus compliqué, reprit Caroline. Tout nous indique que *La Nouvelle* va sortir l'affaire demain... Si *La Nouvelle* sort ça, nous aussi.

– Oh non! désespéra Gabriella.

– Qu'est-ce que tu as à te reprocher? demanda Fortin à sa compagne. *L'Express* s'en va au front pour toi, Gabriella. Tu vas voir que les "zidoles" à la gomme vont en manger une maudite!

– Je ne veux pas en entendre parler. Laissez-moi tranquille! supplia Gabriella en larmes.

– Vous êtes la seule à pouvoir écrire ce qui est arrivé, expliqua Caroline. Ça nous aiderait sincèrement si vous donniez votre version des faits.

– Qu'est-ce que ça va me donner? cria Gabriella. J'arrive de Québec. À l'Assemblée nationale, tu as au moins l'opposition pour te défendre. Ces primates-là, ils t'agressent et c'est toi la vache!

– Faites-nous plaisir, d'accord? C'est pas le temps de faire des relations publiques, ordonna Richard en poussant Caroline vers la porte.

– Prenez bien le temps de réfléchir. Restez calmes tous les deux, conseilla Caroline.

– C'est ça, on est calme, très calme. Merci beaucoup de votre belle visite!» ironisa Richard en se retenant de ne pas frapper l'importune.

Il referma bientôt la porte, et Gabriella alla le rejoindre aussitôt. Richard accueillit avec tendresse sa collègue qui fondait en larmes.

«Tu n'es pas toute seule», la rassura-t-il.

Stéphanie et Michel revenaient de la chasse. Michel gara sa longue voiture en face de chez Stéphanie. Il sortit du coffre la valise de la journaliste et la porta jusqu'à sa porte. Il revint rapidement, embrassa Stéphanie et s'en retourna vers sa voiture.

«Qu'est-ce que tu fais? s'enquit Stéphanie, désappointée.

– Ça fait un petit bout de temps que je n'ai pas dormi dans mon lit, répondit Michel, visiblement très mal à l'aise. J'ai du lavage à faire, aussi.

– Je vais avec toi, se précipita Stéphanie.

– J'ai des choses à faire. Je suis mort, s'excusa Michel. Je vais dormir un peu plus si je suis tout seul. Tu me comprends?

– Pas trop, avoua Stéphanie.

– Je veux juste être tout seul un soir, ça va juste être meilleur quand on va se retrouver», promit Michel.

Il partit en embrassant Stéphanie et la laissa sur le trottoir devant chez elle. Elle avait la mine défaite, ne comprenait pas.

Aux petites heures cette nuit-là, un *morning man* d'une station très écoutée entra à son bureau. Feuilletant la pile de journaux qui l'attendait, il s'attarda distraitement sur *L'Express*, qui ne présentait rien d'éclatant, mais resta bouche bée devant la première page de *La Nouvelle* :

«SCANDALE SEXUEL!
NUS, ILS SE MASTURBENT DEVANT CETTE
JOURNALISTE»

Les yeux exorbités, le *morning man* lut chacun des commentaires de la une truculente. Il se rendit ensuite à la page indiquée pour prendre d'autres informations. En plus de la manchette gigantesque, il y avait une photo de Gabriella, des quatre joueurs ainsi que les commentaires du gérant de l'équipe des Castors. Enfin, on avait l'affaire de l'année!

Le *morning man*, qui devait entrer en ondes, n'eut guère le temps de s'attarder plus longtemps. Dès les premiers instants, il s'attaqua à l'histoire de Gabriella.

«Bonjour, mesdames et messieurs. Bon mercredi matin. Belle journée d'automne de prévue. Si vous n'avez pas encore pu acheter vos journaux, faites vite! *La Nouvelle* a sans doute le plus beau scandale de l'année. Quatre de vos petits favoris des Castors auraient mimé des gestes de, hum, disons de plaisirs solitaires, pour reprendre l'expression de mon ancien directeur de conscience, devant une journaliste de *L'Express*, qui a soigneusement omis de mentionner l'incident. On sait qu'Émile Rousseau est à la fois propriétaire des Castors et de *L'Express*. Remarquez qu'en voyant la photo de la journaliste, Gabriella Salvatore, on peut sinon les excuser, du moins les comprendre un peu...»

Bientôt, la réunion de production se tint à *L'Express*. Tous avaient pris place dans une atmosphère survoltée.

«On aurait dû sortir l'histoire nous-mêmes, tonna Rivard. Ça me met le feu!

— Tu m'as dit que Gabriella ne voulait pas en entendre parler, répliqua Bernard en guise d'excuses.

— C'est quand même pas la fin du monde, lança Vézina.

— Faudrait savoir ce qu'on fait dans cette boîte, hurla Rivard à son éditeur. Sinon, je ne vois pas pourquoi on ferait chier tout le monde à force de les pousser. Qu'est-ce que ça donne, cercueil?»

Personne n'était habitué à ce que Vézina se fasse répondre de cette façon, pas même lui. Quelques secondes s'écoulèrent avant que les convives n'osent à nouveau parler.

«J'ai écouté la radio en venant au journal, risqua Bernard. C'est une affaire énorme. Toute l'Amérique a repris l'histoire. Je vais émettre un communiqué ce midi pour souligner que *L'Express* va appuyer sa journaliste dans ses démarches...

— Et on ne l'a pas dans notre journal! vociféra Rivard. On a-t-y l'air épais!

– Même si elle ne veut pas en entendre parler, l'éditorial va se prononcer en faveur de Gabriella, expliqua Louise Duguay. Il y a tellement de femmes qui subissent un harcèlement sexuel plus ou moins subtil! Cette affaire doit servir d'exemple. Stéphanie s'en vient, je lui ai téléphoné...

– Lionel? pointa Gilles Bernard.

– Fortin va nous donner la version des joueurs et de la Direction des Castors.

– Monsieur Fortin vit avec Gabriella Salvatore, se souvint Bernard. Je préférerais qu'il ne touche pas à cette histoire.

– Pas rien que ça, intervint Vézina. Je ne lui ai jamais aimé la face.

– Comme vous voudrez, dit Rivard, résigné. Dumoulin se remet de son accident, Dubuc est en reportage, Marchand est pris avec une enquête du coroner... Il y aurait le Bleuet.

– Il a du chien, ce gars-là, approuva l'éditeur. Lui, ça va être une perte pour l'entreprise.»

Personne ne releva la phrase de Vézina. Ils étaient tous trop occupés à se sortir du bourbier.

Vézina sourit, satisfait. Il commençait enfin à mener l'entreprise à son gré. Il en ferait un journal qui se vend bien, un journal que les gens aimeraient, pas un des ces assommants papiers d'intellos.

Cette situation embêtait Émile Rousseau comme il l'avait rarement été dans sa vie. Il bouillait littéralement de rage, et son calme légendaire menaçait de s'effriter devant la colère qui montait en lui.

Dans le fauteuil d'en face, Romuald Simoneau n'était guère plus à son aise. Il se doutait que son patron en avait gros sur le cœur et se faisait discret.

«Ils ne raisonnent ni de la tête ni de la queue! tonna Rousseau. Ces quatre imbéciles vont au moins faire des excuses publiques.

– Ils refusent, admit Simoneau. J'ai la Ligue sur le dos et l'Association des joueurs exige que la Direction de l'équipe les couvre.

– Je pense qu'il y a une dimension qui t'échappe, se contint Rousseau.

– Les gars ont des excuses! annonça Simoneau. La pute, elle les avait démolis le matin dans le journal et ils disent qu'elle les provoquait tout le temps.

– Toi Romuald, tu ne t'es jamais fait planter quand tu jouais? cria Rousseau.

– Dans mon temps, le vestiaire était pas infesté de filles qui viennent se rincer l'oeil, se défendit Simoneau. Le vestiaire, ça se passait entre gars. On pouvait se parler dans la face sans avoir à se cacher les couilles. On a des problèmes depuis qu'il y a des femmes dans le sport. Ce sont toutes des exhibitionnistes!»

Caroline, spectatrice depuis le début de l'entretien, jugea qu'il était temps d'intervenir.

«Vous voulez dire des voyeuses? corrigea-t-elle. Gabriella Salvatore était une journaliste dans l'exercice de ses fonctions. C'est une professionnelle et une femme que vos gorilles ont assaillie.

– C'est pas des gorilles! rétorqua le gérant, Faucher est le meilleur compteur de l'équipe et Nolan, c'est notre protecteur. Les deux autres...

– Protecteur? releva Caroline.

– Notre policier. C'est lui qui fait peur à nos adversaires, expliqua Simoneau pour le différencier d'un gorille. Si on veut gagner la Coupe, on a besoin d'eux.

– J'ai acheté cette équipe parce que c'est un excellent véhicule promotionnel et je ne perdrai pas un seul appui politique à cause de quatre imbéciles, annonça Rousseau.

– Qu'est-ce que ça vient faire là-dedans? s'étonna Simoneau.

– Trois millions de femmes, c'est trois millions de votes, résuma Caroline. Il n'y a pas un politicien qui puisse se permettre de laisser insulter trois millions de femmes.

– Qu'est-ce que je peux y faire?» demanda Simoneau.

Gabriella et Fortin se rendaient aux bureaux de *L'Express*. Gabriella y allait de reculons et Fortin avait dû la traîner pour la faire sortir de l'appartement.

Elle ne s'était pas remise de sa mésaventure du vestiaire, et son moral voisinait le zéro absolu. La vue de sa figure en couverture de *La Nouvelle* n'avait en rien amélioré les choses.

Elle ne se doutait pas qu'aux portes de la salle de rédaction se massait une meute de journalistes et de caméramen, tous rassemblés pour elle.

Dans l'entrée, les gens commençaient à s'impatienter.

«On ne va pas attendre toute la journée, criait l'un.

– Tout le monde tout nu! commentait un deuxième. Ça va la faire venir!

– Tu es con! répondit un collègue. Si tu veux faire des farces, va te cacher dans les toilettes.»

C'est au milieu de cette conversation des plus subtiles que Fortin et Gabriella firent leur entrée. Gabriella se collait sur Richard pour éviter les caméras. Lui, marchait bien droit le long d'un mur.

«Pour Radio-Média, entendit-on, avez-vous rencontré la Direction de l'équipe?

– *I'm Sandy Rupert, of USA TV. Can we ask a few questions?*»

Sans répondre, et en essayant de ne pas réagir, Gabriella et Fortin atteignirent finalement la porte. À ce moment même, Gilles Bernard sortit.

«Mesdames et messieurs, entonna-t-il, je suis Gilles Bernard, le rédacteur en chef de *L'Express*. Je ferai connaître la position de l'entreprise à midi.

– Est-ce que mademoiselle Salvatore sera là? entendit-on.

– Je ne crois pas, répondit Bernard.

– Pas besoin de cet empesé, cria l'un des journalistes. C'est la fille que ça nous prend!»

Dans la salle, Gabriella fut saluée par plusieurs personnes qu'elle n'avait même jamais vues. Elle s'apprêtait à s'installer quand Léonne Vigneault vint la rassurer.

«Ma chatte, commença-t-elle, on ne va pas te laisser tomber, je te le promets. Ça va brasser.

– Je ne suis pas certaine que ce soit la bonne façon, pensa tout haut Gabriella.

– Je ne me suis pas cachée quand mon ex-mari s'est fait prendre par la police, confia Léonne. C'est la seule façon: leur tenir tête, à ces dégueulasses!»

Gabriella ne répondit pas et baissa les yeux. Stéphanie s'approcha d'elle et lui sourit doucement. Pour une fois, elle n'allait pas la provoquer.

«On a eu nos différends, lui dit-elle respectueusement, mais je suis de ton bord.

– Merci, soupira Gabriella en rebaissant les yeux.

– Je sais que ce n'est pas facile, mais est-ce qu'on pourrait en parler? proposa Stéphanie. Le bureau de Louise Duguay est libre.»

Gabriella ne répondit pas immédiatement. Elle consulta Richard des yeux. En souriant, Fortin lui fit signe d'y aller.

«Ça me va», répondit-elle enfin.

Dans le bureau de Louise Duguay, Gabriella laissa aller rapidement sa timidité. Stéphanie sut lui poser les bonnes questions sur un ton bien choisi.

«Après, c'est très vague, continua Gabriella. Je sais que je me suis retrouvée dans le corridor avec Jean–Paul Hamel. Depuis, c'est l'enfer. Je me sens comme une bête dans un zoo.

– Si tu avais à résumer en une phrase le sentiment le plus profond que tu ressens, ce serait quoi? interrogea Stéphanie.

– Je me sens coupable, s'expliqua Gabriella. C'est ça qui est terrible. Pourquoi je me sentirais coupable? Pourquoi? J'ai rien fait, moi!»

Doucement, Stéphanie s'approcha de sa collègue qui pleurait. Elle lui prit la main affectueusement.

«On va être deux dans cette histoire, murmura Stéphanie. Et demain, on va être des milliers de femmes pour te comprendre et à te défendre. C'est peut-être pas l'occasion, fit Stéphanie, voulant en finir avec leur vieille querelle, mais pourquoi tu m'en voulais tant?

– Des niaiseries, avoua Gabriella qui prenait du mieux. C'est pas ta faute, mais le poste aux faits divers que tu as eu, j'attendais après. Et puis, je trippais bien fort sur François Dumoulin...

– Tu m'en veux encore? s'enquit Stéphanie.

– Non, lui répondit Gabriella le plus franchement du monde.

– Parfait! Parce que le combat est à peine commencé.»

Ce midi-là, Stéphanie devait rencontrer son frère. Cela faisait plusieurs semaines déjà que Louis était rentré, mais ils ne s'étaient pas revus.

Stéphanie voulait lui parler de l'enfant qu'elle attendait. L'avis de son frère avait toujours été important pour elle, et elle désirait discuter avec lui avant de prendre une décision ferme.

«Vas-tu garder le bébé? interrogea Louis sur le ton de la confidence.

– Au début, c'était clair: non, raconta Stéphanie. Mais plus le temps passe...

– Et comment le père prend-il ça? continua Louis.

– Il ne le sait pas, confia Stéphanie. Je ne pense pas qu'il apprécierait. Il se sentirait pris au piège. Il vit pour être journaliste, il veut rester libre à tout prix.

– Je peux juste te dire que je suis de ton bord, la réconforta Louis, que tu veuilles le garder ou non.

– C'est compliqué, avoua Stéphanie.

– Prends ton temps, conseilla Louis. C'est une décision importante, qui engage toute une vie... deux vies, même.

– Tu es mon grand frère favori», murmura Stéphanie en embrassant Louis sur la joue.

L'après-midi venu, Fortin assistait à la séance d'entraînement des Castors. Évidemment, un bon nombre de journalistes d'autres quotidiens y assistaient aussi. Alors que Richard se concentrait sur son calepin, Michel Gagné fit son entrée. Il se dirigea aussitôt vers son compagnon.

«Salut Tintin! lança Michel, joyeux.

– Salut, répondit distraitement Fortin.

– Je veux pas jouer dans ta bleuetière, expliqua Gagné. C'est Bernard qui m'a demandé de suivre l'affaire. Mais je ne touche pas au hockey...

– C'est des gros écœurants, lança Fortin. Les boss autant que ces quatre gros sales!

– Je n'ai pas le choix, dit Michel.

– *L'Express* un grand journal! se moqua Fortin. T'en souviens-tu, quand on a commencé, comment on trippait?

– Je trippe encore, confia Michel. Il y a juste que des fois, c'est moins évident.»

D'autres journalistes riaient et se moquaient derrière Fortin, qui entendit les paroles de l'un deux.

«C'est quoi la ressemblance entre Gabriella Salvatore et une pièce de cinq cennes?

– Je le sais pas, répondit distraitement un autre journaliste.

– Les deux ont une queue de Castor sur le côté de la face!»

À ces paroles, Fortin bondit sur le journaliste et tenta de le frapper. Michel intervint à temps et entraîna son collègue à l'extérieur de la patinoire.

«Hostie de cave! s'écria Richard. Je sais pas ce qui me retient de lui crisser mon poing dans la face!

– Calme-toi mon Tintin, le rassura Michel. Faut entendre à rire!

– Puis l'autre qui rit, cria Tintin. C'est des caves de même qui font que les femmes se font assaillir!

– L'exercice est fini, coupa Michel. Viens, on va aller faire notre job.»

Dans le vestiaire des joueurs, les journalistes attendaient impatiemment Faucher et Nolan. Tous deux étaient encore dans les douches.

Une fois sortis, les journalistes les pressèrent de questions anodines; rien de direct sur l'histoire de Gabriella.

«Puis mon Jim, y a-t-il quelque chose de nouveau ce matin? As-tu lu l'article de Stéphanie Rousseau?»

La seule réponse que les journalistes obtinrent de Faucher comme de Nolan fut un discret: «*No comment!*»

Les journalistes allaient passer aux choses sérieuses quand Simoneau fit son entrée dans le vestiaire.

«Les gars, venez dans mon bureau, annonça-t-il aux journalistes. Les joueurs ne parleront pas aujourd'hui.»

Gagné resta un moment dans le vestiaire: il désirait s'entretenir avec Nolan. Il s'approcha de ce dernier.

«J'aurais une petite question, confia-t-il.

– Il n'y aura pas de commentaires, répondit sèchement Nolan.

– Les plottes, c'est pas grave, commença Gagné, mais quatre gars qui se crosseraient devant ta mère, comment tu réagirais?

– *What's the fucking joke?* s'écria Nolan, les dents serrées.

– Je veux juste savoir pour mon article, poursuivit Michel. Si quatre gars se masturbaient devant ta mère, tu ferais quoi?

– *She's not a fucking bitch looking at the guys*, marmonna Nolan.

– Autrement dit, insista Michel, ta mère est une femme honnête et Gabriella Salvatore est une gidoune qui se rinçait l'œil dans votre vestiaire?»

Faucher décida d'intervenir. Son coéquipier était sur le point d'embourber tout le monde.

«Arrête, hostie, arrête, intervint Faucher.

– *You shut up!* conseilla fortement Nolan à Faucher, *and you, fucking frog, why are you speaking French to me?*

– Parce que tu comprends!» défia Michel.

Nolan s'avança vers Michel et le prit par le collet.

«C'est une bitch et tu peux l'écrire! cria Nolan. C'est une bitch, *she's a fucking bitch! A fucking cocksucker and you, you must be a cocksucker too...*»

Nolan leva le poing. Faucher le retint avec l'aide de deux autres joueurs.

«Arrête, on est déjà assez dans la marde comme ça!» criat-il.

Gagné, fier de son coup, sortit muet du vestiaire, les laissant régler leurs petits problèmes entre eux. Très rapidement, il regagna les bureaux de la rédaction pour y écrire son article.

Michel rédigeait depuis quelques minutes quand Lionel Rivard vint s'installer pour lire par-dessus son épaule. Assis un peu plus loin, Gilles Bernard attendait impatiemment.

«Tu voulais quelque chose de frappant, ça va être frappant! annonça Rivard à son rédacteur en chef.

– Tu as fait ajouter la déclaration de Gabriella? interrogea Bernard.

– Oui, et je lui ai demandé d'essayer de rejoindre Émile Rousseau, répondit distraitement Rivard en lisant l'article de Michel.

– Parfait, Rousseau ne sera pas accessible, prédit Bernard. Il faut que Gagné précise qu'il a tenté de lui parler?

– Il comprend vite notre rédacteur! se moqua Rivard.

– Stéphanie? Sa colonne? s'inquiéta Gilles.

– Subtile comme un truck de quinze tonnes! s'exclama Rivard. Parfait dans les circonstances...»

Michel qui avait réussi à terminer son article malgré le bruit environnant, fit signe à Rivard.

«Ça s'appelle Gaby II, précisa Gagné.

– Excellent!» s'écria Rivard sans pourtant avoir terminé sa lecture.

Intrigué, Gilles Bernard s'approcha. Il lut à son tour.

«C'est de l'excellent travail, monsieur Gagné. Nous sommes très satisfaits de vous, commenta Bernard.

– Ça doit vouloir dire que j'écris ce qui fait votre affaire, fit Gagné amusé.

– Tu as raison mon Bleuet, ricana Rivard. Ces quatre cercueils d'épais, on veut les faire sortir de la ville.»

Gilles Bernard se figea à ses mots. Rivard regardait Gagné en affichant un grand sourire satisfait.

Dans son bureau, Vézina s'entretenait avec Roméo Vachon d'un détail administratif qui lui tenait à cœur.

«Quand est-ce que Fortin va la recevoir? interrogea Vézina.

– Ce soir, par messager, répondit Vachon.

– Comment ça se fait que la lettre de Michel Gagné est pas prête? continua Vézina.

– Gagné est entré dix jours après Fortin, expliqua Vachon, ça ne presse pas.

– Surtout s'il est sur une grosse job», conclua Vézina en ricanant.

Ce soir-là Fortin s'était mis dans l'idée de distraire Gabriella. Il l'invita à sortir, afin de lui faire oublier un peu les sordides événements des derniers jours.

Malgré la bonne volonté évidente de Richard, Gabriella n'appréciait guère l'atmosphère du bar où son compagnon l'avait entraînée. Une musique latino-américaine, des boissons dans des fruits vidés et des palmiers... Gabriella était distraite, mais sûrement pas charmée.

En vue de la motiver un peu, Richard insista pour l'emmener danser.

«J'ai pas envie, lâche! supplia Gabriella.

– Je pensais que ça te ferait plaisir de te retrouver avec de la musique de par chez vous, murmura Richard, visiblement déçu.

– Niaiseux! ricana Gabriella. Je suis italienne, pas cubaine!

– Envoie, viens danser, insista Richard, une petite danse...»

Gabriella finit par plier sous les supplications de Fortin. Elle eut, malgré ses réticences initiales, beaucoup de plaisir, surtout en observant son compagnon. Le pauvre Richard, qui n'avait aucun talent pour la danse, en mettait tellement pour remonter le moral à sa copine, qu'il avait entrepris une lambada endiablée, en solo!

Après avoir un peu bu, un peu dansé, un peu parlé, beaucoup ri, ils se mirent en route pour la maison. Ils marchaient côte à côte quand Gabriella s'arrêta net.

«Tu ne t'en apercevras jamais? lança-t-elle sans raison apparente.

– Quoi? demanda Fortin intrigué.

– Tu ne réalises pas... que je te trouve très bien, très très bien, chuchota-t-elle, qu'on pourrait essayer, toi... moi...

– Toi? Puis moi? articula Richard, médusé. Ensemble?

– Ça fait longtemps, avoua Gabriella. Tu ne vois rien?»

Fortin resta quelques instants immobile sur le trottoir. Pour la première fois de sa vie, une femme venait de lui faire une déclaration d'amour. Il ne savait comment réagir.

Gabriella s'approcha de lui et se coula dans ses bras. Il referma les bras sans trop savoir si c'était ce qu'il devait faire. Il n'eut pas à se demander trop longtemps comment agir avec Gabriella.

En entrant dans l'appartement, Gabriella mit le pied sur une enveloppe glissée sous la porte.

«C'est pour toi. Ça a été livré par messager. Regarde, c'est la concierge qui a signé... Je peux ouvrir? demanda-t-elle, curieuse.

– Le courrier, c'est sacré!» décréta-t-il avec un grand sourire.

Mais son sourire eut tôt fait de s'estomper. Richard vira au vert pâle et s'affaissa dans le premier fauteuil.

«Des mauvaises nouvelles?» craignit Gabriella.

Sans lui répondre, Fortin lui tendit l'enveloppe.

«Nous tenons à souligner que nous avons apprécié votre collaboration. Toutefois, la Direction va se prévaloir de la clause

17 A2 de la convention collective pour mettre un terme à cette collaboration avant la fin de la période de probation de six mois à compter de la date de votre embauche. En vous remerciant...»

–C'est même pas écrit en bon français», se lamenta Richard, atterré, en contemplant tristement le traditionnel chèque de quatre p. cent qu'on avait joint à sa lettre de renvoi pour faire passer la pilule.

Ne sachant trop que faire pour le réconforter, Gabriella l'étreignit et l'embrassa.

Ce soir-là, ils parvinrent tout de même à oublier complètement tous leurs tracas.

Chapitre XII

Tintin et Michel Gagné bavardaient dans un bar du centre-ville. Il commençait à se faire tard et l'endroit se vidait peu à peu. La déception de Fortin se noyait lentement mais sûrement dans l'alcool... Michel, lui, témoignait encore d'une relative sobriété.

«Je me suis saoulé une fois dans ma vie, raconta Richard. C'est quand mon père et ma mère sont morts dans un accident d'auto... ils venaient à ma graduation...

– Mes sympathies, fit gravement Michel.

– Merci... tu es un frère.

– Inquiète-toi pas, reprit Gagné, ce coup-là, tu n'es pas saoul...

– Tu penses?

– Facile à voir!»

Michel fouilla dans ses poches, puis déposa le fruit de ses recherches sur le comptoir: une pièce de un dollar.

«Ramasse-la, pour voir...»

Richard Fortin rassembla toute la concentration dont son cerveau engourdi était encore capable. Il amena péniblement sa main vers la pièce, ouvrit les doigts, s'efforça de corriger sa vision embrouillée qui lui montrait deux pièces... puis réussit finalement, non sans peine, à saisir le dollar entre le pouce et l'index.

«Je suis content de savoir que je ne suis pas saoul», dit-il enfin en montrant fièrement son «trophée» à Michel. Ce dernier fit signe au garçon.

«Deux autres! cria-t-il.

– Il y en a qui rêvent d'être un Guy Lafleur, fit tristement Tintin. Moi, je rêvais d'être un Foglia ou un Dumoulin. Ce soir, j'enterre mon rêve!»

Puis il se mit à hoqueter, au bord des larmes. Michel lui mit la main sur l'épaule avec compassion.

«Tu finis cette semaine?

– Ouais... Ce traître de Vézina a bien voulu me permettre de com... plé... plé... Ah! là, je pense que je suis vraiment saoul! Ça me fait tellement de peine, j'étais heureux au journal.

– On va rebondir quelque part, dit Michel, pensif.

– Tu vas passer dans le tordeur, toi aussi?»

Les deux journalistes ne s'étaient pas rendu compte de l'entrée de Jim Nolan et d'Étienne Faucher. Les joueurs de hockey étaient éméchés tous les deux et semblaient faire peur aux autres clients.

«*Jim... keep quiet... we don't want any trouble*, avertit le barman.

– *Shut up!*» fit sèchement Nolan. Puis il s'approcha de Gagné.

«Salut, le *smart ass hole!* lança le hockeyeur.

– Qu'est-ce qu'il veut, lui? demanda Tintin

– *Hi Jim... do you want a beer?* dit Gagné en souriant pour essayer de se sortir du pétrin où il avait nettement conscience de s'enfoncer.

– Dans le cul, ta bière, coupa Faucher. Tu nous as fourrés avec ton article. Mon chum pis moi, on n'aime pas tellement ça...

– Gagné... *you think you're too smart*, reprit Nolan en empoignant le col de Michel. *You won't get hit... just a slap in your face, you cocksucker!*»

Il lui administra une baffe au visage qui lui propulsa la tête contre le bar.

– Laisse tomber, dit le barman en retenant Jim Nolan. Je veux pas de trouble.»

Les deux hockeyeurs sortirent du bar en ricanant. Michel se frotta la joue en faisant une grimace.

«Est-ce que ça fait mal? s'enquit Fortin.

– Juste quand je ris, répondit cyniquement Gagné. Le gros salaud, il va me payer ça un jour...»

Tôt le lendemain matin, Stéphanie déjeunait en tête à tête avec son père dans la résidence familiale.

«Ça a l'air de bien aller, dit Rousseau. Tu manges comme deux hommes!

– Il le faut, si on veut travailler comme trois, répondit sa fille en riant.

– Tu viens déjeuner à la maison pour la première fois en un an, dit-il, plus sérieux, en se penchant vers sa fille, et tu ne veux même pas qu'on réveille ta mère. Qu'est-ce que tu as à me dire de si important?»

Stéphanie avait toujours apprécié et admiré l'intelligence vive de son père. Elle se redressa sur sa chaise et attaqua immédiatement le sujet.

«Gabriella Salvatore, lâcha-t-elle.

– Affaire délicate, c'est vrai.

– Plus que tu ne le penses, papa.»

Stéphanie s'anima, ses yeux s'illuminant soudain. Le sujet la passionnait visiblement.

«Tu as un pouvoir immense dans cette histoire, poursuivit-elle. Quand Lisa Olson a été attaquée par des joueurs de football, le propriétaire de l'équipe a été en dessous de tout. S'il avait fait preuve de dignité et de fermeté, Lisa n'aurait pas eu à s'exiler en Australie.

– Victor est un excellent vendeur de rasoirs, objecta Rousseau.

– Tu es plus qu'un vendeur de rasoirs, s'indigna Stéphanie. Tu es Émile Rousseau. Il ne retrouvera jamais sa crédibilité malgré ses farces plates, ses déclarations et ses millions. Alors que toi, je ne sais pas comment te dire...

– Prends des mots simples...

– Alors que toi, reprit-elle, je te respecte. Je trouve que tu as de l'envergure et de la classe. Je ne voudrais pas que...»

Stéphanie hésitait. Après quelques secondes, son père lui sourit.

«Tu ne voudrais pas que je sois un vendeur de rasoirs? déclara-t-il.

– C'est tout à fait ça, avoua-t-elle.

– Tu veux une crêpe? offrit-il à Stéphanie. Elles sont excellentes.

– Tu ne le croiras pas, mais j'ai encore faim!» répondit-elle en souriant; puis elle se servit généreusement.

Dans la salle de rédaction, Richard Fortin ramassait ses effets personnels. Sa migraine due à la beuverie de la veille ne faisait qu'ajouter à sa tristesse. Ses choses dûment rangées dans une boîte, il resta debout, sans bouger, devant son pupitre. Rivard s'approcha et mit sa main sur l'épaule du jeune homme.

«Ça me fait de la peine, fit-il sincèrement. Tu es un gars correct et un très bon journaliste!

– Ça ne change rien, je suis quand même à la porte, soupira Fortin.

– Tu es jeune, tu commences, dit Rivard pour l'encourager. Il va se présenter autre chose.

– Pas comme *L'Express*!

– Ce n'est pas sûr que ça va continuer à être *L'Express*, répondit Lionel d'un ton résigné qui émut Richard.

– Tant que vous allez être là...» lui dit-il respectueusement.

Rivard hocha la tête. Marcelle Saint-Amant arrivait avec des cafés pour chacun.

«Ce n'est pas la fin du monde; de toute façon, tu aurais fini avec des ulcères, dit-elle à Tintin d'un ton enjoué.

– J'aurais quand même aimé prendre le risque.

– Bien des choses peuvent arriver, mon Tintin, insista Rivard. Ne laisse pas s'éteindre la flamme, c'est elle qui nous éclaire.»

Richard Fortin sourit tristement, mais avec tout de même un peu d'espoir.

Après lui avoir adressé un dernier petit salut, Rivard retourna vers son pupitre, mais s'arrêta en chemin pour écouter une discussion animée entre François Dumoulin et Léonne Vigneault.

«On n'a pas couvert le coup d'État à Moscou ni la guerre civile en Yougoslavie, on n'a personne à la rencontre des ministres des affaires culturelles et on couvre le débat constitutionnel comme des cochons! s'écria Dumoulin.

– Tu es au courant de la dernière offre patronale? demanda Léonne.

– Je m'en fous, explosa François. Ce que je veux, c'est faire mon métier comme du monde!

– Bien mon beau François, rétorqua la présidente du syndicat, deux p. cent d'augmentation pour les trois prochaines années! C'est assez pour m'enlever le goût de travailler!»

Rivard toussota pour signaler sa présence. Puis il s'adressa à François Dumoulin.

«Il y a une réunion du Comité des finances de la ville à sept heures. Faudrait vérifier en fin de soirée.

– Oui Lionel, avec plaisir Lionel», persifla Dumoulin.

Il aimait bien Rivard et ne souhaitait pas le peiner, mais détestait ses nouvelles fonctions et le laissait paraître.

«Ça va être passionnant d'appeler mon conseiller municipal à dix heures et demie!» dit-il encore sur le même ton.

Rivard, découragé, l'échine courbée, continua son chemin jusqu'à son pupitre. Il se versa un autre café «bien arrosé» et se dirigea vers le laboratoire des photographes. En chemin, il rencontra Stéphanie qui rentrait au journal. Elle lui signala qu'il avait l'air de mauvais poil.

«Cercueil, sacra Rivard, faut tout faire soi-même dans cette maudite place-là!

– Qu'est-ce qu'il y a? demanda Stéphanie, encore heureuse de la position de son père dans l'affaire de Gabriella.

– Il y a qu'il faut sauver des piastres! répondit Lionel, furieux. On n'a pas de messager, parce que môssieur Vézina ne veut pas remplacer Alex...

– Quand est-ce qu'elle recommence?» s'enquit Stéphanie. Cette fois, Rivard s'adoucit et laissa poindre une trace d'inquiétude.

«Je ne sais pas... j'ai appelé dix fois chez Dumoulin; ça ne répond pas.

– Et François, qu'est-ce qu'il dit?

– Que sa fille déprime...»

Gabriella Salvatore arrivait au Forum pour assister à l'entraînement des Castors. Une douzaine de fans de l'équipe attendaient près de l'entrée. L'un d'eux, qui portait un chandail de hockey arborant le nom de Jim Nolan, la remarqua.

«C'est elle! dit-il aux autres.

– Salope! cria un autre fan des Castors.

– Tu voulais te faire sauter, reprit le premier, c'est pour ça que tu te lamentes!»

Gabriella en avait assez. C'était une Italienne, et son tempérament sanguin lui interdisait d'en encaisser davantage sans réagir. Elle s'approcha du jeune homme qui l'avait insultée et pointa son index sous le menton du blanc-bec.

«Toi, mon espèce de minus primitif, l'injuria-t-elle, tu vas fermer ta grande gueule!»

Puis elle fit quelques pas en direction de la porte de l'édifice avant de se retourner pour ajouter:

«Des trous-de-cul comme toi, ça m'en prendrait trois dans une soirée juste pour faire couler mon bain!»

Les fans s'étaient tus sous le choc. Pendant que Gabriella ouvrait la porte du Forum, elle entendit néanmoins l'un d'eux s'adresser à l'admirateur de Nolan:

«Tu t'es fait planter, se moquait-il, tu as l'air d'un tarla...»

Furieuse mais satisfaite, la journaliste referma la porte derrière elle.

Après la séance d'entraînement, Gabriella descendit au niveau de la patinoire. Les autres journalistes la remarquèrent et des murmures commencèrent à se faire entendre parmi ceux-ci autant que du côté des joueurs. Des caméras de télévision se braquaient sur elle. La tension montait. Romuald Simoneau vint rejoindre la jeune femme sous le regard attentif de toutes les personnes présentes et la mitraillade des appareils photo.

«Bonjour, Gabriella, dit timidement Simoneau.

– Bonjour, monsieur Simoneau, répondit calmement son interlocutrice.

– Es-tu venue pour faire du trouble? s'inquiéta-t-il.

– Je suis venue faire mon travail, le rassura-t-elle. J'ai une entrevue à faire avec l'entraîneur et je ne vois pas ce qui pourrait m'arrêter.»

Simoneau fut soulagé, ce qui l'aida à se détendre un peu.

«Avec l'entraîneur? fit-il. Hum! ça pourrait se faire dans son bureau. Pour aujourd'hui, Gabriella, pourrais-tu laisser tomber le vestiaire?

– Pour aujourd'hui? s'enquit la journaliste.

– Pour aujourd'hui», confirma Simoneau.

Gabriella lui tendit la main, comme pour sceller ce marché. Puis elle l'écarta légèrement, très poliment, et se dirigea avec classe vers ses confrères. Avec un regard respectueux, Jean-Paul Hamel et quelques autres journalistes se levèrent pour lui permettre de s'asseoir parmi eux.

Un peu plus tard, Gabriella se rendit, en compagnie de Jean-Paul Hamel, au Ritz où Romuald Simoneau et Émile Rousseau donnaient une grande conférence de presse. Elle présenta sa carte de presse au portier et put ainsi pénétrer dans le grand salon où l'événement avait lieu. La salle était occupée par plusieurs journalistes représentant les différents quotidiens montréalais. Gabriella remarqua la présence de Stéphanie.

Un agent de relations publiques terminait sa présentation.

«Pour cette rencontre exceptionnelle, monsieur Rousseau a préparé une déclaration dont vous obtiendrez copie après la conférence de presse. Monsieur Rousseau ne répondra pas aux questions, laissant ce plaisir à monsieur Simoneau.»

Les journalistes déçus de ne pouvoir interviewer le grand patron exprimèrent leur insatisfaction, ce qui ne sembla pas troubler outre mesure le relationniste. Ce dernier ajusta le micro pour permettre à Rousseau d'être entendu intelligiblement. Celui-ci semblait moins à l'aise que d'habitude.

«Comme vous le savez, commença-t-il, je suis propriétaire des Castors de Montréal. Malheureusement, après une enquête approfondie, il semble confirmé que quatre joueurs de l'équipe, donc quatre employés de l'organisation, ont manqué de respect envers une journaliste. Que je sois également propriétaire de *L'Express* n'est pas un point pertinent dans l'affaire. La journaliste aurait travaillé pour la radio, la télévision ou un journal compétiteur, que notre position aurait été la même.»

Un murmure d'approbation lui répondit.

«Le propriétaire, les dirigeants et tout le personnel des Castors de Montréal, continua Rousseau, s'excusent donc auprès de madame Gabriella Salvatore et espèrent que ces excuses compenseront les désagréments subis. Quant au sort des quatre individus impliqués, monsieur Romuald Simoneau, qui a été solidaire avec ma décision, va vous le dévoiler.

– Messieurs Jim Nolan et Étienne Faucher, déclara Simoneau sont suspendus avec solde conformément à la convention collective en vigueur dans le hockey. Ils ne font plus partie des Castors de Montréal et devraient normalement être échangés au cours des prochains jours. Les deux autres joueurs ont été mis à l'amende mais leur conduite était moins grave. Si vous avez des questions...»

Stéphanie était heureuse et fière de la décision de son père. Leurs regards se croisèrent. Rousseau semblait songeur.

Jean-Paul Hamel s'installa au micro pour poser la première question.

«Quelles sont maintenant les chances des Castors de remporter la coupe Stanley?»

Simoneau hésita. Émile Rousseau continuait à regarder sa fille. Celle-ci le salua d'un grand sourire et lui fit signe qu'elle devait partir.

Stéphanie avait donné rendez-vous à sa mère. Elle trouva celle-ci dans la galerie d'art où elles avaient convenu de se rencontrer. Les deux femmes s'embrassèrent.

«Excuse le retard, mais ça valait la peine. Papa a été extraordinaire! J'étais vraiment fière de lui pendant qu'il parlait.

– Qu'est-ce que tu en penses? demanda Yolande à Stéphanie en lui montrant un Riopelle.

– Moi, c'est le Benoît Lavoie, là-bas.

– Benoît Lavoie? s'étonna Yolande. C'est... C'est trop...

– Viril, maman, compléta la jeune femme. C'est une peinture virile, pleine de force.»

Yolande Rousseau revint sur ses pas pour examiner ledit tableau à nouveau.

«Je vais y penser», dit-elle, peu sûre d'elle.

Les deux femmes se dirigèrent ensuite vers un petit salon de thé aménagé dans un coin de la galerie, et elles prirent place après avoir commandé du café. Stéphanie était nerveuse. Elle informa tout de même sa mère de la raison qui l'amenait.

«Me voilà presque grand-mère! s'exclama Yolande. Et le père? Ce n'est quand même pas le Saint-Esprit!

– C'est un journaliste...

– François Dumoulin?»

Stéphanie fit non de la tête. Yolande se demandait, sans pouvoir trouver de réponse, de qui il pouvait s'agir.

«Ce n'est pas François... répéta madame Rousseau. Qui alors?»

Stéphanie ne répondit pas.

«Tu l'aimes? demanda sa mère.

– À la folie. C'est complètement débile. C'est la première fois de ma vie que je ne peux plus fonctionner normalement.

– La passion, c'est une pathologie, affirma Yolande. Le temps arrange les symptômes... Lui, il t'aime?

– Parfois, dit pensivement la journaliste, je crois que oui... Mais c'est compliqué, maman, très compliqué.»

Yolande s'approcha de sa fille.

«Si je pense à ton bonheur et à ton avenir, lui dit-elle plus bas, je me dis que l'avortement est la meilleure solution. Mais si j'écoute mon cœur...

– Je pense que tu peux écouter ton cœur», interrompit Stéphanie.

Yolande fut surprise; elle ne s'attendait pas à cette réplique. Elle trouva que sa fille paraissait heureuse.

«J'ai réfléchi, poursuivit Stéphanie, je n'ai fait que ça depuis dix jours. Je pourrais me débarrasser du fœtus... Je n'ai pas encore le sentiment précis que c'est... un bébé.

– Ça me fait drôle de t'entendre. J'ai tellement pleuré parce que je n'arrivais pas à tomber enceinte...

– Je veux le garder, dit Stéphanie. J'ai vingt-neuf ans, j'ai un emploi extraordinaire, et pourtant, des fois, je trouve que ma vie est pas mal vide.

– Le mystérieux géniteur! dit Yolande avec un sourire.

– Je n'ai pas l'intention de le lui dire... pas tout de suite en tout cas.»

Yolande devint songeuse. Elle pensait à sa propre vie, à son mariage.

«Avec ton père, raconta-t-elle, au début, j'ai tout fait pour lui plaire, mais ce n'était pas la solution.

– Et finalement?

– Finalement, termina Yolande, le bonheur c'est comme le sucre à la crème: quand on en veut, on s'en fait.

– Bien moi, conclut Stéphanie avec des étoiles dans les yeux, le bébé ce sera mon sucre à la crème...

Yolande sourit. Elle aimait beaucoup sa fille et cela la réjouissait de la voir heureuse.

«Bon, eh bien, ce n'est pas tout, ça, dit Stéphanie en finissant son café à la hâte, il faut que je sois à l'hôtel de ville dans vingt minutes.» Elle embrassa Yolande. «Au revoir maman... T'inquiète pas pour moi...»

Peu après, Stéphanie se trouvait assise dans le bureau du maire Guimond. Celui-ci faisait les cent pas derrière son pupitre, en parlant nerveusement.

«Penses-tu, s'écria-t-il en gesticulant, que je ne vois pas les clochards et les itinérants? Penses-tu que les guerres de gangs et les problèmes épouvantables causés par l'intégration difficile des groupes ethniques à la société montréalaise me laissent indifférent?»

Stéphanie resta silencieuse. Elle se contenta de hocher la tête et laissa le maire poursuivre.

«Que peut-on faire quand les gouvernements supérieurs nous renvoient les déficits? continua Guimond. Que peut-on faire quand on doit gérer des conventions collectives trop généreuses signées pas les administrations précédentes?

– Les articles de François Dumoulin ont quand même montré un visage de Montréal qu'on ne connaissait pas, argumenta Stéphanie.

– Ce visage, répliqua le maire, on le connaît. Sauf que ce que L'Express a fait avec ces portraits tient plus du jaunisme que du journalisme!

– Quand même! insista la chroniqueuse.

– Tu pourrais peut-être éclairer ma lanterne...

– D'habitude, dit Stéphanie en souriant, c'est moi qui pose les questions...

– Que veut *L'Express*?» demanda Guimond. Il hésita un moment.

«Ou bien... Que veut Émile Rousseau?

– Je ne comprends pas, fit la jeune femme, étonnée.

– Roussac est en train d'acheter des milliers et des milliers de pieds carrés de terrains zonés dans l'Est de la ville, expliqua Guimond. Ça représente des investissements de plusieurs dizaines de millions de dollars.

– Et puis? dit-elle, l'encourageant à continuer.

– Que veulent-ils faire avec ces terrains? Ils essaient de faire changer le zonage... Il se joue une partie qui m'a l'air passionnante, mais j'ai l'impresion que la Ville et son maire n'ont pas été invités à y assister.»

Stéphanie ne savait plus quoi dire. Plusieurs questions sans réponse parcouraient soudainement son esprit...

Pendant ce temps, une grande réunion se tenait dans une salle de conférence de *L'Express*. Deux groupes de personnes se faisaient face. D'un côté de la grande table garnie de sandwichs, jus, café, étaient assis Paul Vézina, Gilles Bernard, Roméo Vachon, Louise Duguay, ainsi que leur avocat. En face étaient regroupés Léonne Vigneault, Marcelle Saint-Amant, Claude Dion, Marcel Desaulniers – un représentant des typos –, et un jeune avocat.

Les négociations stagnaient. Vézina était en bras de chemise depuis déjà un bout de temps; il semblait fatigué et stressé. Gilles Bernard, lui, était impeccable. Sa fatigue et sa nervosité ne transparaissaient pas le moins du monde. Il écoutait calmement les arguments de la partie syndicale.

«Les membres sont fatigués, monsieur Vézina! dit Léonne Vigneault. Vous tirez trop sur l'élastique, il va vous péter en pleine face!

– Ça ne doit pas être le travail qui les fatigue avec leur piscine hors terre, leur grosse bagnole et leur grosse maison à Brossard, répliqua l'éditeur de *L'Express*. La merde que tu me fais à propos des typos, c'est pour vous déculpabiliser. Vous ne donneriez pas deux heures de votre paye pour eux autres...

– Faut être stupide pour parler comme ça! lança Marcelle Saint-Amant.

– Marcelle, tu es bien mal placée pour parler, fit Vézina du tac au tac. Roméo?»

L'interpellé, qui tentait de rester impassible, sortit une feuille de papier qu'il consulta.

«Madame Saint-Amant, récita Vachon, a eu droit à sept semaines de vacances cette année et a pris trente-deux jours de congé de maladie...»

Marcelle était bouche bée. Léonne n'attendit pas une nouvelle attaque et tenta de reprendre l'initiative.

«C'est justement ça qui pourrit le climat à *L'Express*, affirma Léonne: l'arrogance et la stupide méchanceté de ses dirigeants. Vous avez des journalistes dévoués et vous leur crachez dessus. Vous avez démoli un grand comme Dumoulin, vous venez de foutre Fortin à la porte, Gagné va suivre, je suppose... Vous avez coupé des postes, vous choppez dans les comptes de dépenses, vous écœurez, vous humiliez...

– C'est ça, Léonne, coupa Vézina, pars ton magnétophone; toujours la même cassette.

– Nous savons que la récession a été dure, reprit Léonne Vigneault après un silence. Mais nous offrir une augmentation de deux p. cent par année, pour trois ans, sans rétroactivité, c'est vraiment insultant!

– Je n'ai pas d'argent, christ! se facha Paul Vézina. Ramassez-moi les fraises, poursuivit-il en se calmant un peu, je vais fournir le sucre, et puis tout le monde aura ses confitures.»

Personne ne réagit. Il était de plus en plus évident que les négociations se dirigeaient inexorablement vers une impasse. L'atmosphère s'alourdissait.

Claude Dion finit par rompre le silence de plomb qui menaçait de s'installer.

«Il y a des rumeurs qui courent...

– Pas surprenant, interrompit Vézina avec arrogance. C'est tout ce qu'on entend, des rumeurs.

– Est-il vrai, insista Dion, qu'il va y avoir d'autres typos qui vont être mis à la préretraite?»

Paul Vézina jeta un coup d'œil vers son avocat. Celui-ci lui fit signe de lâcher le morceau.

«Il va y avoir d'autres coupures, confirma-t-il. Le chiffre n'est pas encore arrêté, mais ça ne sera pas loin de la trentaine.»

Léonne Vigneault et Claude Dion en furent assommés. Léonne se leva, indignée.

«Ça ne donne plus rien de parler», laissa-t-elle tomber froidement.

Son avocat voulut la retenir, mais il vit bien que c'était inutile. Les représentants syndicaux sortirent tous. Restés seuls, les négociateurs patronaux étaient mal à l'aise, gênés. Mais Vézina, lui, en avait vu d'autres.

«Ils sont à bout, dit-il pour rassurer ses collègues, ils vont casser.»

Les paroles de l'éditeur soulagèrent quelque peu ses confrères, qui se détendirent. Louise Duguay, quant à elle, ne semblait pas rassurée outre mesure...

Dans la soirée, Jim Nolan et Étienne Faucher se retrouvèrent au bar où, la veille, Nolan avait giflé Michel Gagné. Toutefois, des raisons différentes les y amenaient: ils avaient appris leur suspension et venaient noyer leur humiliation. Ils étaient loin de se douter que Michel et Tintin y reviendraient ce soir-là. Les deux journalistes entrèrent discrètement dans le bar, accompagnés d'un troisième personnage: Jimmy Fontaine.

«Mon informateur avait raison, chuchota Gagné. Nos deux moineaux sont là.

– Toi, Tintin, dit Fontaine, tu restes là et tu regardes: on va avoir besoin d'un témoin.

– Ne vous inquiétez pas, acquiesça Richard, j'aime mieux regarder.

– N'oublie pas, reprit Fontaine. On est en légitime défense.»

Il eut un drôle de sourire... Michel respira à fond, et, après un petit coup de coude complice à Fontaine, s'avança vers le bar, suivi à quelques mètres par le boxeur. En arrivant au bar, il se glissa lourdement entre les deux hockeyeurs et posa le coude sur le comptoir, un billet de dix dollars à la main.

«Deux bières, commanda-t-il. Vite, j'ai soif! Quelle sorte?» demanda-t-il en se retournant vers Jimmy. Dans son geste, il renversa la bière de Jim Nolan.

«Tu ne pourrais pas faire attention où tu mets ta bière?» tonna-t-il.

Faucher réagit avant son compagnon.

«Encore toi! ragea le sportif banni. P'tit christ de sale, sacre ton camp d'icitte!»

Nolan se redressa et, comme la veille, empoigna le journaliste par le collet. Fontaine s'approcha, le sourire aux lèvres.

«*Watch out!* fit Faucher qui avait reconnu le pugiliste.

– *Fuck you!* rétorqua Nolan qui, cette fois, voulait régler son compte pour de bon à Michel Gagné.

– *Please*, dit doucement Fontaine en prenant l'avant-bras du hockeyeur. *He's my friend...*

– *Mind your fuckin' business!* répliqua Nolan.

– Eh! *Big ass hole*, insista Jimmy. *You didn't understand? This guy is my friend...*

– *Big ass hole, you're telling me?* questionna Jim Nolan en lâchant le journaliste pour faire face à Fontaine.

– BIG ASS HOLE!» se moqua ce dernier avec un sourire méprisant et en exagérant chacune des syllabes.

Nolan, furieux, prit son élan et décocha un gigantesque coup de poing, que Fontaine n'eut aucune difficulté à parer avec son épaule, sous le regard incrédule de son antagoniste. Le boxeur attira l'attention du barman.

«Tu as vu? dit-il. Il vient de me frapper... il m'agresse!»

Puis, tandis que Michel retenait Étienne Faucher, Fontaine riposta. Tout d'abord, il envoya un petit jab sec qui ouvrit la lèvre inférieure du hockeyeur. Celui-ci tentait de longs et lourds crochets, qui manquaient presque toujours leur cible. Le boxeur contre-attaqua avec un direct à l'estomac qui lui coupa le souffle, puis l'assomma finalement avec une droite solide à la mâchoire. Nolan, inconscient, glissa lentement pour finir par s'affaler sur le sol.

Fortin, qui avait suivi toute la scène avec intérêt en mimant le combat tout seul dans son coin, approcha de Nolan et se pencha au-dessus de lui.

«Gros dégueulasse tu as eu ce que tu méritais... Tu es chanceux que ça n'ait pas été moi!

– As-tu un problème? demanda Jimmy à Faucher qui allait s'avancer vers Tintin.

– Non, non, répondit-il, intimidé. Y aura pas de trouble.»

Michel se tourna vers le barman.

«N'appelle pas les bœufs pour rien, dit-il. Mon ami ne portera pas plainte, même si ce gros tas de fumier l'a attaqué. Tu devrais nous dire merci qu'on soit aussi gentils...

– Mer... merci», bafouilla le tenancier, abasourdi.

Loin d'être au courant de ce qui venait de se passer dans ce bar bien ordinaire du centre-ville, Émile Rousseau et Claude Dubé discutaient dans celui du Ritz. Rousseau, comme d'habitude, était d'une parfaite élégance. Dubé avait plutôt l'air perdu dans cet endroit très chic. Sa cravate l'étouffait. Il avait toutes les raisons d'en vouloir à son ex-patron, mais à vrai dire, la force et la puissance dégagées par l'homme le réconfortaient. Finalement, il fut franchement content de le retrouver.

«Bien reposé? demanda poliment Rousseau.

– Trop reposé, répondit Claude. J'ai hâte de replonger dans l'action.

– J'avais entendu parler d'un poste au *Soleil* de Québec...

– Il nous faudrait déménager, et Monique ne peut le faire à cause de sa carrière, expliqua Dubé.

– C'est vraiment ennuyeux, ces femmes qui ont leur propre carrière, philosopha l'homme d'affaires.

– Je ne partage pas ce point de vue.»

Rousseau se carra dans son fauteuil, histoire de se donner un peu de confiance.

«J'aurais peut-être un formidable défi pour toi», lança-t-il.

Dubé fut immédiatement intéressé; d'ailleurs, cela se lisait sur son visage.

«Raynald Guimond... commença le PDG de Roussac.

– Le maire de Montréal?

– Guimond se cherche un chef de cabinet. C'est un poste très important, je n'ai pas de dessin à te faire. La moitié de la population du Québec vit dans l'agglomération de Montréal: les gouvernements ne peuvent l'ignorer...

– Mais, protesta faiblement Dubé, je n'ai jamais...

– C'est un poste à plus de cent mille dollars par année, coupa Rousseau. C'est à peu près autant que ce que tu gagnais à *L'Express* avant ta démission.

– Quelle sécurité y a-t-il là-dedans? répliqua Dubé. Les élections sont dans moins de deux ans!

– La ville de Montréal, expliqua Émile Rousseau, a besoin d'un homme intelligent dans l'entourage de Guimond. C'est un bon garçon, socialiste sur les bords, mais il ne comprend pas grand-chose à ce qui se passe dans sa ville. Il a demandé à une de mes amies si elle connaissait quelqu'un.

– Oui, mais... s'il perd ses élections?» demanda Claude Dubé, un peu sceptique.

Rousseau se fit plus convaincant. Il s'approcha un peu plus de son interlocuteur.

«Comprends-moi bien, dit-il. Si Guimond perd ses élections, le nouveau maire de Montréal va se faire un devoir et un plaisir de te demander de continuer avec lui.

– J'ai besoin de réfléchir.

– C'est un service que tu me rendrais, et je n'oublie jamais les gens qui me rendent service», conclut Rousseau.

Il marqua un silence. Il avait besoin de quelques secondes de répit pour attaquer le prochain sujet qui le préoccupait. Son ton devint un peu moins assuré.

«Et *L'Express*? demanda-t-il.

– Franchement?

– Franchement.

– Trop de faits divers mal foutus, affirma Dubé, des supposés scoops sans le moindre suivi... ce n'est pas tout de sortir les gros cas qui font pleurer les sentimentaux, il faut replacer les choses dans leur contexte social et historique.»

Émile savait bien que son ancien rédacteur en chef avait raison. Cela l'ennuyait tout de même de se le faire dire.

«J'ai d'autres rendez-vous», dit-il. Puis il se leva et, après un salut courtois mais bref, sortit du bar.

Le lendemain matin, Gabriella Salvatore s'éveilla doucement. Richard était déjà installé au pupitre du bureau qu'ils partageaient et tapait un texte. Gabriella alla se verser un grand verre de jus d'orange dans la cuisine. Elle repensa à sa journée de la veille. Tout compte fait, les choses s'arrangeaient plutôt bien pour elle. Elle jeta un coup d'œil à *La Nouvelle* qui traînait sur la table. Le journal racontait en détail la raclée subie par Nolan. Elle alla trouver son ami dans le bureau en lui montrant l'article.

«C'est presque trop bien écrit pour *La Nouvelle*! s'exclama-t-elle. Et on jurerait que le journaliste qui a écrit l'article était sur les lieux...

– Il y était, fit innocemment Tintin en continuant à taper son texte.

– Ce n'est pas signé...

– Il n'était pas question que ces deux salauds s'en tirent, s'anima Richard. Maintenant, le monde sait qu'en plus, ils se font planter dans les bars.

– J'ai cru reconnaître un style, dit Gabriella en souriant. Une certaine vigueur, une élégance certaine...»

Il la regarda avec un sourire de fierté.

«Bibi, en personne. Comme ça, tu es vengée à tous les chapitres.»

Elle vint s'asseoir sur ses genoux et le bécota gentiment en lui ébouriffant les cheveux.

«Tu es mon héros, dit-elle doucement, d'un air enjoué.

– Je suis juste un gars honnête qui a décidé de jouer le jeu, lui aussi!»

Elle regarda sur l'écran de l'ordinateur, ce que Tintin avait écrit jusque-là.

«"La manipulation de l'information et des lecteurs, lut-elle à haute voix, se fait à plusieurs niveaux dans un grand quotidien comme *L'Express*. Ça commence par les budgets et ça se termine par la façon dont on met en pages les articles. On peut glorifier ou démolir toute personnalité publique, selon les jeux de pouvoir qui ont lieu dans les officines patronales"... Wow! s'écria-t-elle, tu n'y vas pas avec le dos de la cuiller!

– C'est pour *L'actualité*, répondit-il en lui rendant ses baisers. C'est le temps que les gens sachent comment on les manipule.

– Tu vas te faire de gros ennemis, s'inquiéta Gabriella. Émile Rousseau contrôle soixante-quinze p. cent de la presse au Québec. Ça peut jouer dur pour un pigiste.

– Rousseau contrôle autant l'information parce que tout le monde a peur de lui, objecta Richard. Je suis peut-être malade ou fou, mais moi, j'ai pas peur.»

Gabriella se pencha sur lui et l'embrassa avec fougue, le désarçonnant quelque peu. Mais Richard savait à présent ce que cela signifiait... et il n'avait rien contre.

«Attends, dit-il tout bas en fouillant dans un tiroir pour chercher un condom, faut protéger notre amour...

– Dépêche-toi, caro mio! s'impatienta-t-elle. J'ai faim!»

Au café habituel des journalistes, Stéphanie Rousseau et François Dumoulin discutaient.

«Mon père est allé voir les Cris? s'étonna Stéphanie. Dans quel but?

– Un généreux don pour la construction d'un hôpital ou quelque chose comme ça. C'est un grand philanthrope, ironisa Dumoulin.

– Je ne le connais pas tout à fait comme ça, fit Stéphanie perplexe. C'est une nouvelle... tu vas sortir ça?

– Non, répondit François. Pas encore.

– Pourquoi?

– Il y a des drôles de hasards, se contenta de dire le journaliste.

– Comme? insista la jeune femme.

– Des terrains qu'il vient d'acheter et dont Wilfrid Thibault, le ministre de l'Environnement, avait conditionné la vente à leur décontamination, expliqua-t-il. Maintenant que Thibault n'y est plus, plus besoin de décontaminer, semble-t-il. Les règles ont changé.

– Il s'agit des terrains de l'Est de Montréal? s'informa Stéphanie.

– En plein ça! confirma François.

– Où sont-ils situés exactement? J'aimerais voir ça...»

Dans l'après-midi, Stéphanie amena Vandal voir les terrains en question. Elle ne savait pas vraiment si c'était nécessaire, mais demanda tout de même au photographe de prendre quelques clichés. Elle avait la sensation que cela pourrait servir...

De leur côté, Claude Dubé et Émile Rousseau s'étaient de nouveau donné rendez-vous. Cette fois, cependant, c'est dans le bureau du businessman que l'entrevue avait lieu. Rousseau, debout, accueillant, invita son vis-à-vis à s'asseoir dans un fauteuil. Une secrétaire apporta café et biscuits, puis sortit en refermant la porte. Rousseau, sûr de la réponse de Dubé, entama la conversation.

«Prêt à passer à l'action?» demanda-t-il.

Dubé hésita.

«C'est un poste de très haute importance, insista Rousseau.

— Je vous remercie, commença Dubé, de l'intérêt et de la confiance que vous avez manifestés à mon endroit...

— Est-ce que je dois comprendre?... se cabra Rousseau.

— Je ne serai pas le chef de cabinet du maire de Montréal, déclara Claude Dubé. Pour plusieurs raisons personnelles et professionnelles.»

Le propriétaire de *L'Express* se raidit. Il était visiblement mécontent de cette réponse, d'autant plus qu'elle le prenait au dépourvu.

«Vous savez, mon cher Claude, dit-il, je vous offrais de revenir dans le circuit des décideurs. Un journaliste sans journal, c'est vite oublié. Et personne n'est plus grand que son médium.

— Je sais, acquiesça Dubé. Mais j'aime mieux être rédacteur en chef d'un hebdo de province que de me retrouver à la botte d'un politicien. Chacun ses priorités dans la vie, et pour moi, l'information est un droit sacré.

— Ce sont des grands mots, répliqua Rousseau. On ne garde pas sa maison d'Outremont en étant le patron de *l'Écho* de Saint-Clin-Clin!

— Je ne suis pas mort, monsieur Rousseau! s'indigna Claude Dubé. Pensez-vous que la vie s'arrête après *L'Express*? Je vais écrire un livre, la télévision m'a approché... Je suis un homme libre, monsieur Rousseau, et un homme libre fait ce qu'il a le goût de faire!»

Il se leva. Rousseau comprit qu'il était inutile d'essayer de le faire changer d'avis. Il n'avait plus rien à faire avec cet homme, qu'il avait si facilement et si souvent manipulé, dans un passé encore récent.

«Merci pour le café», fit Dubé, puis il tourna les talons pour se diriger vers la sortie. Avant de passer la porte, il se retourna une dernière fois pour ajouter:

«Je lis encore ce qu'écrivent votre fille et Louise Duguay. Le reste vire trop au jaune, c'est difficile pour mes yeux.»

Paul Vézina relaxait dans son bureau. Il avait fermé les stores pour assombrir un peu l'endroit et faisait jouer, très bas, une cassette qu'il aimait particulièrement: l'*Adagio* d'Albinoni suivi du célèbre *Canon* de Pachelbel. Ces sons harmonieux furent toutefois rapidement ensevelis sous des éclats de voix provenant de l'autre côté de la porte. Vézina arrêta son lecteur de cassettes. Il prêta plutôt l'oreille à ce qui se passait à l'extérieur de son bureau, et reconnut la voix de Michel Gagné.

«Je m'en fiche que môssieur Vézina soit occupé!»

Gagné entra dans la pièce, en gardant quand même une certaine retenue malgré sa rage évidente.

«C'est quoi, ces manières de sauvage? protesta Vézina.

– Il faut qu'on se parle! affirma Michel.

– Et puis c'est toi qui vas décider ça? objecta l'éditeur.

– Cette fois-là, oui! répondit Michel. Qu'est-ce qui m'arrive?

– Comment, qu'est-ce qui t'arrive? fit innocemment Vézina.

– Richard Fortin a eu son bleu deux jours avant la fin de sa probation... Normalement, ça devrait être mon tour dans une semaine...

– Bien attends, le nargua Vézina, tu le sauras dans une semaine!»

Michel Gagné bouillait. Il se leva, prêt à bondir sur son patron, mais il se ravisa. Il se rassit, en pesant chacun de ses mots.

«Monsieur Vézina, j'ai été correct avec *L'Express*, déclara calmement le journaliste. Je mérite au moins de savoir la vérité.»

L'éditeur changea d'attitude. Il se leva et se mit à parler plus doucement en marchant dans la pièce.

«Nous sommes très satisfaits de ton travail, expliqua-t-il. Mais je dois appliquer certaines politiques.

– J'ai compris, dit simplement Michel.

– On peut te prendre à temps partiel, proposa Vézina, te faire faire des remplacements...

– Bien sûr, fit Gagné désabusé, du *cheap labor*. Merci beaucoup, je n'ai pas le goût de vivre de la charité de *L'Express*.»

Il se leva.

«Je vais finir ma semaine», dit-il en sortant du bureau.

Ce soir-là, Jimmy Fontaine prenait un verre en compagnie de Michel qui lui confiait ses déboires.

«Je me suis fait foutre dehors du journal de son père, dit-il à Fontaine.

– Tu n'es pas correct, objecta ce dernier. Elle n'a rien à voir avec ça.

– Je ne sais pas si je lui en veux, dit le reporter, hésitant. Non, décida-t-il, je ne lui en veux pas. Elle est tellement fine, tellement belle... C'est compliqué.

– C'est pas compliqué, corrigea le boxeur. Tu l'aimes, y a rien de plus simple.

– L'amour passe et l'incompatibilité demeure, cita Michel.

– Quoi?

– C'est de Dostoïevski...

– Avec des affaires comme ça, jugea Fontaine, tu peux bien tout trouver compliqué! Moi, je suis juste boxeur, mais j'ai pas niaisé. Quand je suis tombé en amour avec Linda, je lui ai dit, puis je lui ai demandé de venir habiter chez moi.

– Ta Linda, rétorqua Gagné, elle est super; mais ce n'est pas une fille de milliardaire dont le paternel possède le journal où tu travailles...

– Tu es saoul, tu divagues, fit Jimmy.

– Je ne suis pas saoul, protesta le journaliste.

– Je vais te montrer comment tu es saoul!» Fontaine aida Michel à se lever et l'emmena, sous le regard perplexe d'Enrique.

Les deux hommes arrivèrent au gymnase où le boxeur avait l'habitude de s'entraîner. Jimmy alla chercher deux cordes à danser, histoire de faire suer un peu son ami. Après quelques minutes d'exercice, Michel était à bout de souffle et tout en sueurs.

«Tu as passé quatre ans à l'université, lui dit Fontaine sans arrêter de sauter à la corde, et tu n'es même pas capable de parler à une fille... Depuis que je te connais, tu bois, tu boudes, tu baises, mais pour un avocat, tu ne penses pas bien gros!

– Un autre mot, se fâcha Michel, et je te donne une volée!

– Ça va venir...» ricana Jimmy.

Ils se dirigèrent ensuite vers un sac de sable suspendu. Jimmy Fontaine s'installa derrière pour le retenir et Gagné se mit à frapper dessus de toutes ses forces. Après un moment, Fontaine décida que son camarade était prêt. Il désigna du doigt l'arène, et les deux hommes y montèrent.

Entre-temps, Stéphanie, qui cherchait Michel, s'était rendue au Cherrier, croyant le trouver là. Enrique lui apprit qu'il l'avait vu partir avec Jimmy Fontaine. Après l'avoir remercié pour cette information, la jeune femme se mit de nouveau à sa recherche. Elle entra dans quelques bars, puis elle pensa au gymnase.

Lorsqu'elle entra, elle aperçut les deux hommes en tenue de sport, se faisant face dans l'arène. Elle s'approcha d'eux lentement en lançant un regard complice à Fontaine. Ce dernier, qui comprit tout de suite, ne dit mot. Il descendit simplement à terre, enfila son jean et son chandail, puis s'en fut en lançant les clefs à Gagné.

«Tu barreras», lui cria-t-il avant de sortir.

Stéphanie salua son amant qui tentait de reprendre son souffle. Elle désigna les projecteurs.

«Comment est-ce que ça se ferme?» demanda-t-elle avec un sourire mutin.

Le journaliste lui montra l'emplacement des interrupteurs, qu'elle alla actionner pour éteindre toutes les lumières. Il ne restait plus qu'une faible lueur jaunâtre diffusée par les lampes de sécurité. La chroniqueuse revint vers le ring. Michel l'aida à monter pour le rejoindre. Elle s'approcha et lui enleva ses gros gants, puis lui caressa les épaules.

«Tu es tout en sueurs, constata la jeune femme. Laisse-moi faire.»

Elle déboucla sa ceinture et lui enleva son pantalon d'entraînement, puis l'aida à s'étendre sur le dos. Ensuite, elle s'assit à califourchon sur le jeune homme et commença à lui masser les épaules. Délicatement, Michel tendit les bras et se mit à déboutonner sa robe... Elle se pencha pour l'embrasser. Ils achevèrent de se déshabiller, puis la jeune femme commença à l'embrasser très doucement sur la poitrine, puis descendit insensiblement avec sa bouche le long du corps ruisselant de sueur de Michel, tout en lui caressant tendrement les cheveux. Ses caresses et ses baisers se faisaient de plus en plus langoureux, à mesure qu'ils approchaient de leur destination «méridionale»...

Le lendemain, vers midi, une réception avait lieu à l'hôtel de ville de Montréal pour accueillir des délégués venus de France. Plusieurs journalistes étaient présents, dont François Dumoulin. Celui-ci lisait une chronique de Stéphanie Rousseau intitulée «LA CONSCIENCE D'UN MAIRE», tout en enfilant un scotch double, qui ne semblait pas être son premier. Alors qu'il en commandait un autre, le maire termina son petit discours de circonstance.

«Les liens entre Montréal et Marseille, déclara-t-il, seront raffermis par la création de ce comité dans lequel Montréal injecte un million de dollars.

– Répugnant! s'écria Dumoulin en vidant encore son verre. Un million, ciboire, pour se payer des voyages à Marseille et faire boire des maudits Français!»

Un froid se répandit dans la salle. Tout le monde avait subitement arrêté de parler, sauf bien entendu le journaliste.

«Un million, bien sûr, c'est de la petite bière ! continua-t-il en haussant encore le ton. C'est juste le loyer annuel de plusieurs dizaines de familles ! Ce serait des repas chauds et des lits pour tous les clochards de Montréal ! Vive Marseille, vive Montréal, ciboire ! Barman, la même chose !»

Le barman hésita en regardant le maire qui approchait.

«Monsieur Dumoulin, fulmina Guimond, vous êtes ivre et vous faites honte à notre ville.

– Va péter dans les fleurs ! l'injuria Dumoulin.

– Votre statut de journaliste ne vous donne pas tous les droits, l'avertit Guimond. J'ai passé par-dessus le jaunisme de votre série sur les bas-fonds de Montréal, mais je ne suis pas obligé de subir vos insultes !

– C'est pas toi, Guimond, qui es pourri, s'adoucit François. C'est le système. Les trois quarts du monde crèvent de faim, et l'autre quart est au régime. As-tu déjà marché dans ta ville, Guimond ?

– Oui, répliqua le maire, à six heures du matin... et je ne pense pas vous croiser à cette heure !

– À moins qu'il ne sorte d'un bar !» plaisanta un quidam.

Deux policiers encadrèrent Dumoulin et le poussèrent doucement vers la porte.

«Pas besoin de vous fâcher, protesta-t-il, j'ai compris !»

Il déposa son verre avec beaucoup plus de dignité qu'on l'aurait cru capable dans son état, puis se dirigea lui-même vers la sortie, sous le regard consterné des invités.

Dans l'après-midi, Gilles Bernard, le successeur de Claude Dubé, recevait dans son bureau Lionel Rivard et Louise Duguay, qu'il avait convoqués. Il était très nerveux et très en colère.

«Ce n'est pas la première fois, dit Rivard, qu'un journaliste trébuche dans une conférence de presse.

– François Dumoulin, s'écria Bernard, et avec le maire devant tout le gratin municipal en plus !

– Et puis ? fit calmement Lionel. Il est en train de changer la couverture de Montréal.

– Pour une fois qu'on sort des réunions du Conseil, approuva Louise Duguay.

– *L'Express* ne pouvait se permettre ce scandale, insista Bernard. Notre journal ne peut tolérer pareil comportement. Il faut faire un exemple.

– Hé ! Tu exagères, protesta Rivard. Il n'a tué personne.

– J'AI dû parler au maire quand il a téléphoné, s'emporta Bernard. J'AI dû m'excuser au nom de l'entreprise. Et J'AI dû expliquer la façon dont on avait joué la série de Dumoulin sur l'autre visage de Montréal !

– C'est toi-même, rétorqua Louise, qui avais supervisé la mise en pages !

– Là n'est pas la question, coupa-t-il sèchement. Compte tenu de la gravité du geste, j'ai décidé qu'en accord avec l'article 103b de la convention collective, François Dumoulin serait suspendu pour une semaine, ceci étant effectif dès maintenant.

– Tu fais une erreur, avertit Lionel, une très grosse erreur. On ne fait pas ça à un gars comme Dumoulin : c'est toute la salle que tu vas humilier et insulter.

– Il faut faire un exemple, trancha Bernard.

– J'ai toujours été solidaire des décisions de la Direction, mais cette fois, tu lui annonceras ça toi-même. Je ne suis pas d'accord, je ne suis vraiment pas d'accord !» clama Rivard, puis il sortit sans attendre de réplique.

Ce soir-là, une réunion du syndicat avait lieu. Une trentaine de journalistes de *L'Express* étaient présents dans la salle, dont François Dumoulin, Gabriella Salvatore et Stéphanie Rousseau. Léonne Vigneault et Marcelle Saint-Amant, respectivement présidente et secrétaire de l'assemblée, étaient assises à une table, devant le groupe de syndiqués.

«Je résume, annonça Léonne. Les patrons offrent deux p. cent d'augmentation par an pour les trois prochaines années, avec un forfait rétroactif de six cents dollars pour l'année en cours. Votre exécutif recommande le rejet de ces offres finales. Y a-t-il un proposeur?»

Gabriella leva la main.

«Quelqu'un appuie-t-il la motion proposée par madame Salvatore?»

Tremblay fit signe qu'il appuyait la proposition.

«Parfait, rigola Léonne, si les sports deviennent militants, c'est que la situation est grave.

— Le monétaire est honteux, dit Marcelle Saint-Amant en s'adressant à l'assemblée à son tour. Mais le normatif est pire. Nous vivons le règne de l'arrogance dans la salle. Le téteux en chef, notre cher Gilles Bernard, est à la botte de Vézina. Rivard boit comme un trou... Louise Duguay est toute seule pour défendre les intérêts des journalistes.»

Pendant qu'elle parlait, Michel Gagné entra dans la salle. Il chercha Stéphanie du regard, puis, l'ayant trouvée, vint s'installer près d'elle. Il se mit à lire Dostoïevski, en écoutant tout de même, mais distraitement, les propos de Marcelle.

«Les deux jeunes n'ont pas eu leur permanence, continua celle-ci. Plus de cent postes ont été coupés dans l'entreprise au nom de la sacro-sainte récession; les patrons n'ont jamais été aussi peu respectueux: cet après-midi, François Dumoulin a été suspendu pour une semaine. Nous avons déposé un grief immédiatement...

— Ton père y va un peu fort, chuchota Michel à l'oreille de sa compagne pendant que Marcelle Saint-Amant continuait son plaidoyer.

— C'est de la tuyauterie, répondit Stéphanie. Il n'est pas au courant de ça: ce genre de décisions ne le regarde pas.

— Il est sûrement au courant, s'entêta Gagné.

— Je t'assure que non, protesta la jeune femme.

– Tu peux le défendre, je suis certain du contraire.

– Je ne le défends pas. Puisque c'est mon père, je vais aller le lui demander.»

Elle se leva.

«Laisse tomber, dit Michel.

– Non, non», insista Stéphanie.

Elle prit la direction de l'ascenseur. Michel se lança à sa poursuite, mais déjà la porte coulissante s'était refermée sur la journaliste. Le jeune homme entendit Léonne qui parlait encore dans la salle du syndicat.

«Il va falloir que vous mandatiez votre exécutif. Nous avons besoin d'un vote de grève, qui pourrait être déclenchée selon nos besoins stratégiques. Vézina et sa bande doivent plier...»

À l'étage supérieur, Stéphanie sortit de sa poche la clef de l'ascenseur privé et du bureau de son père.

Une fois sortie de l'ascenseur en question, elle ouvrit une première porte avec précaution. Elle perçut des voix provenant du bureau .

«C'est de l'excellent travail, dit Émile Rousseau.

– Qu'est-ce que je ne ferais pas pour vous? répondit une voix de femme.

Intriguée, voulant savoir à qui son père s'adressait, elle entrebâilla délicatement la porte.

Émile Rousseau, un lampe allumée sur son grand pupitre, consultait des documents étalés devant lui. Caroline Bélanger était tout près. Stéphanie, pétrifiée, les regardait sans bruit. Étaient-ils amants? Complices? Impossible à deviner... Elle referma silencieusement la porte.

Michel et Stéphanie marchaient dans la nuit, à la sortie de l'édifice du journal. L'ambiance était propice aux confidences. La journaliste s'arrêta tout à coup pour s'adresser à son compagnon.

«Si je te racontais quelque chose, tu garderais le secret?
demanda-t-elle à Michel.

– Tant que je serai à jeun! plaisanta-t-il.

– Ne fais pas de blagues, c'est sérieux.

– Je sais, dit Michel, je me suis bien aperçu que tu étais préoccupée.

– Si mon père avait une maîtresse... commença Stéphanie.

– Tous les hommes mariés en ont, intervint Gagné.

– Pas mon père... sa passion, c'est les affaires. Mais il y
avait une femme dans son bureau.

– Tu n'iras pas te mêler des histoires de ton père!

– Non, bien sûr, le rassura-t-elle. N'empêche, c'est une
belle garce. Et puis je pense à ma mère...

– Tu sais qui c'est?» questionna Michel.

Elle fit oui de la tête.

«T'en fais pas, dit-il. De toute façon, tu n'as pas de
preuve... Ils n'étaient pas en train de...?»

Stéphanie répondit par la négative, puis elle l'embrassa.

L'après-midi suivant, la salle de rédaction était vide. Seul,
Lionel Rivard s'affairait à son pupitre. Il se versa un autre café
«spécial». Gilles Bernard sortit de son bureau et vint lui parler.

«Je n'aime pas beaucoup cette habitude, dit-il en désignant
la tasse déjà à moitié vide.

– Il est trop tard pour ne pas l'aimer», rétorqua Lionel.

S'apercevant que Rivard n'avait pas le goût d'être harcelé,
Bernard changea de sujet.

«Quelles sont les dernières nouvelles? s'enquit-il.

– Mauvaises. Ils sont en réunion depuis ce matin. Les pressiers et les typos vont les appuyer s'ils décident de débrayer.

– Ce serait suicidaire... ils ne le feront pas.

– J'espère, souhaita gravement Rivard. Une grève, c'est
terrible pour tout le monde. Il n'y a jamais de gagnants.»

Dans un certain brouhaha, une quarantaine de journalistes
et deux typos entrèrent dans la salle. Ils semblaient survoltés.
Gilles Bernard alla immédiatement s'enfermer dans son bureau.
Rivard, respecté et, après tout, lié d'amitié avec la majorité des

journalistes, se leva pour aller rencontrer Léonne Vigneault. Celle-ci était sérieuse et grave. En la voyant, Lionel Rivard comprit.

«Vous avez voté pour la grève? demanda-t-il, directement.

– J'ai le mandat de choisir le moment, répondit Léonne.

– Cercueil... ça ne va pas recommencer, dit Rivard, découragé.

– Ce n'est pas nous qui l'avons voulu, répliqua-t-elle.

– Y a-t-il encore des chances de règlement? s'enquit Lionel.

– Il y a une rencontre entre l'exécutif et la Direction ce soir.

– Ces maudites réunions, ça retarde l'entrée des textes, pesta Rivard. Il faut que je sache quoi mettre dans le journal de demain, moi!

– S'il y a un journal...»

Le soir même, au café habituel, Stéphanie et Gabriella soupaient ensemble d'un croque-monsieur et d'un litre de vin rouge, tout en conversant. Les deux jeunes femmes s'entendaient de mieux en mieux.

«Si on ne se tient pas entre nous, personne ne le fera, dit Stéphanie, vu qu'il n'y a que deux genres d'humains...

– C'est uniquement une question de force physique, affirma Gabriella. Que veux-tu faire quand l'autre est gros, grand et fort, et qu'il te menace?

– On les a eus, lui rappela Stéphanie.

– Merci...

– Vas-tu me remercier pendant dix ans?

– O.K., acquiesça Gabriella.

– Qu'est-ce que tu ferais si une de tes amies, une vraie amie, te trahissait?

– Chez les Italiens, c'est pas compliqué, dit-elle en riant.

– C'était une amie, raconta Stéphanie. Je sais maintenant qu'elle jouait sur deux tableaux. Ça va tellement loin, tu ne peux pas imaginer. Tu te souviens du suicide de Wilfrid Thibault?

– Difficile à oublier, répondit Gabriella.

– Pendant des mois, j'ai retourné la même question dans ma tête...

– À savoir qui t'avait téléphoné pour te mettre sur le coup?» interrompit l'Italienne.

Stéphanie, surprise, regarda son amie avec des yeux interrogateurs.

«On s'est tous posé la question à Québec, expliqua la compagne de Tintin. Qui avait intérêt?... Tu as une réponse?

– Un début de réponse, mais c'est encore terriblement embrouillé, tout ça... Tout est embrouillé dans ma vie.

– Ah, les hommes! soupira Gabriella.

– Ouais...

– Plus on en parle, moins on peut s'en passer.

– Tu es chanceuse, dit Stéphanie. Tintin, il n'est pas très menaçant, du point de vue physique. Tu n'auras pas peur de le remettre à sa place!

– Ce n'est pas une grosse brute, mais un petit raffiné... très résistant. Ton problème?

– Il ne veut pas s'impliquer, expliqua la fille d'Émile Rousseau. Sa maudite liberté, il dit que c'est sacré.

– Je lui en organiserais une liberté, moi! fit Gabriella. Depuis quand est-ce que c'est les hommes qui décident dans les histoires d'amour?»

Les deux femmes pouffèrent de rire.

Dans la salle de conférence patronale, les négociations s'enlisaient. La pièce était enfumée, et les traits tendus...

«Christ! tonna Paul Vézina. Essayez de comprendre que le plancher d'emplois, ça relève du droit de gérance. Ce n'est pas le syndicat qui me dira de combien d'employés on a besoin!

– Il y a des limites à ne pas franchir, objecta Léonne. Le cas échéant, c'est le contenu du journal qui en souffre.

– Non négociable!» s'entêta Vézina.

Léonne Vigneault se leva.

«Dans ce cas...», dit-elle.

Vézina l'arrêta. Il ne s'adressa plus qu'à elle, faisant abstraction des autres personnes présentes.

«Toi et moi, nous sommes des adultes intelligents, dit-il. Je me souviens d'une négociation dans le secteur public... Daniel Johnson avait enfermé Marcel Pépin et Jean-Paul L'Allier dans une suite d'hôtel en leur disant: "Vous sortirez quand vous aurez réglé..."

– Je connais mon histoire du Québec, coupa Léonne Vigneault.

– Si tu es d'accord, proposa Vézina en se levant, vous allez tous sortir. On va rester seulement tous les deux, toi et moi.»

Tous acquiescèrent. Ils se levèrent et sortirent de la salle. Vézina prit la cafetière et versa une tasse de café à sa vis-à-vis.

«Merci, apprécia Léonne, ça va faire du bien...»

Les heures avaient passé. Les tasses de café s'étaient accumulées...

«Je ne peux pas, dit Vézina, c'est une question de principe.

– Maudit, Paul Vézina, gueula Léonne, je suis prête à accepter une simple indexation au coût de la vie, et c'est encore trop. Le plancher d'emplois que je demande, il est nécessaire. Le journal a besoin de relève. Ça te coûterait seulement deux journalistes en plus... Je suis prête à laisser passer la suspension de Dumoulin devant un arbitre... Qu'est-ce que tu veux de plus, mes petites culottes?

– Surtout pas!

– Ce n'est pas drôle.

– Excuse-moi, je n'ai pas voulu t'insulter.

– Ça va... Alors, qu'est-ce que tu fais? J'ai mon mandat de grève dans mon sac à main...»

Paul Vézina se leva. Il en avait assez.

«Ton mandat, il ne me fait pas peur. Tu es trop intelligente pour mettre mille pères et mères de famille sur le trottoir. Tu as trop de jugement pour commettre pareille folie.

– C'est un défi?

– Je suis prêt à parier.»

Léonne Vigneault prit le combiné de téléphone.

«Tu permets?» demanda-t-elle à Vézina qui ne broncha pas.

Elle composa le zéro.

«C'est Léonne, dit-elle à la standardiste. Veux-tu me passer les presses?»

Quelques secondes interminables passèrent.

«Les gars, avez-vous commencé à rouler le journal de demain? demanda-t-elle.

– On a cinq mille copies en marche.»

Léonne Vigneault prit une profonde inspiration.

«Arrêtez tout, commanda-t-elle. La grève est déclenchée, à partir de maintenant...»

Chapitre XIII

Dans la grisaille et la fraîcheur de l'automne, les grévistes brandissaient leurs pancartes sans conviction. Chacun était perdu dans ses pensées, se demandant durant combien de temps il pourrait payer son loyer ou son hypothèque, et jusqu'à quand il resterait devant l'édifice du journal, vide, à se réchauffer les mains sur un verre de café en polystyrène, à invectiver un patron qui attendait, bien au chaud, que tout ce monde se lassât de tourner en rond sur un bout de trottoir du Vieux-Montréal.

Comme pour montrer ces angoisses intérieures, les tenues extérieures se dégradaient imperceptiblement. Personne n'avait pris la peine de mettre une cravate ou un tailleur et la plupart des hommes ne s'étaient pas rasés. De la même manière, les femmes n'avaient guère tenté de farder leurs yeux cernés.

Stéphanie, François et Serge, à un bout de la ligne de piquetage, discutaient pour tuer le temps.

«En 81, nous étions sortis pour deux jours, rappela tristement Dumoulin.

– Ouais, se souvint Vandal, et nous somme restés huit mois dehors, les pires huit mois de ma vie!

– Ça n'arrivera pas, ce coup-ci, assura Stéphanie.

– As-tu parlé à ton père? demanda Vandal. Il t'a dit quelque chose?»

Ces questions découragèrent Stéphanie: on ne cessait de lui faire des commentaires désobligeants sur ses liens de parenté avec le propriétaire de *L'Express*, mais quand on y voyait un quelconque avantage, on devenait soudainement plus compréhensif. Elle tenta de ne pas faire de cas de l'attitude de Vandal.

«Je lui ai téléphoné le premier matin de la grève pour lui dire que je ne dirais jamais un mot contre lui, répondit-elle simplement, mais que j'étais solidaire de mes camarades. C'est tout.»

Ils aperçurent, contents d'avoir de la compagnie, trois autres personnes qui arrivaient. Michel et Enrique étaient accompagnés de Richard Fortin, qui s'était déniché un emploi à la radio, comme en témoignait le magnétophone qu'il portait à l'épaule. Stéphanie accueillit Michel par une simple accolade. Vandal s'amusait de les voir continuer à jouer les «camarades» alors que tout le monde savait ce qui se passait entre eux.

«Ne vous gênez pas pour nous! leur lança-t-il.

— Qu'est-ce que tu veux dire? se défendit Stéphanie, mal à l'aise.

— Niaise-moi donc!»

Stéphanie se contenta d'ignorer ses propos. Elle se tourna vers Enrique, qui leur avait amené un grand thermos de café noir. Elle s'empressa d'en accepter une tasse. Inquiète pour l'emploi de Michel, elle lui demanda ce qu'il en advenait.

«Pas moyen de savoir si je suis en grève ou congédié! répondit-il, harassé. L'avocat du syndicat étudie mon cas. Un beau cave, si tu veux mon avis.»

Au mot «avocat», Vandal se souvint de l'ancien emploi de Michel. Il fronça les sourcils et lui fit remarquer:

«Tu as de la chance; au pire, tu peux toujours entrer dans une étude légale....

— Quand j'ai décidé de lâcher la soutane, c'était pour de bon. On ne défroque qu'une fois dans une vie.»

Vandal se contenta de cette réponse. Richard vint prendre Michel à part.

«Excuse-moi d'être indiscret, entama-t-il, gêné, mais je pense que toi et Stéphanie, vous... sortez ensemble, on peut dire...»

La question embarrassa un peu Michel, mais venant de Richard, il savait qu'il n'y avait aucune malice.

«On pourrait dire que oui, admit-il.

– Tant mieux! soupira Richard, soulagé. Gabriella voulait vous inviter à souper, tous les deux. Mais on ne savait pas comment vous le prendriez.

– On va apporter le vin, répondit Michel en souriant. Mais n'en parle pas à personne, conseilla-t-il, assombri.

– Pourquoi? s'inquiéta Richard. Ça ne va plus?

– On ne sait pas trop où on s'en va... confia Michel, peiné.

– Je te l'avais dit. Vous prenez trop d'espace, à vous deux. Laissez-vous de la place pour respirer et tout va bien aller.»

Michel contempla son camarade d'un œil nouveau. Il n'avait jamais accepté de conseil de quiconque en matière sentimentale, et il ne se serait jamais attendu que le premier vienne d'un petit gars timide comme Richard Fortin. Pour une des rares fois dans sa vie, il abaissa ses défenses. Il ouvrit les bras, ému.

«Répète-le pas, Tintin, dit-il, mais tu es un maudit bon gars!»

Étonné de cette marque de confiance du macho du Saguenay, Tintin accepta l'accolade et l'accompagna d'une tape dans le dos.

«Tu sais, murmura-t-il, ce n'est pas tout de les baiser. Il faut savoir les aimer...

– Ne profite pas de la situation! s'exclama Michel, ressaisi.

– D'accord, acquiesça Fortin en riant. J'en ai assez dit! Ce soir, vers sept heures.

– Sept heures.»

Là-dessus, Richard brancha son magnétophone et commença son reportage pour la radio. Michel le laissa travailler et, hésitant, se dirigea vers Stéphanie, qui les avait observés durant leur entretien.

«Qu'est-ce qu'il t'a raconté, Tintin, pour te mettre dans cet état? s'enquit-elle, curieuse.

– Lui et Gabriella nous invitent à souper, ce soir.

– Ils savent? demanda-t-elle, découragée.

– Tout le monde sait, Stéphanie! répondit-il en haussant légèrement le ton.

– Pas la peine de gueuler!

– Je ne gueule pas!»

Il s'arrêta net, prit une grande inspiration et s'efforça de sourire.

«Je vais faire un tour, dit-il posément. Je passe te prendre à six heures.

– Qu'est-ce que tu vas faire?

– Respirer.»

Michel s'en alla d'un bon pas marcher sur Saint-Laurent, regardant les vitrines sans but précis. Il se retrouva en face d'un salon de billard où il avait l'habitude d'aller empocher quelques boules. Ayant un après-midi à tuer, il décida d'y monter.

À mesure qu'alternaient sans passion bières et parties de billard, Michel repensait à ce qu'il vivait avec Stéphanie, à *L'Express*, à la grève. C'est à peine s'il regardait les boules de marbre rouler sur le tapis vert. Au bout d'une heure, on vint le tirer de ses pensées: Francis Maisonneuve, le journaliste de *La Nouvelle* qui l'avait piégé dans l'histoire de Christine Cartier, tenait une queue et s'apprêtait à prendre part à sa partie. Irascible, Michel le menaça de sa baguette.

«Touche pas, grogna-t-il. C'est ma boule.

– Salut! fit l'autre. Je te cherchais. On m'a dit que tu venais souvent ici. Tu veux une bière?

– C'est toi qui payes? s'étonna Michel. As-tu hérité de ta grand-mère?

– Je suis en mission pour le journal, s'expliqua-t-il, j'ai un compte de dépenses. Essaie d'en profiter.»

Considérant que son compétiteur lui devait bien ça, Michel se dirigea avec lui vers le bar de la salle. Ils se firent servir de la bière et de quoi grignoter. Après quelques plaisanteries de la part de Maisonneuve pour alléger le climat, Michel se décida à lui demander ce qu'il voulait. Le journaliste de *La Nouvelle* se fit plus sérieux et sortit de la poche de son veston une carte professionnelle qu'il déposa sur le comptoir. Michel la prit sans se presser.

«Maurice Raymond, lut-il, directeur de la rédaction, *La Nouvelle* de Montréal. Et alors?

— Ils veulent t'avoir, déclara Maisonneuve. C'est sérieux. Ils sont prêts à te parler.

— C'est facile. Ils savent où me rejoindre.

— Justement! tu n'es pas dans le bottin et *L'Express* est en grève. Ce qui fait que je me retrouve avec un compte de dépenses pour faire la guidoune. À ta santé!»

Il but joyeusement une longue gorgée de bière, déposa son verre et se retourna de nouveau vers Michel. Cette fois, il tenait à se faire réellement convaincant.

«Ils veulent t'offrir le pouls de la ville. On est bien, à *La Nouvelle*. Personne ne t'achale, tu écris ce que tu veux, la paye est meilleure qu'à *L'Express* avec six semaines de vacances à temps et demi. Et tu es lu par le vrai peuple, le monde ordinaire. Ce n'est peut-être pas important pour toi, mais les gars seraient bien contents de t'avoir avec eux. On est une belle équipe et on aime bien ton style.

— Qu'est-ce que je dois faire? demanda finalement Michel après avoir silencieusement siroté sa bière pendant que son interlocuteur parlait.

— Tu as le numéro de Raymond à l'endos. Tu peux l'appeler n'importe quand, à la maison ou au bureau. Il y a juste un détail: décide-toi vite. Les trous sont rares à *La Nouvelle* et Rousseau va fermer *L'Express*.

— C'est ce que tu voudrais!

— Entre toi et moi, penses-tu vraiment que Vézina va lâcher prise?»

Michel ne sut que répondre.

«Pas plus que Léonne Vignault, hein? continua Maisonneuve. Quand aucun des deux ne lâche, c'est l'entreprise qui casse, au bout du compte. À ta place, je commencerais tout de suite à planifier mon avenir.»

Le journaliste de *La Nouvelle* considéra qu'il en avait assez dit. Il se leva, salua Michel en posant amicalement sa main sur son épaule et quitta le salon de billard.

Michel regarda l'heure et constata qu'il avait tout juste le temps de se dégriser un peu et de se préparer pour le souper de Richard.

Il rentra chez lui, non sans faire un arrêt pour acheter le vin promis. Il choisit la marque préférée de Stéphanie, en espérant que cela lui ferait pardonner son ton bourru de l'après-midi.

Le souper fut très agréable. Même si elle n'avait jamais mis les pieds sur la terre de ses parents, Gabriella joua à l'Italienne en leur servant un spaghetti très relevé. Michel, cependant, se froissa en constatant que Stéphanie voulut à peine toucher au vin coûteux qu'il avait acheté expressément pour elle.

«Ce n'est pas encore assez bien pour mademoiselle Rousseau, marmonna-t-il, vexé.

– Pas ce soir, s'il te plaît» pria-t-elle d'un ton sec qui mit leurs hôtes mal à l'aise.

Richard, par contre, ne se gêna pas avec la bouteille. Il faut dire que Gabriella l'y encourageait en lui reversant constamment de larges rasades.

«Bois, caro mio! ordonna-t-elle, enjôleuse.

– À votre santé!» salua Richard en levant son verre.

Tous l'imitèrent avec bonne humeur.

«Maintenant, la surprise de la soirée!» annonça Gabriella en allant chercher quelque chose dans la pièce voisine.

«J'espère que ce n'est pas un gros dessert, déclara Stéphanie. J'ai trop mangé!

– Trop mangé? répéta Michel. Il ne reste plus rien dans le chaudron!»

C'était bien la première fois qu'il la voyait manger plus que lui. Il mit cela sur le compte de la bière de l'après-midi qui avait dû lui couper l'appétit.

«Mon amour, annonça Gabriella en revenant avec une petit boîte à la main, on se fiance ce soir!»

Elle en sortit une jolie bague qu'elle enfila au doigt d'un Richard Fortin ébahi.

«On se fiance?

— Dans ma famille, il faut respecter les traditions. On se fiance, et ensuite, on se mariera.

— Se marier? Tu es sûre?

— Tu es fait jusqu'à l'os! s'exclama Michel en éclatant de rire. Tu ne sais pas dans quoi tu t'embarques! Je te plains!

— Franchement... réprouva Stéphanie en lui faisant les gros yeux.

— C'est une blague, se rattrapa Michel. Félicitations, mon Tintin!

— Richard, corrigea Gabriella, tatillonne sur ce point.

— Richard, se reprit Michel.

— Un beau mariage, rêva la fiancée, c'est tellement romantique. C'est comme un baptême avec des petites robes en dentelles...

— Tu n'es pas enceinte, toujours? s'inquiéta Richard, quelque peu dépassé par les événements.

— Pas encore, le rassura Gabriella. Mais ça ne sera pas bien long... Je veux une demi-douzaine de bambini...

— Je veux bien être le parrain du plus vieux, offrit Michel, mais pour le reste...

— Quoi, "pour le reste"? questionna Stéphanie.

— Me vois-tu en train de changer des couches? demanda-t-il le plus sérieusement du monde.

— Pas vraiment...» répondit-elle tristement.

Richard, plus que pompette, se leva pour porter un nouveau toast.

«Aux futurs lecteurs de *L'Express*! déclara-t-il avec exubérance.

— En grève! répondirent les trois autres en chœur.

– Ça va être l'émission de Monique Dubé, rappela Gabriella en jetant un coup d'œil à sa montre. Elle rencontre Léonne à propos de l'article de Richard.

– Dans *L'actualité*, rien de moins!» admira Michel.

Richard rougit modestement et tous passèrent au salon. On alluma le poste de télé. À l'écran, on voyait Monique Dubé en alternance avec l'article de Richard.

«Un article publié dans *L'actualité* par le journaliste Richard Fortin...»

Dans le salon, on félicita Richard par des regards envieux, sans cesser d'écouter les propos de l'animatrice.

«... fait état de causes plus profondes au conflit qui paralyse *L'Express*. Il parle d'arrogance, de manipulation de l'information, de manquements graves à l'éthique professionnelle et vise l'éditeur de *L'Express*, monsieur Paul Vézina.

– Ouais, Tintin, commenta Michel. C'est presque une bonne chose qu'on t'ait mis à la porte: tu n'aurais pas pu te permettre ça en tant qu'employé...

– Monsieur Vézina a décliné l'invitation de Radio-Canada à participer à l'émission, continua l'animatrice. Madame Léonne Vigneault, a-t-on le droit de priver d'information plus d'un million de lecteurs comme vous le faites avec cette grève?

– Oui, répondit la syndicaliste, si on se bat pour une information juste, complète et de qualité. On ne se bat pas pour de l'argent. On se bat pour que *L'Express* demeure *L'Express*, un grand quotidien qui sait garder ses valeurs et ses priorités et qui n'est ni une simple entreprise à générer des profits à tout prix, ni un instrument de magouilles.

– L'éditeur Paul Vézina est-il vraiment le problème de *L'Express*?

– Paul Vézina a été embauché par quelqu'un, se contenta-t-elle de répondre, évitant la question. Il a un mandat. Son plus gros problème est de ne rien comprendre ni à l'information, ni aux journalistes. Avouez que, pour un éditeur de journal, c'est plutôt désastreux...

– Demandez-vous la tête de Paul Vézina pour mettre fin à cette grève?» demanda Monique Dubé.

Léonne demeura coite. Mais au bout d'un moment, la caméra surprit un léger sourire, fort révélateur, à la commissure de ses lèvres.

«J'imagine la tête de Vézina! s'exclama Michel en éteignant le poste.

– Elle n'y a pas été de main morte! siffla Gabriella.

– Dans son genre, c'est une Vézina...» constata Stéphanie. Et tous éclatèrent de rire.

Quelques négociateurs des deux parties étaient réunis dans une des salles de conférence de *L'Express*. Tendus, les protagonistes du conflit se dévisageaient avec ressentiment et hargne. On discutait depuis des heures, et la pièce puait la vieille fumée de tabac. L'apparition de Léonne à la télévision avait donné un solide coup au moral de la partie patronale et c'était avec plus de confiance qu'elle tenait ses positions. Découragé, Gilles Bernard finit par parler.

«Je ne comprends plus! s'exclama-t-il.

– Quoi? demanda Léonne.

– Tu es sortie en grève... commença-t-il.

– Les membres ont décidé de sortir, corrigea-t-elle, narquoise.

– Vous êtes sortis en grève, se reprit-il, pour trois points majeurs. Nous sommes prêts à faire des concessions sur ces trois points, incluant la suspension de Dumoulin. On dirait que ce n'est jamais assez...

– Quelle est la conclusion de ce brillant exposé? demanda Marcelle, sarcastique.

– Je vais te le dire, moi! s'emporta Vézina, à bout de nerfs. Vous êtes en grève pour des niaiseries qu'on pourrait régler en une heure si tu le voulais! Ton hostie de plancher d'emplois, ça pourrait s'arranger et tu le sais aussi bien que moi. C'est quoi, ton christ de problème?»

Fière de l'avoir amené à se découvrir ainsi, Léonne attendit quelques secondes en faisant des yeux le tour de la table. Elle inspira profondément avant de poursuivre.

«C'est toi, Vézina, dit-elle posément. Tu n'as rien compris. Tu n'as pas compris que tu ne pouvais traiter les journalistes comme des ouvriers ordinaires... parce qu'ils ne sont pas pareils. Tu n'as pas compris qu'on aimait *L'Express* bien plus que tu ne l'aimeras jamais.

— On ne peut pas dire que ce soit très évident, rétorqua l'éditeur. Il fallait vous pousser dans le cul pour vous faire avancer.

— Justement, rétorqua-t-elle. Si tu avais compris, tu aurais été obligé de tirer sur les cordeaux pour nous ralentir. La grève, je vais te le dire pourquoi on la fait.»

Un silence complet s'installa dans la salle.

«On ne veut plus faire le journal que tu veux avoir! déclara-t-elle avec conviction. On est écœuré de faire une *Express* jaune! On haït ça, le jaune!

— Ce n'est plus une convention collective que vous voulez! s'indigna Vézina. C'est ma tête!

— Même pas... répondit Léonne après une hésitation. On pourrait vivre avec toi si tu te donnais la peine d'aller suivre un cours de journalisme à l'UQAM.»

Ayant dit ce qu'elle avait à dire et se doutant bien que Vézina résisterait encore à plusieurs charges, Léonne se leva et quitta la pièce. Visiblement ébranlé, l'éditeur resta un long moment silencieux. Personne ne bougeait autour de lui.

«Eh bien quoi? demanda-t-il irrité. Les négociations sont terminées pour aujourd'hui! Rentrez chez vous!»

On le laissa seul dans la pièce vide, attablé devant les cendriers bourrés de mégots et les verres de plastique contenant des fonds de café froid. Il avait l'habitude de ce genre de table, mais autrefois, il s'assoyait de l'autre côté. Il se dirigea lentement vers son bureau, abaissa les stores et fit jouer un peu de musique douce.

La situation n'était pas plus réjouissante pour Émile Rousseau, qui en discutait dans son immense bureau du centre-ville avec son fils Louis et Caroline Bélanger.

«Le premier ministre m'a appelé, hier soir, racontait-il.

– J'ai parlé à son chef de cabinet, intervint maladroitement Caroline.

– Il s'inquiète, continua Rousseau sans avoir même noté la remarque. Il pense que le Québec n'a pas les moyens de perdre son plus grand journal pendant des mois. Paraît-il que *L'Express* remplit une importante mission sociale.

– *L'Express* n'est pas une compagnie de l'État, objecta son fils. C'est Émile Rousseau qui signe les chèques, pas le ministre des Finances.

– Les profits du journal, c'est une goutte dans mon océan... réfléchit Rousseau. Ce n'est pas ça, l'important. N'est-ce pas, Caroline?

– *L'Express* fait trembler les politiciens, les financiers, les artistes, expliqua-t-elle. À Ottawa, le premier ministre ne mange pas ses muffins tant qu'il n'a pas lu *L'Express*.

– Autrement dit, ça me prend un journal qui ne perde pas d'argent, qui soit crédible et bien fait. Mais pour être lu, il doit d'abord être imprimé et distribué! Tant qu'à être propriétaire d'un mauvais journal en grève, aussi bien le vendre!

– Tu es sérieux?» s'enquit Louis, médusé devant cette éventualité.

À mesure que la grève avançait, l'ardeur des troupes s'amenuisait. De moins en moins de piqueteurs se présentaient en face des bureaux de *L'Express*. Néanmoins, l'arrivée de Rousseau et Vézina, encadrés par quelques gardes du corps, fouetta leurs énergies, ce jour-là. On accueillit les deux patrons à coup de huées et d'invectives. Seule dans son coin, Stéphanie se désolait de cette acrimonie générale dirigée contre son père. Vandal, moins méchant qu'il ne voulait le paraître, vint la réconforter.

«Ce n'est rien de personnel.

– Je le sais, admit-elle, reconnaissante de ce soutien.

– Quand même, constata Vandal, il a bien le droit d'entrer dans sa propre bâtisse, mais pourquoi ton père ne prend pas la porte de côté? C'est déjà entendu qu'il n'y aura pas de piquetage devant!

– C'est la partie "bras de fer", je suppose...» soupira Stéphanie.

Une fois le tumulte passé, Stéphanie s'égaya à la vue d'Alex, qu'elle n'avait pas revue, ou à peine, depuis son accident.

«Quelle belle surprise!» s'exclama-t-elle.

Comme la radio diffusait un bulletin de nouvelles concernant *L'Express*, on prêta l'oreille à ce que disait le lecteur.

«Diverses sources d'information parlent d'une vente possible au groupe Garriger dont le siège social est à Toronto. D'autres sources bien informées soutiennent qu'Émile Rousseau, le propriétaire de *L'Express*, mettrait la clef dans l'entreprise déjà déficitaire. À Québec, le premier ministre, dans sa clarté habituelle, a dit respecter les droits des patrons et des syndiqués à une solution négociée du conflit...»

François Dumoulin, fatigué d'entendre ces rumeurs menaçantes, éteignit le poste d'un geste brusque.

«Ils ne fermeront jamais *L'Express*! s'exclama Alex.

– On disait ça du *Montréal Matin*, du *Montreal Star*, du *Daily News*, ragea François. Des patrons, ça ferait n'importe quoi pour casser un syndicat!»

Devant la morosité du petit groupe, Stéphanie suggéra de se rendre au local des grévistes pour prendre un café. Vandal et Léonne l'y accompagnèrent. Une grande nervosité régnait dans la salle exiguë. Vandal aperçut le dernier exemplaire de *La Nouvelle*:

«L'EXPRESS POURRAIT FERMER SES PORTES»

«Ça me rend malade de voir ce torchon! s'écria-t-il, en colère.

– Ça ne se peut pas que *L'Express* ferme? demanda Gabriella, cherchant à se faire rassurer.

– Bien sûr que non, répondit Marcelle. C'est une tactique patronale. Ils veulent nous inquiéter, nous faire paniquer pour mieux nous diviser.

– *L'Express* ne fermera pas, assura à son tour Vandal. Le pire qui pourrait arriver, c'est que Mémile se décide à vendre.

– *La Nouvelle* n'a pas sorti ça des nuages, quand même! répliqua Gabriella. Quelqu'un a dû en parler?

– Est-ce qu'Émile Rousseau est cité? s'enquit Marcelle.

– Non... et c'est écrit au conditionnel.

– Ce n'est pas le temps de nous lâcher, encouragea-t-elle. L'opinion publique est derrière nous.

– As-tu des nouvelles? demanda Gabriella en apercevant Stéphanie.

– Non! sourit celle-ci. Quelles nouvelles voudrais-tu que j'aie? J'ai choisi un côté de la clôture, j'y reste.

– Tant qu'ils vont écrire des folies semblables, on ne s'énervera pas, intervint Léonne qui arrivait. Tu voulais me parler, Stéphanie?» rappela-t-elle.

Elles se dirigèrent vers un petit bureau en désordre dans le fond de la salle.

«Comment ton père va-t-il prendre ça? demanda Léonne, prise d'un pincement d'admiration pour la détermination de la jeune femme.

– J'espère qu'il va comprendre, répondit Stéphanie. Entre toi et moi, je n'ai pas le choix. Il va falloir que je continue à travailler et à vivre dans la salle quand on va rentrer. Alors, je fais quoi?

– Les membres sont nerveux. Ces rumeurs jouent sur les nerfs de tout le monde.

– Ce n'est jamais drôle de passer Noël dans la rue.

– Je préfère être optimiste, mais il faut toujours se préparer pour le pire.»

Stéphanie sortit un cartable qu'elle avait préparé et l'ouvrit devant Léonne.

«J'ai une idée. Je te laisse l'examiner et tu me diras ce que tu en penses.

– Ça a l'air intéressant, approuva Léonne en jetant un coup d'œil.

– Je vais faire un tour. C'est l'anniversaire de mon frère.

– Tu lui souhaiteras bonne fête, fit poliment Léonne.

– C'est un patron... prévint Stéphanie.

– Tu souhaiteras bonne fête à ton frère, mais pas au patron», précisa Léonne avec un sourire.

Stéphanie rentra chez elle où elle avait donné rendez-vous à Louis. Elle l'accueillit avec une joie immense et un magnifique complet signé. Reconnaissant, son frère ne put retenir une remarque devant ce cadeau coûteux.

«Pour une fille en grève, tu n'as pas économisé...

– J'ai un petit fonds de dépannage... dit-elle pour se justifier. Je n'ai pas encore d'auto à payer et j'avais une très bonne assurance sur ma Porsche. Je peux passer l'hiver avec mes vêtements de l'an dernier. As-tu le temps de prendre un café avant de rentrer?

– Tu passes au concessionnaire Porsche et il n'y a pas de problème, recommanda son frère.

– Laisse tomber, dit-elle. J'ai trouvé quelque chose sur mesure: allemand donc durable, grand coffre, quatre portes et automatique.»

C'était sa façon à elle de lui annoncer qu'elle gardait l'enfant. Louis, sensible au langage des automobiles, le comprit tout de suite.

«Je vais être parrain? demanda-t-il, tout heureux.

– Avec plaisir!»

Stéphanie servit le café et quelques gâteaux. Elle profita de la présence de Louis pour tenter d'éclaircir quelques points qui l'intriguaient.

«Ça va, au quartier général de Roussac? demanda-t-elle, mine de rien.

– Beau fixe, répondit-il, laconique.

– Je dois savoir, se décida-t-elle. Je ne peux plus vivre avec ce sentiment d'avoir été trahie.

– Savoir quoi? s'étonna Louis.

– Caroline Bélanger et papa?»

Louis dévisagea sa sœur, stupéfait. Celle-ci, en journaliste futée et expérimentée, sentit immédiatement l'embarras de son frère.

«Il y a des choses qui sont confidentielles dans mon travail chez Roussac, soutint-il.

– Wilfrid Thibault est mort et je suis convaincue maintenant que Caroline est à l'origine de l'histoire. Et je la retrouve avec mon père. Je pense qu'ils couchent ensemble, déclara-t-elle crûment.

– Non, réfuta son frère, un peu amusé. Oublie ça.

– Pourquoi, oublier ça?

– Ils ne couchent pas ensemble, affirma-t-il sans l'ombre d'un doute.

– Qui contrôle sa compagnie de relations publiques?» interrogea-t-elle en fixant Louis droit dans les yeux.

Celui-ci ne voulut pas répondre. Elle était sur la bonne piste.

«Roussac? devina-t-elle. À tout le moins, une filiale de Roussac.»

Devant le mutisme de son frère, elle sut qu'elle brûlait. Elle tenta de le convaincre.

«Je me fous des grands projets de papa, plaida-t-elle. Ça ne m'intéresse pas. J'ai juste besoin d'une chose: la chute du ministre Thibault, est-ce qu'elle faisait l'affaire de Roussac?

– Claire m'attend, répondit Louis en faisant mine de se rhabiller et de ramasser son cadeau.

– Louis? insista Stéphanie.

– Entre toi et moi? céda-t-il.

– Entre toi et moi.

– Fouille du côté de l'énergie», murmura-t-il, comme s'il avait peur qu'on l'entendît.

Stéphanie le guida jusqu'à la porte, à la fois satisfaite d'avoir obtenu sa réponse et gênée de l'avoir mis si mal à l'aise. Se retrouvant seule dans son appartement, elle réfléchit à tout ce qu'elle venait d'apprendre.

À force de retourner tous ces éléments divers, la migraine la gagna. Elle décida de se changer les idées et tenta de joindre Michel. La chose fut aisée, car il avait laissé un message sur son répondeur pour lui dire qu'il souperait avec «un vieil ami du Saguenay», en précisant l'endroit.

Elle se changea avant d'aller le rejoindre. Comme elle venait de se déshabiller, un détail attira son attention: son ventre paraissait légèrement gonflé. Une béatitude profonde l'enveloppa à cette découverte. Émue, elle se regarda de profil dans le miroir de sa chambre. Cela se voyait à peine, mais elle s'en trouvait indiciblement embellie. Une pensée vint assombrir ce moment d'exaltation: Michel finirait bien par s'en rendre compte lorsqu'ils feraient l'amour ensemble. D'ici une semaine ou deux, peut-être trois, leur relation s'en trouverait radicalement changée.

Elle s'habilla en vitesse et se pressa d'aller le trouver. Dans le hall du restaurant où il se trouvait, elle l'observa un instant, amoureusement. Elle admira ses manières négligées, sa façon de se tenir à une table chic comme s'il était dans une binnerie, la manière dont il s'avachissait sur sa chaise comme s'il n'avait aucune colonne vertébrale, son visage mal rasé. Elle le trouvait parfait. Elle continua à l'observer ainsi, mais n'entendait pas la conversation des deux hommes.

«Rédacteur en chef du *Quotidien* de Chicoutimi? s'exclama Michel en entendant l'offre de son interlocuteur.

– Oui, réitéra Bertrand Simard. Jean Tremblay prend sa retraite, Viateur Tremblay ne veut pas du poste...

– Il vous resterait toujours Denis Tremblay! plaisanta Michel.

– Denis ne veut pas laisser le *Progrès-Dimanche*. Et puis, il y a du mou dans la salle. On aurait besoin d'un jeune, d'un gars dynamique.

– Vous n'y pensez pas ? protesta Michel.

– Batèche ! jura Simard. Tu es en grève et c'est loin d'être sûr que tu vas rentrer au règlement si mes informations sont exactes...»

Michel, étonné, se demanda ce que Simard savait.

«Ça ne te manque pas, la rivière, les lacs, l'air pur, la rue Racine ? continua Simard en jouant sur la corde nostalgique.

– Si je suis parti, expliqua Gagné non sans avoir été touché par cette évocation d'un passé encore tout proche, c'est parce que j'avais fait le tour de la place. Je ne veux plus couvrir le Festival du bleuet de Mistassini, puis les niaiseries du conseil de ville de Jonquière. Et... ajouta-t-il avec une note de terreur dans la voix, il y a mon ex-femme.

– Rédacteur en chef, c'est bien différent...» insista l'autre.

Stéphanie se décida à faire signe discrètement à Michel. L'apercevant, il l'encouragea à venir les rejoindre, son compagnon et lui. Bertrand Simard semblait âgé d'une quarantaine d'années, était bien mis sans être élégant et s'exprimait dans le dialecte saguenéen, à tel point que Stéphanie eut de la difficulté à le suivre durant le reste de la discussion.

«Stéphanie Rousseau. Je te présente monsieur Bertrand Simard, éditeur du *Quotidien* de Chicoutimi. Ça ne vous dérange pas que Stéphanie prenne le dessert avec nous ?

– C'est un plaisir et un honneur d'inviter la grande journaliste de *L'Express*. Avez-vous déjà visité le Saguenay – Lac Saint-Jean ? C'est tellement beau, tellement grand...»

Le reste de la conversation se poursuivit dans le même style. Stéphanie put apprendre, avec un effort d'audition, que le meilleur fromage en crottes du monde était confectionné à Saint-Félicien, que les bleuets de la région n'étaient pas aussi gros qu'on le dit, mais simplement les plus savoureux qui soient, que la rue Racine est plus palpitante que n'importe quel bar du centre-ville de Montréal, qu'il y a tellement de «côtes» à Chicoutimi que les plus grands fabricants de voitures européenes y viennent y tester leurs prototypes...

Au bout d'une demi-heure de ce régime, Michel avait des haut-le-cœur, mais Stéphanie écoutait encore attentivement, passionnée par le pays natal de son amoureux. Ce fut finalement Bertrand Simard lui-même qui se lassa de ses propres discours. Ils se quittèrent dans la bonne humeur, mais fatigués.

Enfin seuls, Michel et Stéphanie s'offrirent une longue promenade dans les rues de Montréal, éclairées par les lampadaires.

«Il est gentil... commenta Stéphanie au sujet de Simard.

– Un peu fatigant, avec son Royaume, grogna Michel.

– Retourner à Chicoutimi, brava Stéphanie, il rêve en couleurs...

– Quel choix vais-je avoir? demanda Michel. Accepter la job de *La Nouvelle*?

– Bon! s'arrêta Stéphanie. Rédacteur en chef du *Quotidien*, une job à *La Nouvelle*, qu'est-ce qu'il me reste à apprendre, ce soir?

– Que je t'aime, répondit Michel avec simplicité.

– Belle réponse, apprécia Stéphanie, coquette.

– Si tu avais le choix entre Chicoutimi et *La Nouvelle*, tu ferais quoi? demanda-t-il, confus.

– Tu n'en es pas encore là, j'espère?

– Il faut que je fasse quelque chose, je ne sais même pas si je suis en grève ou au chômage...»

Émile Rousseau avait convié Paul Vézina à prendre un café avec lui, dans une salle à manger d'un hôtel bon genre du centre-ville. Soucieux, les deux hommes regardaient leurs tasses respectives sans dire un mot. Comme à son habitude, Vézina mettait une bonne quantité de sucre et de crème dans son café. Il observa Rousseau, qui pressait un zeste de citron au-dessus d'une tasse d'eau chaude. Ne sachant pas comment entamer la discussion, l'éditeur se contenta d'une remarque sur l'étrangeté de son breuvage.

«Comment tu fais? demanda-t-il d'un ton qui se voulait léger.

– Ça nettoie le foie, expliqua succinctement Rousseau. Ces jours-ci, j'en ai besoin.»

Paul Vézina semblait fruste et bourru, mais il avait bien assez d'expérience pour saisir ce genre de remarque. Moins confiant qu'à l'habitude, il tenta de s'excuser.

«Ce n'est pas facile. On ne fait pas d'omelette sans casser des œufs.

– Qui t'a dit que je voulais une omelette?» demanda Rousseau.

Vézina se redressa, contrarié. Il déposa sa serviette sur la table et poursuivit la conversation d'un ton ferme, mais poli.

«Si tu n'aimes plus ma cuisine, si tu n'as plus confiance, tu me le dis. Je n'ai jamais tété la job de personne.»

Rousseau respectait son interlocuteur. Aussi, il prit un ton plus posé, ce qui, pour lui, revenait à s'excuser.

«Une grève, dit-il, ça peut durer deux semaines comme ça peut durer six mois. A-t-on des problèmes à régler qui demandent six mois de grève?

– Ça se pourrait, Émile...» répondit Vézina, pensif.

Stéphanie et Caroline revenaient des douches du club de tennis. La journaliste avait invité sa vieille amie pour un match. Évidemment, ce n'était qu'un prétexte pour tirer les choses au clair avec elle. Caroline jubilait.

«C'est incroyable! s'exclamait-elle encore. Six-zéro, six-un... Même quand tu n'as pas l'air à filer...»

En fait, Stéphanie avait passé toute la partie à se préparer mentalement pour l'autre confrontation, celle qui suivrait et qui commençait à ce moment même. Elle s'était résolue à ne faire preuve d'aucune pitié envers celle qui avait utilisé leur amitié pour la manipuler. Elle avait soigneusement préparé chacune des questions qui allaient suivre et le ton sur lequel elle allait les poser.

«Pourtant, répondit-elle, j'ai de l'énergie en trop avec cette grève. Les affaires? C'est toujours aussi palpitant? Tu as le premier ministre du Québec dans ta petite poche de tailleur!

– Il n'a pas le choix! répondit Caroline avec un rire nerveux. C'est Communications Cristal qui s'occupe des relations de presse pour la campagne de financement du parti.

– Tu as le dossier d'Hydro-Québec, aussi? demanda Stéphanie sur un ton anodin.

– Non... mentit Caroline.

– On m'a dit que c'était le cas, mentit Stéphanie à son tour.

– Qui «on»? questionna Caroline, inquiète.

– Ne me demande pas mes sources, ordonna Stéphanie. Quelqu'un qui m'est proche.»

Caroline s'était raidie et fixait obstinément le miroir en se maquillant. À sa voix qui tremblait légèrement, Stéphanie sut qu'elle tentait d'amoindrir la vérité.

«C'est de la consultation, risqua Caroline. Une espèce de lien entre le bureau du premier ministre, le parti et Hydro. Rien d'officiel. Nous sommes embauchés à la pièce, au contrat.

– Je comprends, fit Stéphanie en sortant un calepin et un stylo de son sac. Avec Roussac?

– Quoi, Roussac? balbutia Caroline.

– Roussac, ou Permago, ou *L'Express*, ou Roussaméric, ou Rousmonde ou toutes les autres compagnies que contrôle Émile Rousseau, énuméra-t-elle sur un ton qui se voulait léger. Quel est le lien?

– Il n'y a pas de lien, nia Caroline. Je ne comprends pas où tu veux en venir avec toutes ces questions.

– Nous allons publier un hebdo... expliqua Stéphanie, plus douce, pour ménager son interlocutrice.

– Qui ça?

– Les grévistes de *L'Express*. Nous voulons continuer à faire notre métier et il y a tellement de choses à dire aux gens.

– Qu'est-ce que je viens faire là-dedans ? se défendit Caroline, presque paniquée.

– Bien, je pense que tu es devenue une lobbyiste professionnelle et je trouve ça passionnant, répondit Stéphanie alors que Caroline s'empressait d'enfiler son manteau. Quel est ton plus important client ?

– Je suis pressée. J'ai des rendez-vous. Mais si tu veux préparer un reportage sur notre maison, je suis d'accord. J'ai juste besoin d'un peu de temps pour me préparer... »

Caroline se sauva littéralement après avoir serré la main de Stéphanie sans s'attarder. Mais c'était peine perdue : son attitude avait donné à Stéphanie toutes les confirmations qu'elle désirait. Elle nota mentalement tout ce qu'elle avait déduit de cette conversation et s'en alla rejoindre ses camarades, qui s'activaient au local du syndicat.

L'ambiance était formidable. On avait rassemblé les ordinateurs personnels de chacun et loué une imprimante laser de qualité, un télécopieur et une photocopieuse. Les vieux typographes du journal, qui avaient maudit l'arrivée des logiciels de photocomposition, avaient ressorti avec délice leurs couteaux et leurs étaleuses de cire chaude: on allait faire le montage de l'hebdomadaire des grévistes à la manière traditionnelle. Des monceaux de retailles d'épreuves jonchaient déjà le sol de la salle. On se contentait d'une première impression au laser qu'on redécoupait à la main selon les besoins de la mise en pages. La méthode comprenait beaucoup plus d'aléas que les logiciels sophistiqués, mais elle avait le charme des bricolages d'enfants.

Quelques-uns juraient contre la légendaire incompatibilité entre IBM et Mac, mais la plupart s'en amusaient. Certains parlaient de crucifier Richard Fortin, qui s'était empressé de mettre la main à la pâte malgré son congédiement; ce dernier avait introduit, involontairement bien sûr, un virus informatique dans certains ordinateurs, à cause d'un malheureux programme de jeu vidéo dont il n'avait pas vérifié la provenance. Mais toutes ces difficultés anodines ne faisaient que rendre l'entreprise plus amusante. Sans patrons à satisfaire, sans ligne éditoriale à respecter, sans commanditaires à ne pas vexer, le métier des journalistes reprenait pour eux tout son véritable sens. Voyant entrer Stéphanie, Léonne vint la féliciter de son initiative.

«Ton idée de publier notre propre hebdo était géniale! complimenta-t-elle. Ça va marcher!

– On ne pouvait se permettre de laisser le Québec aux mains de *La Nouvelle*, approuva Stéphanie. Nous sommes capables de faire paraître un hebdomadaire bien fait.

– Ça va occuper notre monde. L'oisiveté est la cause de tous les vices.

– Et de la dépression des grévistes, compléta Stéphanie. Nos vendeurs sont sur la route et devraient revenir avec assez de publicité pour financer la publication du premier numéro.

– Ça me rajeunit, se réjouit Léonne. Regarde les yeux d'Enrique!»

Stéphanie, voyant l'expression de bonheur total qui flottait sur le visage du latino, alla le rejoindre à sa table de travail.

«Ça va? demanda-t-elle en se doutant de la réponse.

– Je n'ai jamais été aussi heureux!

– Qu'est-ce que tu fais comme histoire?

– Pourquoi les ethnies ont choisi l'anglais comme langue d'intégration» répondit-il candidement.

Sa réponse n'eut pas l'heur de plaire à son entourage, qui cessa un instant tout travail. On se regarda tristement, conscient que, malheureusement, Enrique soulevait un point très pertinent.

Mais ce froid ne dura pas longtemps, car à ce moment une figure aimée faisait son apparition: Lionel Rivard entrait dans la salle des grévistes. L'air gêné, il se dirigea vers Léonne, qui discutait avec François. On l'observait silencieusement, conscient qu'il prenait un risque en se présentant en ces lieux.

«Faire un journal, expliqua-t-il, c'est comme une drogue pour moi. Si vous avez besoin d'un coup de main pour la mise en pages...

– Tu ne peux pas, Lionel, protesta Dumoulin. Tu fais partie de la Direction.

– Tu vas t'attirer de gros ennuis, ajouta Léonne.

– J'ai remis ma démission à Vézina, annonça l'ex-chef de pupitre. Tant qu'on publiait, j'étais loyal au poste. Mais, là, j'en avais assez.»

Les grévistes le contemplèrent, à la fois stupéfaits et admiratifs.

«Ça prend des couilles, mon Lionel, approuva Dumoulin.

– Juste l'amour du métier» répliqua Rivard, modeste.

Lionel retira son manteau et s'installa à la première table libre. Il reprit le ton bourru qu'on lui connaissait et ordonna à la ronde :

«Envoyez, cercueil! on ne décroche pas des histoires en restant le cul au chaud! Gagné, arrive ici, j'ai quelque chose pour toi. Tintin! il y a une conférence au Ritz, tu nous passeras ta cassette de la radio! Stéphanie, as-tu une chronique?»

Les journalistes s'approchèrent de sa table, heureux d'avoir à le subir de nouveau. Cette aide inattendue leur remontait le moral, sans compter que la précieuse expérience de Rivard semblait avoir, en quelques minutes, accéléré tout le processus du journal.

Plus tard dans la journée, alors qu'on se bousculait moins, Michel vint demander conseil à Lionel.

«Faudrait que je te parle, demanda-t-il, l'air désorienté.

– Je comprends, répondit Lionel.

– Je suis un peu mêlé, expliqua Michel. Aux dernières nouvelles, j'étais toujours dehors de *L'Express*. J'ai reçu une offre pour retourner à Chicoutimi comme rédacteur en chef du *Quotidien*...

– C'est intéressant, dit Rivard.

– C'est vrai... et j'ai aussi été approché par *La Nouvelle*.

– Je ne suis pas sûr que tu y serais heureux, objecta Rivard, réagissant davantage. Je te connais. Tu es un vrai journaliste, tu as ça dans le sang. Tu te ferais charrier par la gang. C'est important d'être bien dans une boîte. C'est notre vie.

– Je fais quoi? interrogea Michel. J'attends le grand jour où Paul Vézina va me reprendre?

– J'ai fait trois grèves à *L'Express*, raconta Rivard. Ça provoque toujours des bouleversements profonds. Sois patient, tu as une place qui t'attend au journal, tôt ou tard.

– Chicoutimi?

– Tu n'es pas un administrateur. Tu en as pour vingt ans à avoir l'aventure dans le sang, assura-t-il. Tu me fais penser à Dumoulin.»

Émile Rousseau attendait patiemment sa fille quand il reçut un coup de téléphone qui l'ennuya profondément. C'était Caroline Bélanger, complètement paniquée, qui tenait à lui faire part de la conversation qu'elle avait eue justement avec Stéphanie. Importuné, Rousseau l'écoutait débiter ses angoisses et ses remords de conscience.

«Elle m'a posé toutes sortes de questions, racontait-elle, anxieuse.

– Stéphanie a toujours posé des questions, rassura-t-il, très calme.

– Vous ne semblez pas comprendre! reprocha-t-elle. J'ai risqué beaucoup pour vous.

– Vous avez également reçu beaucoup, rappela-t-il, et il reste encore beaucoup à faire.

– Si elle découvrait... s'inquiéta-t-elle, d'une voix blanche... pour Wilfrid Thibault.

– Découvrir quoi?

– Que vous m'aviez demandé...

– Je n'ai rien demandé, précisa Rousseau. J'ai seulement dit qu'il était préférable qu'il quitte son ministère.

– J'ai trahi le premier ministre du Canada pour vous, se plaignit Caroline, à bout de nerfs. Mon mariage n'a plus de signification. Je fais tout ce que vous me demandez sans poser de questions. Et jamais n'avez-vous seulement semblé me regarder depuis cinq ans...»

Rousseau soupira silencieusement et leva les yeux au ciel. Il trouvait puéril qu'on se permît de tomber amoureux quand on pratique un métier qui demande autant de sang-froid. Sans méchanceté, mais avec un ennui certain, il lui rétorqua :

«Madame Bélanger, il n'a jamais été question que je vous regarde.

– Que va-t-il arriver ? demanda-t-elle d'une voix brisée.

– Rien, dit-il d'une voix neutre.

– Qu'est-ce que je dois faire ?

– Ce qui a été convenu, comme il a été convenu», répondit-il. Lassé, il raccrocha sans autre cérémonial.

Avec un peu plus de cœur, il s'occupa d'organiser une agréable petite table à thé pour l'arrivée de Stéphanie. Malgré l'importance de ses activités à l'échelle mondiale, c'était à ce genre de choses qu'il prenait le plus plaisir : préparer du thé pour quelqu'un qu'il appréciait, choisir un disque qui lui plaira, disposer élégamment quelques biscuits sur un plateau.

Stéphanie se présenta à l'heure dite, ce qu'il trouva intrigant : qui donc lui avait appris à être ponctuelle ? Son attitude également le surprit. Elle était souriante et sans agressivité. Il lui servit du thé et la pria de s'asseoir.

«Tu souhaitais me parler ? demanda-t-il pour engager la conversation.

– Toi aussi, si j'ai bien compris, répliqua-t-elle, du tac au tac.

– Bon ! soupira-t-il en souriant, reconnaissant enfin le style de Stéphanie. Je ne cède pas et tu ne cèdes pas. Disons qu'un père et sa fille avaient le goût de prendre le thé ensemble. »

Stéphanie le regarda, les yeux brillants. Jamais elle ne s'était sentie aussi proche de cet homme. Pensant à l'enfant qu'elle attendait, elle prenait conscience de l'urgence de régler sa propre relation avec son père. Elle sentait que si elle ne le faisait pas maintenant, elle charrierait toute sa vie des fantômes de son enfance et que, pis encore, elle risquerait de les transmettre sans le savoir à son propre enfant. La question qui lui brûlait les lèvres depuis qu'elle était toute petite la préoccupait plus que jamais.

«Je peux te poser une question? trouva-t-elle le courage de demander.

– Une seule? s'étonna son père. Pour régler trente ans de mésentente?

– M'aimes-tu?»

Elle avait lâché ces mots comme un poids qu'elle ne pouvait plus porter. Émile la fixa, interloqué. Dans sa froideur intellectuelle, il n'avait même jamais songé que c'était là le seul point qui guidait le tempérament hargneux de sa fille à son égard. Dans une sorte de pudeur, il considérait qu'il s'agissait d'une chose gênante, qu'il fallait garder secrète. Il trouvait évident et naturel que des parents aimassent leurs enfants, ainsi que l'inverse, et inutile d'avoir à le déclarer. Pris de court, et malgré lui, ému de constater le tourment de Stéphanie face à lui, il lui répondit simplement.

«Comment pourrais-je ne pas t'aimer?

– Pourquoi tu ne me l'as jamais dit? demanda-t-elle, la gorge serrée.

– Parce que ce sont des choses qu'on n'a pas besoin de dire, se défendit-il pudiquement.

– Moi, j'en ai besoin. C'est comme si je n'avais jamais existé dans ta vie!

– Je t'aime, dit-il clairement. Bien sûr que je t'aime, répéta-t-il en lui servant sa tasse de thé pour dissimuler son trouble. Sinon, je t'aurais brisée. Avec tous les problèmes que tu m'as causés!

– Je sais...» admit Stéphanie en souriant.

Le moment crucial était passé. Toute tension semblait maintenant dissipée entre eux. Sur un ton un peu sévère, mais avec un sourire en coin, il répondit:

«Non, tu ne peux pas savoir...

– Tu penses à Wilfrid Thibault? devina-t-elle en remarquant ses mains qui tremblaient légèrement. Je sais qu'il devait sauter. Il était trop lourd face au ministre de l'Énergie et au premier ministre, tes alliés. Tu as tenté de tout arrêter quand on a commis l'erreur de mettre ta fille sur le coup. Remarque, tu avais raison, pour Thibault. C'était un détraqué...»

Elle avait raconté cela d'un ton candide, presque fière de montrer à son père qu'elle avait saisi la leçon. Émile fut impressionné de sa perspicacité. Elle ne s'était trompée que sur un point: il n'avait fait que semblant de vouloir tout arrêter. Ce petit jeu lui avait permis, d'une part, de tester les capacités de Claude Dubé à prendre des décisions, ce en quoi l'ex-rédacteur en chef avait failli, et d'autre part, à attiser davantage la curiosité de sa fille et à s'assurer ainsi qu'elle ne lâchât pas prise. Il accorda tout de même un note de neuf sur dix à Stéphanie, bien assez pour stimuler sa propre curiosité.

«Continue... encouragea-t-il.

— J'ai été hantée par ce coup de téléphone! raconta-t-elle. Je me suis mise à réfléchir pour essayer de comprendre. Tu as pris des options sur des terrains à vocation industrielle dans l'Est de la ville. Ensuite, toi qui n'avais jamais juré que par Ottawa, tu t'es mis à faire la cour au premier ministre du Québec...

— Moi? sourit Émile pour la remettre sur la piste.

— Plutôt Caroline Bélanger, précisa-t-elle, ma très chère Caroline, mon entraîneuse, mon amie, ajouta-t-elle avec ironie, présidente de Communications Cristal que tu as rachetée par des compagnies à numéros...»

Cette fois, Rousseau fut prodigieusement intéressé: sa fille était en train de saisir dans son ensemble le projet qu'il avait mis sur pied. Seul Louis en avait eu une vue partielle après des explications détaillées. Il l'observa, avec un plaisir qu'il avait rarement éprouvé, remettre en place les pièces du puzzle qu'il avait minutieusement dispersées.

«Communications Cristal, poursuivit-elle, qui fait le lien officieux entre le parti au pouvoir, le bureau du premier ministre et Hydro-Québec. Et je ne parle pas de ta campagne de salissage contre le maire Guimond, sans doute pour faire élire à sa place un maire plus compréhensif, plus ouvert aux usines d'eaux lourdes...»

Rousseau trouva qu'elle saisissait trop bien. Il feignit l'amusement, comme si elle fabulait.

« Tu n'es pas sérieuse ! ricana-t-il.

— Très sérieuse, papa. J'ai tellement réfléchi, à m'en donner mal à la tête. J'ai fini par voir la mosaïque dans son entier. C'est un beau projet, remarque.

— Si on continue dans ton roman, ce serait quoi, le projet ?

— Je n'ai pas de preuve... regretta-t-elle, aucune confirmation parce que tu vas refuser de me la donner et que tu es le seul à savoir où tu t'en vas.

— Allez, ça m'intéresse...

— Je crois que c'est relié au nucléaire. Les autochtones, soutenus par Ottawa, vont empêcher le développement de l'hydro-électricité. Dans dix ou quinze ans, il faudra imiter l'Ontario et se tourner vers le nucléaire. Je pense que tu veux être le premier à arracher aux divers gouvernements l'autorisation de construire une centrale nucléaire...

— Et pourquoi ça ne serait pas Hydro ?

— Parce que l'État est trop sensible aux manipulations de l'opinion publique, alors que toi, tu as les instruments pour modifier les courants populaires... si tu gardes *L'Express*. Mais de la façon dont tu le traites depuis quelques mois, je ne lui donne plus beaucoup de temps à vivre. C'est dommage, fit-elle tristement. C'était un beau journal. »

Émile Rousseau se contenta d'offrir un petit gâteau à sa fille. Mais il mit tant de soin dans le geste qu'elle devina avoir vu juste. Elle ne pourrait jamais prouver ce qu'elle venait de raconter, ni faire la une avec ce scoop. Mais la fierté qu'elle lisait dans le regard de son père l'enorgueillit plus que n'importe quelle première page arborant l'un de ses textes.

Quelques jours plus tard, c'était au tour de Paul Vézina de rendre visite à Émile Rousseau. L'éditeur était pâle, mal rasé, vêtu sans soin, et marqué de profonds cernes sous les yeux. La compagnie d'un Émile Rousseau en pleine forme lui remonta quelque peu le moral, mais ne lui fit pas changer d'idée quant au but de sa visite. Il présenta à son vieil ami une lettre rédigée dans un français correct mais sans élégance. Rousseau la lut, en silence.

«Il n'est pas question que tu démissionnes, répondit-il aimablement.

– Ça ne se réglera pas, protesta Vézina, réaliste. J'ai fait mon bout de chemin, mais il y a des subtilités que je ne maîtrise pas.

– Tu vas les apprendre, le rassura Rousseau, impressionné par l'honnêteté du brave homme.

– Il est trop tard, constata Vézina. Je suis devenu le symbole de tout ce qu'ils n'aiment pas.

– Les adversaires comme toi, réconforta Émile, je les garde de mon côté...

– Fais-moi une offre, répondit Vézina, pas encore totalement découragé. On verra.

– Sais-tu pourquoi les journalistes ne sont pas menables ? demanda Rousseau, devinant le problème de son ami. Ils se prennent pour des artistes. Ils ne se servent pas de leur tête...

– J'avais remarqué... soupira Vézina. Jamais vu une gang de têtes en l'air de même...»

Émile Rousseau convint tout de même avec Vézina que le conflit se trouvait dans une impasse. Il l'informa de ce qu'il avait prévu. Vézina acquiesça, mais il était conscient que tous deux ne sortaient pas grandis de l'épreuve. Tout de même satisfait du compromis que Rousseau envisageait, il le quitta moins abattu qu'à son arrivée. En se dirigeant vers la sortie, il croisa Stéphanie qui arrivait, tenant fièrement un exemplaire d'un nouveau journal : *Le Scoop* !

Vézina l'examina sommairement. La première page montrait une photo de Rachel Maloin avec en gros titre :

«RACHEL MALOIN ACQUITTÉE : LÉGITIME DÉFENSE»

«Bonne histoire. Je préfère ne pas regarder l'éditorial», dit-il se doutant qu'il n'y serait pas épargné. Il lui rendit l'exemplaire et la salua.

Stéphanie alla à la rencontre de sa mère. Elles s'embrassèrent. Yolande remarqua le journal qu'elle tenait.

«Alors? demanda-t-elle, intéressée.

– L'accouchement a été difficile!

– Ne fais pas de blague avec ça, conseilla-t-elle. Tu vas trouver ça moins drôle, à l'hôpital, tu peux me croire! Viens, ton père t'attend.»

Elles se rendirent au salon insonorisé où Émile se plaisait à se laisser bercer par les grands maîtres de la musique classique. Il était en train d'insérer un disque dans le lecteur. Il salua sa fille sans se retourner, la reconnaissant seulement à son parfum.

Il finit par se retourner et remarqua à son tour l'exemplaire du *Scoop*.

«Vous l'avez publié, finalement! constata-t-il, heureux même si l'initiative allait à l'encontre de ses intérêts.

– Ce n'est pas parfait, dit-elle, faussement modeste, mais compte tenu des moyens dont nous disposions...»

Il feuilleta le journal, l'air approbateur.

«Que vais-je faire avec *L'Express*? demanda-t-il subitement.

– Le meilleur journal du monde! s'exclama-t-elle après une grande inspiration. Un journal qui traite des affaires du monde ordinaire au lieu de s'adresser aux présidents de toutes les grosses compagnies. Un journal qui irait dans la rue, voir comment on vit à Montréal et au Québec à la fin de ce millénaire. Un journal qui s'ouvrirait aux Noirs, aux Latinos, aux Asiatiques qui sont en train de recréer Montréal. Un journal qui raconterait de belles histoires de temps en temps, parce que la vie est pleine de belles histoires. Il n'y a pas que des meurtres, des viols et des scandales dans notre société. Pourquoi monsieur Untel ou madame Unetelle ne pourraient pas dire ce qu'ils ont à dire?»

Stéphanie avait débité cette longue tirade sans s'interrompre, enflammée par son propos. Émile l'avait écoutée attentivement. Il souleva une objection.

«Et les profits?

– Avec Permago, qu'est-ce que tu offres aux acheteurs? demanda-t-elle.

– Des logements.

– Ils se vendent et se louent? Pourquoi?

– Parce que ce sont de beaux logements.

– Faisons un bon journal. Tout le monde y gagnera, expliqua-t-elle en s'approchant de lui. Es-tu encore fier de montrer TON journal à tes amis?»

Rousseau ne broncha pas, à l'exception d'un sourcil qu'il souleva tristement.

«Ce n'est pas Paul Vézina, le problème, expliqua-t-elle. Il a du caractère et du leadership, mais il n'est pas le bon homme à la bonne place. Tu pourrais régler ce conflit en une heure si tu t'en mêlais.»

Rousseau contempla sa fille avec admiration. Il aimait l'expression de confiance en soi qui se dégageait d'elle.

«Au fond, dit-il, le meilleur homme, je l'ai devant moi...

– Impossible, refusa-t-elle, tout sourire.

– Dis-lui, encouragea Yolande. C'est ton père, insista-t-elle devant l'hésitation de sa fille, il a le droit de savoir.

– Qu'est-ce qu'il y a que je ne sais pas? s'enquit-il, hautement intrigué.

– Le poste au journal, je ne pourrai pas l'accepter. Dans six mois, je vais avoir besoin d'un congé de maternité...»

La froideur et la distance d'Émile Rousseau fondirent complètement à cette seconde précise. Fou de joie, il serra Stéphanie dans ses bras, les yeux humides.

Léonne Vigneault, toujours aussi résolue à n'accepter aucun compromis, se rendit, sceptique, à la suite d'hôtel qu'on lui avait indiquée, accompagnée de sa «bras droit» Marcelle Saint-Amant. Elles trouvaient peu subtile la tactique de la suite luxueuse visant à les amadouer. Elles poussèrent la porte et restèrent figées en reconnaissant les gens qui s'y trouvaient: Louise Duguay, Claude Dubé et Lionel Rivard!

«C'est un putsch, ou quoi? s'exclama Léonne.

– Ce n'est pas un putsch, répondit Louise avec un large sourire. Si tu veux régler la grève, on peut faire ça en dix minutes!

– Dix minutes? répéta Léonne, incrédule. C'est une blague? Vézina, lui?

– J'ai accepté cet après-midi le poste d'éditeur de *L'Express*, annonça-t-elle fièrement. Je viens de conclure une entente avec Claude qui revient comme rédacteur en chef. Lionel est également réengagé.

– Qu'est-ce qui se passe avec le téteux à Bernard? demanda Léonne.

– On l'a nommé directeur du magazine *Point de mire*...

– Dont le siège social se trouve à Ottawa! se réjouit Léonne.

– Si tu es d'accord, on va régler nos problèmes, offrit Louise. Moi, je n'en ai pas.

– Vézina?

– Il devrait déjà être ici...»

L'ex-éditeur arriva effectivement dans les minutes qui suivirent, l'air épuisé, mais mieux vêtu que lors de sa visite chez Émile Rousseau. Il salua les deux syndicalistes, embrassa Louise, mais ignora Claude et Lionel.

«Louise vous a expliqué? demanda-t-il.

– Un peu...

– J'ai toujours été un gars d'équipe, assura-t-il, beau joueur. *L'Express* va mieux se porter avec une femme comme Louise Duguay à sa tête. Je ne peux pas dire que je suis d'accord avec toutes ses décisions, mais l'entreprise doit passer avant mes...

– Rancunes personnelles, peut-être? compléta Dubé.

– Roussac est propriétaire de quatre quotidiens et d'une vingtaine d'hebdos au Québec, continua Vézina sans relever la remarque. J'ai accepté la présidence et la direction administrative du groupe.»

Il se tourna vers Louise.

«Si tu te sens capable de vivre avec ton projet de convention, lui dit-il, ça me convient...

– C'est quoi, ton projet de règlement? s'enquit Léonne, optimiste.

– Les préretraites sont devenues facultatives, expliqua Louise. On garde les deux journalistes surnuméraires, mais on ne fait aucune embauche pour une période de cinq ans...

– Ça me va!» approuva Léonne, jubilante.

Vézina se leva pour quitter la suite, en saluant ses adversaires d'un geste las de la main. Avant de sortir, il se tourna une dernière fois vers Léonne.

«La grosse», dit-il.

L'appellation aurait pu la vexer, mais il avait prononcé le mot sans agressivité, et même avec une note d'affection.

«Quoi? demanda-t-elle, attentive.

– Tu aurais fait tout un camionneur! complimenta-t-il.

– Merci, répondit Léonne. Paul? demanda-t-elle à son tour, prise d'un doute soudain.

– Oui?

– Qui est-ce qui paye, au bout du compte?

– Rousseau a fermé le *Clairon* de Trois-Rivières, informa-t-il, sincèrement peiné. Ça fait trois cent cinquante chômeurs en échange de tes quatre-vingt-six préretraites. Essaie quand même de bien dormir», conseilla-t-il, au bout d'un moment, avant de quitter définitivement.

Un lourd silence s'installa dans la suite. On n'avait plus le goût de fêter, tout à coup. Le quotidien trifluvien était nettement déficitaire depuis de nombreuses années et n'avait évité la faillite que grâce aux fonds de Roussac. C'était finalement l'entêtement du syndicat de *L'Express* qui lui avait donné le coup de grâce.

L'activité avait repris son cours normal dans la salle de rédaction. Pleinement satisfaits par les conditions du règlement de la grève, les journalistes travaillaient avec une ardeur et un enthousiasme que Rivard n'espérait plus revoir dans ces lieux. Ce jour-là, chacun avait décidé d'arriver avec un scoop fumant méritant un gros titre. Léonne annonçait le congédiement d'un grand patron à Radio-Canada, Richard parlait d'une grève aux douanes et Gagné soulignait le retour à la boxe de Jimmy Fontaine. Rivard était débordé.

Ce fut Stéphanie qui arriva avec la plus grosse nouvelle.

«Je suis enceinte», murmura-t-elle à l'oreille de Michel.

Son compagnon la regarda, bouche bée. Il l'emmena dans un coin, visiblement perturbé par l'information.

«Au fond, je m'en doutais, dit-il en regardant la magnifique journée d'automne à travers une fenêtre.

– Comment ça?

– Tu ne t'es pas acheté de tampons depuis deux mois! répondit-il, incapable de retenir un sourire. Il fait superbe, hein?

– Oui, dit-elle, surprise par le calme de sa réaction.

– C'est probablement la dernière belle journée de l'année. Viens marcher. Au diable le journal!»

Ils se promenèrent, main dans la main, sans dire un mot, jusqu'au parc du mont Royal, où l'automne avait paré la montagne de riches teintes d'ocre, de rouge, de bourgogne et de marron. Le soleil était encore assez chaud pour que l'on puisse s'asseoir confortablement contre un arbre. Les feuilles tombaient tranquillement, certaines s'accrochant dans les cheveux des deux amoureux. Stéphanie se résolut à aborder le dilemme.

«On ne pourra pas continuer à jouer ce jeu-là toute notre vie, Michel, le prévint-elle, sur un ton peiné. Tu ne vas pas sauter toutes les pitounes de la ville jusqu'à cinquante ans, et je ne vais pas jouer les femmes fatales jusqu'à la ménopause!»

Michel ne répondait pas. Il regardait les feuilles mortes que le vent dispersait à travers le parc.

«Tu ne trouves pas qu'on l'a assez vécue, notre jeunesse? De quoi va-t-on avoir l'air, dans dix ans, moi avec mes petites robes et toi avec ton blouson de cuir? J'en ai marre de me sentir comme un oiseau sur la branche!»

Michel ne réagissait toujours pas. Stéphanie était au bord de la crise de nerfs.

«Michel, dit-elle sur un ton sans appel, je suis prête à l'élever seule, sans ton aide. Si tu tiens tant que ça à ta maudite liberté, je te la rends, je ne te demanderai jamais rien. Mais, si c'est ce que tu veux, oublie-moi dès maintenant!»

Michel tremblait légèrement et n'osait pas la regarder en face. Stéphanie éclata en sanglots.

«Michel! hurla-t-elle, veux-tu être le père de cet enfant?»

Michel finit par bouger. Il se pencha sur les genoux de Stéphanie et commença à déboutonner son chemisier, en commençant par les boutons du bas. Stéphanie le regarda faire, incrédule. Riant entre deux pleurs, elle hocqueta:

«Veux-tu bien me dire qu'est-ce que tu fais? Ce n'est pas le moment!

– Attends...» murmura-t-il. Ayant découvert son ventre qui commençait déjà à s'arrondir. Il plaqua son oreille contre le nombril de Stéphanie. Elle n'y comprit rien.

«Je lui demande son avis», expliqua-t-il.

Les larmes de Stéphanie s'adoucirent. Elle se mit à caresser tranquillement les cheveux de Michel, qui ne bougeait plus. Ils restèrent ainsi de longues heures, à observer la valse multicolore des feuilles mortes dans le vent, à sentir le parfum des baies qui séchaient déjà sur les arbustes et à suivre la lente course du soleil qui descendait vers l'horizon, éclairant d'une lumière de plus en plus rougeâtre le paysage d'automne.

«Ouais, le loup, se dit-il, pris d'une agréable torpeur, tu dois vieillir.»

Table

CET OUVRAGE
COMPOSÉ EN TIMES CORPS DOUZE
A ÉTÉ ACHEVÉ D'IMPRIMER
LE VINGT-TROIS MARS MIL NEUF CENT QUATRE-VINGT-DOUZE
PAR LES TRAVAILLEURS ET TRAVAILLEUSES DES PRESSES
DE L'IMPRIMERIE GAGNÉ
À LOUISEVILLE
POUR LE COMPTE
DES ÉDITIONS QUINZE.

IMPRIMÉ AU QUÉBEC (CANADA)